张海生 / 著

死
生
追寻
决
裁

J U S T I C E

上海社会科学院出版社

SHANGHAI ACADEMY OF SOCIAL SCIENCES PRESS

内 容 简 介

    公诉处女检察官林菲擅长重大刑事案件的办理工作。她始终信奉一个理念：检察官 1% 的疏漏就是对当事人 100% 的伤害。

    她将每一个案件都当成是没有侦破一样去办理，带领着前刑警队长、现助理检察官雷鸣，前演员、现书记员姜斌，心理专家、检察官戴梓萌会见因各种原因成为囚徒的人，走他们走过的旅途，想他们行过的心路，背负着社会的误解，承受着双方当事人的谩骂，一生只为两件事：救蒙冤者于囹圄之中，使犯罪元凶难逃法网。

    一宗交通肇事并故意杀人案，一名特殊的目击证人成了案件的关键，然而在重度雾霾的条件下，证人在可视距离外是怎么看清案发现场的每一个细节的？

    一宗爆炸案，造成多人死亡的恶劣后果，被告人涉嫌利用故意制造火灾骗取保险，可爆炸究竟是如何形成的，却成了令人费解的谜题。

    几名职业追债人在讨债中被人杀害，就被告人是正当防卫还是故意杀人引起了舆论和司法界的广泛探讨，这背后到底隐藏着怎样的秘密？化学专业学生坠楼身亡，法医初步尸检认为符合高坠死亡特征，无他杀痕迹，结论一出，却舆论哗然。

    山村后院埋藏的白骨究竟是何种身份，网约车司机之死与水库里的两具无头尸体间又有什么联系，林菲在有限的调查权限内到底要如何抽丝剥茧，查明真相，还被害人公道，让凶手伏法，让百姓安心……

谨以此书献给白瑟同学

感谢一路走来在创作路上的陪伴与鼓舞

感谢一直以来在策划创意、戏剧冲突、人物塑造上不遗余力的支持

感恩有你，让我没有放弃在文学创作上的前行

感恩陪伴，让我在最难熬的日子依然能够看到阳光

感恩教诲，让我从懵懂无知逐渐成长

希望，未来的作品里依然能够有你的大力参与

让它成为我们共同的结晶

希望，未来的人生路上，我们能够继续携手前行

特别鸣谢
四川省某检察院前检察官
陈京胜（笔名：南海十三郎）老师
在本书的创作中提出的宝贵专业意见！

目录

序

昨天晚上，她又去找他们了。

她在那条两旁种满了黄色郁金香、泥泞不堪的小路上奋力奔跑，身上披着那个人的外套。

泥水四溅，弄脏了她脚上的黑色高跟鞋，打湿了她西裤的裤脚，冰凉黏腻，像一条蛇吐着信子蜿蜒而上，每一步，都有泥水从她的鞋里涌出，她全然不顾。

不用那么急的，她想，他就在那里，他不会走。她知道，她早就知道了，自己就算慢慢走过去，走到夕阳西下，走到繁星点点，走到皓月当空，走到朝阳升起，走到海枯石烂，走到时间都失去了意义，他也会在那里等她。

她固执地认为，会来找他的，只有她，永远也只能是她。

其实，他只是在等待他们，她知道，就像黄色郁金香的花语那般，他是她想要却永远也得不到的，但她宁愿相信，他就是在等她。

所以，她身体的急切早已超出了她所能控制的程度。

她努力地呼吸，鼻腔里充斥着他的气息，淡淡的烟草味道里——他总是能找到她稍不注意的空闲抽上一支烟，尽管那时他已经是肺癌晚期，尽管他是一个从来都没有烟瘾的人，可他总会抽上一支，因为那里有他们的记忆——淡淡的烟草味道里充盈着浓烈的福尔马林的味道，唯独没有这条路上应有的花香。

当最后的那一下踉跄如期而至，她笑了，笑得如释重负。

不出任何意料，小路尽头的长椅上，他安静地坐在那里，垂着头，光洁得没有一根头发的脑袋闪着光，宽大的病号服罩在他的身上，就像罩在几根树枝搭成的简易衣架上。

他并不矮小，将近 1.8 米的身高已经超过了绝大多数人，然而，在病痛的折磨下，那时的他就连最小号的病号服都已经难以撑起。

林间的清风如约而来，病号服簌簌抖动，让他看起来活像一个手工粗糙、用料不足的稻草人。

这一幕看上去很可笑，于是在距离他还有 3 米远的时候，她一步不差地停下脚步，双手撑在膝盖上，微微喘息着。突然间，她抬手指着他，终于忍不住哈哈大笑，却始终没有说一句话。

她知道，他永远也不会再说话了，就像他永远也不会再站起身。

她深吸了一口气，憋在胸腔里，直到再也憋不住，才缓缓吐出，轻手轻脚地走向他，生怕将他吵醒。

她在他的身边小心翼翼地坐下，微微侧身，将头靠在了他瘦削的肩膀上，却不敢靠得太实，生怕沉重的压力将他压垮。

可她也不肯放弃这唯一可以倚靠在他身上的机会。

她就那么静静地依靠着，他的身体早已冰凉，她却固执地认为，这是她最温暖的港湾。她小心地调整着姿势，将头靠在了他的胸前，她想听听他的心跳，尽管她知道，那颗曾经热血满溢的心再也不可能跳动半分。但每一次，她都怀揣着这个不切实际的希望，总觉得有一天，在这个静谧的时空里，她能再次感受到那个能和她的心跳共鸣的声音。

她侧头，看向身旁十几米远的地方，在黄色郁金香的海洋里，3 座坟茔静静地伫立着，3 座衣冠冢。而就在一天之后，最中间的那座坟茔将迎来它的主人，而她，将会亲手将他埋葬。

她一直觉得很奇怪，自己那时候究竟是怎么做到的，能那么心平气和地为他梳理最后的妆容，把他装入棺椁，面带微笑地将他的棺木放入那个勉强能翻个身的土坑，又一捧一捧土地将他掩埋。

她一度怀疑，在那个狭小逼仄的空间里，他能待得舒服吗？于是她亲手在他的坟墓周围种上了黄色的郁金香，他生前最喜欢的花。

但她确信，从始至终，她都没有掉下一滴眼泪，甚至双眼都没有为他湿润过，明明，她的心已经被他填满，再不可能融进任何一个人。

从始至终，她的脸上一直带着笑。

甚至，在将他送走之后，她连一秒钟的迷茫都没有过，就转身投入到了新的生活和工作里。尽管在此之前，她一直都跟在他的身边，做他的助手，从来没有想过未来。可是当他走了之后，她却清晰地知道了自己以后的人生。

后来，她终于想明白了，或许，是因为她早就知道了这一天迟早会到来，无论她怎么努力，都不可能更改这样的结局，无论她怎么挽留，他对奔向他们身边的渴望都是那样的急切，所以，她一早就找到了和现实和解的最好方式。

比起说服自己接受他不在了，她宁愿他活在她的明天里。于是，她拼了命地跑向明天，每天都要拼了命地跑向明天。跑到君埋泉下泥销骨，她寄人间雪满头的那天，也不要停下来。

她固执地以为，迟早有一天，她会追上他的脚步，再次站立在他的身边。

他叫简明，一个以无罪辩护为己任的刑事辩护律师，在那之前，他曾经是一个公诉检察官。

她叫林菲，一个曾在人生的路上误入歧途，却被简明和他的伙伴拯救，自此跟在了他们身边的普通女孩儿。她以为，自己的一生就将那样平淡地度过，直到，他们一个一个地从她的生命里消失，终于，这世界上又只剩下她一个人，独自前行。

她想追寻他的脚步，于是，如今她也成了一名检察官。

她本来想成为一名死刑复核法官的，可是那是一个漫长的旅程，她等不及了。

她和他们的故事，在《无罪辩护》里，这一次，我想给你们讲讲，S市检察院公诉处女检察官林菲的故事。

第一卷

目击证人

1. 泼粪

戴梓萌是什么时候离开的，林菲完全没有印象，一整个早晨，她都有些恍惚。

从考进 S 市检察院成为公诉处的一名公诉检察官那天起，她便很少再做那个梦了。很多时候，她会在睡前给自己做一个心理暗示，告诉自己，今夜该去找他们了，然而有效果的时候很少，更多时候，她的梦境会被正在办理的案子填满。

所以，能和他们再次见面，让她感到无比幸运，更有一丝小小的甜蜜。

作为从小就和林菲在一起，检察院的特招人才，公诉处未检科的检察官戴梓萌有着心理学硕士的学位，除了做一些未成年人犯罪的心理辅导工作，她还承担着公诉处所有检察官的心理咨询工作。林菲就是她最主要的客户。从她一丝微妙的表情变化中察觉她的心理状态，对于戴梓萌来说，并不是什么难事。

她很聪明地没有追问太多，甚至一整个早晨都没有来打扰林菲，就连出门上班都静悄悄地独自离开，没有发出一点声音。

她知道该在什么时候说话，该在什么时候保持沉默。

或许她打过招呼，只是沉浸在自己的那份小确幸中，林菲没有在意。

想到这些，林菲不由得失笑。

看着镜子里那张有些僵硬的笑脸，林菲抬手揉了揉脸颊，小心翼翼地整理着穿在身上的检察官制服，理平了所有的褶皱，套上一件羽绒服之后，走出了房门。脸上瞬即恢复了惯有的冰冷神态。

从这一刻起，她的全部精力就已经转移到了手头的案子上。

"林菲？"

林菲刚刚反锁好房门，一个清脆的声音便突兀地传进了她的耳朵，她有些茫然地转身，就见一个穿着外卖送餐员服装，戴着厚厚口罩的年轻女孩儿正站在楼道里，一只手上提着一份外卖，另一只手举着手机，手机的镜头有意无意地对准了林菲。

"我没叫外卖。"林菲下意识地说道。

"我知道。"女孩儿道，微微跳动的眼角说明她似乎微微笑了一下，"林菲，S 市检察院公诉处检察官、检委会委员，孙悦交通肇事逃逸的案子，你主张现有证据存在瑕疵，暂不足以支持提起公诉，应该退回公安机关补充侦查。"

林菲怔住了，这是他们昨晚的检委会合议才刚刚作出的结论，连正式的退查报告都还没有制作完成。

女孩儿口中所说的这个案子就发生在半个月前，11月20日，一个浓重的雾霾夜。

凌晨4点，S市东大路与兴华街交叉路口，横竖4排黑洞洞的老式居民楼蹲踞在黑暗中，一扇窗子射出朦胧的灯光，恍若怪兽的独眼注视着黑夜。

空旷的街道上，昏黄的路灯照耀下，一个模糊的身影挥舞着手里的工具忙碌着，浓重的雾霾让人看不清他的样貌和具体的举动，只能听到一阵刷刷的声音。

不远处的一个十字路口，模糊的黄灯闪烁了几下，变成了红灯。两道光柱迅速接近，在红灯前并没有减速，径直穿过路口，向那个模糊的人影冲了过去。

没有惊叫，没有痛苦的嘶吼，只有一声沉闷的撞击和刺耳的刹车声。一辆黑色越野车摇晃着在路边停下，足足过了5分钟，一道人影才推开车门，踉跄着走下了车，跌跌撞撞地走到了被撞倒的环卫工人身边，蹲下身看了看，连滚带爬地向后退了几步。

又过了一阵，他似乎平静了一些，但依旧手足无措，他走到倒在路边的环卫工人身边，俯下身，双手自他的腋下穿过，似乎想把他拖上车，然而只走了几步，刚刚把人拖到车后就放弃了，恐惧最终吞噬了一切。他迅速返回车里，发动车子，用力踩下油门，车如离弦的箭一般冲了出去，慌乱中，猛地撞到了路边的护栏上。车身震动了一下，短暂的停顿之后，这辆车开始向后倒，驾驶员似乎没有意识到，那个被他撞倒的人就在车子的后方，车身抖了一下，再次停了下来。

驾驶员调整了一下方向，越野车缓缓启动向前驶出，再一次从那个可怜的环卫工人身上碾过，但驾驶员恍若不觉，调了个头，越野车循着来路迅速驶离。

前后花费了大约20分钟的时间。

4点15分，110指挥中心接到了群众的电话。

4点30分，交警赶到现场，遇难者潘斌就躺在路中间，整个胸腔都已经塌陷。他的手上还抓着自己的劳动工具。

紧张的勘验工作迅速展开，现场勘察人员在路边的护栏上找到了大量痕迹，沿途调取了所有能调取的监控录像，根据路上的刹车痕迹判断出了肇事车辆行驶的基本信息，却得出了一个让人惊恐的结论：事故发生时，在限速70公里的该路段，该车时速达到120公里；肇事前，该车连闯多个红灯；事故发生后，肇事司机不仅没有试图拯救遇害者，反而驾车对遇害人员进行了反复碾压，随后逃逸。

市局法医刘鹏主持了尸检工作，证实被害人死于失血性休克，生前曾遭到撞击，造成身体多处骨折，反复碾压后致内脏出血死亡。

这已经不是一起简单的交通事故，鉴于肇事司机违章驾驶，肇事逃逸，已经触犯了《刑法》，该案被定性为刑事案件，移交到了市局刑警队办理。

然而，当天严重的雾霾让监控系统只能勉强辨认出该车的行动路线，而无法拍摄到清晰的车牌号；微量物证的鉴定也只是判断出肇事车辆应是一辆黑色现代ix35，除此之外便没有更多的信息了。

全市范围内登记的黑色现代ix35共计15 236辆，逐一排查下来，不知道要到何年何月，等到找到时，也许所有的证据都已经湮灭。

所幸，案件发生时，有人目睹了全部过程，并及时报警，但警方并不认为这个因为失眠坐在窗边看书的中年人能够提供更多信息，雾霾让当天的能见度不足30米，而此人当时距案发现场的直线距离超过50米。

"我看到了，车牌号是盛C16225。司机是一个年轻人，穿黑色夹克，车是黑色的。那个环卫工最初是倒在路边的，但司机下车后把他拖到了路中间，然后开车轧人，逃跑。他是故意杀人。"面对年轻的刑警队长孙林，目击者林远无比笃定。

没有人相信他，纯粹是抱着试试看的想法，警方对他的证词进行了核实，却意外发现，他口中的这辆车就是肇事车辆，车主孙悦也正是肇事司机。

警方在全城范围内对孙悦展开抓捕，最终在一家旅店内查到了线索，案件发生后，孙悦没敢回家，只能栖身于小旅店内。

抓捕他时，遭到了他的激烈反抗，他从旅店二楼跳下，不顾扭伤的脚踝，疯狂逃窜，带队的孙林紧随其后，在一辆违章行驶的电动车的"帮助"下，才将他抓获。

那辆电动车逆行，撞倒了逃跑的孙悦后，又把孙林重重撞翻在地。

归案后，孙悦供称，案发当晚，他参加了一个同学聚会，因当晚要驾车，因此并未饮酒。聚会结束后，他自行驾车返家，途中遇到一名急性阑尾炎突发的病人何宇拦车求救，他好心载此人赶往医院。担心病人有生命危险，因此路上连闯了多个红灯。

对于自己驾车肇事逃逸一事，孙悦供认不讳。

然而根据目击证人的说法，孙悦极有可能涉嫌故意杀人，对此，孙悦予以了坚决否认，坚称自己下车查看的时候，被害人已经死亡。对自己的逃逸行为，孙悦也进行了辩解，称是考虑到车内患者的生命安全，他决定先送病人去医院，随后再到公安局自首。他载着的那名病人何宇可以为他作证。

　　然而警方的调查却发现，当日凌晨 4 点 50 分左右，孙悦口中的医院的确收治了一名急性阑尾炎发作的患者何宇，但他却是独自出现在医院门前，没人看到孙悦。据接诊的护士回忆，她甚至无法相信何宇究竟是以怎样的毅力强忍着疼痛走到医院的，当看到他们的刹那，何宇就一头栽倒在地。

　　"我当了这么多年护士，什么样的病人都见过，急性阑尾炎还能坚持自己走到医院的，他也是前无古人，这得是多不要命的人才能干出来的事啊，也是疼傻了，都不知道叫个救护车。"护士说，"如果他再晚来半个小时，恐怕就没命了。"

　　患者何宇则表示自己其实叫了救护车，只是当天浓重的雾霾让救护车姗姗来迟，独居的他只好自行前往医院，幸好他住的地方离医院并不远。

　　对于孙悦，何宇否认认识这个人。

　　而孙悦所谓送何宇到医院后再到公安局自首一说也不能成立，警方找到肇事车辆时，车辆正在汽修店维修，而孙悦本人正在旅店呼呼大睡。

　　警方进一步的调查更发现，案发前 3 天，孙悦和被害人之间曾发生过冲突，当时孙悦车内的一个人车窗抛物，遭到被害人潘斌的阻止，孙悦没有劝阻，反而迅速驾车离开。

　　历时不到 10 天，该案就完成了前期的侦查工作，移交到了市检察院公诉处准备提起公诉，承办检察官戴琳在审查了案件卷宗后拟以批捕时的交通肇事逃逸罪向法院提起公诉，至于故意杀人的罪名，戴琳认为，目击证人林远的证词不足以采纳，在雾霾严重，超出了可视距离的条件下，他没有理由看清案发现场的一切。

　　作为检委会委员之一的林菲则提出，该案应退回公安机关进行补充侦查，林远的证词是否采纳应该在进一步的核实后再行决定，而嫌疑人孙悦没有理由提出一个不会给自己作证的证人，建议在退查报告中提示警方对何宇展开进一步的调查。

　　交通肇事逃逸罪和故意杀人罪在量刑上可是天壤之别，不容有半点的马虎。

　　"检察官 1% 的疏忽，对当事人就是 100% 的伤害。"林菲用一句话就说服了检委会所有的委员同意将该案退查。

　　"那个案子……"

　　林菲斟酌了一下措辞，刚要说下去，女孩儿突然开口了。

　　"老铁们，双击 666。"她说着，突然扬起手中的外卖，向林菲当头砸了过来，林菲下意识地躲闪了一下，餐盒砸在了她的身上，里面的汤汤水水撒了林菲一身，一股恶臭扑面而来。

林菲匆忙脱下羽绒服，再抬头的时候，女孩儿已经不见了踪影。

她苦笑了一下，重新打开了房门，走回了房间，从门边的鞋柜里找出一个大塑料袋，将羽绒服塞了进去，随手挽紧了袋口，整个动作一气呵成，熟练无比。

随后，林菲拉起身上的检察官制服闻了闻，那股恶臭早已渗透。林菲的脸上露出了一抹无奈，她走向阳台，那里挂着她的另一套检察官制服，然而，她只是伸手摸了摸就知道，她不可能换下身上的制服了，那套制服昨天刚刚洗过，现在稍一用力，还有水滴淌下来。

她想了想，转身进了洗手间，先将一块抹布用水沾湿，用力在制服上擦拭了几下，低头闻了闻，味道似乎淡了很多。她又从化妆包里找出了一瓶香水，对着胸前的衣服按了几下，却微微皱眉，香水并没有如她预料的那般喷洒而出。

林菲拧开香水瓶看了看，里面早已经空空如也，她随意地将香水瓶扔进了垃圾桶，走回到自己的房间，打开了衣柜，举起的手却僵住了。

她已经找不到一件适合冬天穿的外套了。

2. 刺杀

戴琳觉得有些烦躁，以至于面对手里的那个她以往最爱的汉堡都有点失去了兴趣。

昨天检委会合议驳回了她准备提起公诉的请求，要求对该案退查之后，她就要求那个新来的书记员姜斌抓紧制作退查报告。

可对这个姜斌，她除了厌烦，实在提不起一点其他的感情，她可是清楚地记得，昨天晚上检委会会议结束，她回到办公室的时候，姜斌正一边往手上涂着护手霜，一边对前来做客的未检科检察官戴梓萌吹嘘他那套陈词滥调。

"我，S市花美男，家学渊博。我妈，国家一级话剧演员。我爸，法院退休院长。我本是法学专业高才生，奈何志在演艺事业。"他又往脸上涂了点护肤品，"你看我这张脸，这叫颜值，老雷。"他冲同一个办公室的检察官雷鸣努了努嘴，"他那脸只能叫二维码，哦不，二维码都比他有内涵。"

"那你怎么沦落到来当书记员了？"戴梓萌盯着他的脸，饶有兴致地问。

她得承认，姜斌那张脸，不管是谁看到，都会萌生一种赏心悦目的感觉。

"嗨。"姜斌叹了口气，"我爸希望我从事法律事业嘛，我也是个有孝心的人。"

"真不是因为娱乐圈混不下去了？"戴梓萌貌似纯良地问，"入职欢迎会上你说的那些片子我都看过了啊，我一帧一帧地找过，可也没找到你的镜头，演员表里也没看到你啊。"

"那都是浮云。"姜斌打了个哈哈，目光对准了雷鸣，"我说老雷，你又是咋回事？刑警队长干得好好的，怎么那么想不开跑到检察院来了？你说说你啊，四十大几的人了，行政级别那么高，检察官等级那么低，只能当个助理，你不憋屈吗？"

"雷哥挺好的啊。"戴梓萌不解。

"雷哥？"姜斌冷笑，"好听点叫他一声雷哥，你以为他们真拿老雷当回事了？林检刚提出的那些个问题，老雷之前可都说过，可你看戴检当回事了吗？你们都是自我感觉良好。"

戴琳就是这个时候回到办公室的，戴梓萌几乎是在同时离开了办公室。

"哎，戴检，再聊5块钱的啊。"姜斌喊道。

于是戴琳知道，姜斌还不知道戴梓萌的真正身份，未检科检察官只是方便她工作的行政职务，实际上，她是检察院的一名心理专家，而她之所以出现在这里，并不是她对姜斌多有兴趣，仅仅是因为她是来等林菲的，而林菲的办公室反锁着。

仅此而已。

她把这个冷酷的事实残忍地丢到了姜斌的面前，顺便告诉他，"我可以陪你再聊50块钱的，前提是今天晚上必须把退查报告做好。"

戴琳小心地在办公桌后坐下，费力地吃下手中的汉堡，180多斤的体重让身下的椅子发出了不堪重负的呻吟。姜斌做好的退查报告就放在她的办公桌上，但她完全没心情看，鬼知道里面又会出现什么常识性的错误，比如上一次，他竟然在不起诉决定书里要求警方去逮捕另一个人，这根本就是两码事。

"戴检。"正想着，那个开口就能让她火冒三丈的声音就传了过来。她抬头，就见姜斌从门边探进头来，手上还拿着一瓶润肤露，正在向外倾倒，漫不经心地说道，"那案子被害人潘斌的家属来了，想打听一下案子的进展。"

"你告诉他……"戴琳犹豫了一下，"算了，你让他进来吧，我跟他解释一下。"

"好。"姜斌点头，侧了侧身，戴着眼镜，二十几岁的潘良走进了戴琳的办公室。

"对了，戴检，我给你的片子，你看了吗？"转身要走的姜斌突然满怀期待地问了一句，"你觉得我演的怎么样？"

"我没找到你啊。"

"怎么会？"姜斌有些急，"开场趴河里的那具浮尸就是我啊。"

"连个正脸都没给，我哪知道那是你？"戴琳白了他一眼，"你要是能把扯淡的精力分一半用在案子上，那我得轻松多少啊。"戴琳别有深意地说道。

"哦，用我陪着吗？"姜斌似乎突然意识到了自己这个书记员的职责，赶忙问道。

"不用了，你忙你的吧。"戴琳烦躁地摆了摆手。

姜斌甚至都没有推辞，就关上了办公室的门，这让戴琳更加恼火。

潘良倒是安静地站在门边，为了不被人打扰，他甚至将房门反锁了一下，随后就等着戴琳的安排。

这个细微的举动让戴琳的心情好了一些。

"坐吧。"戴琳微微一笑，示意了一下，看到潘良在她对面的椅子上坐好，她莫名地觉得心情更好了。就算是坐，潘良也没有坐实，只有半个臀部挨在了椅子上，要是姜斌能有潘良这样的礼貌，她也能觉得日子好过点。

"不好意思，让你看笑话了。你父亲的事，我很遗憾。"戴琳清了清喉咙，尽可能柔和地看着潘良的眼睛，说道。

"我只是想知道，孙悦什么时候才能上法庭，什么时候才能枪毙。"潘良的声音无比冰冷，可他的脸上却还保持着一丝微笑，这个诡异的状态让戴琳下意识地打了个冷战。

他的冰冷和林菲简直难分伯仲。戴琳暗暗腹诽，似乎还有一些不同，但究竟是什么不同，戴琳没时间去细想。

"关于这个案子，目前还有一些地方存在疑点。"

戴琳斟酌着措辞，刚想继续说下去，就被潘良打断了。

"那么说，外面传的这个案子你们暂时不会送孙悦上法庭，是真的？"

"外面？"戴琳愣了一下，"什么外面？"

"昨天晚上，网上有人说，你们暂时不打算起诉孙悦。所以，你们是想就这么放过一个杀人犯了，是吗？"潘良说着，一只手伸进了衣服里。

"你误会了，退回公安机关补充侦查并不是不起诉，更不是无罪释放，这完全是不同的两个概念。"戴琳连忙解释道，"目前的情况是，我们认为有些疑点还需要警方进行补充侦查，查明情况后，怎么处理，还要看具体的情况。"

林菲路过戴琳办公室的时候，也看到了潘良，但她并没有在意，甚至连脚步都没有停顿一下，案件当事人的家属到检察院询问案件的进展是法律赋予他们的权利。

她只是脸色冰冷地走进了自己的办公室。

她的身后，看到她的每一个人都毫无意外地对着她指指点点，有些还捏住了鼻子。她身上那件不应该出现在这个季节的风衣，无法掩盖的恶臭无一不在告诉同事们，她今天早上又被人泼粪了。

于是有些窃笑就那么不小心地钻入了林菲的耳朵。

检察官是个得罪人的职业，收到几句口头威胁实属家常便饭，就连子弹都有检察官收到过。但像林菲这样，经常被人泼个粪，家里的玻璃隔三岔五就要更换一次，就有些不同寻常了。

而林菲得罪的人里，还包括她的这些同事们，每次遇到重大案件，她总是冲在最前面的那个，立功最多，升职最快，一点机会都没有留给其他人。自从成了检委会委员，她更是经常在会上把案子的承办检察官问得哑口无言。在整个检察院里，恐怕也只有未检科的戴梓萌算是她的朋友，那还是因为两个人从小就是闺蜜，如今又住在一起的缘故。

"一门心思想升职，谁的面子也不给，一天连个好话都没有，眼睛都快上天了，就她这样的，哪个男人能看得上？"私下里，同事们总是这样评价她。

这些林菲都知道，却从来没有在意过。她心情不好，仅仅是因为早上的那出意外让她本来愉悦的心情又变得糟糕了。

她脱下风衣，挂到衣架上，看了一眼办公桌上摆着的一张照片，那是她和简明的合影，两人刚从过山车上下来，那时的她雀跃得像个孩子，而简明则是一脸的苦涩，别扭地想要离她远一点，却被她紧紧地拉住了胳膊。

看到他那个别扭的神情，她莫名地觉得心情好了不少。

"菲姐，给你这个。"戴梓萌突然走进来，随手把一个香水瓶放到了桌子上。

林菲拿起香水瓶，对着身上喷了几下，看着娃娃脸的戴梓萌，"不是说了，把家里的监控拆掉吗？"

"放心，监控你的那些早就拆掉了，现在留下的，是防着那些小偷小摸，或者报复我们的人的，这可是重要的证据。"戴梓萌嘻嘻笑道。

"说来说去，你们就是想留他一命，不是吗？"潘良的话语中，每一个字都透露着一股阴冷，穿透了墙壁，传到了林菲和戴梓萌的耳朵里，"我没看到你们在办案，我只看到你们在说什么电影，就你们，能做出什么公正的裁决？！"

"不是这样的，啊——"戴琳突然一声惊叫。

这一声尖叫中气十足，让所有刚刚上班的检察官都愣了一下，戴梓萌和林菲最先反应了过来，转身就跑了出去。

戴梓萌伸手去推戴琳办公室的门，当察觉到门被反锁之后，她毫不犹豫地抬脚就踹了上去，伴随着哐当一声巨响，房门洞开，戴琳已经摔倒在地，靠在身后的墙边，右臂抬到了胸前，一把匕首穿透了她的胳膊，刺入了胸腔，生死不明。

潘良正准备绕过桌子，要去补上一刀。

戴梓萌几步就窜到了潘良的身边，抬手抓住了他的肩膀，稍一用力就让潘良不由自主地面向了戴梓萌，在他还没完全反应过来的时候，就感到一阵天旋地转，整个人都被扔出了门外，随后便被赶来的雷鸣以一个标准的擒拿动作按在了地上。

至于姜斌，从始至终都躲得远远的，没有人注意到，他手里的手机镜头悄悄对准了办公室里倒在地上的戴琳，双手轻微地颤抖着，脸上竟带着一丝莫名的兴奋。

法警从雷鸣手里接过潘良的时候，潘良被戴梓萌抓过的手臂无力地耷拉着，就算没有骨折也肯定脱臼了。救护车在最短的时间内赶来，将戴琳拉走救护。整个事情前后甚至没超过20分钟，检察院的办公楼里就又恢复了平静。

戴琳的意外虽然让同事们心有余悸，但工作总还得去做，那些嫌疑人们还等着他们的初步裁决，只不过工作起来他们更加小心谨慎了，谁也不想步上戴琳的后尘。

林菲并非没有亲眼见过死亡，别忘了，她的工作就是和各式各样的重大刑事案件打交道，卷宗里那些惨无人道的犯罪现场比眼前的这一幕要凶残的多，可是当戴琳满身鲜血地从她的面前被抬走，她的脸色还是呈现了难以抑制的苍白，久久不能恢复。

"猖狂！"铁青着脸的副检察长林礼祯低喝了一声，惊醒了沉浸在恐惧中的林菲。

"戴琳怎么样？"林菲平静地问道。

"0.5厘米！"林礼祯举起右手，食指和拇指之间留下了一道微不可查的缝隙，"大夫说，只差0.5厘米，戴琳就没命了。这些犯罪分子简直太猖狂了，竟然在检察官的办公室里公然行刺，这件事我们一定要严肃处理。"

"戴琳正在办的案子怎么办？"

林菲又问。她对戴琳的关心似乎仅仅是知道她还活着就足够了，甚至林礼祯都怀疑，林菲的重点在于这个案子接下来怎么安排。

"我会亲自来办理这个案子。"林礼祯想都没想就说道。

"不行。"林菲毫无意外地说道，"这个案子，还是我来办吧，正好我手头的案子刚都结了。林副检察长你下周好像有个会要进京，根本没时间。"

"这……"林礼祯犹豫了一下，终于有些不甘地点了点头，"那就你来办吧。雷鸣，姜斌，你们协助。"

他看了一眼因为戴琳的办公室暂时被封存而被迫搬到林菲的办公室办公的雷鸣和姜斌，眼中满含深意，"但这件事我们不能就这么算了。"

"不是有警察在查嘛。"姜斌小声嘀咕了一句。

"警察查的是潘良杀害戴琳的动机和证据，我们内部也要查。"林礼祯冷笑了一声，"孙悦的案子退回补充侦查，是我们昨晚的检委会合议才做出的决定。不到10分钟这条消息就传到了网上，除了我们内部人自己泄露了消息，我想不出还有谁能知道这件事。戴琳刚出事，网上就连视频都放出来了，难不成我们一直在别人的监视之下？这件事我们不仅要查，还要一查到底，查到责任人，绝不姑息！"

林礼祯猛拍了一下桌子，让姜斌下意识地打了个冷战，心脏没来由地悸动了一下，放在桌子下的手迅速地在手机上操作着。

那个好不容易汇聚了十几万粉丝的微博账号恐怕是保不住了。

姜斌觉得，自己的心在滴血。

3. 抗拒

"让菲姐接这个案子，我不同意。"林礼祯刚回到自己的办公室，戴梓萌就找上了门，她的脸上甚至难得地带上了一丝怒容，"必须把她调走，这还要我说几次？你知不知道她现在有多危险？"

"干我们这行的，哪可能不面对危险？"林礼祯说着，从办公桌上拿起一个快递盒，"今天早上刚收到的。"

他撕开快递，打开盒子看了一眼，就啪的一声扣好，随手收进了抽屉里，脸上的神情有一瞬间的悲伤，但随即就恢复了正常，他从另一个抽屉里找出一支马克笔，又将倒扣在办公桌上的一张照片拿了起来。

那是一张三口之家的照片，林礼祯看着这张照片，略略有些失神，处于照片正中的，正是稍显年轻的林礼祯，在他的身后，装束上看，是一个少女，只是她的头像部分却被裁剪掉了，而在他的身前，坐在草地上的，是一个年龄和他差不多大的中年女人，那是他的爱人。

那个中年女人的身上布满了马克笔的黑色标记，粗看上去，就像熊孩子的涂鸦，但仔细看去，却是精准地标记了人体的各个部位，如今，只剩下左右手和头没有被标记出来。

"林副检察长，你知道我不是那个意思。你们每天接触的是什么，你比我清楚，是个正常人都承受不了这种压力。"

戴梓萌急促的声音将林礼祯从失神中唤醒，他抬手用马克笔在那个中年女人的右手处画了个圈，将照片扣好，抬头看着戴梓萌，脸上笑意不减。

"你别急啊，来，坐下来慢慢说。"他起身，双手按着戴梓萌的肩膀，把她按进了椅子里，"把林菲调走，这件事我已经不是第一次和她说了，可是你看看，她根本就不同意嘛。"

戴梓萌盯着林礼祯，目光里毫不掩饰对他的不信任，足足过了半分钟，看得林礼祯都有些坐立不安。她突然露出了一抹冷笑，哼了一声，"我还从来没听说过，堂堂副检察长竟然连要调走一个人都做不到了，你强制把她调离工作岗位，她还能把你怎么样？"

"她会辞职的，你信不信？"

"说来说去，你不还是舍不得？"戴梓萌将头转向了一边，斜眼看着林礼祯。

林礼祯被她说得老脸一红，下意识地扭动了一下身子。戴梓萌说的无比正确，让他舍掉林菲这员得力干将，他实在有些不甘心，要知道，10 年来，林菲承办的案子没有出过一丝纰漏，而她承办的，可都是那些杀人放火一类的重大恶性刑事案件，光是看卷宗就足以让一般人崩溃了。

"我破格特招你，你不会真以为是让你就管未检科那摊子事吧？我是希望你能解决院内所有检察官的心理问题。"林礼祯看着戴梓萌，语重心长地道。

"菲姐的心理问题，我解决不了。"

戴梓萌的回答没有丝毫的犹豫，让林礼祯一时竟有些语塞。半晌，他才说了一句连他自己都觉得没什么信服力的话。

"你可是心理专家。"

就连心理医生都对林菲毫无办法，更何况只是一个原本的专业就不在心理辅导领域的专家？林礼祯暗暗自己给自己吐了个槽。

"那我也没法和一个死人争宠啊。"果然，戴梓萌的回应依旧没有任何的犹豫。

林礼祯不由得苦笑了一下。

"你说简明吧。你就不能从这个简大律师的身上着手，劝劝你菲姐？简明可以是林菲的软肋，一样也可以是她最坚强的后盾啊。"

"不能将其击垮的，终将使其更加强大。"戴梓萌终于转回了头，却看着林礼祯冷笑，"你以为这话我没说过？这不是解决之道，我的确用简明给她建立了一道心理防线，结果是我作茧自缚，现在我连进入她的内心，了解她的状态都做不到。我唯一知道的是她现在根本不把这份工作当成工作，这就是她的日常生活了。我需要的是她离开这个岗位，回归到正常人的世界里，有自己的私生活。现在这样，我不知道她什么时候会突然爆发。"

"你不是已经给她建立了一个连你都不能摧垮的堡垒了吗？"林礼祯不解。

"堡垒总是从内部倒塌的。"

几乎是在一瞬间，林礼祯就明白了戴梓萌话里的意思，对于林菲的去留，他再次犹豫了，但同样仅仅是一瞬间。他试探着问道："最好的和最坏的结果，都是什么？"

"呵，我再告诉你一次，最好的结果是她死，你们没事。最坏的结果，她拖着你们一起死。有句话叫你在凝视深渊的时候，深渊也在凝视你！"

林礼祯微微皱眉："真的一点办法都没有了？"

戴梓萌突然起身，绕过办公桌，走到了林礼祯的书架旁，伸手从上面抽出了两本书，一本《微反应》和一本《微表情》。

林礼祯不明所以地看着她。

戴梓萌微微一笑："您应该还记得，我本科时候研究的领域是微反应和微表情，现在捡起来，应该不难。"

"你要干什么？"林礼祯更加疑惑了。

戴梓萌掂了掂手里的两本书，"反正不是当凶器，轻了点。"她突然深吸了一口气，直视着林礼祯，表情骤然严肃了起来，"既然你不肯让她调离现在的岗位，那只能想办法让她在调查每一个案子的时候都能用最短时间完成，将她可能受到的影响降低到最小。她需要一个能帮她调查取证的心理专家，而不是一个只会开导她的心理医生。你既然调不走她，那就把我调过去。"

踏破铁鞋无觅处，得来全不费功夫。

这句话用来形容此刻肇源的心情再恰当不过了，从接了孙悦的案子开始，他还从来没像现在这样轻松过，检察院竟然要将这个案子退回公安机关补充侦查，这就意味着，很多以前他没时间去做的事情，现在有了转机。

一大清早还发生了承办检察官被刺杀的事情，舆论的目光将会更多地投放到这个案子上。任何事情一旦有了舆论的介入，走向都会朝着公权力不可控的方向发展，因为他们的反应总是慢人一步。他开始思考，要不要在这个案子里再加一把火。

引导舆论深入挖掘嫌疑人的悲惨身世，寻找被害人的种种缺陷，早已经形成了一种常规的操作手段，肇源会采用。但对于他来说，只有这些还不够。

"肇律，材料准备好了，通稿现在就发吗？"秘书拿着一份文件走进了办公室，问道。

"哦，那个先放一放。"肇源喝了一口咖啡，"你帮我去联系几个人。"他从书桌里找出一个通讯录，递给秘书。

看到通讯录上的几个名字，秘书愣了一下："他们？肇律，现在和他们牵扯上关系，是不是不太合适？"

肇源皱了皱眉："你只需要按我说的去办就是了，合不合适，我自己有考量。"

"是。我明白了。"秘书接过了那份通讯录，"还有其他事情吗？"

"这个案子，现在检察院那边是谁负责？"

"林菲。"

"谁？"肇源一惊，声音都不由自主地提高了一个音调。

"公诉处的林菲检察官啊，怎么了？"秘书有些不明所以。

"把那个给我，这事不用办了。"肇源伸手，不等秘书有反应，就拿回了那本通讯录，"你继续去找那个何宇，不管想什么办法，都得让他出来作证，需要用多少钱，你直接去和财务说，我会打招呼。"

"好。"秘书的回答没有丝毫的犹豫。毫无疑问，对肇源之前想采取的某种行动，秘书的内心充满了抗拒。

市第二看守所讯问室，林菲正在做着提审孙悦前的最后准备。助理检察官雷鸣一张脸上没有任何的表情。戴梓萌则摘下了眼镜，耐心地擦拭着。只有姜斌打开了电脑之后，就显得有些不知所措。

他紧张的时候，习惯往手上或者脸上擦一些护肤品，但是那些东西在进看守所之前就被收走了，他只能不停地做着那些几乎已经形成本能的动作。

"干搓？"戴梓萌突然问了一句。

"要不然呢？"姜斌反问。

"吐口唾沫再搓。"戴梓萌戴好眼镜，说道，"科学实验结果表明，在唾液中发现了两种新的特殊物质，一种是能促进神经细胞生长和发育的神经因子；另一种是对皮肤表层细胞生长发育具有很强作用的表皮生长因子，从而突破了此前对唾液只单纯具有消化功能的判断。因此，唾液是最好的按摩液，不仅能有效地去除角质死细胞，还有滋润营养的作用，按摩后的皮肤细腻光洁。"

"你平时就研究这个？"姜斌惊讶不已。

"我平时什么都研究。"戴梓萌看了一眼雷鸣，"对着你们这群人，实在太无聊了。像雷哥这样的，我现在就在研究一种新的扫码仪器，看看能不能从他的脸上扫出点什么来。"

"我建议你放弃。"姜斌撇了撇嘴，"我说过了，二维码都比老雷的脸有内涵。"

两人正斗嘴的时候，讯问室的门被人从外面推开，在两名武警的押解下，孙悦垂着头，脚步蹒跚地走了进来。

他就像身上背负着沉重的山峦，让他的双脚无法完全离开地面，一路行来，鞋底摩擦地面的唰唰声连绵不绝。

两名武警把他拖到椅子前，按着他的肩膀让他坐下。从始至终孙悦都没有抬过头，目光也吝惜地没有向这4个陌生人投去过一缕。

"孙悦？"

听到林菲的声音，孙悦这才微微抬起眼睑，看了一眼坐在对面的4个人，点了下头，目光便又垂向了地面，双肩微微耸起，缩起了头。

"我是市检察院公诉处的检察官林菲，现在负责你的案子，在警方移交给我们的卷宗里，你承认自己交通肇事逃逸，对吗？"

孙悦微不可查地点了点头，却又急迫地说道："但是我没杀人。"

他弯着腰，低垂着头，声音暗哑无力。如果不是有桌子挡着，此刻他的头恐怕都要贴到膝盖上了，"我是撞到了那个人，但是我不是故意的，我下车看的时候，他就已经死了。"

"勘验报告中提出，你对当事人进行了反复碾压。"

"我没有。"孙悦摇头，却依然垂着头，弯着腰，声音微弱，"我看到他死了就想跑，当时我吓坏了，手脚都是软的，开起车来不太稳，可能就轧到了。"

"你和被害人在案发前3天曾发生过冲突。你在撞到被害人的时候，有没有报复的成分在里面？"

"没有，绝对没有。"孙悦用力摇了摇头，抬起头看着林菲，"我当时都没认出他来，后来还是警察跟我说我才想起的这件事，而且当时和他冲突的人也不是我，是我的一个投资人。"说完，他便又垂下了头。

"孙悦，你看看这个人，你认识吗？"林菲接过戴梓萌从档案袋里找出的一张照片，递到了孙悦的面前。

孙悦的眼睑向上提了提，放在膝盖上的双手微微用力，整个人瞬间莫名地有些僵硬。

他只扫了一眼照片，便迅速地垂下了头，"认识。"

"他叫什么？"

"我不知道。"孙悦摇头。

"你不知道？"正在电脑上快速录入审讯记录的姜斌愣了一下，录入的动作都停了下来，他抬头看着孙悦，"不知道你还说你认识他？哥们，咱不带这么瞎掰的啊，浪费时间就等于浪费生命，你的时间可不多了。"

"我确实不知道。"孙悦苦笑，"我那天刚出饭店，就被这个人拦下了，让我帮个忙送他去医院，急性阑尾炎。这个病会要命的，所以我才闯了好几个红灯，结果不小心还是把那个人给撞了。"

"这个人叫何宇。你曾经跟警方提到，何宇可以帮你作证，证实你当晚并没有故意杀人的行为。你也曾向何宇表示，被害人已经身亡，你会在送他去医院之后去自首。但是在警方的调查报告中，何宇却表示并不认识你，也不是由你送他去的医院。而你所谓的自首最终也没有实施，为什么？"

"我不知道他为什么不承认，可能怕麻烦吧。"孙悦说完这句话，就恢复了沉默。

"你还没回答林检察官为什么没去自首。"戴梓萌等了一会儿，冲着林菲打了个手势，开口说道。

"因为……"孙悦舔了舔嘴唇，"我害怕了，毕竟人死了。而且，我还没在现场，警察会说我肇事逃逸，我会被判刑的，所以……"

"所以你就心存侥幸，觉得那天晚上的天气不可能有人看到你干了什么，监控也拍不到你，是吗？"戴梓萌问。

"对。"孙悦点头。

"来，看看这张照片，说说什么感觉。"戴梓萌突然又拿出一张照片，说了一句莫名其妙的话。

一看到这张照片，孙悦的目光马上垂向了地面，头也垂得更低，马上就要贴到桌面了。

"我对不起他。"他的声音中有些哽咽，肩膀微微地抖动着。

"最后一个问题。"戴梓萌丝毫没有受到孙悦情绪的影响，平静而冷淡地说道，"你当时为什么要调头，沿着原路返回逃逸，而不是继续向前开？"

"我……"孙悦的身体有些僵硬，刚刚因为看照片而拿到桌面上的手微微地颤抖着，他再次舔了舔嘴唇，"我当时脑子里一片空白，开车走的时候撞到了护栏上，顺势就调了个头。"

　　戴梓萌目光冰冷地看着孙悦，没有说话，片刻之后，她站起身，开始整理东西。

　　"这就完了？"姜斌看着戴梓萌的举动，愣了一下。

　　"对啊，你还想在这过夜？"戴梓萌问了一句，"之前你和戴检都来提讯过了，我们这次就是走个过场。"

　　"顺便验明正身，看看他还有什么最后想要交代的。"林菲整理着卷宗，"显然他没有，那我们就按程序来。姜斌，把审讯记录打印出来让他看看，没什么问题就让他签个字。我们回去准备手续。"

　　姜斌有一种奇怪的感觉，无论是林菲、戴梓萌还是那个从头到尾一句话没说过的雷鸣，都知道了些什么，被蒙在鼓里的似乎只有他自己。

4. 困境

　　何宇睁开眼睛的时候，已经快到中午了，宿醉让他感到一阵阵的头晕和头疼。床边的床头柜上放着一杯白开水，那是江华去上班之前给他准备的，厨房里应该还有一份早餐，那也是江华给他准备好的，尽管感到饥渴，但对于早餐，他实在提不起任何的兴致。

　　他在床边坐了一会儿，抓起水杯一饮而尽，叹了口气，又重重地躺回到了床上，看着白色的天花板，面无表情。

　　这里并不是他家，而是他的学弟江华的家。而江华，是一名心理医生。

　　阑尾炎手术住院的那段时间，那个惹人烦的辩护律师肇源几乎天天都去医院找他，就为了他的一句证词，他可不觉得，自己违心的一句话就能救了一个人的命。

　　出院之后，他就跑到了江华家。上学的时候，两个人的关系非常不错，江华对他的来意甚至问都没问，就收留了他。何宇也打算就在这里待到那个案子的终审结束，等到一切都无法更改之后再说。

　　至于江华怎么想，他完全没心情去考虑，让他心烦的可不止这一件事，眼前还有一件更重要的事等着他，他的公司距离破产清算只有一步之遥了。昨天晚上的融资再一次以失败告终，在整体经济形势低迷的大环境下，投资人似乎都学聪明了，不再是几年前一个PPT就能甩出几百万那样，现在从他们手里要钱，就像要他们的命一样。

　　床头的手机震了一下，何宇抓过手机看了一眼，就随手把手机扔到了一边，是银行发来的催收短信，告诉他上一笔300万的贷款已经逾期，让他尽快归还。

我要是有钱，早就还了，谁愿意天天这么让人催？连办公室都被你们银行的催收人员占据了。

何宇懊恼地想着，对眼前的困境，依然毫无办法。

同样面对眼前的困境毫无办法的，还有嫌疑人孙悦的辩护律师肇源，何宇的下落依然不明，让他心里很没底。办理这个案子的思路他其实很清晰，何宇是他至关重要的证人。可是无论他怎么劝说，何宇都一口咬定自己不在现场，不认识孙悦，现在干脆玩起了失踪，这打乱了他接下来的所有计划，这个案子的乐趣一下子就会失去很多。

检方的一个重要证人就是林远，那个在可视距离不足30米的天气条件下，却看清了50米外发生的一切的人。这种事情，就是拿屁股想，他也知道根本就不可能。但这件事，他原本是打算开庭的时候再狠狠地扇公诉人的脸的，在法庭上挥斥方遒，驳斥得公诉人和控方证人哑口无言会让他有一种掌控一切的感觉。

他享受这种感觉。

但如今，何宇的拒绝作证会让这种快感消失一大半，而他赢下这场官司的把握也小了一大半，他不喜欢这种不可控的感觉，他必须把这一丝的不稳定因素掐灭在萌芽状态。

所以，现在他已经在林远家的楼下等了一个小时。

"肇律，来了。"密切关注着车外动向的秘书突然说道。

肇源赶忙看出去，就见林远手上拎着一些蔬菜，正不紧不慢地走进小区，走向自家所在的单元楼。

肇源急忙推开车门，下了车，连外套都没顾得上穿，寒气扑面而来，让他哆嗦了一下。只是略一犹豫，他就迎着林远走了过去。

林远看上去大约50来岁，小腹微微有些发福，一双眼睛却炯炯有神，散发着精光，腰板挺直，身上自然而然地散发着一股正气。

看到肇源，他眉头微皱。

"你又来干什么？"林远语气冰冷，神情冷淡。

"当然是希望你能改变证词。"肇源脸上带着笑，甚至夹杂着一丝不甘的谄媚，"林先生，你应该知道，你的证词可关系到一条人命。"

"我只不过是实话实说，这有什么问题吗？"

"实话实说当然没问题，可你说的真的是实话吗？"肇源反问，"我们都清楚，你根本不可能看清现场。"

"肇律师，你这话就不对了，如果我没有看到，警察是怎么根据我提供的线索抓到的那个人？"林远冷笑道。

肇源被问得哑口无言，脸色通红："那不过是个巧合！"

"你觉得是巧合就是巧合吧，我不这么想，警察也不这么想，我想法官恐怕也不会这样想，这就够了。"林远笑了一下，"肇律师请回吧，我刚下夜班，要休息一下。"

说着，林远就绕过了肇源，走向了单元门。

"你非得让他去死吗？"肇源突然喊道，"那是一条人命，你非得眼睁睁地看着他去死吗？"

已经走到了门边的林远停下了脚步，肇源心中一喜，赶忙说道，"林先生您也有家人，换成了你是孙悦，你怎么想？"

林远转身，肇源却下意识地后退了一步，林远的眼睛里燃起了两团熊熊的怒火，"杀人偿命，这没什么好说的，你让我去考虑他该不该死，那他想过潘斌该不该死吗？"

林远深吸了一口气，"肇律师，我希望这是我们最后一次见面。"

他说完，不再去管肇源的反应，径直走进了楼门。

看着林远的背影，肇源暗骂了一句，转身上了自己的车，用力甩上了车门。

看着肇源铁青的脸，秘书放下了手上的电话，欲言又止。

"有什么话就赶紧说。"肇源双手揉按着鼓胀的太阳穴，没好气地道。

"是，是这样的，肇律，今天上午，林菲检察官提讯了孙悦。"

"就这事？"肇源显得有些不耐烦，"这是他们的常规流程，随时可以提讯。这种小事，没必要和我说。"

"戴梓萌检察官也去了。"秘书补充道。

"去就去吧。等等，你说谁？"肇源突然放下手，身子前倾，盯着自己的秘书，急切地问道，"戴梓萌？未检科的那个戴梓萌？她去干什么？"

"好像她现在和林菲检察官在同一个工作组。"秘书被肇源的举动吓了一跳，声音都弱了几分。

"戴梓萌说是检察官，但她其实最擅长的是微反应和微表情领域的研究。她去，未必是什么好事。"肇源皱紧了眉头，"你去把他们会见的监控视频弄来。"

"这个，恐怕不太好办。"秘书有些为难，"我们没有那个权限。"

"你不是有个同学在看守所？他都能告诉你谁去见了肇源，帮我们弄到这份视频想必不是什么难事，我要这个东西也不是干什么违法的事情。"这么说着，肇源已经打开了自己的手机，翻找出了一个电话号码拨了过去，"听说他正追你，放心，这种事情只要你开口，他肯定会办的。喂，江医生吗？我是肇源，有点东西我想你帮我看一下。"

肇源并不知道，此时他的当事人孙悦也正陷入了天人交战之中。

在林菲一行人离开讯问室之后，孙悦坐在椅子里没有动，武警也没有进来催促。他有些失神，这和他预想的有些不一样，那个叫戴琳的检察官以前来提审他的时候，都会不厌其烦地让他复述一遍当天出事的经过，反复追问一些细节性的东西。他已经仔细思考了很久，每一个细节，每一个问题，都想好了要怎么回答。在戴琳面前，他没有露出过任何破绽，可是这个叫林菲的检察官竟然只是简单地问了几句，就结束了提审，甚至她提出的问题都没什么系统性。

她真的是来办案的？孙悦觉得，林菲真的就像那个女检察官说的那样，只是来走个过场。

他微微抬起眼睑，瞄了一眼讯问室的大门，林菲他们并没有回来的意思。看来他们是真的走了。孙悦微微皱了皱眉，仔细回想着这次提审的过程，好像还是有什么不一样的地方。这几个检察官似乎对这个案子还有些疑问，可究竟是哪些疑点，却并没有对他明说，这符合法律规定吗？他不太清楚。不过，既然他们怀疑，这大概是件好事，说明他还有机会。

想到这里，他松了口气，一直紧绷着的身体瞬间放松了下来。

武警打开门走到他的身边，将他从椅子上拉了起来，带出了讯问室。相比于进入讯问室的时候，他的脊背明显挺拔，脚步也轻盈了许多。可就在走到门边的时候，他却突然停下，脚步骤然间再次沉重，身形也重新伛偻。

孙悦无论如何都不会想到，他的一举一动都被人密切注视着。

就在讯问室隔壁的监控室里，戴梓萌正坐在显示器前，嘴里叼着一根棒棒糖，通过安装在讯问室里的监控摄像头，仔细观察着孙悦一丝一毫的变化。

"你们猜他想到什么了？"看到孙悦消失在了监控视频里，戴梓萌问。

"命不久矣呗，你看他脸都白了。"姜斌坐在戴梓萌的身后，翘着二郎腿，说道。

"那他之前为什么又那么轻松呢？"戴梓萌又问了一句。

"那个……我哪知道，大概想到了什么好玩的事吧。"姜斌尴尬地笑了一下。

戴梓萌熟练地调出了会见的全程录像，从头看了起来："他之前那么轻松，是因为我们来了，我们提出了疑问，他认为自己的案子有了新的变化，这个变化对他有利。后来突然就垮了，因为他想到了菲姐的那句话：'验明正身，看看他最后还有什么想要交代的。'这句话让他觉得，结局已经不可更改，我们只是想找一个能请求法院宽大量刑的理由。"

姜斌看了一眼林菲："这么说，这案子的结论已经出来了？"

"我就喜欢你这个态度，办事不行，但是做梦行啊。"林菲没有说话，戴梓萌却先翻了个白眼，"菲姐那话是我教的，这叫刺激源，我想看看在有效刺激之下他的微反应，也许能发现些什么。"

"微……什么玩意？"姜斌不明所以。

"微反应，说了你也不懂。"戴梓萌撇了撇嘴，"你们注意看他进来时的状态。"戴梓萌把录像调到最开始，孙悦坐在椅子里，垂着头，弯着腰，看着地面，"他见到我们的时候，我们就是刺激源，他不敢面对我们，同时脊柱弯曲，低头，视线下垂，这是典型的负仰视反应，一般是因为内心充满愧疚。"

"愧疚？他和我们又不认识，哪来的愧疚？"姜斌不解地问，"为什么不是因为害怕而不敢看我们呢？"

"恐惧会有两种反应，一种是逃离，一种是臣服，不管是哪一种都会有相应的反应，比如逃离反应中会有下意识远离刺激源。而臣服反应里尽管当事人表示了臣服，还是会下意识地隐藏起关键部位，比如胸腹和生殖器。"戴梓萌不带任何感情色彩地说道，"但是孙悦虽然垂着头，弓着腰，不看我们，可他并没有逃离的举动，对胸腹等关键位置，尤其是头，也没有防护的意图。所以我推测，他是因为愧疚，愧疚的对象当然不是我们，而是我们来的目的。"她笑了一下，"可以理解为，对这个案子，对被害人的愧疚。但是，车祸发生后，孙悦既没有主动自首，也没有主动提出赔偿，他的愧疚就值得我们深入研究一下了。他到底在愧疚什么？"

姜斌看了一眼林菲，又看了一眼雷鸣，这两个人都在看着戴梓萌，等着她说下去，他只好把目光也投向了戴梓萌。

"这案子最大的疑点就是他到底有没有故意杀人的情节。所以，我认为，他的愧疚就是对被害人造成的二次伤害，而他又有意隐瞒这件事而形成的。"

"那就是说，他说没有故意杀人，是说谎？"姜斌不确定地问道。

"对，就是这样。"戴梓萌点头，"注意一个细节。"

她点击播放键，连接在电脑上的音箱里传出了孙悦微弱的声音："我承认我是撞到了那个人，但是我不是故意的，我下车看的时候，他就已经死了。"

"咱们都知道，这个案子的核心是是否涉嫌故意杀人，而故意杀人指的是反复碾压这件事。可他在此处强调的却是不是故意撞到被害人的。下意识地回避了自己是否是故意碾压，说明他不愿意在这个问题上纠缠，纠缠下去可能会引起麻烦，但这恰好说明，他是故意碾压。"

"这小子，死到临头了还撒谎？"姜斌不敢置信地问道。

"因为瞒着还有可能保命，交代了，就差不多必死了。再看这里。"戴梓萌拖动进度条，把画面定格在了她出示现场照片的时候，点击了播放，孙悦看了一眼照片，就迅速地垂下了头，肩膀微微抖动，声音中也带上了哽咽，"这是一种典型的恐惧性逃离反应，不敢面对被害人，下意识地逃离。"

"他开车撞死了被害人，不敢面对很正常吧？"姜斌微微皱眉。

"你刚才的微反应显示出你对我的结论持有怀疑态度。"戴梓萌微微一笑，"你说的那种当然有可能，但是过失造成他人死亡会因为愧疚而无法面对被害人，此时目光一般也不会正视刺激源，但在转移视线后，通常视线会呈现稳定状态，身体不会出现逃跑的反应，因为仅仅是愧疚，无需逃走。但你们注意看，他在看到这张照片之后，腿部有轻微的移动，一脚前一脚后。同时，他眼角的余光一直瞟着门，双手平放在桌子上，这个动作让他可以随时发力，站起身逃走，这是一种典型的恐惧性逃离反应。问题是，对于一个死人，他有什么可害怕的吗？"

"他在害怕照片背后的东西。"林菲笃定地道。

"对。直接点说，他害怕的是我们是不是已经发现了照片背后隐藏的真相。"戴梓萌肯定了林菲的说法。

"还是他有没有故意杀人。"姜斌点了点头，对自己的结论颇为满意。

戴梓萌看了他一眼，再一次拖动进度条，"看这里，这是菲姐给他看他说的那个证人照片时的反应。和他看到被害人照片时的反应是不是很像？"

姜斌连忙向前凑了凑，林菲和雷鸣也微微俯身，看着显示器，画面中的孙悦在看到证人照片的瞬间，身体微微后仰，浑身的肌肉明显紧绷，放在桌面上的手尤其明显，手背上的青筋都微微浮现，他只看了一眼照片，就垂下了头。

"他的身体进入了发力的状态，随时准备逃走。可是你们不奇怪吗？这个证人是他提出来的，他为什么又怕他？"戴梓萌回头看了看这几个人，问道。

"这个证人的证词可能对他不利。"林菲平静地说道，嘴角带出了一抹淡淡的笑意。

"我也是这么想的。"戴梓萌点头，"这件事本身就很矛盾，他既提出这个人可以给他作证，又害怕这个人真的出来作证。我觉得在这件事情上他很挣扎，他希望这个人出于恩情能给他作证，又害怕证词对他不利。"

林菲看了一眼姜斌："通知刑警队的孙林队长，让他把承办这个案子的所有人都聚一下，有些问题我需要他们解答一下，另外告诉他们，我们有必要讨论一下这个案子接下来的侦查方向。"

"直接在退查报告里写清楚不就行了，干吗还这么麻烦？"姜斌嘀咕了一句，目光对上了林菲冰冷的眼神，连忙说，"行，我知道了，出去我就通知他们。"

"另外，这次提审中，他舔了两次嘴唇，一次是在我问他为什么没有自首的时候，一次是我最后问他那个问题的时候。"戴梓萌看着林菲安排完了工作，继续说道。

"舔嘴唇又说明了什么？"姜斌不解。

"舔嘴唇是一种典型的安慰反应，显示面对刺激源，被测试人非常紧张。这说明我这两个问题比较关键，在他的内心里，他认为如果回答不好，结果会对他很不利。但是，他针对这两个问题做过演习，舔嘴唇是试图告诉自己，没关系可以应付过去。"戴梓萌解释了一下，又说，"事实上，关于'为什么原路返回逃逸，而不是继续向前开'这个地方，他当时是怎么说的来着？"

"说自己大脑一片空白，撞到了护栏，就顺势调头。"姜斌道，"我觉得这没啥，人在慌不择路的状态下，确实会干出一些反常理的事情来。比如我被牛追过，我要是横向移动很容易就能躲过去，但那个时候就知道往前跑。"

"所以你脑袋被牛拱过？"戴梓萌翻了个白眼，"他这个回答，我觉得说不过去。车撞到护栏之后，整体上车头仍然正对前方，他只需要轻微变向，就能回到原来的路上，调头反而会浪费更多的时间和精力。这不符合人在危急情况下趋利避害的本能。对吧，雷哥？"戴梓萌转头看着雷鸣。

雷鸣点头："事实上，我认为从头到尾，这个孙悦都在说谎。"

"老雷你也懂微反应？"姜斌讶然地看着雷鸣。

"直觉。"雷鸣简洁地说了一句。

姜斌张大了嘴，看了看雷鸣，又神色复杂地看了看戴梓萌："我觉得，你还是放弃心理学吧。"

"为什么？"戴梓萌不解，又补充了一句，"溜须拍马的确有助于你的仕途，但是你刚刚吃惊的表情太夸张了，微表情一般不会超过一秒钟，你都快到两秒了。我大概知道为什么你在娱乐圈混不下去了，就你这个演技，太丢人了。"

听戴梓萌这么说，姜斌多少有些无奈："我不是故意挑事啊，你看你分析了半天微表情，老雷就用了一个直觉。你不觉得你很失败吗？"

"你以为直觉就那么容易？"林菲冷笑了一声，"雷检的直觉也是在无数次的审讯中锤炼出来的，依靠的也是对审讯对象的反应和表情的分析总结，只不过是在下意识中完成的，不像梓萌这种是系统的学习研究。他的直觉，跟梓萌有异曲同工之处。"

"你们俩就互吹吧。"姜斌哼了一声。

"梓萌，你继续。"林菲狠狠地瞪了姜斌一眼。

戴梓萌重又把视线投到显示器上，"其他的就没什么了。你们看，我们走之后，孙悦的身体很放松，甚至嘴角微微上挑，有一点笑容，这是胜利反应，他觉得我们已经相信了他的话。"

她耸了耸肩，"傻透了。"

"这孙子，难道全程就没一句实话？"姜斌忍不住问。

"有啊。"戴梓萌站起身，想了想，说，"他说他没认出被害人的时候。那时候他敢于直接面对菲姐，没有逃避，因为这个点上他确认我们不会查出任何问题，他说了实话。"

"这……好吧，这也算一句实话。"姜斌无奈地叹了口气。

5. 溃败

肇源和江华一起走出了江华的心理诊所，肇源的脸色不太好看，对于那份会见的监控视频，江华的分析对他极为不利，和戴梓萌的分析高度雷同。

"江医生，你说那个戴梓萌，她能看出多少来？"肇源不甘心地问。

"只多不少。"江华说，"那丫头没你想的那么简单，要不是后来出了林菲的事，据我所知，她是打算在微表情和微反应的领域继续钻研下去的，连我的老师都认为她是百年难得一遇的奇才，对于她转行这件事，差点气出心脏病来。"

江华说到他老师的反应的时候，很没有良心地笑了一下，仿佛那是一件非常可笑的事。

"不过你也不用太担心。"意识到自己有些失态，江华轻咳了一声，正色道，"所有这些分析，其实都不能作为证据使用，这点你应该很清楚。"

肇源愣了一下，随即释然，检方提起公诉迫在眉睫，他的调查毫无进展，戴梓萌却又在这个时候参与进来，让孙悦成了被剥光的羔羊，再无秘密可言，他承认自己的心有些乱了。

事实上，这种心理分析向来只能作为审讯的一种手段，通过刺激源判断被审讯人是否说谎或有所隐瞒，以及利用强有力的刺激源刺激被审讯人暴露弱点，从而指导警方找到审讯的突破口。

想明白了这些，肇源松了口气。

"可是你也不能放松。"江华突然又说道，"戴梓萌既然发现了秘密，下一次的提审，她肯定会制定一个更有针对性的计划，争取让孙悦把该说的不该说的全都说出来。那时候你可就被动了。"

他边说，边走向路边停着的一辆阿斯顿马丁。

"你这家伙，就不能让我多开心一会儿。"肇源无奈地摇了摇头，也走向自己的车，一辆车漆都有些斑驳了的奥迪A4，拉开车门的时候，他羡慕地看了一眼那辆阿斯顿马丁，还有那个身材姣好，正靠在车边自拍的女孩儿。

江华走过去，看着那个女孩儿："美女，有空吗？"

女孩儿看了一眼江华，江华身穿一条朴素的牛仔裤，外罩着的也只是商场里几百块的羽绒服。女孩眼里闪过一丝不屑，身子微微后仰，靠在了车上："我在等我男朋友。"

"哦，这样啊。"江华抬起左手，在手表上鼓捣了几下，阿斯顿马丁的车灯闪烁了一下，女孩儿吓了一跳。

江华微微一笑："现在，你男朋友来了。"

他拉开了副驾驶的门，优雅地做了个"请上车"的手势，女孩儿惊讶地看着江华，展颜一笑，弯腰钻进了车里。

"还没请教，我这位女朋友的名字？"江华微微俯身，问道。

"李沁。"女孩儿说。

"确实很沁人心脾。"江华深吸了一口气，笑道，起身关上了车门，向奥迪车里目瞪口呆的肇源做了一个"OK"的手势，钻进了驾驶席，阿斯顿马丁发出一阵嚣张的咆哮，从肇源的车前飞驰而过。

直到江华的车连尾灯都消失在了他的视线里，肇源才反应过来，无奈地一笑，江华什么都好，有极强的专业素养，有极高的颜值，可就是在女人这件事上，他从来不肯停下追逐的脚步。

这和我有什么关系？肇源暗骂了一句，发动了车子，他还有一个重要的节目要参加，说不定这个节目也会成为这个案子一个重要的转折点。

孙林原本以为将孙悦的案子移交到检察院之后，自己终于可以好好休息一段时间了。他已经整整半年没有休过假，3个月没有回过家了。好不容易把手头的工作都处理完了，也跟领导打好了招呼，可万万没想到，检察院那边又出事了。

孙悦那个案子的承办检察官戴琳遭人刺杀，虽然凶手当场就被抓获，对罪行也供认不讳，制作卷宗移交检察院的工作也在紧锣密鼓的进行中，可这件事引起的连锁反应却让人大呼受不了。

公诉处的林菲检察官是他最不爱接触的检察官，没有之一。

其他检察官在接到警方移送的卷宗后，大多时候只是审查卷宗，提讯嫌疑人，接下来或者制作退查报告，或者移送法院提起公诉。可林菲不仅仅会做这些基础工作，每一个案子，她都要召集参与侦办的所有侦查员开一次会，对卷宗里的每一个细节进行反复核实后安排接下来的工作。引导警方进行下一步的侦查取证更是家常便饭，甚至有时候还会提出一些警方认为完全没有必要的侦查实验，消耗他们大量的时间和精力在案子上。

听闻孙悦的案子转到了林菲的手上之后，小组的所有警察几乎在一瞬间就愁云惨淡，就连正在休假的警员都赶回了局里，反复核查着自己经手的那部分工作，生怕被林菲挑出毛病来。

接到那个书记员姜斌电话的时候，孙林感觉自己心脏病都快发作了，在最短的时间内，他就召集好了人手，等着林菲上门。

"孙队，听说雷队这回也在工作组里，他不至于为难我们这几个老兄弟吧？"坐立不安的法医刘鹏看着同样坐立不安的孙林，小心地问道。

"省省吧。"孙林没好气地道，"雷头儿在才更折磨人呢，他那人眼睛里揉不得一点沙子，你又不是不知道，你忘了他没调走的时候，是怎么折腾兄弟们的了？就说那回那个碎尸案，他就差掘地三尺，把那一整片草皮都弄回局里分析了。"

刘鹏打了个哆嗦，显然，那不是什么愉快的回忆。

会议室的门被推开，林菲和雷鸣一行人走了进来。孙林刚要起身，就被林菲抬手制止了，她没说话，只是让姜斌把一台平板电脑连接到会议室的投影仪上，点击了平板电脑里的一段视频。

是肇源参加的一档电视节目。

"在一个多月前的一起交通肇事案中，法医认为，被害人在遭到第一次撞击后并没有立即死亡，而是在遭遇反复碾压后才死亡的。这一结论曾引起了民众的广泛讨论，该案已经移交检察院。但检察院审查后认为：目前证据存在瑕疵，不足以支持提起公诉，准备退回公安机关补充侦查，具体原因不明。据我们的街头采访显示，大部分民众对法医的结论也存在疑问。为此，我们请到了孙悦的辩护律师肇源律师和前资深法医周法医参加我们的节目，对本案中一些大家关注的疑点进行解析。欢迎二位的到来。"

肇源正襟危坐，微微一笑："主持人好，电视机前的各位观众大家好。"

周法医却神情冷峻，只是点了点头，算是打过了招呼。

主持人继续说道："大家的关注点在于法医是凭什么认定被害人不是遭撞击

死亡，而是遭遇反复碾压死亡的。周法医，不知道这一点，在法医的实际工作中是怎样区别的？"

"我不是这个案子的主检法医，无法对本案下定论。"

周法医语速缓慢，但却条理清晰，并没有急于回答主持人的问题，而是先谨慎地表明了自己的态度，那就是今天自己所说的一切只能作为参考，不能作为结论。

"根据我的经验，这种情况我们一般是以生活反应为主要指标的。人在生前和死后形成的创口、伤痕会有明显区别。"

"如果是刚刚死亡呢？你说的那种区别也会存在吗？"周法医话音刚落，肇源就迫不及待地问道。

周法医点头："当然。你随便去问一个警察，都会给你解释得很清楚。"

这句话就有些不太友善了，但肇源却丝毫不觉得尴尬，只是微微一笑："能给我们详细解释一下吗？毕竟，闻道有先后，术业有专攻，如果我们连法医的知识都精通，那你不就只能回家抱孩子了，拿惯了解剖刀的手回家抱孩子一定特别稳吧？"

周法医侧头看向肇源，眼睛里升腾起了一股寒意，而肇源却依然一脸笑意，两人之间弥漫着一股怪异的火药味。主持人连忙出来打起了圆场："我想肇律师的意思是，法医毕竟是一个相当专业的领域，对于我们普通人来说，很多您认为是常识性的东西，对于我们来说却是完全不知道的。"

"主持人说得没错，毕竟我们今天探讨的东西关系到一条人命，我们有理由让广大观众了解真相。我想周法医也不希望参与这个案件侦破的人被当成手上沾了无辜者鲜血的刽子手吧？所以，我恳请这位法医同志能够不吝赐教。"

周法医狠狠地瞪了一眼肇源，这才说道："人在刚刚死亡的时候造成的创伤的确也会有生活反应，和活着的时候形成的创口区别不大，但我们还是能够分辨出来的，其中很重要的一点就是血液形态。人活着的时候，由于心脏的脉动，血管内有血压存在，这个时候一旦血管破裂，会出现喷溅状的血迹。人死之后，心脏脉动消失，血压也就随之消失。临床上，这两项体征也是判断人是否死亡的重要指标。这时候如果发生血管破裂，血液一般不会发生喷溅。"

林菲示意姜斌关闭了视频，目光看向了这个案子的主检法医刘鹏："肇源的疑问，同样也是我的疑问。"

刘鹏连忙挺了挺腰板，翻开了面前的一本报告："潘斌的死，从我的角度来看，死亡的原因是内脏部位的出血，如果是死后形成的这些创伤，那么他胸腔内残留在肌体组织上的血迹应该是以浸染的形态存在得较多，会有一个渐变的过程。但被害人体内的血迹形态很平均，说明是活着的时候遭到碾压，血一下子喷出去形成的痕迹形态。"

说完，他紧张地看着林菲，见林菲点了点头，这才松了口气，自己的这一关，看来是过去了。

林菲仔细思考了一下，迅速在笔记本上记录了一些什么，才又开口："就目前你们移送过来的卷宗来看，这个案子，我不支持现在提起公诉，有两处疑点，是我们需要进一步核实的。"

快速在笔记本上记录的孙林抬头，先看了一眼坐在姜斌身边的雷鸣，见雷鸣没有任何表态，才又看向了林菲："具体是哪两处，林检察官您能详细说说吗？"

"一个是关于目击证人林远的证词。"

"这个我要解释一下。"孙林连忙说，"林检察官您也知道，肇事车辆是一辆现代ix35，这车在我们这是大众车型，一辆辆排查起来，不知道要到什么年月，恐怕不等我们找到，所有的证据就都湮灭了。林远的证词帮助我们在第一时间就找到了肇事车辆，我们认为他的证词是没有问题的。"

"但是你们忽略了很重要的一点。"林菲说，"当天雾霾严重，可视距离不超过30米，林远所处的位置距离案发现场直线距离超过了50米，他没有理由看清连监控摄像头都没有拍到的车牌号码。"

"可我们的确是按他的证词抓住的孙悦啊。"孙林争辩道。

"不能排除这样一种可能。"戴梓萌突然说道，"林远曾经看到过这辆车，在看到案发现场之后，因为记忆错觉，他把孙悦的车误认为是肇事车辆。"

"你是说，这是巧合？"孙林有些不太愿意相信。

"可以这么说。"戴梓萌却肯定地点了点头，"案发前3天，孙悦不是和被害人潘斌发生过冲突，林远当时很有可能就在现场。"

"这件事非常重要，如果这个案子真的上了法庭，辩护律师验证林远不可能看清案发现场的一切之后，你们找到孙悦和肇事车辆的前置条件就出现了瑕疵。法庭极有可能认定你们的取证不合程序，基于此而产生的后续的一切证据都有可能被排除。"林菲耐心地解释道，孙林的脸色一下子难看了起来。

"当然，这只是一种可能。对于林远的证词，我们会亲自进行侦查实验来验证，是排除还是保留，我们会做决定。即便排除了林远的证词，因为有其他证据证实肇事司机就是孙悦，肇事车辆就是他的车，给他定罪的问题也不大，只是对法庭解释起来有点麻烦。现在对于你们来说，关键是那个叫何宇的人。"林菲又补充了一句。

"他否认认识孙悦，也否认当天在孙悦的车上。"孙林说。

"可孙悦没有理由凭空提出这样一个证人的存在，我希望你们能进一步核查有关何宇的事情，如果能证实何宇当时就在车上，让他出具证词就完全有可能了。"

"那就只能通过微量物证来进行了。"孙林说得颇为勉强。

"怎么？有困难？"林菲问。

"不是一般的困难。"孙林苦笑，"我们找到肇事车辆的时候，车正在修车厂维修，里里外外都彻底清洗过，要不是车漆的微量物证鉴定和现场残留的痕迹一致，我们都没法认定肇事的就是这辆车。"

"再难你们也得去查，要不然要你们是干什么的？"

从始至终没说过一句话的雷鸣突然开口了，他的目光在现场的每一个警察身上扫过，每一个和他对视的人都下意识地挺直了腰板。

"保证完成任务！"孙林坚定有力地说道，可他总觉得自己有点没有底气。

6. 波澜

江华和何宇看着眼前的那张银行卡，卡里有 400 万，两人却都有些郁闷。

何宇郁闷的是，这么大的事，江华竟然都没有跟他打招呼，就自己决定了。

江华郁闷的是，那辆自己花了 800 多万买回来的阿斯顿马丁，转手再卖的时候，对方竟然只出价 300 万出头，他很是软磨硬泡了一番，对方才同意凑了个整，给到了 400 万。

临走的时候，那家伙还一脸慷慨的样子，觉得江华占了大便宜，但江华也不得不承认那人说的对，阿斯顿马丁这玩意，穷人玩不起，富人谁愿意玩二手货？能卖上这个价，江华应该偷着乐去。

"你没必要这么做。"何宇终于开口了，"这都是你辛辛苦苦攒下来的。"

"这话说得不对。"江华笑道，"要不是你上学的时候那么帮我，我哪能有今天？这件事，要不是你公司的人找不到你找到了我身上，我恐怕到现在还不知道。哥，你可真行，这种事你干吗要瞒着我呢？"

"那些钱是你自己赚来的，现在的事和你没关系。"

"什么叫没关系？"江华的火气有些上来了，"哥，从你帮我的那天起，你的事就是我的事。"

江华的话掷地有声，何宇怔怔地看着他，他为江华做过什么吗？严格来说，他什么都没做过。

何宇的出身是让大多数人都感到羡慕的，他从来不愁钱花。按理说，他和江华不会有任何的交集，如果不是那场所谓的慈善助学。

那时候何宇大三，江华才刚刚入学。江华的出身说起来就有些寒酸，入学的时候，他的身上除了家里准备的一个学期不到 2 000 块钱的生活费，再无分文，就连学费都还没着落。

一家企业就在那时候找到了学校，要成立一个助学基金，江华就在助学名单上。

学校和企业为这个助学基金的成立筹备了一个盛大的典礼，市里凡是能叫得上名的媒体都被邀请到了现场，企业会现场以现金的形式发放助学基金。

"沽名钓誉。"这是江华对这家企业的评价。骨子里他有自己的尊严和骄傲，让他当着那么多人的面接受别人的捐助，还要保持微笑合影留念，无异于是将他扒光了示众。他很难想象，自己以后还怎么在学校里生存，还怎么抬起头来。

江华果断找到学校拒绝接受捐助。他在那里见到了何宇，何宇正在做的就是和学校据理力争，要求取消这个典礼。

可笑的是，何宇既不是这个基金的受助方，更不是基金的捐助方，他的提议自然没有人在意。

说不上为什么，江华被何宇吸引了，以至于江华做出了一个连他自己都不能理解的举动，他去找何宇借钱，让他意外的是，何宇果断地拒绝了。

"我不会借给你钱，你也不会愿意接受这样的馈赠，我们之间是平等的，应该有一个平等的交易。"

何宇给江华联系了一家心理诊所，除此之外，江华完全是靠着自己的努力完成的学业。但何宇给他的尊重却是江华在别人的身上没有体会过的。

"哥，这钱也不是给你的，是我的投资，算我入股。"江华站起身，"这个你不能拒绝。我今天喝得有点多，先睡了。"

他摇摇晃晃地走回了自己的卧室，一头栽倒在床上，烦闷不停地侵袭着他。原以为会和那个叫李沁的女孩儿有一场艳遇，谁知道李沁却是个小偷，在 KTV 的时候，趁着他出去打电话的功夫，偷走了他至关重要的东西。

他掏出钱包，打开，那里本来放着一张照片，现在却空空如也。

"你真的能看清？"看着眼前这个 40 多岁，微微发福，挺着个小肚腩的男人，戴梓萌无论如何也无法相信，就是他向警方提供了至关重要的证词。

留着一头精干短发的林远坐在靠窗的书桌边，身形挺拔，坐姿端正，目光明亮，微笑地看着眼前的这 4 个人，他们身上的藏青色制服并没有让他感到丝毫的紧张。

那张书桌收拾得整整齐齐，每一本书的摆放都经过了精心地计算，书脊完全在一条直线上。一本书倒扣在书桌上，书下压着一张同样倒扣着的相片，在林菲他们进来之前，林远应该正在读这本书，而那张相片，是他充作书签的东西。书桌旁是一张单人床。小小的房间里一下子塞进了 5 个人，顿时显得拥挤不堪。戴梓萌却只敢虚坐在床边，她生怕一不小心就把整齐的房间弄乱。

放在床头的被子叠得方方正正，床单上一丝褶皱都没有，完全就是强迫症患者的福音。

林远的身上穿着一套工作服，胸前硕大的 logo 说明他是市里某印刷厂的，只是一件普通的工作服，却被他穿出了一股英气。

林远给每个人的茶杯里续上茶水，水平面的高度竟然完全一致。

听到戴梓萌的问题，他点了点头："当然，我不会说谎，我的信仰告诉我，要么沉默，要么实话实说。"

他的手稳定有力，茶壶连丝毫的摇晃都没有。他看着瞪着一双明亮大眼睛的戴梓萌，无比肯定地说道："当时我就坐在这里看书，听见外面砰的一声，我赶紧拉开窗帘看了一眼，就看到那个司机正好下车，去看那个可怜的环卫工——真可怜，老潘——哦，就是那个环卫工潘斌，就比我大 5 岁，每天早出晚归地讨点可怜的生活费，哪想到，就这么把命都丢了。"

"那你看到孙悦，就是那个司机都干什么了吗？"戴梓萌专注地看着林远的眼睛，柔声问道。

"看到了。"林远点头，叹了口气，"真狠啊。他下车后还摸了摸老潘的脖子，大概在试探是不是还活着吧，然后他就拖着老潘，我以为他是要把他拖上车送去医院，哪成想，他是把他从路边拖到了路中央。"林远的喘息渐渐粗重，眼睛里有一团火苗在燃烧，越烧越旺，"接着他就上了车，不知道怎么了，车启动的时候一下子撞到了护栏上。然后我就看见他倒车，直接从老潘的身上碾了过去。"

"这还不算。"林远握着茶杯的手微微用力，滚烫的茶水泼溅出来，滴到他的手上，他却浑不在意，"这王八蛋，一次还不够，他停车之后又来了一次，这才开车逃跑。本来还有救的，这么来两下，就是大罗金仙也救不回来啊。"

"可是……"雷鸣站起身走到窗边，看着不远处的那个十字路口，"从这里到案发现场，直线距离最起码有 50 米，那天的能见度？"

"你不相信我？"林远微微皱眉，靠进了椅子里，仰头看着雷鸣。

"这关系到一条人命。我需要做个实验，来验证你确实能看清。"雷鸣从窗外收回了视线，不带任何感情地说道。

听到他这样说，林远的眉头皱得更紧了，他微微仰着头，双臂交叉抱在了胸前，目光中毫不掩饰对雷鸣的反感。

"可我确实看到了，而且看得很清楚。不管你信不信。"林远冷声道。

"你以前是飞行员吧？"站在墙边另一架书柜前的姜斌突然说话了。

林远闻言转过头，就见姜斌正颇感兴趣地看着书柜上的一架战斗机模型，模型上的油漆已经斑驳不堪，底座上的日期显示，这架模型至少是20年前的产物。

"我叔叔也有一个这样的模型，一模一样，他说那是他退役的时候，部队给他的纪念品，他就当宝贝一样供着。不过看你的年龄，不应该这么早退役啊？就算退役了，一般也会转到民航，不至于这么落魄吧？你现在是……"姜斌转头，看着林远。

"保安，和你有什么关系？"林远的声音里带上了一种说不清的冰寒，进而变成了一声惊呼，"你干什么？"

姜斌不知出于什么目的，突然抬起手，摸向了那架模型，当啷一声，模型的前起落架应声掉落。姜斌脸上的表情瞬间僵住，尴尬地收回了手："你放心，这个，我肯定给你修好。"

"不用了。"林远脸色铁青，起身走到书柜前，将模型收进了抽屉里，"你叔叔没打死你，算你命大。该说的我都说过了，没什么问题的话，你们是不是该走了？"

"那老头，跟我叔叔的脾气一样，一言不合就轰人，我稍微说错一句话，就连顿饭都不管我。"在食堂吃晚饭的时候，姜斌还有些愤愤不平。

"怪谁？要不是你手欠，至于闹成现在这样吗？现在怎么办？林远拒绝实验，怎么解决？"戴梓萌懊恼地看着姜斌。

"能怎么办？凉拌呗。"姜斌嘿嘿一笑，"老头曾经是个飞行员，有超常的视力这并不奇怪。当过兵，可能没上过战场，但是他这种人把军人的荣誉看得比任何东西都重，所以他不会撒谎。"

"证据。"面对林远的时候一言未发的林菲这个时候却只用两个字就堵死了姜斌的话，"梓萌，晚上我们再去一次。"

抱着再试一次想法的人不仅有林菲，还有肇源。他下一步的计划已经做好，但是那个计划，除非万不得已，他不打算采用。作为一个知名律师，竟然要通过引导舆论的方式来干扰司法，他从骨子里不喜欢这种低级的方式，就算最后赢了，他也无法感受到丝毫胜利的喜悦。

所以，晚上 7 点多钟的时候，肇源提着一个行李箱再次敲开了林远的家门。

看到门外站着的是肇源，林远的脸色就沉了下来："你还来干什么？"

"当然是说说证词的事。"肇源举起手里的箱子，"下午出去办事，有笔钱没来得及存进银行，我们能不能进去谈？这里有三十万，就这么谈太危险了。"

林远有些犹豫，但想了想，他还是点了点头，将肇源让进了房间。

差不多 8 点多的时候，林菲和戴梓萌也出现在了林远的家门前，林菲抬手敲了敲门。

"谁？"房门里传来了林远戒备的声音。

"林先生，是我，检察院的林菲，下午的时候，我们还见过。"林菲道。

"我睡了，有什么事明天再说吧。"林远的声音有些慌张。

林菲看了一眼戴梓萌，戴梓萌点了点头："林先生，就几句话，听我们说完行吗？"

房门内沉寂了片刻，林远的声音才再次传了出来："说吧，我听着。"

戴梓萌深吸了一口气，开口说道："其实你撒没撒谎，我很清楚。"

她等待了一会儿，见林远没有回应，这才继续说下去："你说自己能看清的时候，特别自信，表情放松，这是一种典型的领地反应，说明这是你的专业领域。雷检质疑你的时候，你身体后仰，这是认为自己受到了侵犯、侮辱，觉得雷检根本不懂你的专业范畴。雷检说要做实验，你当时双臂交叉抱胸，双腿也微微叉开，这是积极的防御态势，随时可能转化为进攻态势，因为你很生气。但是林先生，我们办案讲究大胆推断，小心求证，我们需要证据，确凿的证据，你说看到不行，我们得证明你确实能看到。"

戴梓萌一口气说完，静静地等待着。

"您可能不知道您的证词意味着什么。"林菲突然开口，"一条人命就在你的手里，如果我们证实你的证词是真的，没有问题，那么孙悦就可能会死，为因他而死的人偿命。如果你的证词有问题，孙悦也许就能留下一命。我相信梓萌，她说你没有说谎，那你就是没有说谎，可是，我们需要更切实的证据。"

"说完了？"房间里，林远终于有了回应，可结果却让戴梓萌万般无奈，"说完了就回吧，我没什么想跟你们说的了。"

戴梓萌看了一眼林菲，无奈地耸了耸肩。

市台的早间新闻今天开了一档特别的节目。

没有主持人，没有预先准备好的新闻稿，本市发生的所有新闻全都变成了字幕在屏幕下方循环滚动。画面里，只有3个人，一个男人，一个女人和一个小女孩儿，小女孩儿被眼圈泛红的女人抱在怀里，天真的她还不知道发生了什么，只是抬起手，笨拙却又小心地帮妈妈擦拭着眼睛。

这个细微的举动让女人的眼泪再不受任何的控制，紧紧地抱住了女儿。

肇源深吸了一口气，在接到了导播的信号后，缓缓开口。

"他本是一个见义勇为的英雄，却因为一场车祸沦为了阶下囚。"

"孙悦，一个如你我一样，普普通通的工薪族，如果不是那场车祸，他现在应该坐在舒服的办公室里，朝九晚五，领着固定的工资，闲时陪陪孩子，陪陪家人。然而，一个月前，老天却跟他开了一个天大的玩笑，一场车祸，让他沦为了阶下囚。仅仅是一场车祸而已，也许，你想跟我这样说，赔偿之后，可能都不会被判刑。可作为他的辩护律师，我却知道，他不仅可能被判刑，而且还有可能是最严重的那种死刑，立即执行。因为，公安和检察院现在认为他涉嫌故意杀人，我的当事人拒绝承认。"

"笑话，孙悦根本没有故意杀人，他拿什么承认？"

肇源猛烈地拍打着面前的桌子。

"我知道，我没有资格去评判我们的法律体系，作为一个法律从业者，我也不应该说出这些话，但是，我现在控制不住我自己，我就是想说，在这个案子的背后，有一双甚至几双看不见的手，在操纵着孙悦的命运。"

肇源平复了一下自己的情绪，他注意到导播向他竖起了大拇指，很显然，随着节目的进展，这个全年平均收视率不足0.2的栏目现在收视率正迅速攀升。

他侧头看了一眼身边的孙悦的妻子和女儿，孙悦的妻子一言不发，只是搂着女儿的手臂更紧了。

"在我的了解中，我的当事人，孙悦先生是一个和善的人，在工作中，与同事相处和睦，无论遇到什么难题，都能与同事友善沟通。在生活中，对家人关爱，他有一个幸福完美，让人羡慕的家庭，他闲时的大部分时间都用来陪伴家人；他孝顺，双方四口老人都对他赞不绝口；他乐善好施，即便是面对陌生人的求助，他也甚少拒绝，甚至为一名白血病患者李沁做过骨髓捐献。就在案发当晚，他还开车送了一个突发急性阑尾炎的患者就医。"

导播适时切换了画面，早已准备好的孙悦过往的照片一张张在画面上闪过。江华如果也在看这档节目，一定会吃惊不已，那个偷走了他至关重要照片的李沁，就是接受了孙悦骨髓捐献的人。

"这个患者目睹了事情的全部经过，很幸运我找到了这名患者，但他却拒绝作证，甚至矢口否认见过我的当事人，随后就失踪了。这是怎么了？这个社会怎么了？孙悦先生救了你一命，你却要眼睁睁地看着他走上刑场？你就不会良心不安吗？"

"公安部门又是怎么认定的呢？对至关重要的证人何宇，他们不闻不问，不顾当天可视距离堪堪 30 米，对一个距离案发现场 50 米开外的目击证人的证词如获至宝，据此就去抓捕我的当事人，据此就认定我的当事人杀人。我们的执法者就是这样的素质，你们告诉我，谁能保证这不是一宗冤案！"

7. 希望

市台这档新闻节目当天的收视率突破了 1.2，在卫星电视网络普及的今天，作为地方台也算是创造了一个了不得的记录。带来的麻烦也同样明显，节目还没结束，宣传部门的电话就打到了电视台，相关责任人停职检查，节目不得重播，不得在网络上传播。

省厅亲自给市局的局长打来电话，对本案表示了密切的关注，要求办案民警在办案中严格依法执法，发现有任何渎职行为绝不姑息，严厉查处。

林菲刚到办公室，就被林礼祯叫了过去，两人谈了半个小时后，林菲才回到办公室，她的神色一如既往，让人无法判断，两个人究竟都谈了些什么。

"林检，接下来我们……"姜斌小心翼翼地看着林菲，"是不是暂时先停一下，把这个案子直接退回公安？"

"不必，接下来，该怎么做还怎么做，对于林远证词的核实，我们必须尽快展开。"她看了一眼雷鸣，"雷检，你在刑警队干过，这种侦查实验，你有没有把握？"

"问题不大。"雷鸣点了点头，"但是因为存在个体差异，如果林远不能亲自参加实验，结论的说服力会大打折扣。"

"这个交给我和梓萌。"

林菲刚要再说些什么，办公室的门就被敲响了，她微微皱眉，有些不悦，但姜斌已经走到门边打开了门，门外是一名法警。

"什么事？"林菲问。

"林检，有一个叫何宇的人，想要见你，我把他安排在隔壁的会议室了。"法警说，注意到林菲脸上的不悦，他连忙道，"您要是不想见，我就让他先回去。"

"他说他叫何宇？"林菲愣了一下。

法警点头。

"让他等我一会儿，我这就过去。"林菲道，看了一眼戴梓萌，戴梓萌一脸诧异。

"他这个时候来干什么？想通了？"她有些不明所以。

"我陪你！"雷鸣站起了身。

"不用，梓萌陪我就行了，你想想侦查实验的事。"林菲说着，站起了身，"他最多算是一个目击证人，不会做什么的。"

"孙悦，我是说，那个肇事司机，会被判死刑吗？"小会议室里，简单的自我介绍后，何宇直奔主题。

林菲坐在何宇的对面，打量着他。

"何先生，很抱歉，你既非本案的当事人，更不是当事人的家属，也不是本案的重要证人，按照规定，案子的进展，我们不能向你透露任何信息。"

何宇的身子有些僵硬，一时间有些不知道该怎么进行接下来的对话。

"还是说，你掌握了什么我们不知道的情况，现在想要告诉我们？"戴梓萌突然问。

听到这句话，何宇的双脚下意识地发力，他整个身子都向后微微动了一下，目光迅速偏向了一旁："没，我就是好奇，孙悦为什么就认为我一定能证明他没有杀人。"

"我也有一件事很好奇，警方的调查报告里说，你那天急性阑尾炎发作，是自己走去医院的，真的吗？"戴梓萌又问。

何宇用力点了点头："当然，这种事情我没必要撒谎。"

"护士回忆，你当天刚进医院的大厅就晕倒了，你知道这意味着什么吗？"戴梓萌突然笑了一下。

何宇茫然地摇了摇头。

"医学上，把疼痛分为十级，阑尾炎疼痛到晕倒，被归类为九级疼痛，意味着你根本不可能走到医院。"戴梓萌看着何宇，冷冷地道，"你口口声声说不认识孙悦，可是今天早上的那场闹剧之后，你就跑过来打听这个案子的进展，我不认为这是单纯的巧合，你的好奇心未免太重了点。所以，你认识孙悦，案件发生的时候，你就在现场，你来的目的很简单，除了有话想对我们说，更想知道孙悦是不是真的会面临死刑，你在评估，评估自己的证词会带来什么样的影响。你不想作伪证，但你也不想看着他死。你自己可能都没注意到，在我说你可能知道什么我们不知道的情况的时候，你双脚下意识蹬地，身体微微后仰，这是一种典型的逃离反应，这说明我说对了。"

戴梓萌根本不给何宇插话的机会："何宇，你现在有两个选择，原原本本地告诉我们那天到底发生了什么，或者，等着我们找到你就在现场的证据，然后你再告诉我们到底都发生了什么。"

豆大的汗珠从何宇的脸上淌了下来，他艰难地咽了口唾沫，脸色苍白。

"你什么都不用说，我已经知道都发生了什么，孙悦，真的是故意杀死潘斌的，对吗？"

"我能怎么办？"毫无预兆地，何宇突然间就爆发了，他近乎嘶吼一般喊道，"对，你说的没错，孙悦是我的救命恩人，没有他，我那天死定了，于情于理，我都应该帮他，可我过不了自己这关，只能什么都不说！"

会议室里的异常让检察院里的所有人如临大敌，戴琳遇害就是几天前的事情，法警毫不犹豫地拿着武器撞开了门，看到林菲和戴梓萌都好好地坐在那里，而他们的对面，一个大男人毫无形象地涕泪横流，这个怪异的景象让他们无比尴尬。

戴梓萌解释说，是他们正在办的这个案子的重要证人因为压力太大有些失态，才让这些人慢慢散去。

"林检，戴检，要不，你们把门开着吧，我就在门边给你们守着，有什么事，我马上就能进来。"法警的负责人看了一眼何宇，说了一句，在内部安保这件事上，上次的戴琳事件他难辞其咎，虽然只是口头警告，但如果再出什么事，这个责任，他承担不起。

"不用，有我在这，你还怕出事？"戴梓萌笑了一下。

"而且，我们的工作也完成了。姜斌。"林菲也起身说道，冲人群中的姜斌招了招手，"问问孙队长那边，让他们调查的事进行得怎么样了？"

姜斌点了点头，转身刚要回办公室，就愣住了，楼梯口，林远正在一名法警的带领下走过来。

"靠，今天是什么日子，怎么全都来了。"姜斌忍不住爆了一句粗口。

他回头看向林菲，指了指正走过来的林远，随后转身进了办公室，他可不想再因为自己的什么举动莫名其妙地惹毛了这个人，让他们的调查无法往下进行。

林菲和戴梓萌对视了一眼，安排法警看好何宇，等他恢复平静后就让他离开，两人将林远带进了另一间会议室，片刻之后，雷鸣也走了进来。

"我就直说了吧。"等人都到齐，林远就开门见山地说道，"我同意参加你们那个什么实验。"

戴梓萌惊讶地看着林远。

"那天你们走了之后，我就一直在想这件事，你们说得对，我的证词是否可信，关系着一个人的生死，虽然我离开了部队，但是，入伍时的誓词已经刻在了我的骨子里。"林远微微一笑，"不过我也有个条件。"

"你说。"林菲平静地道，林远突然间的转变并没有给她带来太大的冲击。

"不能让我飞。"

"不会。"雷鸣道，"只是会对你的视力做一次测验。"

林远点头，"那行，什么时候开始？"

林菲看向了雷鸣，雷鸣抬起手腕看了一眼表，"下午吧，我需要做一些准备。"

"让姜斌协助你，梓萌，你跟我去一趟医院。"林菲想了一下，安排道。

"戴检醒了？"戴梓萌问。

"早就醒了，不过一直不能会客，今天才转到普通病房。"

戴琳躺在病床上，很是有些百无聊赖，没有人陪护，她的职业和她的身材让她迄今为止依然单身。在她昏迷不醒的那几天里，她的父母一直轮流守在床边，她一醒来，就把他们打发了回去。

她坐起身，打开了床头柜，里面放着几个汉堡，那是她不久前刚叫的外卖，床边的垃圾袋里，已经放着几个汉堡盒了。

她刚拆开一个新的汉堡，病房的门就被推开了。戴琳回头，就看到林菲和戴梓萌正走进来，下意识地，戴琳就想藏起汉堡，戴梓萌却已经快步走了过来，一把抢了过去，几口就进了肚子。

"戴梓萌，你还有没有人性了，病人的吃食你也抢！"戴琳终于忍不住怒斥。

"这中气比我还足呢，说你是病人，你信么？"戴梓萌毫不留情地驳斥道，"再说，你要点脸不？你看看你都什么体重了？还吃？你忘了你上回相亲因为什么失败了？人家姑娘出去相亲，吃几口就饱了，你可倒好，回家还得来点健胃消食片，你好意思吗？"

"我有什么不好意思的？"戴琳倒是一点也不觉得惭愧，"我要不是这个体型，你们想找我，就得给我烧纸了。都像林检那样的，有多少人也不够杀的啊。"

"看来你恢复得不错。"林菲把一个花篮放到床头，"都能吵架了。"

"真浪费，换成汉堡多好，换成苹果也行啊。"戴琳看着那个价值不菲的花篮，却升不起一点感激之心，她知道，林菲可没有这样的习惯，这也绝对不是戴梓萌的手笔，她们的风格一向是以吃为主。

"姜斌托我带给你的。"果然，戴琳刚想到这一点，林菲就说道，"能下床了不？"

"大夫说，不做剧烈运动就没事。"戴琳伸手在花篮里翻找着什么，"我记得这里面一般都会放点水果的，哪去了？"

她看向戴梓萌。

戴梓萌脸不红心不跳地打开了自己的包，从里面拿出了一个苹果："5块钱一个。"

"你怎么不去抢？"戴琳叫道。

"也不知道是谁那么没良心。"戴梓萌从床头柜上翻出一把水果刀，熟练地削掉了苹果皮，递到了戴琳的面前，"我就是给你报个价，怎么就被打成抢劫犯了？"

戴琳脸一红，知道自己错怪了戴梓萌，没去接苹果："你也来一个吧？"

"算了吧。"戴梓萌却摇了摇头，"医院门口的能有什么好水果，也就姜斌那个傻缺玩意儿会买这东西。"

"蚊子腿再小也是肉啊。"戴琳一把抢过苹果，啃了一口，问道，"那案子，怎么样了？肯定是你们接过来了吧？"

林菲点头："不太顺利。孙悦提的那个证人答应出来作证了。"

"这还叫不太顺利？"戴琳惊讶地看着林菲，"你知不知道我就一直没找着这个人。他怎么说？"

"他的证词对孙悦极为不利，几乎可以确认孙悦就是故意杀人。"

"这么一来的话。"戴琳沉吟了一下，"林远的证词就可以排除掉了吧？"

"没有你想得那么简单。"林菲却摇了摇头。

在和戴梓萌出来之前，平静下来的何宇向林菲详细叙述了那天晚上发生的事情。何宇表示，车祸发生后，孙悦的确对他说过被害人已经死亡，在送他去医院后会到公安局自首的话。然而，他却从后视镜中亲眼看到了孙悦把被害人从路边拖到了路中间，当越野车两次碾压到被害人的时候，他清晰地听到了被害人发出的惨呼。

孙悦驾车原路返回的举动完全不合常理，何宇怀疑，孙悦是不是已经知道了他把一切都看在了眼底，会不会下一个遇害的人就是他。

因此，在离开案发现场后没多久，距离医院还有一小段距离的时候，他就强行下了车，逃离了孙悦的视线。

然而，目前却没有任何直接证据能够证明他当时就在孙悦的那辆车上。

姜斌联系了刑警队的孙林队长，了解到，为了找到何宇就在现场的证据，孙林带着技术科的几个人对肇事车辆进行了地毯式的搜查，用孙林的话说，他们差不多已经把车都拆成零件了，装回去之后这辆车还能不能开，现在都说不好，但是关于何宇的线索，却一点也没找到。

"这小子，要不是微量物证鉴定证实这就是肇事车辆，我都怀疑他是不是换了辆车。"孙林在电话里抱怨，"姜检，你们不会搞错了吧？那个何宇说不定是让你们烦的受不了了，才出来胡说八道的。"

当时姜斌只能含含糊糊地挂断了电话，把孙林的话原封不动地告诉了林菲。

"这么说的话，何宇的证词现在也不能采纳啊。"戴琳举着还剩半个的苹果，"那你们还有空来看我？下周就到日子了，是交通肇事逃逸还是并一个故意杀人，得给人个准信啊。"

"下午我们准备了一个侦查实验，验证林远证词的可信度。"戴梓萌说，"那之前还有几个小时，菲姐有个事想请你帮个忙。"

"不去。"戴琳毫不犹豫地道，转身摸出了钱包，从里面抽出了几张钞票，递到了林菲的面前，"我就知道你们来肯定没好事，当我自己买的，你们就跑了个腿，放我一马，成不？"

市局留置室里，潘良的手被铐在长椅上，他在这里已经待了一周了，上过大学的他当然清楚，这已经超出了正常的羁押时间，也知道警方肯定申请了延长羁押时间。

他不太明白的是，自己做的事很简单，事实已经清晰得不能再清晰了，可正式批捕的文件却一直没下来，那天他被带回公安局后，警察也只审讯了他一次，就没有了下文，只是把他安排在这里，除了吃喝，不闻不问。

甚至，每天还会有人专门给他送来一本书。

除了不能自由活动，他在这里几乎是完全自由的。

难不成他们还想从自己的身上查出点别的事来？每次想到这个问题，潘良都会不由得失笑，那恐怕要让他们失望了，在决定去做那件事之前，他可是个规规矩矩的本分人。

反正要做的事都已经做完了，潘良现在完全是一副既来之则安之的态度，吃饱喝足就看看书，累了就躺在椅子上睡觉，闲暇的时候，就回想一下自己短暂却又充实的人生。

他不后悔，是的，对于刺伤戴琳这件事，他没有丝毫的悔意。他没有机会去找孙悦报仇，而让孙悦连在法庭上忏悔的机会都没有的，是戴琳。

午饭过后，又是一阵困意上涌，他就坐在椅子上，垂着头睡了过去。

睡梦中，一阵清脆的高跟鞋敲击地面的嗒嗒声由远及近，让他渐渐清醒，哗啦一声，留置室的门被打开，他睁开朦胧的睡眼，就看到两双女人的腿站在了他的身前。

潘良抬起头，就看到戴琳和一个他没见过的检察官在他的对面坐下，戴琳的身上还穿着病号服，只是在外面套了一件长款羽绒服，看上去是从医院里赶过来的，对于到这个地方来，她一脸的不情愿。

那个陌生的检察官有一张让人惊艳的脸庞，却面若冰霜，冰冷的气质无形间拒人于千里之外。

"怎么？终于准备批捕我了？"潘良向后靠了靠，显得极为放松。

"我叫林菲，现在负责潘斌遇害的案子。"林菲平淡地说道。

"哦？"潘良愣了一下，诧异地看着林菲，突然笑了一下，"你们终于想明白了？不过你不应该来找我，应该去问问那个孙悦，问问他那天晚上到底都干了什么。"

"我想和你聊聊潘斌的事。"林菲说，"据我所知，你是985院校的高才生，刚毕业就拿到了一个不错的 offer，但你和潘斌之间连收养关系都算不上，我很好奇，是什么让你为了他宁可放弃大好前途，连杀人都在所不惜？"

"为什么？"潘良的脸沉了下来，"林检察官和戴检察官两位难道不知道吗？"

"和我们对孙悦那个案子的意见有关？"林菲问。

"呵，"潘良冷笑了一声，"还有别的事吗？"

"那是因为……"

戴琳急道，却被林菲抬手阻止了，林菲死死地盯着潘良："值得吗？"

"好人死了，而你们让坏人还活着，你说值得吗？"潘良突然大声叫道，铐在椅子上的手用力扯动了一下，他面容狰狞，似乎下一刻就要冲上去对林菲和戴琳做些什么，林菲坐在那里岿然不动。

留置室的声响惊动了守在外面的警察，警察打开门，手放到了腰间的警棍上，喝道："干什么？老实点！"

"我们没事。"林菲看向门边的警察，"嫌疑人的情绪有些激动而已。"

警察看了一眼林菲，点了点头，又狠狠地瞪了一眼潘良，抬手指了指他："我警告你，别搞小动作，要不然有你好受的。"

警察说着，退了回去，重新关上了门。

"这事不是你想的那么简单，我已经跟你解释过了。"面对执着的潘良，戴琳有些无奈。

"我不想去分清什么法律上的对错，我只知道道德上的好人坏人。"潘良丝毫没有听进去的意思。

"所以，你认为，只有孙悦的死，才能弥补他犯下的罪？"林菲又问。

"不。"潘良却一口否认了。

"不？"林菲微微皱眉，"这我就不太明白了。"

"他的死，只是罪有应得。"潘良的嘴角带着一抹诡谲的笑容，"至于他造成的后果，永远无法弥补！"

"为什么？"

"因为，"潘良的脸色突然沉了下来，他看着林菲，目光里充满了恨意，身子微微前倾，牙关紧咬，两腮的肌肉因为用力而颤抖着，一字一顿地道，"他毁了十几个孩子的希望！"

8. 摇摇欲坠

江华把共享单车在办公室楼下自己的车位上停好，抽了抽鼻子，凛冽的寒风让他鼻尖通红。

楼下的保安看到一向风流倜傥的江医生竟然以这副面貌出现，忍不住张大了嘴，目瞪口呆。

"没看过人骑自行车啊？"江华没好气地道，不停地搓着手，揉捏着生疼的耳垂。

"骑自行车的人见得多了，我自己也骑。"保安终于忍不住笑出声来，"可大冬天的骑自行车，我们这都是帽子口罩手套全副武装，江医生你这一身……"

保安打量着江华，一件拉风的长款风衣，头发明显还打了发蜡，至于双手，更是一点防护都没有，脚上也只是一双单鞋："江医生你这是遭难了？"

"一边去，我这叫体验生活。"江华嘴硬道，一头扎进了保安室，双手笼罩在了电暖气上方，"有热水没？给我来点。"

"热水没有，美女倒是有一个，不知道你需不需要。"

一个既陌生却又有些熟悉的女声突然从保安室的门口传进来。江华下意识地抬头，愣了一下，突然笑了一下，维持着烤火的姿势没动："我还以为，你不打算来找我呢。"

来的人正是李沁。

听到江华这句话，愣住的人换成了她："你知道我会来找你？"

江华搓了搓手："你有机会拿走我的钱包，不管是现金还是银行卡，都比你拿走的东西值钱多了，你却只是拿走了里面那张照片。那时候我就很奇怪了，后来肇源又搞了那么一出，再不明白，那我这个心理医生就白做了。我就是没想到，你还真沉得住气，这时候才来找我。"

"我以为那张照片对你很重要。"李沁有些泄气。

"那张照片对我确实很重要。"江华点头，"重要到我愿意出钱买回来，多少钱都可以。"

李沁再一次愣住了："那你还……"

"但它只是一张照片。"江华侧头看向李沁，微微一笑，"你明白吗？"

李沁微微皱了皱眉，突然间就明白了江华话里的意思，这张照片固然对江华非常重要，他愿意付出一定的代价来赎回，但是如果她把照片当成交易的筹码，江华是绝对不会接受的，说到底，那只是一张照片。

在这场交锋里，李沁无疑处在了下风。

她笑了一下，笑容里却是无法掩饰的失望和萧瑟："你赢了。"她从随身的包里拿出那张照片，递到了江华的面前，江华毫不客气地伸手接了过去。看着那张照片，他微微一笑，照片上是两个青涩青年，正是年轻时的江华和何宇，彼时的江华青涩中还带着些羞涩和兴奋。

那是他和何宇的唯一一张合影，向来对拍照没有任何兴趣的何宇就连毕业照上都不见身影。

看着江华小心翼翼地收起了照片，李沁又道："虽然很不甘心，但我还是想问一句，我真的拿不到自己想要的东西吗？只是一句话而已，对何宇来说并不难。"

"那是对你来说。"江华起身，看着李沁，"对于何大哥，你根本不知道他承受着什么样的煎熬。"

"我懂了。"李沁神色黯然，强打起一丝笑容，"不好意思，给你添麻烦了。"

下午两点，林菲和雷鸣一行人如约来到了林远家。

林远依旧坐在那张书桌前，倒扣在书桌上的书换成了另外一本，书桌下压着的那张同样倒扣着的照片却还是那一张。

今天的林远格外的严肃，他穿着工作服，工作服上没有一丝一毫的褶皱，仅从这一点，戴梓萌就知道，对于这个实验，林远同样感到紧张。

戴梓萌把一架数码摄像机在房间的角落里架好，调整了一下焦距，将整个屋子都收进了取景框里，冲雷鸣点了点头。

雷鸣从随身的挎包里抽出了一卷 A3 大小的纸，那纸卷上还贴着印有印刷厂

Logo 的封条，这份实验工具是雷鸣亲手准备的，在打开之前，就连林菲都不知道里面的具体内容。

他把这卷纸交给姜斌，接过纸的姜斌下意识地就想打开，却被雷鸣严厉的眼神制止了。

"我该怎么做？"姜斌讪笑了一下，尴尬地问。

"到门边去，我让你打开的时候，你再打开，然后举起来给林先生看就行了。"雷鸣说。

姜斌点了点头，走到了门边，回头看着雷鸣，"这里就行了？"

雷鸣目测了一下距离，点了点头。

姜斌麻利地撕开了封条，打开了纸卷，举了起来，探头看了一眼，那是一张飞行员用的专业视力检测表，顺序明显打乱过，比例也进行了相应的调整。

他看了一眼坐在书桌边稳如泰山的林远，不禁暗暗为他担心。就连戴梓萌都皱起了眉，从她的距离看过去，那张纸上密密麻麻的都是黑点，至于具体是些什么，她完全无法分辨。

戴梓萌忍不住掏出眼镜戴上，却依然无法看清那张纸上的内容。她看了一眼身旁的林菲，却见林菲依旧神情平静，淡然地开口说道："开始吧。"

雷鸣点头，从口袋里摸出了一支激光笔，按动开关，红色的光点照射在了姜斌手里的纸上。

"上。"林远瞄了一眼，就果断地说道。

雷鸣移动了一下光源，指到了另外一个地方。

"右下。"林远的回答依然没有丝毫的犹豫。

"下。"

"左上。"

"左下。"

"右上。"

雷鸣快速地移动着激光笔，林远的眼球也在快速地移动着，嘴里不停地蹦出简短的方向性词汇，期间竟然连思考的时间都没有。

戴梓萌不敢置信地看着眼前的这一幕："林先生，你也太厉害了。"她忍不住由衷地赞叹道。

"呵呵，我别的专长没有，就这双眼睛还算说得过去。"戴梓萌的夸奖让一直紧张着的林远也放松了下来，谦虚中却又带着自豪地笑了一下。

"你这哪是说得过去啊，简直是千里眼了，你当保安太屈才了，应该去当侦查员啊。"戴梓萌看了眼雷鸣，"雷哥，这个实验，林先生是不是通过了？"

雷鸣皱着眉，似乎在思考着什么，戴梓萌的一声呼喊让他收回了注意力，他看了一眼安静地站在戴梓萌身边的林菲，林菲询问的目光也正在看着他。

"基本上，可以证实林远先生的视力确实远超常人。"他有些犹豫。

"这案子总算能结了。"姜斌收起那卷纸，走回房间，抓起水杯，灌了一口水。

"还有疑问？"林菲却敏锐地察觉到了雷鸣的异常。

"视力远超常人是在同等环境下，能比一般人看得更远，更清晰，但是在雾霾条件下，悬浮颗粒会对视线造成阻隔，林先生当天能不能看清现场，还需要一个实验。"雷鸣抬起手腕，看了一眼表，"晚上我需要做另外一个实验。"

"可以。"林远点头，自信地并没有提出任何质疑。

"那我们就先回去准备。"雷鸣说着，冲几个人点了点头。

雷鸣把第二次实验的时间安排在了晚上 9 点 05 分，对这个安排，姜斌一度颇有微词，哪个正常人会把实验开始的时间安排在一个有零有整的时间点进行呢？

但是雷鸣却丝毫没有要改变实验时间的意思，姜斌也只敢自己抱怨几句，每一个整点，是雷鸣给一个神秘的女人打电话的时间，那时候，雷鸣就像变成了另外一个人，卸下了所有冷酷的伪装，声音尽管沙哑却极尽温柔。

姜斌有一次在洗手间里听到了他打电话，那一声声"宝宝"让姜斌浑身鸡皮疙瘩暴起，扶着墙才没让自己酥软倒地。

林菲安排姜斌把下午的实验整理成文件归档后，就带着戴梓萌离开了办公室。有个人她必须去见一下，潘良给她和戴琳讲的那个故事极度震撼，甚至在离开市局的时候，戴琳的眼圈都是红的。

这件事她应该直接和孙悦讲，但是她不认为自己能说服孙悦做出什么改变，孙悦至今死咬着最初的口供不放，就是因为她们还没找到他内心最柔软的地方。

林菲也越来越难以相信，热衷于慈善事业的孙悦，竟然会做出故意杀人的行为。可目前所有的证据都赤裸裸地展示着这个事实。而那些证据，在越来越深入的调查之下，却又摇摇欲坠。林菲希望孙悦能够主动坦诚究竟都发生了什么，而能够让他主动开口交代、忏悔的，恐怕也只有他们了。

然而他们的进展并不顺利，当她和戴梓萌来到孙悦家门前的时候才发现，门上和窗户上都贴着出租出售的广告，林菲试图拨打那个电话，却发现，那是肇源的号码。

"作为孙悦的代理人，他所有的事情都由我全权负责，林检察官您有什么事直接和我说就行。"

"恐怕你做不了主。"林菲生冷地道,"他们的决定关系到孙悦的生死,我必须直接和他们面谈。"

肇源在沉默了足有半分钟之后,才勉强说道:"好吧,我会把你的意思转达给他们,但是他们是否同意和你们见面,这我就不知道了。"

雷鸣挂断电话的时候,姜斌刻意看了一眼表,9点01分,他下意识地撇了撇嘴。

"老雷,都准备好了。"他喊了一嗓子。

雷鸣转头,就是这一个瞬间,他原本还挂在嘴角的笑容就被冰冷所取代,他没说话,只是点了点头,看了一眼表,两道刺眼的灯光正从远处高速驶来。

姜斌惊讶地看到,那是一辆挂着奔驰车标的越野车,他一眼就认出,这是一辆奔驰 G500,而且还是一辆 2015 款的重装版。

"老雷,不是寻仇的来了吧?"他下意识地向雷鸣的身后躲了躲。

这辆车在雷鸣的身前停下,孙林从车里跳了出来,他难得穿了一身警服,似乎不太习惯这身装束,走起路来都有些别扭,抻了抻裤脚之后,这才开口和雷鸣打招呼。

"雷头儿,大半夜的把我们弄这来,是要干吗啊?"他打量着所处的环境,这是市郊的一家砖厂,在他们面前的就是一座砖窑,他能猜到雷鸣是打算在这里做一个侦查实验,但是什么样的实验要在这个见鬼的地方进行?空气中弥漫着的那股呛人的味道让他连呼吸都有些不畅,"弟兄们都好几天没好好休息过了。"

雷鸣没答他的话,问了一句:"都准备好了?"

"我办事你还不放心?"孙林不满地抱怨了一句,敲了敲车窗,"我把队里最精干的哥们都给你叫来了,兄弟们都是跟你干过的,你一个眼神,他们就知道该干吗。"

车里的人降下了车窗,露出了面容,车后座上,挤着 3 个五大三粗的身着制服的警察,副驾驶位上,则坐着一个女警,看到雷鸣,几个人都是热情地打着招呼。

雷鸣却只是点了点头,又看着孙林,问:"让你准备的东西呢?"

"带了带了。"孙林连忙打开了后备厢,从里面拿出了一个车牌,冲雷鸣晃了晃,"这玩意儿可是重要物证,我哪能忘。"

雷鸣依旧面无表情地点了点头,又看了一眼表,距离约定的实验时间已经过去了 5 分钟,去接林远的林菲和戴梓萌却还没有到。

姜斌绕着那辆 G500 转了两圈，才眼馋地看着孙林："我说孙队，你家是不是有矿啊？"

"你咋知道？"姜斌原本只是一句调侃，孙林却不无惊讶地回了一句，这让姜斌更加难以接受了。

"正经富二代。"雷鸣难得笑了一下，"家里两座稀有金属矿。"

"雷头儿。"孙林靠在车上，点了支烟，"我可以不问你为什么做这个实验，你总得告诉我们要怎么做吧？现在我们这两眼一抹黑，万一再给你捅出什么乱子来？"

"只要听我的，就什么乱子都不会有。"雷鸣说，"上车，把车窗关上，车灯也关了。"

孙林看了一眼雷鸣："行，你老大，你说了算。"他转身上了车，依言关上了车窗，也关了灯。

他刚做好这些，砖厂外就又驶来了一辆车，这辆车在雷鸣的身前停下，率先下车的正是林远，对于自己被带到这样一个地方，他也有些诧异，面前那辆 G500 更是让他微微皱了皱眉，忍不住多看了几眼。

林菲和戴梓萌先后下了车，看着眼前的这一幕，林菲也是微微一愣，随即恢复了正常："雷检，都准备好了？"

"有我出手，你们就放心吧。"姜斌抢着说道，转身拉开了砖窑的门，探头进去看了一眼，就迅速退了回来，剧烈地咳嗽着，"我看，咳咳，应该可以了，咳咳，都戴口罩了吧？没戴也没事，我戴着呢。"

他说着，从口袋里摸出了一把口罩，挨个分发下去："可都戴好了，要不然，里面能活活把人呛死。"

雷鸣接过口罩戴上，却像看白痴一样看了一眼姜斌，拿出一个小型的雾霾检测仪，拉开砖窑的门走了进去，片刻就走了出来，看着上面的数据，闷声道："目前里面雾霾的程度和案发当天差不多。我在里面安了几盏灯，光线情况也和案发当天差不多，可以开始了。"

他把目光投向了林远，带着些歉意："麻烦您先闭上眼睛。"

林远不明所以，但还是依言照办，雷鸣冲着孙林挥了挥手，G500 的车门打开，里面的人依次下车，戴好口罩后，一言不发地鱼贯进入了砖窑，孙林的手上还拿着那个车牌，进去之前，还不忘冲雷鸣晃了晃。

"好了，林先生，我们进去吧。"看着孙林他们都走进去之后，雷鸣才说道，林远睁开眼睛，跟在雷鸣的身后，走了进去，林菲和戴梓萌也戴好了口罩，跟在了他们的身后。

砖窑里就像雷鸣说的那样进行了简单的改造，几盏昏黄的灯以特定的间隔排列着，看起来和监控里案发当晚的环境确有 90% 以上的相似。

孙林和他的同事们此时已经走到了砖窑的另一头，安静地等待着下一步的指令。他们距离林菲等人至少有 50 多米，无论林菲、姜斌还是戴梓萌，都根本看不清他们的样子，只能勉强看到几团影子。

"你就站在这里别动，注意看，然后告诉我，你都看到了什么。"雷鸣对林远交代了几句后，走到了放在门边的一台摄像机后，手动控制着摄像机的焦距。

"几个人？"雷鸣问。

"5 个。"林远不假思索地回答道，"4 个男的，1 个女的，都是警察，穿着制服呢。"

"孙林，举起来。"雷鸣喊了一句，对面的那几个人里，站在最中间的孙林举起了手上的东西。

"告诉我，他手里的是什么？"雷鸣问。

"咦？"林远的声音有些怪异，像是见到了什么不可思议的东西，"那不是那个车牌吗？"

雷鸣的身体震动了一下，但转瞬间就恢复了平静，他不动声色地关闭了摄像机，"好了，结束了。出去吧。"

听到他这句话，众人都是如释重负地出了一口气，姜斌第一个打开门跑了出去，其他人紧随其后，孙林和雷鸣却走在了最后。

看着所有人都走了出去，孙林站在雷鸣的面前，没有动，似笑非笑地看着雷鸣："你真的相信，这家伙能看清我们？"

"不信。"雷鸣的回答没有丝毫的犹豫，他将录好的实验过程从头放了起来，眼看着镜头一点点向前推进，很快镜头就聚焦在了站在最中间的孙林的身上，他的身影已经充满了整个屏幕，可他手里的那个车牌却依然模糊不清，无法分辨。

"我承认，这个林远确实很特殊，他的视力远超常人，但是要说他连高清摄像机都无法分辨的东西都能看清，这就有点扯淡了。"孙林郑重地看着雷鸣，"所以我就不明白了，他怎么通过你第一个实验的？"

"我也很好奇。"雷鸣微微皱着眉，随口应付了一句便不再说话，专心致志地操作着摄像机，将下午的实验录像也调了出来，慢慢地看着。

"我说，咱们出去看行吗？"孙林打量着这个经过紧急改造的砖窑，实验已经结束，但这里的环境暂时还没有任何的改变，浓重的雾霾刺激着他的嗓子，口罩起到的作用并不太大，他的呼吸越来越费力。

"嗯。"雷鸣应道，却站在那里没有动，呼吸骤然间急促了起来，手指快速地在监视器上操作，身体向前靠了靠，眼睛都快贴到了显示器上。

啪的一下，雷鸣扣上了摄像机，这个动作吓了孙林一跳，他刚想说点什么，就见雷鸣收起了摄像机，一言不发地走出了砖窑，孙林连忙跟了出去。

砖窑外，戴梓萌正在和林远交流着什么，看上去，两个人的神态都很放松。

雷鸣径直走向了他们，他脸色有些难看。看到他这副神情，就连戴梓萌也有点不明所以。

"你为什么要撒谎？"雷鸣在林远的面前站定，盯着他的眼睛问道。

林远吃惊地看着雷鸣，突然笑了一下："雷检察官，我不太明白你这句话的意思。"

"是啊，雷哥，林先生……"戴梓萌也有些疑惑地看着雷鸣。

雷鸣抬手打断了戴梓萌的话，目光却没有离开林远的脸："你的视力确实比一般人要好，但你根本就不可能看到现场的一切。"

林远微微皱眉："我刚刚不是把看到的一切都告诉你了？"

雷鸣哼了一声，"所以我也很佩服你的推理能力和记忆力，以及你强大的观察能力，但是你看不到就是看不到。"他举起了手里的摄像机，"这个东西，它不会说谎。"

"我不明白，我还要怎么证明我自己。"林远无奈地摊开了手。

"我会给你机会证明的。"孙林看着林远，冷笑了一下，晃了晃手里的车牌，"雷队说的对，你的推理能力确实很强，可惜，这不是你猜的那个车牌。"

林远的脸上瞬间失去了血色，整个人都有些摇摇欲坠。

"孙林，你和姜斌回我的办公室，下午实验用到的东西就在我的办公桌上，你带回去提取上面的指纹，做一个鉴定。林检，我想再去一趟林远的家里。"

看着雷鸣不容置疑的目光，林菲点了点头，示意姜斌和孙林一起。

林远的目光里闪过了一丝慌乱，但他很快就让自己镇定了下来，一脸无奈地说道："真不知道你们到底要干什么，你们非要去，那就去吧。"

林远的家依旧保持着整洁，整洁到孙林安排来协助林菲等人的警察都不知道该从何下手，求助似的看向了雷鸣，而雷鸣则看向了林菲，林菲看着戴梓萌。

戴梓萌的目光中充盈着一些无奈和无助，一步一步地挪进了屋里，环视着房间。突然，她的目光在墙边的那个书柜上停了下来，嘴角露出了一抹笑容，快步走了过去。

那架被姜斌不小心弄掉了起落架的飞机模型已经修好，重新回到了它原本的位置。

戴梓萌在书柜边停下脚步，侧头看着站在门边的林远，慢慢把手伸向了那架飞机模型，林远死死地盯着戴梓萌的一举一动，脸上却一副并不在意的样子。

"呵呵。"戴梓萌轻笑了一声，"你太刻意了，你之前对它非常小心，小心到了不允许人接近的程度。姜检察官不小心碰坏了它，你不让他修理我可以理解，但原因要么是气愤，要么是不好意思。而你却是急匆匆地收起来，把人赶走，不想让我们再接触，因为你在恐惧，你怕我们发现什么。"

"我听不懂你在说什么。"林远僵硬地笑了一下。

"所以我说，你太刻意了，之前你还那么在意，现在却又不阻止我，不就是想让我从你的表现上做出错误的判断，放过这个东西吗？"戴梓萌手一伸，就将那架模型拿在了手里，翻了过来，底座上刻着的一个名字映入了眼底：潘斌。

她把这个展示给了林菲。

林菲迅疾转过头，冰冷的目光注视着林远。与此同时，孙林派来的两名警察也站到了林远的身后，其中一人的手伸向了后腰处挂着的手铐，只要林菲一声令下，他们就会毫不犹豫地控制住林远。

"你和潘斌是什么关系？"林菲缓缓开口。

"他送我的，有问题吗？"林远平静地道。

"当然没问题。菲姐只是好奇你们之间的关系，毕竟，这牵扯到你的证词可以被采纳的程度有多高。"戴梓萌微微一笑，目光继续在房间里搜寻着，最终落到了窗边的那张书桌上，那里依然扣着一本书，书下依旧压着那张照片。

"普通朋友。"林远始终盯着戴梓萌的一举一动，眼见戴梓萌将注意力投放到了书桌上，他连忙说道。

"是吗？"戴梓萌走到了书桌边，手放到了那本书上，回过头，笑意盈盈地看着林远。

严寒的冬季，林远的脸上却开始淌下了细密的汗珠。

"这张照片对你非常重要，平时就放在你随时能看到的地方，包括我们来的时候，你只是把它扣过去，不让我们看到。即便是现在这种时刻，你也不忍心把他收起来，只是这么地简单地隐藏一下，我相信这件事过去之后，你就会把它摆好，而需要瞒着我们的，只有你和潘斌的真正关系。"

戴梓萌伸手抽出了那张照片，慢慢举到了眼前，看了一眼，就将照片展示给了林菲和雷鸣，那是一张合影，林远和潘斌穿着军装的合照。

"你……"林远喉头滚动了一下，艰难地咽了口唾沫，吃力地说道，"就是个魔鬼！"

9. 缘由

在林菲、戴梓萌和雷鸣的引导下，孙林很快就查明了林远和潘斌之间的真正关系。他送来的审讯笔录显示，林远和潘斌两人曾在同一个部队服役，潘斌甚至还是林远的直属上级。

退役之后，两人都没有选择政府部门安置的出路，而是一个进了印刷厂成了保安，一个在街上当了环卫工人，但两人的关系却从未断过。

孙林移交过来的一份监控视频佐证了戴梓萌关于林远"记忆错觉"的理论。案发前 3 天，潘斌阻止孙悦车内某人车窗抛物，发生争吵的时候，林远就在现场。

但戴梓萌同时也认为，林远的"记忆错觉"并不是无意发生，而是有意为之。

戴梓萌分析，就算一个真正的退伍军人，也不可能完全保留当兵时候的习惯。可林远的生活，根本就是一个住在集体宿舍的现役军人，他这样做就是为了让他们相信，他有着军人的信仰。

孙林当时就觉得，戴梓萌是一个极度危险的人物，因为在技术人员提供的鉴定报告里，有一项耐人寻味的结论：合照里林远身上的军服疑似是假的。

姜斌对此不以为然，他想不明白，这和案子有什么关系。

"这样一来，他说谎就能说得通了。"戴梓萌不得不解释道，否则姜斌会一直在这件事情上纠缠，"身为军人，在这种事情上，他即便有说谎的动机，也会坚持自己的原则，他把自己伪装成一个军人，就是为了让我们相信，他没有撒谎。"

唯恐姜斌的智商难以理解，戴梓萌更深入地说明了一下。

但姜斌的反应依然让她大失所望，他看了一眼林菲，又看了看雷鸣，"他说谎？你们是不是太武断了？"

于是雷鸣不得不又把自己的发现向姜斌解释了一下，在检查林远的第一次实验视频的时候，雷鸣无意中发现，实验用品封条上的 logo 和林远工作服上的 logo 完全一致，出于曾经身为一名刑警的直觉，他要求孙林提取了那卷 A3 纸上的指纹进行了鉴定，结果显示，几乎在每一个检测符号上都发现了林远的指纹。

林远仅仅是印刷厂的保安，原则上他不可能接触到这卷 A3 纸，更没有理由对里面的内容进行如此细致的检查，那么他的动机就只剩下一个：事先接触并了解实验的内容，以应付雷鸣对他的检查。

孙林的进一步调查则显示，原本实验用的 A3 纸应该是由另一名工人亲自送到雷鸣的手上，但身为保安的林远在当天却主动接下了这个任务。

"也就是说，"姜斌紧皱着眉头，"他作弊了，对吧？"

戴梓萌无奈地点了点头。

姜斌却突然间指着戴梓萌哈哈大笑，这个莫名其妙的举动让戴梓萌不明所以。

"实锤打脸，我记得说林远没撒谎的人，也是你吧？"

戴梓萌愣了一下，耸了耸肩："我还以为什么事呢，这东西我也好久没碰了，偶尔出现一两次失误，也没什么啊。"

"你就充大头蒜吧。"姜斌一脸小人得志的样子，就好像打脸戴梓萌的人是他，而整件案子也和他毫无关系一般，戏谑地道，"接下来怎么办？林远和何宇的证词都被排除了，孙悦到底有没有涉嫌故意杀人，这个……"他把目光投向孙林，"警察同志，恐怕又要辛苦你们了。"

孙林苦着脸，求助的目光看向了雷鸣。

"再审一遍卷宗？"雷鸣看着林菲，"就算我们要退回补充侦查，也得给兄弟单位指明一个方向吧。"

"再审卷宗。"林菲没有丝毫的犹豫，严厉的目光却看向了姜斌，"我们还有不到 48 小时的时间，所以……"

"想都别想。"姜斌麻利地摆了摆手，"我现在一想到这个卷宗，胃里就翻江倒海。"

他一边说，脸色就慢慢变得苍白，喉头滚动着，下一刻，他就毫不犹豫地冲出了办公室，冲进了隔壁的洗手间，剧烈的呕吐声即便隔着一堵墙也清晰可闻。

听着那个声音，戴梓萌甚至怀疑，他是不是打算把五脏六腑都吐出来才算结束。

然而姜斌的抗议也只能停留在抗议的层面，吐过之后，他还是得乖乖地坐在办公桌前，翻着那一本本让他恶心到不行的卷宗。

雷鸣交给他们的任务很简单，既然案件的焦点现在集中在孙悦究竟是否涉嫌故意杀人，那么他们要寻找的就是在现场可能留下的痕迹。两名证人都曾提到过，嫌疑人孙悦曾把被害人潘斌从路边拖到了路中间，为了接下来故意杀人行为的顺利进行，他必然进行过相应的准备，也就必然会留下痕迹。

施救和杀人的前期准备是完全不同的。

时间过得很快，天色很快微明，每个人的脸上都写满了疲惫，戴梓萌整个人都趴在了桌子上，一副有气无力的样子。

而姜斌更是不堪，一整晚，他几乎每隔半小时就要去吐一次，吐到最后，他除了能发出几声干呕，嘴里淌下几滴涎水，已经吐不出任何一点胃容物了。

当众人纷纷合上手中的卷宗时，姜斌整个人都瘫在椅子里，脸色惨白的如同一张白纸，嘴巴一张一合，像上了岸的鱼，说不出一句话来。

"死了没？"林菲问了一句。

姜斌的手指动了动，示意自己还有一口气。

戴梓萌惋惜地摇了摇头，从抽屉里找出了一支葡萄糖，拧开瓶盖，直接灌进了姜斌的嘴里，这才让他有了一点生气。

"说说吧，都有什么发现？"林菲也喝了一支葡萄糖之后，才问道。

"没有。"雷鸣干脆地说道，掏出手机看了一眼，"我先打个电话。"说完，他就走出了办公室。

"喂，宝宝。"走廊里很快就传来了他那甜得发腻，却又沙哑粗粝的声音。

听到这个声音，姜斌激灵了一下，裸露在外的肌肤上肉眼可见地浮现了一层鸡皮疙瘩，几乎是瞬间就爆发出了身体全部的潜能，迅速坐好："我这里也没有，你们给我的都是没图的部分。等等。"

他突然想到了什么："图？你们听过动作捕捉技术吗？"

"动作捕捉？"戴梓萌愣了一下，"你说拍电影用到的那种？"

"对。"姜斌点头。

"这和案子有什么关系？"戴梓萌有些不解。

"没什么关系……"

"直接说但是之后的内容。"林菲冷声道。

"我明白了。"挂断了电话走回办公室的雷鸣突然点了点头，笑了一下，"这确实是个办法。"

"能不打哑谜吗？"戴梓萌看看姜斌，又看看雷鸣，"我们现在哪有时间猜谜啊。"

"监控录像里虽然看不清孙悦到底做了什么，但是动态捕捉技术能够捕捉到几个关键的点啊，这些关键点都是一些动作的特有标志，咱们再通过特效合成技术……"

"说重点。"林菲有些不耐烦。

"也许我能还原现场。"姜斌微微一笑。

"雷检，可行性有多高？"林菲转头看了一眼雷鸣。

"值得一试！"雷鸣简洁地答道。

"好，姜斌，这事你去安排，也只有你才有这样的资源。"林菲略一犹豫，就点头道，"通知孙林队长那边，让他们做好准备。"

这次的实验被安排在了下午3点，在那之前，他们还有一点时间，林菲和戴梓萌先去红十字会办了点事，随后本来想利用这个时间和孙悦的家属见上一面，然而联系了肇源之后，却得知孙悦的家人不想受到任何的打扰，回绝了林菲的要求。

"我有句话希望你能带给他们。"林菲无奈，只好退而求其次，"我希望你能告诉他们，孙悦的事情原本是可以不按上限处理的，如今这样做的理由，希望他们能够好好想想为什么。"

"林检察官您的意思，恕我有点不能理解。"肇源犹豫了一下就说道。

"你理解。"林菲冷笑了一声，"就看你在乎的到底是什么，是孙悦的命，还是你继续炒作下去的事件。"

没等肇源再回话，林菲就挂断了电话。

肇源举着手机，有些尴尬地看着面前一脸期盼的孙悦的爱人。

"肇律师，我都听到了。"孙悦的爱人抱着孩子，"这个林检察官是什么意思？"

肇源略一沉吟，才说道："她想要你做的，是孙悦不想让你做的。"

"不管是什么，只要能留他一条命，我都愿意去做。"孙悦的爱人急切地说道。

肇源看着她，神色挣扎。

"孙悦，是不是交代了你什么？"看到肇源的神情，孙悦的爱人瞬间想到了什么，"我想见见他。"

"这不行。"肇源立即摇头道，"按照规定，你现在还不能见他。"

"可我有话想要对他说。"

"我可以把你的话带给他。"

"不，我要亲自和他说。"孙悦的爱人寸步不让。

"那恐怕，"肇源皱眉思考了一下，"只能采取一个折中的方案了。"

下午3点，S市公安局会议室，林菲和雷鸣、戴梓萌准时来到了这里，他们将全程对警方的这次侦查实验进行现场监督。

姜斌已经先一步到了这里，安排实验的相关事宜。

此时的孙林身上穿着一件奇怪的紧身衣，浑身上下贴满了类似心电图导联装置的东西，正做着一些奇怪的动作。他时而原地徘徊，时而弯下腰倒退着行走。

而在他的脚边，就躺着另一名刑警队的警员，他一动不动，就像死了一样，他的身上同样贴着那些东西。

孙林突然弯下腰，双手从那名警员的背后探入他的腋下，将他的上半身稍稍托离了地面，然后拉着他开始慢慢后退。

"OK，成了。"一个一直埋首在电脑后的人突然抬起头，喊了一句。

看到戴梓萌和林菲，这个人的目光一亮，快步走了过来，他一起身，林菲和戴梓萌才注意到，这是一个她们无法形容的存在。他顶着一个爆炸头，脖子上一根拇指粗的金项链，肚子圆鼓鼓的，身高还没有戴梓萌高。

"两位好，我是特效师，也是个导演，星探，我看两位气质不俗，不知道有没有兴趣当我下一部戏的女主角？"他从口袋里摸出一张名片，递给林菲，"你们俩的形象简直天造地设，简单包装，那就活脱脱是小仙女组合，名字我都想好了，咱们就叫拾月传奇，什么玖月奇迹凤凰传奇，你们俩只要一出道那全都靠边站。3个月，不，1个月，保证让你们占领微博首页，话题女王，你们不红，天理难容，不，是天理不容。"

"梁导，梁导。"姜斌赶忙走过来，"你还是考虑考虑我吧，那位啊，是我领导，她对咱们这圈没兴趣。啊，收收心，你什么时候能把我捧红了，也来个男一号什么的，啊，对吧，咱能给你丢脸吗？"

"哪次缺尸体了你不是一号啊？"梁导看了一眼林菲和戴梓萌，叹了口气，"可惜了。哎，小斌，咱可说好了，我下部片子要你们检察院那边的批文，这事你可得给我搞定。"

"你放心，我出马，还能有办不成的事？"姜斌拍了拍胸脯。

"他们俩……"梁导又看了一眼林菲和戴梓萌，"真没想过向演艺圈发展吗？这条件实在太好了啊。你们那个破单位，哪有什么前途啊，我一顿饭就能吃掉你们一个月工资。"

"是没什么前途，无非就是能让你们也没什么'钱途'！"林菲冷着脸说了一句，"姜斌，解释一下。"

"你看我。"姜斌拍了拍额头，连忙介绍道："林检，这位是梁九水梁导演，我请来帮咱们做技术工作的。梁导，这位是我们检察院的林菲，林检察官。"

"久仰久仰。"梁九水把手伸到了林菲的面前。

林菲微微皱眉，身子下意识地后仰，伸出手和他轻轻握了一下。

"这手，保养的多好啊，你出道的第一个广告，我就给你找个护肤的，你这手我给你上保险。"梁九水不甘心地念叨着。

"怎么样？有结果了吗？"林菲连忙打断了他。

"哦，配上了。要不怎么说，还是你们这些高学历的知识分子主意多呢？"梁九水呵呵笑了一下，"正常我们做完动态捕捉后还得做后期，这个活那可不是一天两天能干完的。你们这个大个子，"他指了指孙林，"到这直接说，他做一遍动作，捕捉一下，看看能不能和视频里的匹配上，这一下就成了。"

"结果呢？"林菲耐着性子问道。

"可以确认，在案发现场，孙悦有故意将被害人从路边拖至路中央，并且刻意摆放了位置的举动。林检，我们觉得，这是故意杀人的最好证据。不过，"孙林犹豫了一下，有点不太确信地问道，"这个证据的法律效力，法院会采纳吗？"

"这是我们会去解决的问题。"林菲道。

"那就好，我们会尽快形成卷宗移交给你们。另外，我们的技术人员又重新看了一下现场的监控录像，也发现了一些问题。"

"什么问题？"

"孙悦开车的状态的问题，他开始的时候一下子撞到了护栏上，他解释说自己慌不择路，当时巨大的反作用力让这辆车和护栏之间有足够的转向距离，他只需要调整方向，就能正常开走，但是他选择了倒车。"孙林打开了放在一边的笔记本电脑，播放了一段录像，"注意看，他在倒车的时候明显调整了一下方向，这个动作按说完全没有意义，因为后面的空间也足够大，所以唯一的目的就是能够对准被害人所处的方位。"

"在倒车碾压被害人之后，他再次把车向前开，又一次碾压被害人之后，这才调整方向，沿着原路返回逃逸。如果他当时就想着逃跑，应该在启动的同时就调整方向。"

"另外，他在二次碾压被害人之后，逃跑的途中车身很稳，没有任何晃动，这就和他所说的慌不择路无法匹配，我认为他这个时候很冷静。甚至，他之前撞到护栏也是故意的。"

"故意的？"林菲微微皱眉。

"对。"孙林点头，"营造一种他很慌乱的假象，他在那个时候已经做好了要杀掉被害人的心理准备。"

"我还是不太明白，故意杀人和交通肇事，孰轻孰重他分不清吗？"戴梓萌歪着脑袋看着林菲。

"他很清楚。"林菲平静地说道，"否则不会一直否认自己是故意杀人，还做了那么多的工作，他甚至一早就做好了会被抓到的准备。但是，他又必须杀了这个人。"

"那是为什么？"戴梓萌更加不解了。

"死了，只要赔丧葬费和一些基本的赔偿，但是如果残疾了或者植物人，这个赔偿的数额，可就是天文数字了。"雷鸣冷声道。

"就为了这个？"戴梓萌一下子瞪大了眼睛。

"就因为这个。"

看守所讯问室，面对林菲对侦查实验结论的陈述，戴梓萌的询问，孙悦苦笑了一下，放弃了抵抗，点了点头："你看我人模狗样的，像个成功人士，其实，我那个公司快撑不下去了。他要是不死，瘫在床上，我就是倾家荡产也赔不起，我那车的保险早就到期了，我没去续，你说到时候我老婆孩子怎么办？我爸妈，我岳父岳母的养老怎么办？他们当了一辈子农民，不像你们城里人有退休金，有养老保险，他们什么都没有，就指着我这点收入呢。"

"那你为什么不自首？被抓之后，又为什么不主动提出赔偿？如果你自首，主动提出赔偿，你就不用死。人只要不死，一切就都还有希望，你是不是傻啊？"姜斌从电脑后抬起头，问。

"希望？你永远不知道，死神和希望哪个先来，你永远不知道，在希望到来之前，你得经受什么样的折磨，我不认为自己能熬得下去！死，总比失去自由十几年强得多，十几年后，等我再出来的时候，我是什么？那时候我早已经和这个社会脱节，我只能是负担，是累赘，是混吃等死的行尸走肉！"孙悦情绪激动地说道。

"你是这样认为的？"林菲看着孙悦，神情平静。

"你都有这个想法了，你主动承认自己是故意杀人多简单啊。"姜斌不无嘲讽地道。

孙悦有些诧异地看着姜斌，"那我不就是算坦白了吗？那样的话，我还是死不了的吧。"

"有件事，我觉得我有必要告诉你，另外，有人也想见你，虽然碍于程序，我现在不能带她们来，不过，她们已经把想说的话都录下来了，你可以看看。"

林菲拿过一台平板电脑，找出了其中的一个视频，点击了播放，递到了孙悦的面前。

看到视频里的人，孙悦的手突然间颤抖了起来，双眼通红，几乎在瞬间就泪流满面。

"爸爸，你什么时候回家啊。"电脑里，传来了他年仅 4 岁的女儿奶声奶气的声音，"我和妈妈都好想你，妈妈总是哭，我好担心妈妈啊。"

10. 新生

周红是 S 市红十字会的工作人员，她最近有点心神不宁。几天前，检察院的人突然找到她，向她打听起了一个叫潘斌的人。

起初她对这个人毫无印象，直到那个姓林的检察官给她看了一张照片，那张满是皱纹的古铜色的脸，一身环卫工人的工作服几乎是在瞬间就唤醒了她全部的记忆。

那是一个极为特殊的存在，每次出现在这里，他都是这样的一身打扮，一瘸一拐地走进来。有时候，还会"开"着自己的工作车，车厢里堆满了空塑料瓶。

他的身上总是带着一股难闻的味道，每个经过他身边的人都会嫌恶地捂住鼻子，离他远远的，就连希望工程的工作人员都对他爱答不理。

同事小李就曾说过，这个人一辈子捐的钱都未必有人家一次捐得多，在他身上浪费时间，还要经受那样的折磨，实在得不偿失。

周红不这样认为，所以每次来，几乎都是她接待。

她还记得最后一次见到潘斌的时候，他像往常一样从口袋里掏出一个塑料袋，小心翼翼地打开，里面一如既往地全是零散的零钱，有硬币，也有纸钞，最大的面额也不过 20 块钱。

他把塑料袋递给周红，不停地搓着手，一脸的歉意，"这里边有 512 块钱，这个月收入不太好，再等两天，等两天我的补助金发下来，我就补上。这些，你们先给那些孩子，别让他们着急。"

"大爷，这事不用您操心。"周红接过那袋子钱，多少有些无奈，"我都跟您说过多少回了，这不还有我们呢嘛，您也好好照顾自己，您看看，比上个月又瘦了一圈了。我这就给您登记，您坐这喝口水，等我一会儿。"

"不了不了。"潘斌连连摆手，"你忙你的，我这就走了，我在这，影响你们工作。"

"这叫什么话。"周红看了一眼四周，同事们都在用一种戏谑的目光看着潘斌，她忍不住狠狠地瞪了回去，"我送您。"

她和潘斌一起走出了大厅，潘斌的那辆环卫车就停在门口一个角落里，潘斌走过去，费力地推动着车子，周红见状，主动帮他推了起来，这可吓坏了潘斌，他连忙停下来，"使不得使不得，闺女，弄脏了你的衣服。"

周红莞尔一笑，"大爷，衣服穿到身上，早晚得脏，您每个月都来捐钱，我帮您做这点事怎么了？和您一比，我都觉得不好意思。"

潘斌憨厚地笑了一下，更加卖力地推动着车子，一张医疗诊断书却从他的口袋里掉了出来，周红伸手捡了起来，只看了一眼，就脸色骤变，她严厉地瞪着潘斌："大爷，这么大的事，你怎么不跟我说呢？"

她的眼泪断了线一般滚滚而出。

看着周红的反应，潘斌一时间手足无措，只是一遍遍重复着："不碍事，我还能干得动。不碍事，真的不碍事，姑娘，你别哭啊。"

他的手不停地在裤腿上擦拭着，抬手想去擦掉周红的眼泪，可却又怕弄脏了她的脸。

那张骨癌晚期的诊断书在此刻的周红看来，无比的刺眼。

周红回到办公室的时候，原本整洁的制服脏兮兮的，脸上的笑容也不见了，一副失魂落魄的样子。一进屋，她就坐进了沙发里，头埋进了双手，强忍着悲痛。早就对她颇有意思的同事小李赶忙迎了上去，"小周，你怎么弄成这样？又帮那个老头去了？你看看你这衣服脏的。"

周红猛地抬起了头，呼吸急促，瞪视着小李："衣服脏了，洗洗就好了，这心要是脏了，哼。"

周红突如其来的火气让小李感到莫名其妙："干嘛这副表情，我又没说错什么，那老头有什么值得你帮的？他一年捐的钱，还没人家一次捐得多呢。"

"那你知道他每个月固定的日子来捐钱，坚持多久了吗？你说的那个一次捐的比他一年捐的还多的来了几次？他的事，除了我们还有谁知道？你说的那些人，就怕全世界都不知道他们捐了点钱吧？一群沽名钓誉之徒，怎么和他比？"

周红突然大声道，一向温和的她竟爆发出了这样的呵斥，让小李完全没想到，但男人的面子让他坚持着："他再坚持，还不就是那几个钱？连人家一顿饭钱都不够。"

"那几个钱？！"这句话让周红更加激动了，"那是他的全部收入！他的工资，他卖废品的钱，他的退伍伤残抚恤金，除了留下每个月的吃饭钱，他一分没留，连给他自己治病的钱都没留，都捐给了我们。骨癌，晚期，他就只靠止疼片撑着。20 年，他资助了 20 个孩子完成了学业，你说的那几个人呢？他们帮了几个人？"

她完全没有注意到，因为过于激动，她的脸上已经带上了泪水，所有人都诧异地看着她，她却浑然不觉，掏出潘斌装钱的塑料袋，拍到了小李的面前："他捐的不是钱，是命，你知道吗？是命啊！"

那是第一次，周红和同事们发生了争吵，也是第一次，她冒出了不想在这个地方再待下去的想法。

那个姓林的检察官告诉她潘斌死了，死于一场车祸的时候，她完全不敢相信，都说好人有好报，为什么，潘斌的结局却是这样的凄惨。

她得为潘斌做点什么，她想。

放在桌子上的手机响了，周红浑浑噩噩地接起了电话，只听了几句，她的眼睛就亮了起来，没有丝毫犹豫地说道："好，我干，我明天就可以上班。工资？不，我没有要求。"

挂断电话，周红长出了一口气，拉开抽屉，从里面找出了一份早就写好的辞职书，飞快地签上了名字，脚步轻快地走出了办公室。

10年前，潘良10岁，那时候自己叫什么，他现在已经忘了，或者说，他根本就不想再想起来。

他只记得，那天很晒，他饥肠辘辘地走在街上，穿着鞋帮和鞋底都分开了的凉鞋，身上的衣服破破烂烂，散发着难闻的味道。

对于自己为何会出现在这里，他都有些模糊了，他隐约记得，父母就在这个城市工作，他出生的地方是一个偏僻的山村，一年到头，只有在过年的时候，他才能见到自己的父母一面。

他太想他们了，于是偷偷地跑了出来，在他幼小的心灵里，所谓的大城市大概就和集市差不多，可真到了这里他才知道，那些人嘴里所谓的小区，一个里面的人就比他们全村的人还多。

他找不到自己的爸妈了，他迷失在了这个高楼林立的都市里。

那天，那个人就坐在路边的长椅上，穿着一身环卫工人的制服，那辆三轮车就停在身边。

他坐得笔直端正，身旁放着一个掉了色的军绿色挎包。

他从挎包里拿出了一个铝制的饭盒和一个斑驳的军用水壶，打开饭盒，里面是两个馒头和一些咸菜，他就着水壶里的水，小口小口地吃着。

那是简单到不能再简单的饭菜，可却是那时的潘良想都不敢想的奢望，他已经整整3天没有吃过一口东西了。

看着那个白馒头，他下意识地抽了抽鼻子，舔了舔干裂的嘴唇，空气中仿佛飘着一股面香。

在艰难地咽了口唾沫之后，他忍不住了，快步跑到了那人身旁的一个垃圾桶边，探头进去翻找了起来，对那股令人作呕的味道，他全然不顾。

很快，他就从垃圾桶里找到了一个纸盒，他认识这个东西，城里的小孩总是央求爸妈带他们去吃，好像叫肯德基。

捡到了这个东西，他马上就跑到了一边，小心翼翼地打开了纸盒，里面还有几块鸡骨头，他猛烈地吞咽着唾沫，抓起骨头塞进了嘴里，完全顾不上飞舞的苍蝇，蠕动的蛆虫和难闻的臭味。

"哎！那个不能吃。"长椅上的那个人发出了一声惊呼，潘良全然不顾，他甚至转了个身，以防手里好不容易找到的食物被人抢走。

但很快，他就扶着垃圾桶，剧烈地呕吐了起来。

那支斑驳的军用水壶递到了潘良的面前，潘良脏兮兮的小手接了过去，大口大口地喝着水，一只温暖有力的大手轻轻地拍打着潘良的后背："别着急，别着急，我那还有。"

那是一个慈祥宽厚的声音，潘良忍不住抽噎了起来。

一个馒头又递到了他的面前，潘良接过馒头，小心地看着那个中年人。

中年人和煦地笑着，伸手示意潘良放心吃："吃吧，吃，不够吃我这还有。"

潘良这才大口大口地吃了起来，中年人看着潘良，眼中满是怜悯。

"孩子，你怎么不回家？"中年人问。

潘良甚至都没停下吃东西的举动，含糊不清地应道："我不知道我家在哪。"

"走丢了？"中年人愣了一下。

潘良点头，一个馒头只用了半分钟不到，就全进了他的肚子，他看着铝制饭盒里的另一个馒头，咽了咽口水。中年人笑了一下，把那个馒头也递了过去，潘良却摇了摇头。

"吃啊，没事。"中年人向前送了送，说道。

"你还没吃呢。"潘良将视线从馒头上挪开，低声道。

中年人再次愣住了。

后来，潘良知道，中年人叫潘斌，吃了一顿饱饭之后，潘斌带着潘良去了派出所，可对于自己的家乡，潘良却完全无法说清楚，他只记得自己父母的名字，至于他们的联系方式，他一点也不知道。

警察简单地询问过后，采集了一些信息，就让他们回去等消息了。潘斌知道，潘良想要回到自己的家乡，再见到自己的父母，就不知是何年何月的事情了。

两个人就这样开始了相依为命的生活。

潘良永远也忘不了那个晚上，那个决定了他今后一生的夜晚。

那是他和潘斌住在一起的一个月后，那天晚上，潘斌特意给潘良洗了个澡，给他找了一身虽然很旧，但却洗得很干净的衣服换上，随后，又从柜子里找出了一个同样很旧却洗刷的干干净净的书包。

"明天，去上学吧，叔都给你联系好了。"潘斌看着他，语重心长地道。

潘良眼圈发红，潘斌家简陋的不能再简陋，床只是一块木板，桌子也是木板拼凑起来的。可就在这样的环境下，他却还想让潘良上学。

他一下子扑进了潘斌的怀里，嚎啕大哭。

他给了他新生，现在，他只是把这条命还给他而已，所以，他从来没有为自己差点杀死一个人这件事后悔过。

"潘良，有人要见你。"警察的话打断了潘良的回忆。

要结束了，一切都要结束了，活着的时候，他没能好好照顾他，那么，自己就陪着他一起死，到另一个世界，去陪伴他吧。

这样的想法让他感到轻松，他步履轻快地走进了一间会议室，甚至没有去想，自己为什么能够享受到这样的待遇。

直到他看到会议室里坐着的那两个人，戴琳和林菲。

"怎么，终于要起诉我了？"潘良走到一把椅子旁，坐了进去，神态无比放松。

"先看看这个吧。"林菲没有接他的话，只是示意警察打开了会议室里的电视，这个举动让潘良不明所以，但他还是看了起来，总比重复那些他重复了无数次的供词有意思得多。

那是一个新闻发布会，此时站在发言台前的竟是戴着手铐的孙悦，而在他的身边依次坐着的是潘良并不认识的人。

"何宇，这个案子里作证孙悦涉嫌故意杀人的重要目击证人；李沁，心理学硕士，这个案子里，试图找到证据证明孙悦没有故意杀人的人；江华，心理医生；张悦，孙悦的爱人；孙宁宁，孙悦的女儿。"见潘良神情迷茫，林菲主动解释道。

可这样一来，潘良就更加迷糊了，这群完全不相干，甚至还立场相左的人，竟然聚集到了一起，召开什么新闻发布会，他完全搞不懂，他们到底要干什么。

"看下去你就知道了。"仿佛猜到了潘良的内心所想，林菲微微一笑。

电视上，孙悦清了清喉咙："经过慎重考虑，我决定成立潘斌助学基金，继承潘斌先生未竟的事业。"

潘良难以置信地看着这一幕，可惜，电视里的孙悦无法看到他的神情，只是依照既定的流程发表着演说。

"潘斌先生是一个优秀的人，他从事着最普通平凡的工作，但是却用微薄的收入做着最伟大的事业。迄今为止，他资助了不下 20 人来完成他们的学业。我很遗憾，因为我的错误，他离开了这个世界，我也很庆幸，在我险些在错误的路上越走越远的时候，有人拯救了我，何宇先生提议成立这样的一个基金。"

镜头适时给了主席台上的何宇一个特写，何宇微微一笑："有必要解释一下，这个动议虽然是我提出的，但真正促使我做出这个决定的人，却是一名检察官。"

潘良诧异地看了一眼林菲。

"我什么都没做，只是把你讲给我的故事讲给了他们。"林菲说，"继续看吧。"

画面上，孙悦冲何宇点了点头，继续说道："我没有理由拒绝，潘斌先生的精神不应该因为他的死亡就此消散，作为这件事的始作俑者，我有义务让他的事业，他的精神延续下去。事实上，在林检察官告诉我之前，我完全没想到潘斌先生竟然是这样的一个人，我以为，他只是一个无名无姓的小人物，我为我的高傲道歉，为我的小人之心感到愧疚。我更感到庆幸，在我做出捐出所有资产的时候，我知道，这对我的家人很不公平，可是，我不能就这么眼睁睁地看着那些孩子连最后的希望都失去，我得为我犯下的错赎罪，我的家人并没有埋怨我，而是支持我，鼓励我。"

镜头再一次对准了主席台上孙悦的爱人和孩子，孙悦的爱人抱着他们 4 岁的女儿，她的脸上带着晶莹的泪花，却洋溢着骄傲的笑容。

"而何宇先生则建议，联合成立这样的一个基金会，我想我没有任何理由拒绝。我们已经决定聘请周红小姐担任我们基金会的首席执行官。在此之前，她就是专门负责潘斌先生捐赠事宜的。另外经过我们的研究，我在此郑重承诺，凡是潘斌先生资助过的学生，需要工作的，都可以到我的公司去。想继承潘斌先生遗志的，都可以到这个基金来工作，让我们一起把潘斌先生的精神发扬光大。"

啪啪啪，主席台上率先响起了掌声，孙悦 4 岁的小女儿用力拍着手，脸上洋溢着开心的笑容，或许此时的她还不知道父亲的决定意味着什么，但终有一天，她会为父亲今日的举动而骄傲。

掌声渐渐连成了一片，蠢蠢欲动的记者们更迫不及待地举起了手："孙悦先生，您的案子马上就要开庭了，请问您有什么想说的吗？"

孙悦略一沉吟:"这不是本次发布会的内容。不过,"他深吸了一口气,"我尊重法律,无论法院最终如何判决,我都会无条件接受,那是我对潘斌先生的死理应承担的责任。"

"有消息称,您很有可能会被判处死刑,您选择在这个时候召开新闻发布会,请问,您是想用这种方式挽救自己的生命吗?"记者追问道,这个具有极强攻击性的问题让现场的每个人脸色都不太好看。

主持新闻发布会的孙林正准备说点什么结束这次发布会,孙悦却突然笑了一下,缓缓开口:"其实死亡对于我来说,是一种解脱,因为,余生的每一天,我都将活在忏悔中。"

发布会至此才算结束,孙悦在武警的押解下离开了现场。

林菲抬手关闭了电视:"新闻发布会召开在 3 天前,今天下午 2 点,这个案子将会第一次开庭审理,我想这或许是一个对你和他来说都还算不错的结局。"

潘良沉默着,片刻之后,突然笑了一下:"你又怎么知道,他不是为了救回自己的一条命,才这么做的?"

"我不知道。"林菲坦诚地道,"但不管他出于什么目的,这个结果总还是好的,不是吗?潘斌的肉体虽然死了,但是他的精神却能一直存在下去。"

潘良想了想,点了点头,笑了一下:"你说得对,这应该就是最好的结果了,如果潘叔还活着,他应该也会很高兴。"

他伸出手:"拿来吧。"

茫然的人换成了林菲:"什么?"

"他需要一份谅解书吧,有了这份谅解书,他至少应该能保住一条命。"潘良说。

"你误会了。"林菲看了一眼戴琳,"我这次来,只是告诉你这件事情目前的进展,至于谅解书,以你和潘斌在法律上的关系,你出具的谅解书法庭是不会承认的。"

潘良愕然。

"这次来,主要是我的事。"戴琳从公文包里拿出了一页纸,向潘良的面前送了送,那是一份刑事谅解书。

潘良再次愕然。

"其实原谅你,也没有那么难。林检说的对,你有孝心,有正义感,是个好孩子,只是对法律的敬畏不够,所以,我原谅你了。"戴琳笑了一下,"但是我希望你能够记住,道德是底线,法律才是你行事的标准。"

潘良感到难以置信:"可是我……"

"要是谁来威胁我一下我都得记恨个没完，给我 10 本死亡笔记都不够用。这行注定两头不讨好，得罪人，我能理解。"戴琳打断了潘斌，"不说这个了，我给你找了个律师，你看看合不合适。"

戴琳示意守在门边的警察打开门，肇源微笑着走了进来。

潘良的脸色瞬间沉了下来，他觉得自己的脑子已经完全不够用了，超出他预料的事情一件接一件地袭来，让他根本不敢去想，接下来还有什么样的事情要发生。

看到潘良的脸色，肇源也有些尴尬，他站在门边，摊了摊手："不用这样，之前只是立场不同，作为孙悦先生的代理人，我当然要为他的利益奔波，现在，我是你的代理人，当然就要为你争取最大的利益了。"

潘良只是略一犹豫，就点了点头："我明白，既然孙悦都能做出那样的决定，让你做我的辩护律师，也不是不可接受的事情。"

"你能这么想，那就太好了。"肇源这才在潘良的面前坐下，打开公文包，从里面掏出了两份文件，"相信我，你这个决定绝对英明。这两份文件，一份是孙悦和何宇托我带过来的，那个基金，他们希望你是法人，还有这份，是我们的代理协议，至于代理的费用……"

戴琳轻咳了一声。

肇源看了一眼戴琳，很是不甘心地叹了口气："好吧，可以免费，但是，我希望能做你们那个基金的法律顾问，放心，我是很有职业素养的，而且，我的水平也没有那么糟糕，这个基金也不可能只牵扯到钱的方面，现在的年轻人，有时候匮乏的并不是物质，而是精神，我认识个很不错的心理医生，我有把握拉他进来做这事……"

林菲没有继续听下去，这里已经没有她什么事了，她也没有打招呼，径直起身走出了会议室，戴琳对她的举动早已习以为常，而肇源正专心致志地试图说服潘良，谁也没有对她的离开有任何的表示。

林菲并不在意，她径直走到了走廊的尽头，那里竖立着一面硕大的警容镜，她在警容镜前站定，从公文包里拿出了一个首饰盒，里面是一枚检察官徽章，那枚徽章有些年头了，带着岁月的斑驳痕迹。

看着这枚徽章，林菲的脸上浮现出了一层带着回忆的笑意，她小心地拿起那枚徽章，庄重地戴到了胸前自己那枚检徽之上，细微地调整了一下之后，她的神情重新变得冰冷，严肃，脚步稳定有力地走出了市局的办公楼，走向了不远处的法院。

第二卷

炸响春雷

1. 病理性抢劫

夜。

天阴沉沉的，没有一点星光，月亮也不知躲到了哪片云之后。

空气黏腻，潮湿，一场暴雨正酝酿着。

闷热让人们焦躁，不安，躺在床上翻来覆去却无法入睡。

没有一丝风，浓稠的黑暗中，却传来阵阵风的呜咽。仔细聆听，才会发现，那呜咽不止一处，不止一人，压抑，也让人心碎。

一身黑衣的刘成小心地避过北华小区的保卫和监控，步履匆匆却又行色谨慎地向一栋楼走去。闷热的夏夜，他却穿着长衣长裤，手上还戴着手套，就连脸上都戴着口罩，鸭舌帽的帽檐压得极低，他只能用力向上翻着眼睛，才能看清眼前的路。

路过一栋废弃的门市时，他的脚步有些微的停顿，目光也不由自主地看了过去。昏暗的灯光下，碎裂的玻璃，片片烟熏火燎过的黢黑，满地凌乱的桌椅，门前朵朵仍旧新鲜的白花，触目惊心。

一个月前，这里还是一家颇上档次的饭店。一个月后，这里已经成了人们不愿谈及的禁地，祭奠的墓地。

4月那场惊天动地的大爆炸让15条鲜活的生命在转眼间就成了15具再也不会醒来，容貌难辨的尸体。

刘成仿佛还能听到他们临死前的哀嚎，还能闻到煤气泄漏的那股恶臭，还能嗅到肉体被火焰舔舐的那缕焦糊中的浓香。

他干呕了一声，强迫自己转过头，脚步踉跄却迅速地走过了门市，轻车熟路地走进了前面某栋楼漆黑的楼道，伴着他的脚步，冰冷的楼道灯逐层亮起，又逐一熄灭。

一道闪电划过夜空，转瞬即逝，刘成的身影也消失在了黑暗的楼道里。

"说重点。"姜斌从电脑后抬起头，不耐烦地看着沉浸在回忆里的刘成，"林检察官问你为什么要去抢劫，没问你过程，那些我们早就知道得一清二楚了。你看看你这洋洋洒洒的，还呜咽，还心碎，还舔舐，整的跟文艺小说似的，结果一个字的正事都没说，你以为打字很轻松啊？"

他甩了甩酸痛的手，一脸不满。

"哦，好好好。我的错我的错。"刘成点头哈腰地冲着姜斌带着些歉意地笑了一下，脸上随即露出了一抹无奈，"我就是控制不住我自己。我也知道我要是再犯事进来，想出去那基本就是不可能的事了，可我管不住我这双手啊。你看，我这回都没抢什么贵重的东西。"

"确实。"林菲点头，"几十块钱的老人机，现在基本没人用的手写通讯录，这么说，你这次是有意选择这些东西的？"

"那是啊。"刘成点头，"你问雷检，他了解我。"他指了指脸色阴沉的雷鸣，"前4回，全他给我抓进来的，你问问他，我什么时候干过这么掉价的事？千元以下的东西，我从来不放在眼里。"

"是吗？"林菲看了一眼雷鸣。

雷鸣点了点头，对刘成的话表示了认可，"我也觉得很奇怪，被害人放在鞋柜上的钱包，你竟然连看都没看一眼，那里面光现金就有大几千。你这回抢的东西，加到一起，也才200块钱不到，这可不像你。"

"唉！"刘成叹了口气，"就是这点东西我都不想拿。你不知道，雷头儿，这玩意就像你抓人上瘾，瘾君子吸毒上瘾一样，我也有瘾，完全控制不住。我这个，也算是一种心理疾病吧？"

他期待地看着林菲，林菲没说话，只是看了一眼戴梓萌。

戴梓萌推了推眼镜："确实，从你的叙述来看，你这个应该算是一种病理性抢劫，属于意志控制障碍范畴的精神障碍。表现就是反复出现的、无法自制的抢劫行为，虽然屡遭惩罚但难于改正。"

"对对对。"刘成连连点头，"你看，我这回都是第5次进来了。"

"嗯。"戴梓萌想了一下，突然问道，"你这次抢劫抱有什么样的目的？"

"我哪有什么目的啊，我纯粹就是控制不住我这双手。"

"那也就是说，你一不是为了谋取经济利益，二不是挟嫌报复、窃富济贫或引人注意，你纯粹就是出于那种无法抗拒的内心冲动？"

刘成一拍大腿："你说得太对了，戴检。你看我拿那些东西，没一个值钱的，我不就怕我被抓住了，你们给我来个重判吗？"他转头看着林菲，"林检，你看戴检可都说了，我这是病，我得治。我实话跟你们说吧，我有时候都盼着被抓，那样我就没法再抢了。"

"司法鉴定？"林菲看了看雷鸣，雷鸣明显有些犹豫，林菲又看了一眼戴梓萌。

戴梓萌沉吟了一下："在作案中，刘成是否具备刑事行为能力对他的定罪和量刑都有重要影响，原则上，应该进行司法鉴定。"

"没必要，我认为这完全没必要。"姜斌突然插话，"对于这种情况，我们国家是有相应的案例的。"

"嗯?"林菲微微皱眉。

"刑法第18条第4款规定:醉酒的人犯罪,应当负刑事责任。而刑法理论一般认为,病理性醉酒属于精神疾病,醉酒人完全丧失辨认控制能力,行为人行为时没有任何意识,所以不能认定为犯罪。但是,如果行为人明知自己存在病理性醉酒,故意饮酒后犯罪的,仍然构成犯罪。"姜斌说,"这是一个基准点。"

林菲恍然:"你这么一说,我好像有印象了,北京那个病理性盗窃的案子吧?"

姜斌点头:"那个可就是按正常的盗窃罪判的。"

"我也想起来了。"戴梓萌突然敲了敲脑袋,"可是,那个也是经过了司法鉴定之后才那么判的吧?"

"我看过资料。"姜斌回忆了一下,"专家是这么分析的,病理性盗窃案件有一些不同于一般盗窃案件的区别:第一,犯罪嫌疑人一般具有正当的工作与稳定的收入,生活无忧,而且个别案例中的犯罪嫌疑人还是当地知名人士,社会地位较高;第二,犯罪嫌疑人难以控制自己的行为,情不自禁想盗窃;第三,盗窃的物品多样,不仅有价值较高的物品,还包括一般的生活衣物、用品,此外,有些犯罪嫌疑人盗窃成功后不去使用或出卖所得物品,而是将物品摆放在一起欣赏。刘成,你觉得你符合几条?"

"我都符合啊。"刘成急道,"你看我上次出去,社区给我安排了一份工作,小区保洁,收入稳定,够我吃喝的。我这次犯事,也确实就是没控制住自己啊。那我以前确实,抢来的东西我全都换钱了,可我这回没有吧?警察把我东西都搜走了啊,你看我这回我也没伤人,我也没影响别人。咋看,我都符合这个,什么病?"

"病理性抢劫。"

"对。"

"你符合个屁。"姜斌冷笑了一下,"你这么干,才是第一次,我们上哪验证真假去?要不,这回先放了,等他多犯几次来着,再做司法鉴定?"他试探着问了一句。

"我举双手赞成!"刘成忙道。

"要么是你疯了,要么是林检察官疯了。"戴梓萌白了刘成一眼,"我最后问一句,刘成,你当时知不知道自己是在犯罪?"

"戴检你这话说的,那我能不知道吗?"刘成笑了一下。

"那也就是说,你抢劫时对自己的行为有识别能力,只是控制能力降低。"

戴梓萌看了一眼林菲，"菲姐，我收回给他做司法鉴定的意见。"

林菲点头："刑事责任能力指的是行为人具备的刑法意义上辨认和控制自己行为的能力。精神病人只有在不能辨认或者控制自己行为的时候造成危害结果，经法定程序鉴定确定的，不负刑事责任。但是刘成，你这种情况不在此列。"

"我怎么不在了？"刘成急道。

"你明知自己在犯罪，犯罪进行中，你能够控制自己的行为限制在一定的程度内，从法律角度上来讲，属于完全刑事行为能力人。所以，就算最后认定你确实患有一定程度上的意志控制障碍，你仍然要为你这次的行为负刑事责任，司法鉴定，纯属浪费时间。"

"别啊，林检，给个机会行不行？"刘成哀求道。

"行啊，你有权利提出申请。反正结果我都告诉你了。"林菲冲姜斌使了个眼色，姜斌麻利地将审讯笔录打印了出来，递到了刘成的面前。

"法庭见。"看着刘成在打印好的审讯笔录上签好了名字，按上了手印，姜斌贱兮兮地冲他挥了挥那份笔录。

2. 炸裂午夜

"林检，这事你真不能怪我。"肇源看着林菲，笑嘻嘻地道，"那我作为刘成的辩护律师，我肯定得为我的当事人争取最大的利益，现在你们都怀疑他可能患有意志控制障碍，我按程序申请司法鉴定，这没问题吧？"

"我说有问题了吗？"林菲翻看着手上的卷宗，头都没抬，"怎么操作是你的事，只要你在合理合法的范围内，我就不会干涉。"

"这你大可放心，咱都是法律工作者，这点事，我能不明白么？"肇源说。

"但是你申请取保候审，是不是就有点过分了？"林菲抬头，看着肇源。

"《人民检察院刑事诉讼规则》第八十六条，《刑事诉讼法》第六十五条明确规定，人民法院、人民检察院和公安机关对有下列情形之一的犯罪嫌疑人、被告人，可以取保候审。"姜斌从案头拿起一本厚厚的法典，翻开，清了清喉咙，读了起来，"（一）可能判处管制、拘役或者独立适用附加刑的；（二）可能判处有期徒刑以上刑罚，采取取保候审不致发生社会危险性的；（三）患有严重疾病、生活不能自理，怀孕或者正在哺乳自己婴儿的妇女，采取取保候审不致发生社会危险性的；（四）羁押期限届满，案件尚未办结，需要采取取保候审的。"

肇源笑了一下，冲林菲摊了摊手："你看姜检察官都说了……"

"给他念念《公安机关办理刑事案件程序规定》第七十八条。"林菲说。

"哦？哦。"姜斌赶忙从案头拿起另外一本书，翻开，念道，"《公安机关办理刑事案件程序规定》第七十八条，对累犯，犯罪集团的主犯，以自伤、自残办法逃避侦查的犯罪嫌疑人，严重暴力犯罪以及其他严重犯罪的犯罪嫌疑人不得取保候审。"

"那不是公安的事嘛。"肇源说，"现在这不是到您这边了吗？"

"到我这也没什么区别啊。"林菲微微一笑，"《刑事诉讼规则》第八十七条，人民检察院对于严重危害社会治安的犯罪嫌疑人，以及其他犯罪性质恶劣、情节严重的犯罪嫌疑人不得取保候审。刘成作为累犯，我认为他犯罪性质恶劣，情节严重，他可能患有意志控制障碍，我有理由认为他有可能严重危害社会治安，取保候审，我不认可。"

肇源对此倒是没有太大的意外，连一点失望都没有，就点了点头："那行，林检，我先办司法鉴定的事。对了，我这有点东西给你。"

肇源说着，从公文包里拿出了一个档案袋，递到了林菲的面前。

"这是什么？"林菲疑惑地看着肇源，问道。

"对你接下来的案子肯定有帮助的。"肇源神秘地一笑，"田成那个案子，也在您这吧？"

林菲愣了一下，刘成抢劫案的被害人是田芳，而田芳的爱人正是田成，田成就是刘成抢劫田芳前一个月，北华酒楼爆炸案的始作俑者。

这个案子直到今天早上，警方才完成了前期侦查工作，移交到了检察院，被林菲揽到了手里，她甚至还没来得及去提审田成。

"你消息倒是灵通。"林菲冷笑，目光不由自主地瞥了一眼姜斌。

"和我绝对没有任何关系！"姜斌举起了双手。

"这么重要的案子，照常理推测，肯定是您承办，这我不需要别人通风报信。"肇源笑呵呵地道，又不甘心地叹了口气，"本来我还想代理这个案子的，为了这个，"他指了指林菲面前的那个档案袋，"我可是做足了准备，花了一个多月调查了一些外围的资料。"

"那怎么交给我们了呢？"姜斌不解地问。

"被拒绝了呗。"肇源苦笑道，"田成说他用不着我，他大学学的就是法律，自己来就行了，这玩意儿我留着也没什么用了，还不如给你们，希望对你们有所帮助。"

"肇大律师也有被拒绝的时候？"姜斌惊讶地道，"这可真稀奇。"

"你就别刺激我了。"肇源没好气地道，"上回孙悦那个案子之后，我这生意可是一落千丈，要不是有那个基金会的法律顾问撑着，我都快揭不开锅了。"

"你还有事没？"林菲突然问。

"哦，没事了，没事了。"肇源尴尬地笑了一下，站起了身，"那我就先走了。"

林菲摆了摆手，重又埋首进了卷宗里。

北华小区，北华酒楼的废墟前，此刻围着一群人，正窃窃私语，每个人脸上的神情不尽相同，有幸灾乐祸，有悲愤，有嘲讽，但偏偏没有一丝一毫的同情。

人群中央，田芳就跪在空地上，面向着北华酒楼，她穿着一身孝服，双目无神，身影萧瑟，对围观人群形色各异的态度，她置若罔闻，自顾自地将纸钱投放到面前的火堆中。

戴梓萌走近人群的时候，看到的就是这样怪异的一幕。

她是来通知田芳，刘成和田成那个案子的进展的，这事本应该林菲来，可林菲不想在这种事情上浪费时间，跑腿的事就落到了她的身上。

"花钱买纸燎地皮，哭哭啼啼解心疑。"人群中传来了一个尖锐的嘲讽，"人都死了，还烧纸有什么用？真有心，倒是偿命去啊。"

跪在地上的田芳身子颤抖了一下，就没有了再多的反应。

戴梓萌循声看去，就见一个中年妇女正举着手机拍摄着这一幕，嘴里还在念念有词，"都看看啊，这就是一下子炸死了15个人的那个田成的老婆，平时嘴巴跟吃了屎一样臭，前几天家里还让人抢了，这就叫报应，这人啊，平时还得多做善事，不是不报，时候未到。这时候才想起来烧纸求饶命，有什么用啊？阎王爷那都记着账呢。"

妇女的语气中满满的嘲讽和幸灾乐祸。戴梓萌不由得微微皱了皱眉，穿过人群径直走到了田芳的身边："大姐，你起来吧。"

她伸手去拉田芳，一拉之下却惊讶地发现，练过咏春，手劲极大的她竟没能让田芳移动分毫。对戴梓萌的话，田芳也没有任何的反应，依旧自顾自地焚烧着纸钱。

"散了吧，没什么好看的。"戴梓萌掏出了自己的工作证，不耐烦地对围观的人群喊道。

也许是自己的检察官工作证起了作用，也许是田芳祭拜死者这件事确实没什么意思，人群渐渐也就散了。

戴梓萌再次试图拉起田芳，可田芳刚刚被拉起，就又跪了下去，"别管我。"她虚弱地道，"让我给他们送钱，别缠着我们家老田了，老田没想杀他们啊。"

她坚持着将最后一点纸钱扔进了火堆，又重重地磕了几个头，这才起身，却根本不去看戴梓萌，摇摇晃晃地向家里走去。

"哎，你等等。"戴梓萌连忙道，"我是检察院的，我来……"

田芳对戴梓萌的话置若罔闻，连头都没有回。

戴梓萌连忙跟了上去。

田芳的家就在北华小区靠近边缘的一栋楼里，戴梓萌跟着田芳走到楼下。6楼，田芳的家，窗户上的玻璃已然碎裂，却根本没有修理，在过去的日子里，不知有多少人用自己的方式，在发泄着对田成的怒火。

哗啦一声，刚走到楼下的田芳就被一盆脏水兜头浇下，田芳却依旧没有任何的反应，甚至连头都没有抬，径直走进了楼道。

"呸！"楼上倒水的人不屑地吐了口唾沫，砰的一声关上了窗。

戴梓萌苦笑了一下，拨通了林菲的电话："菲姐，田芳现在的精神状态非常不稳定，恐怕连跟我们建立正常的对话都有困难。"

看着渐渐消失在楼道里的田芳的背影，戴梓萌不甘心地叹了口气。

"先回来吧，我们先研究下卷宗，稍晚点，我们去问问田成，看看他怎么说这个事。"林菲道。

戴梓萌应了一声，挂断了电话，抬头看了一眼楼道，心脏骤然一紧，一张惨白的面无表情的脸就贴在一、二楼缓步台的窗户上，那双怨毒的眼睛死死地瞪视着她。

戴梓萌打了个冷战，咬了咬牙，冲进了楼道，可是田芳却已如一道幽灵一般，飞快地走到了6楼，走到了自家门前，当戴梓萌赶到的时候，看到的是田芳砰的一声关上了房门。

戴梓萌吐了口浊气，抬手敲了敲门，门内没有任何的回应。

她无奈地摇了摇头，转身准备离开，想了想，又从包里找出了一张林菲的名片，顺着门缝塞了进去："田芳，你爱人田成的案子现在由林菲检察官负责，如果你有什么事想告诉我们，就打名片上的电话。"

她等了一会儿，田芳依旧没有任何的回应，她只好不甘心地转身离开。

"一开始的时候，北华小区附近就我一家饭店。周遭的居民和办公楼里的员工都是我的客源。"面对林菲"为什么会走上今天这条路"这个问题，田成只是略一犹豫，就面带微笑地讲了起来，"前几年大环境好，生意火爆的时候，我贷款盘下了相邻的几家门市，打通之后将原本一个小小的小吃部扩建成了后来的北华酒楼。那是我人生最辉煌的时候。"

即便如今身陷囹圄，谈起这段经历，田成依旧一脸的自豪，但随即他就叹了口气，脸上的微笑还在，可苦涩却无法掩饰地浮上了脸颊："我也是对自己太自信了，这种繁花似锦根本就是昙花一现，经营成本不断上涨，看到我赚钱了，周边饭店也一个接一个地起来了，我的客源没扩大不说，还被分流了，利润唰地一下就没了。"田成说着，怕林菲他们不明白形势到底有多严峻，还做了个断崖跳水的手势，"去年年底吧，市政府出了一条新政，搞了个新区，税收上有优惠，我饭店周围的公司全都迁走了。一个礼拜啊，"田成竖起了一根手指，"一个礼拜都不到，我那饭店基本就没有人去了，什么叫门可罗雀，那段日子我是充分体会到了，明年的清明，就是北华酒楼的忌日，这话一点都不夸张。"

"所以，你做下这样的事，怪政府？"姜斌插话问道。

"不不不。"田成连连摆手，"政策这种东西，谁也说不好，不是谁一拍脑门就能决定的。这事只能怪我太自信，对政策太不敏感。"

"可是承担了这一切的人，却不是你，是 15 条人命。"林菲说。

"那是个意外。"田成笑了一下，"他们本来不在我的计划里的，我从头说？"他询问似的看着林菲，见林菲点了点头，才开口继续说下去，"那天是 4 月 1 日，愚人节，也是我 45 岁生日，这你们都知道了，说实话我那天一点幸福的感觉都没有，谁外边欠着几百万还有心思过生日啊，你们说是不是？"

4 月 1 日，夜。

北华酒楼没有亮起一点灯光，安静地站在黑暗里，沉睡着，似乎再也不会醒来。

从下午开始，北华酒楼就停止了营业，所有的工作人员都接到了放假的通知，酒楼门前也贴上了"老板生日，放假半天"的告示。

究竟是真的只放假半天，还是就此消失，只有酒楼的老板田成才知道。

田成的办公室此时开着窗，黑暗中，影影绰绰的，一道人影就背朝外坐在窗台上，有风吹过来，那道身影摇摇欲坠。

办公室里，一点火光骤然闪耀了一下，映出了坐在窗台上的那人的脸，是田成，他皱着眉，苦苦思索着什么。

手中的烟头掉落到了地面上，田成从窗台上下来，抬脚踩了上去，用力一碾，最后一缕光彻底消失。他转过身看着窗外深沉的夜色，面色阴沉。他的脚下堆积着满地的烟蒂。

该回家了，他想。他已经一个人在饭店里待了一个下午加半个晚上，努力思考着该怎样才能渡过眼下的困局。

答案是无解。

不回家是不是更好一点？他根本无力去面对家人殷切的期盼，几百万的债务让他身心俱疲，随时都可能崩溃而选择一条彻底解脱的路。

他抬手抓住窗户，脚一抬，手微微用力，整个人就站上了窗台，他低下头看着脚下黑沉沉的大地，缓慢而悠长地呼吸着。

慢慢地，他松开了抓着窗户的手，双臂平伸，仰起了头，微风中，他的身体摇晃的更加剧烈了。

他的裤兜亮了一下，一阵悠扬悦耳的音乐声在黑暗中响起，是《吉祥三宝》，田成愣了一下，伸手从口袋里掏出了电话，嘴角微微扯动，露出了一抹笑容，他飞快地接起了电话，电话那头是他的儿子。

"爸爸，你什么时候回家啊？菜都凉了，还等着你回来吃呢。"孩子的声音里夹杂着一丝委屈。

"爸爸爸爸，你快点回来，妈妈给你买了大蛋糕！"小女儿也大声喊道。

"爱回不回，让他死外边吧，他不回来吃，咱们娘仨吃。"电话里，突然传来了田芳带着怒火的声音。

田成苦笑了一下。

"我这就……"他的话还没说完，电话就被挂断了，田成再次苦笑了一下，是啊，就算为了他们，自己也还不能死。

他深吸了一口气，突然转身，跳回了办公室里，脚步轻盈地走出了办公室，走出酒楼，关好门，向家的方向走去。

"田总，回家？"走到自家楼下的时候，小区夜巡的保安看到了田成，热情地招呼道。

"哦，回家。"田成应道，和保安小罗擦身而过。

"呵，真辛苦了，这么晚才回，今天这是生意火爆啊！"小罗笑呵呵地道。

"好坏就那样，混口饭吃。哎，小罗，你带手机了没？"

刚准备走远的小罗回过头，就看到田成一脸忧色，双手在身上摸索着。

"带了啊，怎么了田总？"小罗连忙问道。

"借我用一下，我手机好像丢了。"田成面露焦急。

小罗赶忙掏出手机，解锁后递给了田成，顺口调侃道："那可得赶紧找找，你这大老板的手机丢了麻烦可就大了，万一里面有点啥不可描述，明天一下成网红了，我可担不起这罪过。"

田成没有理会小罗的挤眉弄眼，拨通了一个号码，把手机放到耳边，听筒里传来一阵隐约的手机铃声，田成却慢慢皱紧了眉，直到电话那头传来"您所拨打的电话暂时无人接听，请稍后再拨"后，他才勉强笑了一下："可能是忘在店里了，谢谢你了，小罗。"他把手机递还给小罗，转身向饭店的方向走回去。

"我跟你一起去吧。"小罗突然道。

"不用，你忙你的。"田成摆摆手。

"咳，田总你不知道，最近不太安全，老有业主投诉说大半夜的有人在咱们小区里闲逛，你看，要不然这点我早睡觉了，我这明天还得见网友去呢，这熬一宿，明天状态肯定不好。"

"哦，那可真辛苦你们了。"田成心不在焉地应付着，路过小区的消防通道时，他侧头看了一眼，再一次微微皱了皱眉。

"那个缺德玩意儿，天天把车停那堵消防通道，下午消防检查的时候，直接给拖走了。"小罗吐了口唾沫，言语中透露着一股快意。

"呵，车主回头得闹你们吧？"田成勉强笑了一下。

"闹去呗，就怕不闹，还欠着物业费呢。"小罗一脸满不在乎地道。

在距离饭店还有几百米的时候，田成突然停下了脚步，拍了拍脑门："你看我，我这不会是把手机掉到什么地方了吧？我记得我走的时候还拿着手机来着。"

"那得赶紧好好找找。"小罗一下子紧张起来，"这要是让人捡走，咱们小区的业主还好说，能送到物业，别人捡走，那就指不定出什么事了，您这大老总手机里可都是重要信息。田总，看你这紧张样，不是里边真有什么……啊，你懂的。"

他冲田成挤了挤眼睛。

田成苦笑了一下，摇了摇头，没有理会小罗的调笑："这样，我往前走，你往后走，帮我看看，找到了就喊我一声。"

"行。"小罗应了一声，打开手电，低着头，向田成家的方向走了过去，田成也低着头，一路慢慢向饭店的方向走去，他的手塞在口袋里，不知在鼓捣着什么，透过薄薄的布料，他的口袋里散发出了微弱的荧光。

"小罗！"在走到距离饭店还有几十米左右的时候，田成突然大喊了一声。

"怎么了田总？"听到喊声的小罗快步跑了过来，"手机找到了？我就说，你就不是那种倒霉的人，哪像我，这个月我都换了仨手机了，尽让酒托骗了。"

"不是。"田成摇了摇头，打断了小罗的话，指着自己的饭店，脸色煞白，"你看店里是不是有人？"

小罗定睛看了看，黑暗中，已经关灯的饭店里，几点昏黄的光正摇曳着："不会是小偷吧？"他握紧了手里的橡胶警棍，舔了舔嘴唇。

"说不好，报警吧？"田成盯着那点光，低声道。

"你报警，我上去看看。好小子，落到我手里，看你这回还往哪跑。"小罗说着，掂了掂手里的橡胶警棍，快步向饭店跑了过去，"叫你们不让我睡好觉，看我怎么收拾你们！"

"哎——"田成刚叫了一声，便感到脚下传来了一阵不寻常的震动，让他站立不稳。接着，他蓦地瞪大了眼睛，饭店里凭空腾起了一团火球，那火球瞬间变大，眨眼间就充斥了整个一楼，伴随着轰然一声巨响，一股强大的气流扑面袭来，将小罗掀翻在地，田成只感到脚下不稳，一屁股坐在了地上。

北华酒楼里，火光骤然迸发，瞬间就填满了屋子，冲出了门窗的封锁，急剧扩散，震耳欲聋的轰鸣响彻天际，田成被翻了一个个，眼前一黑，失去了知觉。

3. 捡回一条命

"3个小时后，消防员才成功扑灭了大火，但是你的饭店却损失惨重，一块完整的玻璃都没有留下，消防员从废墟里清理出了15具已经无法辨认容貌的尸体。"林菲翻着手里的卷宗，看着田成。

田成点了点头："那是一场灾难。"

"对于某些人来说，甚至毁天灭地。"姜斌从电脑后抬起头，补充了一句。

"你说的没错。"田成又点了点头。

"你是在医院被捕的？"林菲问。

"是。"田成轻咬了一下嘴唇，"惊怒，恐惧，绝望——是不是挺有意思的？"田成笑了一下，"我亲手策划了这场火灾，可是我眼睁睁地看着它发生的时候，还是有这些感受，我在医院足足躺了半个月。"

"据说，你那时候还没有痊愈，就坚持要出院，要去处理理赔的事情？"

"欠了一堆账，那时候哪有心思治病？听说出事了，说好听是来探望的，话里话外都是啥时候能还钱，死者家属就差在病房里拉横幅维权了。"田成苦笑道，"我也没想到，警察来得那么快，我出院手续还没办好呢，他们就把这副手镯给我送来了。"他晃了晃手上的手铐。

"所以，对于警方对你的指控，你是全盘接受的？"林菲又问。

"那当然，这种事，就算我想抵赖，也抵赖不掉吧？"田成笑道。

"确实。"林菲点头，"消防部门查明，起火爆炸原因为煤气泄漏，但煤气泄漏应发生在你离开饭店后，因为你在饭店内时曾大量吸烟，并未引起火灾或爆炸，而且，如果是你在饭店期间发生的煤气泄漏，你会有所察觉。煤气阀门上的新鲜指纹是你的，煤气阀门附近发现了一部手机残骸……"

"也是我的，我故意留在那的。"田成打断了林菲的话。

林菲点头："案发前半个月，你给饭店投了巨额火灾险及意外险？"

"对啊，我原本的计划，就是制造一场火灾，骗点保险金。"

"手法呢？"林菲问。

"电磁波啊。"田成说，"我在离开饭店的时候故意打开了煤气阀门，把手机置于煤气阀口，离开饭店后，我'偶遇'了保安小罗，就借用他的手机拨打我自己的电话号码。手机接到电话时向外辐射的强电磁波会引燃煤气。这个，我是从网上知道的，你们要是去查我的网页浏览记录，应该会发现的。"

"可是你的员工在半夜返回了饭店……"林菲微微皱了皱眉。

"这个我可真不知道是怎么回事，你们也能看出来，我给他们放假，就是想控制好我制造的火灾的危害程度。我完全没想到他们竟然会回来。"田成也是一脸的疑惑。

"警方有没有告诉你，在现场，有蜡烛和蛋糕的残骸，你的员工是想给你过生日才悄悄过去的？"

田成想了一下："说过，但是那不可能。他们根本不知道我那天生日，我给他们放假也不是用的这个理由。"

他突然猛拍了一下大腿："我什么都计划好了，什么都计算好了，煤气开到多大，用多长时间达到燃烧浓度，用什么样的手机最容易引发火灾，什么时候能遇到保安让他们给我作证，就是没算到他们会回来，我要知道他们这样，我就是去偷去抢去借高利贷，我也得给他们每个人都买商业保险。"田成一脸的惋惜，"就差了那么一点点啊。"

看着田成的表现，林菲有些嫌恶地皱了皱眉，看了一眼雷鸣，示意雷鸣继续问下去。

"所以，你原本只是想引发一场火灾，却没想到，最后成了一场爆炸？"雷鸣皱着眉，问。

"那还用说？"田成笑了一下，"火灾可控啊，消防队来了，火一灭，损失不至于太大，也就够我用的。可这爆炸，你们能不好好查吗？我傻啊，我故意弄一个爆炸出来？"

"有个地方我不太明白。"雷鸣继续问道，"你在用保安的电话拨打自己的手机没能接通后，就把手机还给了保安，但是起码过了5分钟爆炸才发生。这期间保安说你用另一部手机拨打了电话，那部手机呢？"

"没有，他看错了。"田成断然否认。

雷鸣盯着田成看了许久，最终摇了摇头，看了一眼林菲，示意自己没问题了。

"行，大体的情况，我们已经了解了，和你对警方的供述差不多。姜斌，给他看看，笔录有没有问题。"林菲说。

姜斌应了一声，将整理好的笔录打印了出来，送到了田成的面前，田成只是扫了一眼，便拿起笔在笔录上签上了名字，捺了手印之后，突然问了一句："准备什么时候起诉我？恐怕得按死刑来吧？"

"怎么，你很急？"姜斌问。

田成擦拭着手上的印泥："你说我急不急？这一天天的，老想着这些事，闭上眼睛就是他们的哀嚎，吵的人一宿一宿的睡不着觉。"

"那我得给你算算，爆炸，保险诈骗，15条人命，我估计死刑应该差不多。"姜斌掰着手指头算了一下，回道。

田成点头，脸上竟露出了一丝欣慰："谢谢啊。"

"怎么又是要盼着死的人，活着就那么痛苦吗？"全场没有说过一句话的戴梓萌好奇地打量着田成，突然问道。

"太折磨人了，你不懂。"田成摆了摆手，说道，起身在武警的押解下离开了讯问室，在走出讯问室之前，他回头笑了一下，"你们可快点啊。"

"那简直是一场……"那次事件之后就辞掉了保安工作，改行做了水库管理员的小罗提起那件事还是满眼的惊恐，他甚至找不到一个合适的词汇来形容那天晚上的事情。

"灾难？"脸色苍白的姜斌擦拭着嘴角，想了一下，"再加几个形容词，毁天灭地，末世，惨绝人寰？不是我说，光看卷宗，我都忍不住，呕……"

他连忙跑到一边，扶着一棵树剧烈地呕吐了起来。

戴梓萌一脸的无奈："真是丢人丢到了姥姥家。"她抓起一瓶矿泉水，走到姜斌的身边，抓着他的脖子，将半瓶水一股脑地倒进了姜斌的嘴里，看着姜斌痛苦挣扎的样子，她恶狠狠地道："你今天要是再敢吐一次，我就打到你生活不能自理。"

姜斌挣脱了戴梓萌的钳制，蹲在一边剧烈地咳嗽着："我攒着，我攒着，我留着明天，呕……"他一把捂住了嘴，做了一个吞咽的动作，看到他这个动作，戴梓萌的脸色却是一阵苍白，险些吐出来。

姜斌忍不住哈哈大笑，走回到小罗的身前，递给了他一瓶水："怎么样？好受点没？"

小罗愣了一下，苦笑着点了点头。

"行，那咱们继续说那事。"姜斌在小罗的身边坐下，将手里的录音笔递了上去，"你刚才说，你没法形容那天晚上到底都发生了什么？"

小罗点头，随即意识到，录音笔并不能录下他的动作，连忙道，"是，我现在只要一闭上眼睛就是那个场面，到处都是大火啊，我跑啊跑啊，那火就追着我。要不然，我哪能换这份工作，就是想着，就是真着火了，咱也不怕啊。"

"PTSD。"戴梓萌简洁地道。

"P啥？"姜斌微微皱眉，"戴梓萌你还有没有人性了？人都这样了，你还让人家P一下？P一下梦就好了？就不害怕了？"

"你书都读到狗肚子里了？"戴梓萌白了一眼姜斌，"PTSD，创伤后应激障碍，他这是典型的创伤性再体验症状。"

"那他还能回答我们的问题吗？"姜斌急道。

"岂止是能，回答的还会更具体呢。不过……"戴梓萌看着姜斌，"你说谁没人性？你比我更没人性好吗？"

"我说你菲姐，我们的伟大的高尚的舍己为人的林检察官，她根本就一点人性都不讲啊。"姜斌努了努嘴，戴梓萌转过头，就看到林菲已经打开了笔记本。

按照原本的计划，他们是准备请罗姓保安到检察院再核实一遍证词的，然而患上了PTSD的他对林菲等人的问话有强烈的抗拒，不得已之下，林菲只好亲自来到他新的工作地点上门询问。

照这么来说，姜斌说林菲更加没有人性，似乎也有些道理。戴梓萌下意识地对姜斌的观点表示了赞同。

"有几个问题，必须请你仔细回忆一下。"林菲并没有受到两个人之间眉来眼去的干扰，平静地问道。

"我……"小罗苦着脸，"该说的我之前对警察都说过了，能别再说了吗？"

"不行。"林菲脸上带着抱歉的神情，嘴上却毫不留情，"这对我们非常重要，对田成也非常重要。"

"田老板……"小罗犹豫了一下，叹了口气，道："那你们能等我一下吗？"

他说着，突然脱下了外衣，露出了里面紧身的潜水服，看着林菲等人吃惊的眼神，他不好意思地笑了一下，"不穿着这个，我没有安全感。"

"理解。"戴梓萌点头，"换了我是你，这时候恐怕要下水才行。"

"谢谢。"小罗感激地冲戴梓萌点了点头，突然扑通一声跳进了水里。

"哎？这……"姜斌和雷鸣骇得腾地一下站起了身，姜斌更是指着戴梓萌说不出话来。

"你怕什么？"戴梓萌白了姜斌一眼，"这只不过是他的一种独特的疗伤方式而已。"

听到她这么说，已经拉开了衣服准备下水的雷鸣犹豫了一下。哗啦一声，小罗从水里冒出了头，他抹了一把脸上的水，又叹了口气道："田老板是个好人，要不是被逼的，他也不至于走上这条路。"

"那天晚上，你是什么时候遇到他的，还记得吗？"林菲低头在笔记本上做着记录，问道。

"大概11点多吧，11点半左右。我还跟他开玩笑来着，说他那天的生意肯定不错。"

"他什么反应？"

"有点心不在焉的。"

"后来呢？"

"后来？后来他就说他手机可能丢了，向我借电话。"

"他身上是不是还有另外一部电话？你之前跟警察这么说过。"

"对啊。"小罗点头，但随即意识到了什么，连忙补充道，"当时我不知道，后来爆炸了，我才看到从他口袋里掉出来的。"

"当时那部手机是什么状态？"

"屏幕亮着，好像是在往外打电话。"

"好像？"

"大晚上我哪看得清啊。"小罗有些无奈。

"那部手机呢？"林菲问，"警察在现场并没有找到那部手机。"

"我说不太好。"小罗摇头，"那一下把我震得天旋地转的，隐约好像看到，那手机掉下水道里了，爆炸的时候正好把一个下水道井盖顶开了。"

林菲点头，在笔记本上记录下了这条线索。

"你们发现店里有人的时候，他在干什么？"雷鸣突然问道。

"他？"小罗回忆了一下，"我记得我让他报警，我准备去抓人——你说我是不是傻，那时候我还不知道他手里有别的手机呢。"小罗自嘲地笑了一下，"结果我还没走到店里，就炸了。唉！"他长叹了一声，"田老板还真是不走运，一下子死了15个，这还不算，我记得没过一个月吧，他家里又遭了灾。"

"你说他家遭遇入室抢劫那件事？"林菲停下笔，问。

小罗点了点头，"就那件事。也就是嫂子和孩子命大，就被抢走了两部手机，别的啥也没丢。那个抢劫犯也是瞎，钱包就在门边放着都没看见。"

"这件事就不用细讲了，那个案子也是我们办的。"见小罗还打算爆料点细节，姜斌连忙劝阻道。

开玩笑，回头所有这些资料都要汇总成文字，而干这份工作的，可是他。

"雷检，你还有什么要问的吗？"林菲收起笔记本，问道。

雷鸣摇了摇头，看着小罗，突然说了一句，"对自己好一点，小伙子，你捡回了一条命。"

他冲小罗伸出了手，小罗愣了一下，抬手握住了雷鸣的手，在雷鸣的帮助下，从水里爬了出来。

"谁说不是呢？"他笑了一下，"都说大难不死，必有后福，等我把这个噩梦扛过去，说不定我就能中头奖！"

"你这心态不错，对你的恢复有好处。"戴梓萌竖起了大拇指。

4. 你跟我讲人性？

"你们真的觉得，被害人的死亡只是无意中造成的吗？"雷鸣看着检委会众人审视的目光，毫无惧色地道，"你们真的以为他不是故意杀人？"

"可是卷宗里并没有说啊，嫌疑人也否认故意杀人，不是吗？"姜斌当即反驳道。

"你以为雷哥说那个罗保安捡回一条命是什么意思？"戴梓萌看着姜斌，插话道。

"不就是大难不死？"

"要不怎么说你瞎呢？"戴梓萌撇了撇嘴，"雷哥的意思是，田成明知道会发生火灾甚至是爆炸，还让那个保安上去查看，保安往那边走的时候，他也没有停止自己的计划，还在拨打手机试图引发火灾。这么说吧，他就是想那个小保安也死在那场大火里，这样就没有证人了。"

"那么狠？"姜斌瞪大了眼睛，咽了口唾沫。

"狠吗？田成在明知店里有人的情况下也没有中止计划，这难道还不是涉嫌故意杀人吗？"戴梓萌耸了耸肩，"之前说他是过失致人死亡，这一条我觉得应该改掉。"

"我起初只是觉得他是箭在弦上不得不发，听你这么一说，那简直是太残暴了。"姜斌若有所思地点了点头，"可这也不用查吧？现有的证人证词已经足够说明这些了。我坚持认为，这个案子就现有的证据链条来讲，已经足够提起公诉了。"

"手机怎么说？"雷鸣又道，"那个罗保安提到，田成在现场使用了另外一部手机，这部手机目前还没找到。"

"这影响不大。"姜斌沉吟了一下，"小罗不也说了，他只是'好像'看到了嘛，不一定是真的。"

"你是真傻还是假傻？"戴梓萌看着姜斌，抬手扶住了额头，一脸无奈，"罗保安说不确定田成当时是否用那部手机拨打了某个电话，可没说没有那部电话的存在。"

"这部电话是肯定存在的。"雷鸣说，"田成使用保安小罗的电话拨打自己的手机后5分钟左右，爆炸才发生，这不合理，引起火灾的肯定是另外几通电话。这个证据至关重要，否则我们没法说明爆炸的真正起因，无法排除是不是死者用火不当造成的，这也是警方认为他涉嫌的是过失致人死亡而不是故意杀人的原因之一。"

"行。"姜斌极不情愿地咬牙道，"退查报告里我写明白这件事，让孙队长他们去找证据。"

"这还不是全部的疑点。"雷鸣又道。

"还有？老雷你是不是有强迫症？"姜斌腾地站了起来，"我的天，老雷，你不能得寸进尺啊，是不是故意杀人这事上我都已经让着你了，你说要找到那部手机，我也接受，其他的疑点，你能不能憋回去？"

"不能。"戴梓萌言简意赅地代替雷鸣回答了姜斌的提问。

"这事就不能处理得简单点吗？老雷你是不是看什么案子都有疑点？"

"带着怀疑的态度去看一个案子，才能……"戴梓萌清了清喉咙，学着雷鸣的语调说道。

"才能发现别人忽略的细节。得，我就是嘴欠。"姜斌白了戴梓萌一眼，哼了一声，气呼呼地把视线转向了一边，不再去看他们俩。

林礼祯颇有些无奈，这简直就是两个孩子拌嘴，中间还夹了一个看热闹不嫌事大的搅屎棍，哪有点检委会会议的样子？他看了一眼林菲，却见林菲一脸的平静，仿佛姜斌和雷鸣、戴梓萌的争吵与她无关一般。

他有点后悔，为什么要在这个时候召开检委会会议，他应该再给林菲一点时间的。下午的时候，他被市里叫去开了个会，鉴于这个案子性质恶劣，影响重大，市里的相关负责人指示，对这个案子，要从严从重从快处理，要求检察院以最快的速度完成公诉审查工作，向法院提起公诉。

回到检察院他就召集了这次的检委会会议，原本以为案子已经不存在什么疑点，这次的检委会会议也只是走个形式，以体现检察院对本案的重视，没想到的是，林菲把姜斌、雷鸣和戴梓萌也都拉了过来，一起讨论这个案子。

"我们才刚刚看完卷宗，提审了嫌疑人，核实了部分证人证词，这个案子是不是还有什么疑点，我们还没来得及讨论。正好大家一起了。"这个理由让林礼祯无法反驳。

但他万万没想到，会议才刚刚开始，雷鸣和姜斌之间就先开始了一场火药味十足的争论，戴梓萌更是唯恐两个人吵得不够激烈，不时往里丢几颗炸弹。

"咳。"林礼祯轻咳了一声，打断了3人的争论，"林菲，你作为这个案子的承办检察官，你怎么看这个案子？"

"性质恶劣，影响重大，我们必须小心处理。"林菲说了几句场面话，"我想听听雷检所谓的疑点还有什么。"她看了一眼林礼祯，"上面的意思我大体明白，但是真出了事，出来背锅的可是我们。"

林菲的言外之意再清楚不过了，真出了事，不会有人出来承认对这个案子下达了什么指示，一切都是检察院方面的自作主张，承办检察官固然难辞其咎，林礼祯作为分管副检察长，也脱不了干系。

这一句话让林礼祯原本已经皱起的眉头一下子就舒展开了，"雷鸣，你继续说。"

雷鸣点头："爆炸规模！"

爆炸规模？听到这个词，众人都是一愣，不解地看着雷鸣。

"按照田成的供述，以及其他证人证词显示，爆炸发生在他离开后约半个小时，这期间，15名被害人返回了店里，他们应该能够发现店内煤气泄漏，并及时关闭煤气阀门，如果他们没有发现，那也就意味着，店内的煤气浓度很低，甚至无法引起被害人的警觉，更没有理由造成如此大规模的爆炸。在消防部门提供的勘验报告和煤气公司提供的报告里，对爆炸的形成含糊其辞，我们完全有理由怀疑，这件事背后，恐怕还有隐情。"

雷鸣的理由一出，众人都陷入了沉寂，默默思考着他的话，一个不和谐的声音却在这个时候传了出来。

"那是公安的事，就算真有什么隐患，那也是公安会同消防部门进行检查，和我们有什么关系？我们直接做退查报告，让他们去查明这件事不就完了？"姜斌闷声道。

"警方最初传唤田成，大部分都还是推测，然后在田成的指引下一步步找到了相应的证据，把整个案件做成了一个毫无瑕疵的圆。"戴梓萌看着姜斌，脸上带着笑意，双手却扣在了一起，慢慢活动着手腕，"不客气地说，这个案子的计划实在太完美，完美到不应该存在于这个世界上。"

林礼祯抬手揉按着太阳穴，他觉得头很疼，姜斌刺耳的叫声更让他觉得太阳穴一鼓一鼓的，随时都要炸开一般。

"你们又来了啊。"田成手铐脚镣俱全地站在讯问室的门边，微微仰着头，嘴角带着一抹淡淡的笑意，向林菲等人打了个招呼，便步履轻快地走到自己的位置上，熟练地坐好，"是来告诉我结果的吗？什么时候开庭？是建议判我死刑？"

"我比你还急呢，不过那个还得再等等。"姜斌不停地揉着脖子，没好气地道。

"那你们来干什么？"田成问。

"有几个问题，想再跟你核实一下。"林菲微微一笑，说道。

"你们问题真多。"田成抬起手，想要掏掏耳朵，可手铐和脚镣之间的链子过短，他只能微微弯下腰，这让他的动作有些滑稽，但他的语气却无比轻松，甚至带着些不耐烦，"行，你们问吧，赶紧问，最好一次把所有的问题都问清楚。"

"那 15 名死者，本来可以不死的吧？"林菲问。

"那怎么行？"田成惊呼，"你们不是连这么简单的事都不明白吧？他们不死，我就得死，我家里人就得死。"

"你还真是故意的。"姜斌抬头看了一眼田成，瞪大了眼睛。

"该他们倒霉。"田成满不在乎地说道。

"为什么要这么做？"林菲问。

"这事，我得从头说。"田成仰着头，看也不看眼前的几个人，"那是 3 月份的时候，我决定这么做的。3 月初吧，我把手头能动用的钱都拿出来，先去买了火灾险，火灾，对吧，多好的理由？饭店着个火不太正常了吗？"

"接下来就是怎么起火了。故意放火这肯定不行，消防队也不是傻子，他们一眼就能看出来，所以一定要是意外。比如说，煤气管道老化泄露，然后不小心遇到了明火，噗的一下，对吧？谁也查不出来。"

林菲微微皱眉，田成并没有回答她的问题。

"这些你上次已经跟我们讲过了……"林菲刚说了一句，便停了下来，不解地看了一眼戴梓萌，戴梓萌正收回拉扯林菲衣服的手，不动声色地摇了摇头。

见状，林菲便放松了下来，任由田成自顾自地讲下去。

"但这明火吧，又是个问题。我是求财，不是要害命，肯定得店里没人的时候起火最好，那明火怎么办？你们肯定想不到，我都佩服我这个脑子，怎么就能想到那么高明的点子？"田成抬手戳了戳太阳穴，神色颇为自得。

"吹，你接着吹。"姜斌噼里啪啦地在电脑上打着字，不屑地笑了一声，"咱们说点干货，打字很累的。"

田成却像根本没听到一样，继续陈述着，神态无比轻松："电话啊。新闻不是总报道家里煤气泄漏了，一开门或者一开灯，轰一下就炸了。你想啊，就那么一下都行，那电话接通的时候那电磁波，那不更厉害啊？"

"我跟你们说啊，为了确保这个计划万无一失，知道我之前做了多少次实验吗？"田成伸出了4根手指，"4次，我一共买了5部手机，做了4次实验，就是要知道多长时间房间里的煤气浓度能达到起火的标准，手机放在什么位置最保险，烧了还能不留下痕迹，打多少个电话才有用。你们说，为了这点钱，我容易吗？"田成一脸的委屈。

"你还有理了是吧？"姜斌腾地站起了身，指着田成的鼻子道，"我从未见过如此厚颜无耻之徒！"

"那是你没被逼到绝境过。"田成嗤笑了一声，"我弄明白了所有的实验数据，然后在4月1日那天，把店里的人赶出去放假。"田成沾沾自喜，"剩下的事就好办了，我就等到晚上，大家都睡了的时候——你们能猜到我为啥选那个时间吧？"他向前探了探身子，一脸期待地看着眼前这几个人。

"因为……"

"别说，别告诉我你们猜到了，那就没意思了。"雷鸣刚要说话，就被田成打断了，他猛地向后靠回到椅子里，伸出手，指尖在几个人的脸上一一点过，"这是一个天才的计划，凭你们，根本猜不到。作为这个计划的策划者和执行者，只有我才知道真正的秘密。"

"那个时候小区里没什么人了，被人发现的概率特别小。大家都睡了，等到他们发现的时候再报警就晚了，消防队来了顶多能控制火势不蔓延，我的损失肯定能扩展到最大，所有的证据都会被销毁。"

"不瞒你们说，就那个保安，小罗，那都是在我计划之内的，我得保证这个计划能顺利实施的同时，还不让你们发现是我干的。"

"所以，本来他也会死，对吧。"尽管是个疑问句，但雷鸣却用肯定的语气说了出来，"他看到了你使用了另外一部电话。"

"这个你可猜错了，第一，我没用别的手机，第二，我可没打算要他的命。"田成摇头，"我还需要个证人呢，他是最合适的。那小家伙还说那两天小区里不太平，他哪知道啊，大半夜满小区逛的那个人就是我，小区那个消防通道口，我观察了一个月，有一辆车每天都堵在门口，至少能给我争取10分钟的时间，10分钟，够干许多事了，比如我留在里面的手机，那肯定是会被烧的什么都不剩。可惜了，啧。"说到这里，田成叹了口气，"我什么都计划好了，什么都计算好了，包括我打开煤气阀多长时间内离开不会受到影响，还不至于让人怀疑，我就是没想到那群人会回来，就是没想到，那天消防检查会把那辆车拖走，要不然，你们上哪找到我故意纵火的证据去啊。"

"但你并没有中止行动。"雷鸣道。

"我怎么中止？我还有下一次的机会吗？哪个庙里没有几个冤死的？"田成笑了一下，这个举动让林菲等人皱眉不已。

"动机呢？"林菲再一次问道。

"钱啊，我不都说了吗？这个年头，没钱寸步难行啊。"田成想翘个二郎腿，奈何脚镣阻止了他的举动，他只好不断地抖着腿。

"钱对你就那么重要？死那么多的人你也不在乎？"姜斌问，"你还有没有人性了？"

"人性？你跟我讲人性？小伙子，你是不是这辈子都没缺过钱？"田成反问，"你知道我被逼到什么份上？银行催款的天天就坐在我办公室里，吃我的喝我的用我的，一天营业款我都没过手呢，他们先拿走了，我家里人电话天天被他们打到爆，还有那些个高利贷的，天天堵到我们家不走，我闺女儿子连学都不能上，天天心惊胆战的连觉都不让睡，他们跟我讲人性了？嗤——"

田成一声嗤笑："你凭什么让我跟他们讲人性啊。"

林菲在笔记本上写下最后一句话，合起了笔记本："我了解了，所以，那15个人的死，虽然在你的计划之外，但他们也必须死，你后悔的，只是没能从他们的身上再赚一笔。"

"你总算想明白了。"田成一拍大腿，催促道，"我上回都跟你们说的那么清楚了，你们这脑子啊，反应够慢的。给我个准话，你们到底啥时候起诉我？三天两头就重复一次，三天两头就重复一次，我都记不清这点破事我说了多少遍了，你说你们至于吗？我说一遍你们就信了不就完了吗？"

"我们尽快，放心，你这个死刑跑不了。"姜斌起身，将审讯笔录打印了出来，递给田成，厌恶地说了一句。

"行了，我等你们好消息，祝你们工作顺利，生活愉快啊。"田成说着，在审讯笔录上签了字，按了手印后也站起了身，用手指掸了掸身上并不存在的灰尘，向讯问室外走去。

"任何遭遇、任何苦难都不能成为一个人犯罪的理由。劫匪和乞丐，小偷和拾荒者，我更欣赏后两者，知道为什么吗？"在他的身后，林菲突然开口，不等田成回答，就继续说道，"他们的手可能是脏的，脸可能是脏的，但他们的心是干净的，他们知道什么事可为、什么事不可为，知道要活下去要靠自己的双手，而不是不劳而获，他们良心未泯，他们不愿去损害别人的利益，他们可能不懂法，但他们知道无论何时都不能去挑战道德的底线。依法而行，可能会有违传承的道德，但按道德行事却绝不会违背法律的准绳！"

田成没说话，甚至连脚步都没有任何的停顿，就消失在了他们的视线里。

"你怎么能说人家不劳而获呢？你知道要策划这么一场完美的犯罪要消耗多少脑细胞吗？"田成走远之后，姜斌下意识地说了一句。

"我知道要干掉你只需要一句话。"

"求干掉！"姜斌收起了审讯笔录，笑嘻嘻地说。

5. 谎言之下

昏黄的路灯下，孙林坐在路边，狼吞虎咽地吃着手上的一份盒饭。

他的身上穿着一套潜水服，上面沾满了污泥，恶臭让路过的人都捂住了鼻子，匆匆而过，孙林完全顾不上他们的白眼。

他单纯地觉得自己真是倒霉透了，田成的案子最后又落到了林菲的手上，这是他完全没想到的，不是说好了，同一个检察官不可能连续承办重大案件的吗？

正式的退查报告虽然还没有发给他们，可那个姜斌话里话外的意思都是找不到那部手机，爆炸的成因就不算查清，这个案子的事实就不够清晰，合理怀疑就无法排除，证据存在瑕疵的情况下，林菲检察官是绝不可能同意提起公诉的。

孙林就不明白了，事实怎么就不清晰了？田成已经认罪，有指纹，有供述，有证词，还有消防部门的勘验报告，法医的尸检报告，这样的证据链条难道还不能说服法庭？

"爸爸，爸爸。"稚嫩的童声传来，孙林愣了一下，抬头就看到，远远的，自己6岁的儿子从一辆红色的甲壳虫里下来，快步跑向他，他的妻子就跟在孩子的身后，笑盈盈地看着他。

孙林咧开嘴，笑了一下，放下了手里的饭盒，张开了手臂，等着自己的儿子扑过来。

距离孙林还有五六米远的时候，孙林的小儿子突然停下了脚步，疑惑地看着孙林。突然，他哇的一声哭了出来，转身扑进了自己妈妈的怀里。

"妈妈，呜，爸爸，爸爸……"小孩子泣不成声地道，"爸爸掉到粪坑里了。"

孙林张开的手臂尴尬地僵在了那里，看着妻子埋怨的眼神，他带着些无奈，夹杂着些歉意，苦笑了一下。

"我那份呢？"又一名同事从下水道里钻了出来，迫不及待地跑到路边放盒饭的保温箱里翻找了起来。

一名女警突然一把推开了他："你行不行啊？你这么翻完了，别人还吃不吃啊？"

她从保温箱里拿出一份盒饭，递给这名警察，警察嘿嘿一笑，接过盒饭，大口大口地吃了起来，看着他一副几天没吃过饭的样子，女警没好气地道："丢不丢人？你几天没吃饭了啊？"

"你是不知道里面什么环境。"警察咽下嘴里的饭菜，"平时一顿饭能顶我们一天的工作，在那地方，能顶半天就不错了。都他妈的吐了。"

警察爆了句粗口，女警脸色难看，微微皱眉，却还是递了一瓶水过去。

"谢谢，谢谢。"警察接过水，喝了一口，这才看到孙林正和自己的爱人、孩子隔着十几米相对而立，默默无语。

"孙队又好几天没回家了吧？"警察看了一眼女警，突然摔下了手里的饭盒，"真他妈的，这都叫什么事，先不说到底有没有那个破手机，就算有，这掉里边少说俩月了，找着还能有什么用？大家啥正事都没干，就他妈的泡在这臭水沟里找这个破手机了。"

孙林的身体震动了一下，瞪了一眼自己的兄弟："这是重要证据，不管是不是真有，我们都得找，这是我们警察的本职工作！"

"孙队。"警察干笑了一下，"那里边太憋屈了，我就抱怨抱怨。"

"有抱怨那个功夫，赶紧找去，就算最后咱们什么也没找到，那咱们也尽力了，能说得过去，懂不？"他突然伸手扯下了身上的潜水服，"你们接着找，我去问问，后边还有啥。"

他说着，走向了自己的 G500，爱人疑惑地看着他，"你干什么去？"

"上雷头儿那看一眼，你也来，你开你的车，跟咱儿子一起来。"孙林头也不回地道。

"嫂子，你别忙了，我坐会儿就走。"

看着李雅摸索着烧水，泡茶，孙林面露不忍，她看上去只有 30 多岁，面容姣好，身形苗条，可她的双眼却黯淡无光，和挂在客厅里的婚纱照上那明亮的双眸形成了鲜明的对比。

"着什么急啊。"李雅甜美地一笑，和声细语地道，"雷子调去检察院之后，你们这群小伙子来的时候可就少了，今天说什么也得陪你雷哥多待一会儿。"

"对不起嫂子，我的错。"尽管明知道李雅什么也看不到，可孙林还是歉意地笑了一下，"我保证以后经常来看你们。"

"那倒不用。"李雅说，端着一杯水摸索着走向孙林。

"嫂子你别动，我自己来就行。雷头儿也真是的，都不说帮帮忙。"孙林抱怨。

"孙林你别动，让你嫂子忙。"雷鸣却说道，孙林不解，却看到雷鸣的目光始终死死地盯着李雅，只要她有一点点不对，他相信雷鸣肯定会在事故发生前就有所行动。

他暗暗叹了口气，雷鸣正在用一种独特的方式让自己的爱人展现存在的价值。

他接过了水杯，看着她在雷鸣的身边坐下，嘴角带着一抹甜蜜的笑意靠在了雷鸣的身上，一时间竟有些嫉妒，原本来的目的，却无论如何也说不出口了。

"你是为了手机的事来的吧？"雷鸣先开口了。

孙林愣了一下，硬着头皮点了点头："雷头儿，你不知道，太难了，那个地方，兄弟们就算戴着防毒面罩，也坚持不过一个小时。前几天还下了一场大暴雨，就算真有手机，就算手机真掉进了下水道里，我也没法给你保证一定能找到。这个手机，真就那么重要吗？"

"你知道我在怀疑什么吗？"雷鸣沉吟了一下，问。

"不就是手机和爆炸之间的关系？"孙林不解，"其实关于这个事，我有另外一个怀疑，但是因为我没找到证据，所以没写进卷宗里。"

雷鸣喝了一口水，示意孙林继续。

"我也清楚，按照常理来推论，爆炸不可能发生在田成拨打电话5分钟后，所以，有没有可能是这样，是后来回去的那群人，也就是遇难者使用明火的时候，不小心引起了爆炸？可消防队认可是手机引起的爆炸，而且现场基本被烧得什么线索都没留下，我就没继续往下查。"见雷鸣的脸色有些难看，孙林连忙解释了一句，"干那玩意儿，他们是专业的。"

"孙林，被害人引起的爆炸和田成制造的爆炸完全是两个性质的事情，这一点，你应该清楚吧？"雷鸣说，"一个算是田成的犯罪未遂，一个是田成的犯罪既遂，不管是定性还是量刑，这两种都不可同日而语。"

"这我当然知道，可消防队都出了报告了啊。"

雷鸣摆弄着手里的水杯："可是没有最直接的物证，就算田成不推翻自己的证词，辩护人也会揪着这一点不放的。"他略一犹豫，就说，"我和你们一起去找。"

孙林愣了一下："别啊，你好好陪嫂子，这种脏活累活，我们干就行了。"

雷鸣却已经站起了身："你还得去查下另外一件事，田成供述，他为了这件事买了5部手机，做了4次实验，这件事，他之前是没和你们说过的。"

"这事你也交给我就行了，放心吧。"孙林说，"我这就去安排，雷头儿，不是我说你，"他看了一眼李雅，"还以为你调到检察院能轻松点，起码每天都能抽出点时间陪陪嫂子。"

李雅噗嗤一声笑了："小孙，让你雷哥去吧，你还不知道他，恨不得和案子过一辈子呢，这些事没解决，他在家也睡不好，还吵得我也休息不好。"

"那……"孙林犹豫了一下，看了一眼表，"我们家那口子应该快到了。"

"来什么啊，你们忙你们的，我能照顾好自己。"李雅连忙说道，可语气里却是满满的欢愉，"弟妹也挺忙的。"

"她忙什么啊，她忙着休年假呢。"孙林嘿嘿笑了一下，"让我媳妇给你包饺子，改善改善生活，雷头儿那人，我还不知道？天天泡面就行，可不能让你跟着他遭罪。"

"没完了是吧？你还走不走？"雷鸣没好气地道，惹得李雅娇笑不已。

戴梓萌穿着一身鳄鱼玩偶样的睡衣，盘腿坐在沙发上，摇摇欲坠，身后的鳄鱼头也跟着晃来晃去。

她耳朵上戴着耳机，双眼迷离，手里捧着一盒巧克力，不时剥开一颗，塞进嘴里。面前的笔记本电脑上，正在播放着一段视频，正是稍早些时候，他们会见田成的监控录像。

只是看她的状态，很难让人相信，她的注意力就在这份视频上。

林菲不在，浴室里传来一阵哗啦啦的水声。

咚，咚咚。

房门上传来了小心却有节奏的敲击声，戴梓萌的眼睛亮了一下，整个人瞬间清醒，她摘下耳机，从沙发上跳了下来，三两步就到了门边，打开门，伸出手，嘴里说着："谢谢"。

但下一刻，她的脸就拉了下来，门外站着的竟是衣着整齐的姜斌，他的头发显然经过细心的打理，身上还散发着一股奇异的香味。

"我还以为是我的夜宵到了呢。"戴梓萌撇了撇嘴，无力地走回到沙发上，重重地坐下，"你怎么来了？"

看到戴梓萌，姜斌也是愣了一下，掏出手机，看了一眼微信上林菲发给他的一个定位："没错啊，这是林检的家啊，戴检你怎么也在这？"

"我不在这我去哪？"戴梓萌白了一眼姜斌，"这也是我家好不好？"

她抽了抽鼻子，"你喷香水了？"她又用力闻了闻，"柠檬薰衣草的前调，橙花的中调，嗯，后调是广藿香，GUCCI 的'罪爱'男式香水，挺下血本啊。

你这是来找菲姐私奔的？"

姜斌尴尬地挠了挠头："哪能？我是那种人吗？林检察官突然发微信让我过来，我正忙着约会呢。"

"哦，就是这个？"戴梓萌突然掏出手机，打开了微信的朋友圈，一个女孩子发了一张和姜斌的合影，配文是"偶遇姜斌老师，姜老师人很好，祝他新戏大卖～大家一定要去电影院支持哦！"

"咦？你怎么也有这个人的微信好友？"姜斌问。

"多少钱？"

"什么多少钱？"姜斌不明所以。

"这个人是我一个研究项目的志愿者，职业追星，50元接机，100元尖叫，300元晕倒，500元合影发朋友圈的那种。"戴梓萌道。

姜斌脸色一红，偏头看向了一边："我不懂你在说什么。林检察官呢？她叫我来，肯定不是让我听你胡扯的。"

"谁有空跟你胡扯啊。菲姐洗澡呢，你就老实坐一会儿吧。"戴梓萌说着，重新看起了监控视频。

姜斌看了一眼，微微皱眉："这小子该招的不该招的都招了，你还看这个干吗？又是你那套微反应的理论？这回分析出啥来了？"

"没有，什么都没有。"戴梓萌摇头。

"没有？不能吧？"姜斌愣了一下，幸灾乐祸地看着戴梓萌，"你不是说，任何人都会有微反应存在吗？"

"可他没有啊。"戴梓萌有些沮丧。

"是你学艺不精还是说他身上的秘密已经被我们掏光了？"

"一般而言，没有相应的微反应通常有两种可能，一种是他根本没有接收到刺激，一种就是熟练演习后的表演。"厨房里突然传来一个好听的男声，推拉门打开，江华手里拿着一块蛋糕走了出来，"但就算是表演，也不可能完全没有微反应，这也是我觉得奇怪的地方。"

"我去，你谁？"姜斌吓了一跳，看着江华，又看了看戴梓萌，神情莫名地有些紧张。

"介绍一下，我学长，江华，心理医生。"戴梓萌心不在焉地说，看了一眼姜斌，"他要是在表演，我们这有个人一眼就能看出来，一个好的表演艺术家，首先就要是一个表演艺术鉴赏大师，除非他履历造假。"

"那就是你们的刺激源有问题。"江华说，冲姜斌挤了挤眼睛，"别那么紧张，我就是梓萌请来帮忙的，我对冰山美人没兴趣，对暴力女更没兴趣。"

"你说谁？"戴梓萌瞪了一眼江华。

"我说李沁。那妞又冷又暴力。"江华连忙说道。

"那你今晚就别回家了。"电脑里突然传来了李沁的声音。

戴梓萌迤迤然地切换到了一个视频聊天的界面，画面上，李沁正一脸冷笑："戴检在微反应领域比你要精深，我不认为她的刺激源会出问题。但是这个田成，也确实不对劲。"

"那你倒是说哪儿不对劲啊。"江华凑到摄像头前，说道。

"正在找。"李沁显然正在电脑上看着什么，"出于一种女人的直觉，我赞同戴检的观点。"

"他们俩怎么回事？"姜斌一脸茫然地看着戴梓萌。

"小两口的幸福日常呗。"戴梓萌耸了耸肩，一把拨开了江华，"田成的供词形成了一个完美的闭合逻辑环，我根本找不到一丁点的漏洞。"

"这说明他说的是实话啊。"江华吃了一口蛋糕，说。

屏幕那头正在操作电脑的李沁突然停了一下："戴检，你有没有注意到，从始至终，田成完全沉浸在自己的逻辑世界里。"

"你是说？"戴梓萌也愣了一下，"我明白了，菲姐开始就问过他为什么这么做，他没有回答，姜检和雷检也打断过他，但是，他自己的叙述逻辑却完全没有被打断，也根本没有回答他们的问题。"

"这能说明什么？"姜斌皱了皱眉。

李沁笑了一下："说明这些说辞是他早就想好，经过了不知道多少遍推敲，保证毫无逻辑漏洞的，尤其是这句。"她在电脑那头操作了一下，音箱里放出了田成的一段话，"我什么都计划好了，什么都计算好了，包括我打开煤气阀多长时间内离开不会受到影响，还不至于让人怀疑，我就是没想到那群人会回来。"

"戴检你听着不耳熟吗？"李沁问。

戴梓萌皱着眉，仔细想了想："好像上次，他也这么说过？"

"不仅是说过，而且，一个字都不差。"李沁说，"我更加确信了，他这次跟你们说的，是他一早就准备好的，背得滚瓜烂熟了。他不肯打乱自己的叙述，就是害怕逻辑上出错。"

"他为什么要这么做？"姜斌不解。

"我说过，他的叙述毫无逻辑漏洞。"李沁说，"问题也就在这个毫无逻辑漏洞上，你们难道没觉得，他这是把所有的事情都揽到了自己的身上吗？还特别强调都是他亲自做的。"

"我告诉你，他这叫光棍一条，要钱没有，要命给你。他犯下的这些事，死刑肯定没跑了，而且他对这个结果也早有预料，还隐瞒什么啊？这事本来就是他自己做的啊。你们女人啊，就是太多疑。"姜斌有些不屑，"江医生，你说是不是？"

他转头，看向江华，却见江华眉头微皱，抬手抚摸着光洁的下巴，"我觉得，她们说的有点道理。"

"要维系一个谎言，要么不停地编织下去，等待谎言成真，要么就去死，就不会有人怀疑了。"

林菲冰冷的声音从浴室里传了出来，咔嗒一声，她穿着宽大的浴袍，走出了浴室。

"这话怎么听着这么耳熟呢？他为了圆谎献祭出自己，用生命把谎言反转成真相。《叶珂刑警手记》那剧里的台词？"姜斌惊道。

"你可以啊，这台词记得这么清楚？"戴梓萌打量着姜斌，一副不敢置信的神情。

"我正经背过台词，说好那个角色是我的，后来他们说我太奶油了，不合适，就给我改成舞蹈团里的一个角色了，哎呀，要说那个角色，我也挺喜欢的，能完美展现我的形体啊，就是没什么台词，我可是为了诠释那个角色……"

"菲姐，有这个角色吗？"戴梓萌突然问了一句。

"剧本里没有，可能导演加的背景角色吧。"林菲道。

姜斌张大了嘴，难以置信地看着林菲，"你怎么知道的那么清楚？"

"那剧本就是菲姐写的。"戴梓萌哈哈大笑道，"没想到你们这么有缘，那么早就认识了。哎？我怎么没在剧里看过你呢？"

"剪了。"林菲道，"那段戏的意义不大。而且，他跳错了，那是个民族舞舞蹈团，他跳的芭蕾。"

戴梓萌忍不住再一次哈哈大笑。

姜斌无比委屈："为了那个戏，我还特意报的舞蹈班呢。"

"片酬够你糟蹋的吗？"戴梓萌问。

"你觉得够吗？"姜斌反问。

"说正事。"林菲微皱着眉，打断了两个人的调侃，"谎言必然是为了隐瞒某个真相，李医生、江医生，你们觉得他要隐瞒的到底是什么呢？"

"这我就不知道了。"李沁微微一笑，"作为一个局外人，我们本来就没有参与这个案子的权利，我的工作到这里也就结束了。江华，半个小时内，如果你不能到家的话，那今晚你就睡走廊吧。"

李沁说着，切断了通话。

江华的脸一下子垮了下来："我先闪了，小师妹，下次有事，你们还是去我那吧。"

"回去跟嫂子好好解释解释，女人嘛，你懂的，诚心诚意地道个歉，就算你什么错误都没犯，她也会原谅你的。"戴梓萌坏笑了一下。

"我借您吉言。"江华说，走出了房间。

"那我呢？"姜斌有些尴尬地不知所措。

"你不能走，我们还得好好研究一下这个案子。"戴梓萌说着，又接通了和雷鸣的视频通话。

此刻的雷鸣正坐在路边，身后是孙林和他的同事们在忙碌着寻找那部小罗证词中的手机。听了戴梓萌的话后，他略一犹豫，就道："我不觉得他撒谎了。"

"决斗吧，现在内部意见不统一了。"姜斌笑了一下。

"雷哥的意思是，田成交代的这部分没有撒谎，谎言的最高境界就是用实话去掩盖真相。"戴梓萌想了想，就说道。

"太高深了。"姜斌摇头，"你不觉得你这句话本身就是个悖论吗？你研究生怎么考上的？"

"保送！"戴梓萌耸了耸肩，一句话就让姜斌闭上了嘴。

"也就是说，关于动机，关于计划，关于火灾，关于他是否涉嫌故意杀人，他都没有撒谎，那他还有什么可隐瞒的呢？"林菲皱眉，"让他宁愿用自己的生命为代价去隐瞒？"

这句话让所有人都陷入了沉思，良久，雷鸣才说了一句："梓萌，你还觉得有什么不对劲的地方？"

"有。"戴梓萌想了一下，"我觉得，他一直在刺激我们。"

"刺激我们？"雷鸣皱眉。

"对。"戴梓萌肯定地点了点头，"整个会见过程中，你们不觉得他的状态都不太对劲吗？"

嚣张，对做过的事情满不在乎，甚至还有一点挑衅，一点癫狂，说到那场火灾的时候不是悔过，愧疚，而是享受，自得，对和他们玩的这场语言游戏，他乐在其中。

田成那副掌控一切的神态活生生地浮现在了每个人的眼前。

"冷血、残忍、毫无人性，这根本不是一个很有可能被判死刑的正常人应有的状态。"林菲沉声道，"和我接触过的所有死刑犯都不同，他就是一个变态。"

"他不就是个变态吗？"姜斌有些不解。

"你这么觉得？"林菲反问了一句，打开了自己的公文包，抽出一本卷宗翻了翻，扔到了姜斌的面前。

"肇源调查到的一些信息。"

"就是上次他给你的东西？"姜斌惊讶不已。

"对。"林菲点头。

姜斌狐疑而又有些惧怕地地拿起了卷宗，咬牙翻看了起来，只是片刻，他的脸色就变了。

田成有一个幸福的家庭，妻贤子孝，儿女双全，除了工作，大部分时间，他都会待在家里，陪陪老婆和孩子，每个周末，他都会带着他们外出游玩。

他是一个寡言却又不失趣味的人，北华小区里的每一个人几乎都认识他，上到耄耋老人，下到牙牙学语的孩子。每个人见到他都会开上几句玩笑，田成从不恼火，还会和他们调笑几句。

"没架子，是个好人。在他面前，我不是保安而是兄弟，过年的时候还给我们送饺子呢，那是吃过见过的人，照样和我们拼5块钱一瓶的二锅头。"小区的保安队长是这样说的。

"好人啊，好人不长命啊。"经常在小区附近乞讨的老人们则带着惋惜回忆着田成，"俺们不到万不得已，都不去他店里要钱，每次他不光给钱，还给我们张罗一桌好吃的。人啊，得知恩图报，不能老给人家添麻烦。"

"他不会杀人的。店里都那样了，他都没想过裁员，没想过降薪。他说，有点能力的孩子，谁来他这干活啊，在这干下来的，那都是家里的主要收入支柱，不能寒了他们的心。"田成的爱人田芳激动地说，"怪我，都怪我啊，是我把他逼到这份上的，要不是我总唠叨，要是我能跟他一起想想办法，他哪能走上这条路啊。其实我也不是怪他，我这人就是这个脾气，上来那个劲了，我就得先让自己痛快了，他做的一切努力我都看在眼里，我哪能不知道他在想办法啊，我哪能不知道他尽力了啊。老田也总跟我说，我们俩是爱人，我委屈我有压力，我不跟他发泄让我跟谁发泄去？他就这么惯着我，每次我说啥他都不反驳，我说再难听的话他都听着，我跟着老田，不是我受委屈了，是委屈了他啊。就说那天早上，我还跟他吵了一架，要不是那一架，老田大概也不会干出这事来吧？"

"那天早上？那天早上发生什么了？"姜斌不解地问道。

"到底发生了什么，我们现在还不知道。"戴梓萌耸了耸肩，"我去找过田芳，可惜，她现在的精神状态很糟糕，根本没办法建立沟通。"

姜斌合上了卷宗："肇源调查的这个田成，和羁押起来的那个田成真的是一个人吗？我怎么觉得完全不像？"

"生物学上来说，确定就是同一个人。"戴梓萌说。

"可是他的表现？"姜斌皱眉。

"所以我才说，他不对劲，从头到尾都不对劲。"

"我觉得，他在求死。"雷鸣突然说了一句。

"求死？"戴梓萌愣了一下，看向了林菲，念叨了一句，"他为了圆谎献祭出自己，用生命把谎言反转成真相。"

林菲一愣，猛地抬头："提审田成！"

6. 倒霉的梁九水

"又见面了啊。"

田成打着哈欠走进了讯问室，看着林菲等人，一脸的无奈。

"呵，什么味儿啊。"他抽了抽鼻子，目光看向了雷鸣，"雷检，你这是开展第二职业了？你们工资有那么低吗？"他在自己专属的椅子里坐下，开了句玩笑。

"还不都是你闹的？"姜斌没好气地说了一句，"往常这点儿我早睡了。"

"我都已经睡了，又被你们弄起来了，我说什么了？"田成笑了一下，"说正事吧，你们这么晚来，肯定又有什么事，赶紧问，问完我好回去睡觉，好不容易才睡着的。"

"你一直表现得对人命毫不在意，一直强调自己是经过周密计划，仔细计算的，还一直催着我们赶紧起诉，按死刑来。你在求死，对吗？"雷鸣不动声色地问。

"求死？"田成愣了一下，点了点头，"这不是明摆着的事吗？我都跟你们说过多少回了，这种日子，我受够了，一闭上眼睛就是他们在我身边转来转去的，问我什么时候去陪他们……"

"你知道我不是那个意思。"雷鸣的脸色沉了下来，打断了田成的话。

"那你是什么意思？"田成不解。

"你老婆孩子还在外边等着你，你身上的牵挂可不少。你会这么轻易就选择死亡？"林菲看着田成，冷冰冰地问。

田成怔了一下，一缕苦涩浮上了脸颊："杀人偿命，这没什么可说的。"

"你本来有机会不死的。"林菲微微一笑，"比如在爆炸到底是怎么发生的这件事上，你我都很清楚，如果你最后一次拨打的的确是自己的那部手机，用的确实是那个罗姓保安的手机的话，那通电话根本不可能引起火灾，更不可能有后来的爆炸，你只要把责任都推到那几个被害人身上，你最多算是过失犯罪。"

"很大概率会被认定为犯罪未遂。"戴梓萌补充了一句。

"对。"林菲点头，"可你没有那样做，在明知道我们没有证据的情况下，还是将所有的责任都揽到了自己身上。"

"这个……"田成意外地犹豫了一下，"林检你说的这些，我也不是没考虑过，可是……"他叹了口气，"我良心上过不去。"

"良心？"姜斌嗤笑了一声，"你现在跟我说良心了？就在几个小时之前，是谁跟我说不要跟你讲人性的？你现在跟我们说良心，你不觉得矛盾吗？"

田成微微皱了皱眉，看着姜斌，没说话。

"所以我们觉得，你试图在用自己的死亡来隐瞒某件事，这件事重要到你可以放弃自己的老婆孩子。"戴梓萌注视着田成，就见田成的双脚不由自主地用力，身子僵硬了一下，她微微一笑，"我说错了，是你觉得，只有自己死了，那个秘密被隐藏住了，你的老婆孩子才能获得更好的生活，对吗？"

田成扯了扯嘴角，嗤笑了一声，目光看向了一边，"戴检你的想象力还真是丰富。"

"逃离反应。"戴梓萌道，"看来我说对了，你隐藏起来的到底是什么？"

"我都说了，我什么都没隐瞒。"田成突然转过头，大声吼道。

"是爆炸吧。"雷鸣突然说，"你一直不肯正面面对爆炸这个话题，口口声声说是意外，可是我想不明白，得是什么样的意外，才能造成这种爆炸？我记得你说，你为了这次行动，做过4次实验，掌握了所有的数据，最后实践的时候，怎么会出现意外呢？"

"那我怎么知道？"田成看都没有看雷鸣，"计划永远没有变化快，不是吗？"

"田芳也参与了你的计划，而爆炸的真实原因，和她有关，对吗？"林菲突然说，"否则我想不明白，你为什么会认为隐瞒住这个秘密，她和孩子就能好好生活下去。"

"不，和她无关。"田成急道，突然笑了一下，"林检，雷检，既然你们这么肯定我隐瞒了爆炸这件事，为什么不去找证据呢？你们知道我什么都不会说，因为我根本没什么可说的。"

"我们会的，只是希望面对证据的时候，你还能像现在这么冷静！"林菲淡定地说道。

"林检，我想让孙林他们做一个侦查实验。"一走出看守所，雷鸣就说道。

"什么样的侦查实验？"林菲问。

"我需要他们核实一件事，以田成供述中的条件，究竟是否能够形成爆炸。如果不能，究竟什么样的条件才能形成爆炸。"

"老雷你疯了吧？"眼看着林菲马上就要点头，姜斌跳了起来，"这种实验怎么做？"

林菲和戴梓萌却若有所思地看着他，看得姜斌一阵阵发毛。

"你们又要干吗？咱们可先说好了啊，谁污染谁治理，谁提出谁解决，这个没问题吧？上回好歹就是模拟个环境，没啥伤害，这回你要是弄个火灾爆炸出来，我可不跟着你们吃瓜捞，我还是趁早退出。我宁可去中戏门口蹲着等星探，是千里马早晚有一天会遇到属于我的伯乐，大好前途绝对不能毁在你们这群疯子手里。"

"当然没问题。"戴梓萌和林菲对视了一眼，诡异地笑了一下，"雷哥既然提出了想法，当然也就想好了解决方案了。"

"那就好。"姜斌长出了一口气，"没什么事我就回去了，大晚上的把我拉过来，这身体都快不是我自己的了。"

"别走啊，雷哥是有解决方案了，可解决这个问题的人呢，还得着落在你身上。"戴梓萌看似无意地走到了姜斌身边，双手环抱在胸前，打量着姜斌。

"怎么还有我的事？不是说好了谁污染谁治理吗？"姜斌抱怨道。

"Team，我们是一个团队，懂吧？雷哥都帮你动脑子了，动动手这事，我们女孩子都没抱怨，你怎么那么矫情？"

"别动手啊，咱有事说事！"看着戴梓萌活动着手腕，姜斌连忙说道，"我没说不行，但是你不能剥夺我说话的权利，这事我可以尽力，但是我尽力的意思就是我办不到，这个你们得先搞清楚。"

"得，那我们就得自己想办法了。"戴梓萌嘿嘿一笑，回头看着林菲，"菲姐，上回那个什么梁九水，梁导演，你还记得吧？"

林菲没说话，但却点了点头。

"我听说他正在拍一个戏，戏里还真就有爆炸的戏份，好巧不巧还就是煤气爆炸，要弄死好几个人呢。"戴梓萌看似无意地说道，"要不我们找他？"

"等等等等。"姜斌走到门边的脚停了下来，一脸的犹疑，"你怎么知道的比我还多？他拍戏，我都没接到通知，有这好事他能不告诉我？你肯定在骗我，对不对？"

"我骗你干吗？"戴梓萌嗤笑了一声，"剧本就在我邮箱里，不信你自己去看。"

"那就更不可能了。"姜斌大笑了起来，"梓萌，亏你还是心理学硕士呢，编个瞎话都编不好，他都没有你们联系方式，怎么可能给你们发剧本？他找你们，那得经过我。"

戴梓萌却不紧不慢地道："菲姐有个同学，叫许浩，他就在组里呢，那也是我的好哥们。"

"你还真以为这地球没了你就不转了？"林菲冷笑了一声，从包里掏出了一瓶矿泉水，打开了瓶盖，"梓萌，联系一下许浩，让他找一下梁导。"

"别啊！"姜斌瞬间就义正言辞地道，"许浩，那算什么？听都没听过，在剧组，撑死就是个龙套，别说台词，连正脸都未必有一个。再说，这是我们检察院的工作，找他帮忙，那算怎么回事？"

一边说着，他已经掏出了手机，拨通了梁九水的电话："我说梁导，你这可就太不够意思了，有戏拍你不告诉我，说好的我永远是你的男一号呢？转头你就把我抛弃了是吗？"

正喝水的林菲听到这句话，一口水险些全都喷了出来，她诧异地看着姜斌，此时的姜斌，无论神态还是语气，活脱脱一个被抛弃的深闺怨妇。

"斌子，不是我说，就因为你是我的男一号，我这次才没找你。"电话的那头，梁九水没有丝毫的愧疚，反而大义凛然。

"你还有理了？你见过雪藏男一号的导演吗？我算看透你了，梁导，咱俩完了，你那个戏，彻底没戏了。"姜斌气鼓鼓地道。

"别啊。"梁九水忙道，"这次都是烧焦毁容的尸体，我能毁了你的形象吗？"

"有什么不能？为了艺术献身，这是身为一个演员最基本的职业素养。"姜斌大义凛然地说，"当然这种事还是让给那些更需要的人吧，我不能跟新人抢饭碗。"

"说正事，别废话。"林菲忍不住低吼了一声。

"斌子，谁在你边上呢？"梁九水警觉地道，"没事我挂了，我正忙着呢。上回跟你说那个事，你可得抓紧给我办啊。"

"别挂别挂，我们领导有事找你。"姜斌赶忙道。

"领导？哪个领导？"梁九水的语气里满是困惑，但随即他就恍然，马上换上了无比兴奋的声音，"你说的是那两个姑娘？她们想明白了？我跟你说，只要她们想出道，这部戏的主角我立马换成她们俩。你们哪儿呢？我这就去找你们面谈。"

"我就说你没良心，见色忘友！"姜斌恨恨地咒骂着，却在林菲的目光中闭上了嘴。

林菲一把抢过了电话，清冷的声音里不带任何的感情："不用了，我们过去找你。太原街星巴克，明早 8 点。"

太原街是 S 市的一条步行街，星巴克咖啡厅就在一座步行街入口处商厦的一层。接到姜斌的电话之后，梁九水一晚没睡，次日一早，星巴克刚刚开门，他就带着一个有着圆圆娃娃脸，看上大约十七八岁的年轻人急急忙忙地赶了过来，就在户外找了把椅子坐了下来。

矮矬肥胖的梁九水坐在椅子里，不停地扭动着身子，目光在来来往往的人群中搜寻着，坐立难安。倒是和他一起来的年轻人颇为淡定地坐在座位上，摆弄着手机。

梁九水又动了一下，身下的椅子发出了痛苦的呻吟，嘎嘣一声，一条椅子腿发出了明显的断裂声。

"梁导，你痔疮犯了？能安静坐一会儿吗？"娃娃脸男孩儿头也不抬地说道。

"你懂个屁。"梁九水换了把椅子，没好气地道，"待会儿要见的这俩姑娘，她们要是同意出道，咱们这一辈子不用干别的，光吃她们俩就能撑死。"

"条顺盘正颜靓？"娃娃脸男孩儿收起手机，抬头看着梁九水，语气满是兴奋，目光中却充斥着不屑，见梁九水小鸡啄米般点头，他撇了撇嘴，"梁导，你这意识可有点落伍了，现在流量明星不吃香了，拍一部砸一部，出场费还高的离谱，一个人的片酬都够再投资一部片子了。花样作死不是这么玩儿的。"

"你不也是靠这张脸才混到现在的？"梁九水反驳道。

"我还是有点演技的，没戏的时候我什么工作没干过？我可是正经深入群众钻研过演技的。"娃娃脸男孩儿丝毫没有感到任何的不好意思，"你不也是因为这个才愿意找我演小人物？"

"我说不过你，等会儿你见到她们就知道什么是此女只应天上有，人间哪得几回闻了。喏，她们来了。"梁九水冲男孩儿的身后努了努下巴。

男孩儿转过头，就看到两男两女正向他们的方向走过来，看到那两个女孩儿的时候，男孩儿脸上洋溢着灿烂的笑容，但当他看到那个中年男人的时候，脸上的笑容却就此凝固。

他猛地回过头，目光死死地盯着梁九水："你要等的就是他们？"

"你们认识？"梁九水愣了一下，随即喜上眉梢，"这事怎么说的，那这事就好办了。"

"那这事就不好办了。"娃娃脸男孩儿无辜地笑了一下，摊开了手，"梁导，这事没戏，你还是准备增加预算吧，我太了解他们了，你们谈，我还有事要忙。"说着，男孩儿就站起了身。

"许浩，坐下！"雷鸣突然无比威严地命令道。

已经站到一半的男孩儿就此停住了身形，半晌之后，他才慢慢站直了身子，和雷鸣毫不退让地对视着，脸上没有任何表情："教官，我已经不是你的学生了，过去的事全都过去了，我不想再和你，再和你们有任何关系。"

"你最好已经过去了。"雷鸣的声音中难得地夹带着一些不满的情绪。

"那当然，这么多年，我给你找过麻烦吗？"许浩耸了耸肩，"你们忙，我先走了，再见，不，最好不见！"他吹了个口哨，双手插在口袋里，摇摇晃晃地准备离开。

"你谁啊，这么拽？"姜斌上前一步，拦在了许浩的身前，上上下下打量着他，"看你那张脸我就想抽你，凭什么你长得比我还好看啊？"

"闭嘴！"林菲冷冰冰地低喝了一声，姜斌下意识地打了个哆嗦。

许浩看着林菲，笑了一下："我小时候可打死也没想到，你现在都是检察官了，咱们那群同学里，就你混得最好了吧？有空请吃饭啊。"

"我们现在就有空啊！"戴梓萌笑嘻嘻地迎了上来。

"我说的是等我有空。"许浩伸手揉了揉戴梓萌的脑袋，笑了笑，看着戴梓萌因为不满而嘟起的嘴，他从口袋里摸出一支棒棒糖，剥开后塞进了她的嘴里，摆了摆手，一言不发地离开了。

姜斌不敢置信地看着这一幕，在娃娃脸的许浩面前，戴梓萌看起来才更像个孩子。他往梁九水的身边凑了凑："梁导，这小子在组里干吗的？我怎么看他这么不顺眼？要不你把他开了，换我来吧。"

"剧务、场记、制片主任、演员副导演、替身、龙套……"梁九水掰着手指头数着许浩的职务。

姜斌赶忙打断了他，"这就是社会主义一块砖，哪里需要哪里搬啊。"

"那是，还管盒饭就行呢。"梁九水白了姜斌一眼，将目光投向了林菲，换上了一张笑脸，"林检察官，戴检察官，你们考虑好了？"

林菲和戴梓萌点头，林菲向雷鸣示意了一下，雷鸣就道："我需要一个400平方米的房间，装上8个标准煤气阀门，接通煤气，最大阀门开放半个小时……"

"等一下等一下。"梁九水咽了口唾沫，看了一眼姜斌，"她们不是要出道？"

"我什么时候说要出道了？"林菲淡然一笑，一时间，梁九水竟然有些呆住了，林菲则继续道，"我们正在办一个案子，需要一次现场还原，置景这块，你们比较有经验。"

"好，没问题。"梁九水毫不犹豫地说道。

那副猪哥一样的神情让姜斌毫不怀疑，他根本就没听明白林菲要表达的是什么意思。

不出姜斌所料，当置景主任把按照雷鸣的要求做好的设计图和预算送到梁九水的面前时，这个一直笑呵呵的男人头一次露出了苦涩。

"你当时怎么不把我也弄走？"他拽着许浩的衣领，恶狠狠地嘶吼道。

"我哪知道你意志那么不坚定啊。"许浩往嘴里塞了根香蕉，一脸的幸灾乐祸。

"我现在能反悔吗？"梁九水期待地看着许浩，"我看出来了，你和他们关系不一般，你说几句好话……"

"别，我还想活着，她们俩，一个杀过人，一个渴望试试杀人。我还年轻，我还有大好的未来……"

"我没钱啊！咱们这个剧的预算才多少啊。他们一个实验，烧进去我们1/5的经费，把该给你的钱都抠出来都不够用啊！"梁九水痛苦地挠着脑袋。

"导演，我要是你呢，就安安心心把这事做好。"许浩安慰似的拍着梁九水的肩膀，"这俩姑娘，残暴是残暴了点，但检察院的嘛，都是讲道理的人，钱，一分不会多花你的，当然也一分都不会多给你的。"

梁九水怎么听都觉得许浩的语气里充满了视死如归，他那一对黄豆大小的眼睛快速转了一周："浩子啊，你说，我帮了她们这么大的忙，回头让她们帮我拍个广告片，这不算什么过分的要求吧？我要是有好的政法题材，她们也能帮着咱们过审吧？"

"我觉得，你可以再深入考虑一下，他们肯定是遇到什么案子要退回公安机关补充侦查，这个侦查实验就是给他们准备的，没准你这回还把公安的关系也打通了呢。"

"别觉得，就这么定了，这次我不收她们钱，咱们放长线钓大鱼。"梁九水一拍大腿，"浩子，告诉你那两个姐们，3天后这边准备好了，她们随时都能来。"

许浩看着梁九水得意的背影，默默地在胸前划了个十字架："连反正话都听不出来，这个脑子，老天保佑，自作孽的人也能活得好好的吧，毕竟他也算是在做好事了。"

"算了，我亲自通知他们，不，我亲自开车去接他们。"梁九水走出了很远，突然头也不回地喊了一句。

7. 这怎么可能炸?

握在手里的手机响了一下,孙林关了闹钟,紧张地看了一眼雷鸣,见雷鸣点了点头,孙林深吸了一口气,迅速地拨通了一个号码,目光死死地盯着 50 米外的那栋房子,握着手机的手因为紧张而过于用力,轻微地颤抖着。

梁九水的团队不愧是专业团队,不仅在面积上还原了北华酒楼,就连内部的布置摆设也完全做到了 1 : 1 的比例还原。为了和林菲等人打好关系,梁九水下了大力气,花了大价钱,采购了北华酒楼内原样的设备,花了整整 3 天 3 夜的时间完成了这次独特的布景。

"可一定要成功啊,这可都是钱啊。"孙林默默地念叨着。

"又不是花你的钱,你那么紧张干嘛?"躲在林菲和戴梓萌身后的姜斌不解。

"屁话,你以为这么大数额,局里会批?"孙林白了一眼姜斌,"这实打实都是我自己的钱!"

"你家里还真有矿啊,我还以为老雷开玩笑呢。"姜斌惊讶地道。

"你见过他那人开玩笑吗?"孙林反问。

"也是。"姜斌赞同地点了点头。

40 秒过去了,房子里没有传来任何的动静。

戴梓萌紧张地握住了林菲的手。

"孙队,你不是忘了什么吧?"安静了一会儿,姜斌忍不住又问道。

"斌子,你什么意思?你这是质疑我的团队?"躲在姜斌身后的梁九水不满地说了一句。

"你哪句话听到我有那意思了?"姜斌回头,"你个大老爷们,好意思躲我后面吗?"

"你好意思说我吗?"梁九水翻了个白眼,"你还躲在两个姑娘后边呢,你今天又一次刷新了下限。"

"一个已经出道,前途无限,两个没想过出道,前途未卜,哪个更重要,你不知道?"

"你们两个,闭嘴!"林菲忍无可忍地吼了一嗓子,让两个人乖乖地闭上了嘴。

只不过梁九水依旧用低不可闻的声音在姜斌的耳边说了一句:"斌子,我真他妈的同情你,这娘们太够味了!"

姜斌的嘴角无意识地抽动了一下，下意识地回身捂住了他的嘴。

雷鸣没说话，看了一眼孙林，孙林再次深吸了一口气，重又拨通了那个电话，静静地等待着，又是几十秒过后，就在众人提着的心慢慢放下，以为这一次又会失败的时候，那所临时搭建的房间里突然腾起了一团火光，那团火光迅速蔓延，转瞬席卷了整间屋子。

姜斌和梁九水下意识地缩了缩身子，林菲、戴梓萌和雷鸣却向前走了一步。

"你们这是要玩命？"

一个悠悠的声音传来，穿着严密防护服，手里拎着灭火器的许浩玩味地说了一句，举着手机率先向那间屋子走了过去，身子却顿了一下，肩膀被一只有力的手按住了。

"别过去，可能会爆炸。"雷鸣嘶哑着说道。

"教官，你这水平可退步了。"许浩不屑地笑了一下，"放心，我们做过详细的计算，以你们提供的那种数据，能烧成这个程度就相当不错了，还想爆炸？浓度起码还得再提升4个等级。"

他把脸看向了手机："各位兄弟姐妹，浩哥待会儿要给你们表演一个火场救险，觉得我帅的老铁们，请双击666。"

"你在干吗？"林菲脸色不善地问。

"直播啊，我去年靠这个网络直播，赚了10万呢。"许浩满不在乎地道，顿了一下，脸色微变，"你们想要的不是就想看看会不会爆炸吧？这玩意儿计算一下不就行了？"

"任何没有经过实际验证的计算都不能作为正确的结论。"雷鸣道，"就是因为这个，你……"

许浩脸色一沉，把手机对准了火场："教官，我不想再提那件事。"

他晃了下身子，挣脱了雷鸣的手，走向了火场。

"这实验，算成功还是失败？"看着火势渐渐小了下去，姜斌战战兢兢地走到雷鸣的身后，问道。

孙林苦着一张脸，看了一眼姜斌，"你说呢？"

"嗯，算是失败了吧？"姜斌说，"林检想看到的是爆炸，现在只是爆燃，也就是说，田成在现场的举动不是引起这次爆炸的主要原因，你们还得查下去，任重而道远啊。"

"问题是，接下来，我们往哪个方向查啊。"孙林苦笑了一下。

"这个你大可以放心，林检那个人嘛，既然让你查，肯定会告诉你查什么，怎么查的。"姜斌同情地拍了拍孙林的肩膀。

"孙队长，你记不记得，尸检报告中提到，15 名死者，血液中碳氧血红蛋白为 2%～5%，最高 5%。"果然，姜斌刚说完，林菲就皱着眉走了过来，问道。

孙林下意识地点了点头。

碳氧血红蛋白，即 HbCO 饱和度是判断煤气中毒程度的重要指标，当中毒时间稍短，血液中碳氧血红蛋白含量达到 10%～20% 时，可以判定为轻度煤气中毒，症状主要表现为头痛眩晕、心悸、恶心、呕吐、四肢无力，甚至出现短暂的昏厥，一般神志清醒，吸入新鲜空气，脱离中毒环境后，症状会迅速消失，也不会留下后遗症。

当中毒时间略长，血液中碳氧血红蛋白含量达到 30%～40% 时，即可判定为中度煤气中毒，在轻度中毒的基础上，会出现虚脱或昏迷。皮肤和黏膜呈现煤气中毒特有的樱桃红色。如抢救及时，可迅速清醒，数天内完全恢复，一般也不会留下后遗症。

当发现时间过晚，吸入煤气过多，或在短时间内吸入高浓度的一氧化碳，血液碳氧血红蛋白浓度达到 50% 以上时，病人呈现深度昏迷，各种反射消失，大小便失禁，四肢厥冷，血压下降，呼吸急促，会很快死亡。一般昏迷时间越长，预后越严重，常留有痴呆、记忆力和理解力减退、肢体瘫痪等后遗症。

15 名死者体内的碳氧血红蛋白均没有超过 5%，也就不能判定为煤气中毒。更何况，田成供述，他离开饭店时才打开的煤气阀门，不足半小时便返回店里，试图引发火灾，没想到最终却演变成了一场爆炸。15 名被害人在店里的时间理论上不会超过这个时间，如果店内煤气含量过高，他们也会有警觉。

"煤气的主要成分是一氧化碳，气体比重 0.967，空气中一氧化碳浓度达到 12.5% 时才会有爆炸危险。"许浩拎着用过的灭火器，摆弄着手机，晃晃悠悠地走了回来，"如果刚才的实验你们真的完全复原了现场条件，我可以很负责任地告诉你们，刚才的煤气浓度只有 6%，勉强达到爆燃的标准，至于爆炸，那你们想都不要想。除非……"

"除非什么？"林菲连忙问道。

"除非底下的煤气管道也裂了，狭小空间内浓度超标，又接触到了明火，才会爆炸。"许浩收起手机，道，"轰，能把房盖都揭开那种。放心，直播已经结束了，这次我能分到 3 千。"见雷鸣脸色难看，他连忙道。

"喂？"孙林突然接起了电话，听了几句之后，脸色更加难看了，他挂断电话，看了一眼林菲，"林检，我们刚刚查到了一点有意思的事情。"

"什么？"林菲问。

"你们说的那个手机，我们实在没有能力找到，所以，我安排人去查了一下田成那部手机的通话记录。"

"结论？"

"那部手机接到的最后一通电话是那个罗姓保安的，在爆炸发生前 5 分钟。"孙林深吸了一口气，"也就是说，林检，你们猜对了，爆炸另有原因，消防的结论可能是错的，田成这个王八蛋，肯定隐瞒了什么重要的信息。"

"消防那边，我们会去核实，你抓紧核实他到底买了多少部手机，我总有一种不太好的预感。"林菲神情凝重地道，"他太着重强调 5 部手机 4 次实验的事了，我总觉得，这方面他也有所隐瞒。"

孙林点头，"已经在进行了。"

李健在消防队长的位置上已经坐了 10 年，对于危险，他有着一种异常敏锐的直觉，早晨刚睁开眼，他的右眼皮就跳个不停，结果连早餐都还没吃，一场突发火情就把他拉到了火场，好在那场火并不大，只是一个老人出门扔垃圾忘了带钥匙，煤气灶上还炖着菜。老人发现得及时，当即报了警，李健带人赶到的时候，火势刚刚冒头，他们迅速处置，将一场火灾掐死在了萌芽状态。

虽然只是虚惊一场，可李健总有一种今天一整天都不会太好过了的感觉。

他随手在笔记本上扯下了一张纸条，贴在了眼皮上。

消防车慢慢驶进了车库，李健从车上跳了下来，回头看了一眼，跟随他一起出警的消防队员们人人身上带着硝烟的味道，神情疲惫。

"散了吧，赶紧去食堂吃饭，指导员让食堂给弟兄们留了饭，吃完饭都给我好好休息，都精神着点啊。还有，留几个人，把装备好好整理一下，水箱里加满水，随时准备着点儿。"

消防队员们应了一声，自觉地都留了下来整理着装备。

"这帮臭小子。"李健笑骂了一句。

"老李！"远远地，指导员冲李健招了招手，他的脸色不太好看。

"啥事？"李健走上前，边整理着衣服，边随口问道。

"市检察院的人来了，在你办公室，点名要找你。"指导员严肃地道，语气中不无担忧。

"检察院？检察院来找我干吗？"李健也惊讶不已，他看着指导员的脸色，突然一愣，"老张，你怀疑我？你不是觉得，是我犯了什么错吧？"

"没有。"指导员连连摆手，尴尬的神情却出卖了他内心的真实想法，他突然叹了口气，"老李，你可不能瞒我，有啥事，你可得提早跟我说，你让我也有个准备。"

"屁的准备。"李健边走边说，"咱哥俩搭档了小 10 年了吧？我啥样人，你还不清楚？不说兢兢业业，恪尽职守吧，小错误犯过，这我承认，有时候灭完了火，受灾群众总会送一些小礼品，但大多都是一些水果香烟之类的，虽然某种程度上来说，我也算是违反了规定，但应该也不至于惊动检察院吧？别的大错误，你摸着良心说，我犯过吗？"李健抓着指导员的手，放到了他的胸口，"你那个浓浓的不信任，让我很受伤！"

"你要这么说，"指导员也疑惑了起来，"你不是得罪了什么人吧？现在这群人，看你不顺眼就举报你一下，你消防检查的时候又油盐不进，死不松口，得罪的人可就多了去了，检察院可不管你是不是真有事，那可是要一查到底的。"

"你怎么不说，是别人出了问题，来找我们核实一下情况的呢？"李健在自己的办公室前停下脚步，嗤笑道。

"那也没办法，他们没要求见别人啊。"指导员摊了摊手。

"行了行了。"李健不耐烦地摆了摆手，"我先和他们聊聊，咱身正不怕影子斜。"

"你放心。"指导员用力拍了拍李健的肩膀，"就算真有事，家里还有我呢，肯定不让你有后顾之忧。"

"滚，你就不能盼我点好。"李健笑骂了一句，推开了办公室的门。

一进门，他就看到，两男两女 4 名检察官正坐在办公室里等着他，其中一名女检察官正在吃着一份鸡蛋饼。

看到他进来，坐在这名女检察官身边的另一名女检察官微微点了点头："李健李队长？"

"我是。你们是？"李健狐疑地问道，走回到自己的椅子后，坐下，却愣了一下，他的办公桌上也放着一份鸡蛋饼。

"我是林菲，市检察院公诉处的检察官。"林菲自我介绍道，"这几位都是我的同事。"

"我叫戴梓萌，公诉处的检察官，这位，"戴梓萌指了指姜斌，因为嘴里还含着食物，有些含糊不清地说道，"公诉处的书记员，那位，雷鸣，助理检察官。"

"公诉处？"李健微微一怔，随即放下心来，忍不住笑了一下，"我还以为你们是反渎局的。不过，你们找我？"他的脸上写满了疑惑。

"你还没吃饭吧？"戴梓萌咽下嘴里的食物，"听说你出警去了，估计没来得及吃饭，鸡蛋饼给你准备的，先吃了，吃完我们再说。这家每天只卖 300 份，我费了好大劲才抢到这么两个。"

她看着李健面前的那份鸡蛋饼，毫无形象地咽了口口水。

我得多大的心，面对你们还能吃得下去。李健暗暗腹诽，表面上却礼貌地笑了一下："谢谢，先说事吧，我现在还吃不下去。"

"也行。"林菲也不客气，"4月1号，田成的那个案子，我们注意到，是你带队出警的。"

"是啊。"李健下意识地点了点头，"案子不是都结了吗？你们是在做公诉前的审查？"

"对。"林菲道，"不过在审查卷宗的时候，我们发现了一些疑问。"

"和我们有关。"李健恍然，"是我们的勘验报告出了什么问题？"

"现在还说不太好。"林菲说，"但是关于这个案子的全部细节，我想听您亲口给我们说说。"

"你们这真是……"李健有些无奈地笑了一下，"我不是都写到报告里了吗？这事都过去几个月了，你现在让我回忆这个事。"

他的笑容中莫名地多了一些苦涩和悲怆，让林菲有些疑惑。

"我们就想听你说，我知道有些东西是不适合写到卷宗里的。"姜斌笑了一下，挤了挤眼睛，一脸"我懂"的样子。

林菲微微皱眉，直觉地觉得姜斌的话有些不妥，李健的脸色却已经一下子沉了下来，"我知道的全都写到报告里了。"

"也包括你的推测但却没有证据的部分吗？"姜斌大大咧咧地说道，"肯定没有，报告里绝对不允许这种内容出现。"

"你也知道是没有证据的，我说了又有什么用？"李健摊了摊手，"报告里的每一句话我都要承担法律责任的。"

"但是可能会给我们提供一个全新的思路。"雷鸣嘶哑地道，"先说说爆炸的起因吧，真像报告里说的那样，是煤气泄漏？"

"你们是想翻案？"李健愣愣地看着眼前的几个人，等着他们的回答，他的神情渐渐冰冷，甚至还带上了一丝悲愤。

没有人说话，林菲几个人的目光全都集中在了他的身上。

"你们他妈的疯了？15条人命，你们竟然想给这样的人翻案？"李健忍不住拍着桌子吼道。

"翻案不翻案的之后再说，我们现在只想知道到底发生了什么。"林菲平静地道。

"煤气泄漏，报告里写得很清楚，你们长着眼睛是干吗的？"李健冷哼了一声。

"嗨，哥们，走点心成吗？连我都知道那是表象。火源是什么？爆炸总得有火源吧？"姜斌讥笑了一声。

"可能是静电，可能是雷电，还可能是漏电，更有可能是没熄灭的烟头。"李健向后靠了靠，目光偏向了一边，不耐烦地说道。

"这次谈话会被记录在案。"戴梓萌看了一眼林菲，清了清嗓子，说道，"你这种回答的态度会给你带来麻烦。"

李健微微皱眉，目光看向了戴梓萌，却听她继续说道："你也不用有压力，我们只想搞清真相，只想知道到底发生了什么，以及怎么发生的。你烦这小子？"她看了一眼姜斌，"至少咱们有共同的地方了，我们也挺烦他的。"

姜斌刚要张嘴，戴梓萌就抛过来一个凶狠的眼神，让他闭上了嘴。随后，戴梓萌继续说道："报告里的确写了很多，但是，那是真相吗？"

李健没有说话，身子却扭动了一下，随手抽出了一本卷宗，翻开，指着其中的一页，头也不抬地道："写在这里了，在煤气阀门口发现了一部手机，田成也承认，火灾发生前，他往这部手机里拨打了电话，显然，电磁波引发了这场火灾。"

"你认为这是真相？"戴梓萌笑了一下，摇了摇头，"不，你并不认为这是真相，我从你的脸上看到了愧疚，你有话想告诉我们，但是，却可能和这份报告有出入。"

"这就是我们查到的真相。"李健直视着戴梓萌的眼睛，点头说道。

"你们可能只是查到了这些，但不能否认，你们也可能忽略了些什么，你的举动告诉我，尽管你在报告里写的是这个结论，但是，你并不认为这就是真相！而且，你一直在说服自己相信这就是真相，对吗？因为你在说这个结论的时候，用力点了一下头，如果只是告诉我们，你不用点头的，只有在说服我们的同时也需要说服你自己，你才会有这样的举动。"

李健愕然地看着戴梓萌，不耐烦地道："你们到底想要干什么？"

"做我们应该做的事。"林菲丝毫不让地和他对视着，"我们已经做过侦查实验了，实验的结果显示，不管是按照你们的勘验报告，还是田成的供述，现场都不应该发生爆炸，就连火灾的形成，事实上我们都不认为是你们在现场找到的那部手机造成的。"

"你们不是要翻案，你们是觉得这案子还有没查明白的地方？"李健犹豫了一下。

林菲依旧没有回答，只是等着他说下去。

李健黝黑冷峻的脸上露出了一抹笑容："跟你们说话真他妈的费劲。"

尽管嘴里骂着脏话，但他的态度却一下子缓和了下来，整个人也放松了不少，他斟酌了一下，才小心地道："我以下说的话仅代表我的个人观点，不能代表我们队里的意见，如果你们认可，我才能继续说。"

"那哪行啊？"姜斌咳嗽了一声，"你得知道我们现在要查的东西关系到给一个人的犯罪行为定性，我们需要的是切实的，官方的意见。"

李健把面前的卷宗向前推了推，没好气地道："那这个就是你们要的东西了。"

"不。"雷鸣伸出一只手，按住了卷宗，看了一眼林菲，见林菲点头，这才说道，"我需要知道真相。这东西里，"雷鸣敲了敲卷宗，"并不是全部的真相。"

李健看着雷鸣，他从抽屉里翻出一包烟，抽出一支塞进嘴里，咔嗒咔嗒几声，手里的打火机却没有闪出一丝的火苗，他却浑然不觉，依旧狠狠地吸了一口。

雷鸣并没有催促，只是和林菲、戴梓萌一起静静地看着，姜斌尽管着急，却也知道，在这个时候，他最好闭嘴。

真的会引起那么猛烈的爆炸吗？

李健也不止一次考虑过这个问题，时至今日，他依旧能清楚地记起那天的景象，他和他的队员们奋不顾身地冲进火灾现场，在被炸裂的，凹凸不平的地面上跌跌撞撞地行走，将每一个找到的人挪到外面。

"李队，煤气阀门那里，有问题。"一名消防员剧烈地喘息着，报告到。

"党员，跟我上，共青团员第二批，其他人，第三批。"看着面前熊熊燃烧的大火，李健深吸了一口气，咬牙冲进了火海，身后，几名消防队员紧跟而上。迎接他们的不止大火，还有随时可能发生的二次爆炸，每一个冲进火海的人都知道，这一次进去，就可能再也回不来，但他们就是那么义无反顾地去了。

然后，一场更大的爆炸还是发生了，就在他刚刚冲出来，第二批刚刚进去的时候，气浪和烈焰舔舐着他，他浑然不觉，只有无声的嘶吼。

"真的只死了那15个人吗？"良久，李健收回了思绪，却说了这样的一句话。

"什么意思？"姜斌终于找到了说话的机会，"不止15个？你们瞒报了？"

"爆炸！"李健竖起了3根手指，"爆炸啊，爆炸的时候，我的3个战友就在里面，可是现在，你们只认可了15个被害人，我的战友，竟然不被认为是被害人！如果说有谁最希望田成被判死刑，我绝对是排在前面的。"

"可我找不到更多的线索，我不明白为什么会发生这样规模的爆炸，整个地面都被掀翻了，就像大地震一样。"李健用力掀动手中的火机，他的手在轻微地颤抖着，淡黄色的火苗燃起，点燃了香烟，"我只能找到起火的原因。田成从离开饭店到再次返回，中间只有不到半个小时，半个小时，煤气阀门就算开到最大，也不可能达到爆炸的浓度。"

"所以，你也认为这件事有蹊跷？"雷鸣问。

李健点头，却又有些无力："可我找不到更多的线索，只能根据现场残留的物证做一个最合理的推测。"

雷鸣想了想，尽管有些残忍，但他还是决定告诉李健真相："其实那部手机，也不是根源。这场爆炸还存在着更深层次的原因。你觉得，还有谁那里可能有线索？"

"煤气公司吧。"李健想都没想就说道，"煤气爆炸，他们内部也要自查，至于结论，我就不知道了，他们当时对外公告把所有的责任都推到了那个田成的身上。我们现在这份结论，也是按照他们提供的资料做出的。你知道，"李健苦笑了一下，"有些东西，并不是我们想查就能查的。"

"好。"雷鸣站起身，用力拍了拍李健宽厚的肩膀，"相信我，很快就会水落石出了。"

8. 证人和手机

林菲一行人回到检察院的时候，孙林已经在办公室里等着他们了，正借用他们的电源给手机充电。

"有发现？"林菲径直问道。

"大发现。"孙林说着，从公文包里拿出了几张照片，递到了林菲的面前，那是几张明显从监控录像里截出来的图片，"我们找到了田成购买手机的手机店，他们还留着监控录像，当时的售货员对他印象深刻。"

"毕竟一下子买 5 部手机的人很少。"姜斌说，"售货员记得他，一点都不奇怪。"

"不是 5 部。"孙林神秘地一笑，"是 10 部。"

"10 部？"雷鸣愣了一下，"田成不是说，他只买了 5 部？"

"管他是 5 部还是 10 部，反正，这案子是基本坐实了的。"姜斌满不在乎地道。

雷鸣微不可察地摇了摇头，似乎有什么地方是他想不明白的。

"煤气公司那边怎么说？"林菲摆弄着那几张照片，向孙林问道。

"没线索。"孙林却摇了摇头，"他们对那场爆炸避而不谈，坚称管道检修的时候没有发现任何异常。不过，林检你放心，我的人，正尝试逐个击破呢。"

雷鸣没说话，只是看了下表，就把手机举到了眼前，手机亮了一下。

"哟，刷脸解锁，高科技啊。"

姜斌不经意间凑了上来，斜眼偷瞄着雷鸣的手机屏幕，屏保照片是一个年轻女性，看上去大约20多岁，皮肤白皙水嫩，穿着一袭白裙，身形窈窕，可惜，她的双眼并无神采，眼眸上似乎覆盖着一层浑浊。女人目视前方，嘴角带着一抹甜蜜的笑意。雷鸣就站在女人的身后，双手扶在她的肩上，和女人的手紧紧相握，上身微微前倾，目光并没有看向镜头，而是充满柔情地看着女人的侧脸。

"这满满的父爱如山啊。"姜斌感叹了一句，"可是，老雷，我不记得你有儿女啊？"

手机上的电子钟从 11：59：59 跳到了 12：00：00，雷鸣并没有理睬姜斌的话中有话，而是毫不犹豫地按住了一个数字键，接着一个电话号码显示在了屏幕上，显然，这是一个快捷拨号键。

他举着电话走到了一边，眉头皱了一下，手里的手机传来一阵嗡鸣，他的电话并没有能够打出去，一个陌生的号码却先一步打了进来。

拇指放到了拒接的键位上，滑动了一下，他打算就这样挂掉，但当看到来电显示的标记时，他已经进行到了 1/3 的动作又停了下来，那个电话下方标记着"煤气维修"。

犹豫了一下，他还是接起了电话："哪位？"

"请问，是孙林孙警官吗？"电话那头，传来了一个怯生生的男声。

雷鸣愣了一下，看了一眼孙林："找你的。"

"找我？"孙林一愣，随即恍然，"是煤气公司的吧？我手机没电了，把你的号留给他们了。"

他说着，接过了电话："我是孙林。"

"我是煤气公司的，你说，想起什么就给你打电话。"那个声音紧张地道。

"你到市检察院来找林菲检察官。"孙林快速地说了一句就挂断了电话，将手机递还给了雷鸣，一脸的歉意。

雷鸣正不耐烦地抬手看了看手腕上的表，秒针已经走过去了大半圈。

他接过电话，迅速拨通了一个号码。

等待了片刻，电话被接了起来，一个温柔的女声传了过来："不忙吗？"

"对不起啊，宝宝，刚刚有个电话，给你打晚了，你还好吧？"雷鸣嘴角带笑，语气温柔的和前一刻判若两人。

"你啊，工作忙就不要惦记我了，我很好，哦，对了，你告诉孙林，让队里的人别天天都来了，他们工作也挺忙的，好不容易休息一天，全浪费在我这了。"女声里有些微的责备，但更多的却是幸福，"还有，你要好好照顾自己，安心工作，要对得起……知道吗？"

"我知道。"雷鸣收敛了笑容，严肃地道，"你没事我就放心了，我这就要去工作了。"

"要是忙，就不要打电话了，等你闲下来再打给我。"女声耐心地嘱咐着，却又叹了口气，"我知道你不肯听，可是总这样，真的会耽误你的工作的。"

"放心吧宝宝，我能处理好的。"雷鸣笑了一下，等电话那头挂断后，他的笑容也随即消失，脸上再无表情，狠狠地瞪了一眼姜斌。

在他和家里通电话的时候，姜斌可一直都没闲着，试图从孙林的嘴里打探出点什么来。

有急促的脚步声走近，李泽楷没有抬头。

他单薄的身子穿着一件宽大的，布满了油渍的工作服，低着头看着自己的脚尖，脚上那双旧皮鞋满是灰尘，鞋尖有着明显的破损。他双手插在紧紧地夹在一起的双腿间，怀里抱着一个老旧的帆布包，这个动作让他蜷缩成了一团，整个人都有些不受控制地颤抖着。

站在他的身边，低头就能看见他油乎乎的头发和点点头屑。

在接待处登记完他就始终保持着这个姿势，坐在接待室外的一把椅子里，安静地等待着。

法警审视的目光让他不敢抬起头，那些偶尔过往的人们投过来的目光更像是炽烈的火焰，仿佛能把他洞穿一般，让他极不舒服。

脚步声走到他身边的时候停了下来，李泽楷感到眼前的光线暗了一下。

"是你打的电话？"那个熟悉的声音在他的耳边响起。

李泽楷抬起头，他的脸上青一块紫一块，伤得颇重。

孙林皱着眉站在他的面前，他的身后还跟着两男两女4个穿着检察官制服的人，每个人的脸上都带着凝重的神情。

他匆忙站起身。

"是，是我，孙警官，我……"

简单的一句话却牵动了他的伤口，让他抽动了一下嘴角。

"兄弟，我说，你走错地方了吧？故意伤害去警察局报案，上访去信访办，我们这儿是……"姜斌看到李泽楷这副神情，就忍不住说道。

林菲瞪了他一眼，让他把后面的话咽了回去，目光停在李泽楷的脸上："到我办公室说吧。"

说着，她带头走向了电梯。李泽楷犹豫了一下，看了一眼孙林，见孙林点头，这才连忙跟了上去，却小心地和他们保持着一段距离。

一进林菲的办公室，李泽楷显得更加局促了，他就站在门边，没敢往里面走。

"坐吧。"林菲礼貌地笑了一下，"不用紧张，想起什么就说什么。"

李泽楷这才慢慢走到沙发前，小心地坐了下去，却没敢坐实。

"你脸上的伤是怎么回事？"林菲问，目光却看向了孙林。

孙林连忙举起手，"这可和我没什么关系。"

"和孙队长没关系，我是自己摔的。"李泽楷也连忙说道。

"摔的？"林菲微微皱眉，目光在孙林和李泽楷之间游移着。

"真是摔的。"李泽楷说完，用力点了点头。

"不是摔的。"戴梓萌突然道，"你说完之后才用力点头，你只是想让自己相信这个理由。"她看了一眼孙林，有些犹豫，但在林菲的注视下，她还是向孙林做了一个抱歉的神情，道，"孙队长，这件事如果解释不清楚，恐怕你也得担责任。"

"我靠！"孙林恼怒不已，却又无可奈何，"我说你们怎么就不能相信我呢？"

"没办法，现在在这方面盯得太紧了。"林菲歉意地笑了一下。

"误会了，你们误会了。"李泽楷连连摆手，"这事和孙警官真没关系。"

"那你怎么那么怕他？事事都要请示，做亏心事了？"姜斌问。

李泽楷突然打了个激灵，嘟囔了一句："那是你们没看到孙警官发火。"

他看了一眼孙林，孙林一脸的无奈："随便说。"

李泽楷这才松了口气，慢慢说明了孙林上午去煤气公司的经过。

孙林抵达煤气公司后，径直向管理人员说明了来意，负责接待的人不敢有丝毫的怠慢，当即就将北华酒楼煤气管道维修的档案找了出来。

"同志，你慢慢看，您要是有什么不明白的地方，我把当时出现场的工人给你找来。"接待的维护部长殷勤地客气道。

没想到孙林对眼前的卷宗并没有什么兴趣，对他的这句话倒是点了点头："那就麻烦你了。"

维护部长恨不得抽自己几个嘴巴，还是耐着性子把十几个工人都叫到了会议室里。李泽楷就在其中。

李泽楷和工友们走进会议室的时候，孙林正坐在桌子边抽烟，他面前的烟灰缸里已经堆满了烟蒂，放在手边的烟盒里也仅只剩下一支。

看到这些工人，孙林紧抽了几口，熄掉烟："北华酒楼出事后，是你们去做的管道维护？"

工人们你看看我，我看看你，没有人说话。

"你们部长可把你们都卖了，就是你们这些人。"孙林似乎并不在意，"我想知道现场有没有异常。"

说完这句话，他的目光就在一众工人的脸上一一扫过，锐利的眼神仿佛一把刀，每一个被他看过的人都不由自主地低下了头。

孙林从烟盒里抽出最后一支烟。"我没那么多时间。你……"他抬手指向了李泽楷，"你说。"

李泽楷向四下看了看，坐在他身边的工友们下意识地向旁边撤了撤，尽管还坐在人群里，可李泽楷却觉得，自己彻底被孤立了。

孙林并不着急，自顾自地吸着烟，屋子里的气氛越来越压抑，压抑得李泽楷有些喘不过气来，他蓦然意识到，不会有人站出来替他说话。

"警察同志，没什么异常的啊。"他硬着头皮说道。

"没有异常？"孙林的烟抽得极快，只是几口，那一支烟就消失了一半，"怎么爆炸的？"

"那不清楚，那应该是消防部门调查的，我们就是负责维护管道。"李泽楷松了口气，连忙道。

孙林冷笑了一声，把烟蒂按在烟灰缸里："就是消防队把我推到你们这儿来的。"

他伸手又去拿烟，空荡荡的烟盒让他滞了一下，他把烟盒捏成一团："你们最好仔细想想，任何一点不同寻常的地方都可以。"

李泽楷见状，从口袋里掏出了自己的烟，走到了孙林的面前，没想到孙林却一把推开了他的手。

"抽不惯！"他生硬地说道。

"警察同志，真没什么不对劲的，我们都指着这份工作养家，哪敢瞒什么啊。"李泽楷道。

孙林把玩着手里的烟盒，那团纸越揉越小，他手上的力气也越来越大，李泽楷觉得，那只手就像在揉捏他的脸，他感到自己的额头已经布满了汗珠。

孙林突然站起身，把烟盒扔到了地上，脚踩了上去，用力地碾了碾，随口报出了一组号码："这是我的电话，不管你们谁，想起什么了，不管什么时候，都可以给我打电话。"

说完，他就急匆匆地走向了门边，一只脚已经迈了出去，李泽楷快要跳出嗓子眼的心也慢慢回落。

然而，就在这个时候，孙林突然停下了脚步，头也不回地说了一句："想想你们的老婆孩子。"

"帅啊，孙队，连威胁人都这么酷！"听完了李泽楷的叙述，姜斌冲着孙林竖起了大拇指。

孙林却有些不好意思："我哪敢威胁人啊，那不成了刑讯逼供了？我这人就是没烟的时候，脾气就有点暴躁。抱歉啊，哥们。"他冲李泽楷点了点头。

李泽楷连连摆手："没事，没事。"

"那就行。"孙林说，"那你跟这几位检察官说说，你想起什么来了？"

"一部手机。"李泽楷道。

"手机？"林菲连忙追问道，"什么样的手机？"

李泽楷摇头："炸烂了，看着不像是什么好手机。"

"详细说说。"

"我们到现场的时候就觉得不对劲，明显能看出来爆炸是从地下起来的，源头肯定在煤气管道上。"李泽楷没有任何犹豫，显然在来到这里之前，他已经仔细地回想过当天的细节，"我主要负责的就是查原因，所以对周围都仔细找过了，我记得很清楚，当时我发现了黑色胶带，缠了好几圈的那种，上面还有手机的碎片。"

"我打断你一下。"姜斌突然插话道，"你刚刚说都炸烂了，是吧？"见李泽楷点头，他又问，"那你是怎么分辨出那是一个手机的？"

李泽楷腼腆地笑了一下："我进煤气公司前，做过手机维修，对手机的每一个部分都特别了解。"

"哥们你也是个人才啊，那玩意儿不比你现在赚钱啊，怎么想进煤气公司的呢？"姜斌惊讶地道。

李泽楷的脸腾地红了。

"你继续，不用管他。"林菲正眼都没给姜斌一个，平静地道。

李泽楷点了点头，舔了舔有些干裂的嘴唇，戴梓萌见状连忙递给他一瓶水，李泽楷道了声谢，接过水，喝了一口，才继续道："煤气管道上也有问题，有一个地方，有一个小口子，口子不大，应该是用钢锯锯开的，但是就那一点小口子就够了，地下空间太小，煤气浓度很快就会达到爆炸的标准，那时候要是有人打那部手机，肯定会大爆炸的。"

"报告里为什么没有提到这些？"林菲皱眉。

"领导说，这事要让外人知道，我们就都麻烦了，到时候肯定是我们这些人背锅，不光要丢工作，赔偿什么的，还得我们拿。我们哪有钱啊。"李泽楷的语气颇有些不忿，"可是那几个人死得冤啊，死了都不知道怎么死的。我一直想着，早晚有一天，我得把这个事说出来，我证据都带来了。"

李泽楷起身，从随身的帆布包里掏出了一个纸袋，打开，把里面的东西倒了出来，那是几块叠加的厚厚的黑胶布，上面还有一些看不出本来形态的碎片。

"你愿意作证吗？"雷鸣戴上手套，拨弄了一下那些碎片，抬起头，目光灼灼地看着李泽楷。

李泽楷用力点了点头，脸色涨得通红。

"你工作不要了？"姜斌不合时宜地问了一句，"当英雄是好事，但是也得量力而为啊，我们可不负责给你安排工作。"

"我……"李泽楷的气势陡降，整个人顿时矮了几分。

"滚，从我眼前消失。"林菲恼怒地骂道，戴梓萌更是抬脚向姜斌踹了过去。姜斌忙不迭地夺门而出。

"我真会丢了工作吗？"李泽楷怯生生地问。

"你值得拥有更好的未来。"戴梓萌模模糊糊地安慰了一句。

"大不了回去修手机。"李泽楷突然无比坚定地说了一句。

"好。孙队，麻烦你带他回去，做个笔录，稍后在退查报告里，我也会把这件事写清楚。"林菲交代道。

孙林点了点头，冲李泽楷道，"兄弟，还得麻烦你跟我回一趟局里。"

"嗯。"李泽楷点了点头，站起身刚要走，林菲办公室的门就被敲响了，接着，门从外面打开，刚刚跑出去的姜斌神情怪异地走了进来，在他的身后，是一脸戒备的法警和两名神情严肃的警察。

"他们是来找这个李泽楷的。"姜斌说了一句，便迅速退到了那两名警察的身后，隔着两个人的肩膀偷偷看着李泽楷。

9. 一念之差，一步之遥

"他们是来找这个李泽楷的。"

这句话让屋子里的所有人都愣了一下，林菲微微皱眉，戴梓萌小嘴微张，不敢置信，雷鸣若有所思，但浑身的肌肉瞬间紧绷，目光如鹰一般盯着李泽楷，李泽楷更是下意识地缩了缩身子。

孙林则是一脸的不明所以。

法警向林菲行了个礼，走到了林菲的面前，转身，握紧了手里的橡胶棍，将林菲挡在了身后，"林检，您放心，有我呢。"

他沉声说道。

"先搞清楚是怎么回事。"林菲绕过了法警，走向了门边的两名警察，"我是林菲，李泽楷是我们的一个重要证人，你们找他有什么事？这里面会不会有什么误会？"

李泽楷突然站起了身，法警上前一步，手里的橡胶棍也举到了胸前，就连雷鸣也下意识地站了起来。

李泽楷笑了一下："该说的我都说完了，我这就跟他们走。警察同志，我的事，能不在这说吗？"

他冲外面的两名警察说道。

"不行！"林菲转过头，眼眸里寒光闪烁，"你的事必须在这里说清楚。"

"各位都放松一下，我想，这里面是不是有什么误会？"孙林连忙站了出来。

"孙队，你也在啊？"两名警察看到孙林，连忙问了个好，"林检，这里面确实有些误会，这位同志并没有违反什么法律法规规定，我们请他回去，只是配合我们做一个调查。"

警官的话让姜斌和举着橡胶棍全神戒备的法警都有些不明所以，甚至还有些尴尬。

"什么样的调查？"林菲犹豫了一下，"抱歉，我知道你们可能不方便说，但是，李先生确实是我们眼下一个案子里的重要证人，我必须确保他有相应的资格。"

"这个，也没什么不能说的。"警官呵呵笑了一下，"大概两个小时前，我们接到了热心群众的报案，一名持刀抢劫犯……"

"你身上还有刀？"警官的话还没说完，姜斌就叫了一声，向远离李泽楷的方向跳了一步，"我跟你说，你可别做傻事啊，我们这有5个警察，其中一个是退役特种兵，一个是前刑警队长，一个现刑警队长。哦，戴检察官可还是咏春拳传人呢。"

"闭嘴，听这位同志把话说完。"林菲淡淡地说了一句。

"你们这位同志真的误会了。"警官有些无奈，"持刀抢劫犯在行凶过程中，被一名热心群众阻止，等我们到现场的时候，抢劫犯已经被控制住了，但这个见义勇为的人已经走了，我们查了监控录像，最后认定就是这位李先生。"

众人看向李泽楷的目光再次多了些异样，林菲仔细地打量着他脸上的伤痕，"这些是和犯罪嫌疑人搏斗的时候留下的？"

"不碍事，不碍事，应该做的。"李泽楷连连摆手，腼腆地笑着。

林菲点了点头，又看了一眼姜斌，哼了一声，这才将目光转向了那两名警察，"你们可以带他走，但是，能不能先送他去医院？"

"林检，这您不用担心！"警官行了一礼，"我们会安排好的。"

"那就先谢谢了！"林菲难得露出了一抹笑容。

"这事闹的，林检你放心，我跟着他们，这是大英雄啊。小兄弟，对不住啊！"孙林拍了拍李泽楷的肩膀，揽着他走出了林菲的办公室。

"没什么事的话，我先整理一下今天的材料。"姜斌讪讪地道。

"坐下。"林菲冷冰冰地道，"梳理一下眼下的情况。"

"哎。"姜斌应了一声，快速在椅子上坐好，"领导您说。"

林菲厌烦地皱了皱眉："现在我们可以确定的是田成的作案动机就是求财。根据李泽楷的说法，田成应该还对煤气管道做了相应的处理，确保自己计划的成功。"

"还需要进一步验证。"雷鸣有些心不在焉，他不停闻着手套，说道，"手机是不是田成的，管道裂缝是不是田成造成的，都需要进一步的核实。"

"而且，10 部手机。"戴梓萌皱着眉，"10 部相同型号的手机，可是田成只承认自己买了 5 部，剩下的 5 部去哪里了？"

"雷检，你觉得呢？"林菲看向雷鸣。

"太多了。"雷鸣依旧不停地嗅着那副手套，"假如田成想要的就是爆炸，他说的 5 部就已经够了，10 部，太多了，除非……"

说到这里，雷鸣摇了摇头，似乎对自己的想法也不太满意。

"这个玻璃，你尽管放心，钢化的，别说砖头，就是拿锤子……"安装工人突然抢起锤子，冲着玻璃用力砸了下去，巨大的砰砰声吓了田芳一跳。

"你干吗？"田芳埋怨地说道，"别吓醒了孩子。"

她紧张地看了一眼两个在床上熟睡的孩子，睡梦中，他们只是微微皱了皱眉，并没有任何其余的反应，田芳这才放下心来。

"嘿嘿。"安装工人咧嘴一笑，露出了一口因吸烟过度而泛黄的牙齿，"抗造，拿枪打都打不坏。你放心用。"

"多少钱？"田芳勉强笑了一下，问。

"800。"安装工人收起了工具，看了一眼床上那两个孩子，他们的小脸红扑扑的，额头泛着不正常的汗珠。

"大姐，孩子没事吧？"安装工人问了一句。

"没，没事。"田芳有些慌张，拿出钱，递给了工人，"谢谢你了。"

工人接过钱，数了数，胡乱地塞进了钱包，又问了一句，"孩子不是病了吧？可得赶紧去医院，孩子的事，可耽误不得。"

"吃过药了。"田芳说，"你还有事吗？"

"哦，没事，没事。"他背起工具包，"有啥事你再给我打电话，随叫随到。"

他说着，走向了门边，田芳看着他开门走了出去，马上就将房门反锁，又仔细检查了一下窗户是否关严，随手拉上了窗帘，走回到床边，坐下，突然叹了口气。

她轻柔地替两个孩子擦了擦汗，眼里满是心疼与不舍。

咬了咬牙，她似乎做出了重大而艰难的决定，拿起手机，从床头柜里找出了那张戴梓萌留给她的名片，拨通了上面的号码。

林菲突然抬手打断了众人的谈话，掏出了手机，看着手机上的号码，她微微皱了皱眉，接起了电话，"我是林菲，哪位？"

"林检察官吗？我是田芳。"电话那头传来的竟是田芳有气无力，不带任何感情的声音。

"田芳？你有什么事？"林菲问。

"我想跟你说说田成的事，有几句话，我想你帮我带给他。"

"什么话？"

"我们能面谈吗？"田芳问。

林菲看了一眼表："一个小时后，我去找你。"

"要那么久啊。"田芳似乎有些不太舒服，"那好吧，如果来不及，我会给你发短信的。"

田芳说着，挂断了电话，林菲觉得田芳有些怪异，但她想了想，便将这件事暂时放到了一边，田成隐瞒起来的计划才是眼下最为重要的。

"除非什么？"林菲收起电话，看着雷鸣。

"除非他的计划里不止这一次爆炸。"雷鸣补足了后半句，嗅着手套的动作停了下来。

"不止一次爆炸？"姜斌忍不住笑了出来，"他哪还有别的地方可炸啊。"

"硝铵炸药的味道。"雷鸣没头没脑地来了一句，腾地站起了身，"这手机不光是引爆物，它本身就是爆炸物。他计划的绝对不止一次爆炸。他还能炸什么地方？"

雷鸣的脸上呈现出了前所未有的紧张。

"他是为了钱。"林菲反应过来雷鸣的话，神色一下子也紧张了起来，"用爆炸设备筹钱，那会是什么？"

"如果第一次爆炸没有达到他想要的效果，田成有没有后备计划？会不会从其他渠道筹钱？"戴梓萌眉头微皱，"帅哥，要是你的话？"

"除了抢银行就是劫运钞车。"姜斌一拍桌子，"风险最大，但是同样也是获利最高的途径。"

"他不是真有这个计划吧？"看着雷鸣和林菲、戴梓萌严肃的神情，姜斌也愣了一下，"我就顺嘴那么一说啊。"

雷鸣却已经顾不上这些，掏出手机径直拨通了孙林的电话，打开了免提，在等待电话接通的时间里，他颇为焦躁地在房间里踱着步。

"雷头儿？"电话终于被接起，电话那头传来了孙林惊讶的声音，"咱们这才刚刚分开，我刚把李泽楷送到医院，还没来得及带他回去做笔录呢。你这也太急了点。"

"孙林，你听我说。"雷鸣舔了下嘴唇，"你马上安排人，排查全市银行附近的煤气管道，运钞车行驶路线上的煤气管道，查找可疑爆炸物。"

孙林的呼吸骤然急促了起来，过了半晌，"雷队，你的意思是？"

"嫌疑人田成很有可能还有其他的计划，其中制造爆炸抢劫银行或是运钞车是可能性最大的一种。"林菲冲着电话说道。

孙林沉默了，过了片刻才道："我这就向上汇报。"

"等一下，你带回去的手机的残骸，马上安排人做微量物证鉴定。"

"明白！"孙林说着，急匆匆地挂断了电话。

"嗨，我说，你们不用这么紧张吧？"姜斌故作轻松地道："现在说这些都是我们的推测，未经证实，田成已经被捕，在我们的严密控制之下，就算他真有什么后续的计划，也没有机会实施啊，你们不是觉得，他还有翻盘的可能吧？"

"在这种情况下，他依然有所隐瞒，这才是我担心的地方。"林菲快速整理着东西，"我们再去提审一次。"

田芳躺在床上，看着天花板，双目无神。她和田成的两个孩子就躺在她的两侧，沉沉地熟睡着。

已经是炎热的夏季，可房间的门窗却紧闭着，田芳和两个孩子对此却浑然不觉。

她怎么也不敢想象，田成竟会做出那样的事来，从他被警察带走的那一天，她就一直在想，如果那一天，自己对他的态度好一点，现在的结果是不是就会好很多？

她至今也无法忘记那天早上发生的事。

"抽抽抽，除了抽烟，你能说句话吗？"

一大清早，田芳一边收拾着屋子，一边不满地抱怨着，而田成，只是坐在沙发里，身子微微蜷缩，努力将自己与世隔绝。他垂着头，抽着烟，一副欲言又止的样子，他面前的烟灰缸里堆满了烟蒂。

他看上去就是一个沉默寡言的男人，任凭田芳怎样抱怨，他的选择就是全盘接受，偶尔有些委屈和不满，也全然埋进了心底，不肯做任何的反驳，庞大的压力压在他的身上，让他直不起腰来。

"每次一说你你就知道抽烟，一句话不说，我说错了吗？"田成听到这句话，叹了口气。

"你唉声叹气什么？你倒是说怎么办啊？孩子还上不上学了？"田芳气得摔下了手里的东西。

"我……再想想办法。"

"想想办法，想想办法，每次都是这句，哪次你想出办法来了？这压力到最后不还是都压到我身上了啊。田成你到底怎么想的？"

田成哭丧着脸，笑了一下："你听我说，我已经在和其他股东商量了，不行我把手里的股权质押给他们看看。"

"他们？我说田成你是真傻还是假傻，吃了那么多回亏，你有没有点记性，哪回不是跟你说会给你想办法，哪回给你想办法了？就那点破股权，多少年了？那孩子都耽误成什么了？你怎么那么容易轻信别人，你让人坑得还少啊？田成，要不然咱离了吧，我跟你我认了，可孩子呢？现在连个学都上不了，出门就让人盯着，怎么弄？孩子的路还长着呢。"

"我……你让我再想想。"

"想想想，你能想出什么来？每次一说这事，你说的话都一模一样。接下来是不是又该说对不起，都是你的错，你在想办法。田成，我告诉你我受够了！"田芳气冲冲地转身走回了屋子，躺到了床上，拽过被子，蒙住了头。

田成默默地抽完了一支烟，挪动着脚步走到卧室门边看了一眼，默默地叹了口气："对不起，这事怪我，你放心，我已经在想办法了。"

"滚！"田芳吼了一声。

田成又叹了口气，转身走出了家门。只是十几步，他的身上却像背负着一座沉重的山峦，步履维艰。

当那扇门在身后关上的时候，他再一次叹了口气，抬手揉了揉脸，再放下手的时候，他的脸上挂上了一副柔和的笑容，腰板也重新挺直，仿佛此刻的他生活幸福，没有任何的压力。

田芳的嘴角蓦地露出了一抹笑容，她伸出手，拿过了自己的手机，她的身体太过虚弱，手机差一点就掉到了地上。

她的双手颤抖着，将手机举到了眼前，打开了短信界面，编辑了一条短信发了出去。随后，她把手机放到了胸前，慢慢闭上了眼睛。

床头柜上，倒着一个白色的药瓶，里面空空如也。

田成走进讯问室的时候，愣了一下，林菲几个人又来了，只不过这一次，他们脸上的神情无比的凝重。

他在他们的对面坐下后，活动了一下脖颈，随口问道："决定了？"

"还没最终决定，但是，你也跑不了，我们今天来，是有另外一件事要问你。"姜斌坐在电脑后，说道。

"你们的问题还真多。"田成有些不耐烦，"问吧。"

"你到底买了几部那种手机？"林菲问。

"5部吧？10部？记不太清了。"田成微微仰头，眼睛向上翻着，"谁在乎那个，反正结局都改变不了，不是吗？"

"结局是无法改变，可是，你买了10部手机，你对我们说只买了5部，另外的5部呢？"林菲盯着田成，逼问道，"你还有其他的计划，对吗？"

田成的身子一僵，眉头微微皱了皱，随即嗤笑了一声，"真会开玩笑，我在这地方，出都出不去，我还能有什么计划？"

"你有。"戴梓萌盯着田成的眼睛，无比肯定地说道，"你刚刚的神态有一瞬间的停滞，这叫冻结反应，说明你受到了某种意外刺激，感到害怕，你害怕是因为我们说对了，怕我们知道得更多。你现在依然否认，是因为这个计划不需要你也能执行，对吧。"

田成回望着戴梓萌，嘴角竟露出了一抹若有若无的笑意。

"抢银行？抢运钞车？"戴梓萌试探着问，不等田成回答，就摇了摇头，"抢银行太危险，不好跑，抢运钞车用不着那么多手机作为爆炸物，所以……"戴梓萌腾地站起了身，神情无比的惊恐，"你是要制造银行的混乱，然后去抢运钞车。"

啪啪啪。

田成费力地抬起戴着手铐的手，用力鼓起了掌："哎呀，你这个小姑娘，不去写小说实在太浪费了，就这个脑子，你以为演电视剧呢？我有那脑子我至于进来，把自己玩死？"

田成又不屑地"切"了一声："我是有后续计划，但我干吗要告诉你们？我那是一个天才的构想，不可能有人猜到，那是我的专利。"

戴梓萌的脸却在那一瞬间变得惨白，她抬手抓住了雷鸣的胳膊，雷鸣这才注意到，她整个人都在不受控制地颤抖着。

"快！"戴梓萌艰难地咽了口唾沫，"他还有同伙，我猜对了，他那个计划恐怕马上就要实施了。快，快去查。注意看守所这边，他可能还会越狱。"

雷鸣一下子瞪大了眼睛，二话不说起身拉开门就跑了出去。

10. 终极目标

"快点，再快点！"

S市公安局行动指挥中心，孙林站在大显示屏前，满脸焦急，大厅里除了急促的呼吸声，就是人员来来往往跑动的声音。

这次的突发事件太过紧急，每一个人都不愿意把时间浪费在走路上。

他从心底不愿意相信林菲等人的推测，但是李泽楷带来的那些手机残骸却是他无法忽略的证据，微量物证鉴定显示，那上面有硝铵炸药的残留。

"怎么样？"随着一阵急促的脚步声，林菲和雷鸣等人来到了他的身后。

"是硝铵炸药。"孙林头也不回地说道，"我已经把能安排的人全都安排下去排查了，你们就没有别的办法吗？找出手机号也行啊，我就能安排定位了。"

"他什么都不说。"雷鸣道，"看来，他的计划确实已经到了最紧要的时刻，我们必须抢在他前面。"

"我知道。"孙林有些烦躁，"可是你让我能怎么办？我就那么点人，要在全市排查。"他猛地转过身，目光灼灼地看着雷鸣，"雷头儿，把人给我，一个小时，我让他该说的不该说的全说了。"

"没用。"姜斌撇了撇嘴，"他死都不怕，还怕你那点小手段？"

"我会让他知道活着比死还难受。"孙林咬牙切齿地道。

"不行。"林菲冷冰冰地道，"我不能允许你们使用任何非法的手段。"

"全市几千万人，谁都有可能被他那个计划威胁，群众生命重要，还是你那个狗屁的法律重要？"孙林指着身后的大屏幕，吼道，"他的人身权利是人权，全市几千万人的生命安全就不是人权了？！"

林菲沉默了，她紧咬着下嘴唇，却固执地摇了摇头，无比坚定地道："我还是不同意。"

"你他妈就是个傻逼，白莲花，圣母婊！"孙林气的跳着脚大骂，"头儿，你去把人给我弄来，出什么事，我担着！"

林菲一言不发，转身就向指挥大厅外走，戴梓萌连忙跟了上去。

"她……她什么意思？"孙林看着林菲的背影，气呼呼地说道，"检察官了不起啊！"

雷鸣的嘴角却露出了一抹笑容，"这丫头，对我的脾气。"

"我提醒你们一句。"姜斌看了一眼已经走到门边的林菲，嘴角挑了挑，"做这事的时候我得跟着。"

"你嫌麻烦还不够多？"林菲停住了脚步。

"哪能啊，我就当什么都没看见。"姜斌大大咧咧地道："你也知道，我志不在此，我学习观摩一下，总还行吧？"

"孙队！"身后，一名坐在电话前的女警突然起身，"找到了。中央银行附近发现两部手机，一条运钞车线路上发现 3 部手机。"

"调排爆专家！"孙林迅速发布指令，"通知痕检，准备搜集证据。"

说完这些，他一屁股坐在了椅子里，用力扯了扯衣领，大口大口地喘着粗气，看了一眼已经转过身的林菲，虚弱地笑了一下，"抱歉啊，林检，我刚刚，太激动了。"

有那么一瞬间，所有人紧绷的神情骤然放松了下来，就连林菲都不易察觉地用力握了握拳头。

3 个小时后，排爆专家解除了危险，一天后，被送往物证鉴定中心的 5 部手机也传来了鉴定结论，5 部手机内均安放了以手机信号接入时的脉冲便可引爆，足以炸裂煤气管道当量的硝铵炸药。

直到此刻，林菲才想起，她和田芳之间还有个约定。

在等待孙林将最新的证据移交过来之前，林菲和戴梓萌一起来到了田芳的家，然而才走到田芳家门前，她们就愣住了，田芳家的房门敞开着，一队消防队员正在房间里忙碌着，带队的正是和她们有过一面之缘的李健。

"林检，真巧，又见面了。"看到林菲，李健有些尴尬地打了个招呼。

"出了什么事？"林菲问，她甚至没有察觉到，自己的声音里带着些微的颤抖。

"一傻娘们，带着两个孩子，开煤气自杀了。"李健说，无奈的语气中带着一丝惋惜，"有什么想不开的呢？对了，林检，你怎么来这里？"

林菲没答话，她觉得自己在这一刻突然间失去了灵魂，双腿像是不再是她的一样，带着她飘进了房间里，飘到了那张床前，3具尸体就并排躺在床上，盖上了白布单。

她伸出手，一把扯开了布单。

"哎？林检！"李健刚要抬手阻止，就被戴梓萌制止了。

"死者和林检有个约定，我们昨天就应该来的，可是被一些事情耽搁了。"

戴梓萌说着，走到了林菲的身边，林菲就那么愣愣地站在那，看着躺在床上的3具尸体，他们就像睡着了一样，平静、安详，脸上带着不正常的樱桃红。

"我们昨天要是来了，他们是不是就不会出事了？"林菲突然转头，看着戴梓萌，惨然一笑，"我真傻，真的，她昨天给我打电话的时候，就有点不太对劲，我怎么就没往这方面想呢？"

一时间戴梓萌也有些不知该说点什么，看着田芳的尸体，她叹了口气，目光很快就被她握在手里的那部手机吸引了。

她伸手拿起了那部手机，向上滑动了一下，意外的是，这部手机并没有上锁，就停留在了短信的发送页面，上面显示着一条没能发送出去的信息。

看着这条信息，戴梓萌苦笑了一下，摇了摇头，"菲姐，这不怪你，昨天就算我们来了，她最终还是会选择走上这条路。"

她把手机递给了林菲，那条信息只有短短的几句话。

"林检察官，我来不及见到你了，我给孩子吃了药，本来想见过你之后就随他们去了的，可是现在来不及了，我只想让你帮我告诉田成，都怪我，怪我逼得他太狠，才让他走上了这条不归路，告诉他，原谅我，我实在没有勇气去面对他的死，我和孩子们先走一步了，我们去那个世界等着他。来世，做牛做马，我绝不会再逼迫他做任何事情。"

林菲看着这条短信，脸色苍白，她伸手抓起了床头柜上的药瓶，用力抓在手里，突然转身夺门而出。

"还有完没完？你们怎么又来了？"田成费力地挖着耳朵，看都不看面前的姜斌和雷鸣，不耐烦地道。

"想给你讲个故事。"姜斌微微一笑。

"我可没时间听你们胡扯，我日子不多，回忆过去就占去了我一天中的大部分时间。"

"你会想听的。"姜斌一边在电脑上打字，一边笑道，"刘成，你认识吧？"

田成掏耳朵的手顿了一下，便又继续之前的动作，"那是谁？和我有什么关系？"

"都这时候了，你没必要再隐瞒，你也瞒不了我。"雷鸣向后靠了靠，"5月10号，累犯刘成抢劫了你家，归案后经查，他抢走了你家里所有的手机和记录有电话号码的物品。因为是多次抢劫，屡次被抓，这一次，他一旦被判刑，就是10年起，目前正在申请司法鉴定，他试图办理取保候审，不过被拒绝了。"

田成脸上的表情僵了一下。

"你预留的那5部手机，我们已经全都找到并且拆除了。"雷鸣继续道，"在那5部手机上，我们发现了刘成的指纹。"

这一次，田成的呼吸都停顿了下来，但很快，他就笑了："雷检，这和我有什么关系？这事你们应该去问那个什么刘成啊？"

"我们当然会去问，不过有一件事，我们已经知道了，你和刘成是发小。"雷鸣说。

"我好像确实有个发小叫刘成，不过，和你们说的抢劫犯是同一个人？这我还真不知道。"田成说，"这世界上，同名同姓的人实在太多了，就是我那个发小，我们也都好多年没联系了。"

"那咱们就靠着呗，反正等刘成那边先交代了，你既算不上自首，也算不上揭发检举有功。"姜斌保存了一下文档，果然就靠进了椅子里，微笑地看着田成。

讯问室的门就在这时候被推开了，林菲和戴梓萌脸色阴沉地走了进来。

"问完了？"不等姜斌和雷鸣说话，田成就戏谑地说道。

林菲没说话，只是把一部装在物证袋里的手机递到了田成的面前，看着田成疑惑的神情，林菲冷冷地说道："不看看吗？你爱人田芳留给你的最后一句话。"

田成怔了一下，拿着手机的手轻微地颤抖着，他竭力保持着笑容，"林检，这样可就没意思了，为了套我的话，连这种谎言你都编得出来。"

"昨天晚上，田芳带着你的两个孩子自杀了，服用大剂量安眠药后，煤气中毒。"林菲说。

"不可能。"田成断然摇头否认，目光却无论如何也不敢看向手中的那部手机。

"我没必要骗你。"林菲冲戴梓萌使了个眼色，戴梓萌从公文包里抽出了一张照片，递到了田成的面前。

看着照片上，田芳和两个孩子祥和地躺在床上，田成的手指战栗着轻轻地抚摸着，他突然一把扔掉了照片，"假的，你们骗我。"

他目光灼灼地看着林菲和戴梓萌，期望从他们的脸上，从他们的眼睛里能够看出这不过是一个谎言，可是，林菲的目光中只有悲悯，而戴梓萌，更是将头转向了一边，不忍与他对视。

"假的，对不对？你们在骗我，对不对？"田成呵呵笑了一下，"等我死了，那个计划就可以展开了，她们就有钱了，他们就可以幸福地生活下去了，她们怎么可能在这个时候自杀？"

"是真是假，你心里早就有数了，不是吗？"林菲问。

"我要见她们。"田成收起了笑容，脸色阴沉，"带我去见她们。"

他失魂落魄地想要站起来，铐在椅子上的手却让他踉跄了一下，他用力挥动手臂，试图挣脱手铐的钳制，"带我去见他们！"

他嘶吼道，手臂的挥舞更加疯狂了，手腕被手铐划破，向外淌着鲜血，他却浑然不觉。

"求求你们，让我再见她们一面！"他大吼了一声，突然间失去了所有的力气，瘫倒在了椅子里，看着林菲等人，呵呵地笑了起来，"我什么都告诉你们，但是你们必须让我去见见我的老婆，我的孩子。否则，我宁可死，也什么都不会说的。"

"你什么都会说的。"林菲平静地道，"你的老婆孩子不能白死，你会想尽一切办法替她们报仇，这其中就包括导致现在这个结果的罪魁祸首刘成，你会很乐意送他上刑场。"

"不过，"林菲突然站起身，"你有权利见你的爱人和孩子最后一面，这是法律赋予你的，任何人都无权剥夺的。"

田成愣了一下，无力地道："谢谢！"

"她真傻，是不是？"田成跪在停尸床前，颤抖着抚摸着爱人的容颜，轻轻为她梳理着凌乱的发丝，冰冷沿着指尖顺流而上，刺激着他的感官，提醒着他，眼前的这个人再也不会醒来，再也不会和他争吵，"为什么要死呢？我不就是想让你们娘仨过得好一点吗？你就这么走了，我做的这一切，还有什么意义？"

"这个地方，这个地方，"他抬眼看着空荡荡的停尸间，功率强劲的空调嗡鸣着，让房间里冷气十足，"多冷啊，你怎么受得了？"

他突然脱下了身上的衣服，轻轻盖在了田芳的身上，那轻柔的动作，像生怕将她吵醒一般。

"我……"林菲张了张嘴，想要说几句什么，田成就转了个身，手指放到了嘴边，冲她做了个噤声的动作，"嘘，别吵醒她。"

他微微笑着："她就是睡了，等她再醒过来，我们一家就又能团聚了。"

田成转回身，看着田芳："这傻娘们，说什么对不起，说什么抱歉啊，我从来就没怪过她，我是真的不想让她受到一丁点的委屈啊！我啊，就是太笨了，不会哄人，不会安慰人，这辈子，该说对不起的人是我啊！是我啊！"

田成毫无预兆地嚎啕大哭。

"烧毁北华酒楼骗取保险，只是田成的第一步，他从来不认为只凭这一个计划就可以改善自己面临的困境，还要面临事情败露被捕的风险，所以他有一个备用计划。"

看守所的讯问室里，林菲看着刘成，平静地说道："这个备用计划，就是利用手机引爆地下煤气管道，造成银行的混乱，当所有的警力集中到银行那边时，伺机对运钞车实施爆破抢劫。然而，需要执行这个计划时，也就意味着田成的第一计划已经失败，他可能已经成了囚徒。这个计划必须由另外一个人来执行。"

"这个人就是你，刘成。"林菲笃定地道。

"别开玩笑了，林检，抢银行，我疯了吧？"刘成对此不置可否。

"田成可不是这么说的。"林菲微微一笑，"田成交代，你和他是发小，他筹备这个计划的时候，你刚刚因为抢劫罪第四次服刑完毕，他说他找上你的时候，你没有丝毫犹豫地就同意加入。"

"他说，因为你觉得，这是一个完美的计划。"林菲继续说道："完美到你不会有任何的风险就能拿到一大笔钱，你所需要做的，只是调制一些硝铵炸药出来，据说这是你的老本行，以前在煤矿工作的时候，你就是负责这个的。对于田成来说，这却是一个置之死地而后生的计划，有很大的可能，他无法逃脱因为制造了北华酒楼的爆炸案而应该遭受的法律制裁。"

"所以你们之间还有一份协议。"林菲从公文包里拿出一张纸，"这是田成早就准备好的，你们两个人约定，不管谁出了事，活着的那个都要照顾对方的家里人。"

"别逗了，林检，我得多傻，我跟他签这么个玩意儿，这玩意儿就是铁证，一出事，我跑都跑不了。"刘成连连摆手。

"那几部手机上的指纹。"雷鸣突然说道，"你们在安放手机的时候，他故意让你在上面留下了指纹，就是为了日后你不遵守协议的时候，用来钳制你的，如果你遵守了协议，他就会提供另外一份证词证明那只是为了栽赃嫁祸。"

刘成的嘴角扯动了几下："操，我就知道他没安好心。"

"这么说，你是承认了？"姜斌抬起头，戏谑地问了一句。

"都这时候了，我说和我无关，法官信吗？"刘成懊恼地道。

"有一件事，我不太明白。"雷鸣又说。

"你问。"刘成没好气地道。

"田成交代，4月1号那天，他特意给员工放了假，怕的就是误伤，他要的只是钱，不是命，他还想活着用这笔钱，好好补偿自己的爱人和孩子，但那些被害人却在当晚返回了酒楼，给田成准备生日宴会，这件事，和你有没有关系？"

"切，那还用想吗？"刘成无比嚣张地看着眼前的这几个人，"那些人都是我叫回去的。我一开始就是要弄死他，抢运钞车，那么一大笔钱，和他平分，我有毛病吧？他本来确实就想制造一场火灾来着，不过那人有强迫症，这个你们也知道，那个他也有备用计划，万一上面煤气阀门那地方不好使，煤气管道那个地方，他还留了一部手机。我叫那群人回去，就是让他启动那个计划的，我故意把炸药的量放的多了点。再说了，你们觉得他田成就是什么心慈手软的主了？他要真那么心软，你们也不想想，他看到有人的时候还能不停止那个计划吗？"

"我跟你们说吧。"刘成呵呵一笑，"我比那个小王八蛋强多了，至少，我干过的事，我认。"

"你抢劫田芳，为的也是那几部手机的电话号码吧？"林菲问道。

刘成毫不犹豫地点了点头，"这小子，心眼太他妈的多了，自己都死定了，还不肯告诉我那些电话号码，他肯定就是憋着等自己死那天，把所有的东西都告诉他那个败家娘们，好跟我分钱，我能怎么办？我只能自己去找了啊，真等他死的那天，那些电话谁知道还有几个能打通的？那就是个二逼！"

第三卷
无罪辩护

1. 催收，我们是合法的

"7月16日，发生在我市翡翠华庭小区的恶性杀人案件，经过为期一个月的工作，现已完成前期侦查。"孙林站在新闻发布会的主席台后，头也不抬，不带任何感情，有气无力地念着手里的新闻稿，暗地里却把安排这个差事给他的副局长骂了个痛快。

这案子发生伊始，就在网络上引起了轩然大波，辩护律师高调宣称嫌疑人刘雨是正当防卫，主张无罪，因为牵扯到网络贷、暴力催收等诸多敏感话题，警方侦办该案时承担了巨大压力，如今结论虽然出来了，但这个结论一公布，出现在媒体面前的他肯定少不了要被网民们人肉一顿，隐私不保，就像那两个出现场的民警一样，到现在还没恢复工作呢，天天躲在家里，连门都不敢出。

"经查，嫌疑人刘某的姐姐刘雪通过网络平台贷款40余万，后因无力偿还，遭到郭某、江某、王某3人的催讨，催讨中，3人与刘某发生争执，刘某持刀对3人进行了伤害，致郭某、王某死亡，江某重伤的严重后果。现该案已移交检察院进行诉前审查工作。"孙林收起了新闻稿，抬头看着台下跃跃欲试的媒体记者们，一脸的苦涩，极不情愿地说道，"各位有什么需要提问的，请开始吧？"

"请问孙队长。"一名记者不等孙林点名，就迫不及待地起身问道，"据嫌疑人的辩护律师夏铭说，3名被害人曾对嫌疑人和嫌疑人的姐姐有非法拘禁的行为，并对嫌疑人的姐姐进行了性侵，在此基础上，嫌疑人才愤而杀人。我想知道，这是不是应该认定为正当防卫。"

我就知道会有人这么问。孙林暗骂，他深吸了一口气，压下心中的不满，脸上依旧保持着笑容："没有证据。"

"没有证据？"记者愣了一下，"能请您详细解释一下吗？"

"没有证据的意思就是，没证据表明郭某、江某、王某3人对刘某和他姐姐有非法拘禁行为及性侵行为。"

"据可靠消息透露，当时出现场的两名民警至今仍处于停职状态，接受调查，请问，这不是正说明，警方在这件事里负有不可推卸的责任吗？"

"你的可靠消息从何而来？"孙林反问，"据我所知，两名民警并没有停职接受调查，只是正常休假而已。"

"那么嫌疑人会被认定为是故意杀人，对吗？"记着追问。

孙林低头犹豫了一下："我们只负责破案抓人，对于如何认定嫌疑人行为性质，那是检察院和法院的事。"

他抬头，突然无良地笑了一下。

一个月前，7月16日，当林菲和戴梓萌等人还在为田成和刘成的案子奔波的时候，S市东城区翡翠华庭小区发生了这一宗恶性杀人案。

适逢盛夏，这一天又遇周末，辛苦了一周的人们在空调和风扇的伴奏下享受着难得的悠闲时光，老人们干脆就坐在楼下，摆上了棋盘，激战正酣。

然而，小区角落12号楼里却并不太平，一名外卖送餐员提着外卖匆匆上楼，刚走到二楼，就被一个狠厉的声音吸引了。

"这钱你们半年前就该还了，要不是看你们可怜，能让你们拖到现在吗？！嗝——给个准话，你们到底还想不想还了！不想还直说，咱们该怎么办怎么办，别浪费我们时间。"

居中的那户人家里，隐约传出一个凶狠的男声，伴随着拍桌子的砰砰声。男人似乎喝了酒，说话有些含糊不清，说到一半的时候，还打了个酒嗝。

"我姐早就还清了，你们凭什么还来要钱啊？"

这是一个略显青涩的声音，声音中夹杂着不满和愤怒。

"小雨！别说话，这是姐姐的事！"

听上去，声音的主人似乎岁数也不太大，此刻更是强作镇定，声音尽管严厉却带着些微的颤抖。

外卖员恍然，这又是一起因高利贷而引发的矛盾，他哂笑了一下，匆匆上楼。但凡去借高利贷的人，不是嗜赌，输光了家产；就是好色，全打赏给了那些卸了妆，关了美颜之后吓死人的网络主播；更有甚者，是涉毒，为害一方。

不管是哪种，都不值得同情。可他要是延误了一单外卖，那一天可就算是白干了。

"你的事？"

外卖员并不知道，此刻在这户人家内，光着头的郭利赤裸着上身，坐在门边的椅子里，只穿着短裤的粗壮小腿上体毛浓密，他把穿着拖鞋的脚搭在身边的鞋柜上，一个人就挡住了整扇门。

他一手夹着烟，一手用指甲抠着牙，毫无形象地吐了口唾沫，看了一眼身边站着的两个五大三粗，一个正若无其事地啃着苹果，一个正嗑着瓜子的男人："你们听着了？这娘们说了，这是她的事。"

他又看了一眼坐在沙发上的女孩儿，那女孩儿胆怯地看着门边的3个人，一只手却死死地抓着身边喘息粗重的男孩儿的手。

郭利吐了个烟圈，吭的一声，他抬手捶了一下房门："那你他妈的倒是还钱啊！"

女孩儿的身子缩了一下，怯弱地道："我没说不还，可是我现在，真没钱！"

"姐，你说啥呢？"男孩儿腾地站起身，"你就借了40万，他们还就给了35万，你都还他们40多万了，还还啥钱？"

"还啥钱？我看看啊！"郭利伸手从短裤口袋里摸出了一张皱皱巴巴的纸，打开之后，皱着眉看了看，"具体的呢我也看不懂，不过我们老板说了，按这个算法，你姐借了40万，应该还我们43.4万，你姐一共还了41.4万，还差我们2万。"

"你们咋不去抢劫呢？！"男孩儿忍不住喊道。

"哎，你这小兄弟，你怎么说话呢？"郭利还没说话，他身边啃苹果的男人开口了，他擦了把嘴，"抢劫那是犯法的，我们像是那样人吗？"

"放高利贷就不犯法了？"男孩儿气鼓鼓地道。

"这话说的。"郭利笑了一下，"国家没禁止放高利贷啊，我们这个利率也没超过国家的规定。我们干这个要是真犯法，那不早就被警察抓了？哎，那个叫什么……"郭利看了一眼手里的纸，"刘雪，你给我个准信，我今天能不能把钱拿走？"

"我现在真没钱，我刚毕业，一个月工资就那么点，我和我弟弟也得生活啊。"刘雪哀求道，"再宽限我一段吧。"

"这肯定不行。"郭利摇头，摇摇晃晃地站起身，走到冰箱边，打开，从里面摸出了一罐啤酒，起开之后，喝了一口，"我跟你说，我们老板够意思了，你这个情况，按说早就起诉你了。"

"起诉啥意思，你知道吧？"

郭利走到刘雪的身边，俯下身，看着她，慢慢贴近刘雪的脸，粗重的呼吸伴着浓烈的酒气冲击着刘雪的嗅觉，让她下意识地向后躲了躲。

"起诉，你这辈子就完了。姑娘，你还年轻，你以后的路还长着呢。"郭利语重心长地道，"再说我们哥仨，干这个活容易吗？对你们姐弟俩也不错了吧？"他看了一眼手里的啤酒，"你们家这冰箱还是我们给你填满的呢，你好意思让我们难看吗？催个债还倒搭生活费，就说这东西都是我们吃了喝了吧，可出门我也不好意思说啊。妹妹，做人嘛，咱得相互理解，是吧？你选一个吧，还钱，还是上法院？嗝——"

他打了个酒嗝，浓烈的酒气径直冲向了刘雪，刘雪下意识地侧头，抬手捂住了鼻子，露出了她修长的脖颈。女孩儿柔嫩白皙的肌肤让郭利的眼睛顿时一亮，他向前凑了一下，深深地吸了一口气。

"你干什么？！"刘雨愤怒地吼道。

郭利回过头，凶狠地瞪了刘雨一眼，又看了看自己的两个同事，"我干什么了吗？"

两名同伴齐齐摇了摇头。

"小子，看到了？"郭利讥讽地看着刘雨，吸了口烟，冲着刘雨的脸喷了过去，混合着烟气与酒气的口气丝毫没有浪费地喷到了刘雨的脸上，"我可什么都没干，你别诬赖我啊。"

"我还钱。"刘雪咬牙道，"求求你们别闹了。"

"闹？"郭利愣了一下，"我们闹了吗？我们就是正常催收啊，我们是债主，警察都保护我们的合法权益的。还钱，行啊，什么时候还？"

"现在不行，我现在没钱。"刘雪的声音低了下去，"我一有钱马上就还你们。"

"你要我呐！没钱你倒是去弄钱啊！你又不打电话借钱，又不想办法快点挣钱，你跟我这扯犊子呢？"

"大哥，我刚毕业，我一下子上哪去弄那么多钱啊。"刘雪哀求着。

郭利的目光在她的身上打量着："你模样也不差，身材也不差，干啥不能弄来钱啊？"

说着，他弹了弹烟灰，不知是有心还是无意，滚烫的烟灰向着刘雪的胸前飞了过去。

刘雪警觉地向旁边躲了一下，抬手抓住了连衣裙的前襟，目光惊恐地看着郭利。

郭利却猥琐地笑了，自顾自地往下说着："不丢人，欠钱不还，天天被人追债才丢人呢。现在这社会啊，有两句话，一句叫穷在闹市无人问，富在深山有远亲，一句叫笑贫不笑娼！"

刘雪霍地站起了身，这个动作倒是吓了郭利一跳，他向后退了一步："你干啥？我可没逼你啊，我就是提个意见，给你出出主意，用不用是你的事，钱，我没拿到肯定不能走。"

"我……我去趟洗手间。"刘雪的脸红了一下。

"去洗手间啊。"郭利看了眼门边的两个同伙，怪异地笑了一下，"行啊，去吧。"

刘雪急忙走向洗手间，却听郭利的声音慢悠悠地从她的身后传来，"别关门啊，你要是在洗手间自杀了，这责任，我们可担不起。"

刘雪的脚步骤然止住，身子不受控制地抖动着。更让她难堪的是，郭利已经走到了洗手间的门边，伸手推开了门，身子靠在了门上，"快点吧，我们就当什么都没看见。"

刘雪满面通红，泪珠在眼眶里打着转。

"真麻烦。"郭利说着，竟径直褪下了裤子，毫不顾忌被人看到，就站在门边，对着马桶放起了水。

黄色的液体四溅，就连他的两个同伙都有些厌恶地皱起了眉，刘雨更是喘息粗重，双手紧紧地握成了拳。

"老郭，行了啊，人家还是小女孩儿呢。"嗑瓜子的江洋喊了一句。

"啥小女孩儿。"郭利晃动着身体，"借钱的时候怎么不说自己还是小女孩儿？"他回头再一次打量了一下刘雪，"我跟你们说，她这样的，早让人开过苞了。"

"你放屁！"刘雨终于忍不住叫道。

"我放没放屁，你问问你姐就知道了。"郭利抖了抖，提起了裤子，"你问问你姐，她是不是早让人干过了。"

刘雨突然动了，他大步走向了郭利，然而，郭利的两个同伙动作比他更快，只几步就走到了他的身后，按住了他的肩膀。

2. 杀人，我是正当防卫

送完了手里的最后一单外卖，外卖员一边打着电话，求客户给个 5 星好评，一边下了楼，路过二楼那户被人催债的人家时，他下意识地放慢了脚步，挂断电话，侧着耳朵静静地听了听。

"小子，我们不是黑社会，可不想动粗。"房间里突然传来了一个恶狠狠的声音，间或还夹杂着一个女孩子压抑着的抽噎。

外卖员犹豫了一下，神情有些挣扎，只是略一犹豫，便自嘲地笑了一下，摇了摇头，下了楼。

郭利看着被江洋和王科按住的刘雨，笑了一下，讥讽道："你以为动粗就有用了？哥几个可没一个善茬，要不是老板天天给我们讲什么客户至上，要注重服务体验，我跟你客气个毛！"

看着被按住的刘雨依旧喘着粗气，双眼血红，对自己怒目而视，郭利气就不打一处来，他举起手中的铁棍，砰的一声砸在了刘雨的身边，吓得刘雪"啊"的一声尖叫出声。郭利下意识地抬手捂住了耳朵。

"呵，至于吗？"郭利不满地看着刘雪，"吓唬吓唬怎么啦？给你弟弟个教训，就他这个脾气，走上社会早晚吃亏，知道不？我是让他提前感受到这个社会的可怕。"

郭利掂了掂手里的铁棍："记住了，小兄弟，不是所有人都像我这么好脾气的。"

笃笃笃。

房门上突然传来了敲门声。

"警察，开门。"门外传来了一个冰冷严肃的声音。

听到是警察，按着刘雨的两个人就要松开手，郭利却抬手摆了摆，制止了他们的举动，将手里的烟蒂扔到地上，抬脚踩灭，又冲着刘雪狠狠地瞪了一眼，这才蹑手蹑脚地走到了门边，透过门镜，向外察看着。

门外站着的，是两个制服警察，正调整着扛在肩头的执法记录仪，而在两名警察的身后，是一个外卖送餐员，正对着房门指指点点。

两名警察示意这个送餐员退后，将肩头的执法记录仪对准了房门。

"救命！"

突如其来的喊声吓了郭利一跳，他回头，就看到刘雨正奋力挣扎着，他连忙使了个眼色，让两名同伙放开了刘雨，自己轻咳了一声，冲着门外道："什么事？"

"开门，有人报警你们这里涉嫌非法拘禁和侮辱女性。"

门外的声音多了一丝不耐烦。透过门镜，郭利看到，两名警察的脸上明显带上了一丝戒备，手也摸向了腰间的装备。

他连忙把手里的铁棍塞进了门边的鞋柜里，将门打开了一条缝隙，透过门缝看着警察："谁那么无聊？我们这好着呢。"

之前说话的警察抬手抵住了门，不等他说话，郭利连忙向后让了一步，拉开门："误会，肯定是误会。东城群众跟朝阳群众那没法比，眼光差了老大一截呢，人家都用上 APP 了，这还靠喊呢。"

两名警察没有答话，迈步走进了房间，冷着脸看着屋子里的景象。

"你们谁报的警？"其中一名警察问道。

"没有。"郭利摇头，"我们这什么事都没有，报警干啥，这不给你们添麻烦呢吗？嗝——"

他不合时宜地打了个酒嗝。

那名警察打量着郭利，目光里丝毫不掩饰厌恶，哼了一声，"真没事？你们是干什么的？都什么关系？刚才谁喊救命？"

"我……"刘雨举起手，刚要说话，衣角就被刘雪拽了一下，他低头，就见刘雪不易察觉地摇了摇头。

"警察叔叔，我们闹着玩呢。"刘雪道。

警察的脸沉了下来："这种事，是闹着玩的吗？"

"是我弟弟不懂事。对不起啊。"刘雪赔着笑脸。

"身份证，你们身份证都拿出来。"警察不耐烦地道。

刘雪赶忙走进卧室，找出了自己的身份证，又推了一把不情不愿的刘雨，刘雨这才悻悻地掏出了自己的身份证。

两名警察检查过了二人的身份证，又看着郭利和他的同事："你们身份证呢？"

"没带。"郭利摇了摇头。

"没带？报下身份证号。"警察说着，掏出了仪器。

郭利三人连忙说出了自己的身份证号，警察核实过后，脸上的神色总算缓解了一些，但仍带着些怀疑地问道："你们什么关系？"

"他们俩是我同事。"郭利指了指王科和江洋，"和他们，"他又指了指刘雪和刘雨，"我们来要债的。同志你看，我们是有合同的。"

他又摸出了之前的那张纸，递到了警察的面前，"我们要债，这事不犯法吧？"

警察接过那纸合同看了看，皱了皱眉："利息可够高的。没惹事吧？"

"没有没有，绝对没有，我们都是守法好公民，事都是商量着来。"郭利连忙道。

"那怎么有人报警说你们非法拘禁？"警察皱眉。

"看热闹的不怕事大呗。"郭利赔着笑说，指了指刘雪和刘雨，"不信你问他们，他们是欠债的。"

此时的刘雪和刘雨站在沙发边，两个人紧紧地牵着手，警察的到来让他们的精神更加紧张，刘雪的脸色更是煞白。

"你们说，我们限制你们自由了吗？不让你们出这个屋了吗？"郭利喊道，"我是不是看你们连饭都快吃不上了，还叫外卖来着？"

刘雪哆嗦了一下，点了点头，张了张嘴，刚要说话，那名警察却已经转身，对身旁的同事道："这事可能有误会，我们先去核实一下这个报警电话到底怎么回事。你——"他指了指郭利，"你们最好给我老实点。我们可不走远，待会儿就回来。"

"那一定那一定。"郭利摸着自己的光头，点头哈腰地将两名警察送到了门边，慢慢关上门，提着的心的慢慢放了下来，嘴角带上了一抹狰狞的笑容。

"姐，你为啥不让我说？"看着警察离开，刘雨急道，"他们走了，咱们出点啥事怎么办？"

"小雨，你记住了，欠债还钱，天经地义，人家要债没错。"刘雪道，"我想办法还钱，他们不能做什么。"

"你这小妮子，还挺懂事，回头我就跟老板说……"郭利顿了一下，嘴巴张了张，却只能从喉咙里挤出几声无意识的嗬嗬声，他有些不敢置信地低下头，后腰处接连传来的刺痛让他失去了对身体的控制，慢慢跌倒。

接着，他就感到喉咙一凉，嘴里似乎有什么奇怪的液体涌了上来。

在他生命最后的视线里，是雪白的天花板，殷红的血和趴伏在沙发上的王科，江洋捂着小腹，跌跌撞撞地打开门，跑了出去，身后留下了一串血迹。

刘雨手里紧紧地攥着一把水果刀，双眼通红，喘息剧烈。

刘雪衣衫不整，神情惊恐地蜷缩在沙发里，在王科的身边。

"以上，是公安机关综合了报案人以及现场出勤的民警口述，执法记录仪的记录和被害人江洋的口供做出的案情概述。刘雨，你对此认可吗？"S市看守所讯问室，林菲注视着刘雨，问道。

根据户籍信息的记载，案发时，刘雨刚满18岁，可眼前的刘雨看上去却足有30岁，身形瘦削，疲惫不堪，只有眼神里的慌张和不安匹配着他的实际年龄。

刘雨张了张嘴，想要说点什么，目光却看向了坐在林菲身边的一个人，他的辩护律师夏铭。

夏铭西装革履，正襟危坐，看到刘雨看向他，他投去了一个鼓励的眼神，微微一笑，说道："作为你的辩护律师，在你开始回答林检察官他们的问题之前，我有义务提醒你一些注意事项。"

他转头看了一眼林菲等人："对于他们提出的任何问题，你都有权拒绝回答，任何非自愿的陈述，在法律上都将是不予承认的。他们与你的会见也必须有我在场，否则你可以拒绝会见，你明白吗？"

"还有这么一说？"姜斌有些茫然地从电脑后抬起了头，"怎么听着这么耳熟？'你有权保持沉默，你所做的一切陈述都将作为呈堂证供'这不是TVB和美剧里那套吗？"

"《刑诉法》第五十条、五十四条。"林菲神情不变，淡淡地说道。

"嗯。"戴梓萌点头，"默示沉默权。审判人员、检察人员、侦查人员必须依照法定程序，收集能够证实犯罪嫌疑人、被告人有罪或者无罪、犯罪情节轻重的各种证据。严禁刑讯逼供和以威胁、引诱、欺骗以及其他非法方法收集证据，不得强迫任何人证实自己有罪。"

"采用刑讯逼供等非法方法收集的犯罪嫌疑人、被告人供述和采用暴力、威胁等非法方法收集的证人证言、被害人陈述，应当予以排除。收集物证、书证不符合法定程序，可能严重影响司法公正的，应当予以补正或者作出合理解释；不能补正或者作出合理解释的，对该证据应当予以排除。在侦查、审查起诉、审判时发现有应当排除的证据的，应当依法予以排除，不得作为起诉意见、起诉决定和判决的依据。"

姜斌恍然，突然嘿嘿一笑，幸灾乐祸地看着林菲："这回咱们遇到对手了，这要是一个不小心，提问措辞不当，恐怕会被这位律师同志抓住不放的啊。"

"不过有一点你弄错了。"戴梓萌转头看着夏铭，"辩护人并不是必须在场旁听，只是嫌疑人有权申请辩护人到场。"

"哦，是吗？那可能是我记错了。"夏铭毫无愧色，微微一笑，看着垂头不语的刘雨，"你明白了吗？你有权申请让我到场，只要我不到场，你可以什么都不说。"

刘雨面无表情地看着夏铭，深吸了一口气，用力点了点头。

"可以开始了。"夏铭做了个"请"的手势。

"对于警方做出的案情概述，你认可吗？"林菲又问了一遍。

刘雨点头，却又急道："但我是正当防卫。"

林菲也点了点头，翻看着手边的卷宗，"在警方的审讯笔录中，你的确供述称自己是正当防卫，表示两名出警的警察离开后，郭利、江洋和王科三人对你的姐姐刘雪进行了侵犯，你因此从客厅的电脑桌抽屉里找出了一把水果刀，对三人进行了杀害……"

"我打断一下，林检察官，"夏铭的精神突然一震，"我必须更正一下你的措辞，我的当事人刘雨的行为属于正当防卫，你说他对那三个人进行了伤害，这是不合适的。"

"抱歉。"林菲冷冰冰地道："我只是在复述笔录里的内容，这是他自己的供述。"

夏铭看了一眼刘雨，眼神里颇有些埋怨，林菲并没有理会他的反应，继续问道："你还称不记得自己捅了那些人多少刀，当时也不清楚造成了什么样的后果。"

刘雨没敢回答，他先是看了一眼夏铭，见夏铭毫无反应，这才犹豫着点了点头。

"这是你用的那把水果刀？"林菲从卷宗中抽出一张照片，递到了刘雨的面前。

刘雨的身子微微前倾，看了一眼那张照片，身子便迅速后撤，整个人比之前更加伛偻，头垂的也更低了。

夏铭诧异地看着他，又看了一眼那张照片："林检察官，错了，这是被害人的照片。"

"是吗？"林菲并没有觉得奇怪，不紧不慢地收回了照片，这才将另一张照片拿了出来，毫无诚意地道歉道，"不好意思，是这个。"

刘雨没有抬头，只是瞟了一眼那张照片，就用余光看着夏铭。

"你看我干吗啊。"夏铭有些哭笑不得，"你自己用什么武器自卫的都不记得了吗？"

刘雨这才点头："是这把。"

"好，下一个问题。"林菲收起照片，"刚刚那张照片你也看到了，被害人王科死于沙发上，你供称，是他首先对你姐姐进行了侵犯，你将他从你姐姐身上拉开后，从正面——"见夏铭的眼睛亮了起来，又准备抓她话语中的漏洞，林菲冷笑了一声，"用刀捅了他——这是你的原话。"

夏铭刚刚提起的精神就被这一句话浇灭，他有些愤恨地看着刘雨，这一次，刘雨倒是没有再看夏铭，而是迅速地点头。

"被害人江洋，也是本案中的幸存者，你供称是你把他推到了窗边，在制服了王科后，追上去对他进行了制服，但江洋逃脱。同时，郭利试图在背后袭击你，你在门边杀害了郭利，从郭利的背后，是这样吗？"

"林检察官……"夏铭开口道。

"抱歉，夏律师，卷宗里就是这么写的。"林菲头也不抬地道，"刘雨，这是你供述的原话吗？"

"是。"刘雨瞄了一眼夏铭，怯生生地道。

"我有一个疑问。"林菲抬起头，看着刘雨，"郭利既然是试图从背后袭击你，可为什么最后是你从他的背后杀害了他？你捅了王科那么多刀，江洋就在一边看着，然后等着你去杀他？"

刘雨的嘴唇动了动，余光瞟了一眼夏铭，才道："我记不清了，我只想保护我姐姐。"

听他这么说，夏铭莫名地长出了一口气："林检察官，按照我国司法的相关解释，犯罪嫌疑人、被告人及证人享有保持沉默的权利，有权拒绝回答自陷于罪的提问，不受强迫供述且无供述义务，证明其有罪的义务由公安司法机关承担。您对卷宗中的供述如果有疑问，应该由你们寻找相应证据来驳斥，而不是反复讯问我的当事人。"

"我只是想跟他核实一些东西，这份供述是他自己做出的。"林菲扬了扬手里的卷宗。

"刘雪当时受到了伤害，刘雨作为她的亲弟弟，热血上涌，做出过激的自卫举动可以理解。刘雨也是个普通人，骤然发生这样的事情必然会受到刺激，出现记忆混乱的情况也没什么奇怪的。"夏铭强调道，"他并没有分辨对方是否失去了继续进行侵犯行为或者已经停止侵犯行为的能力，而对正在进行行凶、杀人、抢劫、强奸、绑架以及其他严重危及人身安全的暴力犯罪，采取防卫行为，造成不法侵害人伤亡的，不属于防卫过当，不负刑事责任。"

"这是最后一次机会，你确定要放过？"雷鸣突然道。

"我可以认为你这是对我当事人的威胁，在这种情况下我的当事人所作出的任何陈述，在法律上都是不被承认的。"刘雨正要开口，夏铭狠狠地瞪了他一眼，随后和雷鸣对视着，义正言辞地表达了自己的观点。

"既然如此，今天就到这里吧。"林菲说着，就站起了身，"姜斌，把审讯记录打出来，给刘雨看一下，再打印一份《辩护人在场意见书》，让夏律师填写一下意见。"

姜斌依言将审讯笔录让刘雨签字捺上了手印，才将《辩护人在场意见书》递给了夏铭，没好气地道："夏律师，麻烦给个好评呗？"

椅子里的刘雨身子动了动，似乎想要站起来，但在夏铭的目光之下，他重又坐了回去，抬起头看着夏铭，目光里满是哀求和对生的渴望。

"没事，放心。"夏铭在意见书上龙飞凤舞地写着自己的意见，头也不抬地说道，"我和你姐姐不会放弃你的。相信我！"

他的嘴角微微挑起，他很清楚，这几个人是否认可刘雨的供述其实并不重要，在这个案子里，真正影响到案件定性的根源在那个女人的身上。

而她，一定不会让他失望的。

3. 铁汉柔情

"这个老滑头，又把皮球踢给我们。"戴梓萌举着手机，看着孙林那场新闻发布会的视频，恨恨地骂了一句，"看我这回不好好收拾他一顿。菲姐，你说呢？"

她抬头看向林菲，就见雷鸣和姜斌带着几个工人正小心地将 3 座崭新的墓碑树立起来，对她的话，林菲完全没有听见。一语未发。戴梓萌忍不住苦笑了一下，叹了口气。

那是田芳和她的两个孩子的墓碑。

这还真是魔幻现实主义，林菲是田芳被抢劫一案的承办检察官，也是田芳的爱人田成爆炸并故意杀人案、抢劫未遂案的承办检察官，田芳和她两个孩子的死又和林菲有着某种说不清道不明的关系——至少林菲一直这样认为——如果当时她能及时赶到，田芳和她的两个孩子绝不至于死去。

林菲始终无法接受，作为一个已经心存死志的人来说，她的出现与否并不能改变他们的结局。或者说，她接受，但是，她为自己没能去努力改变那个结果而愧疚。

现如今，田成还在看守所里关着，等待着法律最终的宣判，田芳和她两个孩子的后事却落到了林菲的身上。

今天就是她们下葬的日子，离开看守所之后，她就带着她们来到了选好的墓地，这墓地还是林菲自己掏的腰包呢。

"行了吧？"姜斌和工人小心地调整了一下墓碑的角度，抬头问道，看到戴梓萌正靠在一座墓碑上，他忍不住抱怨道："戴检，你好意思看着我们忙，自己在那刷手机吗？"

"人家是女孩子啊，很柔弱的，这种苦力活，你好意思让我做吗？"戴梓萌一脸理所当然地道。

姜斌的嘴角忍不住抽搐了一下，潘良被这个自称"柔弱"的女孩子一招制服好像就是不久前的事情吧？

他张了张嘴，刚想说话，就见戴梓萌起身，收起手机，拍了拍屁股，冲身后那座墓碑欠了欠身，毫无诚意地说了一句："对不起啊，打扰你了。"便活动着手腕走向了林菲，电光火石间，他明智地选择了闭嘴。

他自认，5个他一起上或许够戴梓萌活动活动手脚的。

"雷检，麻烦你向左偏转5度。"林菲站在最中间那座田芳的墓碑前，仔细观察了一下，指示道。

戴梓萌走到林菲的身边，却愣了一下，不知是角度的问题还是什么，戴梓萌觉得，那3座墓碑上的3张照片，视线的焦点好像在同一个地方。

她看了一眼林菲："菲姐，没必要这样吧？"

"如果不是因为我，他们现在一定还活着，幸福地活着。而我，现在所做的任何补救都不过是心理安慰，不可能带来任何的改变。"林菲不动声色地道，"姜斌，向右偏转3度。"

"我去，林检，你这也太精密了。"姜斌抱怨着，却还是和安装的工人一起移动了一下墓碑。

"那你？"戴梓萌不解地看着林菲。

"我也是需要心理安慰的，不是吗？让他们的目光始终盯着我，监督我，就当赎罪的一种方式吧。"林菲边说，便仔细观察了一下墓碑的角度，点了点头，"好了，就这样吧，辛苦大家了。"

她说着，掏出手机，对着墓碑拍了几张照片，轻轻地出了口气，向3座墓碑鞠了个躬，"回吧，晚上还有检委会的讨论，大家都回去好好准备准备。"

戴梓萌本来还想说几句安慰的话，见林菲如此，不得不把那些话都咽了回去，点了点头。

雷鸣抬手擦了一把汗，一直面无表情的脸上突然露出了一抹歉意："林检，我晚一点回去，有个朋友，我得去见一下。"

"什么朋友是你这时候非见不可的？"不等林菲说话，姜斌就道，"咱们现在可是在和时间赛跑，在这事彻底闹大之前，把这案子钉死，要不然咱们麻烦大着呢。"

"不会耽误太久的，他就在这。"雷鸣的脸上竟露出了一抹哀求，看的戴梓萌和林菲都是一愣。

"一起吧。"林菲只是略一犹豫，就说道。

"是啊，一起吧。"戴梓萌也说，"我也想看看，这是一个什么样的英雄人物。"

"这，"雷鸣犹豫了，"不太好吧？"

"没什么不好的。"林菲说，"你带路吧。"

"等会儿等会儿等会儿。"姜斌急不可耐地跳脚道，"咱能把话说明白吗？怎么你们也跟着凑热闹去了？"

"还不明白吗？"戴梓萌轻轻叹了口气，"雷哥要见的人，是他的前同事，而且已经殉职了。"

"你怎么知道？人家就不兴是在这守墓的？"姜斌问。

"雷哥说他就在这，能和雷哥这样的人关系特别好的，除了警察，还有别人吗？警察会来这地方守墓？"戴梓萌白了姜斌一眼，跟在了雷鸣的身后，"咱们这地方的风俗是扫墓要在上午，现在是下午，雷哥还一定要去看一眼的，那肯定是个英雄。"

在成排的墓碑之间兜兜转转了几分钟之后，雷鸣带着他们来到了墓园的角落里，在一座墓碑之前停下了脚步。

可看着眼前的这座墓碑，不仅姜斌傻了眼，就连林菲和戴梓萌也有点无法理解。

这座墓碑并不如何高大，甚至小的可怜，没有那些繁复的花纹，也没有华丽的造型，它朴实的有些过分，似乎只是把一块切割好的大理石随手搬了过来。

墓碑上没有照片，没有生卒年，甚至连立碑人的名字都没有，只有一个名字，孤独地刻在墓碑的中间——王洋——这就是唯一和这座墓碑匹配的痕迹。

"老雷，这是？"姜斌难以掩饰自己的惊讶。

"这个名字，也是假的吧？"戴梓萌突然想到了什么，转头问道。

雷鸣看着这座墓碑，神色凄然地点了点头，他在墓碑前蹲下身，抬手摩挲着墓碑，一脸萧瑟，满眼愧疚。

"这是我最好的兄弟。"他说，本就沙哑的嗓音此刻更加暗哑，"5 年前，执行一次秘密任务的时候，殉职了。"

"缉毒警？"姜斌也反应了过来，见雷鸣点了点头，他迅速看了看四周，神情无比紧张，"我们走吧。"

"为什么？我们才刚到这啊。"戴梓萌不解。

"你懂什么？"姜斌突然有些焦躁，"老雷的兄弟是缉毒警，你知道为什么缉毒警从来不在媒体上露面，就算露面也要打上马赛克，连声音都要处理过吗？因为毒贩和所有其他类型的犯罪分子都不同，他们玩的是命，和缉毒警就是生死仇敌，他们见到缉毒警，是一定要弄死的，而且手段极端残忍，连他们的家人都不放过，这也是缉毒警的墓从来不放照片，不用真名的原因。"

"这我当然知道。"戴梓萌说，"可这和我们离开这有什么关系？谁会知道，这里躺着一个缉毒英雄？"

"你还不明白。"姜斌有些无奈，"这些现在是几乎人人都知道的潜规则。小心。"

姜斌突然叫了一声，上前一步，一把抱住了戴梓萌，带着她闪到了一座墓碑后，蹲下了身。

"你干吗？"事发突然，就连戴梓萌都来不及反应，直到自己被姜斌按得蹲了下去，她才反应过来。

姜斌却完全顾不上戴梓萌的话，冲着仍旧呆立着的林菲和雷鸣急切地喊道："傻站着干吗？快藏起来啊！"

他的声音无比急迫，不似伪装，林菲和雷鸣俱是一愣，还是雷鸣率先反应了过来，一把拉住了林菲，也闪到了一座墓碑后。

戴梓萌此刻才意识到事情的严重性，她看了一眼姜斌，却又差点笑出来，此刻的姜斌一点也没有刚刚的英雄气概，而是脸色苍白，双股瑟瑟发抖，嘴里不停地念叨着什么。

"你到底看到什么了？"戴梓萌问。

"刚才，就在你身后不远的地方，有一道光闪了一下，我怀疑是狙击手。"姜斌的声音都在发颤，他是真的吓到了。

"狙击手？"戴梓萌却愣了一下，"不可能，他们绝不可能把狙击枪带进来。"

"事事无绝对，谁说得清呢？"姜斌整个人都靠在了墓碑上，戴梓萌这才注意到，在刚刚短暂的时间里，他身上的衣服都被汗水打透了。

"谁？出来！"躲在另一座墓碑后的雷鸣低喝道。

"真的是你，你还敢来？！"这是一个苍老，却带着些悲愤的声音，伴随着这个声音，急促的脚步声临近。

戴梓萌讶异地从墓碑后探出头，噌地一下站了起来。

"你干什么？"

姜斌吓得惊叫出声，戴梓萌却不管不顾，怔怔地看着走过来的人。那是一个头发花白的老者，他身形挺拔，走起路来虎虎生风，只是脸上的悲愤难以掩饰。更让她惊讶的是，同样从墓碑后探出头来的雷鸣看到这个老人，竟没有任何的意外，他从墓碑后绕了出来，走到老人的身前，随后，做了一个让戴梓萌完全没有想到的举动。

他扑通一声跪倒在了老人的身前，头抵在了地上。

老人没有说话，却抬起脚，狠狠地踹向了雷鸣的肩膀。

"你干什么？"戴梓萌叫了一声，就要过去，却愕然停住了脚步，雷鸣抬起了一只手，五指张开，手掌前伸，竟是阻止她过去。

"你还来干什么？"老人癫狂一般踢打着雷鸣，雷鸣却毫无反应，每一次被踢倒在地，就迅速爬起来，重又跪倒在老人的面前。

"你还有什么脸来？"

"你怎么答应我的？"

"怎么死的不是你？"

"你看看你都干了些什么？他就在这，可连个真名都不敢用，连张照片都不敢有！"

"说好的你保护他呢？"

老人边打边骂，状若癫狂，渐渐哭出了声，足足5分钟之后，或许是累了，他一下子坐倒在墓碑前，嚎啕大哭："我那儿啊，爸爸对不起你，爸爸不该信他们啊！"

他的声音都有些沙哑了。

雷鸣默默地站起身，抬手擦拭着脸上的污渍，他的嘴角已经破裂，嘴边一缕鲜红，他却浑不在意，就像那伤不在他的身上。

戴梓萌赶忙上前几步，从口袋里掏出纸巾，递给了雷鸣，雷鸣却在老人的身边蹲了下来，一言不发，擦拭着老人的眼泪。

"你滚，我不想看见你！"老人一把推开了雷鸣。

"这时候，整这些事还有什么用？5 年前你在干什么？他被人杀死的时候，你在哪？他救了你的命，你呢？你干了什么？当时死的人，应该是你，出任务的那个人应该是你！"老人抬手抓住了雷鸣的衣领，扯着他在墓碑前跪下，嘶吼着。

雷鸣无语，双拳紧握，默默低下了头。

戴梓萌和林菲却注意到，他整个人都在不受控制地颤抖着。

"我明年再来！"他生涩地说道。

"我希望明年你也埋在这，就在他对面，你也一样没有名字没有照片，你要比他矮，我让你死了也给他赎罪！"老人冷声道。

"我死的那天，一定会的。"雷鸣起身向老人鞠了一躬，在戴梓萌和林菲的搀扶下转身，慢慢走远。

"喂，等等我啊！"姜斌从藏身的墓碑后转了出来，他的双腿仍旧不受控制地颤抖着，要靠扶着墓碑才能站稳，目光依旧不受控制地看向那个曾出现反光的方向。

"啊！"戴梓萌一声惊呼，赶忙跑过来，扶住了姜斌。

"算你有良心！"姜斌没好气地说了一句，在戴梓萌的搀扶下，身形踉跄地跟上了林菲和雷鸣的脚步。

"哎，刚才，谢谢你了。"良久，戴梓萌突然说了一句。

"不用客气，毕竟，我也是男人嘛。"姜斌大大咧咧地说道，他瞥了一眼戴梓萌，却见她此刻脸颊通红，不禁有些疑惑。

"很热吗？"他不解地说了一句。

戴梓萌猛地抬头，眼神阴森可怖，冷笑了一声："男人？男人现在怎么还要我扶着？"

她作势就要松手。

"那是你不知道，毒贩究竟有多恐怖。"姜斌急忙说道。

"有多恐怖？你要说得不好，知道什么后果的。"

"5 年前吧，有一个警察，一家都被毒贩杀害了，你知道他们是怎么被杀死的吗？"

"怎么被杀死的？"

姜斌叹了口气："毒贩当着这个警察的面，轮流侮辱了他的爱人，和他的女儿——他女儿那年才6岁，然后，他们把那个警察的头按进了硫酸里，活活烧死的，他的爱人和女儿身上捆了炸药，毒贩像放烟花一样，把他们炸了。那个警察也被肢解了。"

"你怎么知道的那么清楚？"戴梓萌疑惑地看着姜斌。

"你知道，我为什么不当演员，来当检察官了吗？"姜斌看了一眼戴梓萌。

"不是接受你爸安排的命运吗？"

"真要是那样，我之前还去当什么演员？"姜斌撇了撇嘴，"有个导演，跟我讲了这个故事，他说他想把这个故事拍出来，但是很遗憾，送审的时候，被毙了，说过度表现了毒贩的凶残。"

"这和你进检察院有什么关系？"戴梓萌一脸的不解。

"当时听完这个故事，我本来是想参演的，没想到竟然被毙了。我就想，如果不表现出毒贩的凶残，不表现出我们的缉毒警察面临着怎样的生命危险，怎么能让那些对毒品有想法的人回头，怎么能让那些为吸毒的人洗白的键盘侠明白他们就是个渣？我进公检法，没别的目的，就是想严打犯罪，尤其是涉毒的，一定要往死里弄他们。当时想不管在哪个部门，只要能为打击犯罪贡献一份力量，我就愿意。那时候只有检察院对外公开招聘，我就来了。"姜斌的身上流露出了一抹凛然的正气，可戴梓萌却依旧一脸不肯相信的神情。

"你会有这想法？"

"脑袋一抽，想后悔的时候，晚了。"姜斌叹了口气，"再说了，谁没有热血飞扬的时候呢？"

"你说的那个警察，我们刚刚看过。"走在前方的雷鸣突然说了一句，"我们到现在都没找全他的尸体，只找到了一些残肢，碎片，我亲手抓了那几个毒贩，他们到死也不肯告诉我，我那个兄弟的其他部分到底在哪。"

他的声音低沉平静，但每一个人都从他的声音中听出了压抑的愤怒和不甘。

所有人都不敢置信地看着他。

雷鸣的双手死死地握成了拳，指甲都扣进了手掌，鲜血正流淌出来。

所有人都没有看到的是，就在姜斌看到的反光的那个方向上，一座墓碑后，一个戴着墨镜，独臂的男人靠着墓碑坐着，他的肤色是健康的古铜色，身形看上去极为壮硕，隆起的肌肉将衣服撑得紧紧的。

他仅余的那只手就和雷鸣一样，死死地握成了拳，指甲同样扣进了手掌，鲜血肆意流淌。

男人的身边放着一只望远镜。

他脸上那副宽大的墨镜让人看不到他的神情，棱角分明的脸颊更显冷酷，但慢慢的，两行滚烫的泪珠却从墨镜后缓缓淌下。

4. 魔幻现实主义

"这个案子的核心就在于郭利、江洋和王科三人的催收行为是否合法，是否对刘雨和刘雪有非法拘禁的情节存在，以及三人是否对刘雪有性侵行为，这三个情节直接决定了刘雨的行为是正当防卫，还是故意杀人。"

检委会会议上，林菲并没有受到公墓里发生的事情的影响，条理清晰地表明了自己的态度和接下来工作的重点。

"从警方提供的卷宗来看，他们并没有找到相应的证据，但无论是刘雨还是刘雪，都一口咬定3名被害人有不法侵害在先，两名出警民警在案件发生时，并没有在现场，这也导致了执法记录仪里没有相应的记录。我认为这一点如果不能核实清楚，对之后的起诉工作会造成非常大的麻烦。"

"还有一点，也是我们不得不考虑的。"林礼祯严肃地看着林菲，"这个案子牵扯到了网络贷、暴力催收、性侵，这3个关键词个个都是敏感话题，处置稍有不当，我们都可能成为舆论攻击的靶子，所以，这个案子处理起来，一定要慎之又慎，不管我们最终做出什么样的结论，都必须拿出确凿的有足够说服力的证据。"

"没什么大用。"林菲摇头冷笑，"林副检察长，有件事我们需要搞清楚，在这个案子里，媒体已经预设了好人坏人的区分，刘雨和刘雪作为弱势的一方，一旦我们的决定对他们不利，那我们就会成为矛头的指向。但是你别指望我会向舆论屈服，我只看证据。"

她将手里的笔记本向前一推，靠进了椅子里，似笑非笑地看着林礼祯。

林礼祯无奈地苦笑了一下，不禁暗暗腹诽，自己就那么像是为了平息舆论浪潮就随意曲解法律条文的人吗？

"那你以为我为什么要把这个案子交给你办理？"他再开口的时候，话语中不由自主地带上了一些怨气。

林菲倒是毫不在意地看了一眼会议室里其余的10个人，突然笑了一下："林副检察长你这样说，可是会得罪人的，能参加这个会议的检察官，你以为除了我以外，都是会以舆论的态度为参考来办案的吗？"

这句话让林礼祯愣了一下，脸色倏然间涨红，连连摆手："我不是那个意思啊，大家都懂的。"

"那你是什么意思？"林菲逼问道。

"大家都拖家带口的……"

"你那意思是就我一个孤家寡人，出了事也没有后顾之忧是吧？"

"当然不是。"林礼祯急道，"嗨，这事我是说不明白了。我那意思就是，就是……"

林礼祯"就是"了几声，无奈地抚住了额头，这个促狭的动作让所有参加会议的检委会成员都强忍着笑，有几个人甚至憋的脸色通红。

本来严肃的检委会会议，就这么浮现出了一股怪异的氛围。

"您不用解释了，我只有一个条件。"林菲狡黠地笑了一下。

"行行行，以后再不给你安排相亲对象了行吧？"林礼祯举起双手做了个投降的姿态，"我这一天天的，既当爹又当妈，管着你们的工作，还得操心你们的个人问题，到最后我还没落下好，我上哪儿说理去？"

林礼祯一脸的委屈。

这番对话和两个人的神情让那股怪异的氛围更加浓郁了，所有人都有些面面相觑，林菲竟然把办案和交易画上了等号，这在以前，不都是戴梓萌干的事吗？

然而事情到此还并没有结束。

林菲突然看了一眼众人："大家可都听到了，这话是他自己说的，我可没这么要求，但既然你免费赠送了，那我就不客气地收下了，至于我的条件……"

"等等等等，怎么还有？我不是都答应你了？"林礼祯吓得差点从椅子里蹦起来。

"那是你自己说的啊。"林菲一脸的无辜，"我的条件我还没提呢。"

林礼祯仔细地看着林菲，她的脸上虽然摆着一副人畜无害的笑容，但她的眼底深处，却依然留存着无法掩饰的冰冷，几乎是在一瞬间，林礼祯就明白了什么。

"准是戴梓萌那死丫头教你的，你干不出这事来。"林礼祯咬牙说道，突然回头冲着会议室的大门吼了一嗓子，"戴梓萌，你给我滚进来，我知道你在外面偷听呢。"

林礼祯猜得没错，只是此刻躲在门外偷听的不仅是戴梓萌，还有姜斌，就连雷鸣都一脸无奈地被戴梓萌抓着胳膊，像根木头一样杵在门后。

林礼祯的一声怒吼吓了戴梓萌一跳，她拉起姜斌和雷鸣就要走，会议室的门却被从里面一把拉开，看到眼前这 3 个人，本是怒气冲冲的林礼祯愣了一下，但很快就恢复了平静。

"林副检察长。"姜斌有些尴尬地打了个招呼。

"进来。"林礼祯示意这几个人进屋，又摆了摆手，让检委会的其他人都出去，这才回到自己的位子上坐下，冷笑着看着眼前的这几个人，此时的林菲已经又恢复了她一如既往的冰冷神情。

"可以啊，组团来忽悠我来了。"林礼祯哼了一声，"戴梓萌，你说，你们到底想干什么？"

"问他。"戴梓萌推了一把姜斌，"主意是他出的，和我没关系。"

"嗯？"林礼祯看向了姜斌，严厉的眼神让姜斌下意识地向后躲了躲。

"怕什么？想什么说什么啊。"戴梓萌又推了一把姜斌。

"其实也不是什么大事。"林菲有些看不下去了，开口道，"只是希望以后所有涉毒的案子，都由我来办理。"

"林检，你疯了？咱们不是这么说的？我只是想给老雷的兄弟换块墓碑。"姜斌惊讶中又带着些恐惧地喊道。

"那事没什么太大的意义，也不归我们管，对于雷检来说，他念念不忘的，是找到全部的尸骸，不是一块墓碑。"林菲说。

"到底怎么回事？"林礼祯微微皱眉，问道。

当下，林菲用最简洁的词汇将下午在公墓发生的事情复述了一遍。

"所以，我希望，能够从涉毒的案子里找到些线索。"林菲最后说道。

林礼祯有些不敢置信地打量着林菲："可以啊，没想到林大检察官也有关心同事的时候。"他揶揄了一句，脸上的神情却转瞬严肃起来，"可是林菲，你知道，你将要面临什么样的风险吗？那个案子当时就是我办的，你没忘吧？"

"当然，你办完那个案子，就升任副检察长了。说不定，我把这个事办成了，下一任的副检察长就是我，荣升检察长也不是没有可能。"林菲一脸的无所谓，甚至还打了个口哨。

"我没和你开玩笑。"林礼祯突然解开了衣服的扣子，脱下了上衣，转身将赤裸的后背展示给了众人，让人难以置信的是，他的后背竟没有一块完整的皮肤，布满了疤痕，"散弹枪，近距离轰中，到现在我身体里还有十几颗钢珠取不出来。"

他穿好衣服，转回身，从口袋里掏出钱包，拿出一张照片，那是林礼祯爱人的独身照，"我老婆。出门逛街的时候失踪，警察到现在还没找到她，这么说不对，是到现在还没找全她，每年，我都能收到她身体的一部分。"

林礼祯双手捂住了脸颊，肩膀不住地耸动着，陷入了深深的令人恐惧的回忆中。就连戴梓萌一时间都有些手足无措。

"要不是我女儿自幼和外公外婆生活在一起，几乎没人知道她的存在，她也难逃毒手，可就是这样，我到现在都不能和她相认。"林礼祯看着林菲，神情不断变幻，眼中竟闪烁出了一丝怜爱，"知道为什么吗？"他深吸了一口气，平复了一下激动的情绪，"就因为那个案子，就因为我主张给他们死刑！"

"你怎么知道是同一伙人？"雷鸣微微皱眉。

"蝎尾纹身，蝎尾印章，毒蝎的专有标志。"林礼祯抬头，"雷鸣你应该很熟悉。"他转头，看向林菲，"现在，你还想办这件事吗？"

"为什么不呢？"林菲却没有丝毫的犹豫，脸上的神情依旧淡然，"我孤家寡人一个，有什么可怕的？"

林礼祯张了张嘴，想说点什么，最终却什么也没说。

"魔幻现实主义的荒唐法治——正当防卫如何被操作成了故意杀人？"

肇源坐在咖啡厅的角落里，他面前的笔记本电脑中，正传来一个正义凛然的声音，他不屑地撇了撇嘴，喝了一口咖啡，继续看着那段视频。

夏铭戴着一副金丝眼镜，正在镜头前口若悬河。

"各位好，我是刘雨的辩护律师夏铭，刘雨的案子想必大家都知道了，目前警方已经完成了前期的侦查工作，将本案移交到了检察院，准备提起公诉，警方认定，我的当事人刘雨犯下了故意杀人罪。"

夏铭明显强压着愤怒："作为一名资深的刑事辩护律师，我很难理解，警方为什么会做出这样的认定，这是一个简单到不能再简单的案子，从案发之初，我就坚定着一个信念，以我国的法律规定，按照以往的案例分析，这个案子妥妥的正当防卫，无罪。可警方的这个认定却如此的魔幻。"

"我们不妨先来回顾一下这个案子。"

"我们不妨先来讨论一下，你叫我过来，有什么事？"一只手突然伸过来，扣上了肇源的笔记本，随后那人在他的对面坐下，微笑地看着肇源。

"还能什么事？"肇源笑了一下，看着眼前好看得有点过分的许浩，指了指电脑，"这个案子呗。"

"这案子和你没什么关系吧？"许浩不解，"你又不是刘雨的辩护律师。"

"作为一个有正义感的公民，我就看不惯夏铭这种误导舆论的手法。"肇源义正辞严地道。

许浩下意识地撇了撇嘴，面露不屑："这事你少做了？说正事，我可没那么多时间跟你在这扯淡。"

被许浩这样说，肇源丝毫不觉得有什么尴尬，"那咱们就来说正事，这案子移交到了检察院，不出意外的话，承办这个案子的，肯定是林菲林检察官。"

"嗯，是她。"许浩点头，"那又怎么了？"

"这个案子是正当防卫还是故意杀人，一个核心的点就是嫌疑人刘雨的姐姐刘雪是否遭到了性侵，对吧？"

"对啊。"许浩再次点头，"不过既然现在警方认定的是故意杀人，那性侵这事恐怕就是子虚乌有的吧？新闻发布会上不也说了，没有任何证据。"

"可是我有。"肇源神秘地一笑，递给许浩一张纸，许浩接过来看了一眼，眉头微皱，那上面是一个网址。

见许浩一脸的不解，肇源呵呵一笑："有人跟我说，在这个网站上看到了刘雪被性侵的视频，一分钟不到。"

"给警察啊，给我干吗？"许浩乐了。

"嗨，兄弟，先不说我这个身份不适合出面。你和林检的关系，我也是清楚的，这东西给了你，你既能卖一个人情给林检，还能赚点零用钱，可要是我给的话，那可就犯了忌讳了。"肇源道。

许浩恍然大悟一般点了点头："懂了，当了婊子还得立块贞节牌坊。行，那这事我替你办。"

肇源伸出手，做了个点钱的手势："好处费对半分。"

许浩打量着肇源："你傻了吧？你什么时候听说过，检察院还有悬赏办案的？"

5. 表演型人格的律师

"说起这个案子，就不得不提到一个人，刘雪，本案当事人刘雨的亲姐姐，也是这个案子悲剧的根源所在。"

林菲翻看着手上的卷宗，对夏铭的话只是微微皱了皱眉，没有做出任何多余的回应。

一大早，她还没进办公室，法警就告诉她，刘雨的辩护律师已经等了她快半个小时了，简单的招呼之后，夏铭就迫不及待地开始了自己声情并茂的演讲。

如果戴梓萌现在在这里，一定会给他下一个"表演型人格"的结论。林菲不是戴梓萌，她是这个案子的承办检察官，尽管夏铭让她感到极度的反感，但她还得耐着性子听下去。

夏铭对此也不以为意，继续着自己的慷慨激昂。

"刘雪原本有一个幸福的家庭，有疼爱她的父母，有听话懂事、呵护她的弟弟，他们有一所不算大的房子，没有面朝大海，却也能够看到春暖花开；还有一辆不算奢华，用来代步却已足够的车。然而这一切在刘雪升入大学三年级的时候，发生了天翻地覆的变化。一场突如其来的车祸瞬间让这个和谐幸福的四口之家支离破碎，只有刘雪和刘雨这对姐弟幸免于难，从此相依为命。然而卖掉了房子却依然不够法院判决的赔偿之后，刘雪走上了一条不归之路。"

"她落入了校园贷的陷阱——裸贷。"夏铭用力敲了一下桌子。

"你慢点，我快跟不上了。"在电脑上快速敲击着键盘的姜斌不满地喊道。

夏铭连忙从包里掏出了一支录音笔，打开，递到了姜斌的面前，"用这个。"

他重新回到办公室的中间站好，深吸了一口气，继续说道，"我不否认，裸贷让很多大学生身负巨债，以悲剧收场，我也从不同情她们，这些人完全是以满足一己私欲为前提的，甚至连累了整个家庭，我毫不客气地说，她们死有余辜，罪有应得。可裸贷发生在刘雪的身上，对这个小姑娘，我只有发自肺腑的敬佩，她是为了赔偿车祸中的遇害者，让他们能够安心接受救治，不为钱发愁，她是为了自己的弟弟不受影响，安心学业。"

"40万？"林菲看着沉浸在感叹中的夏铭，问了一句。

夏铭点头，"对，在这个平台，刘雪仅凭借身份证和裸照就借到了40万，但是她实际只拿到了35万，她用这笔钱堪堪支付了法院判决的赔偿款，然后他们姐弟的命运也在这一刻彻底改变。"

他叹了口气，神情悲恻，"为了还钱，刘雪想尽办法兼职，而刘雨也很快就知晓了姐姐的行为，他毅然选择中止学业，辍学打工，姐弟俩每天的睡眠时间被压缩到了不足4个小时，每顿饭只能吃上一个馒头，偶尔吃上一口咸菜，对于他们来说，都是一种奢侈。若不是好心人的支持，愿意让他们拖欠房租，这对可怜的姐弟俩恐怕早已经流落街头。若不是他们的同学同情他们，不时资助他们，恐怕，他们也早已经被苦难的生活折磨得倒地不起。"

"你们能想象吗？一个22岁的女大学生，整整一年没有买过一件新衣服，没有用过一次化妆品，就连洗头，用的都是香皂。工作之余，她做家教，做家政，摆地摊，风里来，雨里去，从不肯缺席一天，她不敢缺席，哪怕街上只有她一个人，哪怕街上只剩她一个人。一个正值花样年华的女孩儿，瘦骨嶙峋，皮肤粗糙，没有任何业余生活，除了工作，还是工作，盛夏的正午，凛冬的寒夜，她的脚步蹒跚，趔趄，却从不敢停下来。"

"渴了，喝一口自来水，饿了，啃一口馒头，她舍不得给自己花点钱，吃一顿丰盛的正餐。她的生活，连街上的流浪汉都还不如。"

"你们能想象吗？一个不到 20 岁的男孩子，为了帮助姐姐早日摆脱这样的生活，白天四处奔走送快递，晚上就在站点分拣快递，他还不到 20 岁，可看上去却已经 30 有余。"

"这世界上有好人，将自己的奖学金资格让给了刘雪的同学，让出了自己区域，只为让刘雨多送几份快递多赚点钱的快递员，他们每个人都用自己的方式默默地帮助着他们。"

"刘雪和刘雨如果真的是坏人，如果他们真的做了什么伤天害理的事，还会有人这样帮助他们吗？答案是显而易见的。"

"有好人，就同样有坏人。我不想说那个在刘雪急需用钱的时候贷款给她 40 万，不，35 万的人是坏人，他毕竟帮她度过了最难的关卡，可是之后他们做的事却令人发指。"

伴随着这个愤怒的声音，夏铭夸张地挥舞着手臂："他们约定的还款期限是一年，期满之后，刘雪应还款 43.4 万。对于还未毕业和辍学打工的刘雪和刘雨，这无异于是一个天文数字，所幸姐弟二人凭着自己的双手，堪堪在到期前还完了本金 35 万。"

"可接下来的 8 万多利息却成了悬在他们姐弟二人头上的达摩克利斯之剑。它逼迫着他们姐弟二人不能停下赚钱的脚步，也将他们一步步逼向深渊，他们很清楚，利滚利的计算会让 8 万在短短时间内就变成 15 万，接着是 20 万，30 万，没有人知道，这些利息的终点在什么地方。刘雪和刘雨只知道，他们省吃俭用下来的每一分钱都被借贷公司拿走，他们只知道，在案发之前，他们一共已经还给了借贷公司 41.4 万元，还差 2 万。"

"就是这最后的 2 万块钱，刘雪和刘雨却再也拿不出了，经年累月的高强度工作让姐弟二人的身体都不堪重负，可此时催债的人却堵上了门。"

"刘雪从未说过自己不还这笔钱，只是请求宽限一段时间，可以本案的被害人郭利为首的催收团队却采取了极端的手法，吃住在刘雪家，刘雪和刘雨的一举一动都不能离开他们的视线，甚至就连上洗手间，洗手间的门都必须敞开。"

"刘雪还是个姑娘，这难道不是赤裸裸的流氓行径吗？！动辄以公布刘雪的裸照威胁他们马上还钱，这难道不是敲诈吗？！"

"别跟我说合同，一个以裸照为质押的贷款合同，这难道本身不就是一种非法的放贷，一种欺诈行为吗？这样的合同，应该被认定为有效吗？"

"我可以以我律师的名誉担保，当以郭利为首的催收团队采取以公布裸照的方式胁迫刘雪还款的时候，不法侵害就已经发生了，正当防卫的前提也就出现了。而公布裸照，却不过是郭利这些人不法侵害行为的冰山一角，更是最微不足道的那一角。"

戴梓萌推门而入的时候，就听到了夏铭的咏叹调进入了尾声的一段，"你的名誉？"她下意识地反问了一句。

夏铭却没有任何尴尬的神色，继续说道："首先，我必须说说高利贷的事，刘雪借贷40万，利息3.4万，但其中手续费5万，刘雪真正拿到手里的钱只有35万。这个利率是远远超出银行同期利率的，案发时，刘雪共计还款41.4万元，已经履行了相应的义务。郭利等人的催收行为是不受国家法律保护的，这是前提。"

"郭利、江洋和王科在催讨的过程中采用极端手段，无论言语还是行为，都对刘雪构成了侵犯，郭利明确表示过，刘雪应该卖淫筹钱还债，这对于女性来说是莫大的侮辱。这3个人对刘雪、刘雨姐弟更有限制人身自由的行为。这是不法侵害在先，至于不法侵害的具体内容，还有更过分的。"夏铭推了推眼镜，看了一眼林菲和戴梓萌，明明欲言又止，眼中却充满了非说不可的意味。

"说。"

夏铭点头，毫无诚意地道："那我就失礼了。郭利在催讨的过程中多次在刘雪的面前裸露下体，有意无意地提出各种暗示性的要求。据刘雪说，郭利甚至说过，只要她肯陪他一次，他可以做主免除掉部分债务。这是对女性权利的公然侵犯，放在老《刑法》里，严打的时候都够枪毙了。"

"公安机关并没有认定这部分事实。"林菲随手翻了翻卷宗，"没有相应的证据支撑。"

"这正是我来找你们的原因。这件事警方根本就没好好查，你们得查啊。"夏铭的嘴角都起了白沫，却依旧说得滔滔不绝，"我再强调一遍，在发生刘雨正当防卫的行为之前，警察到过现场，可对于正在发生的不法侵害行为，两名出警警察并没有制止，也没有将刘雪和刘雨解救，只是简单的口头警告之后就离开了。而在警察离开后，郭利、江洋和王科对刘雪进行了侵犯，正是为了保护姐姐，刘雨才奋起杀人。"

"警察返回现场制止刘雨杀人的时候，刘雪衣衫不整的形象在执法记录仪里都有记录，可法医出具的司法鉴定和痕迹检验部门出具的相关鉴定却说刘雪没有遭到侵犯，这根本不科学。"夏铭忽地站起了身，加重了语气，"我们用正常人的思维去想也能想明白发生了什么吧？"

"所以？"林菲坐在椅子里，微微仰头，看着他，平静地问道。

"无罪，必须无罪。"夏铭双手撑在桌子上，俯视着林菲，"必须认定是正当防卫，不起诉。"

"理由？"

"这个案子的发生，和国家对小贷平台的监管不严有着严密的关系，相关部门不需要承担责任吗？警方出警，却并没有解救被侵犯的刘雪和刘雨，警方不需要承担责任吗？刘雨为了解救被侵犯的刘雪，制止正在发生的不法侵害行为，这完全符合正当防卫的条件，甚至是无限正当防卫的条款。"

夏铭脸色涨红，口若悬河，唾沫星子乱溅，就连姜斌都有点看不过去地撇了撇嘴。可夏铭却全无这方面的觉悟，反而愈加癫狂："这个案子从一开始我就呼吁无罪，我知道，我这种做法得罪了一些人，可他们应该冲着我来，而不是一个无辜的人！"

"我知道现在上层流传一种说法，说舆论绑架了司法，我不否认，在某些地方确实有这种现象的存在，但是，这种说法绝对不符合这个案子，你们要是把他起诉了，判他死刑，那就是草菅人命！"

"无辜吗？"林菲突然问。

"不无辜吗？"夏铭反问，"那你告诉我什么是无辜？！"

似乎意识到自己的话有些重了，夏铭深吸了一口气："林检察官，我敬重你，我知道你一定会做出一个不会让人失望的决定的。"

"这种事……"林菲看着夏铭，脸上保持着礼貌但却冰冷的笑容，"谁说得准呢？作为一名检察官，我只能根据证据，做出最合理合法的判断。"

夏铭突然笑了，他坐回到了椅子里："有你这句话，我就放心了。"

"你知道我为什么要做律师，为什么接了这个案子吗？这个案子我没收一分钱，完全是义务的。"夏铭看着林菲，说了一句莫名其妙的话。

"和菲姐有关？"看着夏铭的神情，戴梓萌下意识地皱了皱眉。

"可以这么说。"夏铭点头，"林检察官也是做过律师的吧？"

"没有。"林菲断然否认。

"那你也曾在律所工作过，就在那两个人身边。"夏铭肯定地道，"那两个人可是我们S市的传奇律师，他们最擅长的就是无罪辩护，我旁听过他们的庭审，看到他们在法庭上把公诉人逼得节节败退，气急败坏，看着他们把一个个差不多必死的人辩护成了无罪，你不知道我有多激动，那时候我就想，站在他们位置的那个人，不，就算站在他们身边都行，那该有多好。他们的身上有我这一辈子也学不到的东西，他们才是真正有良知的律师，是我们律师的楷模。"

"夏律师，你搞错了一件事，他们并不是把被告人辩护成了无罪，而是他们的当事人本来就是无罪的。"林菲平淡地道，"他们只是找到了真相，然后把这个真相告诉给世人。"

"对对对，是我口误了。"夏铭连忙道，"但我一直希望有一天，自己也可以成为他们那样的人。所以，在我知道这个案子的时候，我义无反顾地接了下来，主动接了下来。"

"哦，祝你成功？"林菲道。

她的语气里有一种说不清的怪异，可夏铭却好像完全没有察觉，打量着林菲，自顾自地道："我万万没想到，你会成为检察官，相比之下，我的格局还是太小了。"他叹了口气，"你才是真正继承了他们意志的人。"

听他这么说，戴梓萌露出了一抹浓郁的鄙夷，林菲更是不动声色地道："让你失望了，他们的意志只会在他们的身上，任何人，都没有继承的资格。"

夏铭的嘴角抽动了一下，终于显露出了一抹尴尬："你说得对，那两个人，早就到了我们这辈子都难以企及的高度。但是……"

"但是之后的话才是重点。"姜斌插了句嘴，"你快说。说完赶紧安排后事……我的意思是，安排后面的正事，大家都很忙，互相恭维这种场面话就免了……吧？"

姜斌看了一眼林菲，见她没有什么反应后，才补上了最后一个字。

夏铭微微皱眉，还是说道："如果那两个人还活着，我相信他们也会义无反顾地接下这个案子！"

林菲的身子僵了一下，但很快就恢复了正常，不动声色地道："我知道了。"

她的声音里莫名地带上了一丝寒意。

夏铭笑了："那我就先回去了。"

他站起身，趾高气昂地走出了林菲的办公室。

"这货，可真会演戏。"看着夏铭的背影，姜斌啐了口唾沫，"还敢威胁我们林检，这不是找死呢么。"

"可以啊，这你都看出来了？"戴梓萌惊讶地看着姜斌。

"当我傻？"姜斌不屑地嗤笑了一声，"也不看看哥是干啥的，哥主业是演员，副业才是检察官，"他看了一眼林菲，"他那个表演，两个字，浮夸。还反复说什么那两个律师，还和林检拉关系套近乎，谁不知道咱们林检向来公事公办？"

姜斌走到窗边，将窗子打开了一条缝隙："满屋都是他身上散发出来的恶臭，臭不可闻。我擦！"

姜斌骂了句脏话，猛地将窗子开到了最大。

"怎么了怎么了？"戴梓萌凑了上来，看了一眼窗外，也怔住了，半晌，她才回身招呼道，"菲姐，你快来看。"

"看什么？"林菲坐在椅子里没有动，嘴角却带着一抹冷笑，"楼下有记者吧？夏铭正接受采访？"

"神了啊，林检，你不是研究过玄学吧？这都能猜到？"姜斌讶然道，"你什么时候给我也算算，我还得多久才能红破天际？"

"惯用伎俩了。"林菲道。

"哦，我想起来了，夏铭说你以前在律所待过。看来，这招你以前也没少用吧？那你说说，他能对那些记者说啥？"姜斌问。

"这种下三烂的招数，他们从来不屑用，他们只相信证据。"林菲微仰着头，神色有些怅然。

"让我看看让我看看。"戴梓萌把姜斌往旁边挤了挤，眼睛微眯，看着楼下，"菲姐，他说他已经和本案的承办检察官做了充分而深入的沟通，他对这个案子的结果持乐观态度，检察官一定会同意他的意见。"

"你怎么知道？"姜斌问。

"听说过唇语吗？"戴梓萌侧头看着姜斌。

"你还懂那个？"姜斌更加惊讶了。

戴梓萌却摇了摇头："不懂。"

"那你说个什么劲！"

"这不难猜啊，这案子他从一开始不就是这么运作的？他不就是想给自己造势嘛，先占一个制高点，到时候案子按他的走向发展皆大欢喜，没按他的走向发展，那就是我们渎职了。你看他那表情，自信满满，兴高采烈，肯定说的都是这些话啊。"

"这是把我们架在火上烤啊。"姜斌感叹。

"菲姐，"戴梓萌关上窗户，走回到林菲的身边，双手撑在膝盖上，弯腰看着她，"我也觉得……"

林菲抬手阻止了戴梓萌接下来的话，苦笑着摇了摇头，突然觉得很累："要是他们还在的话，这个案子，他们会接吗？"

戴梓萌没有接话，她知道，林菲看起来是在问她，但牵扯到那两个人，她不过是在自言自语。

6. 庶民的愤怒

雷鸣收起电话的同时，也收起了脸上的笑容，他端着餐盘，在餐厅里逡巡了一圈，很快就找到了坐在窗边角落里一张桌子前的林菲，她正对着面前餐盘里的食物发呆，戴梓萌一脸担忧地坐在她的对面。

雷鸣端着餐盘走过去，在林菲的身边坐下，径直问道："你打算怎么做？"

"我……"林菲难得犹豫了一下，才缓缓摇头，"我还没想好。"

听到她这么说，雷鸣怔了一下。

"雷哥，你觉得我该怎么办？"林菲转身看着雷鸣，她的眼神里竟带着一些茫然。

"怎么办？昨天晚上是谁说，绝不会向舆论屈服的来着？这么快就动摇了？"姜斌把吃到嘴里的一块姜吐到桌面上，说了一句。

戴梓萌狠狠地瞪了一眼他，才让他乖乖地闭上了嘴。

雷鸣和林菲对视着，半晌，他才点了点头："我明白了。"

"你们的谈话我都听到了，是因为那个律师提到的那两个人让你迷茫了？！"雷鸣继续说道，尽管是一个问句，但他却用一种陈述的语气说了出来，"那两个人对你的影响一定很大，甚至你走上今天的路，也是受他们的影响。"

"雷哥，那件事……"

听到雷鸣提起那两个人，戴梓萌连忙想要阻止，可林菲却抬起手摆了摆，阻止了戴梓萌。

"没错。"林菲苦涩地笑了一下，"我不知道如果是他们，会不会接下这个案子。"

"你要想的不是他们会不会接，而是如果是他们，接和不接这个案子的理由都是什么。"雷鸣咧开嘴，笑了一下，笑容僵硬，"梓萌，那两个人，是律师吧？"

戴梓萌无奈地点头："菲姐，这就是个陷阱，夏铭提到他们，目的就是想要扰乱你的理智，让你按照他的设计去走。"

"梓萌说的对，作为律师，他会为了当事人的利益不择手段。利用自己的情绪来干扰我们的理智，也是他们的手段之一，而当我们内心的情感开始倾向于某一方的时候，法律的公正就无从谈起了。"雷鸣严肃地道。

林菲没说话，她慢慢闭起了眼睛，那3个人的身影在她的面前慢慢浮现，尽管已经过去了许久，尽管已经没有几个人还记得他们，可此刻，他们的身影在她的面前却是如此的清晰。

一个嚣张，一个腼腆，一个满脸凶气中却又带着些惧怕。

"无罪并不重要，真相不应该被掩埋！"

她仿佛听到那个腼腆的男人说。

"我要是知道当事人骗了我，我打的他妈都认不出他来。"

那个满脸凶气的男人如是道。

"我不喜欢你，还有点讨厌你，你干了很多让我恶心的事，但是我也不会否认，在那个案子里，你是无辜的，你才是受害者。"那个女孩儿直视着林菲，丝毫不掩饰心中的厌恶，"找出真相，那就是那时候我做的事。"

在姜斌的眼中，此刻的林菲嘴角带着一抹淡淡的笑容，两行清泪却从她的眼中滑落。

"林检没事吧？"姜斌转头看向戴梓萌，却见戴梓萌的脸上满是担忧。

林菲猛地睁开了眼睛，先前的茫然一扫而空，取而代之的是无比的坚定，她满不在乎地扯过纸巾擦了擦眼睛，声音清冷地道："继续，让我们亲自去找出这个案子的真相。"

雷鸣再次咧开嘴笑了一下："好，孙林那边，我打过招呼了，有些证据，我们再跟他核实一下，那两个出现场的民警，我也让他联系过了。"

"我们能给公众看到他们想看到的吗？"姜斌突然不无担忧地问了一句。

"你的理解能力有待提高，菲姐只会给他们真相，至于接受与否，你要搞清楚，很多人想看到的并不是真相。"戴梓萌道，"睡着的人，你可以一巴掌呼醒；装睡的人，你就只能从他身上碾过去，把他们丢到地球清洗计划里可清理的那一堆人中去。"

"哦。"姜斌恍然大悟一般点了点头，又问道，"那我们接下来具体干点什么？"

"梓萌，关于刘雨的供述，你怎么看？"林菲转头问。

"撒谎。"戴梓萌的回答没有丝毫的犹豫，"刘雨看到被害人照片时候的反应是脊柱弯曲，头部低垂，这是负仰视反应的典型特征，而负仰视反应通常代表愧疚、无力、难过。"

"按照刘雨之前的供述，他是为了救姐姐，是自卫，他为什么要愧疚呢？因为他撒了谎。而且那个律师的话，听起来没毛病，可总觉得有什么地方不对。"戴梓萌微微皱眉。

"又是你那套微反应的理论。"姜斌不屑地撇了撇嘴，"我跟你说，就他那个表现，不用你这套理论我也能看出来，他每做一次回答之前都要看一眼律师，这说明原本怎么回答都是律师给他设计好的，可惜林检不按常理出牌，提的问题超纲了，他慌了。"

孙林坐在自己的 G500 里，烦躁万分，车速已经降到了最低，如蜗牛一般向前蠕动着。原本以为案子移交到了检察院，他终于可以轻松一点了，可没想到的是，在那些网络键盘侠们的鼓动之下，一大批不明真相的群众将矛头对准了他，每天堵在市局门口等着他的到来。

那个安排他出席新闻发布会的副局长曾建议他休假一段时间，就像那两个出警的民警一样，等风头过去再回来上班。

"网络时代嘛，热度很快就会降下去的，用不了多久，说不定哪个明星结婚离婚的，都能把这个事顶下去，网民的记性没那么好的。"副局长这么语重心长地劝过他。

"你当我怕了？"当时的孙林穿着一身被扯得破破烂烂的警服，一脸冷笑地看着副局长，"想搞定舆论，对于我来说，分分钟的事，你知道我为什么没这么干？我就是要告诉他们，老子不惹事，但事来了，我也不怕事！休假这事，以后免谈。"

"那……"

"我可以不对这件事再发声，但你别指望我放下手上的工作。"孙林道。

孙林收回了思绪，猛拍了一下车笛，那些扛着长枪短炮的人见到他的车，就像狗熊见到了蜜，飞蛾见到了火，不要命一般围了上来，他只好再度降低已经不能再低的车速。

"孙队长，根据知情人爆料的证据，法律专家认为这件案子属于正当防卫，请问你为什么还要做出故意杀人的认定？"

"孙队长，有人爆料称，你和被害人有亲属关系，请问是这样吗？"

"孙队长，警方是凭什么认定被害人没有对刘雪进行不法侵害？能对我们详细说说吗？"

尽管车窗紧闭，但车窗外记者提问的声音还是隐约传进了他的耳朵，他不由得有些不耐烦，每天都是这些问题，这些记者就不能换个花样？

法律专家？就算是个半吊子专家，在看过所有的证据材料之后也不会做出那种不负责任的言论。

孙林左脚踩住刹车，右脚猛轰了一下油门，车子发出了一声轰鸣，围绕在车子四周的人下意识地后退了几步。

他很快就冷静下来，苦笑了一下，车前的那些记者脸上已经露出了鬣狗寻获猎物的喜悦。

他现在的任何举动都可能招来他们连篇累牍的报道，他可不想在明天的报纸上看到"刑警队长草菅人命，市局门前驾车报复无冤之王"这样的报道。

记者们很快就注意到了孙林的退缩，他们一窝蜂地再次围了上来，只不过在这次的提问中，孙林捕捉到了一丝不同寻常。

"检察院的人已经到了市局，要对所有参与办案的民警进行约谈，孙队长，你还会坚持自己的认定吗？还是说你准备对他们承认自己的错误？你会受到处罚吗？你有没有考虑过，自己大概会受到什么样的处罚？会被追究刑事责任吗？"

孙林停下车，拉起了手刹，降下了车窗，车外的嘈杂在慢慢变大，记者们的声音也清楚了许多，各式各样的话筒顺着敞开的车窗递到了他的面前，他微微后仰，才不至于让那些话筒杵到自己的脸。

"我没有错。"他清了清喉咙，开口说道，"作为一名警察，我只依照法律和证据办案，所以，我没有错。"

"检察院的人约谈办案民警这件事，你怎么看？如果这个案子不是冤假错案，检察院为什么要这样做？"

一个略显尖锐的声音传进了孙林的耳朵，孙林的嘴角不由得露出了一抹不屑，他循声望去，发出这个声音的人并不在前排，他挤在队伍居中的位置，手上也没有拿着任何录音的设备，甚至不像其他记者那样拿着纸笔，等着记录他的回答。

孙林有些奇怪，但几乎是出于一种本能，他答道："我不知道你是从哪里得到检察院的人要对我们进行约谈的消息，至少我没有收到这方面的通知。今天确实有检察官到市局来，但他们只是本案的承办检察官，是进行诉前审查的，他们今天来，只是对该案涉及的一些细节进行进一步的核实，这是公诉检察官的标准工作流程，这与案件是否是冤假错案并没有直接的关系。换句话说，即便是一个事实清晰的案子，他们也有权利有义务这样做。"

孙林刚说到这里，眼睛就骤然瞪大，身子敏捷地向后一倒，一块砖头砰的一声砸在了车顶，留下了一个明显凹痕。

孙林歪倒在车座上，大口大口地喘息着，就在刚刚，他眼睁睁地看着那个提问的人冲着他扔出了一块砖头，他无法想象，若是那块砖头砸在他的头上，会有怎样的后果。

市局门前顿时一片混乱，警察们匆匆忙忙地跑出来，驱散着人群，寻找着肇事者，只是刚刚的混乱早已让那个人消失无踪。

他并不知道，在市局办公大楼 8 楼的一扇窗户后面，有几个人正欣赏着这一出大戏。姜斌目瞪口呆地看着这一幕："我去，这也太彪悍了吧？"

"你不是都体验过了？"戴梓萌伸手从姜斌的背后摘下一枚菜叶，"你看，我们可爱的人民群众多热情好客啊，送了你一块翡翠呢，回头没准还有人送你珍珠，回家就能做珍珠翡翠白玉汤了。"

她说着，便走到了一边，百无聊赖地看着墙边竖立着的一个硕大的玻璃展柜，里面是一座座金光灿灿的奖杯，一张张写满了荣誉的奖状。

"咦？"戴梓萌突然轻咦了一声，目光停留在了玻璃柜最下一层最右的位置，排列的整整齐齐的奖状到此处戛然而止，成了逼死强迫症的绝佳模板。

"雷哥，你看，这是怎么回事？"戴梓萌招手叫雷鸣过去，雷鸣转头，看到那个展柜，眉头也是微微皱了皱。

"怎么了怎么了？"姜斌突然凑过来，"你看什么呢？"

戴梓萌道："差一点就集齐 60 个了，孙队长他们可以啊。"

"集齐 60 个有什么用？能召唤神龙许愿？"姜斌撇了撇嘴，整理着身上的检察官制服，"再说，一点都不难，你不看看都多少年了，只要没犯错误，一年咋还不能混几张奖状啊。"

戴梓萌直起腰，抬手指了指最上层最左边的那一张："可这只是他们最近两年的荣誉。奇怪。"

"怎么奇怪了？"姜斌不解。

"这地方，"戴梓萌推了推眼镜，指了指右下角，"应该还有一张奖状的，按时间算，应该就在最近发下来的，摘下去也没多久，还有痕迹呢。"

"我还以为多大事。"姜斌笑了一下，"来，哥告诉你啊，那就说明最近又有新的奖状要发下来，你看，这玻璃柜里都没地方了，肯定要撤一张不那么重要的，给更高大上的让位。"

"才不是呢。"戴梓萌收起眼镜，慵懒地伸了个懒腰，走回到会议桌边坐下，"这柜子里都是按时间顺序来的，就算腾地方，那也是从最上面的开始。这肯定有事。"

听戴梓萌这么说，雷鸣的眉头不由得皱的更紧了。

笃笃笃。

就在这时候，会议室门上传来了敲门声，会议室的门打开，孙林和法医刘鹏走了进来，他拉过一把椅子，一屁股坐了进去，看了一眼雷鸣面前的纸杯。

"我没动过。"雷鸣把那杯水向前推了推，说道。

"动了也没事啊。"孙林毫不客气地抓起水杯，一口喝光。

"我的也没动过。打算怎么办？"姜斌把自己面前的那杯水也推到了孙林的面前，没头没脑地问了一句。

"什么？"孙林愣了一下。

"那小子啊。"姜斌拍了一下桌子，"就这么算了？那可是袭击国家公务人员，冲击国家机关，《刑法》第二百七十七条，这事，够那小子喝一壶的。"

"拉倒吧。"孙林笑了一下。

"就这么算了？！"姜斌不由自主地提高了音调。

"那不算了还怎么样？"孙林摊了摊手，"这还看不明白吗？那就是让人当枪使的，罪魁祸首躲在网线后面呢，收拾他一个，屁用没有，他都不一定知道这到底是怎么回事。"

"为什么不公布真相呢？执法记录，证据……呃，"姜斌不甘心地道，只是话还没说完，他就突然想起，对于执法部门来说，并不是所有的证据线索都能够对外公开，这牵扯到案件所有当事人的人身权利，只能有选择性地公布，而这也就给有心之人留下了自由发挥的空间，"身份转变得太快，我还有点不太适应。"

他说着，尴尬地将视线移向了一边："不过不是我挑事啊，你这叫姑息养奸！就因为你不追究，他们才越来越嚣张。"

"坏人并不可怕，可怕的是这些自以为是好人的人，却干着最坏的事，自己却还觉得是在替天行道。"戴梓萌也说了一句，"我赞成姜检的意见，该出手时就出手。"

"行了，咱们还是说正事吧。"孙林摆了摆手，显然不太想在这件事上纠缠下去，他冲姜斌示意了一下，姜斌架好了摄像机，打开了录像模式，孙林这才继续说道，"林检，具体的情况，姜检察官在电话里都跟我说过了。你们对刘雪是否遭到了性侵还抱有疑问，对吧？"

林菲点头。

孙林冲着刘鹏示意了一下，刘鹏清了清喉咙："关于这一点，我想嫌疑人和刘雪坚持遭到侵犯的说法，应该和执法记录仪里的影像有关，两名民警返回现场后，刘雪衣衫不整，给人的第一印象的确是刘雪遭到了侵犯，刘雨正当防卫造成了两死一伤的后果。但是……"

"下次能直接说但是之后的内容吗？"姜斌有些不满，"回去在电脑上疯狂打字的可是我啊！"

刘鹏不好意思地笑了一下："我认为，对刘雪的不法侵害痕迹不应该只在刘雪一个人的身上，刘雪应该有过挣扎，而刘雨出手伤人，也更应该遇到过反抗，但……"说到这里，刘鹏再次歉然地看了一眼姜斌，"首先，在刘雪的身上只有衣服被撕裂的痕迹，没有其他侵犯的痕迹，甚至没有 3 名被害人任何一人的指纹，我对 3 名被害人也进行了细致的检查，在他们的身上也没有找到与刘雪有关的任何痕迹，倒是有被刘雨侵犯的迹象，所以我认为……"

"你认为是刘雪和刘雨姐弟伪造了现场？"林菲问。

"虽然我觉得这样说不太合适，但是，我不能排除这种可能，刘雪和刘雨坚称受到了侵犯，但证据不足，至少我不能认定。"

"辩护律师在和我交换意见的时候认为，案件发生的源头是 3 名被害人讨债引发了矛盾，你们认为这个理由不成立，依据是幸存者江洋的证词，他表示他们在催收过程中并没有采取任何过激手段，其中郭利尽管有言语上的侮辱，但并没有采取实际的行动，而且郭利当天明显处于醉酒状态，江洋和另一名死者王科一直很注意郭利的举动。"林菲又说道。

孙林点头，"对，现场的勘验报告你也看过了，我们没有发现现场有争执甚至是打斗的痕迹，因为讨债而引发矛盾进而激化成了杀人，这一点我认为是不能成立的，尤其当时出警的民警，他们报告，在抵达现场后，并没有发现双方有过激的行为举止。"

"你觉得，执法记录仪的影像是真实可信的吗？"雷鸣看着孙林，突然问。

"不可能伪造。"孙林笑道，"雷头儿你太敏感了，现在不是你那时候了，你刚走没多久，咱们的执法记录仪就升级了，现在都是自带 4G 网络，影像自动上传到省厅的服务器存档。当时我就去省厅把原始录像调出来比对过了，两份资料完全一致。"

雷鸣点头："那我就没有问题了。"

"好，那就到这里，我们去见下一个。"林菲说。

"去见那两个哥们？"孙林赶忙起身。

"不。"林菲摇了摇头，"先去下那个贷款公司，把贷款的事核实清楚。"

林菲说着，就开始收拾东西。姜斌却突然举起了手："为什么不问问我有没有问题？"

"你没有问题。"林菲扫了一眼姜斌，又看了一眼戴梓萌，"梓萌，你呢？"

"有一个小问题。"戴梓萌竖起一根食指，"很快的。我就是想问一下，这个案子的舆论压力很大，孙队长你为什么坚持认为，这是故意杀人，不是防卫过当或者是正当防卫？"

面对这个问题，孙林愣了一下，突然一笑："戴检，你这个问题，让我怎么回答呢？"

"就说你最真实的想法就行。"戴梓萌看了一眼姜斌，"姜哥，把摄像机关了呗？我这个问题和案子无关。"

姜斌依言起身，不情不愿地关闭了摄像机，回头就看到戴梓萌举起了自己的手机，镜头对准了孙林。

孙林摩挲着纸杯，神情纠结："说真的，我还真犹豫过。"

他抬头，看着戴梓萌："我也很同情这对姐弟，他们确实太可怜了。可是我是警察啊！我是守护社会公正和正义的，是守护法律的，如果连我都放弃了这条基本原则，你们觉得，这个社会还有救吗？"

"我欣赏你！"戴梓萌竖起了大拇指，"可是，你不会觉得很孤独吗？媒体不理解你，公众也不理解你，恐怕……"她看了一眼玻璃柜，"其实就连你的同事都不是很理解你。"

孙林的目光不由自主地瞟向了玻璃柜的最下层，脸上的笑容有些僵硬，但转瞬就恢复了他大大咧咧的样子："这份工作，就不是人人都能理解的。我总不能为了让大家理解我，就去做一些违背了法律准则的事。以事实为依据，以法律为准绳，这是我们法律工作者永远不能放弃的基本原则。"

"我可以在法律允许的范围内给他们适当的照顾，但是你想让我把人情凌驾在法律之上，对不起，反正我做不到！"

7. 受伤的猴子和人人喊打的英雄

"肇律师，怎么到哪都能看到你？"

刚一走进这家小贷公司经理的办公室，姜斌一眼就看到了坐在沙发上的肇源。

"我也很无奈啊。"肇源收起手机，两手一摊，"S 市就这么大点，低头不见抬头见的。"

"你这回又是怎么回事？"姜斌走到肇源的身边坐下，"又是什么案子让你跑这来了？"

"恐怕和你们的是同一个案子。"肇源不动声色地挪了挪屁股，离姜斌远了点。

"和我们的是一个案子？"姜斌愣了一下，"你把那个夏铭干掉了？我们的风格你是清楚的……"

"我是这家公司的法律顾问。"肇源打断姜斌的话，"接到你们要来调查的消息，我不就得现身了么？"

他苦笑了一下："负责人都不在，这件事我全权负责处理，林检，戴检，你们有什么想问的，直接问我吧。"

他看着林菲和戴梓萌说道。

"也好，跟你沟通，不用多费口舌。"林菲在肇源的对面坐下，"我们来的目的你已经很清楚了，你了解的情况就跟我们讲清楚吧。"

肇源点头，打开了随身的公文包，先从里面拿出了几分文件，一一摆放到面前的茶几上，"这是公司的营业执照，金融业务许可执照，换句话说，这家公司是有合法手续的经营金融业务的公司，不是做什么非法网贷的破烂平台。"

他又从公文包里拿出了一纸合同，递给林菲："这是刘雪和公司签订的贷款协议，林检你先看一下。"

林菲接过那纸合同，仔细看了看："和公安那边留存的合同一致。"

"那就好。"肇源松了口气，道，"您也看到了，他们合同约定的借款本金是40万，借款期限一年，到期应还43.4万，扣除部分手续费，刘雪实际得到的钱是35万，以本金35万，利息8.4万来计算，年利率是24%，刚好卡到了国家保护的利率线上。这是合理合法的。"

"这个我已经计算过了。"林菲说，"但是有一点，这么大额的贷款，竟然是无抵押的，这现实吗？刘雪和刘雨只不过是刚毕业的学生，辩护律师夏铭坚称是裸贷，这件事你们怎么说？"

"什么无抵押啊。"肇源摆手，又从公文包里拿出了一个档案袋，"刘雨和刘雪原来有一套房子，从他们父母那继承过来的，他们拿那个房子抵押办的这笔贷款，喏，这是相关的手续文件。"

他把那个档案袋递给林菲，林菲狐疑地打开，里面是一份不动产登记证明，她接着翻开，就发现这份房产做了抵押登记，而申请人就是这家公司的法人。

"这套房子，他们不是卖了吗？"她不动声色地问道。

"别提了。"提起这事，肇源竟有些气愤，"这姐弟俩，绝不是一般人，跟买家签了合同，买家看这姐弟俩可怜，就把全款付了，买家催着过户的时候，他们以各种理由推脱，借着这个时间差，拿来抵押贷款了，又商量着能不能不把抵押这条写进合同里，底下办事的是个新手，也没仔细检查合同。这套房子到底应该归属谁，这官司可打了挺长时间呢。我啊，也是看这姐弟俩可怜，就给居中调解了一下，房子的事，我们可以不追究，只要能按时把钱还上。"

"那也就是说，裸照的事？"林菲微微皱眉。

"子虚乌有。"肇源断然道，"公司所有数据都有备份，每一份贷款记录都要上报总公司的，总公司可是数一数二的上市公司，你们可以随便去查。"

"姜斌，让孙队长他们调一下。"林菲对姜斌说道。

"我已经告诉他们了。"雷鸣脸色不太好看，"这是他们工作的失误，这些在移交给我们之前就应该调阅出来。"

林菲点了点头，站起了身："那就这样，接下来，我们去见见刘雪。"

"什么该说，什么不该说，你都明白了吧？"

宾馆的一间房间里，刘雪一身黑色纱裙，安静地坐在床边。她和刘雨原本租住的地方作为案发现场已经被封存，在好心人的帮助下，她搬到了这个地方。

律师夏铭就坐在她对面书桌边的椅子上："你这次的回答，关系到你弟弟的死活，千万不能出错。"

刘雪抿了抿嘴唇，她有些紧张，不停地做着深呼吸。

"放轻松，之前你是怎么对警察说的，这次就怎么跟他们说。"夏铭微微一笑，"我相信你。你也看到了，"他晃了晃手里的手机，正是戴梓萌采访孙林的那段视频，"你能打动那个警察，打动这几个检察官也不难，尤其承办检察官还是女的，女人嘛，总是会感情用事的。"

笃笃笃。

房门上传来了敲门声，刘雪吓了一跳，她哀求地看着夏铭，夏铭站起身，抬手在刘雪的肩上按了一下，刘雪的身子抖了一下，下意识地向后一躲。

"对，就是这个反应，你现在有创伤后应激障碍，关于性侵那部分的细节，你完全可以拒绝回答。"夏铭说着，走到了门边，打开了门，"林检察官，你们来了。"

他微微侧身，让开了道路，林菲和戴梓萌等人鱼贯而入。

这间房间很大，甚至还带有一个露台，刚一进屋的林菲看到这个景象，愣了一下，她的目光在房间里巡视着，眉头微微皱紧。

"快看，外星人！"姜斌突然道。

"外星人？我看你不是正常人。"戴梓萌白了他一眼。

"不是，我是说这个。"姜斌急道，指了指写字台上的笔记本电脑，"外星人，高配，好像……"

"4万多，小5万。"戴梓萌随口道，小嘴却再也合不上了，她讶异地看了一眼刘雪，眉头也紧皱了起来。

"刘雪？"林菲收回了目光，看着依旧坐在床上的刘雪，说道，"我是林菲，市检察院公诉处的检察官，你弟弟的案子，现在由我承办。"

刘雪微微点了点头，"我弟弟，还好吧？"

她看着林菲，目光中带着一丝祈求。

"还好。"林菲道，"至少他现在不用那么辛苦工作。"

刘雪松了口气，"那就好。"

"我这次来，是有几个问题想跟你核实一下。"

听到林菲这句话，刘雪的身子抖了一下，脸上也渐渐失去了血色。

"你不用紧张。"戴梓萌见状，连忙安慰道，"不是什么敏感的问题，郭利、江洋和王科当天真的对你进行了侵犯吗？"

"是。"刘雪的声音如蚊蚋一般微不可察。

"就在沙发上？"林菲追问。

"对。"刘雪点头，突然猛地抬起了头，"王科就把我压在沙发上，撕破了我的衣服，用不用我告诉你们他是怎么撕的？"

刘雪的情绪突然无比激动，"就这样。"她双手抓住了自己的衣服，作势就要用力向两边扯开，戴梓萌急忙上前一步，抓住了刘雪的手。

"拦我干什么？你们不就是喜欢吗？"刘雪用力挣脱了戴梓萌，冷冰冰地看着她，"你们不就是喜欢追问细节吗？那我告诉你们啊，他抓我的胸，特别用力，疼，疼得我受不了，又哭又叫，没人救我。"

"菲姐。"戴梓萌转头看向林菲，"创伤后应激障碍！"

"然后呢？"林菲却神情冰冷，问道。

"然后，然后小雨就捅了他，把他按在沙发上，使劲捅，我帮着他按着那个人来着，怎么样，要不要把我也抓起来？你们说小雨是杀人犯，我也是啊！"刘雪已经近乎癫狂，她冲着林菲嘶吼，"来抓我啊，来啊！"

"你们都是凶手，杀人犯！"刘雪目光凶狠地盯着林菲，呐喊着，猛然间扑倒在床上，痛哭失声。

这一切都发生在电光火石之间，快到雷鸣和姜斌都没来得及反应，只是怔怔地看着这一切。

夏铭带着些歉意地冲着林菲笑了一下："不好意思，林检察官，那件事给刘雪小姐留下了非常严重的心理阴影，她现在的情绪很不稳定，恐怕……"

他摊了摊手。

林菲想了想，冷笑了一下："那就这样吧。"

她站起身，准备走向门边，刘雪的手机就在这时候响了，本倒在床上痛哭的她哭声几乎在瞬间止住。

她坐起身，抹了一把眼泪，掏出手机看了一眼，便匆匆走向了露台。

眼尖的姜斌却再一次被震撼到了，那是一部最新款的 iPhone X。

"马编辑，我现在实在写不下去了。"露台上的刘雪接起了电话，只说了几句，声音就突然大了起来，间或还夹带着隐隐的抽咽，"我弟弟前途未卜，我根本没有心情写下去。他们糟蹋我，我还得像那只受伤的猴子，不停地把伤口扒开给大家看，我怎么那么贱？！"

"我一闭上眼睛，就是那几个混蛋一脸淫笑冲着我来，我整宿整宿不敢睡觉，你还让我把那段详细写出来，你到底是要纪实文学还是情色小说？是不是我当时穿什么内衣，我身材怎么样，我怎么引起了他们的欲望都要写得清清楚楚？"

"真相？唤醒人们的良知？那和我有什么关系？"刘雪抹了一把眼泪，喊道，"我弟弟就快要上刑场了。"

"你让我相信法律？我信，可是我不敢抱太大的希望啊。马编辑，我都不知道我这么做有什么意义。"刘雪说着，慢慢蹲了下来，"我没有勇气去面对接下来的事情，梁静茹没给我那个勇气。我不想为这个社会做什么贡献，我只想要我的弟弟平平安安地回到我身边。"

"法制，良知，民主，人权，我什么都不想管，我只想要我的弟弟。"

刘雪的手机掉落在了地上，她就那么坐在地上，抱着双膝，头埋在膝盖里，再一次失声痛哭。

林菲看着这一幕，嘴角却露出了一抹冷笑，一言不发地走出了房间。

走在最后的姜斌恋恋不舍地看了一眼写字台上的高配外星人和掉落在刘雪脚边的 iPhone X，心疼不已。

"你们不觉得奇怪吗？"一走出宾馆，姜斌就迫不及待地说道，"她哪来那么多钱，用这么好的东西？有那些钱，她不早就还清贷款了，还至于出这档子事吗？这事我们是不是应该好好查一查？"

"会查的。"雷鸣正收起手机，"我已经告诉孙林了，让他通知网监那边，查一查刘雪的经济来源。"

"越来越有意思了。"林菲冷笑，"现在这件事越来越透露出一种诡异。雷检，那两个出现场的民警，联系好了吗？"

雷鸣点头："孙林就在那边等我们。"

20 分钟后，按照孙林给出的地址，林菲等人来到了那两名民警的栖身之所，可看着眼前的这一幕，姜斌却目瞪口呆。

昏暗的楼道里，面前的那扇铁门斑驳不堪，处处都是暗红色的油漆，流淌的痕迹宛如积淀许久，业已干涸的血迹。

"杀人凶手""刽子手""走狗""死"等等刺眼的鲜红字迹处处可见，甚至门牌号上还被人贴上了看不懂的黄色符纸。

几个楼里的居民匆匆而过，路过时还要厌恶地吐上一口唾沫，这还不解恨，还要狠狠地朝铁门踹上几脚，哐哐的响声让他们兴奋，就像做了什么了不得的正义之举。

"我们，走错地方了？"姜斌不确定地问了一句。

雷鸣上前一把扯下了符纸，看了看门牌号，低沉地道："是这里，没错了。"他的声音中夹带着一丝压抑的愤怒。

"各位老铁，哥今天就要替天行道，给那群匪警一个教训，法律不管，国家不管，哥替你们管，咱们今天就要把这两个缩头乌龟挫骨扬灰，拉出来给大家瞧瞧，让他们遗臭万年！"

一个嚣张轻狂的声音从楼下传来，接着，一个举着手机，戴着拇指粗金链子的平头男人出现在了姜斌的视野里。

看到姜斌这几个人，这个男人愣了一下："哟呵，碰到同行了，来来来，英雄大家一起当！"

说着，男人把手机的前置摄像头对准了林菲等人。

雷鸣连忙上前一步，挡在了几个人的身前："你干什么的？"

"跟你们一样啊。"男人笑嘻嘻地道，"你们不也是来行侠仗义的吗？这事，咱们做了就得让人知道，网友们不方便来，咱们让他们看看过过眼瘾也好对不对？来来来，老铁们，双击666，给这几个兄弟……"他看了一眼满脸厌恶的林菲和戴梓萌，"和这两个姐们加勒个油！"

"滚！"雷鸣呼吸粗重，从嘴唇里蹦出了一个字。

男人愣住了："哎？哥们你这就不够意思了，你是做好事，我也是做好事，凭什么不让我做啊？"

"检察院，工作，马上离开！"姜斌掏出工作证，在男人的面前晃了一下。

"我去，体制内的啊。"男人笑了，"那我更不能走了，我得把战报第一时间向网友汇报！"

林菲微微皱眉，先是用目光制止了已经开始撸起袖子的戴梓萌，又看了一眼姜斌，这才向雷鸣使了个眼色。

"请你马上离开！否则，你就涉嫌妨碍司法！"雷鸣强压着心中的愤怒，道。

"适用法律不当，应该是《治安管理处罚法》第五十条，阻碍国家机关工作人员依法执行职务。"姜斌嘟囔了一句。

"我们要工作了，请你离开。"林菲不冷不热地说了一句。

男人看了一眼林菲和戴梓萌，咽了口唾沫，又看了看一脸凶相的雷鸣，终于还是退缩了。

"走就走，我可先说明白，你们可得好好查，总书记说了，要依法治国，你们要是徇私枉法……"他晃了晃手机，"你们今天来，大家可都知道了，到时候，你们吃不了兜着走！"

"不用你操心！"

8. 约定

林菲转身，抬手，她的手刚刚触到铁门，还没来得及发出声音，铁门就打开了一条缝隙，孙林的脸从门里探了出来，他谨慎地看了一眼门外，"快进来。"

说着，不顾林菲平日那一副拒人于千里之外的冰冷，一把抓着她的手拽进了门里，戴梓萌等人连忙跟着鱼贯而入。

孙林在他们的身后又看了一眼门外，便关上了门，铁门发出了砰的一声，配合着屋子里昏暗的光线，摄人心魄。孙林长出了一口气，整个人也放松了下来，他冲着卧室的方向喊了一声："华子，彬子，别睡了，人到了。"

他又把目光转向了林菲等人，叹息了一声，摇了摇头："别见怪，这俩哥们这阵子就没睡过一个好觉。"

"让你查的东西查怎么样了？"林菲看着孙林，问。

"都在这里。"孙林拍了拍公文包，"几个 T 的图像资料，回去有的看了。哦，雷头儿，你说的那个事，我通知网监了，下午回去他们差不多就能有结果了。"

雷鸣阴沉着脸，点了点头。

"你们不该在这时候来。"卧室的门打开，一个胡子拉碴，身上的衣服满是褶皱的男人走了出来，他径直走向了厨房，打开了电热水壶。

"那我们什么时候来？"姜斌不解。

"等风头过去的时候。"

"你还不如直接说等下一件大事发生的时候。"戴梓萌笑了，"舆论都是愿意找话题抓眼球的，正确与否并不重要，正确并不一定能够给他们带来收益，而流量才会让他们有成就感，有利益。所以才会有了那些耸人听闻的标题，有了未成年性侵受害人明明隐姓埋名被人保护起来，却被媒体描绘成了畏罪潜逃，罪犯出狱后要求她站出来翻案而媒体还大张旗鼓地帮他们寻找，甚至还有质疑遭受了那么多年的性侵怎么还能保持精神正常的记者；有了故意模糊'保护动物'却刻意强调只是掏鸟，'不知法因而不犯法'的媒体审判；有了'性侵案件必须有 DNA 证据'才能定罪的造法律师。"

戴梓萌语气急促，眼中隐隐有了怒气，脸上却依旧保持着微笑，面对姜斌焦急的阻止的眼神，她视而不见："故意模糊案件重点证据、法律法规，强化甚至捏造容易引起网民对国家对政府对法律愤怒的部分，信息不对称下的网民就成了他们的马前卒，替他们卖命，从一个热点到另一个热点，只需要一点点的引导。至于最后的真相，他们根本不在乎。除了一小部分有自己理智的网民，其他还是会继续被媒体牵着冲锋陷阵，至于上一个热点，网民并不关心，他们只关心自己会不会被时代抛下，只关心自己能不能蹭到热点，有没有在网络上发泄的途径。甚至暗中期望自己一不小心成为下一个网红，对吧？但是，你确定愿意那种事情发生？"

"梓萌，你疯了？说这些干什么？"姜斌急道。

"因为我说的那个造法律师叫夏铭，那几个破案子都是他联合媒体搞出来的事情。打人要是不犯法，我早打的他姥姥都不认识他了。哎，我说，"戴梓萌冲着厨房里的男人喊道，"如果你们连这样的律师都怕，那你们赶紧搬家吧。"

男人没说话，自顾自地烧起了水，可他的身体却明显在颤抖着，昭示着他内心深处的激动。

"从来没有法外之地，也不可能有法外之人，无冕之王不行，律师更不行，你们记住了，他们今天做的事，迟早会遭到法律的制裁，他们今天得到越多的掌声，为他们敲响的丧钟就越轰鸣。等着看吧，早晚有一天，他们会付出惨重的代价，突破了底线的人，迎接他们的只会是有底线的法律审判，以及无底线的道德凌迟。"

卧室里传来了一阵啪啪的掌声，一个同样胡子拉碴的男人打着呵欠从里面走了出来，他穿着一身警服，衣服却同样皱皱巴巴，看上去，刚刚他们都是和衣而睡。

"这位检察官说得好啊，叫我彬子就行，不知道你怎么称呼？你说的早晚有一天，又是哪一天？"

"你能看到的那一天。"戴梓萌肯定地道，"戴梓萌，市检察院公诉处检察官。"

"嗨，哥们，至于吗你们？"见两人的话题越来越沉重，姜斌岔开了话题，走到窗边，手伸向了紧闭着的窗帘，然而，他的手还没碰到窗帘，就被另一只有力的大手抓住了。

"别动。"孙林瞪了一眼姜斌，"这地方现在就是龙潭虎穴，没看他们睡觉都不敢脱衣服吗？"

"那他们还在这？就不怕出事？"姜斌反问。

"要不然我们能去哪？"彬子自嘲地笑了一下，随手抓起茶几上的苹果啃了一口，"工作停了，家也不敢回，找个地方藏起来，等风头过去再说呗。"

"这话让你们说的，好好的警察，整的跟逃犯似的。"姜斌回到客厅中央，在彬子的对面坐了下来，"合着这地方不是你家？"

"他的。"彬子指了指在厨房里忙着烧水的警察，"华哥把他老婆孩子都送娘家去了，把我叫过来了。"

"你们这不是更容易让人一锅端？"

"我们在这，大家都知道，只要我们不走，时不时露个面，至少我们家里人是安全的。"彬子说得洒脱，可他脸上却浮现出了一缕萧瑟，"反正不管我们说什么，到他们嘴里都会变味，但该说的我们还得说，万一遇上一个实在的记者呢？"

"多久没看到孩子了？"雷鸣突然问。

"也没几天，仨俩月吧，雷队你还不知道，干咱们这行的，这不是常事？"彬子洒脱地一笑，"每天我们都视频。我孩子刚上小学，可聪明了，上学期期末给我考了个双百回来。"

正说着，他的微信就接到了一个视频通话的请求。他看了一眼，咧嘴笑了，举着手机给大家看："看看，这就叫心有灵犀，刚说他，这臭小子就打过来了。"

彬子下意识地坐正了身子，理了理头发，这才接通了通话："儿子！"

他的声音里充满了宠溺。

"爸爸！"电话那头，是一个八九岁大小的小男孩儿，他的声音还满是稚嫩。

"嗯，牛牛，中午吃饭了吗？"彬子怜爱地问道，"怎么这时候给爸爸打电话啊。"

牛牛得意地撇了撇嘴："我跟他们说，爸爸你是警察，是大英雄，他们不信，我就让他们看看。"

牛牛举着手机转了一圈，他的身边围绕着的都是他那么大小的孩子，看到彬子身上的警服，这些孩子的眼里无一不充满了崇拜。

"叔叔好！"孩子们和彬子打着招呼。

"你们好，你们好！"彬子连忙道。

"这回你们信了吧？"牛牛的声音中不无得意，"爸爸，你什么时候能来给我开一次家长会啊。铭铭爸爸也不信你是警察，说我没有爸爸，不让铭铭和我玩呢。"

他看上去有些委屈。

"铭铭是谁？"彬子疑惑地问了一句。

"我的新同桌啊。"牛牛得意地笑了一下，"可漂亮呢，我跟你说，爸爸你不要告诉妈妈，铭铭说，长大了要嫁给我呢。"

"臭小子，你才多大，就学会泡妞了？"听到牛牛这么说，彬子忍不住失笑，骂道。

"又不是我说的。"牛牛撇了撇嘴，"对了，爸爸，你什么时候回家啊？"

彬子的笑容有些僵硬，"再等几天吧，爸爸最近有点忙，等忙完了，爸爸就回家陪你和妈妈。"

"切！"牛牛不屑地翻了个白眼，"你上回也这么说的呢。"

"我保证。"彬子竖起了手掌，"爸爸发誓，忙完这几天就回家，带你和妈妈出去吃好吃的，去游乐场！"

"带上铭铭吗？"牛牛一脸期待。

"带，带。"彬子再一次失笑。

"太好了，我这就去告诉铭铭，不和你说了，爸爸。"牛牛说着，就挂断了通话。

在彬子看不到的地方，挂断了电话的牛牛却叹了口气，露出了和他的年龄绝不相称的哀愁之色。

"牛牛，你答应我们的东西呢？"一个孩子问道。

牛牛拍了拍身边的书包："都在这里。"

他拿过书包，打开，把里面的东西一样一样拿了出来，薯片、果冻，各式各样的零食，孩子们欢呼了一声，转瞬间就把这些零食瓜分了个干净。

"牛牛，你这样多不方便啊。"一个胖乎乎的男孩儿吃着果冻，说道，"要不咱办个包月吧？你一次性给齐我们，我们就天天陪着你给你爸爸打电话。"

"我妈一天就给我那点零花钱，我咋包月？"牛牛苦恼地说道，"再说了，过两天我爸爸就回家了，就不用打电话了啊。"

"哦哦，那还有事没？没事我们先走了。"说着，这群孩子一哄而散。

牛牛坐在那里没有动，他摸了摸肚子，有些苦闷。

一个长得挺漂亮的小女孩儿没有走，她在牛牛的身边坐了下来，一直背在身后的两只手拿了出来，那是一块蛋糕和一个果冻。

牛牛的眼睛亮了一下，"铭铭，你怎么不吃？"

他咽了口唾沫，却问道。

"给你吃。"叫铭铭的小女孩儿笑了一下，"你把零花钱都买零食给他们了，自己不吃午饭，妈妈说不吃午饭对身体不好，我特意给你留的。"

牛牛开心地笑了："铭铭，你真好。"他拿过果冻，一口就吞进了肚子，又接过那块蛋糕，狼吞虎咽地吃了起来。

铭铭双手托着下巴，看着牛牛，却有点不太高兴："你天天中午不吃饭，雇大家演给你爸爸看，当警察，也没有你说得那么好嘛。"

牛牛看了铭铭一眼，突然一把扔下了蛋糕："你懂什么，警察那叫舍小家为大家，我将来也是要当警察的，你们的安全，就由我来守护。"

铭铭的眼圈一下子就红了，她俯身捡起蛋糕，小心地拂掉上面的尘土，委屈地看着牛牛："这是我妈妈做的，我特意给你留的呢。"

她的嘴撇了撇，眼泪就在眼眶里打着转，眼看就要哭出来。

"你别哭啊，铭铭，是我不好。"牛牛急道。

"那你答应我一件事。"铭铭说，"我要和你一起当警察。"

"不行。"牛牛的头摇的就像拨浪鼓，"爸爸说了，女人是要由男人来保护的，你应该像我妈妈那样，帮我爸爸管好家。"

"可你爸爸已经有你妈妈了啊，这怎么办？"铭铭急的又要哭出来。

"你替我管家不就好了？"牛牛用力拍了拍胸脯，"将来我当警察，在外面当英雄，你在家里管家，爸爸说，这叫幕后英雄！"

"这可是你说的。"铭铭破涕为笑，"不许反悔，拉钩！"

她冲牛牛伸出了手。

"拉钩！"牛牛也伸出了手，两个孩子的手指够到了一起，两个稚嫩的童音在这个夏天格外响亮。

"拉钩上吊一百年不许变！"

挂断了电话的彬子脸上的笑容渐渐消失，一抹苦涩却浮上了脸庞。

"英雄？"他自言自语道："我这样的也算是英雄？有我这么窝囊的英雄吗？"

啪的一声，他猛地把手机摔到了地上。

"彬子！"华哥吼道。

"我说错了吗？"彬子也腾地起身，呼哧呼哧地喘着粗气，额头上青筋直蹦，"天天躲在这个鸟地方，连屋都不敢出，叫个外卖，开始还有人送，后来知道是我们，宁可被罚款也不送。我们就当个警察，就干了警察该干的事，怎么就成了人人喊打的过街老鼠了？"

"凭什么？凭什么我就有家不能回，老婆孩子都不能见了，凭什么犯错误的不是我们，停职的就是我们？啊？你们说，我们做错什么了？"

他冲着林菲等人吼道。

"彬子，你他妈的给我冷静点！"砰的一声，华哥手里的水壶重重地墩在了茶几上，滚烫的开水泼了出来。

"咋地？华哥，有委屈我还不能说了还是咋地？"彬子高声叫道。

"干咱们这行的，谁没受过委屈？就你有委屈啊？"华哥几步走到电视柜边，拉开抽屉，从里面拿出几张打印好的A4纸，丢到了彬子的面前，"我他妈的老婆孩子都没了，你那点委屈算个屁。"

彬子接过那几张纸，看了一眼，一下子愣住了，"离婚协议书"几个大字刺激着他的双眼，更刺痛着他的心。

"这怎么个意思?"彬子双手颤抖着翻动协议书,猛地抬头,看着华哥,"嫂子要和你离婚?"

华哥没说话。

"这哪行?我这就给嫂子打电话。"彬子说着,弯腰捡起了手机。

华哥并没有阻拦,只是淡淡地道:"我签完了,她就要孩子,房子车都不要。"

"你疯了?"彬子道,"华哥,嫂子不知道你那次执行任务之后就不能生育了?她这是要你的命!"

"跟着我,就不是要她的命了?"华哥在沙发上坐下,"你嫂子跟了我10年,也担惊受怕了10年,我一年春节都没陪她过过,一次生日没给她过过,你小侄子3岁那年,我在外边3个月,好不容易回趟家,你小侄子叫我叔叔。够了,我欠他们娘俩的。"

"可你们家的香火呢?"彬子急道。

"那孩子走到哪都是我的种,流着我的血。"华哥掷地有声地道,"谁叫咱们当初选择了这行,干这个,就得承受这些委屈。我从始至终没怪过你嫂子,我就怕我没死在任务上,你嫂子和你侄子先吓死了。"

"行了,不说这些。"华哥摆了摆手,给林菲等人倒上热水,踹了一脚彬子,"还有外人呢,丢不丢人?"

他将目光转向林菲等人,极为勉强地笑了一下:"让你们看笑话了。"

出乎他意料的,雷鸣却站起了身,向他们鞠了一躬,紧接着,林菲、戴梓萌,就连那个看起来不怎么着调的姜斌都站了起来,做出了同样的动作。

"你们这是?"华哥手足无措地看着他们,一时间不知道该说些什么。

"你们辛苦了!"雷鸣瞪了一眼手足无措的孙林,孙林连忙起身,两人同时抬起了右手,向华哥和彬子行了个标准的军礼。

"这怎么说的?这怎么说的?"从始至终无比洒脱,仿佛看透了一切,放下了一切的华哥和彬子匆忙站起身,眼圈却在这一刻红了,两人偷偷转过身,擦了一把眼角,彬子说,"有你们这句话,就算受了再大的委屈我也认了。你们问,你们想知道什么?"

9. 古怪的正当防卫

"交给法庭的执法记录是完整的吗?"看着姜斌架好了摄像机,打开了录像模式,林菲看了一眼雷鸣,点了点头,雷鸣愣了一下,便开口问道。

华哥点头："我们携带的执法记录仪是和省一级的指挥中心联网的，执法过程都是实时自动上传到省一级的指挥中心存档，这个孙队长可以作证。"

孙林点头表示认可。

"根据卷宗记载，在执法中，你们两个曾经离开过案发现场，有什么特殊的理由吗？"

华哥看了一眼彬子，眼神中带着一些不确定："我觉得，我们并没有违反相关规定，报案人当时并没有随我们一起进入现场，现场所有人都否认有违法行为的存在，我们也没有发现有不法侵害存在的痕迹。我和彬子就决定先去核查报警电话的事情。按照规定，调查至少要有两人在场才行，所以……"

雷鸣点头："离开时……"

"离开时，我们对他们进行了警告，并且声明我们不会走远，在核实过报警信息后，我们原计划对他们几个再进行一次问话。案子就是这时候发生的。"

"刘雪提出3名被害人对她进行了性侵犯，执法记录仪里并没有相关的记录，这是为什么？"

"你们真看过完整的执法记录吗？"彬子突然提出了质疑，见众人点头，他才道，"那你们就应该清楚，我们并不是没有怀疑过有性侵行为，华哥进屋后一眼就看到了刘雪衣衫不整，在等待支援的时候就对刘雪进行了问询，但刘雪起初予以否认，案子移交到了孙队长那边之后，她又突然提出这件事，所以到底发生了什么，我们也不清楚。"

雷鸣微微皱眉，想了想："是江洋找到的你们？"

"对。"华哥点头，"当时我们正在门外，江洋突然跑了出来，他当时手捂着肚子，在流血，告诉我们里面杀人了，我让彬子呼叫指挥中心，我赶紧跑了进去。"

"当时是什么场景？"

"郭利当时躺在门边。"

"你能分析出他之前的举动吗？"

"遇害之前，他应该是面对着大门的，胸腹部并没有伤口，颈部一道横切的创口，地上流了很多血。"华哥仔细回想着，"没有挣扎的痕迹，以我的经验来判断，他应该是后背遇袭，先被人从后面刺了一刀，随后又被人从身后割颈。"

华哥一边说，雷鸣一边翻动着卷宗，不时点头："其他人呢？"

"王科当时趴伏在沙发上，地上有血迹，我推测是腹部中刀，具体多少刀后来法医尸检我才知道。"华哥道，"刘雪和刘雨抱在一起，站在沙发边，地上掉着一把带血的水果刀，后来认定那个就是凶器。"

"刘雪的状态怎么样？"

"衣衫不整。"华哥有些无奈，"所以我第一时间觉得她可能遭到了性侵，但是她否认了，后续的调查也认为没有性侵发生的痕迹。"

"他们说的是真的吗？"姜斌小心翼翼地推了推戴梓萌，低声问道。

"我不认为有假。"戴梓萌看着华哥和彬子，"撒谎对他们没好处，雷哥肯定要进行现场还原，他们说的一下子就会被核实出来。"

"那他们也太冤了。"姜斌看了一眼华哥和彬子。

"这就是现实，他们做了对的事，但却并不一定是人们想看到的事。那个，"她抬头，看了一眼华哥，"我能吃个苹果吗？国光苹果，甘甜微酸还脆生，我就吃一个，最近太忙了，没空买水果。"

戴梓萌小心翼翼地伸出了一根手指。

雷鸣则合上了卷宗，闭着眼睛，眉头紧皱，案发现场的一幕幕正快速在他的眼前一一闪过。

片刻之后，雷鸣猛地睁开眼睛，两道锐利的光刺得戴梓萌下意识地收回了伸向果盘的手。

"林检，我要做个侦查实验。"他看向林菲。

"孙队长，安排一下。"林菲甚至没有问为什么，径直对孙林说道。

"随时奉陪。"孙林从公文包里找出了一个物证袋，晃了晃，那里装着一把钥匙，"就知道你们肯定要做侦查实验，东西我都随身带着呢。"

"那好，我们现在就出发。"雷鸣看了一眼华哥和彬子，"不好意思，还得请你们配合一下。"

"没什么。"彬子挠了挠头，"小一个月没出屋，都快长毛了，正好出去走走。"

案发现场依旧保留着当天的摆设，当房门打开的时候，姜斌下意识地后退了一步，一股浓重的血腥味扑面而来，他脸色骤然间苍白，喉头一动，就差点当场吐出来。

其他几个人却是毫无反应，戴上手套鞋套后按着警方之前打出的通道走进了房间。

"你们，都没闻到那个味吗？"姜斌站在门边，期期艾艾地问了一句。

"准备实验了。"没人理会他，林菲只是示意他架好摄像机，将接下来的一切完整地摄录下来。

姜斌只好将摄像机在门边架好，找了个能够将房间完整摄入的角度，打开了录像模式。

雷鸣打量了几眼房间，指了指沙发靠窗的那一边，冲华哥说道："去那边，站好。"

华哥点头，依言走了过去，雷鸣又看向了彬子。

"我当王科？总得给我一个侵犯的人吧？"彬子笑了一下。

"孙林，你去。"雷鸣说。

"为什么是我啊？我是男的啊。"孙林一脸的不甘，在林菲冷冰冰的注视下，却也只能走过去，在沙发上坐好。

随后，林菲也被雷鸣推到了门边，面对着房门站好。

站在窗边的华哥想了一下，从口袋里摸出了手机，低下头玩了起来，"我进屋的时候，有一部手机掉在窗边，后来证实是江洋的，手机画面停留在游戏界面，我推测，他当时应该在玩手机。"

"完美！"戴梓萌打了个响指，"我是演藏着水果刀的电脑桌？"

"你来当刘雨，我来指挥！"雷鸣道，想了想，又补充道，"下手轻点。"

"哦哦。"戴梓萌理了理衣服，"那开始吧，按照卷宗里刘雪和刘雨的说法，那个彬子小哥哥，你是王科，孙队长呢，就是刘雪，现在，你要欺负一下孙队长。"

彬子看着孙林，咽了口唾沫，神情尴尬，他看了一眼雷鸣，却见雷鸣面无表情但却坚定地点了点头。

"不要不好意思嘛。"戴梓萌催促道，"孙队长，来点刺激的。"

"啥刺激？"孙队长略带颤抖地问道，他直觉地觉得这么做好像不太对劲。

"随便说点啥呗，能勾起小哥哥性趣的。"戴梓萌无所谓地道。

"我去，戴检，咱们正经行吗？"孙林无奈地道。

彬子看着孙林，也是一脸苦恼，孙林的身形健硕，比他有过之而无不及，他想要控制住孙林，恐怕有些难度。

"孙队，你可得轻点。"彬子说，话音刚落，戴梓萌就已经走到了他身边，抬手按住了他的肩膀，顺势就把他按到了孙林的身上，彬子本想要挣扎，却发现自己在戴梓萌的面前竟然毫无还手之力。

"快，撕他衣服。"戴梓萌的语气中带着一股莫名的兴奋，彬子下意识地准备动手。

"不要！"孙林凄厉地叫道，抬手就要把彬子推开。

"收力，现在你可是女的，没有那么大的力气。"戴梓萌提醒道。

孙林一愣，他和彬子的身体素质本就在伯仲之间，稍一愣神，就被彬子抢占了先机，在数个呼吸间，彬子的手就已经抓住了孙林的衣领，眼看着手上就要发力，急怒交加的孙林抬手就是一巴掌抓向了彬子的脸。

"干得漂亮，女人打架就是这个状态。"戴梓萌鼓励道，"继续保持！"

"保持你妹啊，你来啊！"孙林一边挣扎一边没好气地骂了一句，"你是女的，你才应该来当这个刘雪啊。"

"拉倒吧，换我，这时候小哥哥早晕过去了。"戴梓萌撇了撇嘴。

"动手！"雷鸣突然喊了一声。

戴梓萌应声而动，她上前一步，一把抓住了彬子的肩膀，在彬子的惨嚎中将他拉了起来。

"水果刀！"雷鸣皱眉喊道。

"哦哦。"戴梓萌应了一声，松开了彬子，目光在客厅里搜寻了一番，很快就找到了正对着沙发靠窗那面墙边摆放着的电脑桌。

她几步走到了电脑桌前，弯下腰找了一下，随后右手虚握，转身重新回到了彬子的身后，抬手用力刺了下去。

"王科的伤口在胸腹，不在后背。"雷鸣再次喊道。

"明白！"戴梓萌按着不断挣扎的彬子，应道，她抓着彬子的肩膀，一把把他扳到了一边，抬手捂住了彬子的嘴，再一次挥手，向彬子的前胸捅了下去。

"我觉得这样才符合没人听到求救。"戴梓萌解释道。

"1、2、3、4、5、6、7、8、9。"

雷鸣数了9下，戴梓萌手上的动作也挥舞了9下，随即她松开彬子，目光转向了华哥，"你不说点啥？"

"说啥？"华哥愣了一下，看着长相甜美，脸上还带着笑的戴梓萌，莫名打了个冷战。

"至少10秒钟，你是不是应该有点反应？"戴梓萌反问。

华哥却突然转了个身，面向着窗外。

"这就对了。"雷鸣莫名挥了下拳头。

华哥这才转过头，看着戴梓萌，"能轻点吗？"他战战兢兢地问。

"我尽力！"

戴梓萌话音未落，华哥已经发出了一声闷哼，含糊不清地道："都说了轻点，小姑娘下手怎么这么狠？"

"哎呀，这时候你说不出来话的。"戴梓萌踮着脚，左手试图捂住华哥的嘴，可她的身高此刻却成了硬伤，尽全力伸直的胳膊却还是无法完全覆盖华哥的嘴，华哥略一挣脱，便跑向了门边。

"菲姐，该你动手了。"戴梓萌转身，悠哉地道。

　　林菲点头，快步走向了戴梓萌，还没走出几步，戴梓萌就已经到了她的面前，仰头看着她，却微微皱了皱眉，抬手抓住了林菲的肩膀，轻轻一推，便让林菲转了个身，变成了背对着她，虚握的右手先在她的后背连捅了几下，接着，手化为掌，以掌代刀，在林菲的脖颈上轻轻一划，林菲顺势倒在了地上。

　　她瞪着空洞的眼睛，看着昏暗的房间，突然有一种奇怪的感觉。

　　就这样死过去，似乎也不错，只是不知道郭利当时在想些什么，是不是也像她一样觉得死亡竟会是一种解脱。

　　"好像，不对啊。"戴梓萌挠了挠头，"雷哥，这也太麻烦了吧？直接捅不好吗？"

　　此刻的雷鸣也是眉头紧皱，他的视角和所有人的都不一样，此刻，在他的眼前，不仅仅只有这几个人，更有郭利、江洋、王科和刘雨、刘雪，这几个人努力想要和戴梓萌他们几个人捉对融合，可这些人的身上却好像存在着一股未知的排斥力，每每将要融合到一起的时候，却总是被那股排斥力弹开。

　　"不对，全都不对。"雷鸣摇头，他快速翻动着卷宗，"刘雪的身上根本没有血迹。"

　　"这有什么不对的？"姜斌不解。

　　雷鸣走到了孙林的面前，把他推到了沙发的一边："你就站在这里不要动。"

　　他又走到了彬子的身前，一把把他按到了沙发上。

　　"我也就在这里，我不会动的。"彬子说。

　　看着雷鸣向自己走了过来，华哥笑了一下，他径直走到了窗边，面向着窗外站好，低头继续玩起了手机："我也做过现场还原，他当时保持这个姿势才是正确的，不会注意到身后发生了什么，更容易被偷袭，他在供述里也是这么说的。"

　　雷鸣点头，看了一眼林菲，林菲会意地走到了门边，背朝着房间，眼睛贴到了门镜上："郭利当时应该在观察华哥和彬子的动向吧。"

　　雷鸣的目光转向了戴梓萌："当成是故意杀人！"

　　"故意杀人啊，这就好办了嘛。"戴梓萌用力点了点头，"首先我得拿到凶器是吧？"

　　她装作漫不经心地走到了电脑桌前，用整个身体遮挡着视线，慢慢蹲下了身。

　　"我看到了。"华哥头也不抬地道，"我的余光能注意到你的举动。"

　　"我也没办法啊，和刘雨的身材差了不止一个档次呢嘛。"戴梓萌倒是丝毫没有受到什么影响，她再起身的时候，右手微微内扣，像是藏着一把刀一样，随后慢慢走到了彬子的身边。

突然间，她动了，左手一下子捂住了彬子的嘴，右手虚握着一把刀，向彬子的胸前用力刺了过去，动作迅猛，连刺9刀，彬子刚刚张开嘴想要说点什么，戴梓萌就已经起身："你死了，第一刀就死了，连呼救的机会都没有。"

"嗯，因为我背对着沙发，还不知道发生了什么。"华哥点头，甚至微微蹲身，准备配合戴梓萌接下来的行动。

戴梓萌快步走到他的身后，水果刀刺向了华哥的后腰，华哥惊讶于这一次戴梓萌竟然没有试图捂住他的嘴，但很快也想起，江洋并没有做出这样的陈述，短短的一瞬间，华哥就调整好了状态，手机掉落在了地上，他挣脱了戴梓萌的控制，捂着腰跑向了门边，径直越过了林菲，手握上了门把手。

林菲还来不及反应，一只手就捂住了她的嘴，接着，她感到腰部被连续刺了几下，随后她的脖颈再次一凉，身体下意识地就要向后仰倒，却被人托住了。

她刚站稳，就听到戴梓萌离开的脚步声，她走到了孙林的身前，伸手就要去撕他的衣服。

"这个就不用了吧？"孙林后退了一步，双手环抱在胸前，声音中满是惊恐。

戴梓萌点了点头："毫无停顿和滞涩感，这才是作案的完美流程。是不是，雷哥？"

她回头看着雷鸣，雷鸣嘴角上挑，难得露出了笑容，他设想中的完美融合就在刚刚完成了，眼前的人不再是戴梓萌、华哥、彬子、林菲和姜斌，而是变成了刘雨、江洋、王科、郭利和刘雪。

"我是不是漏了啥？怎么没看明白呢？"姜斌不太确信地问道。

"智商。"林菲白了姜斌一眼，"你漏了智商，雷检，受累，做个说明吧。"

雷鸣点头，刚要说话，戴梓萌却迫不及待地道："不用麻烦雷哥，我来就行，就当扶贫了。"

她清了清喉咙，说道："第一次的现场还原，是按照刘雨的说辞来进行的。首先，王科对刘雪进行了侵犯，而此时，江洋就站在沙发边，郭利在门边。这个时候，按照一般人的应激反应，刘雨第一时间应该冲上去阻止王科，也就是我当时的做法，但这个举动一定会被江洋发现并阻止。"

"所以雷哥一直提醒我行动不符合刘雨的供述，我才不断地调整，造成了整个作案流程有着明显的顿挫感和刻意的根本经不起推敲的地方。而根据刘雨的供述和孙队长在第一次时候下意识的反应，很明显，在死者王科的身上会留下刘雪造成的痕迹，王科的手上也应该会有刘雪衣物的纤维组织，甚至刘雪的身上应该留下王科的血液。可是这些痕迹都没有。"

"万一是……"

"我明白你要说什么。"戴梓萌摆手打断姜斌的话，"这些不重要，最重要的一点，刘雨在杀害王科的时候，先是跑到电脑桌那里取了水果刀，以江洋的位置，他肯定会注意到，更能看到王科遇害的整个过程，这时候他有两种选择，一种是上前阻止，一种是逃跑，但绝不会出现先上前阻止，受伤后又逃跑的举动。而无论采取哪种行为，都会引起郭利的注意，郭利没有理由在毫无防备的情况下遇害。"

"所以，这个案子里的幸存者江洋的证词才是最合理的。第二次的现场还原就是以他的供述为基础进行的，核心就是刘雨是在三人毫无防备的情况下突然暴起伤人，高效完成了杀戮。"

"首先江洋站在窗边，背对着沙发，刘雨下手够快够狠的话，江洋不会发现。"

"法医的尸检报告认为第一刀就刺中了心脏，王科在第一时间就失去了反抗能力，死了。"雷鸣道。

"可这样的话，江洋是能看到刘雨去拿刀的啊？"姜斌依然不解。

"所以我去拿刀的时候，有意挡住了华哥的视线啊。江洋当时在玩手机，没有注意到也是正常的，拿到刀之后，刘雨也是小心藏起来的。而这个时候，刘雪并没有在王科的身边，她的身上自然不会沾染上血迹。然后，刘雨对王科一刀毙命，至于王科身上的其他伤口是当时就造成的还是江洋跑出去之后，刘雨再留下的，这个就不得而知了，我倾向于后者，这样江洋才来不及反应。杀了王科之后，刘雨就对江洋动手，但是可能是过于紧张或者其他什么原因，他没能做到一刀毙命，让江洋逃跑，郭利这时候还不知道发生了什么，江洋逃跑的时候心慌意乱，来不及提醒郭利，而刘雨就是趁着这个时候杀了郭利。"

雷鸣点头，"如果是正当防卫，刘雨只会胡乱捅刺，不会出现明显经过精心选择的致命伤。"

"所以，该案认定是故意杀人，我认为没有问题。"雷鸣看着林菲，做出了最终结论。

"性侵呢？这个可是最重要的前置条件，如果有性侵发生，这个案子很有可能就是防卫过当。"姜斌急道。

"证据！"雷鸣道："目前没有任何证据能证明性侵案的发生，现场还原无法还原出刘雨和刘雪的供述。"

"可是公众是不会认可的，那样就没有爆点了啊。"

"案子不是办给他们看的。"林菲看着姜斌，"我们做到问心无愧就够了。"

"我明白了。"姜斌点头，冲着戴梓萌眨了眨眼睛，"夏铭那家伙是不是说过，性侵案件，没有 DNA 证据就不能定罪？他这算是搬起石头砸自己的脚了吧？"

10. 联合督导组：真相

林菲在市局的洗手间洗了把脸，在凉水的刺激下，她昏昏沉沉的精神总算恢复了一点。

回到技术科的办公室的时候，她刻意放轻了脚步，戴梓萌和姜斌都歪倒在椅子里，和衣而卧，几名视频技术警察顶着浓重的黑眼圈，操作着电脑，他们无一不是头发凌乱，手边就放着咖啡，身边的垃圾桶里，扔满了丢弃的速溶咖啡袋。

每个人面前的电脑屏幕上，密密麻麻的都是照片。他们一张张翻看着，比对着。

这些都是孙林从小额贷款公司带回来的资料，尽管使用了人脸识别技术进行了初步的筛选，并没有找到刘雪所谓的裸照，但仍不放心的林菲要求警方再进行一次人工识别。

这让警方满腹怨言，几万张照片要在一个晚上核实完，这个工作量可不是一般的大。

"先放放，先吃饭吧。"办公室的门被推开，孙林和雷鸣走了进来，每个人的手上都提着几份早餐。

听到吃饭，原本睡得正香的戴梓萌和姜斌腾地一下坐了起来，小跑着接过了雷鸣和孙林手里的东西，挨个分发下去后，不顾形象地大吃特吃了起来。

"林检，刘雪那边的经济情况查明白了。"一边吃饭，孙林一边说道。

"哦？什么情况？"林菲问。

"刘雪开了个微博账号……"刚说到这，孙林的手机就响了，他掏出电话看了一眼，却愣了一下，"你等我一下。"

他举着手机，匆匆走出了办公室，片刻之后再回来的时候，脸色有些阴沉。

"微博账号怎么了？"林菲接着之前的话题问道。

孙林却是一脸的为难："抱歉，林检，这个，我恐怕暂时不能告诉你。"

"嗯？"林菲不解地看着孙林。

孙林纠结地想了想："我可以跟你透露一点，刘雪和夏铭在吃人血馒头。其他的，等事情完了，我会跟你说的。"

"事情完了？"雷鸣微微皱眉，"什么事情？孙林你把话说清楚。"

"林菲？"办公室的门再次被推开，这一次走进来的，是几个穿着不同制服的陌生人，有警察，有检察官。

"我是。"林菲起身，看着这几个人，"你们是？"

那名检察官向她出示了自己的工作证，"省检察院的，你承办的刘雨故意杀人的案子，现在移交给我们处理，我们已经和省公安厅成立了联合督导组，请你协助我们的调查工作。"

林菲微微一愣，随即无奈地笑了一下，摇了摇头，看了一眼戴梓萌，戴梓萌一脸的茫然，姜斌更是无比的惊讶，而雷鸣只是眉头皱得更紧了。

孙林冲林菲歉然地笑了一下："林检，不好意思，现在这个案子，我也无权插手了。"

坐在空荡荡的会议室里，看着正对着自己的摄像机，和面前那3个神情严肃的人，林菲颇有些不适应，以往这种画面只出现在她询问别人的时候，现如今，自己似乎已经成了嫌疑人了啊。

"林菲检察官。"坐在最中间的那个人开口了，他指了指林菲胸前的检察官徽章，那有两枚，林菲觉得，这么有纪念意义的时刻，他应该和她一起体验，"你能解释一下，为什么你没有按照着装规范来佩戴检察官徽章吗？"

林菲低头看了一眼："我爱人留给我的，重要时刻，我习惯这样佩戴。"

"但这并不符合着装规范。"

那人说道，他旁边的人连忙扯了他一下，低声在他耳边说了几句什么，这人惊讶地看了一眼林菲，点了点头："好吧，这件事情我们可以不管。说说这个案子吧，你现在已经进行到了什么程度？"

"我们已经做过了侦查实验，从现场还原的角度来看，我们认为嫌疑人刘雨、刘雨的姐姐刘雪的供述并不能采纳。侦查实验的录像就在我办公室。"

"关于刘雪被性侵一事呢？"

"这一点我们也已经核实过，从现场痕迹和法医的鉴定意见来说，性侵并不存在。"

"还有一个问题，刘雪的贷款，是违法违规的裸贷，这一点，你核查过吗？"

"正在核查，从目前的情况来看，这一点也不能认定。"

"所以，你坚持认为，刘雨应该涉嫌故意杀人，而不是防卫过当，是吗？"

"是。"林菲点头。

在林菲隔壁的几间房间里，雷鸣、姜斌、戴梓萌，甚至孙林都在同时接受着同样的讯问。不同的是，姜斌、雷鸣和戴梓萌都很快就走了出来，可林菲却依然在接受着问话。

"好了，现在来说一下，我们为什么要相信你的话。"那名坐在中间的检察官阴沉着脸，看着林菲，"我们这次受命组建联合督导组，一方面是因为这个案子本身，另一方面，嫌疑人刘雨的家属刘雪举报你涉嫌违规办案。"

"违规办案？"林菲愣了一下。

"是的。"检察官点头，"刘雪称，你在去找她的时候，并没有问及太多和案件细节相关的问题，只是简单问了几句之后就离开了，对她的诉求，你未予理睬。"

"凡是和案件相关的调查，我都有视频记录，你们看过吗？"

"说实话，我们都看过。"

"那你就不应该来质疑我。"林菲微微一笑。

"如果你们真的已经看过了所有的调查记录，相关证据，你绝不会说出我们徇私枉法的话来。"另外一间会议室里，孙林也正对着调查的人说着差不多的话。

"你们知道刘雪干了什么吗？"他看着眼前的 3 个人，"她开了个微博账户，对刘雨的案子进行了全程直播，背后有一家经纪公司来运营这个微博账号，在过去的一个月里，你们口中的嫌疑人家属，网贷的受害者，被性侵的人，疯狂敛财两百余万。"

"我不客气地告诉各位，她肯拿出其中的 1/5 甚至 1/10 进行赔偿，林检察官都有可能建议法庭判刘雨死缓。我了解那个人，能留人一命，她绝不会置人于死地。"

"有吗？没有。刘雪还在疯狂敛财，还在不停地炒作这件事。而你们呢？你们在干什么？你们的联合督导组成立的目的到底是什么？是来调查这个案子，还是来调查我们？你们知道林检察官是什么人吗？"

"林菲，"林礼祯坐在自己的办公室里，看着省检察院的领导，"我只能这么说，她在这里工作了 10 年，所经手的案子没有一起错案，你说谁徇私枉法我都信，唯独她，绝不可能。"

"老林，你也太自信了。"省检察院的领导喝了口茶，呵呵一笑。

"你不知道她身上到底背负着什么。"林礼祯长叹一声，"他的未婚夫，曾经也是一名检察官。"

"曾经？"

"死了。"林礼祯点头，"殉职，被犯罪分子残忍杀害。你看到那丫头戴了两枚检徽吧？其中一枚就是她未婚夫的。他就死在林菲面前，就死在他们登记当天，刚走出民政局的时候！"

"可这……"

"林副检察长。"林礼祯办公室的门被一股大力撞开，戴梓萌二话不说就跑了进来，身后还跟着雷鸣和姜斌。

林礼祯皱眉："没看见我在和领导谈话吗？慌慌张张的，成什么样子？"

"有重要证据。"戴梓萌晃了晃手里的一张光盘，"刚收到的，刘雪被强奸的证据。"

"什么？"林礼祯腾地一下站了起来，接过光盘，就放进了电脑里。

电脑硬盘发出了一阵沙沙声，随即播放器上出现了一名背对着摄像头的男子，正在一个女孩儿的身上奋斗着，女孩儿奋力挣扎，身上的连衣裙却还是被撕开。

"这就是刘雪？"省检察院的领导也凑了上来，皱眉问道，"这个男的又是谁？3 名被害人中的哪一个？"

"都不是。"戴梓萌摇头，"身形和衣服与他们 3 个人都不匹配。"

"哦？还有第四个人？"省检察院的领导问道。

视频继续播放着，刘雪奋力挣扎着，她身前的男子却只顾撕扯着她身上的衣服，短短十几秒，刘雪就已经衣衫褴褛，她双臂环抱在胸前，眼神惊恐，那男子却离开了摄像头，将刘雪娇好的身材展露给了镜头。

整个视频连一分钟都没到，便突然变黑。

"这是怎么回事？这短短的一段视频说明了什么？"林礼祯皱眉。

"证明刘雪的确遭到了性侵，你们啊，确实忽略了重要的线索。"

"不。"雷鸣摇头，"3 名被害人都没有出现在镜头里，按照刘雨和刘雪的说法，被害人王科是在沙发上对刘雪进行了侵犯，这完全不符。"

"我需要更详细的信息，什么时候拍摄的，用什么设备拍摄的。我不管你们用什么办法，给我找到完整的视频。"

林礼祯严肃地道。

但真正去做这件事的人却不是他们中的任何一个，鉴于联合督导组的存在，所有案件的后续调查工作均由联合督导组的工作人员进行，S 市检察院只有林礼祯有权参与。

一名工作人员按照雷鸣提供的网址打开了一个网页，一片花花绿绿呈现在了众人的面前，紧接着就是失控一般地弹出的网页和一个颇具诱惑的声音："澳门首家线上赌场上线啦，性感荷官在线发牌……"

工作人员手忙脚乱地关闭了音箱，又一个一个地关闭着网页，脸色通红。

"咦？电脑中病毒了？"林礼祯戏谑地调侃道，"年轻人，你这可是工作电脑，要注意隐私保护啊。"

工作人员的脸更红了。

"老林，你就别为难我的人了。"省检察院的领导苦笑了一下，"我这回可没带这方面的人才来，你赶紧找人把这事给我处理了。"

"人倒是有，就是现在不方便。"林礼祯摊了摊手。

"别以为我不知道你在想什么。"领导瞪了林礼祯一眼，"现在该问的也都问得差不多了，我们这么多双眼睛盯着，也翻不起什么浪花来，你赶紧把人给我叫过来。"

"这可是你要求的。"林礼祯笑了一下，挥手叫过来一名检察官，"去，让林检察官过来。"

片刻之后，林菲就出现在了众人的面前，戴梓萌、雷鸣和姜斌紧随其后，林菲的神情一如既往的平静，似乎联合督导组的调查对她没有造成任何的影响。

在林菲的身边，还跟着一个戴着眼镜的年轻人，这人西装革履，但胸前并没有佩戴检徽，看上去并不像是检察院的工作人员。

省检察院的领导疑惑地看了一眼林礼祯。

"刚刚特聘的，计算机方面的专业人才。"林礼祯微微一笑。

年轻人在电脑前坐了下来，他戴着的眼镜完全挡不住他眼中闪烁的光，只是随手在电脑上摆弄了几下，那个声音和网页就消失不见。

"这电脑没毛病啊？"年轻人有些不解，转头看着林菲，"菲姐，您找我就这事？"

"当然不是。"林菲道，"你先看看光盘，分析一下里面的视频，用什么设备，在什么时间，通过什么方式拍摄的。"

"5分钟。"年轻人说了一句，回身摆弄起了电脑。

"这谁啊？"姜斌低声问戴梓萌。

"电脑专家。"

"我知道是电脑专家，和你菲姐什么关系？"姜斌好奇的目光在林菲和年轻人之间游移着。

"你自己问。"

"我还想多活几年呢。"

"我的事，你越少知道越好。"林菲冷声道。

年轻人把U盘插入电脑，调出了一个工具，把视频导了进去，点击了一个开始的按钮后，却不再去看，回身看着林菲："菲姐，您多久没去看过简大哥他们了？我前两天刚回来，他们那可好了，那个守墓的，天天打扫。"

"废话，菲姐年年给钱呢。"戴梓萌撇了撇嘴。

林菲的身体却有一瞬间的僵直，随即笑了一下："看他们干什么？他们没良心，还指望我念他们的好？"

"不能那么说啊，那可是当初你亲手埋的。"

"对啊，埋都够费事的了，还要我年年去看他们？"

"这什么节奏？"姜斌听着两个人的对话，有些茫然，他看着戴梓萌，"你菲姐这怎么是嘴硬的感觉？"

"我也这么觉得。"戴梓萌点头。

"难得啊，我们俩意见竟然也能统一？"姜斌惊讶不已。

"一直都很统一啊，无非是和统还是武统嘛。"戴梓萌道。

"菲姐……"

年轻人还要说话，却被林菲一个冰冷的眼神阻止了："你搞定没有？别跟我说那3个家伙，我这辈子就毁在他们手上了。"

年轻人尴尬地摸了摸鼻子，转头看着电脑上已经走到了最后的进度条："我出手，当然没问题。我看看哈，拍摄的设备是电脑摄像头……"

"黑客？"雷鸣下意识地问道，案发现场的电脑只有一台，就是属于刘雪和刘雨，放置于客厅的那一台，如果真是电脑摄像头拍摄的，那么只能是黑客操纵了那台电脑。

"也不尽然。"年轻人却摇了摇头，双手飞快地在电脑上操作着，"这个设备很先进，只能是使用者主动开启，目前还没有黑客找到这个设备的漏洞，可以进行控制。"

年轻人的双手修长，动作轻柔，却又让人眼花缭乱，在众人还在思考这份视频是怎样录制下来的时候，他突然拍了拍手："找到了。"

"找到了？找到什么了？"这一次，就连省检察院的领导都忍不住问道。

"视频的上传者啊。"年轻人道，"就是这个IP地址。"他指着电脑上的一串数字道，"等我逆向追踪一下看看是谁。"

不等众人反应，年轻又是一轮让人眼花缭乱的操作后，一行地址就已经呈现在了大家的面前。

看着这行地址，就连林菲都有些不敢置信。

"这是哪里？"省检察院的领导皱着眉问了一句。

"还没完。"年轻人说着，继续在电脑上做着操作，"这是这个人的银行账号，可以啊，一年的时间，这个人从网站上赚了十几万，这得上传了多少视频啊。"他拖动鼠标，慢慢瞪大了眼睛，"300 多个视频，他从哪搞这么多视频，还得是和别人不重样的，这都是偷拍的吧？"

"没错，是偷拍的，没准还有摆拍的。"林菲点头，冷笑，"要不然，你以为他们姐弟俩怎么能在一年内单靠送快递和做家教摆地摊就搞到了 40 多万？晓明，把所有的视频都下载下来。"

"没问题。"年轻人做了个 OK 的手势。

"现在你还觉得，我们办的这个案子有问题吗？"林礼祯戏谑地看着省检察院的领导，问了一句。

"我从来也没说你们这个案子有问题啊？"省检察院的领导摊了摊手，"老林，别有意见啊，群众有需求，我们就得办，按流程来，这事我也没办法，现在这事查清了，接下来该怎么办，那当然还是你们说了算啊。"

"被害人对权益的主张符合法律规定，受到法律的保护，言行举止或有失当，但远未达到法律规定的不法侵害的界限，因此，不能认定有不法侵害行为的存在。"

联合督导组完成了相关工作后，鉴于社会舆论对本案的高度关注，决定召开新闻发布会向群众通报案件的进展，但新闻发布会究竟该由谁来主持，联合督导组却和林礼祯发生了分歧。联合督导组认为，林菲作为该案的承办检察官，理应主持本次新闻发布会。林礼祯却认为，这是联合督导组不负责任的甩锅行为，新闻发布会后，林菲必然会成为众矢之的。

然而林菲对此却并不在意，对联合督导组提出的要求并没有反对，甚至没有听林礼祯的规劝，就站在了新闻发布会上。

"嫌疑人辩称，3 名被害人对其姐实施了性侵行为，经查，性侵行为并不存在，所谓性侵行为是嫌疑人刘某伙同其姐实施的伪造，我们已经建议公安机关对其伪造证据的行为进行追查。"

"嫌疑人刘某的行为造成了两死一伤的严重后果，案发后拒不认罪、悔罪，按相关法律法规的规定，我们将建议人民法院按故意杀人罪审理，不排除死刑的量刑。"

此言一出，发布会现场立时沸腾了起来，所有有幸在现场的记者们不顾场合地互相讨论着，更有人不等提问环节的到来，就高声喊道："证据！我们需要证据，刘雨故意杀人的证据是什么？你们又是根据什么认定性侵行为是刘雨和刘雪的伪造？"

对于这种质疑，林菲就像没有听到一样，继续以不变的语气和语速念着手里的稿子："另经查，刘某涉嫌传播淫秽音像制品，以非法手段，如迷奸、诱奸、强迫等手段与多名女性发生性关系，拍摄录像，以此进行敲诈勒索、贩卖等行为牟利，情节特别严重，我们已建议公安机关对此进行立案侦查。"

林菲念完了手里的稿子，随手把稿子扔到了一边。"至于你们想要的证据，"她扫了一眼台下的记者，"很遗憾，涉及案件的关键细节，无可奉告。"

"什么叫无可奉告？你们是根本没有证据吧？"一个熟悉的声音传进了林菲的耳朵，夏铭，刘雨的辩护律师不知怎么混进了这场新闻发布会。此刻，他站在这群记者的中间，犹如鹤立鸡群，"你们的证据经得起推敲吗？你们否认不法侵害的存在，但我们关心这个案子的人都很清楚，如果不是郭利这些人的讨债行为过于激烈，会发生这样的事吗？如果不是高利贷把刘雪和刘雨逼到了绝境，会发生这样的事情吗？是他们先不给这姐弟俩活路，才造成了现在这个结果，而你们，而法律，却不给他们俩活路！相比之下，难道不是你们在助纣为虐，在为虎作伥？你们，难道就不是凶手吗？！"

"你们否认性侵，可执法记录仪的视频多么清楚。没有性侵，刘雪的衣服是怎么回事？你们说是她和刘雨联手伪造的，他们为什么伪造？这动机说得过去吗？刘雪，一个年纪轻轻的女孩子，她不要名声了吗？郭利，王科，江洋，那都是什么人？流氓，混子，哪个没有前科？哪个没有点违法乱纪的行为？你们宁可相信这群社会的渣滓，也不愿意相信一个受过高等教育的大学生，你们告诉我，这是什么道理？这是哪家的法律？"

夏铭掷地有声的话吸引了大批的目光，一时间，所有的闪光灯都对准了他，他就像个孤胆英雄，威风凛凛地挑战着林菲，挑战着检委会的决策，也接受着记者们的膜拜。

然而林菲却不为所动，她目光冰冷地盯着夏铭："到底要多少个夏俊峰才能让你们明白，舆论并不能凌驾于司法之上，道德也并不是决定一个人生死的标准，能对一个人进行判决的，只有法律，法律保护的不是弱者，而是我们所有人。就算你是加害人，也有权利得到保护，就算你原本是被害人，触犯了法律，也一样受到惩罚，这就叫公平。"

"公平并不是让你们站在同一条起跑线上，而是让你们有到达同一个终点的可能。"

"我会申诉，我会申诉到底。就算刘雨死了，我也会申诉下去，我要让你们知道，你们的判决是多么儿戏，你们，终会被钉在历史的耻辱柱上。中国的法制建设，因为你们的存在而成了笑谈！"夏铭寸步不让地和林菲对视着，咆哮着，声音饱含着不容置疑的信念。

"好啊。"林菲淡定地笑了一下："我等着你。另外，多说一句，刘雨也许本来不用死的。"

夏铭愣了一下："你什么意思？"

敏锐的记者们也察觉到了林菲这句话的不同寻常，他们迅速转移了视线，目光死死地盯着林菲，等着她接下来的话。

"你很清楚，不是吗？"林菲微微一笑，"如果他认罪，悔罪，那他有可能被判处死缓，更不会被我们发现他竟然还有其他可能被判处死刑的罪行。可为什么你一定要坚持无罪呢？"

夏铭的身子微微摇晃了一下，但他很快就稳定了下来："因为，他就是无罪的！"

他近乎嘶吼一般回应道。

"随你！"林菲摆了摆手，云淡风轻地说道，转身走出了新闻发布厅。

第四卷

螳螂黄雀

1. 破案亲兄弟

"小迪，我该怎么办？"

一间宾馆的主题大床房里，郭春颖坐在床边，满脸愁容，她一身剪裁得体的职业装，脸上略施粉黛，气质高雅，保养得极好，虽已年逾40，可看上去，她也就是30岁出头的样子。

"50万，对于我老公来说确实不多，可这件事我们不能让他知道，否则我们就全都完了。"

赵迪看上去只有30岁左右，面容儒雅，身上肌肉的线条却极为明显，他的脸上带着平静的笑容，走到酒柜边，打开了一瓶红酒，倒满了两个杯子，端着酒杯走到了郭春颖的身边，将手中的一杯红酒递给她，柔声道："这件事，就交给我吧，放心，我会处理好的。"

"可我们都不知道对方是谁，怎么处理？"郭春颖焦躁地道。

"你还不相信我吗？"赵迪在郭春颖的身边坐下，伸手揽住了郭春颖的肩膀，郭春颖顺势靠进了赵迪的怀里，感受着这个男人身上散发出的温暖，她的心情也渐渐平复了下来。

"这件事真的很危险，你不知道我老公那个人，让他知道了，我们现在的一切都会失去的。"郭春颖依旧忧心忡忡地道。

"就算全世界都抛弃了我，只要还有你在我身边，就够了。"赵迪宠溺地亲吻了一下郭春颖的额头，温柔却又无比坚定地道。

郭春颖忍不住露出了一抹甜蜜的笑容："小迪，我不是危言耸听，他真的有那样的能力，我有今天的身份地位，全是他一手促成的，要毁掉我们，他只要一句话就够了。"

"我绝不会让他知道的。"赵迪喝了一口酒，"我会尽快查出究竟是谁在威胁你，然后，永久铲除这份威胁。"

他的声音里带上了一丝寒意，郭春颖下意识地打了个寒战。

"不许做傻事！"她连忙道。

"我像是会做傻事的人吗？"赵迪笑了一下，抬手刮了一下郭春颖的鼻尖。

床头柜上的手机响了，郭春颖拿过手机，脸色随即沉了下来，但只是一瞬间，她就又柔和地看着赵迪，"我得回去了。"

"嗯。"赵迪放下酒杯，将郭春颖揽进怀里，低头吻上了她的唇，一番热吻，直到郭春颖呼吸急促，他才放开她，目光直视着郭春颖的眼睛，"真想一辈子都和你在一起，永远不分开。"

"我也是。"郭春颖用力环抱着赵迪的腰，肯定地道，下一刻，她就推开了赵迪，"我们再联系。我先走，你等会儿再走。"

她说着，就走向了门边，打开房门的时候，突然回头，严厉地看着赵迪："你喝了酒了，不许开车。"

赵迪愣了一下，随即无奈地一笑，晃了晃手里的手机："我叫代驾。"

孙林推开阳台的窗户，点上一支烟，狠狠地吸了一口，回头看了一眼客厅，自己的爱人和雷鸣的爱人李雅正有说有笑地收拾着餐桌，那熟练的动作让人丝毫看不出李雅的双眼早已经不能视物。

"有时候，真羡慕你啊。"他冲站在身边的雷鸣说了一句。

"我有什么可羡慕的？"雷鸣不解。

"嫂子都这样了，还尽可能不给你添麻烦。"孙林冲屋子里努了努嘴，"案子到你那边的时候，基本也没什么事了，每天准点下班回家，哪像我，7×24小时在单位待命，我们家那口子跟寡妇没啥两样。"

"这话你也就跟我说说。"雷鸣笑笑，"让你老婆知道，没准你就变二婚了。"

"你这话说得对。"孙林点头赞同，却又叹了口气，"头儿，那个案子你能不能给我点思路？"

"哪个案子？"雷鸣问。

"还能是哪个？水库里那两个无头尸体呗，半个月了，除了查明他们俩是父子，老的身体特征显示可能是司机，小的身体特征显示常坐在电脑前边外，别的线索一点都没有。"孙林苦着脸，"我这一点方向都没有，上边天天催，我都快烦死了。"

"抛尸工具，协查通报，监控排查。"雷鸣想都没想就说道。

"哎哟，我的哥，你以为这半个月我们都干吗了？"孙林白了一眼雷鸣，"抛尸地点偏僻，我们也想到凶手肯定用车了，问题是那地方哪来的监控啊？我们把周边的监控都调出来了，没日没夜地看，一个嫌疑车辆都没找到。协查通报也发出去了，现在也没回音。你说，这可是两条人命，怎么连个报失踪的都没有？连个尸源都确定不了，这案子，我估计，悬了。"

雷鸣摊了摊手，示意自己爱莫能助。

"哥，亲哥，你得帮我啊！"孙林急道，"你跑了，现在队里一摊子事全堆到我头上了，我都恨不得会分身术了我！"

"你等我啊！"他突然火急火燎地熄了烟，跑回了客厅，打开公文包，从里面拿出了一个档案袋。

孙林的爱人厌恶地瞪了他一眼："好不容易休息一天，你还随身带着这东西，你咋不跟案子结婚呢？"

雷鸣的爱人听到她这样说，掩嘴轻笑了一下："别管他们俩，他们这辈子就这样了。"

"谁说不是呢，嫂子你说咱俩当初怎么想的，怎么就选了他们俩呢？"孙林的爱人噘着嘴，一脸的委屈。

"哎，老婆，你这回可错了。"孙林嘿嘿一笑，"我可没想和雷头儿讨论工作，我这是顺便给他带过来的。"他看了一眼表，"咱俩也该回家了，别耽误人家俩人二人世界。雷头儿，我走了啊。"

他冲雷鸣喊了一句，把档案袋啪地一下扔到了茶几上，拉着自己的爱人逃一般跑了出去。

雷鸣无奈地摇了摇头，从阳台的窗户看着两个人跑出楼道，上了孙林那辆G500，便走回到客厅。"这小子，就没安好心。"他笑骂了一句，"休息吧，今天辛苦你了。"他对爱人说道，扶着她走进了卧室。

"两口子，说那些干吗？"李雅笑了笑，"你也应该多叫上你那些同事到家里坐坐，在单位就是案子，到家就对着我这一个瞎子，辛苦的是你啊。"

"我乐意！"雷鸣扶着爱人在床上躺下，伸手宠溺地刮了刮她的鼻子，这才又回到客厅，看着茶几上的那个档案袋，他拿起来想放进公文包，手却不由自主地打开了袋子，拿出了里面的档案。

天气预报说晚上会有特大暴雨，降水概率超过90%，有可能是S市50年来遭遇的最大的一次降水。

从下午开始，天就阴的可怕，本是白昼，却昏暗得如同子夜，连路灯都提前点亮，各个写字楼也都开了灯，让S市在这一天提早进入了夜生活。

天空不时响起几声炸雷，耀眼的闪电如龙一般划过天空，给这个城市带来眨眼间的光明，也让停在户外停车场的车发出了刺耳的警报声，此起彼伏，吵得人心烦意乱。

这一场雨之后，不知又有多少车主要痛哭流涕。

可在暴雨来临前却没有风，雨也迟迟不肯落下，闷热让每个人的身上都湿透了。

这样的天气让孙林无比的暴躁，他身上那套并不透气的雨衣将热量完完全全包裹住，让他的脸上汗水不断，可他又不敢脱下，暴雨说来就来。S市的暴雨从来不会给人准备的时间，只需要几秒钟就能把人浇成落汤鸡，然后恶作剧般飘然而去，瞅准了你对它的恶趣味毫无办法。

就像个顽劣的孩子。

孙林烦躁地挥了挥手，让眼前那辆车赶紧驶过，迎向了下一辆车。

"哥们，查啥？"这辆车的司机探出头，递上驾驶证和行驶证，随口问了一句。

"操那么多心干吗，没你什么事就得呗。"孙林随意看了一眼证件，"驾驶证快到期了，抓紧换新的啊。"

"哟，哥们，搞这么大阵仗，就查这个啊？"司机调笑了一句，却不合时宜地打了个嗝，他下意识地抬手捂住了嘴。

孙林却皱起了眉，抽了抽鼻子："把车弄一边去，冷静冷静！那个谁，给他吹一个！"他回头，冲同事们招呼了一下。

司机的脸色一下子变得尤为难看，哭丧着脸下了车。副驾驶上一个妖娆的女人也下了车，她明显喝得有点多，走路都有些不稳，不满地看着司机："叫你装，没事多说什么话，这回好了吧？让人发现了吧？我告诉你，要让人查出你这车是套牌的，你就倒霉去吧。"

原本已经走向下一辆车的孙林停下了脚步："咦？还有意外收获？"

"你胡说八道什么呢？"司机连忙呵斥道，换上了一副笑脸，看着孙林，"大哥，你别听她胡说，这车我们刚偷来的，我都观察好了，不是套牌。"

"嗯？"听着司机的慌不择言，孙林都忍不住笑了，"行了哥们，嗑药了吧？先回我们那待两天，我现在没空，回头我和你好好聊聊。"

这是一条通往城外的公路，平时原本没什么车，警方的临检让这条公路上排起了一长串的车队，这个戏剧性的插曲让设卡的警察们开心了一下，等着过卡的司机们却高兴不起来，这一耽误，后面的车流又增加了许多。

在这一排的车流之中，一辆红色的保时捷卡宴显得尤为扎眼，倒不是因为它的牌子，而是这辆车在启动和停止的时候，明显的顿挫让它前后车的司机心惊胆战，下意识地想离远一点，甚至它身后的那辆车与它之间足够再塞进去一辆排量不小的车。

驾驶这辆车的或许是个新手。

但坐在这辆车驾驶室里的却是一个50岁左右的中年人，岁月在他的脸上留下了太多蚀刻的痕迹，沟壑纵横，黢黑油亮，嘴角一道醒目的疤痕格外刺眼。头发更是花白斑驳，满是头屑，似乎完全没有打理过。

他穿着一身出租车司机的工作制服，这身制服也是污渍斑驳，本是无形的浓郁异味在这个空间里却给人一种清晰的画面感，让人很难相信，有人会愿意乘坐他的出租车。

这人胸前的工牌上显示此人叫傅盛，隶属于 S 市出租车公司。

车里似乎没有开空调，豆大的汗珠顺着他的脸颊向下滴落着，掉在他的胸前，腹部，将那里的衣服瞬间洇湿一片。

他身上的衣服大部分都已经被汗湿透，紧紧地贴服在他的身上，并不舒服，他却全然不顾。双手只是死死地握着方向盘，目光紧盯着前车的尾灯，偶尔会瞟一眼放在仪表盘上的手机，手机上正显示着一个地图导航，看上去，他的目的地就在前方不远处的一个水库。

他的手指不停地敲打着方向盘，显示着他此刻内心的焦躁和不安。前车又向前移动了一段距离，傅盛狠命地一推档杆，像有仇一样踩死了油门，卡宴刚刚起步，他就是一脚急刹车，顿挫让他整个人都向前冲了一下。

他的双手开始急速转动方向盘，同时看了一眼后视镜，后面排起了一串长长的车队，他舔舐了一下干裂的嘴唇，艰难地咽了一口唾沫，原本已经将方向盘转了几圈的手终于还是不甘地停下，放开，方向盘自动回到了原位。

傅盛叹了口气，靠进了座椅里，一副听天由命的样子。

就这样走走停停，当傅盛和他的配合并不默契的卡宴行驶到孙林身边的时候，天色已经完全黑了。

孙林叼着一根烟，敲了敲车窗，车窗慢慢降了下来，傅盛看了一眼孙林，目光便瞟向了别处。

看到车里的傅盛，孙林也是一愣，他打量着傅盛的衣着，又仔细看了看车里，并没有发现其他人，微微皱了皱眉。

"驾驶证，行驶证！"他不动声色地道。

"哦，有。"傅盛从口袋里掏出驾驶证递给孙林，又在车里翻起了行驶证，他打开遮阳板，那里并没有，又打开了副驾驶位的储藏箱，那里只有几瓶水，傅盛脸上的汗水更加浓厚了，"放哪了呢？警察同志，您别急，我肯定带了，就在车上，就是忘了放哪了。"

"我不急，你慢慢找。"孙林说着，慢慢向车后走去，余光却注意着傅盛的动作。他手中的手电照射在地面上，在一块光斑中，卡宴车的后备厢正在向外滴落着水渍。

孙林慢慢走了过去，在那滴水渍前蹲下了身。

从后视镜里看到了这一幕的傅盛喉头不由自主地滚动了一下，咽了口唾沫，左手放到了门把手上。

孙林有些犹疑地伸手沾了一滴水渍，放到鼻下闻了闻，眉头皱了起来。但他随即就站起了身，把烟头扔到地上踩灭，仿佛并没有发现什么异常一样走回到了驾驶位的车门前："找着没，兄弟？"

"找到了，找到了。"看到孙林走了回来，傅盛莫名地松了口气，伸手在右手边的手扣里向外拿着行驶证。

"这车挺贵的吧？"孙林随口问了一句。

"啊？哦，还行！"傅盛递上了行驶证。

"多少钱买的？还能养得起？"孙林检查着行驶证，和傅盛拉家常一样说着话。

"不到 10 万块钱，众泰嘛，回来自己改的车标。"傅盛有些不太好意思，"家住得远，就当上下班代步了。"

"那你生活条件是真不错！"孙林随口应了一句，目光却落在了行驶证上，那里清清楚楚地写着这是一辆保时捷卡宴。

傅盛的喉结滚动了一下，看向孙林的目光里充斥着紧张，好在下一刻，孙林就将行驶证递回给傅盛，似乎没有注意到行驶证上的异常，傅盛的脸上也莫名地浮上了一抹轻松的神色。

"我可以走了吧？"他问道。

孙林只是摆了摆手，但就在傅盛伸手接行驶证的时候，孙林突然一把抓住了他的手，将他死死地抵在了车门上，右手的枪顶在了傅盛的头上："叫什么名字？车后边拉的什么？"

看到这一幕的同事们先是愣了一下，随后马上围了上来。

一道炸雷就在这时轰然炸响，憋了一天的大暴雨决堤一般从天而降，地面上很快就汇聚出了一条小河，水从卡宴车的后边流过，流向车前，原本清澈的水流里夹杂了一丝血色。

只是片刻，孙林脚上的鞋就被血水浸染了。

2. 送命父子兵

天色更暗了，道道闪电不停地划过天空，雷鸣声更是震耳欲聋，豆大的雨滴打在窗户上，瞬间粉身碎骨。

戴梓萌看了一眼表，下午 5 点，她掏出电话，拨通了林菲的号码，对面却提示关机。

她有些不安，今天是刘雨的案子开庭的日子，一大早林菲就带着姜斌出庭支持公诉去了。这个时候，应该已经休庭，可这场大雨来得有些不是时候，林菲和姜斌恐怕要被大雨劫持了。

她从办公桌里找出一把雨伞，刚要出去，办公室的门就被推开了，姜斌一边甩着被雨水淋湿了的头发，一边收起雨伞："这雨下的，"他翻出毛巾，擦拭着头发，"太是时候了，晚两分钟也行啊。"

林菲跟在他的身后，进了办公室，可状态却和姜斌有着天壤之别，她整个人都被雨水浇透了，可她先做的却是摘下了胸前两枚检徽中斑驳的那一枚，擦拭干净后，小心地收进了首饰盒里，这才开始擦拭被雨淋湿的头发。

"你的伞是摆设？"戴梓萌赶忙找出毛巾，帮林菲擦拭着衣服，目光却看向了姜斌。

"谁说不是呢？"姜斌无奈，"风太大，雨太急，一点用都没有。"

"可菲姐都湿透了，你就头发湿了，你不应该解释一下吗？"戴梓萌强压着怒气，问道。

姜斌愣了一下，低头看了看手上的伞，又看了一眼林菲，突然不好意思地挠了挠头，"你看这事闹的，一直都是别人给我打伞。那个，对不起啊，林检……"

"没事，这样挺好。"林菲不动声色地道，"省得把你的傻缺精神传染给我。"

"你又干什么了？"戴梓萌盯着姜斌，神色不善。

"没，没干什么。"姜斌下意识地后退了一步，"那个啥，今天咱们大获全胜，虽然没有当庭宣判，但是，刘雨的死刑是没跑了。"

"本来是挺完美的。"林菲冷笑了一声，"如果你没建议法官把夏铭轰出法庭的话。"

"嗯？"戴梓萌愣了一下。

"那也不能怪我啊。"姜斌急忙解释，"你们没看着，法官好几次打断了夏铭的辩护，那我也就是就事论事，顺水推舟。"

"你有那个权利吗？"戴梓萌气得哼了一声，"夏铭肯定会拿这个说事，提出申诉的。没准下次开庭，你们都被要求回避了。"

"那都是好的，明天他要是不在媒体上说这个事，我都不姓林。"林菲抖了抖湿透的衣服，一脸厌恶。

"林检，今天是不是就不用加班了？"姜斌嘿嘿一笑，"你看，你这衣服都湿透了，不赶紧处理一下，我怕你会生病，耽误工作啊。"

"不用加班才是你的主要意图吧？"戴梓萌活动了一下手腕，刚准备走向姜斌，林菲就说话了，"都回吧。"

"好嘞。"姜斌急忙应道，拎起包就跑向了门边，路过雷鸣的时候，他下意识地看了一眼他的电脑，脸色瞬间就变得惨白，抬脚就向门外跑，可只跑出了几步就扶着桌子蹲了下来，发出了剧烈的干呕，"老雷，你也太重口味了。我今天的饭全白吃了。"

"怎么了怎么了？"戴梓萌莫名兴奋地跑到了雷鸣的身边，就见雷鸣的电脑上是两具无头尸体的照片。

姜斌连忙起身，伸手拉住了戴梓萌，抬手去捂她的眼睛："少儿不宜！"

"上一边去！"戴梓萌一巴掌打掉了姜斌的手，兴致勃勃地看着那张照片，"这个给力，雷哥，你从哪弄来的？这是砍头？哪家做的？我怎么没看着新闻呢？"

"分尸！"雷鸣简洁地答道，"半个月前的事，水库里打捞出来的两具尸体，没有头，从断口看，是被人砍掉的，指纹毁了。发现的时候，死亡时间在一周左右。"

"这可是重大案件，怎么我一点风声没收到呢？"姜斌狐疑地看了一眼自己的手机，用力甩了甩，他严重怀疑，自己的手机是不是出了什么问题，以至于错过了这么重要的消息。

"案子还没破。"雷鸣向前倾了倾身子，仔细地观察着那张照片，"目前能够确认的是两具尸体是父子关系，但是尸体的身份还没核实，也没有接到相关报案。"

"这是灭门吧？还没留脑袋，又毁了指纹，这是怕警察核实身份，大概率是熟人作案，对不对，雷哥？"戴梓萌问。

"嗯。"雷鸣点头，"一般情况下，是这样的。而且手段残忍！这应该是仇杀！通常这种案子，我们都会从尸源入手，年长一些的这个，有痔疮，腰椎间盘突出的很明显，他鞋底磨损的特征也很有代表性，应该是个司机，大概率是出租车司机。年轻的这个，右手腕处磨损明显，茧子很厚，是典型的鼠标手，应该是一个常坐在电脑前边的。这么明显的职业特征，要查找尸源应该不难，可孙林他们到现在也没查明死者的身份。"

"嗨，你操那个心干吗？"姜斌毫不在意地说了一句，"破案，那是警察那边的事，破不了，那也是他们的责任，和我们没关系。咱们啊，只负责诉前审查，支持公诉。"

林菲办公桌上的电话突然响起，她接起电话，听了几句，微微皱了皱眉："我这就过去。"

　　她说着，挂断了电话，看了一眼姜斌等人："你们等我一下，林副检察长说有重要的事情要交给我们处理。"

　　暴雨还在下着，路上的积水已经漫过了鞋面，傅盛的那辆保时捷卡宴边上，蹲着几个便衣，他们顾不上雨水已经彻底打湿了衣衫，只是不停地干呕着。

　　"看看你们那个怂样，就一碎尸，你们至于吗？"孙林不屑地道。

　　"哥，你见过这么凶残的碎尸吗？"蹲在地上的一名便衣怼了一句，"碎成一块块的了，骨头都敲碎了。"

　　"嘿嘿，那是你们见识太少。"孙林嘿嘿一笑，"哥给你讲一个我当年办过的案子，那才叫碎尸。话说那凶手是个市场卖猪肉的，杀完人之后呢，把人肉和猪肉混到一起卖了，人肉和猪肉本来就很像，这你们都知道，咱们有时候做实验都用猪肉代替。可直接卖肯定不行啊，这骨头一眼就能看出来，这人啊，就把肉剔下来，绞成了肉馅，然后这骨头呢，就敲碎了，喂狗。这案子破了之后啊，那一片人，全都改吃素了，养狗的统统把狗放生了。"

　　孙林讲得绘声绘色，必要的时候还加上了几个动作，让抽象的画面更加的真实。

　　"呕——"

　　几个刚刚有点起色的便衣再一次干呕了起来，却也只能呕出一点酸水。

　　"怂货！"孙林怒其不争地骂了一句，"老刘什么时候能过来？"

　　"来不了。"一名便衣回道，"让咱们把尸体拉回去，这环境，没法尸检，一不小心痕迹就都没了。呕——"

　　"那咱就撤吧，今天这条鱼够咱们吃一阵子了。"

　　孙林等人很快就查明，被害人赵迪，自由撰稿人，同时也是这辆卡宴车的车主。与尸体放在一起的驾驶证、身份证、手机等充分说明了被害人的身份。

　　但是进一步的调查还没来得及展开，孙林就接到了局长的指示，鉴于该案案情重大，性质恶劣，局里已经申请检察机关提前介入，在检察官就位前，一切调查工作暂时停止。

　　听到这个消息，孙林没来由地感到一阵心慌，他下意识地问了一句："知道检察院那边会安排谁过来吗？"

　　"安排谁你都得听着。"局长没好气地道，"不过这个案子检察院已经批捕，所以我估计，应该是公诉口那边的人过来。"

　　孙林顿时艰难地咽了口唾沫，苦笑了一下："不会是她吧？"

局长同情地看着孙林，点了点头："估计就是她！"

孙林一下子瘫在了椅子里，差一点就要惨嚎出声。

"所以，告诉兄弟们，保护好所有的物证，然后，赶紧回家休息。"局长说，"等明天他们来了，大家估计要有一阵子没得睡了。"

"别明天了，就现在吧。"办公室外突然传来了一个让局长毛骨悚然的声音，接着，雷鸣、林菲、戴梓萌和姜斌鱼贯走进了办公室。

"案情重大，我们没有那么多的时间耽搁。"林菲看着局长，"很难保证，随着时间的流逝，有些证据会不会发生变化，所以，大家辛苦一点，现在就开始吧。"

孙林和公安局局长还没有表态，姜斌的脸色就率先在一瞬间惨白无比，"林检，这是不是太没人性了？"

他艰难地说了一句之后，转身跑出了办公室，冲进了走廊尽头的洗手间，剧烈的呕吐声在局长的办公室里都清晰可闻。

"至于吗？"公安局局长惊讶地问了一句。

"一只菜鸟，不用管他。"林菲说。

林菲等人的提前介入让侦办此案的干警们休息一天调整精力的美好愿望彻底落空，所有侦办干警都被聚集到了一起，对该案进行研讨。

孙林提出，对该案的调查最好实行三头并进的方案，一方面组织法医力量对死者赵迪进行尸检，确定死亡原因和死亡时间；一方面由勘查经验丰富的干警带队，根据前期傅盛的交代，对其家中展开搜查，寻找作案工具，确定第一现场；另一方面，则由审讯经验丰富的干警对傅盛进行审讯，提取口供，争取在最短的时间内完成前期侦查工作，移交检察院提起公诉。

这个方案得到了林菲的认可，但在先后顺序上，她还是提出了自己的意见，现场勘查和尸检可以同步进行，但在审讯上，林菲却认为，掌握了确凿的证据后再进行审讯可以起到事半功倍的效果。

这一点得到了孙林的认可，在人员分配上，林菲认为，现场勘查工作，她和雷鸣有必要参与，雷鸣有着丰富的刑侦经验，可以现场提供指导意见，而戴梓萌和姜斌自然就是对尸检工作进行监督。

对此，戴梓萌倒是没什么意见，对于姜斌，林菲干脆忽略了他的存在。

"那我们现在就开始吧。"林菲的目光略过了姜斌，投向了孙林。

"问过我的意见了吗？"姜斌激动地站了起来，"我认为……"

"你认为什么？二选一，你总要参与一个。"戴梓萌不等他说完，就一巴掌拍在了他的肩膀上，把他打了一个趔趄，"你想干一辈子书记员？你想尽快成为一名检察官，这些工作迟早你都得面对。"

戴梓萌一句话就堵死了姜斌所有的后路，他一脸沮丧，咬牙道："行，那我尽力，但是林检，我尽力的意思你明白吧？我会尽力，但不保证顺利完成任务。"

"如果录个像你都做不好，我真不知道你还能做好什么。"林菲说，"我提醒你一句，在尸检过程中，你不能亲自动手取证，而且要注意法医的取证是否规范。"

"孙子才动手呢。"姜斌嘟囔了一句，立时感到一道犀利的目光刺到了他的身上，他转头，冲法医刘鹏笑了一下，"别误会，我的意思你明白的。"

"我明白你妹！"刘鹏不甘示弱。

"妹夫，合作愉快啊！"姜斌觍着脸，冲刘鹏伸出了手。

"被害人创口生理反应明显，推测凶手在对被害人进行分尸的时候，被害人还没有死亡，只是陷入了深度昏迷。"刘鹏将尸块在解剖台上拼好，俯身仔细看了看，就转头冲举着摄像机的姜斌肯定地说道。

"你怎么知道不是直接砍死的？"姜斌靠着门，干呕了一声，有气无力地问道。

法医不屑地看了一眼姜斌："你靠近点。"

"不去。"姜斌的头摇得像个拨浪鼓。

"废物。"戴梓萌骂了一句，伸手拿过了摄像机，一脸鄙夷。

"注意看这里。"刘鹏指了指尸体的双手，戴梓萌连忙将镜头对准了他所指的位置，"手上没有伤口，除了关节部位外，身上也没有其他伤口。如果不是陷入了深度昏迷，在遇到伤害的时候，他会下意识反抗，身上一定会有抵抗伤。"

姜斌突然抬手按住了耳朵里的蓝牙耳机，凝神倾听了一下："老雷说，记得做一下毒理检测，看看是什么毒物造成的。"

刘鹏点头，继续在尸体上寻找着，不片刻，他就用镊子夹起了几根白色的头发，仔细看了看："这几根头发不是被害人的。"

"有毛囊吗？"戴梓萌连忙问道。

法医点了点头，戴梓萌松了口气："好好鉴定一下，看这几根头发属于什么人。"

"你就直说看看是不是傅盛的就完了呗。"姜斌说。

"那样说不严谨。"戴梓萌白了一眼姜斌，"这几根头发很有可能属于凶手，但在最终结论出来前，傅盛只是嫌疑人，如果不是他的呢？不管了？"

"这叫抓手。"刘鹏笑了一下，"就算它们不是傅盛的，我们也可以依据这一点寻找新的嫌疑人。"

与此同时，林菲、雷鸣和孙林也带队来到了傅盛的家中。甚至无须使用精密仪器进行勘查，只是粗略一看，就连林菲这个非刑侦专业出身的人都能判断出，这里就是第一案发现场。客厅的大理石地面上，还残留着大量的血迹，茶几边，掉落着一个碎裂的玻璃烟灰缸，上面也沾染着大量的血迹。

茶几上，放着两个水杯，看上去，傅盛在完成杀人分尸之后，甚至都还没来得及清理现场。

孙林摆了摆手，同来的干警们当即开始搜集物证，将目所能及范围内的可能与案件有关的物品统统收进了物证袋里。

雷鸣信步走到了洗手间前，抬手推开门，下意识地皱了皱眉："凶器找到了。"

洗手间的浴缸里放满了水，此刻那水已经一片血色，水里泡着一把斧头、一把菜刀和一把钢锯，毫无疑问，这就是傅盛用来分尸的工具。

看着干警们将物证提取走，雷鸣却还是抽了抽鼻子，好像有什么事情想不通。

"带鲁米诺了吗？"他回头冲几个小法医问道。

"带了。"其中一名法医点头。

"检查一下洗手间。"雷鸣吩咐道。

几名法医赶忙调好了试剂，在洗手间里喷洒了起来，等待了片刻，他抬手关掉了灯，林菲讶异地看到，整个洗手间里，就连棚顶都散发着荧荧的蓝色冷光。

"除了抛甩状的血迹之外，还有大量喷溅状的血迹。"孙林抬头看着棚顶，脸色阴沉，"这是活着肢解被害人的最好证据。"

3. 配合的嫌疑人

S市公安局的干警们连夜对所有采集到的样本进行了化验分析比对，最终查明，茶几上的两个水杯里，其中一个有被害人赵迪的指纹，杯子里发现了残留的安眠药；另一个水杯上是嫌疑人傅盛的指纹，这杯水却是正常的。那个碎裂的烟灰缸上的血迹是赵迪的，指纹则是傅盛的。

傅盛在杀害赵迪之前，两人似乎有过一段和平的交流，也就是在这段时间里，傅盛产生了杀害赵迪的想法。

分尸工具上的血迹则完全是赵迪的，指纹属于傅盛。

同时，负责进行指纹鉴定工作的干警还带来了另外一条消息，在联网系统里记录了一份档案，两人在大约一个月前曾因一场车祸产生过交集，这名干警先知先觉地将这份档案也调了出来。

法医部门则对从赵迪身上取下的检材进行了鉴定，证实赵迪身上那几根毛发属于傅盛，赵迪体内检测出了大剂量镇定剂物质。

所有证据都已齐备，林菲一声令下，针对傅盛的审讯即刻展开。

让林菲等人万万没有想到的是，在物证如此确凿的情况下，傅盛却矢口否认自己是凶手。坚称自己与赵迪素不相识，自己之所以驾驶这辆保时捷卡宴出城，是因为一份代驾订单。

在从事出租车司机的工作之余，为了贴补家用，傅盛还做着代驾的工作，当天交班之后，他接到了一份代驾订单，正是赵迪发出的，要求傅盛驾驶卡宴出城。

傅盛抵达约定的地点之后，找到了赵迪的卡宴车，但却并没有找到赵迪，拨打赵迪的电话始终无人接听，但在赵迪给他的短信里却说明车并没有锁，钥匙就在车里，让他驾车出城，到城郊的水库边，有人接。

尽管傅盛对此心有疑虑，但数额不菲的报酬让他很快就做出了决定。

但这份供述却毫无说服力，在孙林的执法记录仪里清晰地记录下了傅盛在面对警方的盘问时声称自己就是保时捷卡宴的主人。

在被害人赵迪的手机上确实有赵迪寻找代驾的信息，但在手机上却发现了傅盛的指纹。而这份代驾订单的发起，以及与傅盛的沟通都是在赵迪死后的两个小时左右发生的。

"换句话说，所有这些东西，全都是你伪造的。"面对傅盛的抵抗，孙林冷笑道，"你不会以为，这种小把戏就能瞒过我们吧？"

面对确凿的证据，傅盛终于放弃了抵抗，交代自己就是杀害赵迪的凶手，案发现场就在自己的家中。

但他却再一次向警方表示，自己并非故意杀人，而是出于自卫。

当天他回到家中时就发现房门锁被动过，被害人赵迪就坐在客厅里，一副在自己家里的样子。

"你谁啊？你怎么进我家的？"傅盛问道。

"我来传一句话，到此为止，别再惹麻烦。"赵迪看着傅盛，阴狠地说道。

"你神经病吧！"傅盛骂了一句，"赶紧走，你再不走我就报警了。"

"我还要拿走点东西。"赵迪道。

"你有完没完？"傅盛喊道。

"那个东西对我很重要。"赵迪说了一句，抓起了桌子上的烟灰缸，"如果你不给我，我就只能……"

啪的一下，赵迪将玻璃制成的烟灰缸摔裂在了茶几上。

"我不明白你在说什么。"傅盛也拉下了脸。

"你明白的，你很明白，你既然不肯给我，那我就只能自己拿了。"赵迪说完，突然起身，向傅盛扑了过去。

两人发生了激烈的争执，争斗中，傅盛错手杀害了赵迪，见赵迪死亡后，傅盛很快冷静下来，他没有选择报警，而是决定自行处理赵迪的尸体。

"不管怎么样，人死了，我不能让他影响我的生活。报警那是绝对不能报警的，正当防卫这东西的认定，从来就没有一个统一的标准，我可不想吃牢饭，一点都不想。我过上现在这样的生活，你知道我付出了什么样的代价吗？我绝对不能让他毁了我的生活。"

"谁能给你作证？"孙林冷笑。

"我那个邻居吧。"傅盛想了想，"我回家的时候正好我邻居出门，他应该能看到、听到点什么。"

"行，随你怎么说，等你那个邻居回来，我就去问问。"孙林在笔记本上记录着，脸上的笑容愈加冰冷，"不过，你再好好想想，你和赵迪真不认识？我给你提个醒，一个月之前，你们俩发生过一点小摩擦。"

可是面对孙林的提醒，傅盛却是一脸的茫然。

孙林不得不给他播放了一份监控视频。

那是一个闷热的中午，赵迪驾驶保时捷卡宴外出，在一个十字路口等红灯的时候，傅盛驾驶的出租车突然插到了赵迪的车前，赵迪反应不及，两辆车撞到了一起。

赵迪还没采取什么行动，傅盛却先下了车，径直走到赵迪的车前，将赵迪拉下了车，要求赵迪负全责，赔偿他的损失。

赵迪拒绝了傅盛的无理要求，选择了报警，交警赶到现场后，认定傅盛对这起事故承担 50% 的责任，因为赵迪在行车途中接打电话，有违章行为，核算损失之后，傅盛应赔偿赵迪 5 000 元。

"想起来了吗？"孙林问。

面对这份视频，傅盛先是茫然，继而恍然大悟，随即懊悔不已。

孙林仿佛没有注意到，傅盛的每一个动作，每一个表情，都显得尤为夸张。

"我真没想到，你们还留着这种东西。"

"现在是不是说说你和赵迪的事，为什么要杀他？就一个车祸，还没什么特别大的损失，你至于杀人吗？"孙林问。

"你知道我得赔他多少钱吗？"傅盛却哈地笑了一下，"5 000 块，我这辈子都没见过那么多钱！"

孙林不敢置信地看着傅盛："你就为了这 5 000 块钱，就把赵迪杀了？"

"他逼我的啊！"傅盛大声道，"就 5 000 块钱，天天催着我要。我那天一到家他就问我什么时候给他钱？当天拿不走钱，就要在我家住下不走了。"

"你连 5 000 块钱都没有？"

傅盛打量着孙林，脸上写满了不屑："5 000 块钱对你来说，不算什么事，对吧？可对于我来说，那就是我的命！你过过身无分文的日子吗？你知道我每天都交给公司多少钱吗？你知道现在油钱多贵吗？我一天 24 小时连轴转，有时候我都得往里倒搭钱，他还找我要 5 000 块，他是来要我命的，我不杀他，你让我怎么活？"

"傅盛完整交代了自己的罪行，没有任何隐瞒，应认定是坦白。"

肇源坐在林菲的对面，一副放弃抵抗的样子，就连说辞都显得有气无力，而且在过去的 5 分钟里，他就看了不下 5 次手表，似乎急着结束这次对话，还有更重要的事情去办。

傅盛涉嫌故意杀人一案事实清晰，证据确凿，前期侦查工作完成得异常顺利，林菲等人几乎没有提出过多的意见。在林礼祯与公安局局长沟通过后，该案顺利移交到了检察院进行诉前审查工作。

姜斌甚至认为，除了面对赵迪尸体的时候，这是最没有挑战的一个案子。

傅盛对法律上的事情几乎一窍不通，经提醒后，他申请了司法援助，由相关部门为他指定了一名援助律师，就是肇源。

可肇源对这个案子显然提不起任何的兴致。

"我不这样认为，傅盛在面对警方审讯时多次狡辩，直至面对确凿证据无可辩驳时才交代罪行，没有理由认定是坦白和自首；在认罪后，傅盛仍坚持辩称自己杀人是因为受到了逼迫，更不构成悔罪表现。"

面对肇源充满了官方措辞的意见，林菲同样以极为官方的态度给予了回应。

让他意外的是，肇源并没有在这件事上纠缠下去，只是点了点头，就继续说道："傅盛在对被害人进行肢解时，认为被害人已经死亡，因此不应构成故意杀人罪，而是过失致人死亡罪。"

"这就更说不通了。"林菲笑了一下，"傅盛的主观意愿就是致被害人赵迪死亡，肢解是为了更方便他抛弃处理尸体，无论傅盛在肢解被害人时被害人是否已经死亡，其故意杀人的情节客观存在，你的意见恕我难以认同。总之，目前来看，傅盛故意杀人一案事实清楚，证据确凿。傅盛故意杀人的手段极其残忍，且仅因 5 000 元债务纠纷而杀人，性质特别恶劣，主观恶意极深；归案后，傅盛拒不交代犯罪事实，缺乏法定的可以减轻处罚的情节。"

"而且这些，你也不应该和我们来说啊。"一旁做着记录的姜斌抬头说，"你这些应该和法官去说。"

"这我当然知道。"肇源摊了摊手，叹了口气，"这个案子，我知道的未必有你们多，可作为傅盛的辩护律师，我总得干点什么吧？"

他说的颇有些勉为其难，说完后就站起身："那我的工作就告一段落了，林检，告辞，法庭见！"

"哎，我们待会儿去提审傅盛，你不跟着？"姜斌问了一句。

"不去。"肇源连连摆手。

"怎么了？肇律师，这可不像你，职业道德呢？不要了？"姜斌笑问。

"屁的职业道德，你以为我爱接这案子咋地？"肇源白了姜斌一眼，"司法援助，这案子铁定输，我才懒得费那个心思呢。我还有事，先走了。"

他说着，摆了摆手，快步走出了林菲的办公室。

"他会后悔的。"戴梓萌突然说了一句。

"什么？"姜斌不解。

"这个案子绝对有搞头，肇源现在这样心不在焉的，他一定会后悔的。"戴梓萌诡异地笑了一下。

"这案子有搞头？"姜斌挠了挠头，一脸的茫然，"这案子都板上钉钉了，还能有什么搞头？我们待会儿去提审，也不过就是走个程序罢了。"

戴梓萌却不再理会他，而是转向了林菲，"菲姐，这几天，我仔细想了一下这个案子，有些地方，我觉得有点别扭。"

"别扭？"姜斌忍不住笑了出来，"别扭能当证据吗？"

"就为了 5 000 块钱就杀了一个人，还活着就给肢解了，至于吗？现在经济形势有那么不好吗？他一个出租车司机，一个月赚不到 5 000，两三个月，总可以吧？"戴梓萌反问，"就 5 000 块钱，分期支付，我想，赵迪也不会不同意吧？"

"直觉不能作为证据，但直觉往往能告诉我们真相。"始终一语未发的雷鸣突然幽幽地说了一句。

"5 000块钱对你来说，不算什么事，对吧？可对于我来说，那就是我的命！你过过身无分文的日子吗？你知道我每天都交给公司多少钱吗？你知道现在油钱多贵吗？我一天24小时连轴转，有时候我都得往里倒搭钱，他还找我要5 000块，他是来要我命的，我不杀他，你让我怎么活？"戴梓萌合上卷宗，笑吟吟地看着坐在她面前的傅盛，"这是你供述的作案动机，对吧？"

傅盛点头。

"我有点不太能理解。"戴梓萌继续道，"作为一个有正式工作，还有自己房子的人，为了5 000块就杀人？"

"这不难理解，我没钱啊。"傅盛说。

"没钱？"姜斌直接忍不住笑了出来，"傅盛，你知不知道一个力工现在一个月多少钱？"他伸出右手，比了一个手势，"8 000，这还是往少了说，你连个力工都干不了？"

"我有房有车，我是出租车司机，我干吗要去卖力气？"傅盛也笑了。

"抱歉，我实在难以理解你的心理。不过有一件事，我觉得更奇怪，前前后后，你数次推翻了供述，每一次，只要警方一提出新的证据，你就会提出一份新的供词，能告诉我为什么吗？"戴梓萌继续问道。

"你们没问的东西，我为什么要说？"傅盛又笑了一下，却又叹了口气，"早知道过这样的日子要付出的代价这么大，说什么我也不会走这条路。不过你现在再让我回去过那种日子，说什么我也不会回去了，这就像一个整天吃苞米面窝头的人有一天突然吃到了山珍海味，就再也回不去了。要说这富贵啊，还真不是什么好东西，各人有各命，我啊，就是太贪图这点享受了。"

戴梓萌微微皱眉，看了一眼林菲，傅盛这句话说得有点莫名其妙，可一时间，她也没想好该怎么继续问下去。

"你在最初的供述中，表示自己并不认识被害人赵迪。"林菲问，"为什么？"

"我忘了，后来警察提醒我我才想起来，我还真认识他，还欠了他的钱。我还纳闷呢，他怎么一见到我就从我要钱。"傅盛的声音里带着些微的颤抖，那是紧张，也可以理解为兴奋，从傅盛的眼中，戴梓萌看到了一丝神采，尽管他很好地隐藏了起来，但他嘴角的那抹笑意，却怎么也无法隐藏，带得他嘴角的那道伤疤都有些无规律地颤抖着，"事实上，我到现在对这个人也没什么印象，警察给我看的监控视频，不会是伪造的吧？"

"这恐怕要让你失望了。"雷鸣冷笑了一声，"所有的取证过程都有我们的全程监督，证据真实，来源合法。傅盛，案发当天，你是在什么地方见到赵迪的？"

"家里，我那天一回家，就看到他在客厅里，吓了我一跳。"傅盛答道。

"他是怎么进你家的？他有你家的钥匙？"雷鸣问。

"我不知道，大概是撬门进去的吧。"傅盛摇了摇头，"可是门锁是好的，所以我才觉得吓人啊。"

"这一点，你猜的倒是没错，警方的勘验报告里确实提到，你家的门锁有被撬压的痕迹，而且门锁的安全级别很低，稍微有点常识的人就能撬开，还能不破坏锁芯。"

听到雷鸣这么说，傅盛脸上的笑意更浓郁了，雷鸣的笑也更加阴沉了，"所以，你那么说的真正目的是这个，是吗？"

"什么？"傅盛茫然地看着雷鸣。

"赵迪在去你家的时候，你没在家，赵迪是自己撬开门锁进入的，这样一来，赵迪就有了非法侵入的前提，而如果你始终否认认识赵迪，那么你与他的冲突就有可能被认定为是防卫过当，甚至可能被认定为正当防卫。"林菲微微一笑，道。

戴梓萌的目光始终没有离开过傅盛，他的一举一动都在她密切的监视之下，他隐藏在桌子下的手用力握了握拳头这个细微的动作自然没能够逃离戴梓萌的眼睛，她的嘴角露出了一抹不易察觉的笑容。

"当然，这并没有什么太大的意义。"戴梓萌道，"一来，我们现在有足够的证据证明你和赵迪之间有密切的关系；二来，现场的所有痕迹都表明，你和他之间有过一段和平的相处，所以，我只是想确定一下，你最初的想法是什么。"

几乎是在一瞬间，傅盛的脸就垮了下来。

"好了，那我们继续吧。"林菲道，"傅盛，请你再完整叙述一遍案发的全部过程。"

肇源和江华站在诊疗室外，皱眉看着诊室里，诊疗床上躺着一个女人，看得出，那是一个善于保养的女子，岁月在她的脸上并没有留下太多的痕迹，如果不是眼角的纹理，看上去她就只比床边为她治疗的李沁大一点点。

不过资料显示，这个叫郭春颖的女人已经42岁了。

李沁就坐在女人的身边，快速地在笔记本上记录着什么。

"你着急忙慌地把我弄过来，就为了看她？"肇源略带惊恐地看着江华，"江医生，我可不像你，我对女人没什么需求。"

江华却是一脸愁容，"是为了她，可不是为了你，我就是想咨询你一下，如果我把她对我说的话告诉别人……"

"那你就太没职业道德了，我要是她的律师，我肯定告到你倾家荡产。"肇源毫不犹豫地道。

"可是她说的那些事……"江华苦着脸看着肇源，"实在太大了，我扛不住啊。"

"能有多大？还杀人了不成？"肇源笑道。

出乎肇源意料的，江华竟点了点头，肇源的脸一下子沉了下来。

"虽然没直接动手杀人，但是相信我，"江华一脸哀求地看着肇源，"那个人的死绝对和她有密不可分的关系。"

4. 我没有任何隐瞒

"你真听到了？"

对眼前的这个戴着眼镜，头发乱糟糟，身型肥胖的年轻人，姜斌毫不掩饰自己的不信任。

年轻人自称叫宁小宁，是傅盛的邻居，同时也是个网络作家，刑侦推理类型的小说家。

在提审完傅盛之后，孙林就一脸阴沉地找到了林菲，告知他们，本案中出现了一名至关重要的证人，这个证人很有可能让案件性质发生变化。

他就是傅盛的邻居宁小宁，一名网络作家，此前因为参加一家网站的年会而没能被警方调查到。

据称，他刚回到家就看到了这条新闻，认为自己的证词很有可能决定案件的性质，因此主动联系了警方。

"我确信，我听到了。"宁小宁笃定地道，"我那天出门的时候，老傅正好开门，我就听到他问了一句'你是谁？'，我判断老傅并不认识那个人。"

"后来发生了什么，你知道吗？"林菲问。

"那我就不知道了。"宁小宁摇头，"我当时急着赶飞机，不过我倒是看了一眼，那个人我也不认识。林检察官，我都注意到了，目前你们是以故意杀人罪来办理这个案子的，不过我倒是认为，你们应该考虑一下是否是防卫过当。"

"这个我会考量的，你还有什么其他的线索吗？"林菲又问。

"我就是个写小说的。"宁小宁笑了一下，"不过老傅，我倒是觉得他最近有点不正常。"

"嗯？"林菲疑惑地看着宁小宁。

"不知道那个开出租的什么毛病，最近看见我总爱答不理的。我跟他儿子原来关系挺不错的，没事我们还一起吃个饭啥的，老傅做点什么好吃的了，经常给我送过来，后来他儿子不知道干什么去了，他儿子一走，他整个就变了个人，见了面连个招呼都不打。"宁小宁撇了撇嘴。

"你说他还有个儿子？什么时候不见的？"戴梓萌突然问。

"对啊。"宁小宁有些不解，"跟我差不多大，在一家网约车公司做程序员的，我们俩晚上没事的时候，老一起打游戏。什么时候不见的，"他想了想，"那都差不多有一个月了。"

"菲姐。"戴梓萌看了林菲一眼，隐蔽地递过去一个眼神。

林菲当即站起了身："非常感谢你提供的线索，有什么问题我会再联系你的。"

"能帮上你们就好。"宁小宁笑了一下，"哦，对了，我能不能把这个案子写进小说？那个手段，闻所未闻啊，太精彩，太刺激了。我知道规矩，我不写你们怎么破案，我就把这杀人手法拿过来用用。"

"如果你不透露我们办案细节的话，合理的艺术加工，没有人管你。"林菲道。

"菲姐，孙队。"一出门，戴梓萌就迫不及待地叫住了这两个人，"我想再去提审一次傅盛。"

"为什么？"姜斌不解。

"傅盛不太对劲。"戴梓萌说，"按这个宁小宁的说法，傅盛在儿子不知道去了什么地方后就变成了另外一个人。"

"你觉得他杀害赵迪，和他儿子失踪这件事有关？"孙林也问道。

"我不确定，只是隐隐约约有这种感觉。"戴梓萌说。

林菲看了一眼表："现在就走，孙队，麻烦你了，跟我们一起去吧。"

"不，我有另外一件事要麻烦一下孙队长。"戴梓萌把孙林拉到了一边，低声说了几句什么，孙林的眉头紧紧地皱了起来，他看了一眼林菲，目光中有些担忧。

"就这么办，出了问题，我负责。"戴梓萌说。

孙林犹豫了一下，这才看了一眼表："两个小时。"

"好，两个小时后，我们在看守所碰头。"

孙林点头，上了自己的G500，迅速驾车远去。

两个小时后，他们再一次见到了傅盛。见到这几个人去而复返，傅盛愣了一下，"有事？"

"我有几个问题想问你。你在认出赵迪之后，他对你有威胁行为，对吗？"戴梓萌直截了当地问道。

傅盛愣了一下，脸上露出了思索的神情，见状，戴梓萌微微一笑，"你之前这样说过，可是在对警方的供述中，你并没有说他拿什么威胁了你，只说他要拿走你一些东西，是什么？"

"房子，车子，还能有什么？"傅盛笑了一下，"我没存款，车是公司的，房子是我全部的财产，那我能让他拿走吗？再说，5 000块钱，又不是50万，至于这么逼我吗？"

"这是你的房产证。"戴梓萌从孙林手里接过一个装在物证袋里的房产证，递到了傅盛的面前。

姜斌敲击键盘的动作猛地一滞，抬起头不敢置信地看向戴梓萌，却和林菲的目光碰到了一起，她的目光里饱含着警告的意味，姜斌已经张开的嘴下意识地又闭上，重新埋首到面前的电脑上。

傅盛只是扫了一眼物证袋就点了点头："就是这个。他当时说完那话，我没当回事，结果他告诉我，他早就找到我的房产证了，还想拿着房产证就走。我只好求他再给我点时间，给他倒了杯水，水里我放了安眠药。"

"这样的话，动机就能说得过去了，不是5 000块钱的事，是几十万的事。"戴梓萌道，"然后你想杀他，却被赵迪察觉了，他拿烟灰缸砸你？"

"也不是我想杀他。"

在桌子底下，傅盛的双手抓着双腿，努力克制着自己的颤抖，尽可能平静地说道。他并没有注意到，戴梓萌低垂着眼睑，将他在桌子下的举动毫无遗漏地收进了眼底。

"不想杀他，那你是想？"戴梓萌挑了挑眼角，不动声色地问道。

"我只是想拿回我的房产证。"傅盛道，"只是我没想到，他喝了半杯水，就察觉了，当时他已经有些意识不清了，但还是抓起烟灰缸砸我，没砸到，然后他就晕过去了。"

傅盛的声音开始有些含糊，他的双眼中也渐渐被一抹迷茫充斥，他的身体开始不受控制地慢慢摇晃，他觉得自己的意识正在离他而去。

"可是，这时候你只要拿回房产证就可以了，为什么还要杀人呢？"

傅盛似乎听到那个叫戴梓萌的检察官在问他，可是那声音离他异常的遥远，他微微皱了皱眉，等了一会儿，在意识里确认了一下，才应道，"我控制不住我自己。他拿烟灰缸砸我，当时我就觉得一股热血涌了上来，抓起烟灰缸就去砸他，烟灰缸碎了，我就去找斧头，菜刀，等我清醒过来的时候，他已经死了。"

傅盛垂下头，双肩剧烈地耸动着。他努力抬起手，想要遮住脸颊，他觉得自己的眼前一片血红，除了那片血色，他什么也看不到。

他也什么都听不到，耳朵里嗡嗡作响，啪啪的声音是什么？好像是烟灰缸砸在那个人头上的声音，哗啦一声，烟灰缸碎了。噗噗的声音是什么？好像是菜刀砍进肉里的声音，哐的一声，菜刀失手砍在了地砖上。嚓嚓的声音又是什么？好像是斧头砍碎骨头的声音。

傅盛努力睁开眼，可眼前的景象就像笼罩在浓郁的迷雾中，让他看不清，他只能隐约看到，一个男人趴在地上，他的身下是一摊血迹，那摊血迹在不断扩大，慢慢向外涌动着，涌向他的脚边，他惊恐地向后退着脚步，躲避着那些似有生命一般的鲜血。

在那个男人的身边，站着另一个男人，他的身上已经溅上了点点的血渍，脸都已经被血糊住，可他却毫不在意，双手抡起一把斧子，砍向倒在地上的那个男人身上，砍断他的脚，他的腿，他的胳膊，最后，是他的头。

那斧头每砍下一次，地上的男人就要抽搐一次。

他，还没有死。

他的身边，掉落着碎了的玻璃烟灰缸，掉落着那把卷了刃的菜刀。

他累了，他把斧子撑在地上，双手扶住斧柄，粗重地喘息着。他慢慢抬起头，脸上尽是癫狂，嘴角还带着一抹诡异的微笑。

他的目光死死地盯着傅盛，傅盛惊恐地看着这个男人。

那是，另一个他。

"回忆是一件很痛苦的事，有时候，还很惊悚，是吗？"他听到一个好听的声音在他的耳边说道，他茫然地寻找着，却找不到声音的来源。

"抽烟吗？"戴梓萌从孙林手里要过一支烟，递到了傅盛的面前。

"啊"的一声，傅盛大口大口地喘着粗气，从那个虚幻的世界里清醒过来，看着眼前的那只手和那根烟，才反应过来自己现在身处何地，他疲惫地摆了摆手。

戴梓萌微微皱了皱眉，将烟还给孙林："能跟我说说，你在隐瞒什么吗？"

这句话一出口，讯问室里的气氛一下子凝滞了，傅盛的双肩不再抖动，他慢慢抬起头，震惊地看着戴梓萌："你说什么？我怎么听不太懂？"

"还没明白吗？这是戏，专门给你演的一出戏。"孙林不屑地笑了一下，"你自己的房子有没有房产证你不知道？"他指了指物证袋，"这可是我特意给你做的。"

姜斌的目光在孙林和戴梓萌之间游移不定，嘴巴张得能塞进去一个鹅蛋："你们这是诱供啊！"

"闭嘴！"林菲呵斥了一句。

"说说吧。"雷鸣也道。

"我什么都没隐瞒，该说的我都说了。"傅盛平静地道，"我真不知道你们还想听我说什么。"

"是啊，还想听你说什么。"戴梓萌微微笑了一下，随即神情严肃地看着傅盛，"可这就是整件案子里你最大的疏漏。从一开始被捕一直到现在，每次都是我们提出疑点，你就给我们解答疑点，我们做出推理，你就帮我们完善推理。我是不是可以这样理解，你想让我们尽早结案，你不想多说，因为说多了，就会暴露出你刻意隐藏起来的东西？"

"我不同意你的说法，戴检，就他，还能隐瞒什么啊？"姜斌质疑道，"没有证据的时候，他就随便说，肯定是奔着给自己脱罪去的，后来证据充足了，那就放弃挣扎，还能落个坦白从宽，对不对？"

姜斌看了一眼傅盛，傅盛点了点头。

"那为什么不从一开始就放弃呢？那些证据可是切实存在的，你不会以为我们连这点线索都找不到吧？"戴梓萌问。

"我确实以为你们不会找到，我怎么也想不到，你们连那个档案都能调出来。"傅盛却笑了一下，一脸的理所当然。

"能再说一遍你到底是怎么杀害赵迪的吗？"林菲问道。

"该说的，我真的都说过了。"傅盛放弃了抵抗。

"你确实都说过了，可是我想知道的真相，你却一句都没有说。"

"他到底拿什么威胁你的，以至于你不惜杀人？"戴梓萌问。

"我不能说。"傅盛却摇了摇头。

"不能说，还是根本就没有？"戴梓萌追问道，目光死死地盯着傅盛。

"我……"傅盛舔了舔嘴唇，"没有，他没有威胁过我。"

"安慰反应。"戴梓萌自信地道，"你要对我们隐藏的一个关键信息就是他用来威胁你的东西，你认为你不说，就不会有人知道，我们拿你就没有办法。"

"既然你不肯说，那我们就只好自己去查了。至于我们能查到什么地步，那就听天由命吧。"林菲说着，站起了身。

傅盛仰头看着林菲，嘴角带着一抹淡淡的笑意，眉毛都挑了起来，放在桌子上的双手轻轻敲击着桌面。

"胜利反应，你是不是觉得，只要我们查不清你隐瞒的这件事，你就能活下去了？"戴梓萌讥讽地说道。

林菲也笑了一下："我不介意就这么送你上刑场，目前的证据已经足够了，至于你隐瞒起来的真相，我倒也不是一定要知道。"

听到林菲这么说，傅盛的脸一下子垮了下来，手上的动作也停止了。

"失败反应。"戴梓萌补充道，"后悔了吧？你要是早点坦白，没准就真能保住你的命呢。"

傅盛艰难地扯了扯嘴角："我没有任何隐瞒。"

"他肯定隐瞒了什么，可他到底在隐瞒什么？！"面对着眼前的卷宗，戴梓萌用力抓着头发，一脸的不甘，"他说他没有任何隐瞒，只有需要给自己强化某种预设观点的时候，才会这么说话。"

"破案本来就不是你本行，不用这么折磨自己。"姜斌贴心地递上了一块士力架，"来，饿货，补充体力，增强营养。然后，我们一起给老雷和孙队长加油！"

他看了一眼正对着卷宗眉头紧锁，手里夹着一支烟，另一只手却又去拿烟的孙林。

而雷鸣更是不动声色地将一旁的烟往前推了推。

戴梓萌一把抢过了士力架，塞进嘴里狠命一般嚼着："我今天要吃牛排，你们谁都不能拦着我！跟着你们遭这种罪，我都后悔死了。菲姐……"她委屈地看了一眼林菲。

"你自己要来的，我劝过你……"林菲有些无奈。

"我哪知道你这里这么累啊，再说，我还不是为了你。"戴梓萌挤了挤眼睛，竟然挤出了几滴眼泪。

"我求你了？"林菲头都没有抬，几乎是下意识地说道。

姜斌强忍着不让自己笑出声，可他整个人却像踩在了强力马达上，震颤不已。

"想笑就笑吧。"戴梓萌白了一眼姜斌，双手却下意识地活动着手腕。

姜斌赶忙正色道："辛苦你了。"

"你这时候不是应该说，交给我了吗？"戴梓萌疑惑地看着姜斌。

"对，交给你了！"姜斌无比自然，无比笃定地说道。

戴梓萌看了看林菲，无比认真地问了一句："偷馅饼和杀掉姜斌哪个更严重？"

而林菲竟然也很认真地想了想，然后促狭地挤了挤眼睛，问了一句，"馅饼是肉馅的还是韭菜鸡蛋的？"

姜斌就觉得有一口气怎么也喘不上来了。

5. 许浩：给你们才有钱赚啊

"你们想没想过傅盛的儿子？"吃过晚饭，一行人重新来到了市局，对该案进行研讨，刚刚坐好，雷鸣就突然问了一句，"傅盛是有儿子的，在他杀害赵迪之前，他儿子已经消失了一段时间，如果有什么人能让傅盛情愿献出生命，我想，只有他的儿子了。"

孙林愣了一下，却缓缓地摇了摇头。

雷鸣却只是微微一笑："我们确认傅盛隐瞒了什么，而且不惜用生命去隐瞒，有极大的可能是替人顶罪，只有替人顶罪的人才会对现场并不十分清楚，对作案过程也要不断在我们的提示下予以补充。"

"这个推测，我早就想到了，戴检让我准备那个东西的时候，我就有所怀疑，所以安排人查了一下，傅盛的儿子傅赢和被害人赵迪之间没有任何交集。也就是说傅赢没有作案动机。而且，"孙林笑了一下，"傅赢失踪在前，赵迪遇害在后，时间上就说不通。"

闻言，雷鸣皱起了眉："我不是没有想到这一点，如果傅赢的失踪就是为了隐藏起来密谋什么，而恰好这些被赵迪发现呢？为5 000块钱杀人，这根本不合理，可如果是非常重大的秘密被发现，杀人就合理了吧？"

"问题是，老雷你这是毫无依据的、天马行空的、脑洞大开的臆想。"姜斌笑道，"咱还是想想谁有作案动机吧。"

"我知道谁有。"办公室的门被人从外面推开，娃娃脸的许浩走了进来。

看到他，所有人都是一愣。

"你怎么进来的？"姜斌下意识地问道，神情中充满了戒备，"知不知道这是什么地方？不是什么人都能随意进出的。"

"我说我有重要线索提供，他们就让我进来了啊。"许浩一脸无辜。

"你说你有重要线索？什么线索？"雷鸣的语气有些不耐烦。

"教官，不用这样吧？"许浩洒脱地一笑，伸手掏出了一张照片，递到了众人的面前。

那是一个看上去大约30岁左右的短发女子，照片上的她穿着一身运动服，浑身散发着一股活力与朝气。女子左手的无名指上戴着一枚硕大的红宝石戒指。

看着这张照片，众人却是一脸的茫然。

"这是谁？"孙林抬头看着许浩，"我好像没见过。"

"你当然没见过。"许浩得意地笑了一下，"这可是我费了好大劲才查到的，怎么查到的你们不用管，你们只需要知道她叫郭春颖，已婚，和赵迪关系密切。"

"郭春颖？"孙林愣了一下，突然转身跑出了办公室，众人有些讶异，连忙也跟了出去，却见孙林跑到了物证处，正和管理员交涉着，"把赵迪的手机给我。"

管理员找出了赵迪的手机，交给孙林，孙林快速在手机上翻找着什么，嘴角带上了一抹笑容，他把手机展示给林菲等人，那上面密密麻麻的都是赵迪和一个叫春颖的人的大量暧昧短信。

"这些信息我以前也看到过，只是凶手当时就在手中，我也就没有过分去关注。"孙林有些激动地拨通了这个春颖的号码，却愣住了，听筒里的声音提示这是一个空号。

"去查，要查到确切的线索和证据。"林菲马上指示道。

孙林却无奈地看了一眼表，"恐怕得明天了。不过关于这个郭春颖的外围调查，倒是现在就可以展开。"

"那就先做这件事。"林菲没有丝毫的犹豫。

带来这个消息的许浩却被晾在了一边。"我说，"他清了清喉咙，"你们是不是忘了点什么？"

对他的话，林菲没有丝毫的理会，许浩颇有些无奈地摇了摇头，看向了戴梓萌，戴梓萌却只是耸了耸肩。

他又看向孙林，目光直接越过了雷鸣。

"又想要奖金？"孙林恶狠狠地瞪了他一眼，"许浩，你不地道啊，雷队在的时候你怎么不这么干？吃大户也不是你这种吃法啊。"

"他穷得跟什么似的，我不接济他就不错了，你不一样啊。"许浩嘿嘿一笑，"你可是家大业大，有名的富二代，这点小钱……"

孙林下意识地捂紧了钱包，"那也没有你这样的，可一只羊薅羊毛！"

"你情我愿的事。"许浩撇了撇嘴，"我也没逼你啊，大不了下回我把消息卖别人嘛，我想想啊，辩护律师怎么样？肯定愿意出更多钱。"

"行，我算服了你了。"孙林心不甘情不愿地从钱包里抽出几张钞票，"打劫到警察头上了，早晚有你受的。"

看着孙林手里那几张钞票，许浩却皱了皱眉，"别那么小气啊，现金不够没关系。"他说着，从口袋里摸出了两个二维码，递到孙林的面前，"微信，支付宝，我都支持，不行还可以用花呗，帮我清空购物车，正规发票，回家跟嫂子报账一点问题都没有。"

第二天一早，林菲和戴梓萌刚刚走进办公室，就看到孙林已经到了，正和雷鸣、姜斌讨论着什么。

"有结果了？"林菲问道。

"基本查清了。"孙林点头，"那个手机号之前的确属于郭春颖，她是一家旅游自媒体的主编，这个自媒体也是赵迪主要供稿的媒体，这个号码只与赵迪有过联系，持续时间大概有3年左右。"

"有奸情？"姜斌的眼里燃起了熊熊的八卦之火。

"差不多。"孙林点头，"赵迪名义上虽然是自由撰稿人，但是我觉得，叫他是洗稿的更合适。所有的稿子，全是从网上扒下来，东拼西凑出来的，只不过他巧妙地做了修改，文笔还不错。"

"但就是这样的稿子，却每次都是头版头条，稿酬优厚。"雷鸣也补充道，"甚至让他有能力买豪车，住大房。"

"让我来，让我来，最后的总结分析交给我。"姜斌跃跃欲试地道，又犹豫了一下，"咱可先说好，这事我尽力，我尽力的意思你们应该明白，就是……"

"你必须得做到，要不然，我想不到留着你还有什么用。"林菲哂笑。

"我……"姜斌撸袖子的手颓然地放了下来。

"法学状元，高才生，你妈的高颜值，你爸的高智商，难不成都是隐性基因，你一样也没遗传到？"林菲的语气里充满了嘲讽。

"你别瞧不起人，我就不信了！"姜斌一脚踩在了椅子上，"不就是个分析推理嘛，你们把线索都给我放这了，我有什么做不到的？"

"这事简直太清楚，也太显而易见了。前置条件是赵迪与郭春颖有暧昧关系，而且是婚外情，对吧？"

"你怎么知道是婚外情？"戴梓萌问。

"看照片。"姜斌指了指郭春颖的照片，"她戴着婚戒呢，那么大一颗红宝石戒指我要是看不到我就是瞎子。但是赵迪未婚，所以肯定是婚外情。然后就是这个稿子的事，孙队说了，不是原创，是洗稿，比抄袭还无耻还恶劣的行为，还是不走心的洗稿，东拼西凑的，但是却期期头版头条，还拿着高稿酬，买车买房。这要不是有郭春颖在，赵迪死也做不到，对吧？"

"这不就很明了了吗？郭春颖作为一家自媒体的主编，要对自媒体负责的，不可能因为和赵迪的关系就堂而皇之地渎职。肯定是被胁迫了，然后郭春颖就不堪重负，杀人。完美不？我就问你完美不！"姜斌挑衅似的看着几个人。

"那么，傅盛又为什么要替郭春颖顶罪，隐瞒郭春颖的犯罪事实呢？"林菲似笑非笑地问道。

"这就更简单了，也是我这个推理里异常关键的一环。我认为，他不是替郭春颖顶罪，这事最后还要着落到那个失踪的傅赢身上。"姜斌得意地一笑，"傅赢和赵迪确实没有交集，但是也没说傅赢和郭春颖没有交集，对吧？傅盛的表现明显是不知道到底发生了什么的，但失踪的傅赢就不一定了，不管是傅赢是郭春颖的爱慕者，还是郭春颖买凶杀人，总之，傅赢杀了人，傅盛顶了罪。综合你们那些线索，这就是一个完整的犯罪链条了。而且，我更倾向于郭春颖买凶杀人，傅赢要跑路，而且跑的这么完美，到现在都没有任何消息，少不了钱，傅盛也说，5 000块钱就是他的命，他不应该就因为这5 000块钱就发愁，就算傅盛是因为支付这笔钱让自己生活落魄的，那也不够用，只有郭春颖支付了一大笔钱，才有可能支持傅赢的逃亡。"

姜斌说完，一脸志得意满："我都佩服自己，这么复杂的关系，我还能说得清。来吧，兄弟们，接下来，我们就是找到傅赢和郭春颖之间的联系，以及找到傅赢，抓捕真凶！"

"傅赢失踪是在这件事发生前一个月。"孙林适时地兜头一盆冷水泼了下来。

"这更好解释，傅赢之所以提前失踪了那么久，一定就是在密谋杀害赵迪这件事。"姜斌得意地道。

戴梓萌却不停摇头："你这故事太狗血了。你要说傅赢是爱慕郭春颖，替她解决烦恼的，就像石神哲哉那样，那多感动人啊，你最后为啥要弄个雇凶杀人啊？"

姜斌道："生活是很现实的，而现实是很残酷的，这世界上根本没有什么真爱，有道是夫妻本是同林鸟，大难临头各自飞。只有钱才是真的。"

"不管究竟发生了什么，我们去问问郭春颖，就什么都知道了。"林菲看了一眼孙林，"孙队这么早就过来，肯定不只是来告诉我们这些消息的吧。"

那是最好的时节，枫叶红了，阳光明媚，微风吹过来，不是很凉，还带着丝丝的暖意。

林间的小路上，铺着薄薄的一层落叶，赤着脚踩上去格外的舒服。穿着长裙的女孩儿席地而坐，双手抱膝，手中拎着鞋子，侧脸看着镜头，带着甜美的笑容，举着相机的男孩儿快速按动着快门，记录下这美丽的瞬间。

这样的场景，在这条小路上随处可见。

偶尔也有不和谐的一幕，比如林间的长椅上，就躺着一个流浪汉，在秋日暖阳的照耀下睡得香甜，对于面前放着的那个碗以及里面零星的钱币，他似乎并不在意。

谁说流浪汉就不能享受生活了呢？

郭春颖和赵迪携手走在小路上，她整个人都贴伏在赵迪的身上，嘴角带着淡淡的笑意，赵迪身上散发着一股淡淡清香，那是她最喜欢的味道。

赵迪则不时侧过头，鼻尖在郭春颖的头顶蹭蹭，深吸一口气，郭春颖的发香同样也是赵迪最喜欢的味道。

两人尽管看上去年龄有些差异，毫无疑问是一场姐弟恋，可没有人会怀疑这两个人之间那份浓郁纯真的爱意。

就像没有人会注意到，此时的郭春颖早已经是有夫之妇，她的手上戴着一枚红宝石戒指，而赵迪的手上则空空如也。

那是一场有名无实的婚姻，一场彻头彻尾的政治联姻。

也只有在和赵迪在一起的时候，郭春颖才能真切地感受到恋爱的甜蜜。

两人的相识源于工作，赵迪作为自由撰稿人，经常会给她投稿，有着丰富经验的郭春颖一眼就看出，赵迪的稿子都是从网上东拼西凑来的，那些旅游景点他根本就没有去过。

可赵迪的做法又与一般的洗稿不同，他有着深厚的文字功底，那些东拼西凑来的桥段在他笔下得到了改头换面一般的重生，原本平平的文字经过了他的修改变得栩栩如生，那些景点在他的文字里就像被赋予了生命，不再是游客记录着景点，而是景点在向读者们叙述，讲述着自己最鲜活的一面。

郭春颖被赵迪的文字深深吸引了，她觉得应该和赵迪见上一面，如果有合适的引导，赵迪一定会成为一个知名的旅游杂志撰稿人。

他们第一次见面那天，也是一个阳光明媚的日子。

郭春颖在街边的咖啡店见到了气喘吁吁，脸上还带着汗珠，一身运动服的赵迪，他比约定的时间迟到了5分钟。

赵迪不停地道着歉，郭春颖只是微笑地看着他，并没有问他为什么迟到。她从窗口看到了一切，赵迪原本不会迟到，只是在过一个路口的时候，他搀扶一个老人过马路耽误了几分钟。

也许是注意到了郭春颖的目光，赵迪停下了道歉，不解地检查了一下自己，然后，他下意识地离郭春颖远了一点，脸也腾地红了，胳膊紧紧地夹在了一起。

其实赵迪的身上并没有散发出任何的异味，甚至还带着淡淡的清香。

这个害羞、谨慎却又不失爱心的男孩儿给郭春颖留下了深刻的印象，赵迪身上的青春与活力深深地吸引着她，他的单纯与善良让郭春颖沉溺其中，无法自拔。

她甚至忘了想和赵迪说的话，只是在回到办公室之后，将赵迪的稿子安排到了头版头条。

那一天，同事们都在背后偷偷地议论着她，她恋爱了，因为那一天的郭春颖，如沐春风。

郭春颖听到了，却没有反驳。

她已经记不清是什么时候，又是谁捅破了那层窗户纸，两人最终真的开始了恋爱。

或许是她吧，他还年轻，有着更美好的未来，而她，已经人近中年，再不把握住这个机会，以后就再也不会有机会了。

于是，在赵迪生日的那一天，她给了他一个小小的惊喜，一个生日蛋糕，一瓶红酒，两个人，就那么水到渠成。

只是她隐瞒了自己已婚的事实。每念及此，郭春颖都会有一种负罪感。

路过那个流浪汉身边的时候，几乎下意识地，赵迪掏出了钱包，往流浪汉面前的碗里放了几块钱。

他的身上总是有这样不经意间的善意，让郭春颖能够放心托付。

"等一下。"看着赵迪没有停下脚步，准备离开，郭春颖叫了一声，掏出手机，打开了自拍模式，在赵迪一脸茫然的时候，郭春颖就按动了快门。

"你这是做什么？"赵迪不解。

"给你留个纪念啊。"郭春颖宛如一个小女孩儿一般晃了晃手机，语气里满是俏皮。

"我帮他又不是为了留名。"赵迪笑了一下。

两人的对话惊醒了长椅上的流浪汉，流浪汉看了一眼面前的碗，起身，漫不经心地道谢："祝你们白头偕老！"

流浪汉一脸的络腮胡，嘴角不知出过什么意外，有一道明显的伤痕，无比骇人。

郭春颖骇得惊叫了一声，连忙跑远，赵迪却不忘对着流浪汉歉意地一笑，追随着郭春颖而去。

两人不知说了些什么，片刻之后，郭春颖就发出了愉悦的笑声，甚至还回过头，冲着流浪汉嫣然一笑。

那样有趣又美好的日子，今年却不会有了，以后，也不会有了。

6. 你们有证据吗？

郭春颖叹了口气，推开了面前的那扇门。

从得知赵迪遇害的那一天起，她就知道，这一天迟早会到来的。她不能公开自己和赵迪的关系，也就不能主动去找警方说明，她一直害怕着，却也一直盼着这一天的到来，让她能毫无顾忌地说出自己知道的一切。

"在这个世界上，他是我唯一爱过的人。"在林菲等人的对面坐下后，郭春颖抚摸着手上的红宝石戒指，苦涩地一笑，说出了这样一句话。

林菲看了一眼戴梓萌，见戴梓萌点了点头，她犹豫了一下，却不知道该怎么开口。

郭春颖的手动了一下，哒的一声，她手上那枚戒指竟然应声而开，那是一枚带暗盒的戒指，暗盒里是她和赵迪的合影，照片里，两人笑得是如此的灿烂，仿佛两人之间没有任何烦恼一样。

"是不是很奇怪，为什么我敢戴着这枚戒指，却不怕被我老公发现？"郭春颖合上戒指，笑了一下，"这枚戒指看起来和我的婚戒一模一样，是小迪特意订制的。在那之前，他从没想过破坏我的家庭，他只想要和我在一起就够了。"

雷鸣微微皱了皱眉，也看了一眼戴梓萌，却见戴梓萌露出了一抹苦笑。

"我从没见过这么精湛的演技，所以，她不是演戏，而是真实的表现。"姜斌看不下去了。

"没人说她在演戏。"戴梓萌白了一眼姜斌。

在郭春颖大惑不解的时候，孙林掏出一张照片，递到了郭春颖的面前："这个人，你认识吗？"

郭春颖拿起那张照片看了看，眉头微皱，"有些眼熟，想不起来了。"

她抬起头，目光灼灼地盯着孙林："和小迪的死有关，是吗？"

"目前，他是作为本案的唯一嫌疑人在押的。"林菲道。

郭春颖拿着那张照片又仔细看了看，终归还是放弃了，"不好意思，实在想不起来。"

"这人叫傅盛，是个出租车司机。"雷鸣提醒道。

郭春颖的眉头皱得更紧了。

"一点印象都没有？"姜斌问，"你平时都不打车？"

"我开车。"郭春颖道。

"赵迪出事前，发生过一场车祸，车祸的另一名当事人就是这个人，按他交代，当天赵迪是去索要赔偿款的，并且以某件事威胁了他，他才动手杀人。"孙林看着郭春颖，"你一点都不知情？"

郭春颖却冷笑了一下，语气中甚至带上了一丝愤怒："这简直就是无稽之谈，是对小迪的侮辱。"

"能详细说说吗？你好像知道点什么。"孙林眉头一皱，打开了笔记本，急忙追问道。

"车祸那件事，我是知道的。"郭春颖点了点头，"出事的时候，小迪正在和我通电话。警察来的时候，我们的电话都没挂。从一开始，那个出租车司机就不承认自己有责任，把责任都推到了小迪的身上，小迪也承认自己违章了。只不过交警在认定责任的时候认为双方应该各负一半责任。小迪的车比较贵，综合算下来，那个出租车司机还要赔给小迪 5 000 块钱。出租车司机拿不出钱来，小迪其实也没打算要，他跟我说，交警一走，他就把那张欠条撕了。小迪又怎么可能去找他要钱？"

听到郭春颖的话，孙林平静地点了点头："也就是说，赵迪去找傅盛，并不是为了要赔偿。那他为什么还要去找傅盛呢？赵迪在那段时间有什么反常的吗？"

听到孙林的问题，郭春颖的眼睛转了转，好像想起了什么，却又有些不太确定。

"想起什么都可以。现在我们怀疑，赵迪的死，其实另有隐情。"姜斌催促道，"这么说吧，如果就是 5 000 块钱的事，那你的赵迪死得太冤了，我们得给他的死找到一个合理的原因。"

姜斌的话习惯性地带上了一些调侃的味道，林菲狠狠地瞪了他一眼，让他乖乖闭上了嘴，好在郭春颖并没有在意，只是努力回忆着，她的眼睛亮了一下，似乎想起了什么，但很快却又黯淡了下去，似乎有什么地方没想明白。

"是有一件事。"她缓缓点了点头，脸上犹疑的神情却更加厚重了，"只是我不确定，这两件事之间是不是有什么关系。"

"没关系，你说，两件事之间是否有关系，我们会去核实的。"孙林连忙鼓励道。

"小迪出事之前大概一个多月，我收到了一封邮件。"郭春颖缓缓说道，"里面是几张我和小迪在一起的照片，发邮件的人说，如果我不给他 50 万，他就把那些照片给我老公。"

"勒索？"孙林皱眉，"这件事，赵迪知道吗？"

郭春颖点头："我当时就告诉了小迪。"

"他怎么说？"雷鸣连忙问道。

"小迪让我不用管，他会去处理的。"郭春颖道。

"后来呢？"

"后来，小迪就出事了。"郭春颖苦笑了一下。

"那个勒索你的人呢？"孙林又问。

郭春颖却摇了摇头："不知道了。小迪说他处理之后，我就没再收到过邮件。"

"能给我看看那份邮件吗？"孙林问。

郭春颖点头："稍等。"说着，她掏出了手机，找到了那封邮件，递给了孙林，林菲等人连忙凑了过去。

孙林见状，连忙向后靠了靠，让所有人都能看清这份邮件，雷鸣仔细看了看，突然抬头："这张照片，是在什么地方拍的？"

郭春颖却缓缓摇了摇头："不是我们拍的。"

戴梓萌接过手机看了看，照片上的郭春颖歪着头靠在赵迪的肩头，嘴角带着一抹甜蜜的笑容。

"视角很奇特，你们，这是在车里吧？"她看了一眼郭春颖。

郭春颖点了点头："在小迪的车里。"

"可是照片又不是从车外拍摄的，当时车里还有别人？"

姜斌极为无脑地问了一句，这句话让郭春颖都不知道该怎么回答。

"出门带脑子是个好习惯，下次别忘了。"林菲冷冰冰地说了一句，"像素比较低，孙队，依你看，这是监控画面截取下来的吧？"

孙林点头，却又有些疑惑，"赵迪在车里安装了监控？"

"没有啊。"郭春颖茫然地摇了摇头，猛然间，她怔了一下，"我想起来了，小迪注册了网约车，会不会？"

"有这个可能。"林菲重重地点了点头，"有一段时间网约车频繁出事，国家接连出台了相关政策，其中就包括所有网约车必须安装监控设备。"

"那这事情就清楚了。"姜斌一拍大腿，"是赵迪这小子坏的事，他自导自演，敲诈郭……女士，就为了给自己树立一个英雄形象，不都说美女爱英雄嘛，这样郭女士就能对他不离不弃了。"

这句话一出口，所有人的目光都集中在了他的身上，姜斌不无得意，可慢慢地，他却发现，这些人的目光颇为不善。

"怎么，我说的不对吗？"姜斌一脸的茫然。

"小迪，绝不会那么做的。"郭春颖脸色阴寒，无比肯定地说道。

"画人画虎难画骨，知人知面不知心。你和你老公不还同床异梦呢吗？"

郭春颖的脸色更难看了。

"不说话没人拿你当哑巴。"林菲冷冷地道，"麻烦你动动你那个高才生的脑袋，赵迪如果勒索了郭小姐，最后怎么又死在了傅盛的手里？"

"私生子？"姜斌弱弱地问了一句，"别误会，我的意思是，傅盛看不惯赵迪做的那些事，就手动为人民除害了，不是说他和郭女士有亲缘关系。"

"和他一比，我觉得你更像私生子。"戴梓萌无奈地摇了摇头，"你是你爸你妈收养的吧？"

郭春颖提供的线索至关重要，一回到队里，孙林就安排人马上去查傅赢的工作履历，同时要求网络技术科查明郭春颖收到的那份邮件来源。

与此同时，S市看守所，傅盛第四次见到林菲几个人。

他麻木地坐在林菲等人的对面："这回是不是要宣布最终结果了？是死还是活，麻烦你们给个准信吧，等死比真上刑场还难受。"

"我们比你还难受，想留你一条命真的太难了。"戴梓萌颇有些无奈地说道。

傅盛却是愣了一下，渐渐地，他的脸上流露出了一丝狂喜，他忍不住想要站起身，却被手铐限制，姿势极为滑稽，"这么说，我能活下去了？"

"你也不是不怕死嘛！"雷鸣似笑非笑地看着傅盛。

"能活着，谁愿意去死啊。"傅盛坐回到椅子里，一脸的轻松。

"那可真是遗憾了，你是死是活，现在还不能确定。"姜斌摸了摸鼻子，嘿嘿一笑。

"什么意思？"傅盛的脸色瞬间变得铁青，"你们耍我？"

"就是字面的意思啊。"姜斌满不在乎地道，"意思就是这个案子，有疑点没查清，所以你暂时不会被起诉，不会被判死刑，至于查清之后你是死是活，那得看我们最后能查到什么，法院怎么判。要不你也别费劲了，直接交代就完了，我们费牛劲去查，可能也就给你续命那么百八十天的，你说你关在看守所里，这些天你也干不了啥，对不？还耽误我们时间，咱们都来个痛快的不好吗？"

傅盛的脸色变来变去，最后却只是轻轻地叹了口气："该说的，我真的都说过了啊。"

"那这个人你认识吗？"戴梓萌掏出了一张照片，递给傅盛。

那是郭春颖的照片，见到这张照片，傅盛的眉头皱了一下，浑身的肌肉都有些紧绷，戴梓萌敏锐地注意到，傅盛的双腿微微发力，双脚用力撑地想将身子向后推，却因为那把固定的椅子而向前滑了一下。

她紧盯着傅盛，却见傅盛轻轻摇了摇头："没印象。"

"没印象还是不认识？"戴梓萌马上问道。

"不认识。"傅盛再一次摇了摇头。

"你撒谎。"戴梓萌毫不留情地拆穿了傅盛的谎言，"你看到这张照片的时候，犹豫了一下，身体有向后逃离的举动，可能你自己都没有注意到，这瞬间的反应是出于你的潜意识，而不是有意的，这个女人让你感到恐惧。你不仅认识她，而且还很熟悉，你想逃跑，是因为愧疚？"

"在心理学上，这叫逃离反应，是微反应的一种，不是你自己能控制的。因为这件事而暴露，不丢人。"姜斌莫名自得地说道，就像戳穿了傅盛谎言的人是他一样。

"我听不懂你们在说什么。"傅盛阴沉着脸，说道。

"你很快就会懂的。"雷鸣说了一句，却突然站起身，走出了讯问室。

"我们雷检以前是刑警，人称福尔摩斯·柯南。他现在去吹哨子喊人了，用不了多一会儿，一堆证据就会摆在你面前，那时候，可就不算你自首了。"姜斌规劝道，"现在就交代吧，也许你还能留一条命。"

"我听不懂你在说什么。"傅盛看着姜斌，还是那句话。

"行，你有种。"姜斌竖起了大拇指，"我还没见过像你这么坚持的。老雷！"他回头，冲着外面喊了一嗓子，"证据什么时候送到？"

"宝贝，晚上想吃点什么？我应该能赶回家，来得及做饭。"讯问室外，传来的却是雷鸣温柔的声音，姜斌下意识地看了一眼表，又一个整点，他无奈地看了一眼林菲和戴梓萌，"还真是，英雄难过美人关啊。"

他话音刚落，雷鸣就走进了讯问室，看了一眼表，冲着傅盛笑了一下，他那张如同二维码一样毫无表情的脸加上了一抹意味难明的笑容，显得格外的诡异，就连傅盛都有些不安。

"傅赢去哪了？"一片寂静中，林菲突然问了一句。

听到这个问题，傅盛有一瞬间的茫然，但他很快就反应了过来，笑了一下："我也不知道。"

"有意思，儿子失踪了，不报警，也不找，还一点都不担心。"姜斌嗤笑了一声，"那是你亲儿子吗？"

"亲不亲的，谁知道呢？"傅盛说了这么一句。

就连姜斌都不知道该怎么接下去了，半晌，他才重重地吐了一口浊气："跟你聊天，比跟林检聊天还尬。"

"不用带上我，我懒得跟你聊。"林菲道，又看向了傅盛，"所以，你是在替你儿子顶罪？"

"我凭什么要给他顶罪？"傅盛反问。

一句话就让林菲说不出话来，她看了一眼戴梓萌，却见戴梓萌眉头紧锁，显然，有什么事情是她也一时难以想通的。

"不好意思，我来晚了。"讯问室外传来了一个声音，接着，孙林气喘吁吁地出现在了门边，他走到林菲的身边，把一摞材料放到了桌子上，拉过一把椅子坐了下来。

"傅盛，又见面了。"他看着傅盛笑了一下，"你小子，可真能搞事，前期调查的时候就把我们累了个够呛。好不容易熬到诉前审查了，又来折腾我们。"

"我也没办法啊。"傅盛努力想摊摊手，可是戴着手铐的他动作看起来颇为滑稽，"我也想早点结束，是死是活给个准信，总比这么一天天地熬着好多了。"

"你啊，就是命大，这回估计你想死都死不了了。"孙林无奈地摇了摇头，低头在那堆材料里找出几份，递给了雷鸣，"头儿，幸不辱命！"

"辛苦了。"林菲说了一声，也拿过几份材料看了起来。

雷鸣翻看着眼前的材料，看了一眼孙林："你比较熟悉情况，你来问吧。"

"那我就不客气了。"孙林没有推辞，那一瞬间，雷鸣的目光中有些许的落寞，可孙林却已经看向了傅盛。

"傅盛，你儿子干的好事啊。"孙林笑了一下，"我们已经调查过了，你儿子是网约车公司的程序员，赵迪出事前一个月，他就不去公司了，连个招呼都没打。"

"和我有关系吗？"傅盛不解。

"你儿子在辞职前做了一件事。"孙林沉下了脸，"我注意到，他在后台多次浏览赵迪的信息，并且保存了赵迪乘客的信息，而赵迪的乘客只有一位，郭春颖。"

"那又能说明什么？"傅盛依然不解。

"对啊，那又能说明什么？"姜斌也问了一句。

"有一件事是我没说清楚。"孙林看了一眼姜斌，笑了一下，"赵迪虽然注册了网约车，但他一般不接单，接单也只接一个人的单。"

"郭春颖？"姜斌问。

孙林点了点头："郭春颖自己有车，所以轻易不打车，打车也只叫网约车，而且只叫一个人的。"

"这两人也太小心了吧。"姜斌不敢置信地呢喃道，"偷个情都搞得跟特工接头似的，不知道的还以为是俩特务呢，没被国安的给盯上？"

"国安的盯没盯上我们不知道，但是傅赢肯定是盯上了，因为不能保证赵迪每次都能抢到单，郭春颖频繁做退单操作，引起了傅赢的注意，进而发现了秘密。"孙林看着傅盛，"后来他就入侵了赵迪车上的监控，偷拍了照片，借此威胁郭春颖。"

"郭春颖把这个消息透露给了赵迪，赵迪承诺会亲自处理这件事。"雷鸣终于忍不住也说话了，"他通过技术手段查到了发送邮件的地址，就是你家，傅盛。"

"雷头儿说得没错。"孙林从带来的材料里找到了一张纸，放到了傅盛的面前，"我们的人核查了发送邮件的 IP 地址，就是你家。傅盛，实际上，当天赵迪是去处理这件事的吧？而傅赢其实并没有失踪，只是因为筹划这件事，才伪造了自己失踪的假象。当天两个人没谈拢，傅赢就杀了赵迪，而后傅赢逃走，你留下来处理后事。"

傅盛静静地听着，等孙林说完，他笑了一下："挺精彩的故事，但是，你有证据吗？"

"傅盛，我不明白，劝你儿子回来自首，他不一定要死，为什么你一定要坚持呢？"孙林问。

"你们，有证据吗？"傅盛笑了，笑得无比嚣张。

看着他的表现，雷鸣微微皱起了眉，就连林菲也觉得此时的傅盛有些不太正常了。

"证据现在是没有，不过，很快就会有的，我只是需要一点时间。"孙林平静地道，"只是可惜了，你一心求死，以为死了秘密就会被带进棺材里，可现在，你死不了了。"

"我有足够的时间，想调查多久都可以。"林菲看着傅盛，冷笑了一下，"超出我的权限的，我可以向上申请，过了羁押期，我们就变更强制措施，直到把这个案子查明白。"

姜斌下意识地战栗了一下，面露惊恐，他偷瞄了一眼戴梓萌，却见戴梓萌的目光死死地盯着傅盛，眉头紧紧地锁在一起。

7. 网约车司机敲诈事件

"先生您好，您的投诉我们已经收到，我们会尽快处理，请您耐心等待，我们会在 24 个月……不好意思，24 小时内与您联系。"

"对不起先生，就算您是警察，我们也要走相应的程序，需要您出具介绍信，经由我们领导审批后才能给您调取相关档案。"

"不可能的小姐，司机的信息属于个人隐私，我们没有权利对外透露，您是法院也不可以，必须经过我们领导的审批。"

林菲等人一走进这家全国最大的网约车公司在 S 市的分部，听到的就是这样的客服给打来电话者的回复，间或夹杂着的，还有吸溜吸溜吃米粉的声音。

客服们并不是穿着制服正襟危坐，而是穿得五花八门，随便以自己觉得舒服的姿势坐着，姜斌甚至注意到一个客服一边发着微信，一边不动声色地和打来电话的人沟通着。

他们站在门边等了一会儿，终于有人注意到了他们，那是一个 30 多岁的中年人，正拿牙签剔着牙，看到林菲等人，他抬眼随意地看了一眼，漫不经心地道："你们找谁？"

"你们秦经理在吗？"孙林走了出来，问道。

"你又是谁？"中年人上上下下打量着孙林，"哦，我想起来了，刑警队的是吧，上午刚来过，介绍信带了吗？放那吧，等我们审批完了，秦总会安排时间见你们的。"

他摆了摆手，示意孙林可以走了。

孙林有些尴尬地看了一眼林菲，林菲脸色阴沉得可怕。

"林检，别急，我再沟通沟通。"孙林忙道。

"沟通什么啊。"姜斌嗤笑了一声，"还没看出来呢，人家压根没拿你当回事。不是我挑事啊，他就是一企业，怎么整得跟国务院似的，你可是刑警队的，见个人至于这么麻烦吗？"

"你还说对了，他们都是市里重点关照的企业，我可惹不起。我上午是通过朋友私下调查的，要走正常程序，不知道什么时候才能批下来呢。"孙林尴尬地笑了一下，"可咱们现在是正式调查，就不能用我那套办法了。"

中年人趾高气扬地吐了口唾沫，吐出了一根菜叶："我们这虽然不是国务院，也不是什么人都能进来的，知道我们后面是谁吗？"

"我管你是谁，我现在就要见到你们经理。"林菲冷冰冰地说道。

"哟，你以为你是谁？你说见就见？你问问市长来我们这是不是都得规规矩矩的？"中年人鄙夷地看着林菲，"我记住你们了，回去等着吧。不过我记性不太好，说不定我啥时候想起来了，就跟我们秦总说一声。"

雷鸣的呼吸骤然沉重了起来，他向前走了一步，可有人比他更快，戴梓萌几步就走到了经理办公室的门边，手握上了门把手。

"哎，你干吗？你怎么硬闯？"中年人赶忙起身，去拦戴梓萌，"你再这样我报警了啊？"

"这呢这呢。"姜斌一把抓起了孙林的手举了起来，"警察就在这呢，有什么事你说，等指挥中心传达下来，这哥们就调……"

姜斌的话还没说完，就见那个中年男人的胳膊以一个诡异的姿势扭到了背后，戴梓萌转到了中年男人的身后，胳膊肘猛地向下一锤，一声闷哼，中年男人没有任何迟疑地趴到了地上，痛苦地呻吟了起来。

这一幕看得姜斌和孙林身子都是不由自主地一抖，向后缩了一下。

"戴检这么暴力吗？"孙林下意识地问了一句，姜斌没说话，他抬手捂住了嘴，却冲着孙林点了点头，然后向旁边撤了一步，离孙林远远的。

"我要投诉你！"倒在地上的中年男人痛苦地挣扎着，却仍旧嚣张地吼叫着，"身为警察，你就这么看着我被人侵犯！"

孙林不动声色地后退了一步："哥们，我也得按程序办事啊，没接到出警通知，我要是随便管事，那就是违规。再说这是你自找的，知道来的都是什么人吗？检察院的，你平时跟我们作威作福也就算了，检察院的人你也敢惹？他们想查谁查谁，那几个副国级的都进去了，你觉得，你后台比他们还牛逼？这事我可管不了。"

他说完，微微侧头，用微不可闻的声音对姜斌说道："我早就看他们不顺眼了，戴检这手，太解恨了。"

这段小小的插曲终于让网约车公司分部的负责人意识到了事情的严重性，搞清了林菲等人的目的后，分部负责人忙不迭地叫来了技术部一个叫黄小毛的人。

"这是和傅赢关系最好的一个了。"中年男人赔着笑介绍道，刻意站在了离戴梓萌最远的地方。

"好到什么程度？能穿一条裤子？"姜斌调侃道。

"那倒没有，我们就是共用一个杯子。"黄小毛腼腆地笑了一下。

"行了，别废话了。"林菲敲了敲桌子，"干正事，想八卦的话，干完正事你们有的是时间，你留在这里不回去我也不会管。"

姜斌无奈地耸了耸肩，打开了摄像机。

"傅赢在最后一天上班之前，有什么异常吗？"孙林点上一支烟，问道。

"异常？"黄小毛皱着眉头想了想，慢慢摇了摇头，"太久了，没什么印象啊。"

"特别兴奋之类的？"孙林提醒道。

"那不能。"黄小毛却果断地摇了摇头，"那段时间，他正和女朋友闹分手呢，高兴不起来，天天生无可恋的。诶，你这么一说，我倒是想起来了。"

黄小毛拍了一下大腿："那天他还给他女朋友打电话来着，我偷听到了一点，好像是跟他女朋友说，马上就有钱了，能买车买房结婚了。这小子第二天就没来上班，我还以为他中彩票了呢，要说这小子也真不够意思，不来上班连个招呼都没打，还欠我 300 块钱呢，我再没联系上他过。那个，他不会犯了什么事吧？"

他小心，却又充满了好奇地问道。

"没什么，只是想了解一些他的情况。"孙林道，"他说马上有钱了，是什么意思？"

"这我就真不知道了。"黄小毛摇头，"我就知道，他女朋友跟他分手就是因为他没钱，他女朋友钓上一个富二代。"

说到这里，黄小毛面露不屑："说得好听，其实就是一个台湾小老板，去给人当二奶去了。"

"他女朋友的联系方式，你有吗？"孙林问，"傅赢和他女朋友当时的关系基本已经无法挽回了吧？"

"还挽回啥啊，马上就成台胞了都。"黄小毛讥笑了一下，翻着手机，报出了一个号码，"那女人，势利着呢。从小我就看出来了，不是个安分守己的主，换男朋友比我写代码还快呢。"

"所以，傅赢必须得拿出证据来，才能让他女朋友相信。那份证据，就是我们需要的。"戴梓萌看着孙林，自信地说道。

灯红酒绿，一片喧嚣，在嘈杂的音乐声中，在酒精的刺激之下，互不相识的陌生男女在这一刻却成了熟得不能再熟的朋友，贴面热舞。

在进入那两个律师的律所，有了一席安身之地以前，林菲并不抗拒这样的环境，甚至还颇为喜欢，可自从和那两个人在一起之后，她对这样的环境就只有深深的厌恶。

所以此刻，她只是一个人独自坐在角落里，脸若冰霜，面前的那杯酒，她一口都没有动过，可她的面前却不时有胆大的男孩子过来，要请她喝一杯，或是跳上一曲。毫无悬念的，林菲全都拒绝了，甚至一句话都没有说过，只是冷冷地看着对方，看到对方一阵阵发毛，尴尬地离开。

可就是她这种不假以辞色的冰冷却让她成了酒吧的主角，那些男孩子们背后里议论的都是她，目光瞟向的也都是她。

"菲姐，来都来了，就下去好好放松一下嘛。"戴梓萌略有些急促地喘息着，和孙林一起走进了卡座，刚刚从舞池里回来的二人脸上都带着细密的汗珠，今天酒吧里的第二个主角，毫无疑问是属于戴梓萌和孙林的。

有着深厚武术功底的她，在斗舞这件事情上彻底折服了看客们，而孙林，显然也是这里的常客，舞姿娴熟，和戴梓萌斗了个旗鼓相当。

"戴检说得没错，干咱们这行的，能来这地方放松一下，太不容易了，不能错过啊。"孙林也劝道，"我和我老婆就是在酒吧认识的，那些年，无处安放的青春啊。"

孙林感叹了一句。

"没兴趣，我们是来工作的。"林菲的目光在舞池里搜寻着，就见姜斌正和一个打扮妖冶的女孩子热舞，女子的脸上带着暧昧的笑容，而姜斌却明显不太适应，动作僵硬，就连脸上的表情也极度僵硬。

"他得手了？"林菲问了一句。

"估计是被得手了。"戴梓萌看了姜斌一眼，对他求助似的眼神视而不见，"废到家了，要不是雷哥对这种地方无感，他来肯定比姜斌更合适。"

在从黄小毛那里拿到了傅赢前女友的电话后，孙林就给她打了个电话，可一听说是警察，想要找她了解一些情况，傅赢的前女友很干脆地表示，自己现在是台胞，大陆的司法部门没有权利要求她配合。

就在众人以为，调查将无法继续的时候，傅赢的这个前女友却话锋一转："要让我配合也行，Coco 酒吧，晚上 10 点，你们请客，记得带个帅哥。"

"演过电影的行吗？"孙林下意识地问了一句，结果姜斌就成了这场攻坚战的主力，尽管在走进酒吧之前，姜斌还苦着脸希望能够有其他的办法。

"让林检去也行啊。"姜斌哀求地看着戴梓萌，"就林检那样的，不上床谁知道她是女的啊，还以为是个艺术家呢，艺术家现在多吃香啊。不比我更有魅力啊？"

那时候，戴梓萌才知道，这个平时一副吊儿郎当的公子哥竟然是第一次到酒吧这种地方。

"你的娱乐生活还真是……"戴梓萌惋惜地拍了拍姜斌的肩膀，拍的姜斌一个趔趄，"去吧，如果想成为一个优秀的演员，在这种地方观察生活，是最合适的，酒精会让所有人都撕掉伪装，暴露出最真实的一面。在这儿学一天，比你看多少书都有用。"

姜斌最终还是走进了酒吧，抱着破釜沉舟的心态，倒不是为了学习，而是被戴梓萌拍过的肩膀现在还疼着，他没法保证，戴梓萌的下一巴掌会不会直接让他住院。

"要说雷头儿那个小眼神，那个忧郁，上到 80 岁，下到 18 岁，绝对通杀。你再看姜检察官，"孙林瞟了一眼姜斌的方向，"好看的皮囊千篇一律啊，一点新意都没有。傅赢这个前女友，怎么就喜欢他这个类型的呢？"

林菲也看了一眼姜斌的方向："越是无知的人，越喜欢他这种娘炮。"

"娘炮误国，回头我就去写篇论文。"戴梓萌哼了一声。

两人正说着，舞池里，那个和姜斌热舞的女孩儿突然拉住了姜斌的手就向外走，姜斌急切地和女孩儿说着什么，抬手指了指林菲的方向，女孩儿看了一眼，露出了一丝不屑，但还是跟在姜斌的身后，向林菲和戴梓萌走了过来。

走得近了些，林菲才看清，这个女孩儿穿着一身半透明的连衣短裙，里面的内衣在灯光下都看得清清楚楚，她下意识地皱了皱眉。

"哟，小姐姐对我有意见？"女孩儿故意扭了扭身子，在林菲的对面坐下，抽出一支烟点燃，"我不会是抢了你男朋友吧？来这个地方不就是找乐子的嘛，想开点。"

林菲没答话，脸色却异常难看。

女孩儿冲姜斌抛了个媚眼："帅哥，招呼都打过了，咱们走吧，春宵苦短。"

可姜斌却脸色惨白，浑身忍不住地颤抖着，神情惊恐地看着林菲。

"我们这位小哥哥呢，还是个雏儿，别吓着他。"孙林连忙说道，"他比较追求灵与肉的融合，而不是简单的肉体的欢愉。"

"看不出来，还是个有品位的小哥。"女孩儿娇笑了一声，抬手摸向了姜斌的脸，"那，小哥哥，我们是不是要先谈谈情呢？比如说……"

姜斌却向后躲了一下，眼神中满是惊恐。

"姜检察官，她是不是很像你下一任女朋友啊？"孙林笑道。

姜斌连连点头。

女孩儿扑哧一声笑了出来："还真是个雏儿？连泡妞都要别人教啊？那我是不是应该说，你长得很像我前男友呢？"

此时的姜斌终于缓了一口气，他哀怨地看了一眼孙林等人，在林菲杀人一般的目光下，他下意识地打了个寒颤。

"他说的是真的。"孙林喝了一口果汁，笑道。

女孩儿也笑了一下，冲着姜斌的脸吐了一个烟圈："我也是认真的呀。不信你看。"

女孩儿突然翻出手机，找到了一张照片递给姜斌，是傅赢。

两人根本没有任何相似之处，姜斌正茫然的时候，女孩儿却嗤笑了一声："都是男的，关了灯，没什么不一样。"

"那……为什么分手了呢？"姜斌生硬地问道。

"还能为什么？"女孩儿哼了一声，"男女之间不就那点事，不是床上的事就是钱上的事，没车没房，我凭什么跟他啊，献爱心？我可没那么伟大。"

"就没给他个机会？"孙林递过一瓶啤酒，问道。

"我给他的机会还少吗？"女孩儿嘲笑似地看着孙林，"直说吧，你们找我，不就是想要这个东西？"

女孩儿突然打开随身的包，从里面摸出了一张 U 盘，拍到了桌子上。

姜斌伸手就要去拿，手刚刚碰到 U 盘，女孩儿的手就覆了上去，在姜斌的手上摩挲着，这让姜斌一阵阵恶寒，触电般收回了手。

女孩儿掩嘴娇笑："帅哥，你还真是，中看不中用，银样镴枪头。我还以为演过电影的，有多厉害呢，也就那么回事。"她转头看向孙林，"你们要的东西都在这里面了，没什么事，我可以走了吧？怎么说我也是台胞家属，要是让人知道我和你们在一起，那对我丈夫的影响……"

"这里面是什么，你知道吗？"不等女孩儿说完，林菲就问道。

"那谁知道。"女孩儿抽了口烟，将烟蒂熄灭，"我就没看过。"

"他把这个给你的时候，就没跟你说过什么？"林菲又问。

"他能说什么？"女孩儿脸上的鄙夷之色丝毫不加掩饰，"老一套，说自己马上就有钱了。老娘要是信了他的话才中了邪，这么多年，这样的鬼话都不知道说了多少回了。"

她又抽出一支烟点上："跟我说这回是真的，还给了我这么个玩意儿，说有了这个，以后想要多少钱就有多少钱。"

"你就没看看，万一他说的是真的呢？"姜斌挑了挑眉毛，"说不定你就错过了一次发家致富的机会啊。"

"他身上有几根毛我比他自己都清楚，就是一个程序员，还是那种稍微复杂一点的东西就不会的主，一个月 2 000 块钱的工资，没事还得老娘接济他，这玩意儿能挣钱，他能给我？"女孩儿拿起那张 U 盘晃了晃，"他早自己偷摸弄钱去了。"

"后来呢？"孙林问。

"后来，没了，我连他影都没再见过了。要不是怕万一惹上麻烦没法说清楚，这破玩意儿我都不留。"女孩儿讥笑了一声，"行了，你们想要的东西也拿到了，没什么事我就走了。"

她冲着姜斌抛了个媚眼："帅哥，要不晚上去我那？我教教你怎么当个男人？"

姜斌的脸腾地一红，站起了身。

"哟，等不及了啊。"女孩儿掩嘴轻笑，"姐姐逗你玩呢，你不是姐姐的菜。"

"我……我去趟洗手间。"姜斌转身快步走向了角落里的卫生间，在他的身后，是女孩儿毫不掩饰的笑声。

　　与此同时，都以为应该在家休息的雷鸣却出现在了市局，从法医刘鹏手里接过了一个硬盘。

　　"所有的审讯视频都在这里面了。"刘鹏说，"雷头儿，你去检察院，真屈才了，就没想过再回来带着我们干票大的吗？"

　　刘鹏的言辞里充满了可惜的味道。

　　"我现在干得也挺好。"雷鸣笑了一下，看了一眼实验室里正忙碌着的几个年轻法医，"新来的？"

　　"实习的。"刘鹏撇了撇嘴，"年轻人越来越不行了，这几个也就那样。"

　　"他们在干吗？又有什么大案子，让他们这么熬夜做？"雷鸣问。

　　"哪有什么大案子啊。"刘鹏笑了一下，"雷头儿你不能总想着案子啊，给他们找了几份检材，让他们练练手。"

　　雷鸣看了一眼表，已经快到午夜了，"轻点操练，别把人都吓跑了。"

　　"我心里有数。"刘鹏笑道，"熬夜也是专业技能之一嘛。"

　　"行，那我先走了。"雷鸣也笑了一下，转身离开了市局。

　　当他回到检察院办公室的时候，却发现办公室的灯亮着，他愣了一下，推门而入，就见除了林菲还保持着清醒，戴梓萌和姜斌都是脸色通红，醉眼蒙眬，戴梓萌更是靠在姜斌的身上，一副沉睡的样子。

　　众人看到他，也是一愣，姜斌连忙推了推戴梓萌，可是戴梓萌却毫无反应。

　　"老雷，你怎么回来了？"姜斌讪笑了一下，问道。

　　雷鸣没回答，而是看向了林菲："拿回来了？"

　　林菲点头："里面确实是傅赢偷偷保存下来的监控录像，都是赵迪和郭春颖秘密约会的时候记录下来的，要看看吗？"

　　出乎意料地，雷鸣竟摇了摇头："不用了。"

　　他在自己的电脑前坐下，打开了电脑："我总觉得，我们忽略了什么。"

　　"没了吧？"姜斌愣了一下，"现在找到的一切线索，都和我们的推理一致啊。老雷，你不是又有新想法了吧？我的哥哥哎，你是不是上瘾了，非要搞出点反转来？"

　　"赵迪是在傅赢发给郭春颖勒索信的一个月后出事的，在这一个月里，傅赢没上班，也没再联系过郭春颖，同样，我查了一下赵迪的通讯记录，他也只在出事前一天联系过傅赢，可是没有联系上。"

　　"这能说明什么？"姜斌不解。

"不觉得奇怪吗？"一直靠在姜斌身上的戴梓萌突然说道，姜斌侧头，就看见戴梓萌坐直了身子，双手正把一头秀发束到脑后，扎成马尾，她眼神清亮，没有一丝的醉意，神情严肃，"傅赢急用钱，要不然也不会把那么重要的东西交给女朋友以证明自己很快就能拿到钱，可在发出勒索信后的一个月里，他都没有与郭春颖和赵迪再进行过任何联系，看上去，就像已经放弃了这次敲诈。"

"倒不如说，那时候，他已经失踪了。"雷鸣变戏法一般掏出了一张光盘，"这是之前孙林他们审讯傅盛的监控视频，梓萌，你再看看。"

"好。"戴梓萌毫不犹豫地点了点头。

8. 他是谁？

"老肇，我这有一条消息，我觉得你会很感兴趣。"江华坐在沙发里，摇晃着红酒杯，志得意满地打着电话。

面前的茶几上，一本大红聘书翻开着，S市公安局特聘他为心理顾问，负责在审讯中提供技术支持。他接到的第一个案子就是傅盛涉嫌故意杀害赵迪的案件，稍早些时候，孙林已经把傅盛的审讯视频给他送了过来。

此刻他面前的笔记本电脑上的画面就停留在审讯傅盛时的某一帧上。

就是在这份视频里，他和李沁发现了一些不同寻常的东西。

"别说哥们不想着你，这条消息，绝对会让你在这个案子上打个翻身仗。"江华笃定地道。

"没兴趣。"肇源却是一点都不领情，干脆地拒绝道，"江医生，有件事恐怕你还没搞明白，这案子的承办检察官是林菲，和她搭档的是戴梓萌，比你厉害得多的心理专家，还有雷鸣，那可是前刑警队长，跟他们斗，你觉得我赢面有多大？"

"你要是按我说的做……"

"那我只会死得更惨，倒不如现在就认输。"肇源笑了一下，"对了，你上次跟我说的事，我已经让许浩去办了。你看这样多好，帮他们把这个案子办明白了，还能卖个人情，干吗非得跟他们对着干啊。"

S市检察院。

戴梓萌把自己关进了一间会议室，专心致志地对付着雷鸣带回来的审讯视频。会议室外不时传来阵阵干呕的声音，就算她戴着耳机也无法完全阻隔。

　　林菲和姜斌没能因为雷鸣把最重要的工作交给了戴梓萌就感到任何的轻松，因为雷鸣交代了另外一个任务：看卷宗。

　　"这玩意，都快背下来了，到底还有什么好看的啊？"姜斌一脸郁闷地回到了办公室，虚弱地摔回到了椅子里，问道，他胸前一片新鲜的水渍。

　　"让你看你就看，哪儿那么多废话！"林菲呵斥了一句。

　　"你这话不对，咱们办事得有目的性，有的放矢，要不然那就叫瞎子过河，在哪儿淹死的都不知道。"姜斌有气无力地反驳道。

　　"其实也没什么。"雷鸣坐在电脑前，头都没抬，"我只是觉得，不太对劲，可到底是什么地方不对劲，我还没想明白。"

　　"你都没想明白的东西，你指望我们两个没觉得不对劲的找出问题来，老雷，你这不是强人所难吗？"姜斌不满，"是不是你不想睡觉，也不让我们睡觉啊？"

　　"雷检没那么无聊。"林菲却已经将目光投进了卷宗里。

　　当她再次抬起头的时候，只感到脖子和肩膀一阵酸痛，她活动了一下脖子，侧头看向了窗外，这才注意到，天已经亮了。

　　寂静的房间里，传来了一阵哒哒的声音，她循着声音看过去，就见雷鸣依旧坐在电脑前，和开始的时候保持着一样的姿势，除了脸上略微的疲惫，他没有任何的变化，那只有力的右手操纵着鼠标，似乎在电脑的屏幕上圈出了什么东西。

　　房间里还有另外一个不太和谐的声音，那是轻微的鼾声，姜斌已经趴在了桌子上，脸埋进了厚厚的卷宗里，睡得正酣，口水都流了出来，打湿了卷宗。

　　只是他脸色苍白，显然，过去的那个夜晚对于姜斌来说，并不太平。

　　林菲没来由地觉得又好气又好笑，她站起身，给自己冲了一杯咖啡，想要叫醒姜斌，最终却放弃了，只是轻轻地叹了口气。

　　这声叹息并没有能够逃脱雷鸣的耳朵，他抬起头，询问似地看着林菲。

　　"没有。"林菲苦笑了一下，喝了一口咖啡，"我还是没能看出什么异常。"

　　雷鸣点了点头，没说什么，便又重新埋首进了电脑里，对于这样的结果，他并不意外，这案子有不对劲的地方，他并没有切实的证据，只是隐隐有这种感觉。

　　但他不能放任这种感觉而不顾，在他漫长的从警生涯里，这种感觉帮助他破获了很多看似不可能破获的案子。

　　他有这样的天赋，察觉犯罪的天赋，而现在他要做的，就是找到究竟什么地方不对劲，然后抓住它，顺流直下，找到证据，翻出真相。

他不在乎在这个案子上花费的时间和精力有多少，他很清楚，林菲非常愿意见到这一幕。

"吃饭了。"戴梓萌的声音从门外传了进来，接着，房门打开了一条缝隙，戴梓萌的脑袋从外面探了进来。

她看上去神采奕奕，并不像是熬了一夜的样子，脸上还画上了淡妆。

看到有些萎靡的林菲和疲惫的雷鸣，她吃了一惊："你们整宿没睡？"

趴在桌子上的姜斌抽了抽鼻子，慢慢睁开了眼睛，看到戴梓萌手里拎着的早餐，他的眼睛一下子亮了起来："还是戴检疼人，知道我们熬了一宿，提前给我们准备好了吃的。"

他站起身，却突然想到了什么，仔仔细细地打量着戴梓萌，"不对啊，你没熬夜？"

"我干吗要熬夜啊？"戴梓萌不解。

"你不是应该看那些视频吗？怎么说，那些视频加起来也有十几个小时的吧？你快进了？"姜斌痛心疾首地道，"戴检啊，让我说你点什么好。我们是什么人？我们是公诉检察官，我们的每一个决定都可能关系着一条人命，那能是快进的东西吗？能是一目十行的东西吗？你也是老同志了，怎么能犯这种低级错误呢？"

他慷慨激昂地发表着自己的观点，偷瞄了一眼林菲，却见戴梓萌已经走到了林菲的身边，把早餐放到了她的面前，两个人吃得正欢。

"给我留点！"姜斌忙道。

"哦，你还吃啊，我以为你伤心过度，吃不下东西了呢。"戴梓萌撇了撇嘴，"对于你来说呢，一目十行那叫玩忽职守，可对于我来说呢，我根本不用全都看完啊，我只看了一部分，就知道什么地方出了问题。也就一两个小时吧。"

"一两个小时？"姜斌塞进嘴里的一个包子就势噎在了嗓子眼，他手忙脚乱地抓起水杯，狠灌了几口，才顺过来这口气，"那不就是说，你昨晚回来最多两个小时就睡了？你怎么不告诉我们，让我们白熬了一宿呢？"

"怎么能叫白熬呢，我发现的是我发现的，你们发现的是你们发现的，咱们看的东西不一样，发现的东西当然也会不一样啊，没有交集的嘛。"戴梓萌理所当然地道。

"好，就算你不考虑我和老雷，你就没有想过你菲姐？你好意思让她熬夜？"姜斌恨恨地道，"好意思说你们是闺蜜吗？你们这就是塑料花姐妹情嘛。"

"咦？你还好意思跟我说这个？"戴梓萌腾地一下站起了身，"你好意思让菲姐陪你们熬夜吗？有什么活你不能替她干了？浩子还知道打个电话关心一下呢，就你在身边却连句话都不会说！"

姜斌目瞪口呆地看着戴梓萌，他怎么也想不明白，明明是声讨戴梓萌的不讲道义，到最后责任怎么全都到了他的身上。

"交给他我不放心，我怕这些卷宗都毁在他手里。"林菲喝着豆浆，声音里不带任何感情却又让人明显察觉到她的不满地说道，"梓萌，说说你都发现了什么吧？"

"算你走运。"戴梓萌冲着姜斌哼了一声，这才转过头，"有 3 个地方是我觉得傅盛没有撒谎的。第一，傅盛确实不认识赵迪，在第一次审讯的视频记录里，他的表现不是撒谎；第二，就是他第一次交代的，赵迪跟他说的话，傅盛也没有撒谎；第三，他确实不知道自己和赵迪之间的纠纷。"

"怎么可能？"姜斌叫了起来，"梓萌你是不是傻了？还是你被人骗了？证据那么确凿的东西，你现在跟我说他不认识赵迪，这不是开玩笑吗？"

"我是会开玩笑的人吗？"戴梓萌随手拿过了平板电脑，打开，调出了一份视频记录，"你们自己看嘛。"

视频里，是傅盛第一次见到孙林提供的他和赵迪发生纠纷时候的监控记录。

"你看他刚看到视频的时候，这个茫然是装不出来的，但接下来，他的恍然大悟，他的懊悔不已，你们不觉得太夸张了吗？"戴梓萌暂停了视频的播放，问道。

"这个不用你说，我看出来了，用句我们的专业术语，他这就是在尬演。"姜斌道。

"我个人觉得，从这个时候开始，他就开始编织谎言了。"戴梓萌继续播放着视频，"你们不用管他接下来说的什么，反正都是假的，你们要注意他的表现，他在叙述的时候语速缓慢，同时目光一直看着孙林，但并不是注视，而是用余光去看，他在观察，也在逃避，以避免自己的谎言被孙林发现，同时也是在根据孙林的反应来编造后面的故事。"

众人仔细地观看着视频，林菲和雷鸣的眉头慢慢地皱了起来。

"其实最让我疑惑的还是这个地方。"戴梓萌快速拖动了一下进度条，调高了音量，平板电脑里传来了傅盛的声音。

"5 000 块钱对你来说，不算什么事，对吧？可对于我来说，那就是我的命！你过过身无分文的日子吗？你知道我每天都交给公司多少钱吗？你知道现在油钱多贵吗？我一天 24 小时连轴转，有时候我都得往里倒搭钱，他还找我要5 000 块，他是来要我命的，我不杀他，你让我怎么活？"

戴梓萌关闭了视频，说道："这段，是表演吗？"

"感情充沛，不得不说，他已经完全沉浸其中了。"姜斌评价道。

"是不是和角色完全融为一体了？"

姜斌点头。

"可是，用得着表演这样一个悲情的角色吗？所以我认为，这个地方他情绪激动，并不是表演出来的，而是一种真实的情感表达，我很好奇，傅盛过去的遭遇有那么不堪吗？他做了二十几年的出租车司机，总该有点存款吧？我实在不是很能理解，他为什么会有这样压抑的情绪。"

"你们还记得，说到傅赢的时候，傅盛的反应吗？"林菲突然问。

"反应？那个反应能作数吗？他可是巴不得有那种表现呢，就是不想让我们去查傅赢啊。"姜斌道。

"可是还有一件事，房产证！"林菲冷笑了一下，"那个房子是公司给职工的宿舍楼，只有使用权，有没有房产证，傅盛难道不清楚吗？他应该一眼就看出那是我们设下的骗局。"

"那不一样，那是当时他唯一的救命稻草，他能不抓住吗？"姜斌道。

戴梓萌却摇了摇头，"他那一瞬间的兴奋不是装出来的，他真的不知道那房子有没有房产证。"

"好像有什么东西就要呼之欲出了。"林菲紧皱着眉头，看向了雷鸣。

"傅盛抽烟吗？"雷鸣突然问了一句。

"抽……吧？"姜斌犹豫了一下，快速翻开了卷宗，找到了碎裂的烟灰缸的照片，那张照片里，烟灰缸上陈旧的烟渍赫然在目，"抽，我敢肯定他抽。"

"不，他不抽。"雷鸣却缓缓摇了摇头，"梓萌给过他烟，他没接。他牙不太好，有牙石，但和抽烟无关。"

他站起身，在房间里踱着脚步，"傅盛抽烟，他不抽烟。那是傅盛的房子，傅盛知道没有房产证，他不知道。傅盛认识赵迪，他不认识。傅盛知道那场车祸，他不知道。傅盛已经习惯了现在的生活，他还不习惯，就想死死抓住现在的生活。傅盛以前和邻居的关系很好，可他不是。"

"老雷你说啥呢？听得我怎么这么懵？"姜斌感到一个个问号在他的眼前飞舞，忍不住问道。

"他是谁？"雷鸣却猛地抬起头，看着林菲，眼中精光闪烁。

"雷哥你的意思是，他不是傅盛？"戴梓萌也不敢置信地问道，继而恍然大悟，"如果是这样，那他所有的表现就确实能说得通了。"

"等等等等，这句话我听明白了，你们的意思是，现在关起来的这个傅盛不是傅盛，那他是谁？怎么做到以傅盛的名义生活下来的？"姜斌问。

"这也是我们想知道的。"戴梓萌白了一眼姜斌,"很显然,这个人以前的生活肯定很不如意,比傅盛的生活差远了,但是他有先天优势,他和傅盛长得很像。"

"那也不对,别忘了傅盛还有个儿子呢,他连自己的亲爹都认不出来吗?"

"如果,都死了呢?"雷鸣突然说了一句,从打印机上拿下来一张纸,那是一张 S 市的地图,在城市北郊的一片区域里,被他用红笔画着一个圆圈,看上去,那里是一片水域。

"这是水库!"雷鸣指着那个红圈说道,在众人不解的时候,雷鸣继续说道,"是发现那对无头父子的地方,但同时,也是傅盛准备抛弃赵迪尸体的地方!"

"嗯?"林菲猛地抬头看着雷鸣,"雷检,你的意思是?"

刘鹏走进办公室,一眼就看到了办公桌上的几份鉴定报告,几个年轻的实习法医缩在椅子里,面容疲惫,睡得正香。

刘鹏笑了一下,把几份早餐小心地放到了桌子上,随手翻开了鉴定报告,只看了几眼,他的脸色就沉了下来:"王八蛋,都别睡了,都给我起来!"

他毫无预兆地怒吼道,那几个实习法医迷茫地睁开了眼睛,就看到刘鹏一脸怒容。

"你看看你们这鉴定的都是些什么玩意儿?"他把那份报告摔在桌子上,"我给你们的,是傅盛这个案子的检材,你们是怎么做到检测出了那两具无名尸体的血迹的?你们会乾坤大挪移啊?还是会变戏法啊?当我眼睛瞎还是当我是傻子?"

"老师,我们都是按照标准操作流程做的。"一名实习法医委屈地道。

"标准流程。"刘鹏冷笑了一声,转身从检材柜里拿出一份检材,"看好了,这是从傅盛家的洗手间提取到的检材,我特意给你们准备的实验检材,我现在就给你们做一遍,让你们看看什么是标准流程。"

他气呼呼地走到仪器前,启动了仪器。

在刘鹏发火的时候,孙林的日子也不好过,他几乎是小跑着闯进了局长的办公室。

"着急忙慌的,像什么样子?"局长正在给办公室的那几盆花浇水,看到孙林闯进来,沉着脸骂了一句。

"不急不行。"孙林道,"江医生那边回信了,傅盛这个案子,恐怕我们得重新调查。"

"重新调查?"局长的脸色更加阴沉了,"孙林你知不知道你在说什么?这个案子已经移交到检察院了，现在你跟我说要重新调查？"

"江医生分析，傅盛在赵迪这件事情上撒谎了，他根本不认识赵迪。"孙林急道，"而且，前两天我参与了林检他们的一次提审，傅盛甚至不知道自己的房子有没有房产证，种种迹象都表明，这个傅盛是假的。"孙林艰难地咽了口唾沫，"局长，现在案情发生了重大变化，亡羊补牢……"

他的话还没说完，走廊里就传来了一阵嘈杂的声音，接着办公室的门就被敲响，一名年轻的女警探进头来，"局长，孙队，有人来认尸了。"

"认尸？认什么尸？"孙林一时间竟没能反应过来。

"就是水库里那两具尸体啊。"女警回道。

"哦，那你叫人带着去吧。"孙林随口应道，又看向局长，刚要说话，办公室的门就被人撞开，刘鹏脸色难看，手上拿着一张纸，风风火火地闯了进来。

"局长，孙队，有重要情况。"他把那张纸拍到桌子上，"我们在傅盛家里提取到的血迹分析有了新发现，有另外两个人的血迹。"

孙林一把抓过那张纸快速浏览了一下，就把纸递给了局长，局长看了一眼，目光严厉，"为什么你们早没有发现？！"

"这是从卫生间里提取到的检材，傅盛起初并没有说他在卫生间里对赵迪做过什么，我也没当回事，本来是想给那几个实习的上课用的，我也没想到……"刘鹏讪讪地解释道。

"让你们坑死了！"局长指着孙林和刘鹏，咬牙切齿地道。

走廊外，一声声女性痛苦的哀嚎也恰在此时传进了所有人的耳朵，刺痛着所有人的神经。

9. 你到底是谁

"政府，你要给我做主啊！我儿子死得冤啊！"中年妇人扑通一声跪倒在地，砰砰地冲孙林磕起了头，她用力极狠，只几下，额头就一片血红。

孙林赶忙把她搀扶起来："大姐，你放心，我们一定不会放过凶手的。"

他好言安慰道："目前我们已经有了目标，相信用不了多久，这个案子就会水落石出的。小景，你先带大姐去休息，平复一下情绪，待会儿还要做个笔录。"

他冲着一个年轻女警嘱咐道。

"不用。"悲怆欲绝的中年妇人在这一刻却显现出了女人特有的韧性，她抹了一把眼泪，"你问，我知道啥都告诉你们。"

"大姐，那你也得先去休息。"孙林苦笑，"我得先去办个手续，然后我们就去认认凶手。"

中年妇人犹豫了一下，这才在女警的搀扶下离开了刑警队的办公室。

孙林连口水都顾不上喝，匆匆填好了申请单，找局长签了字，看着局长给检察院打了个电话，通报了案情，刚回到办公室准备安排接下来的工作，雷鸣和林菲等人就走了进来。看到这几个人，孙林一脸的沮丧。

"雷头儿，把你调去检察院，绝对是上面脑抽才做出的决定。"啪的一下，孙林狠狠地拍了一下桌子。

雷鸣愣了一下，就听孙林继续说道："那个年轻的就是傅赢，他母亲刚刚来认尸了，傅赢的屁股上有块疤，小时候掉开水里烫的，她一眼就认出来了。"

他又把法医提供的鉴定报告递给雷鸣："在傅盛的家里发现了另外两个人的血迹，就是傅赢和傅盛的。我已经让局长提出申请，暂时把这个案子从你们那边撤回来，重新侦查。"

"等等等等，我有点懵。"姜斌一脸茫然地道，"我没记错的话，那两具无头尸体是父子，现在确定了其中一个人是傅赢，那另一个人就是傅盛了，你们也认为他们俩也极有可能是在家里遇害的，那看守所关着的那个又是谁？"

墓碑上的照片里，赵迪的嘴角微微上挑，露出一抹阳光般的笑容，在初春的暖阳里，他的笑更让人感受到一丝温暖，化解着郭春颖心里那缕无限的哀愁。

这抹笑容就此定格，化为永恒。

郭春颖想，在他被傅盛残忍地分尸的时候，赵迪的脸上是否露出过一抹恐惧，一丝惊悚，甚至一点点的哀求。

她怎么也想不起，在赵迪的脸上看到过除了笑容和专注以外的其他表情。似乎所有的一切，无论是苦难还是压力，无论是赞美还是成绩，赵迪都没有看得太重，他只是在享受生活，享受老天赐予他的一切。

赵迪被送进焚化炉，终于和这个世界彻底说永别的时候，郭春颖没有露面，她不知道该怎么面对这个带给她爱情的男孩儿，她只是远远地看了一眼，隔着宽大的墨镜，她似乎看到，赵迪的面容很平静，好像还有一丝释然。

逝者的脸上会留下生前的表情吗？

郭春颖不知道，但她相信那是真的，赵迪就是到人间来游览的精灵，时间到了，他也就走了，也许，在另一个世界里，他也会回味这一世历经的种种吧。

只是不知道，在他的回忆里，是否会有她。

郭春颖摘下了手上的戒指，放到了赵迪的墓碑上。

他于她，注定只是生命中的过客，她只是在命运原定的剧本上偷了个闲，加了点戏，满足了一下自己小小的私欲。当他走了，她的生活注定还要回归正轨，还要按照原本的剧本走下去。

但她知道，她的生命中终归还是多了一些只有她自己才会记得的回忆，那些秘密，也只有她自己才能知道，不能为外人知晓。

郭春颖从包里拿出了一个首饰盒，打开，那里是另一枚和墓碑上的那枚戒指一模一样的戒指，只是看上去，它的光芒略显黯淡。

她捏起那枚戒指，慢慢套到左手的无名指上，当戒指套好的那一刻，郭春颖脸上的笑容消失了，平静，麻木，机械。

那个初尝爱情滋味的郭春颖，在这一刻，彻底死去。

她转身，向墓园外走去，一声叹息永远留在了赵迪的墓前，她知道，这个地方，自己永远不会再来。

墓园里空荡荡的，离开赵迪的墓碑越远，郭春颖的心就被揪得越紧，这个沉静肃杀的环境让她忍不住想要逃了。可她却强忍着不让自己跑起来，似乎走得越慢，那个诀别的时刻来临的就会越晚。

她终于忍不住还是回了一下头，她不知道，此时的自己早已经泪流满面，可眼前的景象，却让她大吃一惊。

身后赵迪的墓碑早已经是不可辩驳的一个小黑点，可郭春颖却清楚地看到，在赵迪的墓碑前蹲着一个人，正在收拾满地的祭品。

"小迪，是你回来了吗？"她下意识地问了一句。

随即，她苦笑了一下，受过高等教育的她当然知道，人死又怎能复生？

一股怒火瞬间充斥了郭春颖的胸膛，那些祭品是给赵迪的，除了赵迪，任何人都没有资格去碰触。

"喂，你干什么！"郭春颖吼道，抬脚向赵迪墓碑的方向跑了过去。

蹲在赵迪墓碑前的人似乎并没有注意到身后有人过来了，他只是不停地将墓碑前的祭品装进身边的蛇皮袋子里，但他却明显有着自己的选择，糕点、水果、酒水，一样都没有放过，可对于那些鲜花，他却连看都不看一眼。

郭春颖跑得近了一些，才看清，那是穿着破烂的流浪汉，很显然，他把这里当成了自己的补给地点。

郭春颖的怒火在一瞬间，竟有些微的回落："你不能拿走这些东西。"

她尽可能柔声说道，可那个身影却不管不顾，根本没有理会她的意思。

"那不是给你的。"郭春颖又道。

可那个男人却已经把最后一个苹果塞进了蛇皮袋，这才心满意足地站起了身，将蛇皮袋扛在了肩上，回头看了一眼郭春颖。

那是一张疤痕纵横的脸，双眼中射出的是看着死人一般的目光。郭春颖骇得后退了一步，险些跌倒在地。男人没有理会，冷哼了一声，便走向了下一座墓碑。

看着他的身影，和那张满是伤疤的脸，郭春颖的呼吸骤然急促了起来。她几乎颤抖着掏出了手机，拨通了一个电话号码。

"又是什么事？"看守所的讯问室里，"傅盛"看着眼前的几个检察官和那个警察，微微皱着眉。

"我们也不想有事，可是你实在是太能搞事了。"姜斌打开摄像机，回到自己的座位上坐好，一脸的无奈。

"我有个故事，不知道你有没有兴趣听听。"戴梓萌微微一笑。

"傅盛"有些茫然地看着戴梓萌，突然笑了一下："我倒是很想听听，是什么样的故事，你一定要讲给我。"

"故事有点复杂。"戴梓萌咂了咂嘴，"首先，除了双胞胎之外，这世界上也会有长得一模一样，或者高度相似的人，你信吗？"

"傅盛"点了点头。

"你当然信了。"姜斌瞟了一眼"傅盛"，满脸的不满，"你就是其中一个。"

"别打岔。"戴梓萌瞪了姜斌一眼，让他乖乖地闭上了嘴，这才继续说道，"世界上长得一模一样的人有很多，但是长得一样的人，命运却未必一样，有的人高官得坐，骏马得骑，有的人却为生计奔波，吃了上顿，可能连下顿在哪都不知道。"

"傅盛"的呼吸莫名地急促了起来，双手死死地抓住了椅子的把手，因为过于用力，而微微地颤抖着。

这一切，都没有逃过戴梓萌的眼睛，但她只是笑了一下，就继续说道，"怎么说呢？这就像，有一个人专门在替另一个人渡劫，而另一个人就专门负责享受。"

"你说，这公平吗？""傅盛"突然问了一句，"两个明明一样的人，凭什么命运就要天差地别？"

"公不公平的，我不知道，但是没有任何一个人的生活是无故得来的，每个人后天的成就都是他自己的双手亲手塑造的。"戴梓萌深吸了一口气，说道，"如果两个人终其一生都没有见过，那么也不会有比较，不会有伤害。但是命运就是这么爱捉弄人，有这么两个长得一模一样的人，一个人有自己的房子，有自己的家庭，有一份稳定的工作，而另一个人却风餐露宿，幕天席地，过着饥一顿饱一顿的日子，靠着乞讨维持生计。有一天，这个不如意的人无意间知道了这世界上还有另外一个自己的存在，他偷偷去看了，发现那个人生活无忧。如果换成了是你，你会怎么做？"

"我会杀了他，然后用他的身份生活下去。"不等"傅盛"说话，姜斌就笑嘻嘻地说道。

"傅盛"看着姜斌，眼睛里充斥着惊恐，但很快，他就笑了一下："那不是就是失去了自己，活着还有什么意思？"

"吃好的，穿好的，住好的，这辈子不用再为生活发愁了。你说有没有意思？"姜斌笑道。

"这故事真有意思。""傅盛"想鼓掌，可他的双手却不太方便，他只好微微向前倾了倾身子，"可也就是个故事，对吧？怎么可能会有这样的事情发生？"

"但确实发生了啊，我说过，命运就是这么折磨人啊。"戴梓萌走到讯问室的门边，拉开了门，门外站着一个面带悲伤的中年妇女。

戴梓萌侧了个身，让"傅盛"可以看清门外站着的女人，也让女人可以看清坐在讯问室里的"傅盛"。

"惊喜吗？意外吗？"戴梓萌笑了一下，她看着"傅盛"，傅盛的脸上满是茫然。

"介绍一下，这个人是你儿子的母亲。"林菲道。

"傅盛"没有说话，显然，前几天那件事给他留下了浓厚的心理阴影，他无法确认，这个女人是不是林菲和戴梓萌找来演另一场戏的。

他只是仔细地打量着站在门边的女人，试图从她的脸上看出点什么来。

然而，让所有人都没有想到的是，看到"傅盛"，女人的脸上浮现的却是讶然和不敢置信："老傅，是你吗？"

女人颤抖着问了一句。

戴梓萌、林菲和姜斌的身子同时一僵，女人已经快步走进了讯问室，抬起手颤抖着摸向"傅盛"的脸："你没死？老傅，你还活着？"

傅盛却下意识地向后躲闪了一下。

"大姐，你仔细看看，他真的是傅盛吗？"林菲不动声色地问道。

"这个挨千刀的，就是化成灰我也认识他！"女人指着"傅盛"，神情阴冷。

"你再好好看看。"林菲劝道。

女人这才仔细地打量着眼前的人，慢慢地，她皱起了眉："好像，又有点不太一样？"

"你嘴角的疤是怎么回事？"女人突然问。

"傅盛"不明所以，"你神经病吧！"

女人却马上摇了摇头："不对，你不是老傅，你到底是谁？"

"你确认？"林菲问。

女人肯定点头："老傅脸上没有疤。"

孙林看了一眼"傅盛"，恶狠狠地问道："你到底是谁？"

"我告诉你他是谁。"讯问室门边，郭春颖在几个武警的陪同下走了过来，她阴狠地盯着"傅盛"，掏出了手机，举给"傅盛"看，"你还记得这张照片吗？"

"傅盛"看到这张照片，脸上的惊恐无法形容。

戴梓萌侧头看了一眼，就见那是郭春颖和赵迪的自拍，郭春颖笑得无比的灿烂，赵迪却有些意外，而在他们的身后，那条长椅上，躺着的人，正是"傅盛"。

"有准吗？"S市公安局，局长看着刘鹏匆匆忙忙送来的一份鉴定报告，满脸的怀疑。

"错不了了。"刘鹏笃定地点了点头，"我就怕再出问题，所有检材除了留下必备的备份外，我全都做过匹配。"

局长的手指不停地敲击着办公桌桌面，脸上的神情明显游移不定，良久，他才道："再去找一找其他的证据，能够进行佐证的。"

"档案？"刘鹏不确定地问。

"随便什么，只要能佐证你这份结论就行。"局长大手一挥，"另外这件事，你赶紧通知孙林那边，别让他被动了。"

"我明白。"刘鹏用力点了点头，拿起报告走了出去。

10. 40 年前的种子

谁活着，谁死了，又是谁杀了谁。

这个看似已经被林菲等人天衣无缝的推理解决了的难题，在法医新的鉴定报告面前，却像一个肥皂泡一般不堪一击，轻轻一点就被戳得粉碎。

两具无头尸体之间具备亲缘关系，其中一具尸体与傅盛的前妻也有亲缘关系，可以证实是傅赢，然而，被关押在看守所里的那个"傅盛"也与傅赢有亲缘关系。

看着这份鉴定报告，姜斌一脸的懊恼，尽管有傅盛的前妻证实被关押起来的"傅盛"是假的，可傅盛就用一句话就堵死了他们的推理，"离婚之后才受的伤。"

他仍然不肯承认，那两具无头尸体与他有任何的关系，只坚持自己杀害了赵迪，还是在自己受到威胁之下迫不得已的举动——赵迪非法入侵在前，他杀人在后。

在面对郭春颖提供的那张照片时的微反应尽管也能够证实这个"傅盛"是假的，可微反应并不能作为证据使用，目前为止，关于假傅盛杀了真傅盛父子的案子没有任何直接确凿的证据。

"管那么多干吗？反正破案是警察的事，咱们几个是检察官，在这操什么心？"在S市公安局的档案室里，看着面容平静，眼睛却始终没有离开过档案的林菲，和眉头从未展开过的戴梓萌，姜斌忍不住说道。

"下次呢？"林菲头也不抬地问道，"这个案子是我们的，重新移交到检察院之后，这个案子也还是我们的，如果孙队长他们不能扎实证据，我们还是得解决这个问题。"

姜斌愣了一下："说得倒也是，可是眼下这种情况……"

他摇了摇头，示意自己是想不明白了。

"双胞胎，同卵双胞胎。"戴梓萌眼睛一亮，突然说道，"同卵双胞胎的DNA完全一致，这也就能解释了，为什么他们的指纹在系统里能够匹配上。"

"你拉倒吧。"姜斌不屑地道，"俩傅盛是双胞胎，按你那说法，他们俩能谁都不认识谁？一个惨得都吃不上饭了，另一个就不管？"

"那这要是就是杀人动机呢？"戴梓萌反问。

"那假傅盛能不知道真傅盛家里什么情况吗？什么仇什么怨，让亲兄弟老死不相往来？"姜斌道，"你们啊，现在就是瞎往上靠，这个重要吗？"

"不重要吗？"

"不管他是谁，他杀人了，这还不够吗？"

"不够。"不等戴梓萌反驳，林菲就说道，"这个案子目前事实不清，真相还没有能够查明，就算因为赵迪的事，这个傅盛被判了刑，可那两具无头尸体的案子呢？永远悬着吗？"

伴随着一阵鞋底摩擦地面的声音，孙林和雷鸣绕过一排档案架走了出来，孙林的手里拿着一份档案，他的表情却有些嫌恶，因为他手上的那份档案显然有些年头了，上面落满了灰尘。

"你们看看这个。"他把那份档案小心地放在了几个人的面前，他觉得自己已经足够轻拿轻放了，可却还是激起了一片灰尘。

"你就直说呗，我们还看啥？"姜斌嫌弃地道。

"眼见为实嘛。"孙林笑了一下，"这是一份人口失踪的档案。"

"傅盛确实有个双胞胎兄弟，那个人失踪了？"戴梓萌兴奋地问道。

孙林点了点头。

"这档案的年龄。"姜斌伸出手指碰了碰，脆弱的纸张马上就有几页发生了破碎，"能做我爷爷了吧？"

"那你得问问你爸爸愿不愿意。"戴梓萌调笑道。

"快 40 年了，能保留到现在，简直就是奇迹，管理员说，再过几天，这批档案也要销毁了。"孙林笑了一下。

"傅盛有个双胞胎弟弟傅赢，8 岁那年就走失了。"雷鸣在林菲对面坐下，说道。

"等等，你说他弟弟也叫傅赢？"姜斌瞪大了眼睛。

雷鸣"嗯"了一声："傅盛给儿子取名叫傅赢，估计也是为了纪念自己那个走失的弟弟。"

"可是，我们怎么才能证明，现在看守所里关着的那个就是傅赢呢？"姜斌又问。

"再做一份 DNA 鉴定就可以了。"雷鸣说。

孙林却瞪起了眼睛："哥哥哎，你知不知道一份 DNA 鉴定的检材得多少钱？你说做就做？"

他看似嫌恶，语气却颇为轻松，显然只是想和雷鸣调笑几句而已。

"你会在乎钱？"果然，雷鸣也毫不犹豫地回击了一句。

S 市看守所，一个单独的房间里，铁门紧闭，光线昏暗，整间监室除了高高挂在屋顶的白炽灯，就只有大约 3 米高的地方开着的一扇连一个人都难以通过的小窗为这个房间提供着光源。

傅赢——也许应该叫他二蛋，相比于傅赢，这个名字他更为熟悉。

他赤着脚，背靠着墙壁，席地而坐，那缕阳光透过小窗照进牢房，照在他的身上，他仰头看着那扇窗，平静，又略显萧瑟。

他知道自己肯定能从这里走出去，可外面迎接他的并不是光明，而是永恒的黑暗和冰冷。那几个人，终归还是发现了他的秘密，他们只需要一点简单的调查，就可以戳穿他迄今为止所有的谎言。

事情究竟是怎么发展到今天这个地步的？

对于 10 岁之前的生活，他几乎没有任何的记忆，那是个动乱的年代，更是物资匮乏的年代，所有人脑子里唯一的念头就是活下去，树皮，草根，观音土，他全都吃过。但那些，他已经记不清了，他所有的记忆都在 10 岁那一年发生了断档，他又成了一个人，那个陪伴在他身边 2 年的养父在那一年也消失了。

他还记得，他走出家门前对他说，让他在家等他，然而，他一去不回。

而他，也开始了流浪。对那个和父亲相依为命的家，他没有太多的感情，那只是一个四面透风的窝棚而已，不能遮风，更不能挡雨，它在那里，只是告诉他，他有一个家，仅此而已。

他甚至不记得自己的名字，印象里，父亲好像从没有叫过他的名字，在只有两个人的家里，"你""哎"这两个字就足以分辨了。

后来，人们叫他二蛋，这名字有点猥琐，因为一次，他在和一群流浪汉闲聊的时候，比起了那个不可描述的地方，他以两颗硕大的蛋获胜，二蛋成了他的绰号，也成了他的名字。

他不知道，在这个城市里，生活着另一个和他长相一模一样的人。

直到有一天，他看到了傅盛，他看着傅盛开着车，下馆子，他看着傅盛回家，有自己的房子，有自己的孩子，有一群友好的邻居，他可以吃热乎的饭菜，甚至还能喝酒，抽烟。

二蛋不太理解，为什么两个长得一模一样的人，自己的人生就要这样惨淡？

那是一种无法诉说的压抑和愤怒，他不知道这种愤怒从何而来，他只知道有一个声音告诉他，杀了他，杀了他，杀了他之后，他就可以用他的身份生活下去，从此有名字，有身份，有家，有钱。

那是一个月黑风高的夜晚，傅盛交班回家，他不知道，他 50 余年的生命在这一天就要结束。

二蛋早已观察好了他家里的一切，提前潜伏在了他的家中，当傅盛打开门，走进家中，蹲下身换鞋的时候，一把罪恶的斧头带着邪恶的风声当头劈下，傅盛甚至没来得及发出任何声音就倒了下去。

二蛋没有感到任何恐惧，黑暗中，他的双眼闪烁着光芒，那是对未来，对美好生活的幻想，前面光明的前景压制住了他对杀人的恐惧。

可他却感到了疼，当傅盛倒下去的那一刻，他的心口没来由一阵剧烈的疼痛，让他险些叫出声来。

可是傅盛不死，自己怎么办？他也想要这样衣食无忧的生活啊，明明长得都一样，凭什么自己就只能是一个流浪汉？

他冷静下来，从房间里拖出了另外一具尸体，是傅赢，二蛋潜进傅盛家中的时候，傅赢刚刚发送了一封邮件，躺在床上呼呼大睡，嘴角还带着一抹得意的笑容。

他不知道他干了什么，将要迎来什么，因为那不重要了，他永远也得不到了。

二蛋操着那把斧头，将两个人的头砍了下来，又砸毁了他们的指纹。他知道，警察要调查一个人的身份，这是非常重要的线索。

借着夜色，他用偷来的自行车将两具无头尸体运送到了城郊的水库，绑上了石头，扔进了水里。

接下来几天，他没有上班，而是以傅盛的名义给公司打了个电话，请了假。他需要几天时间来适应新的身份，新的生活，以及处理那两颗头颅。

那不是什么难事，他只把他们放进了高压锅，蒸煮之后，再敲碎，然后再蒸煮，再敲碎，直到，成为一堆再也不可能复原的碎块，然后他带着这些碎块在小区里游荡，不管看到的是流浪狗还是家养的狗，他就喂给它们。

起初的时候，他还有些胆战心惊，可他很快就发现，小区里，几乎每个人都认识他，确切地说，是认识傅盛，他们任由他接近狗，看着他给狗投食，还要说上一句谢谢。

他只用了两天的时间，就处理掉了傅盛和傅赢父子的两颗头。

接下来才是最难的，他需要学会开车，这是一个他以前从未接触过的东西，他不敢轻易尝试，但他只用了一天的时间就学会了开车，他将此归结于自己的天赋，如果他不是生于那样的家庭，如果他有受到教育的机会，现在的他，又何必需要用这样的方式，用别人的身份活下去？

在处理这些琐碎的事情的时候，他着实了过了几天担惊受怕的日子，他每天密切地关注着新闻，当那两具尸体被发现的时候，他甚至觉得，完了。可是警察并没有找到他的头上，他悬着的心慢慢放了下来，可就在他决定忘掉这件事的时候，那个人却出现了。

赵迪的出现本应该只是一点小小的涟漪，因为他说的二蛋并不懂，他只想打发他走，告诉他，他什么都不知道。

然而，那个人，那个不知出于什么目的找到傅盛家里的男人，却在几句话之后就察觉出，他不是傅盛。

他看到傅盛的时候那一瞬间的惊讶并没有引起他足够的重视。

是啊，傅盛和赵迪两个人在几天前还有过交集，可二蛋并不知道，他一句话就露了馅，更可怕的是，再往前一点的时候，这个叫赵迪的男人还看过他的另一面。

他能怎么办呢?

如果让他离开了房间,让他告诉了警察,那自己努力争取来的一切就彻底完了,他还要付出更惨痛的代价。

他对着赵迪痛哭流涕,告诉赵迪,自己确实不是他要找的人,他不知道这里是什么地方,他只是太饿了,太冷了,无意中进到了这里,他并没有做任何坏事。

他知道这个年轻人是善良的,一定会心软,哪怕只有一瞬间,对于他来说,也足够了。

和他预料的一样,看着二蛋的表演,赵迪心软了。二蛋趁机给赵迪倒了杯水,那里他添加了安眠药。

那个年轻人真笨啊,直到喝完那一杯水,他才反应过来,可是一切都晚了。二蛋轻轻松松地就杀了他。

对于他的尸体该怎么处理,二蛋并没有仔细地思考过,炖了,像处理那两颗头颅一样喂狗,是个不错的选择,他几乎在第一时间就这么干了,可当他干完分尸的活之后才反应过来,那需要的时间太长,几天内就处理掉一定会引起人们的注意。他可不想和一具尸体在同一个房间待很久,他需要尽快把他扔掉。

就像雷不会劈中一个地方两次一样,二蛋觉得,警察也不会想到在发现了尸体的地方又被人丢弃了一具尸体。

尽管这有些冒险,但是,这也是最保险的。

如果没有分尸就好了。看着那一块块的尸块,二蛋不禁有些懊恼,如果没有分尸,他就能连车一起扔进水库,就算被人发现,也会以为是车祸。至于现在,他只能走一步看一步了。

他就是没想到,在迈出第一步的时候,自己就成了阶下囚。

他就那样被警察堵在了车里。

面对那个警察,他什么也不敢说,他不知道警察都知道了什么,他只能一点点摸索着警察知道的底线,一点点编织着故事,于是到最后,警察得到了一个满意的答案,他是杀害赵迪的凶手!

而他,得到的却是一个生死未卜的前途,但还有希望,新闻里不是说,有人杀了好几个人都能留下一条命吗?就算是在监狱里度过余生,也比在外面流浪强得多啊。

每次听到这样的新闻,他都会不由自主地笑出来。

可他怎么也没想到,那几个检察官竟然比警察还难缠,他们只是三言两语就猜出了他隐瞒的东西。

他甚至不知道自己在什么地方说错了话，做错了事，让他们这么轻易就找到了方向。

这一次，他无路可逃了。

铁门上传来了当当的敲击声，门上的小窗打开，武警的脸露了出来。

"傅盛，提审！"武警冷冰冰，毫无感情地说道。

二蛋慢慢站起了身，走到了铁门边。

S市看守所外，阳光明媚，林菲、姜斌和戴梓萌、雷鸣走了出来。

林菲一如既往的面无表情，戴梓萌的头发披散了下来，嘴角带着一抹淡淡的笑意。

姜斌却在忙着和人通着电话："梁导，我这么跟你说吧，就这个本子，只要你敢做，那绝对会成为爆款，情节之曲折离奇，动机之匪夷所思，简直前所未见。你知道我们为了这个案子走了多少冤枉路吗？我们那个大个，雷鸣，你知道吧？咱们的福尔摩斯·柯南，就他都没猜中最后的真相，你想吧，这故事得多烧脑，多复杂。"

"斌子，连你都说复杂烧脑离奇的故事，你觉得我这能有人写好这本子吗？"梁九水问。

"这不有我呢吗？这案子我从头跟到尾啊。哎，就冲咱们这个关系，我都不要你剧本费，你把男一号的位置留给我就行。"姜斌道。

"咱还是商量商量编剧费你打算要多少吧。"梁九水嘿嘿一笑，"你这故事要是真的好，我也不是不能拍，我就一个要求，让你们那个林检察官和戴检察官主演。"

"你这不是为难我吗？"姜斌一脸的懊恼。

"案子解密之前，要是让我知道有类似的影片上映了，你知道什么后果。"林菲看着姜斌，似笑非笑地说道，"我会让所有人陪葬，尤其是你！"

她回头看着看守所那扇高大冰冷的铁门，目光仿佛要穿透铁门看进去一般。她知道，在那间这几天她们来了多次的讯问室里，有一个人，肯定正在无声地哭泣着，对着面前的那一纸鉴定报告的复印件。

造化弄人，不外如此。

"走吧。"林菲向路边走去，她的眼中不再有感叹，面容再次恢复了毫无表情的清冷，那个孤单又倔强的身影再一次证明了公诉检察官存在的意义并不是起诉或不起诉一个人，而是查明事情的真相，给所有人一个交代。

救蒙冤者于图圄之中，使犯罪元凶难逃法网。

　　林菲几乎猜对了一切，与正确答案只有 1% 的距离，就连戴梓萌恐怕也不会想到，两个原本应该命运相同的人，因为造物主的一次偷懒打盹造就了一次无法挽回的离别，会在一个人的心里埋下这样一颗仇恨的种子，且永远无法消弭。

　　看守所的讯问室里，二蛋看着那份鉴定报告，没有任何的意外，只是露出了一抹不屑的笑容，便站起了身，风吹进来，那一张纸轻飘飘地飞起，沿着窗户飞了出去，越飞越高。

　　二蛋看到了这一切，却并没有在意，他看了一眼门边的武警，"你说，当时走丢的，为什么不是他呢？ 40 多年，他为什么没有找到我呢？或者我应该这么问，他找过我吗？我不在了，原本两个人的东西，就都归他一个人了，至少换作是我，我不会去找，如果有可能，我当时甚至会故意弄丢他。"

　　武警不解地看着二蛋，笑了一下："林检察官有句话让我带给你。"

　　"你说。"二蛋点头。

　　"没有人有义务为你的错误买单，所有的后果和责任都要你自己来承担。别跟我讲什么人情冷暖，别对我说什么生活艰难，这世界上的每一个人都各有各的悲惨，凭什么我就得体谅你？你犯错的时候体谅我了吗？别拿道德绑架我，这玩意我遵守了，击穿底线的那个人是你。"武警说，"这是林检察官的原话。"

　　二蛋皱眉思索了片刻，笑了："回吧。"

　　他说道，主动走出了讯问室。

第五卷

识骨寻踪

1. 谁家后院泥削骨

夏日的午后，偏僻的山村小道上，一个大约 20 岁左右的年轻女孩儿脚步匆匆，却又无比踉跄地向前奔跑着。

她穿着一件白衬衫，一条修身牛仔裤，脚上一双坡跟凉鞋，时尚的装扮和这里的环境格格不入。

她不时回头，脸上的惊慌和恐惧一览无余。

山路的远方突然扬起了大片的灰尘，伴随着阵阵发动机的轰鸣，女孩儿愣了一下，转身钻进了路旁的草丛里，身体蜷缩成了一团，控制不住地瑟瑟发抖，一双满是惊惧的眼睛死死地盯着山路。

一辆微型面包车伴随着尘土出现在了女孩儿的视线里，那辆面包车的驾驶员似乎并不熟练，车子来来回回地摇晃着。

离得近了一些，女孩儿才看到，开车的是一个同样年轻的女孩儿，她肤色白皙，和山村里的人有着显著的差别，她穿了一身碎花的连衣裙，头上却戴了一顶棒球帽，这个打扮有些说不出的怪异。

藏身于草丛里的女孩儿却松了口气，她起身冲了出去，冲着远远驶来的面包车挥舞着双手。

面包车的驾驶员吓了一跳，车身明显晃动了一下，但面包车却没有丝毫的减速，驾驶员紧咬着嘴唇，将油门踩到了底，发动机发出了嘶吼，面包车骤然提速，冲向了拦车的女孩儿。

在中国的地理版图上，古山村是一个普通到不能再普通的存在，它地处 S 市边缘连绵不断的大山深处。

这里的天空永远是天高云淡，空气格外清新，鸟鸣虫叫，异常欢快。一眼望去，美景如画，在夜里，就连星空都无比灿烂。

只是深秋的傍晚有些恼人，太阳还是无比毒辣，没有了云层的遮挡，它肆意散发的光和热晒得人身上生疼，像要被烤着了一般。

可山风却有些凉了，山民们穿着长袖的衣服，头顶烈日，大汗淋漓地在地里抢收着最后一点点收成，冷风一吹，又让他们忍不住瑟瑟发抖。

在中国的政治版图上，古山村是一个极特殊的存在，因为某些不方便说明的原因，祖祖辈辈生活在这里的人们就如你所见，一切的经济来源大多依靠着"农业学大寨"时期依山建立起来的一亩亩梯田和偶尔的外出打工。

村里的很多人一辈子都过着面朝黄土背朝天的生活，从来没有觉得有什么不妥，更没有想过去追逐外面的花花世界。

在生存与生活面前，毫无疑问，但凡理智一些的人都会优先选择前者。

太阳落山了，田地里忙碌的人们直起腰，清点着一天的收获。看着山下一排排的院子里升起了袅袅炊烟，山民们古铜色、沟壑纵横的脸上露出了满足的笑意，脚步轻快地向家中走去。路上遇到熟人，热情地招呼着，相互讨论着今年的收成。

这就是山民们最淳朴的快乐。

那一块块收拾整洁的田地里，却也有那么几块显得格格不入，就是这几块田地也各有千秋，其中几块长满了荒草，显然主人已经放弃了打理，而另外几块，农作物倒是坚挺地生长着，只是不知为何，地只收了一半，主人似乎并不急于在冬季来临前完成收割。

村东头，一座石头垒起来的院墙围绕着一幢同样用石头砌起来的房子，房子的窗户还是用纸糊起来的，处处破损，院墙有几处也已经坍塌。看上去，这个院子少说也有几十年的历史，和隔壁红砖绿瓦的房子形成了鲜明的对比。

可这样一个破败的院子里，却也升起了炊烟，鸡鸣狗叫不绝于耳。而那个瓦房的院子里却是冷冷清清，不见烟火。

这个破败不堪的院子属于村民李大春。

此时，李大春正盘腿坐在自家的土炕上，双手插在双腿间，愁眉苦脸地盯着饭桌上的酒瓶，瓶子里空空如也，他面前的酒杯里，酒也只有一半不到。

那张桌子看上去有些年头了，桌面早已经斑驳不堪，满是裂纹，桌子上的食物也是异常的简单，只有一盘不见任何油星的白水煮白菜，和一盘看上去黑乎乎的咸菜。

围绕着桌子坐着的，除了李大春，还有 4 个孩子，最大的孩子看上去也不过 10 岁出头，最小的只有四五岁的样子，但无一例外的，他们的小脸都脏兮兮的，满是污泥，小手因为山风凛冽的吹拂而处处皲裂，带着血丝。

如果你还记得那个希望工程宣传画里的女孩儿，那么，你只需要把她再想象得稍微凄惨两倍，或者更多，就是眼前这几个孩子的模样了。

他们衣衫单薄，仅有的衣服上也是污渍斑斑，土炕的热量和碗里的粥显然不能给他们带来足够的温暖，山风一来，窗户纸哗啦啦作响，光听着就让人不由自主地打起了哆嗦。

几个孩子往炕头挪了挪，相互挤在了一起，希望这样能够给彼此带来一些温暖。

你并不能从他们的眼睛里看到和那张宣传画上的女孩儿一样的对这个世界充满了希望的眼神，但你不能奢望太多，生活在这样的环境里，能吃顿饱饭，能暖和一点，这就是他们最大的追求了。

然而土炕上坑坑洼洼，有几处已经明显塌陷，和屋里的黄土地面不相上下，让人严重怀疑它是否还能给这间屋子带来些许热量。

显然，在这样的环境里依旧担心着酒的李大春并不会在意孩子们以后的生活。

作为世世代代生活在这个山村里的农民，从出生的那天起，他的命运就已经注定，在那一亩三分地里刨出一些供家里人果腹的食物。他更清楚，自己最主要的任务就是传宗接代，而他已经不负众望地有了4个孩子，和孩子们的未来相比，他更关心今天能不能去商店再赊一瓶酒回来。

屋外的厨房里传来了嗞啦一声，一股浓郁的香味扑面而来，孩子们的眼睛一下子亮了，目光齐齐看向了门口，眼神里充满了渴望，喉头不受控制地咕噜一声，吞咽了一下。

在一阵锅碗瓢盆的碰撞声后，一个脸色阴沉的农村妇女端着一盘炒鸡蛋走了进来。

这廉价的奢侈大概就是李大春一家梦寐以求的荣华了。

李大春嘿嘿一笑，端起酒瓶，放在酒杯上控了控，控干了里面的最后一滴酒，这才端起酒杯，一饮而尽，意犹未尽地咂了咂嘴。

女人嫌弃地看了一眼李大春，哼了一声，重重地将那盘炒鸡蛋放到了桌子上，孩子们立刻一拥而上，等李大春的筷子伸过去的时候，盘子里只剩下了一点残渣。

"你们几个小兔崽子，也不说给爹留点。"李大春笑骂了一句，筷子头沾着油星放到嘴里舔了舔，一脸的回味。

随后，他像是想起了什么，直接将饭锅里的米饭盛到了盘子里，递到了媳妇的面前，赔着笑脸："媳妇，你吃！"

李大春的媳妇接过盘子，就着咸菜吃了起来，脸上的神情不见丝毫的缓和。

李大春搓了搓手，嘿嘿笑了一声："媳妇，商量个事，家里还有钱没？"

"干啥？"李大春的媳妇瞪了他一眼，问道。

"再给我整点酒呗。"李大春觍着脸哀求道。

"没有。"李大春的媳妇砰地一下放下了盘子，怒火迸发，"李大春，我上辈子到底做了什么孽了，这辈子嫁给你这个王八蛋？"

媳妇突如其来的爆发让李大春打了个哆嗦，下意识地向后躲了躲，碰到了身后用报纸包裹起来的弯弯曲曲的柱子，包裹得并不结实的报纸带动了头顶早已经塌下来同样是报纸糊起来的顶棚，哗啦啦地掉下了一片灰尘。

李大春的媳妇却并不关心，她叉着腰，脸色阴寒地训斥着李大春，"远的不说，就说眼前这点事，人家城里孩子都拿鸡蛋当早饭，你这可倒好，吃个鸡蛋就跟过节似的。"

李大春讪笑了一下，端起早已空了的酒杯，往嘴里倒了一下。

李大春媳妇一把抢过了酒杯，摔到了地上，酒杯在黄土地面上滚了几下，并没有破碎，李大春却一脸的心疼。

"喝喝喝，你就知道喝，那菜窖的事你到底咋想的？"李大春的媳妇骂道，"咱村里谁家没有菜窖？就你不弄，我出去都丢不起那个人。老张家媳妇咋说我你知道不？说我除了会下蛋，别的就啥也不会，大冬天的连点新鲜菜都吃不上，就知道弄咸菜，都改革开放几十年了，咱家过得还跟解放前似的。"

"别听那娘们瞎说。"李大春连忙劝了一句，"她自己下不出蛋来，那是眼馋你。"

"人家咋瞎说了？你家啥样你不知道啊？连个存菜的地方都没有，那除了腌咸菜，腌酸菜，我还能咋弄？李大春，这个菜窖你到底弄不弄？"

"弄，弄，我吃完就去弄。"

李大春的媳妇没说话，转身出了屋，不一会儿就一手铁锹，一手洋镐，走了回来，当啷一声扔到了地上，"你也别跟我整那套，你现在就给我弄去。"

"你好歹让我把饭吃完啊。"

"啥时候弄完，你啥时候再回来吃饭。"李大春的媳妇说了一句，就开始收拾起了碗筷。李大春无奈地摇了摇头，换上鞋，下了地，拿起了工具，走出了屋子。

路过厨房的时候，他嘿嘿笑了一下："媳妇，我要是把菜窖挖好了，晚上你能再给我整瓶酒不？"

"咋不喝死你。"李大春的媳妇没好气地骂了一句。

除了喝酒之外，李大春终于能干点正事了，这让李大春的媳妇阴郁的心情多多少少舒缓了一些。趁着这个机会，没准明天还能逼着他赶紧把那几亩地收拾完，一想到这些，李大春媳妇的脸上不由露出了一抹笑意。可当她刷完碗筷，喂完了猪，静下来的时候，脸色却又不由自主地沉了下来，她站在院子里凝神静听了许久，也没能听到那个让她心花怒放的声音，终于忍不住破口大骂："李大春，你个王八蛋，你又跑哪赌去了？"

"这呢这呢。"李大春的声音却从隔壁的院子里传了过来。

李大春媳妇一肚子的火更加不打一处来，她麻利地翻墙而过，就见李大春正在隔壁王二民家的后院刨着地，他的身边已经堆起了一个小土堆。

"你有病啊，你上人家家挖什么菜窖？"她骂道。

李大春嘿嘿一笑，"在咱家自己地里挖，开春还得填上，多麻烦。老王一年就回家一天，连家门都不进，咱就当废物利用呗，反正他王二民有钱，也不在乎这点事。"

"就你理由多。"李大春媳妇啐了一口，走到了李大春的身边，羡慕地看了一眼那几间瓦房，叹了口气，"咱家啥时候能住上这样的房子啊。"

"让那几个小兔崽子努努力，别说住瓦房，将来住楼房都可能呢。"李大春铲起一锹土，扔向一边。

"你咋不说你自己努努力呢。"李大春媳妇斜了一眼李大春，咦了一声，走到土堆边，伸手在里面扒拉了两下，捡起了一张卡片。

"啥玩意？"李大春问了一句。

"身份证。"李大春媳妇借着月光看了看，"哟，这不是二喜的媳妇苏柔吗？"

"你可拉倒吧。"李大春道，"二喜媳妇哪来的身份证？那是二喜花了5万块钱买来的。"

"啥？"李大春媳妇惊讶地叫出了声，"那苏柔不是大学生吗？咋还成了买来的？再说了，二喜那么有钱，还用买媳妇？"

"他那钱哪来的你不知道？"

"我不知道，你就知道？"

"我还真就知道。"李大春点上一支烟，"我问你，老王为啥过年才回来一天？秦二喜为啥就过年的时候带媳妇回老房子住几天？那还不是那个事？老王要不是每年都拿钱堵人嘴，那秦二喜能饶得了他？"

"你是说，二喜妹妹，那个叫什么来着？"

"海兰，不是那个事，还能是哪个事？"李大春冲手心吐了两口唾沫，再次抢起了铁镐。

"你说，这海兰到底哪去了？"李大春媳妇叹了口气，"真丢了？那么一个大活人，咋说没就没了呢？"

"这事，你得问王二民，那是他原配，人丢的时候就他自己在家呢，不过要我说啊。"李大春一镐砸在了地面上，这才继续说道，"当年老王和二秀不清不楚的，因为这事和二喜妹子闹离婚，村里人谁不知道？我看呐，没准是给宰了，说不定就在这下边埋着呢，要不然老王咋一天都不敢在家待？"

李大春的媳妇看了一眼黑乎乎的地面，打了个哆嗦："净在那胡扯。那真要那样，那二秀哪去了？"

"那谁知道了？"李大春掀了几下铁镐，可铁镐却似乎被什么东西卡住了，"没准是找个啥地方藏起来了呗，出了那事，她还敢露面？"

他又往手心里吐了几口唾沫，看着媳妇："不过啊，就这个苏柔啊，和海兰长得还真像，一个模子里抠出来的似的。你说这二喜，不会有什么毛病吧？"

"你管人家那个干啥？"李大春的媳妇白了一眼李大春，伸手把身份证上的土蹭了下去，"秦海兰"几个字出现在了她的眼前。

"嘿"，李大春手上发力，终于把卡住铁镐的东西一起带到了地面，当他看清那个东西的时候，却一下子扔下了铁镐，发出了一声惊恐的哀嚎。

李大春的媳妇看过去，一声惊叫卡在了嗓子眼里，眼前一黑，晕了过去。

土坑里，月光下，一颗惨白的人头骨不安分地骨碌碌滚动着，一团蓝荧荧的光围绕在头骨的周围，肆意飘摇。

一大早，林菲刚进办公室，屁股还没坐稳，一阵嘈杂的声音就让她下意识地皱了皱眉。

"不好啦！"姜斌撞开门跑了进来，一脸慌张，"林检，孙队带着一票人杀过来了，估计是来报仇的！"

"报哪门子仇？"戴梓萌走到窗边，向外看了看，停车场上，停着一辆警方的勘查车，法医刘鹏和几名警察正在车下活动着手脚。

"还能报什么仇！"姜斌痛心地道，"林检那么搞人家，肯定是把孙队搞出心理疾病来了，这会儿爆发了呗，赶紧跑吧！"

戴梓萌没有理会姜斌，只是看着楼下的几个人，微微皱眉："孙队这是把家都搬来了？怎么还带全队出动的？"

"昨天晚上，古山村那边发现一具白骨，孙林他们可能就是为这事来的。"雷鸣不紧不慢地道。

"古山村？"姜斌一脸茫然，"那是什么地方？"

"你是本地人吗？"戴梓萌鄙夷地问道。

"我怎么不是本地人了？"姜斌叫道，"土生土长，祖祖辈辈都在这儿。"

"那你不知道古山村？"

"真不知道。"姜斌摊了摊手。

"古山村，隶属古山县，和H省接壤，地理位置比较特殊，三不管地区。"林菲说，"那个地方民风淳朴，这么多年来，从来没出过什么大案子，上一次发生恶性案件，还是 10 年前。"

"交通肇事致人死亡后逃逸，嫌疑人至今没有归案。"雷鸣接道。

"行啊老雷，你门儿清啊。"姜斌赞道。

"每年清查的时候，这个案子都会被拿出来。"雷鸣有些唏嘘，"专案组建了一茬又一茬，人换了一拨又一拨，被害人的身份到现在都还没查清。嫌疑人的身份虽然确定了，却怎么也找不到人。"

"我去看看。"林菲突然道，起身就要出去，却被姜斌一把拦住。

"林检，林检，我的姐姐哎，你是我亲姐，这案子刚发生，咱先缓缓行不行？等到咱们这了，咱们再研究。"姜斌一脸哀求地看着林菲，"再说孙队到底是不是为这个案子来的还不清楚呢，万一要是真来寻仇的，你这不是自投罗网吗？我今天晚上还有个粉丝应援会，留条活路行不？"

"古山县检察院没有办理重大刑事案件的权利和经验，挖出的是一具白骨，这案子可有些年头了，我们有必要提前介入，指导他们的侦查工作。"林菲毫不犹豫地说。

"不要林检察官，你安排谁都行。"林礼祯的办公室里，孙林正在和林礼祯讨价还价。

"你这不是为难我吗，小孙？"林礼祯摊了摊手，"你又要雷鸣跟着你去，又不带林菲，这不合规矩，雷鸣毕竟只是助理检察官，隶属于林菲的工作组。要，你就得全带着，不要，你就一个都不能带走。"

林礼祯喝了口茶，看着一脸挣扎的孙林，语重心长地道："小孙同志，你要知道，林菲检察官那可是我院的骨干力量，让她跟你们走，我还心疼呢，我这压着一堆案子没人处理呢。"他伸手拍了拍桌子上厚厚的一摞卷宗，"你看，我现在都得亲自下场干活了！"

"你快乐开花了才是吧？"林菲那清冷的不带任何感情的声音从门外传了进来，她象征性地敲了敲门，没等林礼祯回应，就推门走了进来，"我不在，你终于能清闲几天了，这还不好？"

林礼祯尴尬地笑了笑："哪能呢，小林，你来了正好，收拾收拾，这就跟孙队一起走吧。"

"孙队，怎么说？"林菲似笑非笑地看着孙林，"要不，让戴检和你谈谈？"

"哎哟，那感情好。"孙林僵硬地笑了一下，"戴琳检察官也是一把好手，林检刚跟我们办完一个案子，是该好好休息休息，林副检察长，要不……"

"别装傻，戴琳还没恢复过来呢，我说的是梓萌。"林菲踹了一脚孙林的凳子。

孙林没来由地打了个冷战。

山路崎岖，就是孙林的 G500 重装版在这样的山路上也无法开得太快，当一行人赶到古山村的时候，天色已经完全暗了下来。

王二民家的后院灯火通明，古山县的干警在挖出头骨的地方拉起了一圈警戒带，法医刘鹏蹲在土坑里，正把一块块白骨拼成人形。

警戒带外，李大春蹲在地上，蜷缩在角落里，瑟瑟发抖。但他眼里闪烁的光芒却告诉人们，他并不是害怕，相反还有些激动，他发抖，仅仅是因为天冷了，他穿得太少了。

而就在他的身边，姜斌正扶着墙大吐特吐，那股浓郁的味道让李大春愈发难受，他不动声色地向旁边挪了挪。

尽管古山村是一个封闭落后的小山村，但这里的治安向来良好，乡里乡亲之间多少都有些沾亲带故，就算有什么纠纷，大多也在长辈的调解下化解开。王二民家的后院竟然挖出了一具枯骨，让当地县公安局的张局长都震惊不已，亲自赶到了现场。

他脸色阴沉地看着手下们忙碌着，不时看一眼李大春，显然，这个村民们口中的二流子不太可能是凶手。

死者的身份基本已经确认，随同白骨一起掩埋的一张一代身份证显示，死者秦海兰，是这个院落原本的女主人，10 年前失踪，音信全无。

警方已经通知秦海兰唯一还在世的亲人，哥哥秦二喜前来认尸。但秦二喜多年前举家迁往外地，最快要明天上午才能赶回。

凶手会是谁，目前毫无线索。

和孙林交换了一下意见，张局长就烦躁地挥了挥手，示意下属放了李大春。

李大春愣了一下，随即眼睛一转，想起了什么，赔着笑脸迎了上来，他不停地搓着手："警察同志，我这算是检举揭发吧？算立功不？你看，是不是有点啥奖励？"

"奖励？"张局长打量着李大春，哼了一声，"快滚，没把你当凶手抓起来你就烧高香吧。挖菜窖你咋挖到人家院子里来了？你这叫非法侵占你知道不？"

李大春打了个冷战："不给就不给，骂啥人啊。"

他悻悻地走出了院子。

另一边，刘鹏终于拼好了最后一块骨头，长出了一口气，跳出了土坑。张局长连忙掏出烟，迎了上去："怎么样，刘法医，有什么发现？"

"死者女性，死亡时间至少 10 年。颅骨碎裂，应该是遭到钝器打击造成的，左小腿腿骨骨折。"刘鹏边摘手套边说道，"身高不到 1.6 米，推测应该在 1.55 米左右，就剩骨头了，暂时，也只能看出这些来。"

"左小腿腿骨骨折？"张局长皱了皱眉，"这和 10 年前的失踪人口秦海兰倒是很相像啊。"

"那就通知家属来认尸呗。"刘鹏道。

"已经通知了，不过……"张局长眉头紧锁，看了一眼那具白骨，"都这样了，能认出啥来啊？"

"有身份证，还有一堆没烂的衣服，先认认看，实在不行，不还有 DNA 呢吗。"刘鹏倒是并不着急。

"咱县里没这条件啊，做 DNA 那得送到市里去排队。"张局长愁眉苦脸地抽着烟，说道。

"我还当什么事呢。"刚吐了一圈的姜斌凑了上来，"张局，你忘了咱'妹夫'是干啥的了？那地方，先做谁的后做谁的，还不是他一个人说了算？"

说完这句话，顾不上刘鹏那杀人一般的目光，姜斌转头冲到一边，再一次剧烈地呕吐了起来。

2. 十年生死两茫茫

清晨时分，雷鸣照惯例给李雅打了个电话，电话还没挂的时候，孙林就向他走了过来。

"有线索了？"雷鸣收起电话，问道。

孙林摇了摇头："接下来工作怎么展开，还得等咱们开个会，听听林检的意思。我找你有点别的事。"

"哦，什么事？"雷鸣随口问道。

"古山交通肇事逃逸那个案子，10 年了，人还没抓到。"孙林抽出一支烟，点燃，吸了一口，"出来的时候，局长特意交代，督办一下。"

"项秀那个？"雷鸣迅疾就反应了过来，随即，眉头微微皱起，"10 年来，一点线索都没有，这个确实有点不太正常。"

"这不就想到你了吗？"孙林摊了摊手，"我看过卷宗，除了一些基本情况，怎么找到这个项秀，我现在是一点方向都没有。"

"据我所知，项秀当年是驾驶王二民的微型面包车肇事致人死亡之后逃逸的，她和这个王二民关系密切，这应该是个方向吧？"雷鸣想了想，就说道。

"咱们之前不也是按这个方向指导的？"孙林摇头，"这回，咱们说什么也得提出个新的方向了。"

孙林嘴上这么说着，可真要他提出什么新的方案，他却憋了半晌，最终还是放弃了，只能把雷鸣的办法再复述一遍。然而这个意见却被古山县公安局的张局长毫不留情地否定了。

在自己的办公室里听了孙林和雷鸣的分析后，张局长苦笑了一下，"这一点，我们也想到了，项秀 10 年没回过家，这太不现实，王二民却是每年春节肯定要回家一天，他一定去的两个地方，一个是项秀家，一个是他大舅子秦二喜家。但是对于项秀的行踪，王二民一问三不知啊。"

张局长摊了摊手："我们也秘密调查过这个王二民，别说项秀了，他身边连个女人都没有。"

听张局长这么说，雷鸣的眉头却皱的更紧了："你刚刚说，王二民每年回家都肯定要去项秀家和秦二喜家，这怎么回事？秦二喜就是眼下这个案子里，死者秦海兰的家属吧？"

"疑似，毕竟现在还不能确认。"张局长更正道，"至于王二民和项秀，他们俩一直就不清不楚的，据说出事前，王二民正闹着和秦海兰离婚。"

"能找到王二民吗？"雷鸣突然说，"说不定，他和眼下这个案子，也有着密切的关系。"

"我也想到了。"张局长点头，"已经安排人去找了。"

在孙林和雷鸣已经开始工作的时候，古山县公安局的一间会议室里，姜斌终于悠悠醒来，却是极不情愿，山里稀薄的云层并不能阻挡刺眼的阳光，他是硬生生被阳光刺醒的。

他坐起身，就感到一阵阵的头疼。他慢慢活动了一下身体，这一下，酸痛立即遍布了全身。他不满地看了一眼正坐在窗边的林菲和戴梓萌，至少从表面上来看，这两个人似乎并没有什么异常，可戴梓萌却正在给林菲揉按着肩膀，林菲那张万年没有表情的脸此刻有些微微的扭曲。

"该，叫你们有床不睡，非得睡凳子。咱们就差那么点办案经费吗？"姜斌揉着脖子，龇牙咧嘴地道，"再说了，又不花咱们的钱，你们心疼个什么劲？"

"这叫态度，你懂什么？"戴梓萌斜眼看着姜斌，"就是告诉他们，我们不是来旅游的，是来正经办案的。"

"住招待所怎么就不是正经办案了？"姜斌反问道，随口抱怨了一句，"我就没这么艰苦过。"

"那些躺在棺材里，埋在土里的不会比你更舒服。"林菲冷冰冰地说道，站起身走向了门边。

姜斌被她这句话噎得差点闭过气去，悻悻地跟在了她们的身后："老雷呢？干啥去了？又去给他的亲爱的打电话去了？咱们现在干啥去？早晨吃啥？"

"雷哥被请去指导一个 10 年没抓住人的交通肇事逃逸案。我们现在要去找报案的那个村民问点事。至于早餐，你刚好给睡过去了。"戴梓萌得意地笑了一下。

"这个老雷，什么毛病？他现在是检察官，没事瞎掺和什么破案的事啊。林检，这事你可得管管啊，再这么下去，他可真把自己当国际警察了，早晚捅大娄子。"姜斌恨恨地骂了一句，又狠狠地瞪了一眼戴梓萌，"还有你，也太不够意思了，吃早饭咋不叫我，你还有人性吗？"

"我怎么没人性了？我怕吵到你睡觉，都没敢大声叫你，那叫不醒你，还怪我咯？"戴梓萌当时就跳了起来。

"照你这么说，我还得感谢你了？"

"不客气。"戴梓萌大度地摆了摆手。

上午的阳光正好，既不太晒，也不会让人觉得有丝毫的凉意，照射在人们的身上，暖烘烘的。

古山村废弃的小学操场上，那块用水泥砌起来的领操台边，李大春靠墙而坐，嘴里叼着烟，晒着太阳，正口若悬河，和身边的人讲着什么。

"你们没看着，就那个脑袋，惨白惨白的，冒蓝光，差点吓死我。"

"知道是谁的不？"他身旁的村民问道。

"还能谁的？海兰的呗。"

"你咋知道？"

"那身份证搁一起埋着呢啊。"李大春抽了一口烟，叹了口气，"这老秦家也真够惨的，10 年啊，都以为是跑了，谁想到，搁那埋着呢。这要不是我，他们家人死绝了都未必能知道这海兰早走到他们前边了。"

说到后来的时候，他的脸上露出了一抹得意。

"他们家人还得感谢你呗。"

一个陌生的声音突然插了进来，可李大春并没有注意到，依旧一脸得意的样子："那倒不用，都是乡里乡亲的，逢年过节知道给我拿瓶酒，我就知足了，要是再有两条好烟，那就更好了。老秦家不差钱，对吧？"

他把目光转向声音的来源，却愣了一下，来人共有 6 个，其中一人他认识，是派出所的民警，还有一个穿着警服的男人，昨天晚上他也见过，另外 4 个人两男两女，身上都穿着藏青色的制服，胸前别着他没见过的徽章。

昨天晚上，他和他们有过一面之缘，可惜昏暗的灯光让他没有仔细地看看他们。

李大春的目光落在了戴梓萌的身上，觉得眼前一亮，不由自主地咽了口唾沫。

"你发现的那具尸体？"孙林问。

李大春下意识地点了点头，随即连连摆手："不是我不是我，我就远远地看了一眼，我胆小。"

姜斌忍不住扑哧一声笑了出来："昨天晚上蹲墙角的不是你啊。"他的目光在围观的村民身上一一扫过，"那，你们谁是李大春？"

村民的手齐齐地指向了李大春。

"你们咋那么不够意思？"李大春急得跳了起来。

孙林笑吟吟地看着他："老哥，你当我瞎还是当我傻？我要是你呢，就知道什么说什么，大家都省事，我们要是把你带回去，对你影响也不好。她，"孙林指了指林菲，"检察院的。我，市公安局的。"

"捕诉一体，懂不？"姜斌也凑上来说道，看着李大春茫然的神情，他难得耐心解释了一句，"就是逮捕起诉，我们当场就一条龙给你办了，速度快，效率高，不用排队，不用等。"

李大春小鸡啄米一般点了点头："你们想知道啥？我可先说好，多了我也不知道，我就是挖个菜窖，我哪知道那么倒霉，挖出个人来啊。"

围观的人群纷纷竖起了耳朵，想要从李大春的嘴里听到更多的细节，林菲微微皱了皱眉，古山县的民警看在眼里，连忙招呼道："散了吧，都散了吧，办案呢，别添乱！"

人群终于心不甘情不愿地散开，只是那三步一回头的架势暴露着他们内心的渴望。

"那不是你家吧？"看着人群散去，孙林这才问道，"你上人家地里挖什么菜窖？给你钱了？"

"我在自己家里挖，开春我不还得填上？多麻烦啊。我说，同志啊，这死人肯定跟我没关系，那要是我杀的，我能挖出来，完了我还报警吗？"

"死者你认识吗？"林菲问了一句。

"海兰，秦海兰，王二民媳妇，哦，就是那家的女主人。"李大春道，"海兰都丢了 10 年了，要我说，那肯定是二民宰了埋到那的。"

"你怎么知道是秦海兰？那都是一堆骨头了，你有火眼金睛啊？"姜斌问。

"那身份证那不也是我一起挖出来的吗。"李大春道，颇有些不耐烦。

"你看看是这个吗？"孙林伸手拿出了一个物证袋，递到了李大春的面前。

看着里面那个脏兮兮的一代身份证，李大春下意识地向后躲了躲，眉毛皱到了一起，鼻翼向上提升着，鼻翼的两侧形成了两道明显的沟壑。

这是一种厌恶型的逃离反应，戴梓萌知道，对这个身份证，李大春没有任何好感，但他并不感到恐惧，说他不可能是凶手，这一点还是正确的。

"可不就是这个。晦气死了，我就挖个菜窖，你说我咋就遇上这个事了。"李大春哀叹道。

"你刚才说，凶手是王二民，这又是怎么回事？"孙林又问。

"这事你问别人，都未必知道，你问我算是问对人了。"李大春脸上再次显露出了得意的神情，"不过……"

他搓了搓手："我这算是提供重要线索不？我看电视可说了，这都是有奖励的。"

"奖你一个银手镯要不要？"带林菲等人来的民警沉下了脸，呵斥了一句。

"开个玩笑，开个玩笑。"李大春谄媚地笑了一下，"我和王二民是邻居，他们家那点事，我太清楚了。海兰还没丢的时候吧，王二民和她那日子过得就不咋痛快，天天吵吵，隔三岔五就得动回手。"

"王二民有家暴行为？"林菲微微皱眉。

"啥家暴啊。"李大春像是听到了什么笑话一样，笑出了声，"那王二民搞工程的，家里趁钱，在外边有相好的了，海兰家就指着二民接济呢，那能同意离婚么？不同意就干呗。"

"你说王二民杀了秦海兰，有什么证据吗？"林菲又问。

"要啥证据啊。"李大春嗤笑了一声，"我这么说啊，从海兰丢那年开始，这二民就常年不着家，过年的时候回来一次，一天都不在家待，上海兰她哥那待会儿，上他相好的家待会儿，为啥？他亏着心呢，他知道海兰就在他后院埋着呢，他敢待么？他回来干啥来了？那是给他相好的爸妈送钱去了，给海兰她哥送钱去了，要不然，海兰她哥能饶得了他？"

"他啊。"李大春用力吸了一口已经燃到头的烟，把烟蒂扔到地上，伸脚踩灭，"这肯定在外边跟他相好的过好日子呢。"

"王二民的情人也是你们村的？她叫项秀？"雷鸣皱着眉，问道。

"村西头，老项家的，村里都叫她二秀，也跑了 10 年了。那她爸她妈，就指着二民那俩钱过日子呢，你没看那日子过的，那叫一个滋润。"李大春哼了一声，语气里满是不屑，"二民是我们村里第一个买车的，二秀成天开他车瞎玩，那把她美得呢。"李大春啐了口唾沫，"谁不知道咋回事？不嫌丢脸，勾搭人家男人。"

雷鸣若有所思地点了点头。

"菲姐，这案子，有意思了啊。"戴梓萌看向了林菲，说了一句。

"这是合谋杀人吧。"姜斌摩挲着下巴，"两人合谋杀害秦海兰，完了俩人潜逃，项秀又来一场车祸，大家就都以为她是因为这事潜逃的，没人考虑她是不是凶手，说得过去啊。哎，我问你。"姜斌冲李大春叫了一声，"那个什么项秀，你说也跑了10年了？"

"嗯，警察都来找她好几回呢，也没信儿。"李大春突然一拍大腿，"你说得对啊，这事少不了二秀啊，她肯定也有事，要不然警察找她干啥啊。"

"嘞嘞嘞嘞，整天就知道胡嘞嘞，家里地你不打算收拾了啊？"李大春的媳妇抱着孩子，脸色难看地出现在了学校门口，冲着李大春骂了一句。

"媳妇，你等会儿，我待会儿就去收拾，这不是陪政府的人说说话么。"李大春赶忙堆起了一张笑脸，转头想介绍自己的媳妇给林菲等人的时候，却发现他们几个人已经走远了。

"你整天在这胡说八道啥？"李大春的媳妇走过来，一把揪住了李大春的耳朵，"那事是你能掺和的吗？你闲的是不是？你那么闲上山砍柴去，家里没烧的了，你瞎啊，看不着？"

李大春赔着笑脸，在媳妇的喝骂声中走远。

"接下来，去问问那个老项？"一坐进车里，姜斌就试探着问了一句。

孙林看了一眼表："秦海兰的哥哥这个时候应该到了，我们先去确认一下尸体的身份比较合适吧？"

他看向林菲。

"行。"林菲点了点头。

"真稀奇，你们竟然不去问老项什么情况。"姜斌摇了摇头，竟有些不甘心，"这事，我觉得那个什么王二民跑不了。你们也都听着了，当年秦海兰刚一失踪，王二民就离家了，一年就回来那么一次，他和秦海兰的关系也不和谐，还在外面公开有了情人，秦海兰不同意离婚，项秀现在又在逃，那肯定是杀了人了，还有，按那个李大春说的，王二民每年都给秦海兰她哥送钱，这不是花钱买命是啥？"

"出门带脑子是个好习惯。"戴梓萌白了一眼姜斌，"目前我们还不能确认死者就是秦海兰呢，这个时候你就笃定嫌疑人的身份，不觉得太过了吗？"

"王二民离归案不远了，等他到了案，你们再跟我嘴硬也不迟。"姜斌哂笑了一声，将目光转向了车外。

孙林的 G500 刚在古山县公安局的大院里停好，车门都还没来得及推开，独立于院子一角的司法解剖室里就骤然爆发出了一阵撕心裂肺的哭声。

司法解剖室的门打开，张局长走了出来，长长地出了口气。

看到林菲等人，他连忙迎了上去。

"里面怎么回事？"林菲看了一眼解剖室，问道。

"秦二喜来认尸了，说那就是他妹妹秦海兰。"张局长答道。

"他怎么认出来的？"雷鸣皱了皱眉。

"说那身衣服是他最后一次见到秦海兰的时候，秦海兰身上穿的那身，身份证也对，腿上的伤也对上了。"张局长说道。

雷鸣紧皱的眉头没有丝毫的缓解，林菲也一脸的疑虑，似乎有什么问题是她想不通的，戴梓萌嘴里含着棒棒糖，却好像在想什么问题，只有姜斌一脸的轻松。

"你们觉得有问题？"看着众人凝重的神情，张局长不安地问了一句。

"尽快落实 DNA 鉴定。"林菲看了一眼雷鸣，说道。

"等他情绪稳定一点，我们问一下吧。"孙林道。

姜斌的脸上终于露出了一抹茫然，他看了一眼不知在思考着什么的几个人，聪明地压下了自己心中的疑问。

3. 第一现场

秦二喜坐在古山县公安局的问询室里，手里捧着一杯热水，慢慢地摩挲着，不时喝上一口，随后就定定地看着桌面，面无表情。从他的脸上看不出悲伤，也看不出愤怒，谁也不知道他的心里到底在想些什么。

他不渴，只是有些冷，从骨子里透出来寒意让他不受控制地颤栗着。半个小时前，他刚刚和一具白骨面对面，甚至趴到那上面嚎啕大哭。

那是自己的亲妹妹。他一遍又一遍地告诉自己，作为她唯一的亲人，他得为她收尸，可那股恐惧却并没有因为血缘的联系而有任何的减弱。

带他进来的警察告诉他，还有些问题需要跟他核实，他并不意外，仅凭几件衣服和小腿上的骨折就认定一具白骨是他失踪了多年的妹妹，这件事换成了他自己也未必相信。

可他不会认错。10年了，一切也应该有个了断了。

问询室的门被推开，秦二喜慢慢抬起了头，一个看上去精神抖擞的警察走了进来，他明显不属于古山这个闭塞的山村。

"秦二喜？"孙林问道。

"嗯。"秦二喜应了一声，因为刚刚哭过，他的声音有些发闷。

"你妹妹的事情，我很遗憾。"孙林道。

一提到自己的妹妹，秦二喜的眼圈忍不住泛红，他用力吸了吸鼻子，微微侧头，看向了一边，控制住自己的眼泪，却控制不住声音里的哭腔："同志，你们一定要抓住凶手，为我妹妹报仇！"

"我们正在做，这件事情需要你提供帮助。"

"只要我能做到的，上刀山下火海，你们说话。"秦二喜转回头，眼中冒火，目光盯着孙林，干脆地说道。

"没有那么严重，只是有几个问题想问问你。"孙林笑了一下，笑得有些不合时宜，"你妹妹秦海兰和王二民是什么关系？"

秦二喜愣了一下，面目随即变得狰狞，他咬牙切齿地道："那个王八蛋，那个王八蛋，我宁愿跟他一点关系都没有。"

"他和你妹妹秦海兰是夫妻？"

"是。"秦二喜点头，猛地捶了一下桌子，"我妹妹肯定是被他害死的。"

"为什么这么说？"

"王二民那个王八蛋，打从我妹妹嫁过去，她就没过过一天好日子。王二民动不动就动手，我妹妹那个腿，就是让他打折的。"秦二喜重重地摔了一下水杯，水杯里滚烫的开水都溅了出来，"我妹妹失踪那会儿，那王八蛋正和项秀好呢，天天跟我妹妹闹离婚，我妹妹不同意，哼，他肯定就是因为这事才杀了我妹妹的。"

"你妹妹失踪后，王二民也离家，一年只在年底的时候回家一天，你们从来没有怀疑过？"

"怀疑，怎么不怀疑？"秦二喜苦笑了一下，"可是总得有个盼头。我爸妈过世之后，她就是我唯一的亲人了，我一直觉得我妹妹还活着，只要一天没发现尸体，王二民一天没承认杀了我妹妹，我就觉得，她还在，只是在一个我们都不知道的地方，好好地活着。"

秦二喜叹了口气："那样不也挺好的？就是真找回来了，我妹妹那个脾气，也不可能跟王二民离婚，回来不还是得遭罪？"

"所以，当年你们虽然报了案，但是后来也并没有找得太紧？"

"害怕啊。"秦二喜道，"万一找着的是个尸体怎么办？万一找着了，她又回来挨王二民的打，怎么办？我这个当哥哥的就那么看着？可不看着，我又能怎么办？我能把她接回家，养一辈子吗？现在好了，我这心里的一块石头也算落了地了，警察同志，我没别的要求，你们一定要尽快抓住王二民，给我妹妹报仇。"

"有他的消息吗？我听说，每年过年的时候，他都去找你？"

秦二喜无奈地摇了摇头："他也就去看看我这个大舅哥，给我留俩钱，他在哪儿，在干啥，我啥都不知道，连个电话都没给我留过。"

"有意思。"问询室外，一直密切注视着室内两人一举一动的戴梓萌突然说道。

"嗯？"林菲狐疑地看着戴梓萌。

"没什么。"戴梓萌连忙耸了耸肩。

"我明白。"姜斌却突然道，"都闹成那样了，秦海兰就是就不同意离婚，这不挺有意思的吗？王二民就那么好，让那个秦海兰死心塌地的？"

"离婚？"和林菲等人一起旁听的张局长惊讶地看着姜斌，"姜检察官是不了解我们这的民风啊。"

"怎么？你们这还有不许离婚的习俗？这可是违反婚姻法的！"姜斌急道。

"那倒不是。"张局长摇了摇头，苦笑了一下，"在我们这儿，谁要是跟人离婚了，这辈子都别想再嫁出去了，在村里也别想抬起头了。"

"这不就是死要面子活受罪吗？她要是答应了离婚，后来也就不至于把命都丢了不是？"姜斌觉得，这个奇葩的观点实在有些不可理喻，"女权之路，路漫漫其修远兮啊。梓萌，你说，是不是？"

"嫁鸡随鸡嫁狗随狗，这种老掉牙的论调，在农村恰恰是最盛行的。"戴梓萌也叹了口气，"要想改变，可不是一朝一夕的事。"

那扇院门看似光鲜，可实际上早已经腐朽不堪，孙林只是伸手一推，大片大片的铁锈就哗哗坠地。

从秦二喜的身上并没有得到更多有价值的线索，孙林在和林菲等人协商后，决定在王二民到案前，先对王二民的家进行一次勘查，希望能够从现场找到一些有力的证据。

一行人刚走进院子，就听到隔壁传来了李大春和他媳妇的对话声。

"你说这海兰咋想的？当年咋就不愿意离婚呢？"李大春的媳妇叹了口气，"要模样有模样的，那操持家里的事可有一套了，离了王二民还怕找不着更好的？都啥年代了，她就那么怕让人说闲话？"

"脸面？"李大春啐了口唾沫，"你可拉倒吧，那就不是啥脸面不脸面的事。老秦家就没把海兰当自己家里人。"

"这话咋说的？"李大春的媳妇不解。

"你知道当年海兰嫁王二民，老秦家要了多少彩礼不？"

"多少？"

"少说这个数。"李大春双手十指交叉，摆出了个"十"字。

李大春的媳妇惊讶地看着李大春，"咋那么多？王二民家有那么多钱？"

"王二民到底有多少钱，我不知道，反正海兰刚嫁过去，老秦家就盖新房了。你就说吧，二喜都没正经工作，整天就伺候那二亩地，海兰刚没，他就花5万块钱买了个媳妇回来，搁你你能干这事？那咋说也是他亲妹妹吧？还有那钱哪来的？"李大春嗤笑道，"都让人欺负到家门口了，全村都知道二民和项秀的事，和离婚比起来，哪个更丢脸？"

"她啊，不是不想离，是老秦家不让她离啊。"李大春抽了口烟，感叹道，"怪不得城里人都说，生个闺女是招商银行，生个小子是建设银行，媳妇，你说咱家4个小子，咱俩不得活活累死啊？你这要是生俩闺女，将来咱俩愁啥啊。"

李大春的媳妇啐了一口："这事怪我啦？你没听人说么，生丫头生小子我们女人说了不算，那是你们男人的事。"

说着，她又叹了口气："你说那二民也是，海兰哪点不好？他怎么就非得跟项秀扯得不清不楚的呢。"

"还不是老秦家闹的。"李大春的语气中满是不屑，"二喜他爹妈啥也干不了，二喜又不能离家，那不就指着海兰接济呢？二民一年在外面累死累活的挣那俩钱，转头都让海兰给娘家送过去了，换你你乐意啊？那二秀就不一样了，人家跟着二民，啥也不图，把二民伺候得白白胖胖的。那要是换了我，我也选二秀啊。"

"咋地？你还有啥想法啊？"李大春的媳妇不悦道。

"哪能呢，咱啥样人咱自己不知道么？能娶到你那都不知道我几辈子修来的福气。"李大春讪笑道。

"嫁给你，那是不知道我上辈子做了什么孽了。"李大春的媳妇啐了一口，转身回了屋。

王二民家的院子里，戴梓萌和姜斌弯腰贴在墙根，耳朵都贴到了墙上，听到李大春和他媳妇中断了这个话题，二人才直起腰。

"这还是个扶弟魔现实版。"姜斌摇着头，"这秦海兰还真是，自己作的。"

"你是手残了还是腿折了，需不需要给你配台霍金同款的轮椅？"林菲帮着孙林和雷鸣费力地拖着工具箱走进了院子，看着姜斌那副悲天悯人的样子，不冷不热地说了一句。

"你能干点正事吗？"戴梓萌一副理所当然的样子看着姜斌，"你就好意思看着菲姐忙，你还是男人吗？"

"我……"

姜斌被戴梓萌说得无比郁闷，可看着戴梓萌有意无意地活动着手腕，那颗想要反抗的心偏偏生不起半点的涟漪，只好冷哼了一声，走过去，接过了林菲手里的工具箱，快步走到了房门前，看着那把锈迹斑斑的门锁，停下了脚步。

"怎么不进去？"戴梓萌悠然地走到了姜斌的身边，侧头看着他，却发现姜斌脸色苍白，双腿也筛糠一般地抖动着。

"不是吧？"戴梓萌惊讶地抬手掩住了嘴，"这你也害怕？"

"我怕什么？"姜斌激灵一下，反驳道，"我是检察官。"

"那你……"戴梓萌打量着姜斌，一脸狐疑。

"有股怪味，我恶心不行啊？"姜斌的情绪慢慢平复了下来，强作镇定地解释道。

戴梓萌抽了抽鼻子："不就是霉味吗？这有什么？这房子都小10年没人住过了。"

砰的一声，孙林把手里的工具箱放到了地上，俯下身看了看门锁，打开工具箱，找出了一根撬棍，插进锁里，猛地用力，嘎嘣一声，门锁应声而断。

"这……"姜斌看了一眼林菲，"林检，这取证过程不合法吧？"

孙林冲刘鹏使了个眼色，刘鹏笑了一下，从口袋里摸出了一张搜查证："谁说不合法了？当着你们的面，我们能干那没品的事吗？"

说话的功夫，孙林已经抬手将门推开了一道缝隙，浓重的霉味终于找到了宣泄口，一股脑地冲了出来，戴梓萌和林菲下意识地向后退了几步。姜斌更是砰地一下丢掉了工具箱，转身跑到了墙边，扶着墙哇地一声吐了出来。

"你不是吧？你也太弱鸡了吧？"戴梓萌无奈地扶额，"姜哥，当着孙队他们的面，你能别这么丢脸吗？"

"我说……"姜斌吐了几口，大口大口地喘着气，"你们都没闻出来吗？"

"闻出什么？"林菲微微皱眉。

"那么大的血腥味，你们一点都没闻到？"姜斌的语气中充满了不信任，"不用忍着，不丢人！"

戴梓萌却用力抽了抽鼻子，茫然地看了一眼林菲，林菲也正看着她，同样一脸的茫然。随后，两人同时将目光投向了站在门前没有动过的雷鸣，此时的雷鸣正饶有兴致地看着姜斌。

"姜检察官说得没错，这屋子里确实有一股血腥味，不过，也没那么大。"刘鹏冲着姜斌笑了一下。

"还不大？"姜斌转身又吐了一口，"都快熏死我了。"

"他这鼻子，快赶上警犬了。"孙林笑道，俯下身拎起了工具箱，"要不，你们就在外面等着吧，剩下的事，我们自己来就行了。"

"不用，早晚得看。"林菲却向前走了一步，"不过是一个十年前的现场，没什么不能看的。"

"就是，孙队，我们一起。"戴梓萌也走了过去。

两人同时回头看向了姜斌，此时的姜斌，脸色已经由苍白变成了惨白，不扶着墙的话，他恐怕已经瘫倒在地上了。

注意到了林菲和戴梓萌的目光，他艰难地摆了摆手："我就不去了。我在外面等你们。"

说着，他摇摇晃晃地向院子外走去。

林菲冲戴梓萌使个眼色，戴梓萌不慌不忙地走到了姜斌的身后，一把抓住了他的领子："帅哥，去哪儿啊？进来玩会儿吗，保证刺激。"

姜斌回头，苦着脸看向了林菲："给条活路行不行？"

"是你的鼻子不给你活路，跟我没关系。"林菲冷笑，"既然它那么好用，我们又没警犬，正好凑个数。"

姜斌垮下了脸，放弃了挣扎，胃里的翻江倒海让他没有余力再进行一丝一毫的反抗。何况，就算反抗了又有什么用？林菲和戴梓萌绝不可能放过他。

他求助似地看向了雷鸣，雷鸣却一副若有所思的样子，良久，他突然叹了口气："迟早要经历这么一遭，不走出温室，永远也不可能茁壮成长。"

他跟在孙林和刘鹏的身后就走进了屋子，在他的身后，林菲不动声色地跟了进去，戴梓萌拖着姜斌，就像拖着一条死狗，和姜斌那惨白的脸色比起来，戴梓萌的小脸上却是洋溢着难以掩饰的兴奋。

就连孙林和刘鹏都感到后背发凉，对视了一眼，两人同时动手整理起手上的工具来。

4. 宿命

林菲和雷鸣站在门边，打量着这座已经 10 年没有人居住过的房屋。

房间里的摆设依旧整齐，仿佛它们相信，它们的主人终有一天会回到这里，而它们也终能重新散发自己的热量，和主人一起开启新生。

10 年前，这里的主人在离开家的时候，细心地整理了每一件物品，从这些物件上，林菲能够看到王二民心中那股浓郁的不舍。

可他还是走了，带着那个秘密，永远地离开了这里。房间里四处落满的灰尘昭示着王二民最后的决绝，他再也不会回来，它们的等待终究不会有任何的结果。

慢慢腐朽，归于尘土，就是它们最后的宿命。

这里是埋葬之地，是恐惧之源，也是幸福伊始。

如果王二民真的是凶手的话。

在最终的证据呈现之前，林菲依然不愿在他的身上打上凶手的标签。

刘鹏把工具箱放到地上，打开，拿出几瓶溶液，勾兑到了一个喷壶里："鲁米诺喷剂，潜血反应会告诉我们这里是不是发生过什么。"

他冲林菲解释了一下，等待着溶液最后的融合。

太阳在慢慢落下山，天色渐渐暗了下来，最后的一点夕阳挣扎着，想要再看一眼这个闭塞的山村，可时间的流逝，行星的运动终究不可阻挡，在最后一次努力的跳跃之后，伴随着一阵冷涩的山风，光线彻底暗了下来。

站在门边，扶着门框的姜斌打了个冷战，回头看了一眼屋外，咽了口唾沫。

落山的太阳就像一个开关，启动了刘鹏身上某个预设的装置，他突然走到门边，把姜斌拉近了屋子里，然后关上了门，房间里顿时陷入了黑暗中。

"开个灯行吗？这么黑，怎么找东西啊。"姜斌努力控制着声音中的颤抖，站在原地一动不动地说道。

他只能看到房间里几个隐约的影子，一个影子正走进里间，悄无声息，让他下意识地屏住了呼吸，生怕惊扰了这里的原住民。

"不行，鲁米诺反应要在无光源的情况下观察。"

刘鹏的声音从里间传了出来，接着便传来了嘶嘶的声音，这个声音让姜斌联想到了某种冰凉的软体动物，脸色不由得更加苍白，好在，在黑暗中没有人会注意到这些，可他也同样不知道自己还能这样坚持多久而不瘫倒。

嘶嘶的声音越来越近，刘鹏的身影也从里间走了出来，可姜斌却愈发不敢做出任何的动作，整个身体僵硬得让他觉得浑身的骨头都在承受着几倍的重力压力，游走在崩溃的边缘。

慢慢地，姜斌感到眼前的景象变了，里间似乎有一点光源点亮，那是一点莹莹的蓝色冷光，接着是另一点，蓝色冷光越来越多，倏忽间连成了一片，以肉眼可见的速度在蔓延着，从里间蔓延到了外间。

美丽中透露着难以言说的诡异。

借着这些蓝色冷光，姜斌终于能够看清，林菲和雷鸣神情淡漠地看着这一切，戴梓萌的呼吸却有些急促，双拳紧握，他甚至听到了她骨节发出的咯嘣声。

蓝色冷光蔓延到了姜斌的脚下，他吓了一跳，匆忙向旁边跳了一步，却碰到了身边的柜子，发出了砰的一声。

这个声音惊醒了各怀心事的几人。

刘鹏笑了一下，"鲁米诺喷剂与潜在血源反应后，就会发出这种蓝色的冷光。"

于是姜斌终于知道，这些美丽的蓝色冷光与它的作用是多么的矛盾，冷漠而又残酷地昭示着，这房间里处处都是血迹，墙壁上有，棚顶上有，铁锅里有，碗柜上有，就连碗里也有，他的脚下，也有。

姜斌终于忍不住大叫了一声，一把拉开门冲了出去，跑到墙边哇哇大吐。

雷鸣和林菲、戴梓萌也跟在他的身后走出了房间，戴梓萌不忍地看了一眼身后："雷哥，这地方真的只死了那一个人吗？看这些血迹，简直就是人间炼狱啊，一个人的血，能铺满这么大的整个房间？"

本已经慢慢站起的姜斌在听到这句话后猛地又蹲了下去，剧烈地干呕了几声，却只呕出了几口酸水。

刘鹏却叹了口气，回头看了看蓝光正慢慢淡去的房间："没法确定全部是血迹。"

正努力想从胃里再挤出点什么的姜斌愣了一下，回过头虚弱地看着刘鹏："'妹夫'，你是啥意思？"

"灰尘太多的话，也可能会出现这种状况。"刘鹏狠狠瞪了姜斌一眼，解释了一下。

扑哧一声，戴梓萌轻笑了一下，姜斌的目光马上转向了她，却见戴梓萌瞪着大眼睛，一脸的无辜。

"戴梓萌，你肯定是故意的！"姜斌咬牙切齿地说道。

戴梓萌摊了摊手，没说什么，可她脸上的表情和狡黠的眼神却告诉姜斌：对，我就是故意的，你来咬我啊！

姜斌摇摇晃晃地站起了身，哼了一声："我不和你一般见识。林检，现在这情况怎么办？"

戴梓萌切了一声："你倒是敢跟我一般见识啊。菲姐，接下来呢？"

林菲也有些茫然，她看了一眼孙林。

"找，就算不能确定是血迹，总应该还有其他的线索。"孙林咬牙道。

"对啊，比如凶器。"戴梓萌恍然大悟，"找到那具尸体的时候，并没有发现凶器，对吧？"

见孙林点了点头，戴梓萌才继续说道："他也不会把凶器带在身边，那样太危险，就看他连家都不敢回就知道，他对凶器同样有一种恐惧感，所以，他会把凶器藏起来。"

"会藏在什么地方？"孙林连忙问。

"我觉得，就在这里。"戴梓萌指了指屋子，"恐惧之源有一处就够了，他不可能弄两个地方，而且，丢到别处，还要抱着随时被人发现的担忧。"

"会是什么样的凶器呢？"孙林又看向了刘鹏。

"钝器。"刘鹏回忆了一下，应道，"从创口形态来看，很像是奶头锤。"

"具体会藏在哪里呢？"孙林看似自言自语一般说了一句，目光却瞟向了雷鸣。

"我说，孙队，你这就不太地道了。"姜斌虚弱地笑了一下，"什么事都让我们干了，这可不太符合规定。"

"哪有哪有。"孙林忙道，"我这不也是在想嘛。"

"上面或者下面，甚至就在你眼前。"戴梓萌却说，"他没打算再回到这里，自然也就无须藏得很隐秘。"

"说了等于没说。"姜斌嘟囔道。

"只要它在这里，我们总能找到。"林菲说了一句，便转身走向了屋子，背影无比倔强，也同样孤单。

戴梓萌只是耸了耸肩，就跟了上去，雷鸣也同样没有说话，只是拍了拍姜斌的肩膀，就跟上了林菲的步伐。

孙林冲着刘鹏嘿嘿一笑，拍了拍手："干活了，'妹夫'。"

刘鹏抬手就想给孙林一拳，可孙林已经走进了房间，刘鹏冲着孙林的背影恶狠狠地比了个中指，这才走进去，只剩姜斌一个人留在了屋外，他看了一眼远方夜色下的山峦，山风的呼啸之下，仿佛一头头怪兽在怒吼，他略有犹豫，终归还是叹了口气，硬着头皮，拖着虚浮的脚步，跟在了他们的身后。

屋子里很快就亮起了点点手电的光芒和寻找东西簌簌声。没有人注意到，在院墙的另一头，李大春探出了半个脑袋，手里拎着一根大葱，不时咬上一口，饶有兴致地看着忙碌的众人。

"你不喂猪，搁这看啥呢？"李大春的媳妇不满地道。

"看戏。"李大春嘿嘿一笑，"王二民这回可跑不了了，真看不出来，那小子还真敢杀人。"

古山县公安局物证鉴定实验室灯火通明，这注定又是一个不眠之夜。

林菲一行人在王二民家尽管没能确定案发现场的具体位置，但也并非一无所获，在卧室里一个同样落满了灰尘的大衣柜下，雷鸣找到了一把用报纸包裹着的奶头锤，严严实实的报纸包裹了好几层，这也让奶头锤上留下的痕迹清晰可见，其中就包括已经发黑了的血迹及数枚指纹。

与此同时，王二民也被古山县公安局的一组干警带了回来。

据说在找到他的时候，他刚喝完酒，在乱糟糟的出租屋里睡得正香，从天而降的警察惊醒了他，茫然中，他本能地做出了反抗的举动，脸上正经挨了几下狠的，眼眶乌青。

不过很快，他就弄清了自己的处境，乖乖地跟着公安干警回到了局里。

可面对古山县公安干警的审讯，王二民却始终拒不交代，反复要求要先看看妻子秦海兰的尸体。

专案组在和林菲等人商量了一下之后，同意了王二民的要求。

"你们说，这一堆骨头就是海兰？"看着解剖台上那已经被拼凑成人形的白骨，王二民的脸上看不出悲喜，眼神里尽是茫然。

"从你家的后院挖出来的，当初你自己埋的，是不是秦海兰，你比我们所有人都清楚。"站在解剖室门外，连正眼都不敢往里瞟一眼的姜斌听到王二民的问题后，忍不住讥讽道。

王二民却摇了摇头："不是我，我没杀人。"

"你没杀人？"姜斌哼了一声，"没杀人这么多年不敢回家看一眼。"

王二民长叹了一口气，眼睛里浮上了一抹浓浓的化不去的哀伤："海兰丢了，二秀也丢了，一个是我老婆，一个是我爱人，我能不找吗？"

他又看了一眼那堆枯骨，慢慢摇了摇头："你们说她是海兰，我不信。"

"那你到底把她埋在哪了？"姜斌问。

"我说过，我没杀人。"王二民平静地道。

孙林点上了一支烟，讥笑了一声："既然你没杀人，你为什么不敢回家看一眼？我听说，你每年都回村里待一天，却从来不进自己家，也不过夜，这是为什么？"

"如果可能，我连这个村子都不想回。"王二民却苦笑了一下。

"愿闻其详。"孙林道。

"咱们就在这说？"王二民环视了一眼冷冰冰的解剖室，问。

"在哪说，其实都一样。"戴梓萌饶有兴致地盯着王二民，道。

王二民只是略一犹豫，就点了点头："你说得对。"他转头看向了孙林，"能给我一支烟吗？"

孙林一言不发地递给他一支烟，又帮他点燃，王二民深吸了一口，微微一笑，道了声谢，随后慢慢开口，缓缓讲述起了自己的故事。

作为古山村数一数二的富豪，王二民并没有表面上看起来的那么风光，他比任何人都清楚，村民们对他的恭敬仅仅是因为那些钱，背后对他议论和风评可就没那么好，说他为富不仁都算是对他的赞誉。

他和项秀之间的感情并没有对任何人隐瞒，村里就是刚学会说话的孩子也知道他们之间的事，性格执拗，又大大咧咧的项秀对此并不在意，但对王二民却就不一样了，每每听到小孩子在他的背后喊着陈世美，他都感到怒火中烧，可他却没有对此做任何的解释和反驳。

那毕竟是孩子，在他们的背后，有着大人的影子。他再怎么生气也知道，怒火没有理由发泄在这些孩子的身上。

他更不能对项秀说什么，项秀已经为他付出了太多，甚至就连项秀的父母都不知道被她用什么法子说服，同意了他们之间的交往。

"我和海兰的婚姻，根本就是个错误。"王二民扔下烟蒂，抬脚踩灭，孙林又递过来一支烟，他却摆摆手，拒绝了。

"我和海兰算是指腹为婚。"王二民怅然道，"海兰的父母对我的父亲有救命之恩，他们家原本也算得上是名门望族，就因为这个家道中落，我不能违背了父亲的意愿，只好和海兰成亲，可我对她，真的根本就没有任何感情，我只把她当妹妹，结婚之后，我甚至连碰都没碰过她。我只盼着有一天，她能意识到这一点，主动离婚。"

"所以，你虐待她，殴打她，甚至，打断了她的腿，可她却就是不同意跟你离婚，因为你是他们家的支柱？"孙林一边在笔记本上记录着，一边道。

王二民的表情僵了一下，随即苦笑："连这个你们都知道了。"他又摇了摇头，"你说得没错，我的手段确实有些过激了，但你说我打断了她的腿，这个我不承认。我在她面前故意表现得好吃懒做，脾气暴躁，家里的大事小情我一概不管，她那条腿，是她垒院墙的时候，不小心摔的。"

"这可和我们听说的不一样。"姜斌道，"你们村里人可不是这么说的。"

"我也没有必要跟你们撒谎。"王二民笑了一下，"我这个人纵有千般不好，但有一件事我从来没做过，那就是不承认自己做过的事。"

"说得倒是好听。"姜斌面露不屑，余光却看到了林菲杀人一般的眼神，他撇了撇嘴，还是乖乖地闭口不言。

"至于那点钱。"王二民再笑，"我根本不在乎，我父亲的命是多少钱都买不回来的，海兰从我这拿多少钱给她家里，我都认。"

"可她却害怕离婚之后，你就一分钱都不肯拿了吧？"孙林问。

王二民点头苦笑："现在想想，可能就是那样吧。那件事，我做的确实欠考虑了，可我真不是那种不知恩图报的人，这些年，每年我都要回村里一趟，给他哥送点钱，也给二秀的爸妈留点钱。当年要是我跟她说清楚，结局是不是就会不一样？"

"你还没回答，为什么连家门都不进，一宿都不待。"孙林提醒道。

"回家？回家干什么？家里有什么？"王二民摇头，"那不是我家，那只是我给海兰的家，她不在了，我自然也就不能在那里再住下去。我留在村里又能干什么呢？听他们背后说我的闲话？那村子对于我来说，不是故土，是束缚，是牢笼，是刑罚之地。我宁可在外面流浪，也不愿意回到那里，每次看到二喜，看到二秀的爹娘，我这里都很疼。"他指了指左胸口，"我一直都在想，要是我能狠狠心，没那么优柔寡断，不顾忌那些长辈的情谊，我是不是能好过点，所有人是不是都能好过点。"

"文采不错啊。"姜斌嗤笑了一下，"那项秀呢？警察通缉了她这么多年，一无所获，你既然那么爱她，总知道她在哪吧？"

王二民摇头："我不知道。"

"你不知道？"姜斌被气得笑了出来，"你怎么可能不知道？"

"我和她当年约好了一起私奔，只是到了那天，她没来，后来我才知道，她也和海兰一样，丢了。"

"我更正你一下，项秀不是丢了，是潜逃了，她开车撞了人。"孙林打断了王二民的话。

"就算是吧，可是我真的不知道她在哪，这些年，我几乎找遍了所有能找的地方，就是没有她一点消息。"王二民苦笑。

姜斌上上下下打量着王二民，试图从他的脸上找出一点破绽，可除了悲伤和怅然，他一无所获。姜斌看向了戴梓萌，却发现戴梓萌也是一脸的茫然。

"我听说，这些年，你所有的钱都给了秦二喜和项秀的爹妈，秦二喜在城里都买房了，项秀家的生活一般人也比不了，你自己却还租房子住？"戴梓萌疑惑地问。

王二民点头："不管是二秀还是海兰，他们失踪都是因为我，既然一切都是因我而起，那他们的家里，我当然也有义务照顾，就算是，赎罪吧。"

戴梓萌死死地盯着王二民的眼睛，试图从他的目光中发现点什么，然而她却不得不沮丧地承认，自己失败了，王二民的眼神清亮，坦然地陈述着一切，而在陈述的过程中，他的情绪起伏甚至都很微弱。

如果他不是早已经预见了这一天的到来，打好了腹稿，反复练习，那就是真的屈服在了命运的面前。戴梓萌觉得，后者的可能性更大一些。

"现在怎么办？"王二民被暂时羁押，可从他的供述里，林菲等人也没有发现任何有价值的线索，百试百灵的戴梓萌在他的面前也败下阵来，姜斌不由得苦恼万分，案情研讨会上，他提出了自己的疑问。

站在会议室里，他略显焦躁，"难不成还得回现场？我可不想去了啊，那地方，都已经让咱们翻遍了，肯定不会再有其他的线索了。"

"按照我们办案的经验来看，确实可能得重回案发现场。"孙林耸了耸肩，说道。

"他没撒谎。"戴梓萌紧皱着眉头，"至少我没有发现他在撒谎。或许，我们真应该考虑一下另外有凶手的可能。"

"等证据，证据出来之后，我们再过一遍。"林菲冷冰冰地说道。

"老雷呢？老雷怎么说？"姜斌环视了一圈，却没有发现雷鸣的影子，他下意识地抬起手腕看了一眼表，晚上10点整，这是雷鸣每天最后一个电话的时间。

"老雷这个强迫症患者。"姜斌摇了摇头，看向了楼下，就见雷鸣正举着电话，脸上带着宠溺的笑意，正走出物证鉴定实验室所属的大楼，和法医刘鹏一起向他们走来。

片刻之后，会议室的门就被推开，雷鸣手里拿着几张纸走了进来，他随手扬了扬，就把那几张纸放到了会议桌上。

姜斌几步走过去，拿起那几张纸看了一眼，眼角微微一挑，露出了一抹笑容，就递给了像要杀人一般看着他的戴梓萌，戴梓萌扫了一眼之后又递给了林菲。

几个人看完了那几张纸，沉默不语。

姜斌看着他们一个个皱眉苦思的样子，终于还是忍不住开口："你们这是怎么了？想啥呢？指纹对上了，是王二民的，血迹也对上了，和那具尸体的血型吻合，这案子不就破了吗？王二民就是杀人凶手！"

他得意地笑出了声："故意杀人，情节恶劣，拒不交代，少说死缓。"

雷鸣却摇了摇头。

"老雷，你有意见？"姜斌没有感到丝毫的意外，"有意见跟法律说去，《刑法》就是这么规定的。"

"没有意见，只是有问题。"戴梓萌也摇了摇头。

"还有啥问题？"姜斌不屑，"你们就非得找出点事来是不？咱们痛痛快快地结案，安安稳稳地过日子，不好吗？"

"是啊，现在证据算是充足了吧？"孙林也问道。

"现在还有很多疑团没解开。"雷鸣摇了摇头。

"所有的疑团在证据面前都不是问题。"姜斌大手一挥，"连夜提审，在证据面前，他王二民还能玩出花来？"

"问题不在王二民的身上。"雷鸣说。

"项秀和秦海兰在同一天失踪，而那一天，恰好又是项秀和王二民约定私奔的日子。这些都凑到了一起，不是太巧合了吗？"戴梓萌皱眉道。

"我还以为啥事。"姜斌大笑，"这不叫巧合，这叫必然。"

他跳了一下，坐到了会议桌上："王二民和项秀约定私奔，这事没准就让秦海兰知道了，两个人为了顺利离开，只好杀了秦海兰。就这么简单。"

"没那么简单。"戴梓萌摇头，"王二民和项秀准备私奔，就是为了摆脱秦海兰，真要像你说的，杀了秦海兰，埋起来，当失踪了就好了，干吗还要跑？"

"项秀肇事逃逸，而负责抓捕王二民的干警没有发现他和项秀仍旧保持联系的证据。"林菲说，"这里恐怕还有很多我们不知道的事。"

5. 意外发现

古山村宁静的乡村生活在这个深秋变得不再平静。

村民王二民家 10 年来没有人光顾过的后院竟掩埋着一具已经变成白骨的尸体，而这具尸体还有可能是他失踪了 10 年的妻子秦海兰，这件事，经由遗骨的发现者李大春添油加醋的宣传之后，眨眼间就成了古山村人尽皆知的事情，人们打招呼的方式都从"吃了吗"变成了"听说了吗"，似乎茶余饭后不聊上几句这件事，就会被这个时代抛弃了一样。

人们热切地期待着这件事情的后续更新，至于他们是出于对死者的关心和同情还是对凶手的义愤填膺，就没人知晓了。

　　至少李大春并不关心这些，他在乎的只是自己第一次有了众星捧月的感觉，以往人们三五成群地聚在一起闲聊的时候，他总是被排除在外的那一个，而如今，人们习惯了把他围在中间，听他唾沫星子乱飞地口若悬河。

　　不得不承认，李大春的口才确实很不错，总能在关键的地方戛然而止，吊得人心痒难耐，于是有人送上烟，有人递上酒，让李大春觉得，这他妈的才叫生活，自己之前那三十几年白活了。

　　要是那个小丫头也能这么崇拜自己，那就更完美了。李大春不由得想到了戴梓萌。

　　这天一大早，天刚蒙蒙亮，以往就算日上三竿也要再睡一会儿的李大春就爬了起来，妻子早已经起床忙着家务，他懊恼地换下了湿乎乎的内裤，连饭也不顾上吃一口，灶坑里也不肯填上一把柴，就急匆匆地打开了院门。

　　"你干啥去？"正忙着喂猪的李大春媳妇不满地问道，"你一天天往外瞎跑啥呢？能干点正事不？"

　　"我咋不干正事了？"李大春道，"现在村里人谁看见我不得高看一眼？谁不得递根烟给咱？你去商店赊点东西，是不是都比以前好说话了？"

　　"因为啥你自己心里没数啊？"李大春媳妇啪地一下扔掉了手里勺子，"你当他们真拿你当回事咋地？"

　　"因为啥谁在乎？你和孩子有吃有喝，我有酒有烟，不犯法就得呗。"李大春不耐烦地道。

　　"脾气见长是不是？"李大春媳妇捡起一块石头砸了过去，可李大春却已经跑出了院门，直奔村中央废弃小学的操场，村子里那些闲人们现在肯定已经等在那里了，等着他能有更新更劲爆的消息。

　　村民们对这件事情的追逐就像电视还不发达的时候，耐心等待每天 20 分钟的评书联播一样，能让他们连手里的农活都放下。

　　李大春今天手里正好握着这样的一个消息，他相信，只要这个消息一出口，至少又能换回两包烟，一瓶酒。

　　她会不会来呢？李大春边走边想。

　　"都来了？"一走进操场，李大春就看到领操台边围了一群早起的村民，正抽着烟，期盼的眼神看着他来的方向，他收回了思绪，打了声招呼。

　　"老李，你咋才来呢？有啥消息不？"一个村民熟络地丢给他一支烟，笑着问道。

　　"消息是有，不过……"李大春看着手里的烟，微微皱眉。

　　"老李，来，抽我的。"旁边一个村民赶忙递上了自己的烟，"我这个好。"

李大春接过来，看了一眼，这才满意地点了点头，塞进了嘴里，旁边马上有人给他点上了火："说说，你又知道啥信了？"

李大春吸了一口烟，吐了个烟圈，目光一一扫过围着他的村民，看着他们脸上的期待和谄媚，他莫名地有一种扬眉吐气的感觉："海兰是让二民杀死的。"

他压低了声音，说道。

"切～"出乎他意料的，村民们却齐齐地发出了嘘声。有胆大的村民嚷了起来："老李，这还用你说啊，那从二民家挖出来的，二民这么多年不回家，谁不知道就他杀的人啊。你整点新鲜的。"

"你要是还就这点事，那你把烟还我。"给了他一根好烟的村民也不满地起哄道。

"那不行，给了我的就是我的。"李大春狠狠地吸了几口烟，那一根烟一下子就到了尽头，他嘿嘿一笑，"你们那都是猜的，我这可是有真凭实据的。昨天晚上，警察可在他们家搜出证据来了。"

"啥证据？"

"凶器。"李大春神秘地道，"我看得真真的，那上面，血都黑了。"

"啥凶器？"递上好烟的村民紧张地问道。

李大春没说话，只是动了动手指，村民会意，连忙把手里还剩下一半的一盒烟塞到了李大春的手里，李大春满意地笑了一下，抽出一支点燃，这才说道："一把奶头锤！"

"这么说……"人群里传来了几声叹息，"二民杀人这事，是板上钉钉了？挺好的一个孩子。"

说这话的人语气里带上了一丝惋惜。人群一时间陷入了寂静之中，每个人的目光都各不相同，有惋惜，有幸灾乐祸，唯独缺少的，却是愤怒。

人们关心的只是眼前，10年前的事，谁会在意？一如10年后，人们再谈起王二民的时候，也只是"哦，那曾经是古山村的名人，一个杀人犯"，仅此而已。

李大春抽着烟，等着他们问下去，可他很快就尴尬地发现，人们的目光不再聚集在他的身上，显然，这件事至此已经告一段落，他也就失去了应有的作用。

"你们觉得这就完了？"李大春急道。

"还有啥事？"村民们不解。

"你们以为，海兰是二民一个人杀的？"李大春眼睛一转，冷笑了一声。

"啥？还有别人？"

李大春抽了一口烟，得意地道："这几年，跑的可不止王二民一个人，警察都来几回了。"

"你说二秀？"村民们不敢置信地看着李大春。

"还能有谁？"李大春啐了口唾沫。

"可不能瞎说。"村民里有人反驳道。

"谁瞎说了，我那是亲眼所见。"

李大春急道，就见村民们的眼神都变了，他们惊惧地看着李大春，李大春得意洋洋地看着面前的这些人，可慢慢的，他却察觉到了异常，这些村民们竟然下意识地后退了几步，他的背后，阴风阵阵，让他不由自主地打了个寒颤。

李大春猛地回头，就见项秀的父亲老项脸色阴沉地站在他的身后，手上还拎着一把铁锹，整个人筛糠一般抖动着。见李大春回过了头，老项哼了一声，突然抢起铁锹，照着李大春的脑袋劈了下来。

"李大春，你个小王八羔子，我让你胡说八道！"老项咬牙切齿地吼道。

李大春连忙抱着脑袋，手忙脚乱地跳到了一边，嘴上却不闲着："二秀杀没杀人，老项你这个当爹的不知道？你闺女因为啥跑了？说她是杀人犯那是怕吓着你们，才说她是开车撞人的。"

"我叫你胡说八道。"老项喘着粗气，手里的铁锹挥舞的虎虎生风，李大春狼狈地抱头鼠窜，两个人一追一逃，绕着学校的操场跑起了圈。

"住手！"一声断喝从校门口传来，脸色阴沉的孙林和古山县公安局的张局长跑了进来。

看到这两个人，李大春就像看见了救星，几步就跑到了他们的身后，探头探脑地看着老项，老项却拎着铁锹不依不饶地追了过来，孙林连忙上前一步，一把夺过了老项手里的铁锹。

老项怒气冲冲地看着李大春，两人就那样大眼瞪小眼地对视了起来。

"老不死的，你真想要我命啊？"李大春气喘吁吁地道，"你这就叫恼羞成怒，是不是让我说中了？你闺女肯定也杀人了！"

"小兔崽子，你再胡说八道一个试试！"老项指着李大春骂道。

"我哪句胡说了？"李大春梗着脖子，挑衅似的看着老项，"你再对我动手试试？警察可就在这呢。"

"你闭嘴！"张局长回头，怒斥道，恶狠狠地瞪视着李大春。

李大春缩了缩脖子，乖乖闭上了嘴。

张局长这才转过头，看向了老项："老项，看在我面子上，消消气。"

老项哼了一声，没应话。

"来来来，我给你介绍一下。"局长拉着老项到了孙林的面前，"这是市局下来的人，专门来查这个案子的。有点事想问问你。"

老项打量着孙林，突然叹了口气："上家里说吧。"

他说着，背着手，慢慢走向了校门外，背影无比的萧瑟。

老项回到家门口的时候，才看到来的人并不只有张局长和孙林，林菲、姜斌和戴梓萌、雷鸣已经等在他家的门外了。

昨天夜里，当确认了凶器上的指纹就是王二民的之后，专案组连夜提审了王二民，可面对如此确凿的证据，王二民依然坚决否认杀人，坚称自己没有杀人的动机，因为已经和项秀约定好，第二天就一起离开古山，以后再也不会回来。

然而这个离开的时间却引起了林菲等人的注意，在和孙林的对抗中，王二民最终还是无法承受他身上散溢出来的威严，交代了私奔的原因：因为那场交通肇事，王二民才不得不带着项秀远走高飞。

"她已经为我付出了那么多，我实在不忍心看着她再遭受牢狱之灾。"王二民叹道。

"二民，是个好孩子。"老项的家里，老项坐在炕上，伛偻着身子，抽着烟，脚下满是烟蒂。

林菲、戴梓萌、雷鸣的脸上不见任何的表情，姜斌的神情就要复杂得多，沮丧中还带着一些焦急。

老项的说法和王二民的说法一致，显然林菲、戴梓萌和雷鸣也认为，在这件事情上老项并没有说谎。

"都10年了，你们要是想串供，早就准备好了。"姜斌还是忍不住哼了一声，说道。

老项抬头看了一眼姜斌，让姜斌顿时愣住，老项的眼神里，竟充斥着满满的嘲弄。

"你啥意思？"姜斌问。

"我老项啥都不好，可就一点好，你上村里打听打听，我老项一口唾沫吐出去，那就是一个坑，我啥时候说过谎？"老项冷笑了一声。

"我就不信了。"姜斌回以一个冷笑，"人家王二民和秦海兰还没离婚呢，你就同意你闺女和王二民处对象，这不要脸的事你都干得出来，还有啥干不出来？"

老项脸色涨红："二民和海兰咋回事，全村谁不知道？早晚得离的事。"

"那不也没离么？再说了，王二民说这些年一边找项秀，一边找秦海兰，你要不是知道项秀啥事没有，你能这么心宽？你天生心肌肥大？"

"姜斌，闭嘴！"林菲狠狠地呵斥道。

"我没说错！"姜斌急道，"林检，咱就事论事啊，这事要是我有问题，你咋说我都认。现在这情况，那是秃子脑袋上的虱子，明摆着的事。"

他气哄哄地转过了头。

"生气了？"戴梓萌笑嘻嘻地走到了姜斌的身边，问道。

"我可没那个资格，你菲姐是什么人？员额检察官，检委会委员，我呢，就是她手底下一个小小的书记员，我哪敢跟她生气啊。"姜斌的语气里满是不服气，边说边站起了身，"我出去走走，你们唠，好好唠，最好把咱们现在唯一的嫌疑人也给唠没了，你们就开心了。"

他说着，也不理会林菲杀人一般的眼神，更不在意戴梓萌的阻拦，就向外走去。

"菲姐？"戴梓萌看向了林菲。

"让他去吧。"林菲意味深长地看了一眼姜斌，"看他在这烦。孙队。"

她看了一眼一脸尴尬的孙林，孙林连忙轻咳了一声："项大爷，麻烦你再说说项秀开车撞了人的事吧。"

姜斌带着一肚子的气，刚走出老项家，就见一个人半蹲在老项家的窗户外，扒着窗台，探头探脑地看着屋子里的动静，眼神无比的猥琐，喉头还偶尔无意识地滚动几下。

姜斌蹑手蹑脚地走到了这个人的身边，顺着他的目光看过去，就见他视线焦点正是戴梓萌制服下那双健美的长腿。

"好看吗？"姜斌突然开口。

"嗯嗯，咱村里哪有这么白净的姑娘。"李大春叹了口气，"这要娶回家里，坐一辈子牢都值了。"

他突然意识到了什么，侧头就看到姜斌正冷冷地看着他，连忙嘿嘿一笑："开个玩笑。"

姜斌却无比认真地看着李大春，一脸的苦涩："你要真能把她弄回家，那我还得感谢你呢。"

"不能不能。"李大春连连摆手，"不是一路人，我就是一癞蛤蟆，哪敢吃天鹅肉啊。"

"算你有自知之明。"姜斌哼了一声，"跟我说说项秀的事，这么多年，她真一次没回来过？"

"没有。"李大春摇头，小心翼翼地看了看四周，见没有其他人在，压低了声音说道："领导，我这么跟你说吧，她可不敢回来。"

"为啥？不就一个车祸吗？"姜斌饶有兴致地问道，"赔俩钱就完了，王二民那么有钱，还在乎这点？"

"哪是钱的事啊。"李大春点上一支烟，斜着眼睛看着姜斌，一脸"你小子不知道了吧"的神情。

"不是钱的事？"姜斌兴致更浓，"那是什么事？"

"领导，我这个消息，可不便宜啊。"李大春笑嘻嘻地道。

看着他这副厚颜无耻的样子，姜斌的眼前莫名地浮现出了那张明明比他岁数大，可却比他更嫩的脸，让他无比的烦躁。

"你不说是什么，我怎么知道你的消息值什么价？"姜斌笑了一下，"你就忽悠吧，真有那么重要的消息，你敢瞒着？见了你们这儿的局长，你就跟耗子见了猫没啥两样吧？"

"呸。"李大春啐了一口唾沫，一脸不屑，"那是他们没见识。"

"那你怎么就知道，我对你这个消息感兴趣？"姜斌问。

"你们城里来的人，能跟他们这帮土包子一样吗？"李大春道，"我跟你们城里人打过交道，那都可讲究了，这消息，告诉了他们那功劳就是他们的了，我要是告诉你，你肯定不能亏待我，跟你先透露一点，海兰可不是王二民一个人杀的。"

说完，他得意地看着姜斌，让他意外的是，姜斌的脸上没有任何惊讶的表情，只是打量着他，眼里充满了怀疑，让他有些心虚。

"领导，我说的可句句属实，有一句谎话你让我断子绝孙。"李大春赌咒发誓道。

"我倒不是不信你。"姜斌吐出了一口浊气，"问题是，我们得看证据，你要真有真凭实据，多少钱我都愿意给你。"

"我啊。"一听到钱，李大春两眼冒光。

"你？"姜斌的目光里满是怀疑。

"我亲眼所见啊。"李大春急道。

这一次，姜斌的脸上才难以掩饰地流露出了震惊的神色。看到姜斌终于有了反应，李大春脸上的嘚瑟更浓："领导，我和王二民是街坊，他家有点啥动静我能不知道？那天晚上……"

李大春话还没说完，就被姜斌一把抓住了手腕："你跟我走。"

"领导，你这啥意思？"李大春大惊。

"跟我去做证人。"

"我没说不去啊。"李大春挣扎着说道。

这时候，林菲等人也结束了和老项的谈话，正走出老项家的院门，刚一出门，就看到姜斌和李大春正在拉拉扯扯，林菲的脸色一下子沉了下来。

"姜斌，什么事？"林菲冷声道。

姜斌看了一眼林菲，嘿嘿一笑，得意地道："刚有了一个大发现。我就说，你们那套办案方式不好使了，就凭我这个未来著名表演艺术家的演技，我啥消息打探不出来？任何秘密在我面前，那都不能叫秘密。"

"什么发现？"林菲自动忽略了姜斌的废话，直指事情的重点。

"我找到了一个目击证人。"姜斌无比严肃地道。

"目击证人？"就连林菲都难以掩饰脸上的震惊，"在哪儿？"

姜斌把李大春拉到了身前："远在天边，近在眼前啊。"

古山县公安局局长看着邋邋遢遢的李大春，眉头微皱："李大春，怎么哪都有你？"他冲着姜斌笑了一下，"姜检察官，这人就是一个二流子，哪有事哪到，他那话，没一句能信的。"

"领导，这话你不能这么说啊。"李大春急道，"我真是亲眼所见，王二民和项秀一起杀的人，凶器就是一把奶头锤，杀完人他们就把奶头锤藏大衣柜下面了。"

"看看，看看，说的都对上了吧？"姜斌挑衅似的看了一眼戴梓萌，"怎么样？梓萌，你姜哥我不是没脑子，我就是怕麻烦。不信咱们现在就去问问老项头，我就不信他闺女杀人这事，他一点都不知道。"

"他知不知道的，我不知道。"戴梓萌看了一眼李大春，李大春惊慌失措地将目光转到了别处，戴梓萌冷笑了一下，继续说道，"项老伯肯定没撒谎，这个我还能看出来。反正啊，你走时候什么样，现在老项还什么样，至于你这个运气。"她又看了一眼李大春，"姜哥，我觉得你的眼光真不咋地，要不，你配副眼镜吧？"

"先带回去。"林菲打量着李大春，见孙林和古山县公安局局长欲言又止，她冷笑了一声，"我只是想让某个自认为运气不错的人知道，但愿他的好运气能维持到这个案子结束。"

"哎，领导们，让我跟家里说一声，我这就和你们走。"听到林菲这么说，李大春竟然比姜斌还要激动，不等林菲点头，李大春转头就跑向了小学。

"他不是回家吗？怎么跑学校去了？"戴梓萌也有些不解，"过去看看？"

见林菲点头，她匆匆跟上了李大春的脚步，刚走到校门口，就见李大春正兴致勃发地和村民们说着话，"我得和几位领导回局里办点事，你们帮我跟家里那口子说一声啊。"

"老李，公安局找你有事？"有村民疑惑地问。

"那是。"李大春无比得意，"就王二民那事，有挺多事，不问我，他们能知道啥啊。行了，我得走了，人家等着呢，你们别忘了跟我家里那口子说啊。"

说完，他意气风发地挥着手，得意洋洋地迎向了戴梓萌等人。

看上去，他不像是要去配合警方调查，更像是某个大明星跟粉丝告别，让姜斌感到无比惊诧的是，村民们对即将发生的事并没有任何恐惧或是幸灾乐祸，而是满满的羡慕，嫉妒，以及一丝恨意。

"这是什么好事吗？"孙林不解地看向张局长，"你们这儿的民风还真是奇特啊。"

张局长也是一脸苦笑。

"听说过集体无意识理论吗？"戴梓萌笑了一下，"弗洛伊德认为，人的精神生活包含两个主要部分：意识的部分和无意识的部分。意识部分小而不重要，只代表人格的外表方面，而广阔有力的无意识部分则包含着隐藏的种种力量，这些力量乃是在人类行为背后的内力。他借用费希纳的冰山类比理论，认为人的精神结构恰如一座冰山。冰山分为3层，最上层浮在水面上的是意识，只占冰山的很小部分；冰山的下层占了冰山的大部分，是无意识；在意识和无意识之间还有一层是前意识，意识与前意识属于同一系统，而无意识与前意识属不同系统，无意识的东西由于受检查作用的压抑不能进入意识领域。也就是说，无意识属于人的心理结构中更深的层次，是人的心理结构中最真实最本质的部分。他的得意门生荣格继承了他的学说，并对他提出的无意识的构成内容作了全新的修改。荣格认为，无意识有两个层次：个人无意识和集体无意识。他有一个形象的比喻：高出水面的一些小岛代表一些人的个体意识的觉醒部分；由于潮汐运动才露出来的水面下的陆地部分代表个体的个人无意识，所有的岛最终以为基地的海床就是集体无意识。"

"不懂。"孙林听得头大如斗，看了一眼雷鸣，见他也是一脸茫然，干脆地说道。

"简单点说吧。"姜斌嘿嘿一笑，冲孙林眨了眨眼睛，"孙队是刑侦专家，可不是研究心理学的，你说的那么深奥，他上哪明白去。"

"简单点说。"戴梓萌看了一眼孙林："集体无意识，就是一种代代相传的无数同类经验在某一种族全体成员心理上的沉淀物，而之所以能代代相传，正因为有着相应的社会结构作为这种集体无意识的支柱。"

"太学术。"姜斌嘿嘿一笑，"再简单点。"

戴梓萌用力握了握拳头："集体无意识是一种典型的群体心理现象，并一直在默默而深刻地影响着我们的社会、我们的思想和我们的行为，鲁迅笔下的祥林嫂就是封建社会下所形成集体无意识的牺牲品。对罪恶的集体失语，对不良现象的集体麻木，对违法事件的集体参与。比如聚众哄抢财物、球迷闹事等。"

"早这么说孙队不早就明白了吗。"姜斌看着孙林，"对于这些村民来说，他们集体无意识的表现就是都想成为众人瞩目的焦点，以及对这类人的羡慕，至于以何种方式达成目标，对其他人又会造成怎样的影响，并不在他们的考虑范围内。"

"对。"戴梓萌点头。

"他们并不关心死了人的事，更关心的是自己能不能成为引人注目的视线焦点。"孙林恍然大悟。

6. 焦点

李大春搬了一把椅子放到了问询室的窗边，翘着二郎腿，浑身无比舒展地坐在椅子里，享受着秋日的阳光，微闭着眼睛，一脸的惬意。

门响了一下，有人走了进来，李大春的眼睛张开了一条缝隙，看了一眼，是脸色阴沉的古山县公安局局长和那个市局下来的孙林队长，他没在意，依旧保持着那个让他觉得无比舒服的姿势。

张局长啪的一下把手里的笔记本摔到了桌子上，拉过椅子坐下："李大春，坐没个坐样，站没个站样，你丢不丢人？"

张局长呵斥道。

李大春嘿嘿一笑，拉着椅子凑到了张局长的面前："又不丢你的人，你怕啥？"

"哼！"张局长冷哼了一声，"把你看到的，好好跟我们说一遍，你说得好，咱啥事没有，你要说得不好，咱俩新账旧账一起算。"

"那不行。"李大春猛摇头，"那个姜检察官说了，我这个消息值老了钱了，那不能跟谁都说。"

"我可没这么说过啊。"姜斌的声音从问询室外传了进来，接着，林菲一行人也走进了问询室，"说不便宜的是你自己，这个锅我可不背。"姜斌拉了把椅子坐下，"作为中华人民共和国公民，你有义务配合我们的调查。"

"你咋说话不算话呢？"李大春急道，"你之前不是这么跟我说的啊。"

林菲面带狐疑地看向了姜斌，姜斌却是脸不红心不跳，一脸正色："我是答应过你，只要你的消息有价值，多少钱我都愿意给，看到这位孙队长了吗？"他指了指孙林，"有名的富二代，家里的产业你随便想。"

"有百八十万的吗？"李大春问。

姜斌嗤笑了一声："你也就这点出息了，孙队长一年的零花钱也不止这些啊。但你的消息有没有价值，你得说出来，我们才好判断。"

"我懂，我懂，我都懂！"李大春笑了一下，"这还不好办，我说说，你们听一下。"

他说完，却闭上了嘴，目光看向了孙林面前的一盒没有任何标记的烟盒。

姜斌等了一会儿，见李大春还不开口，忍不住催促道："你倒是说啊。"

"领导，咋说我这也算是帮你忙吧？不给口水就算了，这能不能……"李大春伸出右手，食指和中指动了动，"来根烟总行吧？"

"懒驴上磨屎尿多。"张局长没好气地骂了一句，把自己的烟向前推了推。

李大春拿到手里看了一眼，却不屑地撇了撇嘴："红梅啊。我说领导，你好歹也是个局长，就不能抽好点的烟？"

张局长刚要发作，姜斌已经眼疾手快地将孙林面前的烟拿了过来，递给了李大春，孙林斜眼看了一眼姜斌，想说点什么，终究忍了下去。

这微小的细节并没能逃过戴梓萌的眼睛，她笑了一下："你倒是挺会借花献佛的。"

戴梓萌一开口，李大春的身子不由自主地僵了一下，他微微抬眼看了一眼戴梓萌，便迅速移开了目光，拿过了孙林的烟："没牌子啊，这是好烟吗？"

"特供烟，中华。"孙林咬牙切齿地说道。

"哦哦，那可是好烟。"李大春抽出一支，放在鼻子底下闻了闻，一脸陶醉，这才点燃，深吸了一口，剩下的大半盒烟他毫不见外地收进了口袋，"要是再有点酒就更好了。"

"李大春，别太得寸进尺了。"张局长寒着脸，呵斥道，"你当这是什么地方？这是公安局，不是你家炕头。"

"生什么气啊。"李大春斜了一眼张局长，"没有就没有呗，你让我好好想想怎么说这个事。"

他偷偷看了一眼戴梓萌，便将目光放到了姜斌的身上，继续说道："要说那天我也是倒霉催的，上山捡了点蘑菇，又捡着一只兔子，兔子炖蘑菇，不搭调了点，那也是改善生活啊。"

"说正事。"孙林忍不住冷声道。

"哎哎，马上马上。"李大春点头，"半夜我这肚子就不咋舒服，起来上茅房就看到二民家还亮着灯，我就奇怪了，这二民晚上有喝两口的习惯，海兰也是八九点钟就关灯睡觉了，我怕他家有啥事啊，我们两家邻居，能不关心一下吗？就过去看了一眼，你们猜怎么着？"

他看了一眼戴梓萌，见戴梓萌的小脸上洋溢着兴奋的神情，正等着他说下去，不禁面露得色。

"我悄没声地爬到他家院子里，从窗户看进去，这一下，差点没把我吓死。"李大春盯着戴梓萌，脸上露出了惊惧的神色，"王二民正拎着锤子，砸海兰的脑袋呢。"

"然后呢？"戴梓萌带着笑意看着李大春，问道。

看着戴梓萌的神情，李大春愣了一下："你一点都不害怕？"

"不啊。"戴梓萌摇头。

"你怎么不害怕呢？那可是杀人啊。"李大春急道。

"哎呀，比这更那啥的我都见过，小 CASE 啦。"戴梓萌摆了摆手，"你不是说项秀也参与了吗？她干啥了？"

一种挫败感在李大春的心里油然而生，他浑身有些无力地瘫坐在了椅子里。"嗯，对，还有二秀的事呢。"他点了点头，却有些无精打采，"二秀当时也在二民家，她就骑在海兰身上，帮二民按着海兰呢。"

他不带任何感情地说道，语气中原本的兴奋、激动和恐惧骤然间消失无踪。

"就这些？"戴梓萌问。

"嗯。"李大春点了点头，"杀完人，他们用报纸把奶头锤包起来，藏到了大衣柜下面。"

"失败反应。"戴梓萌笑了一下，在李大春茫然不解的时候，她已经站起了身，"你这个故事是编的，就是为了引起我的注意。没意思。"

"先带下去，关几天再说。"张局长冷着脸说道，回身冲外面挥了挥手，早就等在外面的两名警察走了进来，不由分说拖起还不明白发生了什么的李大春就向外走。

"哎？哎？啥意思？"李大春挣扎着，"我咋的了？你们干啥抓我啊？我可是来给你们当证人的。"

两名警察根本不理会李大春的挣扎，像抓小鸡一样将他拖出了问询室。姜斌有意起身阻拦，可在林菲冰冷的目光注视下，他聪明地没有采取任何举动。

"算你聪明。"看到姜斌的反应，林菲有些失望。

"你们能给我解释一下，到底怎么回事吗？那是我找回来的证人啊，只要他肯作证，这个案子，证人证据链条就都完善了，那就是铁案，这不是你们想要的吗？"姜斌道。

"如果证人证词是假的呢？"林菲问，"这就是你想要的铁案？"

"假的？"姜斌愣了一下，看了一眼雷鸣，雷鸣的脸上没有任何的表情，但他的眼神却充分肯定了林菲的话。

"你们说他是编的？"姜斌不敢置信地看着他们，突然笑了一下，"哪能是编的呢？这事他也敢编？"

可就连他自己都知道，说出这话的时候，他心虚得连笑容都有些无力。

"说谎的人不是不敢和人直视吗？"姜斌带着丝哀求地看着戴梓萌，希望从她的身上找到一根救命的稻草，"李大春在说话的时候，可是一直在看着我们啊。你们一定是在骗我对不对？我知道了，你们就是在忽悠我，肯定是你们不甘心这么大一个功劳被我一个人抢了，就故意对这个重要的证人视而不见，你们真是，这叫徇私枉法！"

"教你个乖。"戴梓萌无良地冷笑了一下，"实际上，说谎的人才会一直盯着对方，强迫自己不发生视线上过于频繁的转移。"

"这怎么可能？"姜斌叫道。

"正常说话的人，目光总会有一定的移动，而说谎的人为了让人相信自己没说谎，才会一直盯着说话的对象不放。"孙林点上了一支烟，"在面对犯罪分子的时候，这是一个很好的判断方式。"

"可他为什么要撒谎？"姜斌还是不解。

"为什么他跟我们走的时候不是自己回家去跟家里人说一声，非要让村民帮他带话，弄得人尽皆知？"戴梓萌反问。

"你是说，那个什么集体无意识理论？"姜斌恍然，可继而又流露出了一丝迷茫，"你们就凭这点就认定他在撒谎？"

"当然不是。"戴梓萌呵呵一笑，笑容里满是嘲讽的意味，"如果他真的是目击者，是不可能有勇气跑到王二民家挖菜窖的，换作你是他，目睹了一切之后，你会怎么做？"

姜斌想了一下，打了个寒颤："我不搬走就不错了。"

"连你都知道搬走，他会比你还傻？"林菲不无讥讽地看着姜斌。

姜斌却慢慢皱起了眉："可他是怎么知道那些的？凶器是奶头锤，就藏在大衣柜下面，这些，除了凶手和我们以及目击者，不可能有别人知道啊？"

"他确实是目击者。"孙林说，"只不过，他目击到的是我们搜查王二民家的过程。"

"我明白了。"姜斌终于彻底弄清了事实，"原来是这么回事。"他看了一眼林菲等人，"你们早就知道了是吧？你们就是故意要看我的笑话的，是不是？"

"我们也想听听他能不能说出点我们不知道的事，只可惜了，"林菲站起了身，看着姜斌，"和某些人在一起待久了，连智商都跟着退化了。"

"现在咋整？"姜斌有意忽略了林菲话里的另一层意思，颓丧地瘫坐在椅子里，问道。

"现场还原吧。"雷鸣想了一下，看向了孙林。

"也只有这个办法了。"孙林点头，看了一眼古山县公安局的张局长。

"放心，我这就去安排。"张局长站起身，刚要离开问询室，却被姜斌拉住了衣袖。

"张局，麻烦你件事。"姜斌道。

"啥事？"张局长愣了一下。

"把那个李大春给我好好关几天再说。"姜斌咬牙切齿地道，"这个老王八，竟然敢骗我！"

张局长扑哧一声笑了出来，用力拍了拍姜斌的肩膀："行，这个不用你交代，就凭这小子敢作伪证，就够他喝一壶的了。"

"是想关几天，还是关几年？"戴梓萌突然问了一句。

"啥意思？"张局长和姜斌俱是一愣。

戴梓萌笑了一下，起身走到了两人的身边，毫不顾忌地揽住了两人的肩膀，三人的脑袋凑到了一起，戴梓萌低声说了几句什么，张局长和姜斌俱是惊惧地看着戴梓萌。

"怎么样？我这个主意不错吧？"戴梓萌得意地道。

张局长猛地打了个哆嗦："我还得安排现场还原的事呢，那啥，我先走了啊。"

说着，他逃一般跑出了问询室。

姜斌看向戴梓萌的眼神也不一样了，他下意识地离戴梓萌远了点，喃喃低语，"青竹蛇儿口，黄蜂尾上针，仙鹤顶上红，最毒妇人心。"

"你说什么？"戴梓萌和林菲四道杀人一般的目光同时扎在了姜斌的身上，姜斌打了个冷战，连忙跑向了问询室外。

勘查车在王二民家的门前还没停稳，李大春的媳妇就冲到了车前，司机一脚踩死了刹车，才避免了一起事故的发生，可还是吓得他冷汗直流。

张局长阴沉着脸下了车，呵斥道："你弄啥？"

"领导，你可别听我们家大春胡说啊，他啥也不知道，一到晚上睡得跟死猪似的，他能知道啥啊。"李大春的媳妇哭哭啼啼地道。

"你也知道他啥也不知道啊？你咋不管管你们家老爷们？"张局长虎着脸。

"他那人，我咋管啊，领导，你发发善心，就让他回家来吧。"

"那不行。"张局长拉下了脸，"他那叫妨碍公务，你知道不？作伪证是犯罪，是要被判刑的。"

"啥？还要判刑？"李大春媳妇的脸骤然苍白无比，身子摇摇欲坠，一下子哭了出来，"领导，他那张嘴啊，就知道胡嘞嘞，他哪知道那是犯罪啊，你就开开恩吧。"

张局长冲着车里摆了摆手，脸色同样苍白的李大春被人搀扶着才下了车："媳妇。"李大春虚弱地叫了一声。

"大春？"李大春的媳妇愣了一下，猛地扑到了李大春的身上，又打又咬，"你个没良心的，这回完了吧，叫你一天到晚瞎胡咧咧，这回你要被关起来了，让我们娘几个咋过啊。"

李大春看向了张局长："领导，我知道错了，你就饶了我这一回吧。"

"饶了你？"张局长哼了一声，"那是我说了算的吗？你当法律是什么？李大春，你这纯粹是自找的知道不？赶紧交代交代你家里的事，完了回局里老实等法院判你。"

听到张局长这么说，李大春腿一软，一下子倒在了地上。李大春的媳妇也坐倒在地，嚎啕大哭："我做了什么孽啊，咋嫁给你这个王八蛋啊。"

"媳妇，别哭了，啊。"李大春心如死灰地安慰着自己的媳妇，"我要被关起来，你就带着孩子再找个好人家吧，这些年，跟着我，苦了你了。"

他把媳妇揽进了怀里，一时间也是老泪纵横。

"早知如此，何必当初？"张局长沉着脸，正色道，"李大春，我念在你是初犯，又没造成什么损失，这次就不抓你了。"

李大春失魂落魄地点着头："领导，我就一个要求，这事我媳妇啥也不知道，你别牵连她……等等。"他猛地抬起头，不敢置信地看着张局长，张口结舌了半天，才吐出了一句完整的话，"领导，你说这回，就不抓我了？"

"只是这回。"张局长沉着脸，"但你要是继续犯事，我就新账旧账一起算，那可不是闹着玩的。"

"哎哎，我知道，我知道。"李大春破涕为笑，一把拉起了媳妇往家里走去。

李大春的媳妇也终于回过味来，死命地掐着李大春的腰："你个老王八蛋，还让我改嫁，看我回家怎么收拾你！"

李大春龇牙咧嘴地跑回了自己的家。

看着两个人的背影，张局长摇头笑了笑，却又叹了口气，回头就看到戴梓萌正站在他的身后。

"戴检察官，你说，李大春真会那么干吗？"他犹豫了一下，问道。

"狼行天下吃肉，狗行天下，吃那啥。"戴梓萌摇着头，说话的时候，一块太妃糖丢进了嘴里。

张局长又叹了口气："我挺不希望有那么一天的，你看看这村子。"

他说着，抬手指了指山坡上的农田，农田里，人们正忙着做最后的收割："这里的人，世世代代靠着那一亩三分地活着，他们有的人一辈子没走出过这个山沟沟，对于善恶，他们只有最基本的判断，对于生活，他们的要求也很简单，那就是活下去，能传宗接代。"

"这不是他们犯罪的理由。"林菲冷声道。

"林检察官，你不懂，他们很多人根本就不懂法，他们只是依靠世代传下来的是非观来判断事情的对错。"张局长觉得一口浊气憋在胸口，憋得他喘不过气来，"他们大多数人还是很淳朴的。"

"因为无知而犯罪，还有比这更可怕的吗？"林菲看着张局长，问了一句，"麻木，也是万恶之源。"

"他们，只是太缺乏精神生活了。"张局长苦笑了一下，烦躁地挥了挥手，"不说这个了。"他冲后面的几辆车招了招手："开工！"

刘鹏带着刑事技术组的人动用了多光源检测、鲁米诺喷剂等多种手段，花费了一个多小时，终于确定了真正的第一案发现场，可看着地面上用白色粉笔勾勒出来的形态，孙林却眉头紧皱。

就连姜斌此刻也沉默不语。

勘测显示，第一案发现场位于卧室的门边，被害人呈头向外脚朝内的姿势。这个姿势看上去像是在逃跑，侧面反映出，被害人遇害的时候，发生过激烈的反抗，然而这并不合理。

王二民常年在建筑工地工作，体格健硕，而秦海兰身形娇小，就算常年从事农活，体格也不会健壮到哪里，王二民要杀秦海兰，应该能够轻易做到一击毙命，不会给她留下逃走的机会。

"雷头儿，你说，王二民当时，会不会是下不了手了？"孙林蹲在地上看了一会儿，抬头问道。

"不排除这种可能。"雷鸣点头，"可我总觉得不太对劲。"他突然起身，从随身的包里拿出了一份档案看了起来，翻看了许久后，他的眉头却皱得更紧了。

"被害人头部共遭到5次打击，颅骨碎裂，但碎的痕迹并不明显，以裂为主。"他合上档案，有什么事情始终想不明白，"被害人的身高1.6米左右，王二民的身高将近1.8米，第一次打击应该在头顶，随后在被害人倒地后，打击才会集中在后脑部位，但是，尸体上的伤痕显示，所有的打击都集中在后脑位置，这很矛盾。"

"反复击打，是为了确认被害人的死亡吧？"林菲绕着白线画出来的轮廓走了几圈，突然抬头看着雷鸣。

雷鸣点头："一般而言，要么是为了确认被害人死亡，要么是出于报复。就这个案子而言，我倾向于前者。"

"那是不是就是说，凶手的力气其实并不大，需要反复确认？"林菲皱眉道。

雷鸣从档案里翻出了一张照片，继续看了起来，慢慢地，他的眼睛瞪大了，目光在戴梓萌和林菲之间转了转："戴检，林检。"

戴梓萌和林菲对视了一眼，林菲点了点头，戴梓萌就走到了林菲的身后，右手虚握，做出了一个抡起锤子的动作，砸向了林菲的后脑。

看着空中那道虚无的轨迹，孙林瞬间恍然，"创口形态里有一个细微的痕迹，显示凶器砸到被害人头上的时候，有一个从下向上的移动轨迹。"

"这能说明什么？"姜斌不解地问。

"凶手的身高比被害人的身高还要矮。"林菲冷笑了一声，"王二民不是凶手。"

"那怎么可能？"姜斌跳了起来，"凶器上的指纹，你怎么解释？"

"总有办法解释。"林菲说着，便走出了房间。

7. 又是双胞胎?

姜斌紧了紧身上的衣服，让自己尽可能在椅子里蜷缩成一团，双手抱在胸前，身子却不受控制地像打摆子一样颤栗着。

头顶的白炽灯刺的他眼睛都有些睁不开。和坐在对面的王二民比起来，他更像是等待被审讯的犯人。

"姜哥，你没事吧？"戴梓萌担忧地问道。

"没事。"姜斌吸溜了一下鼻涕，"开整吧，早完事早解脱。"

说着，他又打了个冷战，抱怨了一句，"这山里的天气也太怪了，太阳一下山，就跟直接从夏天进了冬天一样。"

"山里就这样。"王二民呵呵一笑，"这屋子……"他打量了一眼审讯室，"墙薄，又不隔热，也不保温，真是辛苦你们了。"

"你还是关心一下你自己吧。"姜斌白了一眼王二民，忍不住打了个喷嚏。

戴梓萌伸手摸到了姜斌的额头，在姜斌反应过来刚要躲开的时候，戴梓萌已经叫了出来，"这么烫？"她转头看向林菲，"菲姐，姜哥的脑门都快能摊鸡蛋了，要不，先让他回去休息吧？"

"别。"不等林菲说话，姜斌就急道，"我可不想影响了你菲姐的心情，万一耽误了她的工作，我担待不起。"

姜斌语气里的不满不言而喻。

这倒也不能全怪他，一大清早被林菲叫起来的时候，姜斌就觉得不太舒服，头痛欲裂，嗓音嘶哑，他本想休息一天，却被林菲拒绝了："真凶还在逃，我们不知道他会不会继续杀人，死者还在等着我们给她一个交代，你休息得好吗？"

"林检，咱们是检察官，提前介入也只是引导侦查，你不觉得咱们现在干的活，有点超限吗？"姜斌懊恼地道。

林菲冷笑："现在我们做的工作就是我们的正业。确切点说，不管是救人于囹圄之中，还是使犯罪元凶难逃法网，只要我们在为这个目标努力，那我们做的就是正业。"

"你说什么就是什么吧。"面对林菲，姜斌无力反驳。

据王二民交代，事发前一天，秦海兰并没有任何异常，照常准备了晚饭，吃饭的时候，王二民喝了点酒，吃完饭就睡了过去。这是他一直以来给秦海兰营造的形象，家里的事情一点都不管。

一觉他就睡到了天亮，醒来的时候头还有点疼，他并没有在意。妻子秦海兰并没有在家，家里一如既往地收拾得整整齐齐，干干净净。

看到这些，王二民难以遏制地产生了一丝愧疚，但更多的却是松了口气，那些想好的借口不用对着秦海兰说出来，让他好受了许多。

他并不是无情无义之人，秦海兰对这个家的付出，他一直看在眼里，记在心上。真要对着秦海兰撒谎，一去不回，他自己也说不好，会不会连那些话都说不出口，放弃了和项秀私奔的打算。

他逃一般离开了家，到了项秀的家中，却意外得知，项秀前一天晚上就已经离开了。看到王二民的时候，老项惊讶不已，"你怎么没走？"

王二民追问下才知道，项秀说她接到了王二民的短信，秦海兰回娘家了，此时正是离开的大好时机。

可王二民并没有发送过那条短信。

王二民的话得到了老项的证实，也就是从那一天开始，项秀和秦海兰两个人同时消失在了人们的视线里。王二民开始了漫长的寻找。

秦海兰失踪的一个月后，秦二喜就带回了一个和秦海兰容貌极其相似的女孩儿，他介绍此人叫苏柔，是自己的女朋友，并很快结婚。秦二喜说，这叫冲喜，没准，秦海兰因为这件事会重新回到他的身边。

这一等，就是 10 年。

姜斌就是在这个时候彻底支持不住，一头栽倒在了桌子上，孙林和雷鸣连忙将他架出了审讯室，送到了诊所。

所幸姜斌只是重感冒，并无大碍。

"谈谈项秀吧。"半个小时后，孙林和雷鸣才重新回来，孙林点上了一支烟，说道。

王二民看着孙林手里的烟，不由自主地咽了口唾沫，他不好意思地笑了一下。孙林也笑了，他将烟盒和火机向前推了推。

王二民道了声谢，抽出一支烟点燃，吸了一口，脸上露出了陶醉的神情，但也只吸了一口，就掐灭了烟，再次不好意思地笑了："里面不让抽烟，抽一口过把瘾就行了，再抽多了，回去瘾头上来了，能难受死。"

他小心地收起烟蒂："关于二秀，你们想知道什么？"

"所有。"雷鸣说道，看了一眼孙林，他又补充了一句，"所有的基本情况，麻烦你向这位警官同志说清楚。"

王二民有些疑惑，好像不知道该从哪说起。

"她身高多少？"孙林见状，直截了当地问道。

"1.6 米吧，我记得，体重不到 100 斤。"王二民笑了一下，眼中满是甜蜜的回忆，"长发，长得很漂亮，村里人公认，她不像个农村的孩子。聪明，学什么都很快，我教她开车，她一下就学会了。还很温柔，体贴，我印象里，她从来没发过火。就算我和海兰的事迟迟没解决，她也没抱怨过，就是安安心心地等着。"

"秦海兰呢？她怎么样？"孙林又问。

"海兰？"王二民愣了一下，眼中浮现了一缕迷茫，苦笑了一下，"你这么一问，我才发现，我对海兰好像都没什么印象了，只记得，她比二秀矮一点。"

"矮一点，是矮多少？"林菲突然想起了什么，顾不上讯问应该由孙林来主导，就急切地问道。

她的神情吓了王二民一跳，"大概 5—10 厘米吧。"他战战兢兢地说道。

"你再好好想想，项秀的身上有没有什么特征？"孙林看了一眼林菲，一瞬间，他就知道了她的想法，尽管这个想法有些太过匪夷所思，但也是一种可能。

"特征？"王二民皱了皱眉，眼睛突然一亮，"我想起来了，二秀的腿也骨折过。"

"哪条腿？怎么骨折的？"孙林连忙问道。

"左腿。车轧的。"王二民咽了口唾沫，"我刚买车的时候，有一次车没停好，溜车了，她正好在车后边，就把腿轧断了。她腿好了就缠着我要学车，说是要把我的腿也轧断。"

王二民的脸上露出了一抹笑意，尽管是在回忆一段悲惨的往事，可似乎任何关于项秀的记忆在他的脑海中都是快乐的，这是他对她特别的怀念方式。

可王二民脸上的笑容却慢慢僵住，他腾地站起了身，不敢置信地看着林菲等人："你……你们……难道？"

他想说什么，却有些说不出口，然而林菲和雷鸣却已经知晓了一切。

雷鸣慢慢道："现在还不好说。"

林菲没说什么，径直站起了身，走出了审讯室。

古山县公安局张局长坐在办公室里，张局长的右眼皮上贴着一张小纸条，颇为滑稽。此刻的他有些坐立不安，一副愁眉苦脸的样子，总觉得马上就要有不太好的事情发生。

眼下这个案子，凶器找到了，上面也发现了王二民的指纹，动机上也完全说得过去，至于是否有他的口供，这并不重要，按照以往的标准，这完全可以算是一个完成了侦破的案子，该是移交检察院提起公诉的时候了。

可是在那个工作组的眼中，这个案子似乎处处都是疑点。

笃笃笃。

办公室的房门上响起了敲门声，张局长烦躁地靠进了椅子里："进来。"

一名年轻的女警拿着一张传真走了进来："张局，市局传过来的鉴定报告。"

"给孙队长他们送过去吧。"张局长摆了摆手，随口应道。

女警应了一声，刚要出去，张局长突然又道："你先放我这吧，另外，你去叫孙队长和林检察官他们过来。"

女警愣了一下，还是点了点头，将那纸传真放到了张局长的办公桌上，这才转身离开。

张局长拿起那纸传真看了一眼，脸色却瞬间大变，腾地一下站起了身，贴在眼睑上的纸条掉了下来，他也全然不顾，背着手，在办公室里踱着脚步，反复看着那一纸传真，传真的质量并不太高，但最后的结论却无比清晰，甚至有些刺眼。

门上传来了敲门声，不等他发话，办公室的门就被推开，孙林、刘鹏和林菲一行人出现在了门边，就连姜斌都苦着脸跟在他们的身后，手上还挂着吊瓶。

"这待会儿怎么拔针啊。"姜斌不满地抱怨着。

"那不有我呢吗？我也是大夫啊，你怕啥？"戴梓萌不耐烦地道。

"能一样吗？你是心理医生，我这个，那是外科的事。"姜斌反驳道。

"闭嘴。"林菲冷冷地呵斥道，看向了古山县公安局的张局长，"DNA 鉴定的结论出来了？"

"刚出来。"张局长苦笑了一下，将桌子上那张传真递给了林菲。

林菲接过去扫了一眼，便不动声色地递给了雷鸣，那副了然于胸的样子让张局长怀疑，她早就知道了传真里的结论。

张局长带着希冀将目光转向了雷鸣，雷鸣的眼神里终于有了些异样，看上去，就像中了大奖，显然，对这个结论他也早有推测，这张纸只是佐证了他的想法。

那张纸又流传到了戴梓萌的手上，戴梓萌也只是随意扫了一眼就递给了姜斌："你是瞧不起我们心理医生？我们有些药也是需要给人注射的，这都是最基本的技能。"

姜斌接过了传真，边看边和戴梓萌打着嘴仗："就你，你给人打针的能耐我信，至于拔针……"他摇着头，"恕我不敢恭维。"

张局长已经不忍心去看了，他扫了一眼孙林和刘鹏，却发现这两个人也一副胸有成竹的样子，他觉得对这个结论没有丝毫准备的，似乎只有他自己。

可姜斌却腾地站了起来，不敢置信地看着那纸结论："这怎么可能？"

张局长愣了一下，随即欣慰地笑了出来，看来没想到这些的，并不只是他们这些底层的人物。

"这玩意没弄错？"姜斌冲张局长扬了扬那张纸，"死者与秦二喜不具备亲缘关系，经鉴定应是在逃人员项秀？"

"没有错。"不等张局长说话，刘鹏就肯定地道，"我让科里做过复核了。"

姜斌哦了一声，随即就坐回到了沙发里，摸了摸下巴："这也没什么嘛，就是换了个被害人而已，是不是？目前所有的证据依然指向王二民，突破口还得从他的身上打开嘛。"

"你当年随随便便报考的法学院，就以状元的身份考上了，你真不是作弊吗？"林菲嗤笑了一声，话语里不无讽刺。

姜斌却是大大方方，一点都没有惭愧的觉悟："我学的是法律，又不是刑侦，再说了，我最爱的是演戏啊，能考上艺校，孙子才去学法律呢。"

"拜托你动动脑子，想想为什么秦海兰的身份证会和项秀的尸体埋在一起。"林菲哼了一声，"尸体为什么穿着秦海兰的衣服？"

"身份证不小心掉进去的呗。"姜斌随口道，"至于衣服，没准就是一样的呢？"

"用不小心来解释这件事，太不严谨。"雷鸣的脸上一如既往地不带任何的表情，"我们推测过，凶手与被害人的身高相仿，甚至略矮，这样一来，秦海兰杀害了项秀的可能性更大一些，而尸体的真实身份也恰好能佐证我们的这一推测。"

"至于项秀的身上为什么穿着秦海兰的衣服，以及秦海兰的身份证为什么会和项秀在一起，我认为，"雷鸣看了一眼孙林，"凶手就是想让我们相信，秦海兰已经死了。"

"我认可雷头儿的推论。"孙林毫不犹豫地点头表示赞同。

"为什么？"姜斌问。

"尸体如果被发现了，那秦海兰就是被害人，而王二民和项秀就是重要嫌疑人，如果尸体没有被发现，那秦海兰就还是失踪人口，她可以用别人的名义生活下去，这辈子都不会被当成凶手的。"孙林微微一笑，说道。

"你们是说，秦海兰是凶手？"姜斌瞪大了眼睛。

"还有别的可能吗？"林菲反问。

姜斌想了想，摇了摇头，旋即却又笑了："那又能怎么样？找不到秦海兰，你们也没法证实这个推测啊，但是所有的证据可都指向王二民是凶手啊，相信证据还是相信你们这种凭空臆测，我以一个检察官的身份郑重告诫各位，我们会选择前者。"

"肯定有人知道她在哪。"戴梓萌笑了一下，一边慢慢咀嚼着一块巧克力，一边说道，"秦海兰失踪，他哥哥虽然报了案，可是并没有积极寻找，说是为了保留一线希望，不奇怪吗？"

"不奇怪啊。"姜斌理所当然地道。

"正常人，只要还有一线希望就不会放弃，会更努力地寻找。何况，秦二喜明知道王二民有作案嫌疑，却从来没有要求警察抓过他，难道抓住王二民，不是能更快找到秦海兰的下落吗？"戴梓萌摇了摇头，"我觉得，秦二喜肯定知道秦海兰的去处，目前秦海兰只能借用别人的身份生活，那个人至少得和她长得很像。"

"双胞胎？"姜斌迅速反应过来，"妙啊，姐妹二人共用一个身份。我看过这样的剧本，也是在农村，也是双胞胎姐妹俩，家里只能供得起一个人上学，姐妹俩就轮流上学，最后都成了大学生，不过只能有一个人拿到学历啊，那个生活在黑暗里的人后来就黑化了，杀了另一个人。"

说到这里，姜斌脸色微变："搞不好，这秦海兰杀的，不止项秀一个人啊。"

"你听谁说，秦海兰是双胞胎的？"林菲冷笑，"到村里调查的时候，去的是你弟弟还是你哥哥？"

"我独生啊。"姜斌不解地挠了挠头。

"菲姐的意思是你都不是双胞胎，秦海兰更不是。"戴梓萌无奈地解释了一下。

张局长听着他们互带攻击的对话，聪明地把自己藏在了电脑后，没有插话，他不想把战火引到自己的身上，但却一直竖着耳朵，听着他们的谈话，双手无意识地在键盘上敲击着，等他回过味来，才发现电脑上呈现的是一份档案。

看着这份档案，一天里，他第二次感受到了难以置信，甚至怀疑自己是不是眼花了，他用力揉了揉眼睛，重新核对了一遍，这才颤颤巍巍地举起了手："几位领导，秦海兰，还真是双胞胎。"

"嗯？你说什么？"孙林不敢置信地瞪大了眼睛。

"我刚查了一下户籍档案，登记时候的出生证明上，秦海兰确实是双胞胎。"张局长将电脑屏幕转向了林菲等人。

"看看看看，你们啊，就是怼我怼习惯了，啥玩意儿都下意识反对，信我一回，能死咋地？"姜斌不无得意地说道，嚣张地挥了挥手。

"滚针了。"戴梓萌却突然来了一句。

"啥？"姜斌看了一眼自己的手，针头插进去的地方鼓起了一个肉包，顿时他感觉到阵阵痛感猛地传来，他举着手冲向了戴梓萌，"快快快，要出人命了。"

"不行啊，我是心理医生，不会拔针啊。"戴梓萌无良地笑着。

"梓萌，给他处理了。"林菲看着电脑屏幕，头也不回地说道，"孙队，看来我们得连夜出发了。"

"好嘞，死的活的？"戴梓萌挽起了袖子。

"活的，能闭嘴的。"林菲站起了身，"张局，麻烦你了，我们需要一个向导。"

8. 人口贩子秦二喜

电子钟上的数字从 11：59：59 跳到了 12：00：00，随后，数字以恒定不变的频率慢慢跳下去，旧的一天离去，新的一天到来。

然而，就像某些科学家们说的那样，时间并不存在，只是人们的错觉，数字的变化并没有给人带来任何直观上的感受，只是有的人的心骤然放松，有些人的心却猛地收紧，有些人欢呼雀跃，迎接着欣喜，有些人心中一空，仿佛失去了什么，而有些人，已经安然入梦，有些人，长夜难眠。

但个人的命运并不会影响到社会的运转，生活还在继续，人类的历史不可逆转地前行，在它面前，我们每个人都卑微到如同蝼蚁，被一脚碾碎，不留痕迹。

抱怨，没有任何的意义，但抱怨，有时却又是人们唯一能做的事。

秦二喜位于城里的家中，秦二喜和苏柔都还没有入睡，两人蜷缩在沙发里，面无表情，四只眼睛里流露着浓浓的担忧。

两人的身上都裹着厚厚的毯子，空调调到了制热，温度已经开到了最高，嗡嗡声伴随着阵阵热浪扑面而来，可秦二喜和苏柔还是觉得冷，不由自主地将身上的毯子裹得又紧了一些。

房间里，浓烟滚滚，秦二喜和苏柔却不为所动。秦二喜手上的烟就没有断过，茶几上的烟灰缸里堆满了烟蒂，他手上的那支烟又将燃到尽头，他把烟蒂在烟灰缸里按灭，早已溢满的烟蒂在他粗暴的动作下一下子坍塌，掉落到了茶几上，他却完全没有理会，只是又抽出了一支烟，点燃。

那是早已深刻在他肌体深处的记忆，就算他茫然地神游天外，也不会发生任何的差错。

他吐出了一口烟，也发泄出了一口浊气，一声叹息："就这样吧。"

他看了一眼苏柔，脸上浮现出了一抹苦涩。

苏柔听到这句话，身子抖了一下，僵硬的脸颊动了动，眼中也恢复了一些神采，她轻咬着嘴唇，目光打量着这间她为之付出了心血的房子，眼睛里满是不舍。客厅的沙发上方，挂着大幅的婚纱照，照片上的她和秦二喜笑得无比幸福，电视墙也做成了照片的展柜，上面是各种尺寸不一的照片，但无一例外，都是她和秦二喜点滴幸福的记录。

地砖是她亲自挑选的，窗帘是她亲手挂上的，书架也是她亲自组装的，这里是让她感到安详的地方，是她一手建造起来的家。

可是这里的一切，终究还是不能属于她。

"一定要这样吗？这样的日子，什么时候才是个头？"她闭上了眼睛，压抑着泪水，声音里已经带上了哭腔。

"快了。"像是要说服自己一样，秦二喜用力点了点头，目光却不敢看向苏柔，"熬过这一次，一切，就真的全都结束了。"

"他们……真的会相信吗？"苏柔的语气里却满是不确定，"现在的技术那么发达……"

"不会有事的。"不等苏柔说完，秦二喜就急忙打断了她的话，他转过头，看着苏柔，目光慢慢变得坚定，"我向你保证。"

说着，他突然笑了一下："就算发现了也没什么，难道，我就一点错误都不能犯吗？"

苏柔愣了一下，目光死死地盯着秦二喜，慢慢地，她紧皱着眉头渐渐舒展，嘴角微挑，露出了一抹笑容，用力点了点头。

笃笃笃。

房门上突然传来了敲门声。苏柔和秦二喜俱是一愣，秦二喜眉头微皱，低声道："这么晚了，谁会来？"

他起身，走到门边，透过猫眼看出去，惊讶毫不掩饰地浮现在他的脸上："好快！"他失声道，回头看向苏柔，一时间，两人都从对方的脸上看到了一抹慌张。

秦二喜伸出手，向下压了压，示意苏柔不必紧张，苏柔闭起眼睛，深吸了几口气，平复了一下心跳，再睁开眼睛的时候，脸色已然恢复平静。

她站起身，走向了左手边的小卧室，看着她走进了屋子，秦二喜才做了几个深呼吸，用力揉了揉脸颊，平静的笑容出现在了他的脸上，他这才伸手打开了房门，顺势还打了个哈欠："孙队长，这么晚了，有事？"

门外站着的正是孙林、林菲、戴梓萌、雷鸣和姜斌。

"是有点事。"孙林点头。

他身后的姜斌却抽了抽鼻子，抬手在鼻子前扇了扇："你这是要自杀啊？这方法可不怎么样，抽这么多烟，也不能保证你马上得癌症，得了癌症也不能保证你马上就死啊。"

"姜检察官真会开玩笑。"秦二喜尴尬地笑了一下，回头看了一眼苏柔的房间，嘭的一声，苏柔摔上了房门，他苦笑。

姜斌八卦地探头看了看，嘿嘿一笑，"吵架了？"

"没什么大事。"秦二喜微微一笑，让开了位置，"进来坐吧。"

他说着，将几个人让进了房间，又给每个人都倒了一杯热水，姜斌接过水杯的时候，秦二喜注意到，他的手背上，因为滚针而鼓起的包还没有消散，"你的手？"

"嗨，别提了。"姜斌郁闷地说道，"差点毁了。"

"毁了？"秦二喜一脸茫然。

"可不是。"姜斌看了一眼戴梓萌，哼了一声，冲着秦二喜伸出了手，"你看这手，够美貌吧？我有时候去给人当手替，赚了不少钱呢，就差点被这个蒙古大夫给毁容了。"

他气哼哼地指着戴梓萌。

"你先解释下，什么叫作手替？"戴梓萌吃着秦二喜端上来的水果，笑吟吟地问道。

"手替就是……"

"最没用的替身，PS，美图秀秀，随便哪个都能让人的手比你的更好看。"林菲冷不丁说道，"我叫你是来演戏的？"

"我这是纯天然的，能一样吗？"姜斌下意识地反驳了一句，随即马上打了个哆嗦，连忙干笑了一声，"对，我们是来干正事的。秦二喜，孙队长有件事要和你核实一下。"

看着姜斌瞬间严肃起来的神色，秦二喜也紧张了起来："是我妹妹的案子，又出了什么问题吗？"

孙林点头："我想问问，你妹妹是不是双胞胎。"

"是啊。"秦二喜点头，"怎么了？"

姜斌差点兴奋地跳了起来："看看，我说什么来着？果然是双胞胎的梗，那你妹妹的双胞胎姐姐或者妹妹呢？"

"双胞胎姐妹？"秦二喜愣了一下，突然笑了，"这个好像你们弄错了，我和我妹妹就是双胞胎啊，我是哥哥，她是妹妹，我比她早出生了10分钟。"

姜斌的兴奋僵在了脸上："你和你妹妹，是双胞胎？"他不敢置信地问道，"可是你们长的……"

秦二喜笑着摇了摇头："我们是异卵双胞胎。"

"靠！"姜斌忍不住爆了句粗口。

"你们就是来问这个事？"秦二喜脸上的疑惑更加浓厚。

姜斌求助似的看向了孙林，就见孙林不紧不慢地点上了一支烟："那具白骨，真的是你妹妹秦海兰吗？"

秦二喜心中一紧，沉默地点了点头。

"仅凭几件衣服，身份证，和腿上的伤，你就敢这么肯定？"孙林皱眉。

"不是她，还能是谁？"秦二喜猛地抬起头，看着孙林，"那是在她自己家，不是她，还能是谁？"

"事实上，"孙林抽着烟，拿出了那份传真，递到了秦二喜的面前，"她和你没有亲缘关系，根据我们掌握的资料，她应该是项秀。"

"那不可能。"秦二喜腾地站了起来，不敢置信地看着眼前的这几个人，希望能从他们的脸上看到，这只是他们无聊时的一个玩笑，可林菲和雷鸣的面无表情，姜斌对着自己的手自怨自艾，戴梓萌却只是专心和水果搏斗着，"你们在开玩笑，对不对？"

他近乎哀求地问道。

孙林没说话，只是将那纸传真向前推了推，示意他自己看。

秦二喜却并没有看，只是好像浑身的力气一下子都被抽空，颓然坐倒进了沙发里，面无表情："这怎么可能？不是海兰，那海兰能去哪里了？"

"这也是我们想要知道的。"孙林不动声色地说道，"目前我们怀疑，你妹妹秦海兰有重大作案嫌疑。"

"我妹妹？作案？"秦二喜眼睛大睁，震惊地看着林菲，呼吸渐渐急促，双眼充满了血丝，他突然抬起手，指向了门边，"滚！"

"作为公民，你有义务……"

"请你们离开。"秦二喜平静地说道，但每个人都能从他的语气中听出刺骨的寒意。

"嘻嘻。"戴梓萌却笑了一声，秦二喜怨恨的目光立刻转向了她，戴梓萌毫不在意，"我要是你，这件事就往好处想想，现在的情况，至少说明你妹妹有可能还活着。或者……"她看着秦二喜，见秦二喜的目光闪向了一边，微微一笑，"你知道她还活着，但是，你打算让她就这么逃亡一辈子？用别人的身份生活一辈子？"

秦二喜深吸了一口气，放在腿上的双手微微用力，并没有转过头，只是平静地说道："请你们离开，我累了。"

"我们会再回来的。"林菲站起了身，神情冰冷地走向了门外。

"那时候，就不光是我们了，兄弟，好好想想吧。"孙林笑了一下，也走了出去。戴梓萌却在房间里站了一会儿，举着手机，不知在想些什么。

"你还不走，等我请你吃饭吗？"秦二喜阴沉地说道。

戴梓萌这才耸了耸肩，转身离去。

"这个秦二喜，肯定有问题。"返回古山县公安局的路上，被摆了一道的姜斌愤愤地说道，"我们应该马上派人监控这小子。孙队，你说是不是？"

他回头，就看到戴梓萌正对着笔记本电脑，不知摆弄着什么，孙林坐在她身边，看得津津有味。

"你老鼓捣那玩意干啥？能帮你抓凶手啊？"姜斌不满地撇了撇嘴。

"能啊。"戴梓萌顺嘴说道，头都没抬。

"我说。"他拍了拍椅背，"应该监控秦二喜，你怎么看？"

"没必要啊。"戴梓萌满不在乎地道。

"怎么没必要？他可是本案重要嫌疑人的哥哥，就算他不主动联系秦海兰，我们也得考虑到秦海兰主动联系他吧？"姜斌急道。

"不急着看证据了？"林菲突然笑了一下，"现在可没有任何一条证据说秦海兰有作案嫌疑啊。"

"变通，懂吗？证据是要看的，死盯证据却也是不行的，因为证据，也是有可能被伪造的。"姜斌大言不惭，"我说，赶紧的吧，回头他要是跑了，你们能哭死。"

"不会。"孙林却摇了摇头，"他不是凶手，没必要逃跑，他要是跑了，就正好说明，我们的推测是正确的。他没那么傻。"

"但是他不知道，他就算不跑，我也知道他撒了谎。"戴梓萌头都不抬地说道，"他和秦海兰有密切的联系。"

"嗯？你怎么知道？"姜斌问。

"我跟他说话的时候，他就暴露了。"戴梓萌自信地笑了一下，"我说他知道秦海兰还活着的时候，他不敢看我，因为我说中了，他产生了逃离反应，后来我说他们还有联系的时候，他全身肌肉紧张，导致双手紧抓大腿，这是战斗反应，因为害怕秘密被戳破，只不过，他很好地控制住了，以为我们没发现，现在他会把这出戏继续演下去。"

"那我们为什么不抓他？"姜斌继续问。

"证据。"开车的雷鸣吐出了两个字，就不再说话。

"先控制了人，证据早晚会有的。"

"打草惊蛇。"雷鸣简洁地应道。

"哦。"姜斌恍然大悟一般点了点头，但眼睛里的茫然却无法掩饰。

"证据真的会有的。"戴梓萌突然出了口气。

"太神奇了吧？"孙林猛地发出了一声惊呼。

在姜斌不明所以的时候，戴梓萌将手里的电脑向前一转，电脑上是两张照片，一张是秦二喜家客厅里的婚纱照，一张却是秦海兰的素颜照，姜斌愣愣地看着这两张照片，慢慢地，这两张照片里的女主角在他的面前融合成了一个人。

"搞笑呢吧？"姜斌不敢置信地揉了揉眼睛，嘁了一声，"兄妹结婚，戴梓萌你能不能再狗血点？"

不等他说完，一股强烈的离心力就传了过来，在安全带的束缚之下，姜斌才没有离开身下的座位。

惊叫声中，姜斌看到，雷鸣侧头看了一眼照片，一脚踩死了刹车，双手猛打方向盘，夜色中，越野车一个漂亮的甩尾，调转了车头，沿着来路飞奔而去。

姜斌知道，雷鸣表面上看起来的平静，和那个人通话时的宠爱，面对戴梓萌时偶尔流露出来的宠溺，这些通通都是假象，他脾气暴躁，手段有时过于简单直接，也正因此，他才会被一撸到底，险些被清理出了公安队伍。是他立下的赫赫战功和丰富的办案经验以及强大的逻辑推理能力挽救了他。但姜斌从未想过，解放了天性，去除了束缚的雷鸣会如此的狂暴，姜斌死死地抓着把手，感觉整辆车都在飞，刺鼻的焦糊味飘进了车厢，那是轮胎与地面高速摩擦产生的必然后果。

他很想说两句什么，但更怕一开口，胃里的东西就会喷涌而出。身体健康，却因为难以承受高速行驶的车辆而被自己的呕吐物呛死，这事传出去，实在太搞笑了。

他紧闭着嘴唇，脸上血色全无。好在，没过多一会儿，也许有十分钟？姜斌不太清楚，也没心思去理会，越野车还没停稳，他就推开车门跳了下去，蹲到花坛边，大吐特吐。

"坐别人车要钱，坐你的车，要命啊。"姜斌干呕了几声，向戴梓萌招了招手，"给我点水。"

没人搭理他，姜斌愣了一下，突然意识到氛围似乎有些不太对，眼前红蓝色的光一直闪啊闪的，晃得他有些头晕。

他猛地抬起头，才看到，就在越野车的前方，停着一辆闪烁着警灯的警车，苏柔正钻进车里，在她的身后，秦二喜手上戴着手铐，也正被一名警察塞进车里。

"同志，检察院的。"林菲上前，递上了自己的工作证，"苏柔和秦二喜，是怎么回事？你为什么要带走他们？"

警察接过林菲的工作证，扫了一眼，面无表情地道："我在执行任务。根据我们掌握的材料，苏柔是被拐卖人口，秦二喜就是买家。"

"被拐卖人口？"林菲愣了。

"是的。"警察将工作证还给林菲，走到了驾驶室边，拉开了车门，"我要回去复命了，麻烦你们让一下。"

"你们都是单独执行任务的吗？"孙林凑上来，突然问了一句。

"我们人手比较紧。"

警察应道，发动了车子，却咽了口唾沫，戴梓萌发现，在昏暗的灯光下，这名警察的手在微微颤抖着。

"你的警号呢？你是哪个分局的？你的直属领导是谁？"孙林不动声色地走到了车门边，一手按住了还没来得及关上的车门。

"和你有什么关系？"警察斜眼看了一眼孙林，脸色微变。

孙林已经将自己的警官证递到了他的面前："下车吧，你根本不是警察。"他淡淡地道。

这名警察一下子拉下了脸，转头哭丧地看着苏柔和秦二喜："我就知道不行，你们非得说行。"

后排座位上的秦二喜和苏柔长叹了一口气，默默地打开了车门，下了车，两人对视了一眼，苦笑不已。

三人一起被带回了古山县公安局，没等提讯秦二喜和苏柔，那个装扮成了警察的人就一五一十地交代了个干干净净。

据他说，他叫李慕白，一名汽修工人，是苏柔的男朋友，稍早些的时候，大概就是他们刚刚离开秦二喜家的时候，他接到了苏柔的电话，让他装成警察，来带走她和秦二喜。那辆警车，是暂时在他店里维护的车辆，他顺手开了出来。

"这两条船踩的，真熟练啊，一点翻船的迹象都没有。"孙林忍不住吐槽，"我说你是不是傻，你就没发现那个秦二喜和苏柔人家才是合法夫妻？"

"秦二喜是谁？"李慕白一愣。

"你要带走的那个男的，你都不知道他叫啥？"孙林惊讶地看着李慕白。

"我知道啊。"李慕白点头，"苏喜嘛，小柔的哥哥。小柔跟我说，他哥在外边犯了点事，警察估计快找上门了，让我假装成警察把人带走，真警察来了那也不怕。"

"你真是让人卖了，还给人数钱呢。"姜斌夸张地叹了口气，摇了摇头，语气里丝毫不掩饰幸灾乐祸的意味，"这么跟你说吧，根据我们掌握的材料，苏柔和秦二喜是在民政局正式登记过的合法夫妻，你啊，让人耍了。"

隔壁的另一间审讯室里，戴梓萌和雷鸣面对着秦二喜，两人却都没有说话，秦二喜的目光在两人的脸上移动了几下，突然笑了："我认罪。只是这事别牵扯到我爱人，她什么都不知道。我是在外面犯了点事……"

审讯室外传来了敲门声，打断了秦二喜的话，戴梓萌起身，打开了审讯室的门，林菲和刘鹏提着工具箱就站在门边。

看到这两个人，秦二喜停下了话头，抬起头，眼睛大睁，嘴巴微微张开，眉头也微微皱了起来，他的眼里有些疑惑，还有一丝紧张。这一切都被戴梓萌看在了眼里，她微微一笑，"不用惊讶，我们只是需要采集一些你的检材进行鉴定。"

"做一下 DNA 鉴定，看看他和苏柔到底是什么关系。"雷鸣冲刘鹏说道。

刘鹏点了点头，走进了审讯室，将工具箱放到了审讯桌上，打开，一样一样从里面拿出了需要的工具。

秦二喜的脸上瞬间失去了血色，他舔了舔嘴唇，身体微微前倾，因为用力，小腿上的肌肉都鼓掌了起来。

他微微低头，眼睛向上翻着，目光却紧盯着法医工具箱里的那些刀具。

看着他的表现，戴梓萌却是冷哼了一声："你觉得，被铐住了的你，有能力打赢我们吗？"

秦二喜猛地转头，看向了戴梓萌，戴梓萌耸了耸肩："不奇怪，舔嘴唇、抿嘴唇、牙齿轻咬嘴唇，这都是恐惧之后随之而来的典型安慰反应。悄悄用力，身体趋前，下巴降低，视线集中，虹膜向上翻看对手，甚至有可能露出下眼白，咀嚼肌绷紧，嘴唇向下弯曲。这是典型的战斗准备，你想和我们拼一次，为什么呢？"

听到这句话，秦二喜的身体骤然放松了下来，苦笑着摇了摇头，没有答话，只是认命一般任由刘鹏摆布着，从他的身上提取着需要用到的检材。

"因为接下来要做的鉴定将会直接戳穿你隐瞒了 10 年的真相吧。"

秦二喜点了点头："如果不是你们……"

"如果不是你们当初犯了罪，哪会轮到我们来破这个案子？"林菲冷笑，"犯错的是你们，却总想把责任推给别人，凭什么？"

秦二喜愣了一下："是啊，凭什么？我……"

"我现在什么都不想听。"林菲打断了他的话，"一遍又一遍的谎言，一次又一次的欺骗，我没那么多的时间也没那么多的精力去区分，所以，等证据出来之后吧，那时候，你会说更多我们想知道的事情。"

说着，审讯室里的几个人鱼贯离开，只是眨眼间，秦二喜发现，自己就像被整个世界抛弃了一样，独自待在冷冰冰的审讯室里，等着最后的宣判。

被束缚着的他想以死将谎言反转成真相都难以做到。

"谎言就是谎言，真相就是真相，就算你死了，也改变不了事实，因为你没能力毁掉所有的证据。"戴梓萌突然回头，嫣然一笑，那句话却无比残忍地杀死了秦二喜最后的一线希望。

9. 失控

那天天气很好，阳光明媚，微风吹拂，稻浪翻滚，花香四溢，鸟鸣虫叫，好不热闹。

苏柔——现在应该叫她秦海兰了。

秦海兰独自一人走在沿河的乡间小路上，脚步轻快，脸上带着笑容，嘴里哼着刚学来的歌，一副愉悦的神情。

她刚从娘家回来，哥哥秦二喜有了心爱的女孩儿，马上就要定亲了，父母的身体虽然还是不能干过重的体力活，但也还算健康，到了这个年龄，颐养天年就应该是他们的主要任务。

她觉得，这样的生活挺好，尽管哥哥还要面临沉重的彩礼负担，但这并不是什么难事，她夫家有钱，或许是出于对当年秦家倾全力帮他们王家渡过了难关的感恩，或许是出于对秦海兰并没有任何爱情，自己又在外面另有新欢的愧疚，对于给娘家花钱这件事，秦海兰的丈夫王二民从来不闻不问，愿意花多少，全由秦海兰一个人决定。

"放心吧，哥，钱的事，都包在我的身上了。"所以，在离开家的时候，秦海兰才敢这么拍着胸脯给秦二喜保证。

如果不是有那件事，秦海兰想，那她的生活会一直这样继续下去，没什么波澜壮阔，但她的追求也只是平淡地走完这一辈子。

可一切都在走过那个弯路的时候变了。

一辆微型面包车斜停在路边，车子还没有熄火，车前方不远处，一个穿着白衬衫、牛仔裤，明显不属于这里的女人趴伏在地上，身下一摊血迹。

而另一个女人就站在那个倒在地上的女人身边，肩膀剧烈地耸动着，呼吸急促，情绪亢奋。

"你没想到，你会有今天吧？"站着的女人阴狠地吼道。

这个声音让秦海兰哆嗦了一下，一脸的不敢置信，她僵硬地扭转脖子，看了一眼那辆微型面包车，是的，那辆车正是自己家的车，毫无疑问，那个状若癫狂一般的女人就是她生活中的噩梦，是她日后漫长人生中最大的不稳定因素，项秀。

秦海兰下意识地躲进了一旁的草丛里，蹲下了身。

而项秀却对着地上的女人踢打着，辱骂着，发泄着心中的那口怨气。

"秦海兰，你个不要脸的，你凭什么守着二民不放？"

"他不喜欢你，你看不出来吗？你放我们一条生路能怎么了？"

"你有啥？连个孩子都生不出来，你有什么资格和二民在一起？"

项秀突然蹲下身，一把抓住了地上那个女人的头发，将她的脸拉向了自己，那张脸被鲜血糊住，可项秀并没有感到任何的恐惧，她的眼里只有兴奋，和大仇得报的快意。

"现在，你就要死了，而我，马上就要和王二民在一起了，一辈子都在一起，你能怎么样呢？嗯？"项秀咬牙切齿地说道，一把将那女人的头摔到了地上，女人发出了一声痛苦的呻吟。

项秀抬手擦拭着女人的脸颊，躲在草丛里的秦海兰惊讶地发现，那女人竟和她长得一模一样，她抬手捂住嘴，将那声惊叫硬生生地憋回了肚子。

"这张脸，长得是挺漂亮的。"项秀看着倒在地上的女人，笑着说道，"可是那又能怎么样呢？"

她抓起了路边的一块石头，猛地砸向了女人的脸，噗噗声四起，鲜血飞溅，项秀脸上的笑容却没有丝毫的变化，砸了十几下之后，项秀才将那块石头扔进了一旁的小河里，蹲在河边，慢慢洗着手，还不忘回头看着地上已经悄无声息了的女人："这回你还有什么资本呢？嗯？"

项秀甩了甩手，恣意大笑地站起了身，走回车上，驾车离开。

尾灯都已经消失在了秦海兰的视线里，可项秀张狂的笑声却仍旧在她的耳边回荡着。

她双腿颤抖着，虚弱地挣扎着站起了身，她看不到，但也知道，自己的脸色一定苍白的可怕。那个女人，那个女人，终于忍不住了，可她竟然想要杀了她，她对她的仇恨已经到了这样的地步了吗？

只是被她杀了的那个人是谁？怀揣着这样的好奇，秦海兰两股战战地走到了那个女人的身边，地上的女人却猛地睁开了眼睛，鲜血糊住了她的脸，她看不清面前的人，却能看到有一个隐约的身影站在她的面前，她突然抬起手，一把抓住了秦海兰的小腿。"救我！"，女人吃力地说道，声音微弱，含糊，却又无比的坚决。

女人突如其来的举动吓了秦海兰一跳，她惊叫了一声，甩开了女人的手，后退了几步，女人的手无力地掉落到了地上，再一次失去了动静。

她的眼睛却还努力地大睁着，无神地看着湛蓝的天空。

秦海兰站在离女人几步远的地方，观察着，思考着，半晌之后，她终于可以确定，这个女人，真的死了。

她应该赶快离开这里，被任何一个人看到，对于她来说，都会是一个大麻烦。秦海兰很清楚这一点，可她迈出的脚步却鬼使神差地在女人的身前停了下来，她蹲下身，在女人的衣服口袋里翻找着，很快，一张身份证和一张写满了字的纸就到了她的手里。

她匆匆扫了一眼，便把身份证塞进了自己的口袋，想了想，又看了看手里的那张纸，一咬牙，秦海兰将它撕得粉碎，扔进了一旁的小河里。

终于可以离开了。秦海兰长出了一口气，快步离开了现场。

她不敢回头，那个不属于古山，名叫苏柔的女人，她已经死了，可秦海兰总觉得她的心跳还在，她的呼吸依旧。

苏柔，恍若一具会呼吸的尸体，躺在那里，绝望的目光里看到的是不是自己的家乡，和父母脸上为了寻找她而留下的岁月的沧桑？

王二民静静地听着，林菲的语气里没有任何情绪的变化，只是平静地叙述着她从秦海兰那里得到的故事，可王二民却听得津津有味。

"也就是说，二秀，当时是想要杀海兰的，只是，她把苏柔错认成了海兰，是吗？"林菲叙述的空当，王二民问了一句。

林菲点头。

王二民却叹了口气，一脸苦涩："能给我根烟吗？"

孙林连忙将自己的烟向前推了推。

王二民抽出烟，点燃了一支，吸了一口："都怪我！"

他把只吸了一口的烟扔到地上，踩灭："我要是早点做出决断，就不会出事了吧？其实，那天二秀找到我，我就觉得奇怪，二秀说她撞了人，要我带着她赶紧跑。古山那个地方，乡里乡亲的，跑，能跑到哪去？"

王二民笑了一下："不过我还是答应了她，但是跟她说要第二天再走。我想的是，大概晚上的时候，二秀到底撞了谁，这事就差不多都明了了，都是乡里乡亲的，我多赔点钱就是了。可是根本没人来找我。"

"是，不会有人来找你的。"林菲点头，"苏柔是一个被拐卖的女大学生，是你们隔壁村的，她的存在，本来就是一个秘密。出了事之后，买了她的那个人也不敢声张，这件事，最后还在调查的就只有警察。"

王二民点头："也是个可怜的人啊。不知道她的父母现在怎么样了，如果有可能，我应该去道个歉吧，毕竟，如果不是因为我，她那一次，应该有机会逃出去的吧。"

"也许。"林菲沉默了，一个被拐卖到大山深处的女人究竟能否依靠自己的力量求得一线生机，实话说，她并不抱太大的希望，而逃跑不成的后果，当年罗杰闯入的那个地下室至今仍是让她不寒而栗的回忆。

林菲试着驱赶走自己内心的恐惧。

"说说秦海兰吧。"孙林见状，连忙接过了工作，"秦海兰那天回家之后，有没有什么奇怪的地方？"

王二民想了想，摇了摇头："和往常一样吧，回家做饭做菜，吃饭的时候，我喝了点酒，然后就睡了过去，一觉睡到了天亮。其实……"他犹豫了一下，苦笑着道，"对海兰，平时我就不怎么关注，她到底怎么样，是不是出了什么事，是不是有什么不开心，这些，我从来都没有放在心上过。"

"他啊，要是还能记得我长什么样子，那都很奇怪了。"面对着姜斌，秦海兰怅然地道，"那个人，就算哪天我不回家，而是让除了项秀以外的另外一个女人去给他做饭，他都不会察觉到，我已经不在了吧。"

"你气质那么好，长得虽然不算顶尖水准，但也可以进入一流梯队了，干吗这么妄自菲薄啊？"姜斌忍不住道。

"在他眼里，我什么都不是。"秦海兰苦笑，"所以那天我回到家里的时候，他其实连正眼都没给我一个，又怎么可能知道，在我身上究竟发生了什么呢？不过我却是知道，他们接下来想要干什么。"

秦海兰嘴角微微上挑，露出了一抹冷笑，这抹冷笑让姜斌都感觉到了彻骨的寒冷，那笑容里包裹着的恨意饱含着浓郁的杀机。姜斌毫不怀疑地相信，如果让秦海兰重来一次的话，她依然会毫不犹豫地再杀一次项秀。

那天傍晚，当秦海兰走到自家门前的时候，那辆斑驳的微型面包车就停在她家的门前，面包车显然已经经过了仔细的清洗，不见任何的血迹，只是保险杠上遗留的凹痕告诉人们，就在不久前，这辆车刚刚制造了一场车祸。

秦海兰犹豫着是否要把这件事告诉王二民的时候，却见王二民和项秀从院子里走了出来，她一惊，连忙躲到了一边。

"你回去收拾东西，明天一早，我们就走。"秦海兰听到王二民这样对项秀说。

心底那压抑了多年的怒火终于在这一刻熊熊燃烧了起来，项秀，那个想置她于死地的女人，在杀完人之后，还不甘心地要拐走她的丈夫吗？

奇怪的是，心底的怒火越旺，秦海兰却觉得自己愈发的平静，她一如往常地给王二民做着饭菜，只是，他的那瓶酒里，她添加了一些原本不应该有的东西。

于是，喝过了酒的王二民昏昏沉沉地睡了过去。

秦海兰拿着王二民的手机，给项秀发了一条短信：她没回来，现在走。

随后，她将手机放到了一边，从王二民的工具箱里找出了一把奶头锤，坐在炕边，静静地等待着。

当时针指向 9 点的时候，门外传来了开锁的声音，接着大门洞开，项秀走了进来。

秦海兰心下一阵凄凉，她原以为，王二民就算再过分，也该留点脸面，可自家的钥匙都到了项秀的手里，她还真是……

秦海兰握紧了手里的奶头锤，静静地等待着。

"二民哥……"项秀走进了屋子，伸手推门的同时，叫了一声，接着就看到了坐在炕边的秦海兰。

项秀脸色大变，惊恐地看着秦海兰："你……"

"我来索命了。"秦海兰阴森地笑着，"你杀我的时候，想没想过，会有此刻？"

项秀扭头就要向外跑，然而，秦海兰手里的奶头锤已经高高抡起，带着风声砸了下来。扑通一声，项秀一声不吭地栽倒在地。

秦海兰在项秀的身边蹲下，机械地挥舞着手里的奶头锤，噗，噗的声音不绝于耳，可秦海兰却像什么也没有听见，面无表情，目光呆滞，嘴角却又微微上挑，露出了一抹诡谲的笑容。

相比于项秀杀害苏柔时的癫狂，秦海兰的脸上更多的却是麻木，对这样的生活，她已经麻木，对这个家庭，她已经麻木，对村里人的闲言碎语，她已经麻木，如今走到了这一步，她并不觉得奇怪，也没有意外，只是一如既往地麻木着，接受着。

至于未来会在哪里，她不知道，也不想知道，她只是想把积攒了几年的怨气在这一刻彻底发泄，和过去，永远告别。

10. 托付

"能给我一支烟吗？"秦二喜嗓音嘶哑，干涩，竟比雷鸣还要严重几分。

当雷鸣拿着那张纸走进审讯室的时候，他就知道，一切全都结束了，他能伪造现场，也能伪造凶器那样的证据，但是 DNA 这种高科技的玩意，就完全超出了他的能力范围了。

现在能做的，大概就是如实交代一切，换一个坦白从宽，让妹妹少受一点刑罚。

雷鸣犹豫了一下，看了一眼主审的法医刘鹏，刘鹏却无奈地摊了摊手："雷头儿，你知道，我不吸烟的。"

"我去给你找。"雷鸣说着，就站起了身。

"不用了。"秦二喜苦笑了一下，"就这样吧。那天，我接到电话赶过去的时候，一切就已经没有挽回的余地了。"

秦二喜接到秦海兰电话的时候，已经是夜里 10 点多了，往常这个时候，生活在大山里的人们早已经入睡，但秦二喜却丝毫没有入睡的意思，他还沉浸在喜悦中无法自拔。

婚事，对于山村里的任何一个人来说，都是一等一的大事，对于秦二喜更是如此。尽管有妹妹秦海兰的扶持，家里的生活还算过得去，但结婚，尤其是他这样的婚礼，5 万块对于秦家来说，依然是一笔不小的开支，严重到会影响到他们家的正常生活。

没有人知道，5 万块是不是真的就能永远留下那个人，这种事情，可不会有什么售后保障。

好在，秦海兰愿意帮家里分担，承担一切的开支，这样一来，家里总算不会有什么损失吧。

所以，当秦海兰的电话打来的时候，秦二喜甚至没有意识到电话那头的秦海兰那不正常的喘息。

"咋样，海兰，都准备好了？"秦二喜兴冲冲地问道。

"哥，我，我杀人了。"秦海兰颤抖的声音里充满了恐惧。

"啥？"秦二喜腾地一下坐了起来，"咋回事，海兰？"

"我，我把二秀杀了，你快点来吧，哥。"秦海兰压抑着哭声，哀求道。

秦二喜知道，妹妹秦海兰已经彻底失去了冷静，他顾不上和父母解释，连忙穿好衣服，跑到了秦海兰家。

深夜里，秦海兰家灯火通明，却又诡异的寂静。秦二喜径直走进了秦海兰家，刺鼻的血腥味熏得他连连作呕，他强忍着不适走进了屋子，项秀的尸体就倒在卧室的门边，他吓了一跳，跌倒在地，他急忙捂住了嘴才没让自己发出声音，目光看向了卧室里，王二民正倒在炕上，呼呼大睡。

秦海兰不知所踪。

"海兰，海兰！"

定了定神，秦二喜强迫自己不去看地上的那具尸体，压低了声音呼唤着妹妹的名字。

无人应答，但低低的哭泣声却告诉了他秦海兰此刻的位置，他循着声音走到了秦海兰家的后院，月光下，自己的妹妹秦海兰手里握着一把铁锹，正奋力在地上挖掘着，同时强行压抑着哭泣。

"海兰。"秦二喜慢慢走到了秦海兰的身边，低声唤道。

秦海兰的身子抖了一下，挖坑的动作也停了下来，但只是短短的一瞬间，她就继续着之前的举动，而且似乎更用力了，仿佛唯有如此，才能削减她此刻内心的恐惧。

"海兰，是我。"秦二喜又叫了一声，秦海兰终于彻底停下了手上的动作，她慢慢转过头，随即举起了手中的铁锹。

秦二喜不敢置信地看着自己的妹妹，那是怎样的一张脸啊。

秦海兰的整张脸都被血糊住，她的双眼此刻就像一头受惊的小鹿，对周遭的一切都充满了戒备。

"是我，海兰，是我啊，你哥啊！"秦二喜急忙柔声道。

"哥？"秦海兰有些茫然，但眼睛里却慢慢有了神采，她的大脑此时有些迟钝，反应了一会儿才想起眼前的这个人是谁，脸上流露出了一抹狂喜，她果断地从土坑里跳了出来，"哥，你总算来了，快，快帮我！"

她把手里的铁锹塞给秦二喜："快帮我挖，我们得把二秀藏起来，不能让人知道。"

秦二喜没有接，他扶住了秦海兰的肩膀，看着她的眼睛："海兰，你得告诉我，到底发生了什么。"

"快，得快点，天亮了就来不及了。"秦海兰的目光里满是恐惧，铁锹掉在了地上，她不管不顾，径直跑进了屋子，秦二喜连忙跟进去，就见秦海兰俯下身抱起了项秀的尸体，一步步将她拖向后院。

可她娇弱的身体里本就没有那么大的力量，只走了几步双腿就开始发抖，然后一屁股坐在了地上，她挣扎着爬起身，费力地去拖动项秀的尸体，嘴里不停地嘀咕着："快，快，来不及了。"

秦海兰脸上的神情越来越焦急，终于忍不住嚎啕大哭。

秦二喜默默地走到了她的身后，察觉到身后有人，那个熟悉的气息让秦海兰顿时感到心安，她转身扑进了秦二喜的怀里，再也不去掩饰内心的紧张和恐惧，最后的理智只是让她死死地咬住了哥哥的衣服，将哭声憋在了嗓子里。

半个小时后，在秦海兰断断续续的叙述中，秦二喜终于明白发生了什么。此时的他却犹豫了，要报警吗？杀人了，这件事应该由警察来处理，可是，杀人的是自己的妹妹啊。

两者之间的选择并不困难，几分钟，或者只有几秒钟吧，秦二喜就做出了决定，他果断地拿起了那把奶头锤，走到了王二民的身边。

"哥。"秦海兰却拉住了他的衣袖，哀求地摇着头。

"他必须得死，他不死，你就会死的，警察只要一问就会知道发生了什么。"秦二喜握着奶头锤的手微微颤抖着，语气却无比的坚定。

"他毕竟是我的丈夫啊。"秦海兰哀求。

"可他把你当过老婆吗？"秦二喜道，闭上了眼睛，高高举起了奶头锤，可却迟迟不肯落下。

半晌，他才长叹了一口气，扔下了奶头锤，皱眉苦思："到底还有没有办法？"他不住地嘀咕着，双手用力地抓着头发。

终于，他颓然地坐倒在地，苦笑不已："海兰，没办法了，要不，就说，人是我杀的吧。"

他摇摇晃晃地站起身，走到了电话边："报警吧，要是自首的话，说不定，我还能留一条命。"

"不行！"秦海兰却断然拒绝，"那样的话，爸妈怎么办？"

"可我也不能看着你有事啊！"秦二喜低吼道。

"怎么办？怎么办？"秦海兰焦急地搓着手，在房间里不停地踱着脚步，她下意识地把手伸进了口袋，摸到了那张身份证。

秦海兰愣了一下，突然笑了："哥，我知道，该怎么办了。"

她抓起那把奶头锤，走到了项秀的尸体前，将她翻了个身，奶头锤对准她的脸，用力砸了下去，在秦二喜还在惊讶不已的时候，项秀的脸就已经面目全非。

让他感到无比恐惧的是，自己的亲妹妹秦海兰在做这件事的时候，脸上还带着解脱的笑容，目光无比坚决。

于是他知道，一切已经无法挽回，只能按照秦海兰的想法走下去，走到无路可走的那一天。

"后来，我们给她换上了海兰的衣服，还把海兰的身份证也埋在了一起。"

秦二喜安静地讲述着，雷鸣和刘鹏也没有去打断，隐约中，他已经知道了这样的结局，他只是想通过秦二喜的口验证自己的一些推测。

在那一刻，项秀死了，无论是身体上的还是精神上的，秦海兰也死了，但死的只是一个代号，从那一天起，她是苏柔，一个被人贩子拐卖到大山深处的女大学生，从此认命和秦二喜生活在一起的女人。

至于王二民，他也许会就那样平淡地走完后半生，如果不幸，尸体被发现了，那他就会是凶手。

"我们几乎算好了一切。"秦二喜苦笑，"就是没算到，当海兰失踪的消息传来的时候，爸妈先扛不住了，可是，这种事，我也不敢跟他们说啊，他们知道了，无论如何都要报警的吧。"

"现在好了，终于能说明一切了，10 年啊，这些东西就压在心上，连一个安稳觉都不敢睡，就怕说梦话的时候，把一切都说出来。"秦二喜微笑地看着雷鸣，"现在，一切终于都要结束了啊。"

"现在好了，一切，终于都要结束了。"

在另一间审讯室里，秦海兰也在和林菲、孙林说着同样的话，脸上带着和秦二喜同样的笑容。

林菲在笔记本上快速地记录着，秦海兰的叙述到此为止，林菲等了一会儿，见她不再说话，这才抬起头，难得地笑了一下："我希望你在面对接下来的调查的时候，在法庭上的时候也能如实供述，我不希望有一天亲手来监督你的死刑。"

"自首吗？"秦海兰笑着摇了摇头，"我是个罪人，这 10 年走过来，我真切地觉得，我没有资格祈求任何人的宽恕。自首对于我来说不重要了，我只想求个解脱，用别人的身份活着，太累了，我都快忘了自己是谁。"

林菲点头："你还有什么想要跟我说的吗？"

"没有了。"秦海兰说着，犹豫了一下，"不，确实还有一件事，如果有可能，我希望你们能帮我去找两个人。"

"谁？"

"苏柔的父母。"秦海兰含笑看向了窗外，审讯室的窗很小，朝阳正在升起，阳光透过那扇小小的窗户，照射进来，她知道，以前那可以肆意享受的朝阳以后对于她来说就是一种奢侈，她叹了口气，"也不知道他们现在怎么样了，要不是当年一念之差，他们也能少受很多的苦难吧。"

她报出了一个地址和两个人名，看着林菲工工整整地记录了下来，长出了一口气，"这 10 年来，每天睡觉之前，我都要背诵一下，就怕自己忘了，现在好了，我终于可以睡个好觉了。"

"还以为是个双胞胎的梗呢，原来是二重身啊。"古山县公安局食堂，姜斌撇了撇嘴，给出了这样一个评价。

"姜检你这话说得对。"孙林往嘴里扒着饭，"这就叫无巧不成书，这案子，要不是恰巧有苏柔这么一个极特殊的存在，怎么也不至于弄这么复杂。"

"苏柔，只是个意外，就算没有她，他们也会想出别的办法的。"林菲道，

"在求生欲面前，人们的智慧总能发挥到极致。"

"现在一切都结束了。"古山县公安局张局长却是暗自庆幸，"多亏了有你们，这要是让我们自己去搞，可能，真的会冤枉了一个无辜的人啊。就这么个杀人案，里面兜兜转转这么曲折，我从警这么多年，这还是第一次见。"

"你以后会见到更多的。"姜斌顺嘴回道，"我们的技术手段在不断进步，犯罪分子的手法也在不断升级啊。一定不能放松，要活到老学到老，和犯罪分子斗争到底才行。"

他站起身，伸了个懒腰："那我们是不是就能回去了？"他看了一眼林菲，见林菲没有反对，便向外走去，走到门边的时候，他突然想起了什么，回头看向众人，"话说回来，你们谁看见梓萌了？连早饭都不来吃，这不是他风格啊。"

"戴检察官？"张局长微微皱了皱眉，"昨天晚上，好像李大春打电话找她，说有重要的事情，然后，就没见她回来了。"

张局长脸色突变，腾地站起了身："她不会出什么事吧？"

"原则上不应该。"姜斌犹豫地摇了摇头，"以她的身手，10个李大春也不够打的。"

就在这时，一名年轻的干警惊慌失措地跑进了食堂，"局长，不好了。"

"慌什么？！"张局长呵斥了一句。

"老项，老项打电话来，说戴检察官在他手里，让我们带上秦二喜和秦海兰，到王二民家去换人！"

第六卷

同一类人

1. 恐惧

降温了。

晚秋的天气就是这样，像个小孩子的脸，前一刻还阳光灿烂，温暖无比，下一秒就阴云密布，湿冷无处不在，穿透层层阻隔，毫无削减地直达骨髓深处。

随着天气渐凉的，还有姜斌的心，他觉得，一股阴寒从他的骨子里向外散发着，无论如何也无法驱散。

那是一种叫作恐惧的东西。

恐惧。

是的，他也会感到恐惧，时时会感到恐惧，游走在黑暗与光明之间，一个不小心就会彻底迷失。

但从未像现在这样，他几乎已经完全失去了对身体的控制，全身的肌肉都在失控一般颤栗着，抓着扶手的手抖个不停，双唇也失去了血色，颤抖着，让他难以吐出一个完整的音节。

孙林的 G500 在山道上飞驰，转弯的时候都不可避免地发生了侧移，每每在即将跌入山谷或河流的时候堪堪避过，几辆警车被他远远地甩在了身后，充分彰显着驾驶者娴熟技巧的同时也暴露了他此刻内心的焦虑。

但姜斌的恐惧并非来源于这随时可能发生的危险，他现在只是觉得太慢了。

他脸上焦急的神色越来越浓郁。

他费力地抬起手腕看了看表，一声尖锐的催促终于脱口而出，"快，快，再快点，晚了就什么都来不及了。"

开车的雷鸣一脸的严肃，他已经将油门踩到了底，视线死死地盯着前方，目光里流露着难以掩饰的怒火。

坐在后排的林菲倒是面色平静，她死死地抓着把手，透过后视镜看出去，身后那几辆古山县公安局的警车已经远远地被甩在了身后，其中一辆车到底还是出了意外，斜停在了路边，不过看上去似乎没有大碍，一名干警正指挥后续的车辆绕过他们继续前进。

"你现在还有心思关心他们？"说出了那句话，似乎终于打开了姜斌的某个开关，同样从后视镜里看到了这一切的他也看到了林菲的目光，忍不住不满地道，"梓萌现在电话不通，生死未卜，亏你们还是好姐妹，你还有没有人性？"

"就因为我们是好姐妹，所以我很清楚她是不是需要我担心。"林菲竟扯动嘴角僵涩地笑了一下。

这个举动让姜斌眉头紧皱，小声嘟囔了一句："没人性！"

"他妈的，你都不操心，我跟着着急个什么劲！"姜斌突然骂了一句粗口，内心的恐惧意外地减弱了少许，他愣了一下，突然笑了，整个人也松弛了下来，随着车子摇晃着。他用力摇了摇头，有些不太明白，自己为什么要对戴梓萌的消失感到如此强烈的恐惧。

他努力想让躁动的心平静下来，可开车的雷鸣也想到了什么，踩油门的脚收了收，车速的变化瞬间引起了姜斌的警觉："别减速啊！"

姜斌下意识地喊道，本已慢慢松弛的心骤然再次提起，他急得拍了一下雷鸣的肩膀，车子微微抖动了一下，好在雷鸣握着方向盘的手异常的稳定，才没有酿成一起惨剧，可姜斌却完全没有注意到这些，只是尖叫着："梓萌在等着我们去救她呢！"

他的情绪已经彻底游走在了崩溃的边缘。

"到了！"林菲只是哼了一声。

古山村就在眼前，可雷鸣却不得不放慢了车速，那条不足 3 米宽的小路上，牧羊人正赶着一群羊慢慢走出村子。姜斌急得伸手猛拍方向盘，车笛发出了刺耳的鸣叫，却没能驱散羊群，只是引起了一场小小的骚乱。

姜斌降下车窗，探出头，冲着牧羊人喊道："让让，让让，赶着救人！"

牧羊人愣了一下，连忙催赶羊群，可村里的小路异常的狭窄，两侧的房子和院墙堵死了所有的通道，几十头羊根本无法避让，只能等着羊群过去，他们才能继续前行。

姜斌急得直拍车门，可那群羊却走得不紧不慢。

"真他妈的！"姜斌骂了一句，"停车，停车，靠边停车！"

雷鸣连忙把车靠向了路边，不等车停稳，姜斌就推开车门跳了出去，火急火燎地冲向了王二民家。

雷鸣和林菲、孙林三人连忙跟在了姜斌的身后，看着就像变了个人一样的姜斌，雷鸣的脸上莫名地带上了一缕笑容。

林菲只是看了一眼雷鸣，没有说话。

王二民的家离他们停车的地方并不远，只几步路，三人就已经到了院门前，可姜斌的心却彻底冷了下来。

一辆古山县公安局的警车就停在隔壁李大春家的门前，4 个轮胎都被放空了气体，软软地塌陷着。这是张局长口中那辆被戴梓萌借走的车。

李大春家也是门户大开，一片寂静，房顶的烟囱里不见丝毫的烟火，和村子里其他人家的炊烟袅袅形成了鲜明的对比，处处透露着一股荒凉。

雷鸣和孙林对视了一眼，两人的心都是骤然一沉。

姜斌的脚步慢慢停下，他转身，看着林菲和雷鸣，面沉似水。"怎么办？"他低声嘟囔道，"你们告诉我怎么办？！"

他猛地大吼道，双眼血红。

"没事。"孙林看了一眼林菲，故作轻松地道，"戴检的武力值就是逆天的存在，再说了，老项是要拿戴检换人，不会动手的。"

雷鸣没说话，只是大步向前，一把推开了姜斌，向屋子里走去，林菲想跟上去，却被孙林巧妙地拦在了身后。

姜斌站在屋子外，一脸的懊丧，他缓缓蹲下身，双手用力地抓着头发，进而变成捶打，低沉的呜呜的哭泣声从他的喉咙里挤了出来，然后，嚎啕大哭。

"怎么样了？"杂乱的脚步声传来，古山县公安局张局长的声音中带着颤抖，问道。

姜斌抹了一把眼泪，头都没抬："来晚了，我们来晚了！"

"啥？"张局长大惊失色，回头冲着干警们喊道，"给我进去搜！"

说着，他掏出配枪，带头跑向屋子，一众干警连忙忙碌了起来。

"不用了。"林菲平静的声音传来。

姜斌闻言，愣了一下，抬起头，就看到孙林和雷鸣的身影出现在了门边，两人的神情都有些古怪，戴梓萌就斜靠在雷鸣的身上，一只手绕过他的脖子，搭在他的肩上，她整个人的状态都有些奇怪，走起路来摇摇晃晃，脸色也有些苍白，不时发出一声干呕。

姜斌匆匆看了一眼戴梓萌，她身上的衣服多了些褶皱，但还算整齐，不禁长出了一口气，这才看向了他们身边的孙林，在孙林的身边，跟着一个人，正是老项，此时老项的手上已经被戴上了手铐，他的神情无比轻松。

"里边还有一个，活的，但暂时没有意识。"孙林冲张局长说道，古山县公安局的人连忙冲了进去。

"梓萌没事吧？"姜斌急忙起身，走到雷鸣的身边，伸手去扶戴梓萌，声音里满是担忧。

"中毒了，没大事。"雷鸣平静的声音里听不出任何的焦虑。

"还没事？"姜斌却是惊叫出声，俯下身一把抱起了戴梓萌，就向停在村口的车跑了过去。

"真看不出来，你对梓萌竟然这么上心。"林菲跟在姜斌的身后，不冷不热地道。

姜斌把戴梓萌塞进车里，径自钻进了驾驶室，发动了车子："我不是对她上心，我就是不想她有事。毕竟，我们好歹也算同事一场，我可没有你那么冷血。"

他抬头看了一眼林菲，却见林菲似笑非笑地看着他："既然都上了这条船，你以为还有下去的机会吗？迟早有一天，我们会同归于尽的。"

林菲莫名其妙地说了一句话，随后，姜斌就看到林菲露出了一抹狰狞的笑容："早点晚点，有什么区别？"

她说着，伸手抓住了方向盘，用力一扭，G500失去了控制，一头扎向了路边的山谷。

一切的动作都变慢了，时间的流逝在这一刻仿佛彻底停滞。

姜斌没有尖叫，只是愣愣地看着林菲，他有点奇怪，天色什么时候黑了，那个并不深的山谷何时成了无底的深渊，犹如一只张开了血盆大口的巨兽。

那是命运的深渊，无可抵抗。

姜斌的脑海里不知怎么浮现出了这样的一句话，他侧头看向了林菲，就见林菲安然地坐着，脸上看不出任何的表情。他回头想去看戴梓萌，却发现，车后座上空空如也。

"为什么是我！"姜斌终于忍不住惊叫。

时间的流逝猛然恢复了正常，车子如流星一般坠向谷底。

哐当一声，姜斌从椅子上摔了下来，他猛地惊醒，这才发现，自己是在检察院公诉处的办公室里，他刚刚竟然睡着了，一本卷宗正盖在他的脸上，有些湿滑黏腻，还带着一丝淡淡的味道。

那是他的口水。

他没有起身，静静地等待着急促的心跳趋于平缓，那个早晨的一幕幕像幻灯片一样在他的眼前一一闪过。李大春趁着老婆带着孩子回了娘家的时候，那颗躁动不安的心终于压过了对法律的敬畏，他以有重要消息要告诉戴梓萌为由，将戴梓萌约到了家里，欲图不轨，但戴梓萌的战力却远超他的想象，只一拳就让李大春彻底昏迷到了第二天警察的到来。

李大春当然不会知道，他的一举一动都没能逃过戴梓萌的预测，只是说不上是他的运气太好还是太坏，他打来电话的时候，正是专案组最忙碌的时候，戴梓萌不想在这个时候浪费一丝一毫的警力，只是打了个招呼，借了辆车，就只身前往。

一切就如戴梓萌计划的那样，李大春的罪行被抓了个正着。

一切都超出了李大春的计划，在挨了那一拳的时候，他脑子里唯一想的就是为什么这时候没有警察来帮他？

戴梓萌其实也很郁闷，她的手机偏偏在此时没电了，而李大春却找了个机会将警车的 4 个车胎都放了气，这辆警车并没有配备零胎压继续行驶的功能，她只能无聊地等着天明的时候，林菲等人能想起她了。

一向聪明如她竟然忘了可以到村民家里借个电话用。或许是潜意识的本能提醒着她，这里的每一个人都不能信任，每一个角落都潜藏着不可预知的风险，就好像她后来吃掉的那些苦杏仁。

让她安静地等待天明，还不如要了她的命，于是本应是受害者的她，在这一刻翻身成了一名加害者，她翻箱倒柜地找出了李大春家所有的食物存货——一堆苦杏仁，那是李大春的媳妇捡回来准备拿到集市上卖掉的，还没经过最基础的风干处理。

戴梓萌当然不知道这些，她在意的只是这个寒冷的夜晚终于没有那么难熬了，她忽略了，吃太多的苦杏仁，也是有副作用的，这个副作用让她在医院整整躺了 3 天才恢复过来。

而更让她没有料到的是，螳螂捕蝉，黄雀在后，在她昏昏欲睡的时候，一个让人意想不到的人出现在了她的面前，项秀的父亲老项不知怎么知道了她在这里，悄无声息地出现在了她的面前。

戴梓萌以为他只是来探寻一下自己女儿那个案子的情况，可老项却不由分说地将她捆了起来。

"老伯，你这是干什么？"戴梓萌挣扎了一下，可食物中毒让她浑身无力。

"把那两个王八犊子交给我，我要给我闺女报仇！"老项手里提着一把尖刀，恶狠狠地说道。

戴梓萌觉得自己的反应越来越慢，她几乎是下意识地说道："老伯，你这是在犯罪！秦二喜和秦海兰犯了法，自然有法律去惩罚他们，你不能把自己再搭进去！"

"法律是法律，可我得亲手给我闺女报仇！"老项说，紧接着拨通了古山县公安局的号码。

孙林和雷鸣进去的时候，戴梓萌正躺在床上，身上还盖着一条毯子，老项已经放下了武器，坦然接受了自己的命运，这期间究竟发生了什么，却连戴梓萌自己也完全不记得了。

"戴丫头说得对，为了两个罪犯犯法，不值当，我闺女也不乐意看到。"面对警方的审讯，老项说，"法院判他们俩死刑，那也是一命偿一命，值了，法院不判，他们俩也毁了，这辈子别想在村里抬起头来，这比杀了他们俩还难受。"

对此，戴梓萌却是全无印象，她实在不记得自己竟然说过这样的话。

姜斌忽然感到眼前一亮，盖在脸上的那本书被人拿走，他侧头，就看到两条穿着制服的修长美腿站在他的身边，一张轻飘飘的纸落了下来。

"醒了？醒了就把这个给林副检察长送过去，让他签个字。"林菲的声音一如既往的清冷，"顺便，再去档案室，把这份档案调过来。"

说着，又一张纸飘落在了姜斌的手边。

姜斌一骨碌爬了起来，手里抓着那两张纸："林检，就不能适当休息一下吗？"

"休息？像你一样，在工作时间睡觉？"林菲已经走回了自己的位子，"对于我来说，那叫浪费生命，浪费自己的，也浪费别人的。"

"你哪怕抽出 5 分钟看看我这张脸呢，也算是一种享受啊。"姜斌嘀咕着，"这个社会，永远始于颜值，终于才华。"

林菲抬头，一本正经地看着姜斌，姜斌立时露出了得意的神色："怎么样？我说得没错吧？"

林菲却已经低下了头："我觉得，更是一种忍受。这个社会，始于的并不是颜值，而是始于善良和正直，终于的也不是才华，而是本心的动摇。"

"呵呵。"姜斌干笑了一声，没有反驳，只是看了看正在填一张快递单的雷鸣，那意思不言而喻。他撇了撇嘴，走向了门边。

"这话，梓萌是肯定不会同意的。"快走到门边的时候，他终于还是忍不住说道，又看了一眼戴梓萌的桌子，那里空空如也，"也不知道梓萌怎么样了，这都好几天没来上班了。"

"她很好，劳你费心了。"林菲难得地笑了一下，更难得地解释了几句，"去见老项了，她不打算追究老项的刑事责任，犯罪中止，主动自首，没有造成严重后果。"

"那她心可够大的，差点让人卖了。"姜斌无奈地摇了摇头，突然拍了拍额头，"不对，她不把人卖了，我们就该烧高香了。"

"好几天之前的事了，大概也就你这种人还会念念不忘。"林菲翻开了桌子上的检察官工作手册，慢慢看了起来，不动声色之间就给姜斌扣上了一顶小心眼的帽子。

"也就你们这些心大的人，才不在意这种事，上次多危险啊，要是我们晚去一会儿，她就算没被人卖了，也能死于食物中毒。菲姐，"姜斌回头，言辞切切，"你可得看好她，就她那个吃法，迟早有一天会暴毙的。"

"会有人看住她的，但那个人，不是我。我没有那个义务。"林菲抬起头，看着姜斌，对于"菲姐"这个称呼，她意外地没有反驳。

尽管她的脸上除了清冷就再没有任何其他的表情，可姜斌却偏偏从中解读出了一丝鼓励。他的眼睛亮了一下，下意识地掏出镜子，看了看，脸色微微发沉。他抬手摸了摸脸颊，"菲姐，你说，这一年我是不是老了挺多？"

"颜值不是一切。"

"我觉得，在梓萌看来，颜值就是一切。"

"那是你的认知错误。"

"你们对我的百般注解和识读，并不构成万分之一的我，却是一览无遗的你们。"姜斌说，"换个通俗点的说法，就叫羡慕嫉妒恨！"

他还想再发表点高谈阔论，可林菲眼里的不满已经开始流露，他刚刚扯到一半的笑脸一下子僵住："我知道，我知道，我这就去。"

他转身拉开了办公室的门，一个穿着快递服的男人顺着门缝挤了进来，路过姜斌的时候，快递员飞快地扫了一眼他："够操劳的啊，你这几个月，少说老了十几岁啊。"

"许浩？你怎么进来的？"姜斌惊叫。

"你以为我愿意来啊？"许浩翻了个白眼，"进你们这个地方，又是登记又是安检的，比进剧组都难，但是没办法，这是我的工作啊。"

"那你怎么这身打扮？"姜斌打量着许浩，伸手扯了扯他的衣服，一脸的鄙夷，"大哥，你能告诉我你到底干什么的吗？你这，不务正业啊。"

"我啊，自由职业。"许浩嘿嘿一笑，挣脱了姜斌的手，"别瞧不起送快递的，双十一我靠送快递，赚了几万块呢，你呢？上个月工资有我的零头吗？"

他扬着头，走向了雷鸣："寄什么？"

雷鸣看着许浩，突然轻轻地叹了口气，将手边的一个纸箱向前推了推："你一直想要的东西。"

许浩愣了一下，一抹狂喜在眼中一闪而过："你终于愿意给我了？"

雷鸣点头："不给你这个的话，你恐怕又要惹出不少的麻烦吧。"

"教官你这话说的。"许浩笑了一下，"我可是一直记得你教给我的那些呢。"

雷鸣的脸色没有任何的欣慰，反而多了一丝阴沉："你要是忘了，我还能放心点。"

"那不太可能。"许浩说着，已经扫描了快递单号，"12元，现金还是微信？"

听到这句话，雷鸣万年不变的脸都抽搐了一下。

就连林菲都忍不住开口："许浩，这东西就是给你的，你亲自上门了，还用得着收费？"

"不一样。"许浩一本正经地摇了摇头,"生意归生意,人情归人情,这玩意儿,那是要算我的业绩的。你知道我一天得送多少快递才能赚来那些钱啊?"

"太不要脸了。"姜斌忍不住道。

"彼此彼此。"许浩回头,冲姜斌咧嘴一笑,露出了一口漂亮的白牙,"对了,建议你买点苦杏仁吃,养颜美容,还能保护气管,在咱们这个雾霾之都,没有比那个更好使的了,不过不能多吃,小心中毒。我这有家店不错,回头给你介绍一下。"

"颜值是天生的,我从不假手于外力。"姜斌义正词严地说着,伸手掏出了手机,"加个微信,还回头什么啊,现在就把那个淘宝店分享给我。"

"你们两个,还有完没完了。"林菲的忍耐终于到了极限,阴沉着脸,说道。

"这就好。"许浩掏出一把零钱,放到了雷鸣的桌子上,抱起纸箱,走出了办公室。

姜斌也紧随其后,可他刚走出门,就探回了头,八卦的神情完全无法掩饰,然而不等他说话,林菲杀人的目光就如刀子一般飞了过来,吓得他砰地一下摔上了门,快步跑远。

2. 秘密

"喂,老梁,我问你个事。"

洗手间里哗哗的水声中,姜斌躲在一个隔断里,压低了声音和梁九水通着电话,但是不等姜斌说完,梁九水就打断了他的话,声音中满是不满:"你先别问我个事,我先问你个事,斌子,你是不是有点太不够意思了?"

"我怎么了?"姜斌愣住。

"你怎么了?你说你怎么了?"梁九水气得直跳脚,哗啦一声,他似乎打翻了什么东西,电话里传来了他的惨嚎,"靠,我的工作站啊!斌子,这事我他妈跟你没完!"

姜斌的眼前浮现出了梁九水那张肥肥胖胖顶着爆炸头的脸,正痛心疾首地清理着那台价值几万块的工作站上的水渍。

干活的时候面前放一杯咖啡,这是他的固定习惯。

也许那台工作站此刻正闪耀着耀眼的火花,里面存储的大部分资料恐怕也在这场灾难中灰飞烟灭,这让姜斌不由自主地打了个冷战:"老梁,你别什么事都往我身上推啊,我可不是背锅侠,你自己手脚不利索,你不能甩锅啊!"他连忙叫道。

"这事我不找你找谁？"梁九水吼道，"我让你给我办那个许可，许可呢？大哥，拖了快一年了，资方都快把这事忘了！兄弟，你能不能给点力？现在正是鼓励现实题材创作的黄金时期，《人民的名义》你看了吗？我们这《人民的名字》本来立项都在他们前边的，现在呢？人家赚得盆满钵满了，我连口热乎汤的影儿我都没见着呢啊。"

"这事你真不能怪我啊！"姜斌急切地解释道，"你也知道，就现在这个审查制度，那不是一般的变态，再说了，我就给你搞定地方了又有什么用？那不还有上边呢吗？广电那边呢？人家也有一套标准啊，你总不能让我跟广电拍桌子说这个你必须给我播吧？你当我是军委呢？"

"那事用不着你管，那边我能自己解决，我就问你，你们这边你能不能解决了还？"

"难。"姜斌咂了咂嘴，说道。

"难？"梁九水冷笑了一声，"你小子是提上裤子就不认账啊，你是不是不打算在这行混了？逗我玩呢？"

"老梁，你别着急，你听我说啊。"姜斌耐心地道，"你看啊，现在的情况是这样的，公安部前一阵子鼓捣出了个《湄公河行动》，最高检呢有《人民的名义》，部队那边弄了个《战狼》，这都成爆款了，对吧？"

"嗯，你也知道啊？"梁九水哭笑不得，"不趁着这个时候下手，等热乎劲过去了，我还能赚着钱吗？"

"你这叫跟风！"姜斌一脸的哀其不幸怒其不争，"你这叫炒冷饭，你这么干一辈子，你也就是个模仿犯，你就没想过当一个领头的？"

"没想过。"梁九水干脆利落地说道。

姜斌甚至都看到了梁九水那摇得像拨浪鼓一般的脑袋。

"领头的多累啊，跟着前人的脚步，至少饿不死，倒下的，永远都是开拓者。"梁九水义正词严。

"你就没想过从最高法那边下手？"姜斌循循善诱地道。

"最高法？那有什么……等等，你是说？"梁九水本也是聪明绝顶之人，略一思索，就听懂了姜斌的弦外之音。

"没错，现在只有最高法没有出来一部爆款的影视作品，你为什么不试试？"

"可能吗？"梁九水的声音里带着些微的颤抖。

"你不试怎么知道？"姜斌微微一笑，"我给你透露个小道消息，最高法那边现在可憋着一股劲找项目呢，你要是能有个好方案，那你将来迎娶白富美走上人生巅峰还不是分分钟的事？"

梁九水沉默了，他不停地在工作室里踱着脚步，突然，他停下了脚步，目光变得坚定，近乎嘶吼一般喊道："把手里的项目停下，3天，我只给你们3天时间，给我出一个和最高法有关的项目策划案！"

听着梁九水激动的叫喊，姜斌却是长出了一口气，突然间，他想到了什么，冲着电话喊道："最好是死刑复核题材的，我要当主角！"

"那个事再说，你先能把那两个姑娘给我搞定当主角再说。"梁九水嘿嘿一笑，顺手挂断了电话。

听着电话里传来的阵阵忙音，姜斌有些失落地收起了电话，走出隔断，眼神有一瞬间的茫然："我要问什么来着？王八蛋！"

他恶狠狠地骂道，忍不住扑哧一声笑了出来。

他走到洗手台前，打开水龙头，洗了把手，顺手理了理头发。

"死刑复核？这主意，也就你这种人想得出来。"林菲的声音突然从他的耳边传了过来，姜斌吓了一跳，转身就看到林菲正走出女洗手间，似笑非笑地看着姜斌，"最高法在影视项目上有着明确的规定，除了调解业务之外，任何展示法院业务的影视剧都是禁止的，死刑复核更是敏感中的敏感，你就等着他回来找你算账吧。"

姜斌却嘿嘿一笑："这事，他自己会解决的，我只是不想给我们惹麻烦而已。"

他满不在乎地走出了洗手间，却又吓了一跳，雷鸣就站在门边，正收起电话。

"他是我的学生。"雷鸣道，声音中竟带着些许的萧瑟。

姜斌下意识地看了一眼表，10点整。"靠！"，他忍不住低声骂了一句，"你们能不能让人有点隐私了？"

"如果他能顺利毕业的话，现在应该是一个优秀的警察，刑警！"雷鸣笑了一下，继续道。

"那他怎么混成这样了？"

"他过不了自己那个坎。一个烟头，毁了许浩的刑警生涯。"

"一根烟？"姜斌不解。

"就是一根烟。那时候，他大三，到局里实习，就是我带着他。我那时候还抽烟，走到哪，都得抽一口。那天，我们出一个命案的现场，我还是没忘了抽烟，许浩在搜集物证的时候，不巧把我扔掉的烟蒂也搜集了进去。"

"后来呢？"

"后来，"林菲突然走出来，说道，"烟蒂是那个案子里至关重要的物证，可以说没有它，那个案子我们就没法给凶手定罪，可物证里有雷检的烟蒂，辩护律师正是抓住了这一点，认为物证遭到了污染，不能作为有效证据使用。"

"可这并不能怪许浩吧？"姜斌道，"毛病不是出在老雷的身上？如果不是他在现场抽烟，许浩就不可能搜集了错误的物证。"

雷鸣点头，"没错。"

"可最后承担这个责任的人为什么是他？"

"是啊，为什么是他呢？"林菲也有些不解，"在我考进检察院之后，我也去问过他，可是他从来不肯多说。"

雷鸣叹了口气，"因为他还没毕业，因为那时候我是刑警队长，因为他们觉得，保住我，比保住他更有价值！"

姜斌看着雷鸣，微微蹙眉，突然后退了一步："不对，如果里面发现了你的烟蒂，第一时间考虑的不应该是谁来承担责任，而是应该调查你是不是凶手。"

"你……你们……"姜斌不敢置信地看着雷鸣，"你们从来没想过你是凶手？"

"是，我们没想过，这件事，只能是许浩的错！"雷鸣道，"我还得当我的警察，我还得去抓那个凶手，我得亲手让他伏法！"

"那你就宁可毁掉一个孩子的未来？！"姜斌质问道。

"凶手杀死的是我的战友！"雷鸣低喝道，"而死的人，本来应该是我！许浩回到学校还有机会，可我要是被调查了，那群人绝对不会放过我，只要我进了看守所，绝对活不过一天。"

姜斌怔住："你说什么？"

"我说，死的人本来应该是我，那个任务，本来应该由我去执行。"雷鸣道，突然笑了，"你知道我被一撸到底的时候，是什么心情吗？"

"后悔自己太冲动了？"姜斌脸颊通红，呼吸都有些不畅，艰难地说道。

"后悔？"雷鸣松开了姜斌，甚至伸手帮他理了理衣服，"不，唯独那件事我不后悔，我开心得要死。许浩也不会后悔的，他只是，执着于找到其他的证据来证明凶手有罪。"

"所以……"姜斌突然后退了一步，目光死盯着雷鸣，"其实，那个案子最后还是判了，在关键证据缺失的情况下？"

"我们都知道他是凶手，证据确凿。"

"可程序违法！"

雷鸣的手僵了一下，"那又怎么样？你知道他是什么人？如果那一次我们不能制裁他，你知道整个 S 市会掀起怎样的一场腥风血雨吗？"

"可程序违法！"姜斌坚定地说道。

"所以呢？你想怎么样？"雷鸣冷冷地看着姜斌，忽然就笑了。

姜斌却也突然咧嘴一笑："我可没想怎么样，你也知道，我这人，更倾向于靠眼睛去判断一个人有没有罪，而不是证据，有些案子，是永远找不到证据的，怎么办？难道眼睁睁看着凶手逍遥法外？"

我他妈的还真就只能看着凶手逍遥法外。姜斌恶狠狠地吞下了这句让他无比反胃的话。

雷鸣想要开口说两句什么，姜斌抬手制止了他："我知道这不合法，违反人权，但是我从来不认为穷凶极恶的犯罪分子还有他妈的什么人权！我就是好奇，你为什么要跟我说这些？"

"你不是就想知道吗？就算我不说，你也会想其他的办法去查，我不想我身边的人扯上麻烦，至于你知道了这件事之后打算怎么做，那是你自己的事。"雷鸣说着，回了办公室。

看着雷鸣的背影，姜斌有些恍惚。

"你信吗？"林菲突然问他，但更像是自言自语，"判断一个人的好坏对错，法律并不是唯一的标准，可是，判断一个人是否有罪，法律又确实是唯一的标准。这一点，雷检比我们更清楚，也更坚守这个原则！"

一间狭小的出租屋里，没有窗，只在靠近屋顶的位置有一扇气窗，阳光很难从那里照射进来，整间屋子都显得无比昏暗。

房间里只有一张单人床和一张小小的书桌，地面上堆满了报纸，墙壁上也贴着各式各样的剪报，大多是一个人或者几个人的照片。

老旧的房门发出了令人牙酸的吱呀声，许浩走了进来。

姜斌如果看到这一幕一定会很好奇，一个各种兼职收入不菲的人却住在这样一个逼仄的角落里，他大概会揪着许浩的领子问问他到底是怎么花光那么多钱的。

许浩走到书桌前，拉开了一个抽屉，随手将一张汇款单扔了进去，同样的汇款单已经塞满了整整一抽屉。

书桌的一角放着一个快递箱，正是雷鸣交给他的那个。他休息了一会儿，就拉过了快递箱，打开，里面是一摞厚厚的A4纸，上面的字迹有些模糊不清，显然是经过了复印的。

看着这摞文件，许浩却是笑了一下："给我这些东西，有什么用？道歉？赔罪？用得着吗？我是怎么走的，我比谁都清楚，学艺不精，我可从来没怪过你啊，老师！"

他自言自语道，顺手把快递箱扔到了一边，可略一犹豫，他却又走过去，将那沓文件从里面拿了出来，神情凝重："不对，你从来不会做没有意义的事，这里面肯定有更重要的线索！"

他轻轻抚摸了几下文件，转身坐回到书桌前，伸手打开了台灯，借着灯光，一页页慢慢翻看了起来。

放在最上面的就是几张照片，和许浩房间墙壁上的那些照片是同一个人。

3. 作茧自缚

10 月 20 日，阴，有 6～7 级大风。

晚上 11 点 30 分，海苏大学第三宿舍，一间两人间的宿舍里，赵跃躺在床上，借着明灭不定的灯光翻看着手里的一本考研资料，他不时停下来揉揉眼睛，频闪的灯光让他头晕眼花。

"靠，这他妈的没法看了。"地上的书桌前，赵跃的室友李茂云摔下书，骂了一句，抓起水杯想喝口水，水杯里却空空如也，他不甘心地甩了甩水杯，回头看了一眼赵跃，嘴唇动了一下，想说点什么，最终却还是忍住了。

他看了一眼门边的饮水机，饮水机上是刚换上去的一桶纯净水，犹豫了一下，他爬到自己的床上，翻出了一支热得快。

"你要脸不？"床上的赵跃刷刷地翻动着书本，不冷不热地说了一句，"你插上那玩意，咱们全楼都得停电。"

"总比那个破玩意的功率低多了吧？"李茂云指了指饮水机，"买那个玩意就是想喝口热水，结果就用过一回就不能用了，咱俩留它干啥啊？明儿退了吧。"

赵跃没说话，但脸上的表情却告诉李茂云，他对这个意见持反对态度。

"你不喝，我也不喝，一桶水，回头净便宜隔壁那几个王八蛋了。"李茂云俯身从床下找出了自己的热水壶，又端起放着毛巾、牙具的脸盆，动作无比粗暴，哗啦哗啦的声音吵得赵跃直皱眉。

"明天我连饮水机都锁上，凭什么我们花钱养一群祖宗啊。"

"那你还不如下毒，都死了就一了百了了。"赵跃翻过一页书，冷冷地说道。

"我靠，就借你们点水喝，你们至于吗？"门开了一条缝，一个健硕的男生上身赤裸，下身穿着一条薄棉裤，以一个古怪的装束，举着水杯站在门边，一脸震惊。

"老傅啊。"李茂云看见来人，嘻嘻一笑，"喝吧喝吧，随便喝，下药什么的，我是不能干，不过那位……"他看了一眼赵跃，"能不能干我可就不知道了，我们化学系随随便便就能弄来点剧毒材料，扔里边你都看不出来，你看我就不敢喝，下毒的人不说，等警察查出来，人都凉透了。"

"我也没放。"赵跃的目光都没有离开过手里的书，"敢喝就喝呗，死了我不负责。水是茂云换的，换水的时候刚做完实验，他可没有随时洗手的习惯，要不然那水能给你们留着？我早喝了。"

傅姓男生打了个冷战："算了，我还是去我们体育系那屋看看。你们化学系的都是疯子。"

"胆小鬼！"李茂云笑骂了一句，端着水壶和脸盆走向了门边，走到自己的储物柜前的时候，他从里面拿了一罐杏仁露，看了一眼赵跃，"我去水房烧水，放心，妈的，全楼就那条线没毛病。"

李茂云说着，踢踢踏踏地走向门边。

"你能穿上点衣服吗？暴露狂，就那么喜欢让人参观啊。"赵跃翻着书，说。

李茂云嘿嘿一笑，走出宿舍，就在门边，面朝着走廊的尽头，扭了扭腰："大象大象，你的鼻子怎么那么长……"

"靠，变态！"赵跃笑骂了一句，放下了书，钻进了被子里，"拿钥匙，老子可不给你开门！"

11 点 59 分。

孙林这几天有点烦躁，古山的案子虽然顺利解决，可他手里还压着一个案子至今没有进展。

本市的海苏大学第三学生宿舍楼这半年来已经发生了多起盗窃案，学生们的损失多达近 10 万元，经文保处的处长陈涛毫无头绪之下把孙林拉了进来，希望能有点新发现，可孙林也是毫无办法，窃贼来无影去无踪，现场没有留下任何痕迹，甚至就连他是如何进出第三学生宿舍楼的，到现在都还没搞清楚。

万般无奈之下，海苏大学只好在宿舍楼内加装了监控，尽管引起了学生们的强烈反弹，但在财物损失和隐私泄露之间，一番权衡之后，学生们只能默默接受。

吊诡的是，监控安装之后，别说是第三宿舍楼，就是整个海苏大学都再没发生过盗窃案。

他把厚厚一摞卷宗摔到了桌子上，抓起马克笔，在白板上重重地写下了 3 个字"有内鬼"，随后一把扔掉笔，不理陈涛的喊叫走出了办公室。

　　S市公安局警务指挥中心灯火通明，却又一片寂静，这是一个难得的平安之夜，整个晚上警务中心也没有接到几个报警电话，守在工作岗位上的话务员都有些昏昏欲睡。

　　在走廊里点上了一根烟，看着这群同事，孙林不由自主地撇了撇嘴，旧的一天就要过去，新的一天即将到来，他太清楚，现在话务员们提着的心正慢慢放下。

　　然而，就在秒针只差几格就能走完这一天的时候，电话铃声猝然响起，刺耳的声音让话务员们打了个激灵，骤然惊醒。

　　一名话务员抬手抚了抚砰砰乱跳的心脏，一脸的懊恼，他暗骂了一句，熟练地接起了电话："110指挥中心！"

　　"快来，有人跳楼了！"电话里传来了一个慌张却又故作镇定的声音。

　　"在什么位置？"

　　"海苏大学第三宿舍。"

　　"请您注意保护好现场，不要动任何东西，我们在附近巡逻的干警会很快赶到，我会为您联系120急救中心，请留下您的联系方式和姓名，我们的干警会和您联系。"话务员冷静地说道。

　　"120？不，不用了。"报警人似乎慢慢平静了下来，沉着地说道，"他已经死了。我叫赵跃，我的电话是……"

　　海苏大学第三学生宿舍是一栋有着几十年历史的老旧宿舍楼，外墙早已斑驳不堪，几扇老式窗户的插销损坏了，窗户根本无法关严，随着夜风不停摇晃，拍打在窗框上，不时发出恼人的哐哐声。

　　供电线路业已老化，难以承受过重的用电负荷，过了12点，整栋楼就开始限电，只有公用洗漱间里还保留着照明，但也灯光暗黄，明灭不定，远远看去，就像一座鬼楼。

　　这还是因为这栋楼里住着的都是即将毕业准备考研的学生，以往一过10点30分，整栋楼就已经陷入黑暗中了。

　　六楼靠近走廊尽头的洗漱间里，窗户大开，风声呼啸，水声哗哗，还有热得快发出的嗡鸣，杂糅在一起，汇合成一股令人恐惧的交响曲。

　　一头寸发，只穿着短裤的赵跃站在窗边，手中举着电话，探头看着楼下，凛冽的夜风并没有让他感到任何的寒冷，可他的脸上却写满了恐惧。楼下的柏油地面上，一个同样只穿着短裤的男生趴伏在地上，手脚不自然地扭曲着，身下一摊血迹，在昏暗的路灯下如有生命一般慢慢扩散。

一个碎裂的塑料盆在夜风的推动下绕着那具尸体滚动了一圈，慢慢滚远。

赵跃收起电话，看了一眼洗漱间，慢慢后退，退到了走廊里，他重重地吐出了一口浊气。忽然，他想到了什么，飞快扭头，看向了走廊的另一头，靠近楼顶的位置上，一点红光闪烁着。

是监控探头。

也许，那个东西能知道究竟发生了什么。

赵跃犹豫了一下，看了一眼洗漱间，风声还在呼啸，水声还在肆虐，空荡荡的洗漱间就像一头吃人的怪兽，热得快的嗡鸣就像巨兽的笑声，嘲讽着赵跃的怯弱。

他咬了咬牙，转身跑下了楼。

5分钟之后，在附近巡逻的公安干警便赶到了海苏大学，迅速封锁了现场。

15分钟后，市局经文保处负责人陈涛也赶到了现场，同来的还有孙林和法医刘鹏，林菲和雷鸣等人在稍晚一些的时候也赶到了现场。

"这案子也归你们管？"姜斌看到孙林，下意识地问了一句，"不是应该归市局的经文保处吗？"

"凑个热闹。"孙林打了个哈欠，"经文保处查查小偷小摸的还行，命案，他们没什么经验。"

对于林菲等人的出现，孙林却并没有表现出任何的诧异，命案提前介入现在已经是S市检察院的常规操作，主抓这项工作的人是副检察长林礼祯，但真正执行的人却是林菲。

"现在什么情况了？"林菲问。

"你看到的情况。"孙林不合时宜地笑了一下，"120已经没有必要到现场了，赵跃，哦，就是报警人，发现有人坠楼的时候，坠楼者就已经死亡了。"

"基本情况摸清楚了？"雷鸣问。

"基本清楚了。"孙林说，"死者李茂云，海苏大学化学系大四学生，正准备考研。发现李茂云坠楼的人是他的室友赵跃。据赵跃说，死者在夜里十一点半左右突然想喝热水，但宿舍楼的供电系统难以承受饮水机的功率，李茂云便打算在宿舍里使用热得快，遭到了赵跃的拒绝。随后死者便带着暖壶和热得快去了洗漱间，顺便还带上了洗漱用品，看上去是打算在烧水的同时解决一下个人卫生问题。"

"核实过？"林菲问。

孙林点头："隔壁宿舍一名傅姓男生证实确实是这么个过程，他当时想要去死者的宿舍蹭点水喝，目睹了两人的争论。李茂云和傅姓男生离开后，觉得有些疲惫的赵跃就休息了一下，大约 11 点 50 分左右，赵跃被窗户拍打窗框的声音惊醒，李茂云还没有回来。12 点宿舍就会断电熄灯，担心李茂云没有带钥匙，赵跃便前往查看，却发现洗漱间的窗户大开，热得快尖叫不已，一壶水都快要烧干了，可李茂云却不见踪影。他走到窗边看了一眼，就看到了李茂云已经坠楼，随后，他拨打了报警电话。他还向我们提供了一份监控视频。我估计，就是个意外。"

林菲抬起头，打量着老旧的宿舍楼，微微皱眉。

"意外？"姜斌对这个结论却有些不置可否，"什么样的意外能让一个在洗漱间洗漱的人从窗户里摔下来？他坐窗台刷牙来着？"

孙林讪笑了一下，没说话。

"尸检情况怎么样？"林菲又问。

"手脚严重骨折，身上有大面积擦伤。"刘鹏站起身，"符合高坠的特征，具体的，得等我回去解剖之后才知道。"

林菲点了点头，刚要说话，顶楼的洗漱间窗口突然探出了一个肉乎乎的脑袋，一阵风吹过，戴在那个脑袋上的警帽顿时被吹飞。

"靠！"脑袋的主人骂了一句，"老孙，上来看看吧，找到点有意思的东西。"他冲楼下的孙林喊了一句。

"上去？"孙林看着林菲，问道。

林菲面无表情地点了点头，和孙林一起上了楼。

痕迹勘验人员在洗漱间的窗台上发现了蹬踏的痕迹，足迹花纹与掉落在李茂云身边的拖鞋花纹吻合，在窗户上则发现了大量李茂云的指纹。

五、六楼之间，有一条凸出宿舍楼外墙的，足可站立一人的石阶，石阶上掉落着一支牙刷。

"基本明晰了。"陈涛费力地挪动着肥硕的身体，胸有成竹地道，"李茂云应该是在洗漱时牙刷意外掉落，为了捡回牙刷，他忽略了可能发生的危险，翻过窗户后，来到了石阶上，但在大风中，他还是失足坠落，意外身亡。"

"证据。"林菲想都不想就回应道，"这只是你的推论。"

"那还不算吗？"陈涛指了指牙刷。

"你怎么知道，那就一定是死者的？"戴梓萌问。

"戴检，那你的意思是？"陈涛惊疑不定地看了一眼孙林，又看着戴梓萌。

"不是我的意思。"戴梓萌看了一眼林菲，"林检察官的意思，你们应该对这面墙进行细致的勘查，顺便把那个牙刷也弄上来化验一下。"

"戴检，林检，你们知不知道你们说啥呢？"陈涛顿时就急了，"八级风，有安全绳都不一定保险啊，你不是让我的兄弟们玩命吗？"

"晚上有雨。"雷鸣探出头看了一眼，就说道，"不快点，所有的证据都会被湮灭的。"

他的目光自然而然地放到了姜斌的身上，姜斌毫不犹豫地摆了摆手，迅速后退了几步："不去。第一，现在我们只有引导陈处长他们取证的权利，我们自行取证是违规的，会被辩护律师钻空子的；第二，我不想死；第三，她更合适。"

姜斌抬手指向了戴梓萌。

"你还是个爷们吗？"这一次就连孙林都忍不住骂道。

"她可比爷们爷们多了！"姜斌脸不红心不跳地道。

最终，还是孙林叫上了自己的同事，在腰上绑好了安全绳，在众人的协力保护下，冒着大风，历经了几次险些坠落的危险后，捡起了那只牙刷，牙刷上的指纹与李茂云的指纹吻合。石阶上同样发现了李茂云的足迹。

痕检人员随后对洗漱间外的墙壁进行了检查，在其上发现了大量皮肤组织和血迹。

刘鹏随即将李茂云的尸体带走进行进一步的检查，林菲等人则和孙林、陈涛连夜对监控录像进行了排查。

次日一早，林菲一行人就和孙林、陈涛再一次来到了海苏大学，令他们意外的是，所有的学生都被集中到了操场上，校保卫处的领导正在对学生们训话，要求学生们加强安全防范意识，防止此类事件的再次发生。

海苏大学甚至还请来了电视台的记者现场采播。

"安全观念很强嘛。"姜斌听了几句，笑道。

"你再接着听。"陈涛哼了一声，冷冰冰地说道。

姜斌愣了一下，依言继续听下去，却听这名领导话锋一转："我再一次敬告同学们，我们海苏大学历史悠久，有着良好的、深厚的文化底蕴，绝不存在网上谣传的校园霸凌行为。对于此次事件，校党委高度重视，始终和警方保持着密切的联系，应警方的要求，在事件的最终结论出炉前，请各位同学对此事保持缄默，不要向任何人透露与本案有关的信息，以免对警方的工作造成干扰。"

"听明白了？"陈涛冷笑，"我们官方通报还没出来呢，自媒体的谣言就已经满天飞了，说什么死者身上的大面积擦伤应是遭虐打后留下的痕迹，认为海苏大学内存在严重的校园暴力。"

"造谣一张嘴，辟谣跑断腿，可有你们受的了。"姜斌同情地看着陈涛。

"谁说不是呢？"陈涛挪下车，径直走到一名保卫干事的身前说了几句什么，那名干事点了点头，走上了主席台，低声对主持人说了几句，又指了指陈涛，主持人略一犹豫，就叫来了一名辅导员，交代了几句。

片刻之后，那名辅导员带着一名高大壮硕的男生走了过来。

校园内的水吧里，这名男生自我介绍姓傅，海苏大学体育系大四学生，也是林菲等人此行的重要目标。

在赵跃提供的那份监控视频里，当天夜里 11 点 40 分左右，隔壁宿舍的一名傅姓男生曾进入洗漱间，此人很有可能与李茂云有过接触，甚至目睹了李茂云坠楼的细节。

可面对陈涛等人的询问，这名傅姓男生却一脸茫然。

"你昨天夜里没去过水房？"陈涛微微皱眉，"那这份监控是怎么回事？"

他把监控的截图递到了傅姓男生的面前，傅姓男生拿过那几张照片看了看，也是一脸疑惑："我真没去过啊，我找完水喝，完了和同学聊了会儿天，熄灯了我就回去睡了。我又没打算考研，玩那个命干啥啊。"

"谁能给你作证？"陈涛问。

"我想想啊。"傅姓男生仰头想了一会儿，"有了，他们对门那寝室的人都能给我作证。老王，老王！"

他突然对着窗外猛烈摇手，窗外正走过的一名男生愣了一下，看到傅姓男生，他先左右看了一眼，这才迅速跑进了水吧："老傅，你也翘了啊？"

他大大咧咧地在傅姓男生身边坐下，目光看向了林菲和戴梓萌，挤眉弄眼地撞了一下傅姓男生的肩膀："行啊老傅，这两个妹子，可都够正点的啊，不介绍介绍？"

傅姓男生脸色惨白，嘴角的肌肉无规律地抽动了几下："她们是警察和检察院的。"

王姓男生嘴巴大张，咕噜一声咽了口唾沫，两眼一翻就要晕过去。

"不是要抓你们，至于吗？"姜斌笑了一下，"就是问你们几个问题。"

"你这个同学，"陈涛指了指傅姓男生，"说昨天晚上，他在你们那待到熄灯才回去？"

王姓男生下意识地点了点头。

"那这个是怎么回事？"雷鸣将那张截图向前推了推。

看着这张截图，王姓男生眼前一亮，却又面露疑惑。

"你发现什么了？"林菲连忙问。

"这小子穿的是保暖？"他不太确定地指着照片问道。

孙林连忙拿过照片仔细看了看，点了点头，"这有什么问题？"

"这太有问题了。"王姓男生不好意思地笑了一下，"他那天去我们寝室的时候，穿的是一条棉裤。"

"棉裤？这个季节？"孙林惊讶不已。

"嗨，这事还怪我呢。"王姓男生不好意思地挠了挠头，"他前一天穿的确实是一条保暖，这不在水房闹着玩么，我一盆水全泼他身上了，他没有多余的衣服换，可不就穿棉裤了。"

一瞬间，有什么东西在孙林等人的脑子里一闪而过。

"鉴定这份视频的真伪。"不等孙林说话，林菲就果断地要求道，"把第三学生宿舍的所有监控录像都调取出来进行匹配。"

可对这个要求，第三学生宿舍的管理员却予以了坚决的拒绝。

"我们这监控录像都不保存。"宿管回复。

"不保存？"陈涛闻言，气得笑了出来，"那你们安这个玩意还有啥意义？"

"这不就不用我们挨个楼层跑了吗？往这一坐，全楼啥样就都知道了。"宿管倒并不觉得他这样做有什么不对。

但戴梓萌却从宿管的脸上发现了一些异常。

在回答问题的时候，这名宿管从始至终没有和陈涛有任何视线上的接触，但他眼角的余光却不时向他瞟过去。宿管坐在椅子里，却像坐在烙铁上，不时扭动着身子。

"真不保存？"戴梓萌微微一笑，"你们是为了抓小偷才装的这个监控，那万一小偷再来偷东西，你们没有监控作为证据，怎么办？至少我们检察院审查的时候是很有可能认为证据存在瑕疵的。"

宿管没说话，他偷偷看了一眼陈涛，就见陈涛只是戏谑地笑着看着他，他喉头滚动了一下，咽了口唾沫，额头冒出了冷汗。

"到底有没有保存，你给我实话实说。"陈涛猛地一拍桌子，厉声道。

宿管打了个激灵，下意识地答道："保存的。"

他终于再也承受不住陈涛身上散发出来的压力，无力地说道，却又连忙补充道："但是那天没开，安了监控之后，宿舍里再没丢过东西，领导觉得太费电了，就让我们在检查的时候应付一下就行，其他时间不用开。"

这一回，不等陈涛追问，宿管就全招了出来。

"你们啊！"陈涛无奈地摇头，没再说什么，但他已经知道接下来该做什么了。李茂云的死恐怕另有隐情，而主动提供了监控视频的赵跃无疑有重大作案嫌疑。

林菲等人转身离开了宿管的值班室，刚一出门就听到值班室里传来了悦耳的手机铃声，下意识地，姜斌回头看了一眼，却见那名宿管正惊慌失措地看着他，将手机藏到了身后。

"怎么不接电话？"雷鸣敏锐地察觉到这个宿管的身上很有问题，他停下脚步，问了一句。

"骚扰电话。"宿管僵硬地笑道。

"那就拒接呗。"

姜斌随口说道，刚要走，却看到雷鸣并没有离开的意思。宿管的脸上渐渐流露出了焦急的神情，却故作镇定地点了点头，随即，他转过身，背对着众人，摆弄着手机，电话铃声终于戛然而止。他长出了一口气，转回身，却险些和雷鸣撞了个满怀。

他吓了一跳，连忙后退了几步，手机也掉落在了地上。他俯下身想要捡起手机，雷鸣却比他更快一步将手机捡了起来，拿在手里，看了一下。

"哟，最新款苹果啊，不便宜吧，9 000块？"姜斌惊讶地道。

陈涛的脸色一下子沉了下来："你一个月工资多少？"

宿管的目光死死地盯着那部手机，声音里充满了虚弱感，"不到3 000块。"

"那你不吃不喝，得三四个月才能买得起这个吧？"孙林似笑非笑地问道，目光如同雷达一般在小小的值班室里逡巡着，这一看不要紧，他的眼睛都要直了。

放在床下的两双鞋，一双耐克，一双阿迪，挂在门边的外套上露着范思哲的商标，宿管的腰上，那里绕着一条样式普通的腰带，但腰带头那个H造型却告诉他，那是爱马仕。

这些可不是什么地摊上的仿品，冒牌货，每一件都是专卖店的正品。孙林对此敢拍着胸脯保证。

看着孙林的目光，宿管更加紧张了："我有存款。那些，都是假货，不值钱。"

"你是真把他当傻子啊。"姜斌指着孙林，忍不住笑了出来，"你知道孙队长什么人吗？玩奢侈品跟喝白开水一样，咱们全市的奢侈品店，你去打听打听，哪家的大老板不是姓孙？外面他那车，你知道多少钱？你这些玩意，真假他闭着眼睛都能分出来。"

"没事，你这个案子不归我管，陈胖子！"孙林呵呵一笑，叫了一声，伸手拍了拍宿管的肩膀，力量很轻，可宿管却一下子瘫坐在了地上。"我说，我说。"

他的声音里带上了哭腔，"我就是那个在宿舍里偷东西的人。"

"监守自盗。难怪啊，我们抓了那么久，一点线索都没有。"陈涛神情冰冷，伸手去摸腰间的手铐。

"我还有事情要交代。"

"不管你有什么要交代的，都先跟我回去再说吧。"咔嗒一声，陈涛将宿管的双手铐在了一起。

4. 历史

10月20日晚11点多，马上就要熄灯了，宿管看着墙上的钟，在狭小的值班室里坐立不安。

没有人知道，他就是那个搅得学生宿舍鸡犬不宁的小偷，逼着学校不得不安装了监控视频的大盗。

但第三宿舍楼的监控大权掌握在他的手里，神不知鬼不觉地关上一阵，并不会有任何人发现，只要宿舍里没发生大事，过一个礼拜，那些视频就会被覆盖，他做过的一切都会被天衣无缝地隐藏起来。

他也不想这么做，可他只是一个毕业后就直接留校的体育特长生，做着一份人人连正眼都不给一个的工作，每个月的工资就那么几个钱，除去抽烟喝酒，就连买几件好一点的衣服都要犹豫再三。

三十大几的人，没房，没车，自然女朋友对于他来说也是一种奢侈，相亲的时候屡屡被人冷嘲热讽，让他尴尬万分。他不甘心，自己怎么说也是个本科毕业生，但他的心思却没有用到怎么提高自己的学识上，而是把魔爪伸向了宿舍里这群单纯的学生。

靠着手里各个宿舍的备用钥匙，出入这栋宿舍楼的任何一个房间对于他来说都如入无人之境，第一次作案，他就在一夜之间席卷了一整层楼，到手现金几千块，各种数码用品折现之后，也卖了几万块，看着那些沉甸甸的现金，他没有感到任何愧疚，反而有些沾沾自喜。他觉得自己是个天才，骨子里就适合做这种事情。

他只恨自己早怎么没想到这条发财之路。

第三宿舍开始频频发生盗窃案，作为宿舍管理员的他从始至终没有被人怀疑过，但他的生活却发生了翻天覆地的变化，吃穿用度一切向奢华看齐，甚至交了一个艺术系的女朋友，美人在怀的日子让他忘记了自己的原形。

直到学校终于痛下决心要彻查此事，他才担心了好一阵子，如果学校真的决定翻修宿舍楼，那他的好日子可就到头了，再继续作案的话，就是傻子也知道，有内鬼。

所幸，学校只是不顾学生们的激烈反对，加装了监控摄像头而已。这并不会影响到他继续作案，学生破坏导致摄像头损毁，用电过载导致摄像头关闭，他有的是理由搪塞过学校的调查。但他还是决定先收手一段时间，否则可真就会引起学校的强烈反弹了。

过几天就是他女朋友的生日了，一个月之前开始，这个涉世未深的小女孩儿纠缠着他索要礼物，经过了几个月蛰伏的他囊中已是羞涩，这才决定再次出手。

11 点 30 分，又到了每天例行巡视的时间，他定了定神，关闭了监控，拿起挂在门后的那串备用钥匙，走出了值班室。他会一间一间宿舍巡视过去，有人的，提醒他们注意安全，晚上睡觉关好门窗，不许违规用电；没人的，他也不打算追究，毕竟已经大四，很多人正肆意挥霍着最后的大学年华，他念书的时候，差不多也是这样，何况，这些宿舍就将会是他今晚的目标。

11 点 50 分左右，宿管巡视到了顶楼，刚刚转过楼梯拐角，他就看到一个人影闪出了死者李茂云的寝室，蹑手蹑脚地走向了水房的方向，那鬼鬼祟祟的举动让身为同道中人的他意识到了什么。

只是略一犹豫，他就有了计较，轻手轻脚地跟在了那人的身后，如果能把这个人抓住，报上去，顶了他之前犯下的罪，自己的工作职位说不定就能动一动，至少也能混个保安处的小官吧，那时候他可就算是有正式编制的人了。

到时候，随便动点小手段，什么样的女学生还不都是手到擒来的事。

他美滋滋地跟着那个男生来到了洗漱间外，悄悄探头，只一眼，他就脸色惨白，身子筛糠一般抖动着，挂在腰间的备用钥匙哗哗作响，要不是外面狂暴的风声和洗漱间里哗哗的流水声，只是钥匙就足以暴露他的行踪。

洗漱间的地面上，李茂云只穿着短裤，趴伏在地面上，悄无声息，洗漱用具掉落在地上，水龙头还在哗哗地流着水。在李茂云的手边，倒伏着一个杏仁露的易拉罐，乳白色的液体恣意流淌。

赵跃蹲在李茂云的身前，嘴角带着一丝冰冷的笑容，他试探了一下李茂云的鼻息，莫名地长出了一口气。随即，他站起了身，宿管连忙躲到了墙后，他猜测，接下来赵跃应该报警，或者惊慌失措地跑出来，无论如何，自己到时再出场，一切才能顺理成章。

他等了一会儿，却既没听到赵跃报警的声音，也没见他跑出来，洗漱间里反而传来了一阵奇怪的唰唰声。他再一次悄悄探出头，就见赵跃正俯身将李茂云拖到了窗户边，脸朝外将他放到了窗台上，慢慢稳住，抓着李茂云的手，扶住了窗户。

做完这个复杂的动作，赵跃也有些疲惫，他休息了一会儿，这才双手穿过了李茂云的腋下，慢慢将他放了下去。宿管知道，窗户外大概半人多高的位置有一排石阶，刚好能站住一个人，他只是疑惑，赵跃究竟想要干什么。

就在他大惑不解的时候，李茂云的脚已经站到了石阶上，可毫无意识的他根本无法站立，一个趔趄带得赵跃都险些摔落出去。

砰的一声巨响，骇得宿管一哆嗦，险些跌倒在地，他知道，无论之前李茂云如何，这一下，他都难逃劫难。

宿管艰难地咽了口唾沫，他知道自己该走了，否则，下一个也许就是他。

可他的双腿却完全不听大脑发出的命令，除了不停地颤栗着，根本无法移动分毫。

李茂云的意外坠落让赵跃也有些懊恼，他趴在窗边看了一会儿，暗骂了一句什么，匆匆转身，扯下了一截卫生纸，缠在了手上，捡起那枚易拉罐，扔进了垃圾桶，随即又捡起李茂云的牙刷，丢到了窗外。

做完这一切，赵跃才长长地出了口气，他甚至吹起了欢快的口哨，从角落里拿出了拖布，慢慢地擦拭着地面，但他的动作却越来越慢，眉头也慢慢皱起。想了想，他突然端起李茂云的水盆，接了整整一盆水，走到了窗边，对准了李茂云的尸体，扔了下去。

看着那盆水精准地砸到了李茂云的身上，笑容才再一次回到了赵跃的脸上，他站在窗边，掏出手机拨打了报警电话。

宿管感到，自己的双腿慢慢恢复了知觉，他没有丝毫犹豫，转身逃离了现场，一刻不停地跑回了值班室，钻进了被子里。

那床价值数千元的蚕丝被以往总能最快速度地带给他足够的温暖，可在这个夜晚，尽管他死死地裹紧了被子，可寒冷却依旧无法驱散，他的身子不停地抖动着。

他更无法想象，那个学生，在残忍地做完了那些事之后，能够继续神色如常地来到了值班室，打开了监控的主机，躲在被子里的他甚至都能感觉到，当发现监控并没有正常开启的时候，赵跃回头看了他一眼，嘴角露出了一抹诡异的笑容。

宿管的叙述让林菲等人震惊不已，良久，陈涛才吐了口浊气，他突然知道，赵跃为什么对那份监控视频能给他脱罪如此自信。在发现当天的监控并没有开启后，拥有超高智商的他就已经知道，这个宿管就是那个宿舍大盗，为了避免自己遭到法律的制裁，他一定会给自己做好掩护，他手里的监控视频就是当天宿舍楼道内的监控视频。

但他绝没有想到，监控的异常并非源于是否开启，而是那个傅姓男生异常的着装，宿管也不仅仅是一个盗窃犯，更是一宗杀人案的目击者，恐惧轻而易举地就摧毁了他最后的心理防线。

与此同时，对李茂云的尸体进行解剖检验的法医刘鹏也发现了异常，在进行毒物检测的时候，刘鹏在李茂云的身体里发现了足以致命的氰化物毒素。这条信息被迅速传递到了孙林的手上。刚刚对宿管完成了问询的陈涛等人随即封存了赵跃与李茂云的宿舍，进行了拉网式的搜查，最终门边的那桶纯净水引起了警方的注意。

在提取了相关检材进行鉴定后，刘鹏发现，这桶纯净水内含有大量氰化物，半杯水就足以致人死亡。

赵跃在实验室里被陈涛带走。

据说陈涛和同事赶到实验室的时候，赵跃正在教授的带领下进行着一项重要的科研项目，这个项目原本是由赵跃和李茂云共同进行的，李茂云的死并没有引起教授的过多伤感，醉心于学术的他只希望能够顺利完成眼下的项目，赵跃被警方传唤终于让老头彻底爆发。

"我最优秀的两个学生，一个死了，另一个你们也要带走，你们到底想要干什么？"老教授堵住了门，指着陈涛的脑门质问道，"堂堂海苏大学，难道就没有好人了吗？我要投诉你们，我要去找你们局长！"

陈涛耐着性子告诉老教授，赵跃涉嫌杀害李茂云，这个消息不亚于晴天霹雳，彻底击垮了老教授，他目瞪口呆地看着赵跃被带走，走回到试验台前，把物资申领单和使用反馈单塞进了公文包，随后一头栽倒在地。

赵跃归案后，林菲当即要求孙林围绕毒物来源和作案动机展开调查——这个案子现在已经完全移交到了孙林的手上，陈涛刚把人带回局里，就被局长叫走，随后便被暂时停止履行一切职务。

当着教授的面带走赵跃让教授突发脑溢血被送进了医院急救，能够恢复到什么程度目前还不清楚，老教授的突发疾病不仅让海苏大学损失惨重，就是国内的学术界也密切关注，这让局长承担了相当大的压力。

教育部门的负责人甚至亲自打电话要求严惩办案人员。

陈涛感到无比的委屈，然而在大局面前，在案情真正明朗之前，他也只能乖乖地接受组织的"保护性"惩罚。

孙林的调查最终取得了两条重要线索：其一，嫌疑人赵跃所属化学专业，经常会从事有剧毒物品的化学实验，完全有能力取得氰化物，同实验室的学生们则证实，在赵跃从事的实验中，相关有毒物质的损耗存在明显异常；其二，本学年，化学系有一名保送研究生的名额，同在一个实验组从事同一科研项目研究的赵跃和李茂云是最有力的竞争者。

至此，作案动机、毒物来源、作案手法等均已查明，用于批捕已经足够。

但赵跃对于警方的一切指控均予以否认："保送名额对我并不重要，我没有必要因为这件事就杀人。如果真是我的话，也不会留下这么明显的线索给你们。"

"这绝对是一个天大的冤假错案，是对法律的亵渎！"

肇源，屡战屡败的刑事辩护律师终于迎来了意气风发的机会，赵跃被警方带走伊始，他便被赵跃家人聘请为赵跃的辩护律师，几乎在第一时间，肇源就找上了林菲。

"所有的证据、尸检报告、勘验笔录都表明死者李茂云并非被人杀害，也没有遭到任何的暴力殴打，就是意外坠楼身亡，既然是意外事件，我的当事人就应该是无罪的，他应该被立即释放。"

"也就是说，你坚持认为赵跃是无罪的？"林菲似笑非笑地看着肇源。

"当然。"

"你看过完整的卷宗吗？"林菲问。

"还没来得及。"肇源敏感地觉得，自己好像又犯了什么致命的错误，连声音都不由自主地低了下来，"可我看过法医的结论，你看。"

他突然掏出手机，打开了微博，递给林菲。

那是一个自媒体微博发布的对一名法医的专访，该法医从专业的角度对李茂云尸体的照片进行了分析，认为李茂云的尸体形态符合意外坠楼痕迹，从现有证据无法认定是他杀。

这是一个并不具备法律意义的结论，但因为这个法医同时还是一名科普作家，微博金V，网上粉丝基础多达500余万，这条微博一出，舆论的风向顿时发生了转变。

"这能说明什么？"林菲不动声色地将手机还给肇源。

"这能说明什么？林检，咱们之间不用这么说话吧？"肇源心虚地笑了一下。

"你说的是这个微博吧？"戴梓萌突然将自己的手机递了上来，与肇源提供的那条微博不同，戴梓萌的微博停留在那个法医的首页上，法医也转发了自媒体的微博，只不过，他的转发似乎是另一层意思。

"以上结论仅根据现有线索和证据得出。最终结论需要对尸体进行进一步尸检，并结合痕迹检验人员的现场勘验情况综合分析才能得出。我相信我的同行们，不会在这种事情上犯下低级错误。作为案外人员，有些关键细节是我无从得知的，办案需要，这些细节也不会对外公开，因此，我们应该相信当地法医的结论。"

这是毫无疑问的打脸，然而，即便有 500 万粉丝的加持，这条转发 + 评论的微博还是瞬间就被淹没，没能泛起一丝一毫的涟漪。

我弱我有理，公权有罪，掌握着权利的都是坏人。

每一个躲在电脑屏幕后边的人，双手在键盘上飞舞毫无顾忌谩骂着的人，他们的是非对错观念与法律无关，与证据无关，甚至与道德无关，只与强弱有关。

不可对抗的公权力永远都是错的。

"那我们不说这个。"肇源尴尬地挠了挠头。

"那你想和我说什么？"林菲问，"李茂云的死因你清楚吗？"

肇源茫然。

"赵跃涉嫌投放危险物质罪，这件事，你清楚吗？"

肇源再次摇了摇头。

"肇律师，这就是你的不对了。"戴梓萌道，"你连卷宗都还没看，就跑来找菲姐，多浪费时间啊。"

"我也不知道这个案子又是你们啊。"肇源垂头丧气地道，"行吧，那我再回去研究研究这个案子。"

"同志们，我认为，这个案子，大家的前期侦查工作已经完成，可以顺利移交了。"S 市公安局会议室，姜斌道。

法医刘鹏兴奋地握了握拳头，挥手想和孙林击个掌，孙林却没理他，而是看着面无表情的雷鸣，等着他说话。

"氰化物来源。"雷鸣不动声色地道。

"赵跃在实验室中是可以取得的，哪怕只是一些废料。"刘鹏道。

"证据呢？"雷鸣问，"这只是你的推测，何况，现在也没有任何直接证据证明氰化物就是嫌疑人赵跃投放的。"

"宿管的证词也有问题。"林菲和戴梓萌推门而入,不等坐好,林菲就接着道,"他虽然是目击证人,但是却没有任何其他证据作为佐证。他在证词里说,赵跃对李茂云进行了拖曳,把他从窗口推了出去,这势必会在李茂云的身上留下痕迹,但在法医的尸检报告里,没有提到这一点,现场的勘验报告也没有提到这一点,证据链无法形成闭环。"

"我还以为什么。"姜斌摆了摆手,"那个宿管不也说,赵跃对现场进行了清理,李茂云的尸体上被浇了水嘛,所有的痕迹都可能被销毁。"

"那就是没有证据能够证明是赵跃做的啊。"戴梓萌道,"另外我们不能忽略了证人的身份,他是个盗窃犯,是我们调查李茂云案子的时候顺手揪出来的一个犯罪分子,为了减轻自己的刑罚,争取立功表现,他完全有可能伪造证词。污点证人嘛,"她看了一眼在座的众人,"什么事干不出来?是不是,菲姐?"

林菲点头:"你们别忘了,张氏叔侄的那个案子。"

"张氏叔侄"这4个字一出口,众人的脸色一下子沉了下来,那是中国法制史上不能跳过一宗冤案,"张氏叔侄"特指张高平、张辉叔侄。

2003年5月18日,从事长途运输职业的张高平、张辉叔侄二人在运输途中捎带了一名17岁少女王冬,凌晨1点50分,王冬下车,张高平、张辉叔侄继续前往目的地。

2003年5月19日,警方在一条水沟里发现了一具女尸,经查正是张高平、张辉叔侄搭载的那名少女王冬。当地公安机关侦查认定,张高平、张辉叔侄有重大作案嫌疑。

3天后,张高平、张辉叔侄被当地警方带走,同年5月23日,二人作为犯罪嫌疑人被刑事拘留。

在长达7天7夜的审讯后,张高平最终交代,用锤子砸死了王冬。但事实上,王冬是窒息而死。随后,张高平和张辉被关入警方安插了"牢头狱霸"的牢房,不按照他们说的"抄口供",就要挨打。最终,他们按照"牢头"的意思抄录了口供。

在犯罪时间对不上、地点指不清、连受害人指甲里的DNA都属于第三者的情况下,就凭着这两份口供,叔侄二人被送进看守所。

2004年4月21日,当地中级人民法院以强奸罪判处张辉死刑,张高平无期徒刑。半年后,省高级人民法院终审改判张辉死缓,张高平有期徒刑15年。此后的4年里,张高平和张辉先后被移送异地两所监狱服刑。

服刑期间,张高平一直在为自己的案子申诉,情绪极不稳定,顶撞管教,对劳动改造有明显抵触情绪,严重影响了监狱管理和其他犯人的改造。因此,他成了监区负责人眼中的刺头。在面对驻监检察官张飚的时候，他甚至拒绝按照监狱服刑人员的管理流程主动报告姓名、罪行、刑期、余刑等基本情况。

面对管教严厉的斥责，张高平坚决否认自己是罪犯，没有可以汇报的罪行。工作经验丰富的张飚示意张高平坐下说话。

以往，张高平只能蹲在地上。

张飚的这一做法彻底击垮了张高平，他大哭着诉说着他重复了无数次的冤屈。张飚无法忘记张高平最后对他说的话："不管你信不信我，我相信你，相信法律，总有一天会还给我清白。"

张飚调阅了相关卷宗后，敏锐地察觉到，这很有可能真的是一起冤假错案。

除去认罪口供，在全部26条证据中，唯一一条指向张辉、张高平强奸致人死亡的证据，是一名与张辉同监的犯人的间接证言。现场DNA证据属于未知的第三人，两审法院也认可了这一点，但认为DNA证据与本案无关。他迅速汇总材料，向上级报告了详细情况。

与此同时，张氏叔侄的家人找到了刑事辩护律师朱明勇，朱明勇在卷宗中发现了一名可疑的证人袁连芳，此人曾在他主办的另一宗灭门惨案中出现，在那个案子里，他扮演的角色和在张氏叔侄冤案中扮演的角色完全相同，那就是协助警方逼供、诱供。

那起灭门惨案，嫌疑人最终被无罪释放。

2011年，在律师朱明勇和检察官张飚的共同努力下，省政法委复查该案，省高院立案重审。在复查过程中，遇害女孩指甲中的男性DNA也找到了主人——另一起强奸杀人案的罪犯勾海峰。此人早在2005年就已被执行枪决。

2013年2月6日，经省高级人民法院审判委员会讨论认为，有新的证据证明原判决确有错误，决定进行再审。新的证据来自该案被害人身上提取的混合DNA，经过物证鉴定，该混合DNA与张辉、张高平均不符合。

张辉、张高平最终被改判无罪。

2015年，以该案为原型的电影《无罪辩护》开机拍摄，将中国法制变迁的这一重要事件忠实且完整地记录了下来。

林菲提到这个案子，无疑是在提醒众人，李茂云的这个案子里，提供重要证词的宿舍管理员扮演的很有可能是袁连芳的角色。

会议室里的气氛一时间无比凝滞，压抑，沉重得姜斌觉得房间里的空气都不再流动，他微张嘴，用力呼吸，却吸不进任何的氧气。

"他提供证词的时候，大家都在，我们可没有逼迫他。"孙林打破了凝重的气氛。

"而且，这个赵跃就是凶手，这一点，毫无疑问。"戴梓萌缓缓道。

"说证据不足的是你们，说他就是凶手的还是你们，戴检，你还有没有谱了？"姜斌跳脚道。

"我说赵跃是凶手，这并没有错，因为他的供述很有问题。你们注意这句话，"戴梓萌翻开了手边的卷宗，"'保送名额对我并不重要，我没有必要因为这件事就杀人，也不会留下这么明显的线索给你们。'保送名额对他不重要，否认的是杀人动机，不会留下这么明显的线索，这否认的是杀人手法。"

"这能说明什么？"姜斌挠头。

"如果他没有杀人，直接否认自己是凶手就行了。"戴梓萌冷笑了一声，"他是理科生，对吧？"

"这和理科生有什么关系？戴检你别专业歧视啊，咱们这屋里的哪个不是理科生？"孙林忙道。

"理科生有自己的逻辑思维，他们会习惯性否认确实有问题的部分，对于不可否认的东西，他们根本不屑否认。"戴梓萌继续说道，"所以显而易见，他无法否认自己杀人，干脆就不否认，只否认确实有错误的地方，这是想通过否认一部分事实进而否认全部指控，这叫偷换概念。"

"不错。"雷鸣点头，"还有那桶纯净水，也无法解释。如果赵跃的作案手法真的像我们之前推测的那样，赵跃是绝对不会保留作案工具的。证人的证词里也提到，死者李茂云去水房，除了洗漱，就是要烧热水喝，没有任何人提到他当天曾饮用了饮水机里的纯净水。他的杯子里也没有检测到有任何氰化物残留。"

5. 棋逢对手

"你们觉得，我应该相信哪个说法？"

看守所讯问室，赵跃坐在椅子里，面带微笑地看着那张桌子后的几个人。铁桌铁椅，苍白的墙壁和头顶炽烈的灯光让整个讯问室处处透露着庄重和肃杀，以及一股无形的阴冷和压力，待在这样的环境里，会让人不由自主地收起笑容，严肃面对即将发生的事情。

可赵跃看上去却无比轻松，他面庞红润，对这里的生活适应得相当不错，甚至就连坐姿都有些慵懒。

这绝不应该发生在一个可能面临死刑的人身上，可眼下，这样的事情就是发生了。就连林菲和雷鸣这种见惯了生死离别的人都感到了一丝讶异。

他们不由自主地看了一眼戴梓萌，却见戴梓萌显然还没进入状态，她披散着头发，正努力撕开一包糖果。察觉到有目光聚焦到了自己的身上，她有些茫然地抬起了头，略带着些愕然地问道："怎么了？"

那呆萌的样子就连赵跃都有些无可奈何地笑了一下。

林菲和雷鸣对视了一眼，更是无奈中带着些宠溺地摇了摇头，放弃了征询她意见的想法。

"不好意思啊。"林菲和雷鸣的眼神终于让戴梓萌回过味来，她连忙收起了糖果，将披散的头发束成马尾扎到了脑后，严肃地看向了赵跃，"开始吧。"她说。

在简单的开场白之后，林菲就问起了关于这个案子的情况，可赵跃却以一句问话开始了自己的讲述。

这一次，就连戴梓萌都有些不淡定了，她意外地发现，谈话的主导方有向赵跃偏移的危险，然而，赵跃异常的反应让她一时间有些错乱，不知道该怎样把谈话引上他们想要的方向。

戴梓萌错愕的功夫，赵跃轻轻笑了一下："法医开始的时候就说，茂云的尸体形态符合高坠死亡的特征，我知道有人找到了一个法医专家，他也那样说，他们都不认为是我杀了李茂云。"

"但是，在最终的尸检报告里，李茂云的真正死因是氰化物中毒。"孙林说。

"是啊，为什么会这样呢？"赵跃反问，脸上的笑容没有一丝一毫的增减。

"这就是我们想问你的问题。"孙林忍不住道，"现有的线索表明，你在从事科研项目的时候，有毒原料的损耗存在明显的异常，我们有充足的理由怀疑，你截留了那些原料，并最终把它们作为杀人工具，毒杀了李茂云。"

"是吗？"赵跃平缓地道，语调中没有丝毫的波澜，孙林的这个问题显然并没有超出他的预料，"我很高兴你们注意到了这一点，但我也很遗憾，你们没能在这一点上继续深挖下去。"赵跃似有些失望地摇了摇头，"如果你们能拿到我做实验时候的物资申领单和使用反馈单，你们应该就能发现，我的原料损耗一直是呈下降趋势的。初期的损耗确实有点高，那是因为刚刚开始做那个实验，手法还不纯熟造成的。"

"他说的那个东西，有吗？"林菲看向孙林，却见孙林脸色阴沉地摇了摇头。

"记下来。"林菲冲姜斌点了点头。

"说说动机吧。"雷鸣开口。

"动机是这个案子里最经不起推敲的吧？"赵跃笑了。

"你们两个在为一个保研的名额竞争，对这个名额，你们俩都志在必得，他死了，这个名额就一定是你的了，怎么就经不起推敲了呢？"孙林反问。

"靠自己的脑子。"赵跃抬手想指指自己的头，可他的手被铐在了桌子上，他只能微微低下头才能完成这个动作，这让他看起来有些滑稽，但他并不在意，继续平静地说道，"我比他聪明，成绩比他好，这就足够了，为什么一定要去杀人呢？何况，我的家庭条件不差，说不上大富大贵，但也有足够的能力送我出国，我并不是一定要在国内读研，不是吗？事实上，如果不是手上这个项目拖着，这时候我应该已经申请国外的大学了。"

"你可以说我们是竞争关系。"看到孙林又想说点什么，赵跃微微一笑，"但我们同样也是合作关系，眼下这个项目，是我们共同进行的，失去任何一个人，这个项目都会无法进展下去，我会有那么傻吗？"

"这不过是你自己说的，具体怎么样，谁知道呢？"姜斌忍不住哼了一声。

"这不应该是你们去查明的吗？"赵跃一句平平无奇的话就让姜斌闭上了嘴。

看着赵跃那张波澜不惊的脸，姜斌气得想骂人，话到嘴边，他硬生生地忍了下来，变成了"我们当然会去查，希望到时候你别在我们面前哭天抢地地忏悔。"这样一句听起来恶狠狠却毫无威胁力的话语。

"监控视频呢？你为什么要给我们提供一份假的监控视频呢？"孙林又问。

"在你们告诉我那是假的之前，我并不知道它是假的。"赵跃看着孙林，平静地道，"说我伪造了监控视频的，我想，是那位宿管先生吧？我很不明白，在这件事情上，为什么你们那么信任他，而不是我。"

"因为你是凶手，这还用想吗？"姜斌笑道。

赵跃无奈地摇了摇头，神情中不乏嘲讽甚至还有些同情地看着姜斌，"你们为什么不想想，伪造那份视频对于我来说，有什么意义？"

"给你做不在场证明啊。"姜斌说。

"20分钟都不到的不在场证明？有用吗？现在的法医技术还没发达到能把李茂云的死亡时间限定在11点50分之前吧？"赵跃扯了扯嘴角，讥诮的笑容不再做任何的掩饰，"我当时只是保存了案发时间段内的视频，至于视频是真是假，我并没有注意。但是我觉得，宿管比我更有造假的可能。"

"为什么？"雷鸣不动声色地问。

"很简单。"赵跃无比自信地解释道，"他不是准备当天晚上作案吗？如果发生盗窃案，第二天警察一定会查监控视频，如果他只在案发时间段内关闭了监控视频，他的嫌疑不是会非常大？伪造一段视频放进去，填补他关闭监控的时间段内的内容，警察也就查不出来了，不是吗？"

孙林满怀期盼地看着雷鸣，希望他能反驳点什么，却见雷鸣神情庄重地点了点头。

完败。

姜斌顿感无力，在和犯罪嫌疑人的初次交锋中，在赵跃天衣无缝的回答面前，林菲领衔的工作小组碰了个灰头土脸，被质问得哑口无言。

姜斌一直觉得，看到林菲吃瘪，他应该有一种感到大快人心的畅快淋漓，可真到了这一天，看着林菲那张和赵跃始终带着笑容的脸形成了鲜明对比的毫无表情的脸，姜斌却只感到了一阵阵憋闷，一口气堵在胸口，难受无比。

"我的江大顾问，你倒是说句话啊，他到底撒没撒谎？"

江华的办公室里，江华和李沁凑在电脑前，聚精会神地看着审讯视频，孙林焦躁不安地来回踱着步。

"我就不明白了。"李沁突然抬头，"那个戴梓萌，在这方面不是更专业吗？你们不去问她，却跑来问江华，这是为什么？"

"我也不想啊。"孙林无奈地摊了摊手，"戴检身份特殊，她是检察官，就算是提前介入，她也不能提供具体的意见，只能是方向性的引导。"

"就是不是你不想，而是不能。"李沁若有所思地看了一眼江华，"看来，你也没有自己说得那么厉害嘛。"

"不能这么说。"孙林搓了搓手，笑容里带上了一些谄媚，"江华医生那也是戴检大力推荐的顾问。"

"我谢谢你，少说两句死不了。"江华没好气地说了一句，"撒没撒谎这个事，我先不说……"

"你别不说啊，就这个对我们才重要呢。"孙林忙道。

"行，那我就说。"江华颇感无奈，"在犯罪动机上和作案手法上以及监控录像上，他没撒谎，至少我没看出来他撒谎。开心了？高兴了？"

"更堵得慌了。"孙林抬手捂着左胸，一脸便秘的表情，"那他到底是不是凶手啊？"

"这个可说不好，得看证据。"李沁说，"不过，有一点我倒是可以肯定地告诉你，他瞧不起你。"

"瞧不起我？"孙林愣了一下。

"是你们。"江华笑道。

"为什么？"孙林不解。

"他在面对你们的时候敢于扩张和舒展肢体，异常放松，一直很自信地保持着笑容，从心理学的角度来说，这是典型的领地反应，反映出他当时统御和控制的强势心态，自信且有掌控力。"江华说。

"这说明什么？"

"这说明他根本不怕你们。"李沁道，"你们所有的提问都在他的掌控之内，他的回答自然也就天衣无缝，想单纯靠审讯找到什么线索，说实话，我不抱希望。不过，"她话锋一转，"在他逐渐掌控形势，把审讯引导到他想要的方向上并适时提出问题让你们都哑口无言的时候，他有一瞬间的失望，别误会，他不是失望你们帮不了他。"

江华适时接过了话头："他的失望中又带着嘲讽，而嘲讽是他自信的另一种体现，他失望的是，作为他的对手，你们太弱，他自信的是，如果你们就这个水平，那根本找不到任何的证据定他的罪！"

"找到证据，并没有你想的那么困难。"林菲看着垂头丧气的姜斌，抬手敲响了S市公安局技术实验室的门。

"还不困难？"姜斌沮丧地道，"连梓萌都没法戳穿他的谎言，这是我们今年遇到的最麻烦的对手了吧？"

"他自称当天出现在了现场，但是，现场没有发现他留下的痕迹，这已经是最大的疑点了，他清理痕迹的时候无法区分自己的还是死者的，只能留下关键证据，其他一律清除。这已经很能说明问题了。"林菲解释道。

滴的一声，实验室的门微微松动了一下，林菲抬手推开了门，走了进去。

"他现在在和我们玩一场游戏。"戴梓萌紧随其后，也是一笑，笑容却有些森然，"他已经意识到了这一点，所以想和我们一较高下，作为最后一场豪赌，输了，一切真相大白，赢了，保住一条命，顺便嘲讽一下我们的愚蠢。不用怀疑，他这个人，现在就是这样的想法，作为一个喜欢挑战的人，这也许是他这辈子最后一次挑战的机会了。"

"这能作为证据吗？"姜斌觉得，就连走进实验室他都没什么力气。

"当然不能。"先一步抵达实验室的雷鸣一声冷笑，"但也是他最大的漏洞，既然有这个漏洞，就一定还有我们没注意的马脚，查下去，迟早他会无所遁形。"

"就没见过你们这样的人。"姜斌恨恨地道，"对手越强大你们越兴奋，都是抖M体质吧你们？"

无论是以林菲为代表的检察院系统，还是以孙林为代表的S市警方，两方人马并不知道，此时，在S市看守所，赵跃的监室里，他正一寸一寸地刷洗着马桶，一丝不苟的同时，嘴角还带着笑，就和他接受审讯时一模一样，不差分毫。

他的室友此刻因为各种各样的原因暂时都不在。

哗啦啦。

他按动抽水马桶的开关，水流打着漩冲进了下水道，看着那道漩涡，他脸上的笑容更盛："那确实是一个不可避免的漏洞，可是，那又能怎么样呢？那并不能作为证据使用，你们想要找到其他的证据，恕我直言，凭你们，还差了点意思。"

他起身回到床铺边端端正正地坐下，看向了监室里那扇高高在上的唯一的气窗，一只麻雀正蹲在那里，不时跳动几下。

想了想，他走到门边的扫帚前，伸手拿起了扫帚，那是一把带着根塑料管的扫帚，他微微用力，就卸下了上面的堵头，将扫帚倒了过来，一粒微小的锡纸丸滑落而出，掉在了他早有准备的手里，他小心地剥开，里面是一粒包裹在真空包装中的去了皮的苦杏仁，那粒杏仁格外的饱满，饱满得不太正常，甚至可以用娇艳欲滴来形容。

赵跃看着那粒杏仁，嘴角的笑容慢慢转冷，目光里满是好奇和不解，皱眉苦思，然而最终，他却突然叹了口气，带着些不舍地看了一眼杏仁，屈指一弹，那粒杏仁便飞向了气窗，麻雀吓了一跳，扑棱棱一飞冲天。

赵跃不由得有些失望，可没过一会儿，那只麻雀就又飞了回来，落在窗台上，好奇地看着眼前的杏仁，试了试，毫不犹豫地叼起来，吞了下去。

赵跃这才再一次笑了出来。

"这份监控视频确实被做过手脚。"

技术科的一名干警对林菲等人说道，转身，打开了监控录像，鼠标移到了右上角的时间上："问题就在这里，这里的时间被篡改过，日期应该是前一天的。"

"赵跃不否认监控录像被做过手脚，但否认做手脚的人是他。"林菲道，"根据宿舍管理员的口供和证词，这个宿管当天是要进行盗窃作案的，盗窃案一旦发生，警方必然要查监控视频，宿管表示他的做法是关闭了监控系统。"

"这很合理啊。"干警有些不解，"那你们还想知道什么呢？"

"因为还有另外一种可能。"雷鸣沉声道，"一旦在案发时间段内的监控系统被人为关闭，我们很容易就会怀疑到这个宿舍管理员的头上，但是如果用另一天同时段的视频代替的话，他的计划会更天衣无缝。"

干警点头，随即又无比惊讶地看着雷鸣："所以你们想让我确定这段监控视频是谁做的？雷头儿，我是搞技术的没错，可你也不能拿我当神仙啊，这我可实在分辨不出来，这地球上你随便找，没有任何一个人能做到。"

"一点儿线索都没有？"林菲问。

"也不能说一点没有，只能寻找间接证据。"干警略一犹豫，就说道，"我们不是没想到过这一点，所以也做了一些调查，在这个宿舍管理员的电脑上并没有发现合成录像需要的工具，而且他本人并不擅于这样的工作，一个体育特长生而已，没有这方面的技巧。赵跃则不同，那人怎么样，你们已经见识过了，简直就是个天才，做这种事，他更顺手，而且，这份监控录像只对两个人有价值，所以，到底是谁做的，不言而喻，不是吗？"

"就这些？"林菲皱眉，毫不掩饰自己的不满和怀疑，"这顶多算是一个合理推测，但是并不能排除合理怀疑，在正常的庭审中，在没有充足证据证明这份视频是赵跃伪造的情况下，这份证据肯定会被排除的。"

"当然不止。"干警摇头，"我们还可以考虑一下赵跃的反应啊，作为一个正常人，他在见到李茂云坠楼身亡的时候，应该……"

"打电话报警，叫救护车，下楼救人。"不等他说完，姜斌就说道。

"对。"干警点头，"但赵跃的选择却是报案之后，拒绝了叫救护车，然后下楼拷贝监控，这并不合理。"

"冷静，冷漠，甚至可以说是冷血。"戴梓萌做了一个结论，"这是一种计算最大利益得失的逻辑思维模式，可以说，剔除了所有的感情因素。"

"我不觉得这有什么。"姜斌笑了一下，"你们别忘了，他是个理科生，理科生的思维是讲究逻辑的，梓萌你不是也说过，理科生都是变态吗？最典型的例子，《嫌疑人X的献身》里那个数学老师石神，所有人都觉得，他用严谨的理科思维模式书写了一段伟大的爱情，可在我看来，那就是个笨蛋和变态，好端端的防卫过当，最后就搞成了故意杀人。要我说，这些人就是学习学傻了，成了毫无感情的冷冰冰的机器，简直无药可救。"

"石神……那毕竟是小说，现实中，真的会有那样的人吗？"干警有些犹豫。

"如果你仔细看过赵跃的表情，你就会发现，这一点都不奇怪。"戴梓萌叹了口气，冲干警微微一笑，"就是你自己不也不太相信这一点吗？要不然你也不会在说那句话说完之后才摇头了，这是一种看似肯定但却在怀疑自己的否定。"

干警愣神的功夫，林菲一行人已经起身离开了实验室。

接下来，他们还得去想办法引导警方查明作案动机和毒物来源，这两个问题得不到解决，这个案子就得无限期拖延下去。

看着那4个截然迥异的背影，干警莫名地觉得有些压抑，从他们的身上慢慢向外散发着一股浓浓的孤寂和不屈的抗争。

他走回到自己的办公桌前，无意识地摆弄着电脑，当他终于从对那4个人的猜想中收回思绪的时候，蓦然发现，自己正在看的竟然是对赵跃的审讯视频。

"靠！"他暗骂了一句，抬手就要关掉视频，手已经抓到了鼠标，却又犹豫了。

他慢慢收回手，盯着那份视频，须臾间，他的额头就流下了几滴冷汗。寒冷，不可遏制地侵袭着他的神经。

而寒冷的来源，正是视频的里的赵跃那几乎没有任何变化的笑容。

6. 山重水复

S市人民医院的一间病房里，头发花白的老人躺在病床上，安静地沉睡着。床边，坐着一个同样头发花白的妇人，她趴伏在床边，睡的并不安稳，睡梦中不时发出一声痛苦的呻吟。

病床上的老人就是海苏大学化学系的教授，研究生导师，也是赵跃和李茂云的老师。

"水。"教授微闭着眼睛，含糊不清地道。

床头柜上，一杯插着引水管的水杯被一只无暇却略显清瘦的手拿起，水管递到了教授的嘴边，碰触到了教授的嘴唇，教授本能地含住了水管，吸了几口水，长出了口气："谢谢。"他的声音里多了些力气，但从始至终，他的眼睛都没有睁开过。

床边的老妇人似乎察觉到了环境的变化，她茫然地睁开了眼睛，就见三男两女5个穿着制服的陌生人正站在床边。

孙林身上的那身警服她很熟悉，可其余4个人身上的藏青色制服却让她有些茫然，目光中带上了一些戒备："你们是？"

"警察。"孙林掏出警官证给老妇人看了一眼，又指了指身边的林菲等人，"检察院的，目前，我们正联手对……"

"那两个孩子的事？"不等孙林说完，老妇人的脸就沉了下来，打断了孙林的话。

孙林点了点头。

老妇人看了一眼床上的教授，起身替他盖好了被子："你们想知道什么？"

她的声音里带着一丝隐隐的怨恨。

"赵跃和李茂云……"

"他们干了什么，都和我们家老头子没有任何的关系。"老妇人声音冰冷地打断了孙林，"老头子把全部的希望都寄托在了他们俩的身上，可是看看他们都干了什么？老头子什么时候能回到学校，到现在都没人敢下个结论。"

"好吧。"孙林苦笑了一下，深吸了一口气，决定直入正题，"赵跃杀害李茂云，和他们的保研资格有关系吗？"

"没有的事。"老妇人道，"那两个孩子天资聪颖，一起合作的新项目就连我们家老头子都大为惊艳，说什么也不肯放弃这两个孩子，他已经申请将保送名额提高到两个，上面也同意了。为了保送名额杀人，这根本不可能。"

孙林快速地在笔记本上记下，又问道："我们想看看赵跃和李茂云申领实验物资和使用物资的反馈单，要到什么地方去找？"

老妇人没说话，弯腰打开了床头柜，从柜子里拿出了一个黑色的皮包，打开，里面是一个有些陈旧的档案袋，她把档案袋递给孙林："这里就是你们想要的东西，拿上它，走吧。"

"准备的倒是挺齐全的。"姜斌不合时宜地说了一句。

妇人带着些仇视地看了一眼姜斌，又满是怜惜地看了看躺在病床上的老人，苦涩地一笑，"知道是氰化物中毒，老头子就猜到，你们迟早会来找这些东西，不过，你们要是想从这里面查出点什么来，我劝你们还是死了心吧。"

"嗯？为什么？"林菲讶然。

"老头子不是没怀疑过，只是，他看完了这些东西，就说过，所有的损耗其实都在合理的范围内，不存在刻意截留的可能。"

天亮了，新的一天又降临到了这个世界上，人们还得为自己奔波忙碌，而有的人，则在平静地等待着死亡的降临，平静到脸上的笑容都没有任何的变化。

比如赵跃。

陈涛此时就站在看守所的讯问室外，那名技术干警发现了视频的异常后第一时间就给他打了电话，尽管已经被暂时停止工作，但看看审讯视频，来看守所看看赵跃，这种事情通过私人关系他还是能搞得定的。

可现在他却有些犹豫，透过门上的小窗，他能清晰地看到坐在椅子里默默等待的赵跃，他的脸上依然带着温暖的笑容，对即将到来的命运，他没有丝毫的担忧，更不见分毫的兴奋。

他怎么能这么平静？陈涛难以遏制地浮现出了这样的想法，随即他就发现，自己突然就不想见他了，他不知道该问些什么，能问些什么，以及，对于即将面对赵跃这件事，他隐隐竟有些抗拒。

害怕？是的，他不得不承认，面对赵跃那张笑脸，他竟然有一丝丝的害怕。

我可是个警察啊。他想，但终归还是没有勇气推开面前的那扇门。

"带我去他的监室看看吧。"他终于开口，却提出了一个连他自己都不知道为什么的要求。

武警有些微的讶异，随即脸色微变："他藏了东西？"

"我不知道，只是，感觉不太好。"陈涛苦笑了一下，看了一眼武警，"别紧张，我只是想看看他过得怎么样，我现在停职呢。"

武警犹豫了一下，点了点头。

5分钟之后，陈涛和武警就站在了赵跃的监室里。武警指了指靠近气窗的一张床："那就是赵跃的铺位。"

那张床收拾得整整齐齐，被褥不见丝毫的褶皱。床铺离马桶近了一些，原本可能会有些异味，可陈涛却发现，就连马桶都洗刷得干干净净。

看到陈涛眼中的异样，武警笑了笑："这小子，就跟有强迫症似的，本来安排了值班表，每个人轮流负责卫生，可别人干完一遍，他非得自己再做一遍。"

"嗯。"陈涛应了一声，走到赵跃的铺位前，坐了下来，你每天都在想什么呢？他不由自主地想到。

监室只是很普通的监室，硬要说有什么不一样的地方，就是这间监室格外的干净，干净到这里似乎没有住过人。

陈涛悚然一惊，是的，从这里的一切，他竟然感觉不到丝毫生命的气息。

他抬头，看向了那扇气窗，那是唯一和外界接触的地方。

"那小子，不知道为什么，没事的时候，就喜欢看那个地方，巴掌大点的地方，能看到什么啊。"武警的语气中不无嘲讽，"用不了几天，就该起诉了吧？到时候，想自由，也没了。"

"他看那里的时候，有什么异常吗？"陈涛抬手指了指气窗，问。

"异常？"武警愣了一下，笑道，"能有什么异常？那人挺好相处，跟谁都能聊上两句，也挺难处的，从来不会主动搭话。要我说，那小子，跟个机器差不多。你说，这世界上，怎么能有那么心大的人，都要死了，还能笑得出来。"

"那后面是什么？"陈涛没接武警的话，而是问道。

"能是什么？空地。平时我们都很少过去，只在巡逻的时候看一眼。"

"带我过去看看。"陈涛起身，向外走。

"那地方有什么好看的？"武警一脸的不解。

"我也想知道，那地方有什么好看的。"陈涛神秘地一笑，"能让他一直盯着不放。"

"雷哥，姜哥，你们来啦？"

雷鸣和姜斌一进办公室，就听到了戴梓萌热情的招呼声。

"别坐了，就等你们了，咱们现在就走。"看姜斌走向自己的办公桌，戴梓萌连忙说道。

"嗯？咋了？"姜斌愣了一下。

"我和菲姐昨天研究出点有意思的东西。"戴梓萌扬了扬手里的那两张从医院拿回来的单子，当然只是复印件，"赵跃和李茂云的原料损耗都有异常，确实是平稳下滑的趋势。"

"不都说了，实验手法越来越熟练，损耗自然就少了，那个老教授不也说了吗？损耗都在合理的范围内。"姜斌颇有些无奈。

"可是曲线并不合理。"戴梓萌变戏法一般又拿出了一张纸，那是一张曲线图，可是看着那上面下滑的那条线，姜斌却怎么看怎么觉得别扭。

那并不是一条曲线，而是一条直线，也就是说，赵跃每一次的原料损耗下降都完全相同。

"这不可能！"姜斌一下子惊叫出声。

"这当然不可能，总会有些差距才对。"林菲说。

"那家伙，竟然骗我们！"姜斌的话语中已经带上了愤怒。

"他没必要骗我们。"林菲却直接浇了一盆冷水过来。

"那这条线你怎么解释？"姜斌问。

"控制。"戴梓萌道，"很显然，赵跃有意控制了每次的原料损耗下滑趋势。"

"那不就是说，他完全有能力骗过他那个老师，然后，顺利得到有毒的原料？"姜斌感到一阵阵寒冷，"这还真是，可怕的理科生。"

"所以，我们只要找到赵跃的物品上有毒物残留，或许就能证明他是杀人凶手了啊。"戴梓萌得意地道，"我们已经通知孙队了。"

"所以，"雷鸣紧皱着眉头，突然说道，"其实杀机并不是从考研的时候才开始，而是从第一次联合做这个项目的时候就有了，甚至更早，那动机会是什么？"

这是一个到目前为止众人丝毫没有任何头绪的问题，而接下来的调查更是让热情洋溢的戴梓萌都感到异常的无奈。

在接到林菲的电话后，孙林就让物证科拿出了所有从宿舍中翻出的赵跃的物品，进行了毒理检测，意外的是，在这些物品上没有发现任何的毒物残留。

"你们能不能不可我一个人祸祸啊？"见到林菲等人，孙林就有些苦恼，"我是刑警队的，就是临时过来帮个忙，有事你们找陈胖子不好吗？这案子毕竟他才是直接负责人。"

"老陈还停职呢，这案子现在你负责。"雷鸣不动声色地道。

"靠，我把这事忘了。"孙林懊恼地拍了拍脑门，"我真是摆脱不了你们了。"

"这不科学！"戴梓萌突然惊叫出声，她的手上拿着那一摞鉴定报告。

"这就是最科学的鉴定结论。"孙林道。

"他能把那种东西藏哪去？"戴梓萌微微皱眉。

"干吗要藏呢？"姜斌拍了拍头，突然道，"我说，你们就没想过吗？"

"想过什么？"戴梓萌侧头看向姜斌，问。

"赵跃那么严谨的人，投毒的话肯定不多不少的来，残留的肯定不会太多，那直接冲进下水道，然后把容器烧了不就完了吗？"

"如果是这样的话，那可就麻烦了。"林菲脸色阴沉，这是一个不太好的消息，海苏大学的学生宿舍楼每天要处理掉大量的污水，在赵跃的有意处理下，下水道口基本已经不太可能有任何的线索。

"这么干可能有点恶心。"姜斌叹了口气，"如果他真的把残留的毒物扔进了下水道，那很有可能造成校园里的动植物中毒，查查它们残留物，你们觉得会不会有收获？"

"能不能也得试试。"林菲只是略一犹豫就断然道，"毕竟这是我们现在唯一的线索了。孙队，你觉得呢？"

"你们咋说，我们咋干呗。"孙林叹了口气，"在那之前，我们是不是应该先找熟悉情况的人问问？盲目动手的话，太浪费警力了。"

"谁？"林菲问。

姜斌又到了不知道自己的运气是太好还是太坏的时候了。

往好处想，他们终于摆脱了去翻垃圾山的命运。孙林的提议得到了林菲的认可，他们先找到了学校的保洁员，询问他们在案发时间段内有没有发现动植物异常的尸体，得到的消息却是没有发现任何异常。这等同于基本排除了赵跃在校园内处理了残留毒物的可能。

而坏消息则是，这条线索等同于几乎断掉，没有再追查下去的可能。在全市范围内展开排查或许是个办法，但是那无异于大海捞针，找到的概率比连着中一百期的彩票头奖概率还要小。

坐在海苏大学里的长椅上，看着在远处的花丛里打着电话的雷鸣，姜斌不停地唉声叹气。

"为什么我们不考虑考虑毒物的另一种来源呢？"戴梓萌仰头看着晚秋的太阳，突然道。

"什么？另一种来源？"姜斌忍不住笑道，"怎么可能还有别的来源？你们知道这种东西是严格管控的吧？”

“但是赵跃杀人了，这一点我可以肯定。”戴梓萌说，“他一直嘲讽我们的一个是动机，一个就是杀人手法，我们原本的方向可能就是错误的。”

“我始终觉得，”姜斌突然站起身，“心理学是一种玄而又玄的东西，不存在百分之百的准确率，偶尔承认一下自己的错误，并不丢人。”

“我不会错。”戴梓萌笃定地道。

“你那叫刚愎。”姜斌笑道。

远远地，孙林提着一个塑料袋走了过来，走到几个人身边后，他把里面的一瓶瓶矿泉水分发给了众人，看着手里的那瓶水，姜斌却有些不爽：“孙队，怎么说，你也是个富二代，就给我们喝这个？”

他晃了晃手里的矿泉水：“一块钱一瓶的？”

“我钱也不是大风刮来的啊。”孙林撇了撇嘴，“想喝什么自己买去呗。”

“小气。”姜斌起身，“我喝杏仁露，对皮肤有好处的。”

他摸了摸自己的脸颊，不等林菲和戴梓萌回答，就走向了不远处的超市。

学校里的超市并不太大，但卖的东西还算齐全，甚至买到了杏仁露后，在前台还有加热服务，这让姜斌很满意。付过了账，等着杏仁露加热完成的时候，姜斌的目光随意地在超市里打量着，于是，他看到了一双躲在货架后，偷偷看向他的眼睛。

起初，姜斌并没有太在意，他的身上还穿着制服，这身衣服，无论走在什么地方，都会成为人们视线的焦点。但很快，姜斌就察觉到了异常，那双眼睛的主人属于一个身形健硕的男生，他看上去不太大，身上穿着一身保安制服。和其他人最多看上几眼就转移了视线不同，这个男生的目光始终停留在他的身上，只在姜斌看过去的时候，才会匆忙移向一边，装作在货架上挑选物品一样。

但他所处的位置让姜斌觉得，那里并没有什么值得他购买的商品，那是女性用品区。

姜斌下意识地摸了摸自己的脸，感到一阵阵恶寒。

杏仁露很快加热好，姜斌拎起塑料袋，逃一般跑出了超市，让他恐惧的是，那个健硕的男人也跟了出来。

“兄弟，兄弟，冷静，冷静！”姜斌无奈地停下了脚步，艰难地看着这个男生，“我取向很正常的，真的，我对男人没兴趣。”

男生愣了一下，随即尴尬地笑了，他挠了挠头：“不好意思，你误会了，我就是想问一下，赵跃和李茂云的案子，现在怎么样了？”

这一次轮到姜斌愣了一下，他仔细打量着眼前的这个男生，突然长出了一口气："是你啊。还没什么进展。"

这名男生正是证实赵跃提供的监控视频是伪造的那名傅姓男生。此时，他的脸上露出了一抹挣扎，像是在做着什么无比艰难的决定。

良久，他才缓缓道："我有件很重要的事，想和你们说。"

向孙林要了一支烟后，傅姓男生告诉林菲等人，关于赵跃和李茂云的案子，他一直觉得有些地方不太对劲，今天无意中看到姜斌在买杏仁露，一下子勾起了他心中一段不愿意想起的恐怖回忆。

赵跃和李茂云有一个奇特的爱好，这两个男生身为男性，但每天一听杏仁露却是他们俩雷打不动的习惯，起初，他们只是各买各的，时间长了，两人开始合买，每次买一箱，轮流拿钱。

傅姓男生记得，就在案发当天，赵跃还抱了一箱杏仁露回来，两个人分的时候，恰好被他看到，就顺手拿了一听。

只是那听杏仁露他并没有完全喝完，只是打开喝了一口，就脸色微变，偷偷拿到外边，扔到了垃圾桶里，含在嘴里的那一口也被他吐到了水池里。

"怎么说呢？"傅姓男生皱着眉，努力回忆着那个怪异的感觉，"甜，甜的让人难以下咽，还有股，苦味。"

"杏仁露的主要原料就是杏仁，有苦味，不奇怪吧？"姜斌不解。

"苦的特殊。而且……"傅姓男生抽了口烟，目光盯着眼前的地面，"后边还有更奇怪的事。茂云死之后，收拾他遗物的时候，我去帮忙了，我没看到那些杏仁露，赵跃那也没有，我还问过，赵跃说我记错了，他们从来没买过那东西。"

"其实我挺庆幸的，那口杏仁露刚一入口我就觉得不对劲，吐了，又用了不少清水漱口，要不然，我可能咋死的都不知道。"傅姓男生语气中那种劫后余生的庆幸难以言表，他扔下烟蒂，抬脚踩灭，"我看柯南，里面就有氰化物杀人的案子，其实说不定，赵跃就是把氰化物投放进了杏仁露里。"

"之前为什么没告诉我们？"孙林冷着脸，问。

傅姓男生摇头："之前我也没想到啊。"

"你们记不记得，在那个宿管的证词里，也提到了杏仁露？"姜斌突然道。

戴梓萌点头："是有，说现场掉了一罐喝完的杏仁露，不过，物证里没有提到过。"

孙林也点头："我们在现场没看到啊。"

"没人想到，真正的毒素是投放在杏仁露里的，再加上，饮水机里发现了足以致死的氰化物，忽略这一条线索，这很正常。"雷鸣也说，却脸色骤变，"不对，饮水机里发现了氰化物，如果赵跃将氰化物投放到了杏仁露里，饮水机里的毒物是谁投放的？又是哪来的？"

林菲和戴梓萌面面相觑，就连姜斌也震惊不已，看起来柳暗花明的案子，在这一刻，突然之间再一次疑窦重生。电话的嗡鸣都没能让几个人从震惊中恢复过来。

直到电话再一次执着地响起，孙林看了一眼手机，接起电话，神情严肃："胖子，你听我说，现在有一件非常重要的事情需要我们去核实。"

"老孙，还是先听我说吧。"电话那头，传来的是 S 市公安局经文保处处长陈涛的声音，他的语调有些奇怪，似乎遇到了什么难以理解的事情，"帮我去找一下林检他们，我发现了一些奇怪的东西，我觉得，你们应该来看看。"

"你在哪？"孙林微微皱了皱眉。

"看守所。"

7. 柳暗花明？

S 市看守所医务室，冰冷的钢制托盘上，摆着几只动物的尸体，有残缺的麻雀的，也有老鼠的，无一例外的，这些动物的腹腔都已经被打开，露出了里面发黑的内脏。

在旁边的一个小托盘里，放着一块白色的食物残渣。

血腥中弥漫着一丝腐烂的气息和一股诡异的香甜味道。

姜斌远远地躲到了医务室的门边，脸色苍白，戴梓萌也有些不适，没有离得太近。林菲的眉头紧紧地皱在了一起，陷入了苦思，雷鸣更是神情严肃，在食物残渣前微微俯下身，戴着手套的手在鼻子前扇了扇，脸上的表情有一瞬间的错愕。

"是氰化物的味道。"躲在远处的姜斌说，"老雷你小心点，这玩意可是剧毒。"

雷鸣起身，询问的目光看向了戴着口罩的刘鹏。

"死因是氰化物中毒。"刘鹏点头。

"毒物来源呢？"孙林问。

"你面前的那个就是。"刘鹏说，"我看过，是苦杏仁。"

"苦杏仁？"姜斌忍不住笑道，"妹夫，你是特意来搞笑的吧，苦杏仁怎么就成了氰化物来源了？"

"苦杏仁里含有一种叫苦杏仁甙的物质，也叫氰甙。"雷鸣却突然说道，"氰甙会被苦杏仁自身含有的苦杏仁酶水解，产生氢氰酸，食入过量或者生食都可能引起氢氰酸中毒，也就是我们俗称的氰化物中毒，这种中毒会抑制细胞呼吸，形成'细胞内窒息'组织缺氧，一般会最先导致中枢神经受损，呼吸系统麻痹。"

"雷头儿说的对。"刘鹏点头，"不过，这一粒苦杏仁并不能杀死这些动物，一粒苦杏仁的毒性还没有这么强。"

"妹夫，到底怎么回事？"孙林皱眉。

刘鹏狠狠地瞪了姜斌一眼，又白了一眼孙林，"你们眼前的这粒杏仁不太一样，我做过检测。这粒杏仁里的氰化物严重超标，据我估算，这颗杏仁里的氰化物含量，至少是5斤苦杏仁提炼后浓缩到了这一颗里，毒死一个人不在话下。"

"怎么做到的？"戴梓萌问。

"我也不知道。"刘鹏摇头，"这或许是一个天才才能做出来的事。"

"那你们从哪儿找到这些的？"林菲问。

"在赵跃的监室外。"陈涛说，"他监室后面有一块空地，我们在墙角发现了这些尸体，麻雀最先死亡，麻雀的尸体被老鼠吃掉了一部分，导致了连锁死亡。武警正在搜查他的监室，这时候，"他看了一眼表，"应该有发现了。"

"没发现。"医务室的门被推开，狱方负责人气呼呼地走了进来，他把自己扔进了椅子里，扯了扯衣领，"我们把监室都翻遍了，什么都没发现。赵跃对这件事也不肯发表任何意见，已经被关到禁闭室了。"

"没查查监控？"林菲皱眉。

"还在查。要是白天还好，就怕是晚上做的，视频的清晰度可没有那么好。"

"这玩意儿，真能杀人吗？"姜斌慢慢走到了托盘前，看着那枚被消化了大部分的苦杏仁，突然回头问，"杏仁露要是真能让人中毒，那怎么可能还允许上市销售？"

"你看过宫斗剧吗？"戴梓萌说，"宫斗剧里不是经常有这样的桥段，给仇人送苦杏仁吃，慢慢就吃死了。菲姐，孙队，"她看向了林菲和孙林，"赵跃一直在作案手法上嘲笑我们，我想，现在，我们找到正确的方向了。"

"确实。"雷鸣点头，"我记得，那个姓傅的男声说过，他偷拿了一罐赵跃买回来的杏仁露，那个杏仁露里有股奇怪的味道，他怀疑是氰化物，现在看来，我们有理由怀疑，赵跃对杏仁露做了手脚。"

"只不过他使用的氰化物和实验室损耗的原料无关，而是通过对苦杏仁进行加工淬炼后提取到的。"雷鸣肯定地说。

"要提取到足够的致命氰化物，赵跃肯定买过大量的苦杏仁。"林菲沉思了一下，就果断地说道，"孙队，麻烦你们安排人，去查查这件事，还有……"

林菲突然沉默了一下，似乎有些犹豫。

"什么？"陈涛坐直了身子，疑惑地问道。

"如果我们所料不差，赵跃是利用苦杏仁和杏仁露来作案的话，饮水机里的氰化物来源就有了问题，这个案子里可能存在另外一个既得利益的危险人物。你们要找到他。"

陈涛的脸色瞬间凝重无比，他看了一眼孙林，孙林沉重地点了点头，"我现在就安排人去查。"

然而调查的进展却并不顺利，警方调取了赵跃所有的网购记录，并没有发现他在网上采购苦杏仁的记录。在S市范围内所有销售苦杏仁的地方，警方也进行了走访，在已经完成走访的对象里，对于赵跃，这些人没有丝毫的印象。

而要完成全部的走访，雷鸣估计，至少需要一个月左右的时间，虽然这点时间对于林菲来说并不是什么不能等待的。

与此同时，孙林则把希望寄托在了赵跃的同学身上，并从其中一人那里得到了一条重要的线索。

一名以专门帮助班里人收发快递的同学在听到孙林的问题后，陷入了沉思。

"你们确定要找的是苦杏仁吗？"他疑惑地问了一句。

"对，就是苦杏仁。赵跃有买过吗？"孙林问。

"他肯定没有买过。"那人说。

孙林敏锐地察觉到他的措辞很有意思，连忙追问道："有别人买过？"

"也不是买吧。"那人犹豫着说，"茂云的家里每隔一段时间都会给他寄一些杏仁过来。我记得，因为茂云的气管不太好，他说吃苦杏仁能缓解他的病情。"

"案发前，他收到过苦杏仁吗？"孙林的呼吸急促了起来。

"案发前一个礼拜吧，他还收到过，我印象挺深的，差不多有10多斤还没风干的苦杏仁。你们问这个，是茂云的事有了新发现吗？"

那人问道，孙林却已经掏出了电话："最新的线索，案发前一个礼拜，被害人收到过差不多10斤的新鲜苦杏仁，清理他的遗物的时候，我们没有发现。"

"我还是觉得，有点超出我的理解范围。"听完了孙林的汇报，姜斌缓缓摇头，"杏仁丢了，李茂云能一点都不怀疑？他是学化学的，肯定知道那东西有多危险啊。"

"你们别忘了，那段时间，正是他们宿舍盗窃案频发的时候，就算苦杏仁真丢了，李茂云也只会想是不是那个小偷有什么特殊癖好，无论如何也不会想到，会是赵跃偷走了苦杏仁，还做成了杀人的毒药。"

孙林冷声道。

"现在的问题，就是找到他的作案工具，要对那些苦杏仁进行浓缩提炼，光有知识可不够，还得有专业的工具。"林菲说。

"上哪去查？这种事，他不可能在学校的实验室做吧？"姜斌问。

"第一，去查查卖实验器材的地方，看看他有没有买过相应的器材；第二，不在学校，就是在家里，或者租的房子里……"

警方经过研判后，认为赵跃在家中制取毒药的可能性最大，他们选择的第一站就是赵跃的家。

赵跃的房间还处于封存的状态，里面的物品没有任何人动过。

"我儿子不会杀人的，他一定会被释放，到时候他还要回到这里生活，在那之前，我可没权利处理这里的东西。"赵跃的父亲，一个还算成功的企业家在打开赵跃房间的门时，脸上是掩饰不住的骄傲。

他确实有骄傲的资本，在这个家里，赵跃有两个房间，一间卧室，一间书房。在所有人还在努力为能够奋斗一年能买得起一平方米的房子时，赵跃的书房就差不多是很多三口之家的面积了，而在这间书房里，还奢侈地摆着一个玻璃展柜，里面摆满了奖杯奖状，从赵跃上幼儿园开始，到他最终被捕入狱，这期间竟然没有断层，每一年都要摆上几张奖状几个奖杯。

看得出来，这是一个完全没有任何业余生活的人，他的全部精力都放在了学习上，从牙牙学语开始，他的生活中就只剩下学习，比赛，就连书架上摆放着的也是各式各样的专业书籍，一本课余读物都没有。

"看看，他是一个除了学习以外，对什么都不感兴趣的人，怎么可能有那么多的心机？他想要读研，靠学习成绩就够了，也就那些没什么背景，家庭条件又不怎么样的人才会想那些歪门邪道。"赵跃父亲拍着展柜，言语中充斥着难以掩饰的优越感。

对于赵跃父亲的话，刘鹏显然并没有在意，他的目光落在了书架对面那面墙边的一排储物架上，那上面密密麻麻地放满了各种实验器材。

"不错吧？"看到刘鹏的视线聚集在那个方向，赵跃的父亲得意地笑了一下，"我儿子说，学校的实验器材太老旧了，用着不顺手，这些东西，都是我给他买的，最新最贵的。要不是我弄不来原料，我在家就给他建一个实验室了，上学？我儿子，还用得着上学？"

刘鹏没有理会赵跃父亲的话，径直走到了储物架前，目光落在了一台仪器上，那是一台明显用来浓缩淬炼的工具，光滑的表面上，还残留着清晰可见的指纹，他凑上去闻了闻，微微一笑。

氰化物那特有的苦杏仁味若有若无，隐隐刺激着他的鼻腔。他从口袋里拿出手套，戴好，伸手就去拿那台仪器，站在他身后的赵跃的父亲脸色微变，"你小心点，我儿子可宝贝这些东西了，平时连我们都不让碰，他被你们抓走之前还特意交代过我们，最好别进这间屋子。"

"那你真走运。"同来的孙林冷笑，"听你儿子的话，救了你自己的命。"

孙林说完，留下一脸莫名其妙的赵跃父亲，和刘鹏、雷鸣一起，护着那台仪器，离开了赵家。

又见面了。

S市看守所讯问室内，看上去，赵跃和他们第一次见到的时候没什么不同，脸上依旧保持着角度和幅度都无可挑剔的完美微笑，神态依然很轻松，只是脸色因为最近被关在了禁闭室里而略显苍白。但对他的影响并不大，他的眼神依然自信而且……骄傲到让人讨厌。

至少姜斌这么觉得。

而在戴梓萌看来，赵跃多多少少还是有些区别的，尤其是当他的视线投放到了那台摆在他们面前的仪器上的时候，他的目光停留的时间稍长了点，他的表情也有一瞬间的僵硬，甚至，他全身的动作都停顿了一下。

虽然只是短短的一瞬间，但在戴梓萌的面前，这已经足以让他暴露了内心的某种不安。随后，戴梓萌就看到，赵跃的双手试图挪到小腹前，但因为刑具的存在，让他的这个动作没有能够完成，可他的双手却十指相对，目光也从那台仪器上移开，仿佛那东西和他没有任何的关系。

精准控制、安慰反应、领地反应。一瞬间，3个心理学的专业术语就在戴梓萌的脑海中一闪而过，这让她有了短暂的困惑。

"怎么了？"雷鸣敏锐地察觉到了戴梓萌的异常，低声问道。

"我觉得，我们目前的证据已经足够确凿，但赵跃的反应告诉我，他依然认为局势还在他的掌控范围内，我们忽略了什么吗？"戴梓萌皱眉。

"死鸭子嘴硬罢了。"一旁的姜斌笑了一下。

"在我的想象里，这时候的你，应该感受到了死亡的恐惧。"孙林显然没有戴梓萌那样的耐心，就算有，他也不可能像戴梓萌那样，从赵跃细微的表情变化中就分析出很多的内容。

他看着赵跃，不无讥讽地说道。

"还好使吗？"赵跃的笑容没有分毫的改变，只是平静得像在陈述一个事实，"我是说你的想象力。"

"你……"赵跃不动声色的反击顿时让孙林哑口无言，他怄气似地哼了一声，看了一眼面前的那台仪器，嘿嘿一笑，伸手拍了拍仪器，"这东西，眼熟吧？我特想看看，你待会儿怎么解释这个东西。江医生，拜托了！"

他冲门外喊了一句，讯问室的门打开，江华和李沁走了进来，江华有些不太情愿地冲戴梓萌点了点头。

"你觉得，李茂云那个人怎么样？"在赵跃身前坐好，看着李沁打开了电脑，江华就问道。

然而出人意料的，对这个问题，赵跃竟罕见地愣了一下。

"不在你的逻辑思维范围内？"江华笑了一下，指了指那台仪器，"他们找到这个东西，也在你的预料之内吧，你早就想好了怎么解释，所以你一点都不担心。但是你没想到，我问你的是一个你完全没想到的问题，对吗？"

"不。"赵跃平静地摇头，"我只是在想，该怎么评价这个人，我从来没仔细想过，在他的身上，该下一个什么样的评语。寒门贵子？"

赵跃的嘴角微微上挑，目光却斜向下，认真地想了一会儿，点了点头："大概就是这样吧。他确实很优秀，很天才，如果不是他的家庭条件限制了他无法获取更优越的实验环境，我想，他的成就绝不止于此。"

赵跃不由自主地坐直了身子，头不易察觉地微微上扬，这细微的变化就连他自己都没有注意到。

江华却笑了："可你觉得，你比他更优秀，是吗？"

"这不是很明显的事情？"赵跃笑笑，并没有否认，"也许我们的基础天赋是一样的，可我的家庭条件却决定了我能得到更多资源，他努力一辈子碰触到的天花板，对于我来说，"他忽然跺了跺脚，笑道，"不过是我起步的地板罢了。"

"不过很遗憾。"江华不无讥讽地看着赵跃，"我想，就算我不说，你也应该察觉到了。事实上，李茂云比你优秀太多了，就算在你们两个人合作的这个项目里，他的贡献也明显要高于你，对吧？你，只能算是他的资助方和……助手？"

"那要看你们怎么定义合作。"赵跃的笑容依旧没有丝毫的变化，"你这个形容，在大多数人看来，确实挺贴切的。可是你知道吗？有些人总能在关键的时候提出一个天才的想法，就刺激了一个团队的灵感迸发，而有些人，他只能等着别人去刺激他，你让他自己去想，他一辈子也找不到正确的方向。这就是我在这个项目里的作用。"

"比如这句话？"江华翻开了一个笔记本，"拉丁文为什么有 26 个字母而不是 28 个？"

"这有什么问题吗？"赵跃说，"我只是在告诉他一个基础的知识点，他的天马行空有时候不切实际就是因为他连最基础的东西都不懂。这就是出身的差距，不可弥补。"

"屁！"江华撇了撇嘴，"你这想法连个受精卵都算不上，顶多算几亿个精子中的一个，能否最终刺激这个项目生长发芽，最后还得看卵子是否接受，所以，这项目归根结底还是李茂云的啊。"

"可你是资方，你出了钱，出了设备，还出了你所谓的想法，你不能允许这个项目的主导人最后却不只是你，所以……"由始至终只是安静地抽着烟，没有说过一句话的孙林忽然说道，他指了指那台他亲自拿回来的仪器，"你用这个东西对苦杏仁进行了加工，将从苦杏仁里提炼出来的浓缩氰化物投放到了杏仁露里，杀害了李茂云。"

"你对那个傅姓男生说，他记错了，你和李茂云从来没有喝过杏仁露，但是，有一个地方，你忽略了。"孙林微微一笑，"监控，不止在你们的宿舍楼里才有。"

赵跃的眉毛微微向上挑了挑，他忽然身体前倾，凑到那台仪器前看了看："能通上电吗？"

他抬头问。

孙林微微一愣，就将仪器的电源线插进了插座，赵跃点了点头，礼貌地道了声谢，抬手推开了一个保护锁，露出了下面的指纹扫描仪，他犹豫了一下，将拇指放了上去。

红色的警报灯闪了一下，仪器安静地没有任何的反应。他随后将自己的十根手指轮流放上去，结局却是一样的。

"明白了吗？"他收回手，微笑道，"这不是我的。"

雷鸣和林非的脸色一下子沉了下来，就连江华都有些不知所措。

"可我们找对了方向，是吗？"戴梓萌却微微一笑，"至少在最开始的时候，你也在担心，这个就是你用的工具。这我就不太明白了，究竟是不是，你应该比所有人都清楚才对。"

"因为，"赵跃的笑容里终于多了一些其他的味道，一些苦涩，"同样的机器有两台，我不确定你们拿来的这台就是我家里的那台。"

"这台的确是在你家里发现的。"孙林说。

"可这台的主人并不是我。"赵跃说，他忽然笑道，"算了，就到这吧，再纠结下去，也没什么意思。"

"你打算承认了？"林菲问。

"是啊。"赵跃点头，浑身放松地靠坐在冰凉的铁椅里，"我觉得隐藏的已经够深的了，可你们还是走到了藏着真相的箱子前，最有挑战性的部分你们已经完成了，你们做到了我以为只有我和他才能做到的事情。对于强者，我时刻保持应有的尊重和谦卑。"

"你能好好说话吗？"姜斌忍不住道。

"如你所愿。"赵跃笑了一下，"那么，从哪说起呢？就从你们根本没有猜到的地方说起吧。"

8. 反杀

林菲站在警容镜前，仔细地整理着着装，小心地调整着胸前那枚斑驳的检徽的角度，面无表情。

她身后的会议室里，坐着两个人，赵跃的父亲和李茂云的父亲，一个是成功的企业家，一个却是身形佝偻的农民，两人如今平等地坐到了一起，为了一个人未来的命运。

林菲也没有想到，事情竟会发展到今天这个地步。3天前，赵跃那副嚣张的脸孔依然历历在目。

"等等等等。"看着赵跃一副准备招供，却又不忘了鄙视他们一下的样子，姜斌就有些气恼，他不屑地撇了撇嘴，"我们现在连证据都找到了，就算没有你的证词，也一样可以给你定罪，我实在想不出，还有什么是我们没猜到的。"

他看了看林菲和雷鸣，得意之情毫不掩饰："菲姐、老雷，你们说，是不是？"

"我刚才就说了，能走到这一步，你们已经初步有了和我平起平坐的资格，但也仅仅如此而已，最终是否真有这样的资格，并不取决于你们，而在于我。"赵跃收起了笑意，淡淡的傲慢却没有丝毫的收敛，"人和黑猩猩的基因碱基对差异只有 1.23%，但人类永远不会承认和黑猩猩是同族，不是吗？"

"你这小子，你什么意思？"孙林砰地拍了一下桌子，"你是说我们是黑猩猩吗？"

"为什么人类脑容量更大、能够直立行走，为什么黑猩猩可以抵抗艾滋病病毒，而且很少流产？"孙林的愤怒就连让赵跃稍许改变一下语速都没能做到，他依旧以不变的语速和令人生厌的高傲语调说道，"碱基对的不同只是人和黑猩猩差异的基础，但基因组中存在着插入缺失多态性，这种插入缺失多态性会阻断基因，引起人类和黑猩猩额外 3% 的差异。人类和黑猩猩的基因同时也在不断复制和丢失，这进一步加大了二者的差异，人类和黑猩猩的基因副本数量差异可能高达 6.4%。"

"你是个学化学的，别弄得自己跟个生物学家一样。说案子，别扯那些没用的。"孙林不耐烦地说。

"他是想说，虽然你们摸到了门槛，但是还没真正走进门，在门后，有成千上万种可能，你们也许能一下子就命中靶心，也有可能一辈子都还在门口打转，最后会走到哪全凭运气。所以，现在有没有资格知道真相，取决于他愿不愿意告诉你们。很明显，他并不认为就凭你们几个，有能力查到最后的真相。"江华无良地笑了一下。

"我靠，菲姐，这你能忍？"姜斌飞快地转头，看向林菲，却见林菲脸上的神情没有丝毫的变化。

"我想要的只是真相，至于是你亲口说出来，还是我让他们多花点时间查出来，这不重要。"林菲不动声色地道，"我也承认，如果你不说，或许，我们要在真相面前徘徊许久，不得其法。只是，"她没有丝毫退让地和赵跃对视着，"既然都已经走到了这一步，我是肯定要走下去的，大不了我这一辈子不干别的。"

啪啪啪。

赵跃脸上笑意不减，却费力地用被铐起来的双手鼓起了掌："搞科研，就是需要你们这种精神，许多人可能一辈子一事无成，但我们不能否认，他为科研实验的发展夯实了坚实的基础，至少告诉我们，他那样的错误我们不能犯。"

他笑意渐浓，露出了一口洁白的牙齿："可我没有那么多的时间，我不惧怕死亡，我害怕的只是在这里我什么都做不了，再不快点结束，我的大脑都要锈住了。"

"我始终觉得，相对而言，我比大多数人类都要善良，愿意接纳你们。"赵跃的笑容中带上了一丝怜悯，"毕竟，要找到一个同类，这实在太难了。就像人类，从诞生的那一天起，就在寻找可以一同探索未知世界的同类，几千年过去了，从高山到大海，从地底到茫茫宇宙，人们不死心，却又很无奈，不得不承认，至少到目前为止，人类这种智慧生物，依然是孤独的。而我，没有几千年可以等，甚至几十年的时间都没有。我感到很荣幸，在我临死之前，可以找到你们几个同类，在我的短暂的一生中，可以两次找到同类。我比很多人都幸运。"他的脸上露出了一抹纠结，"好吧，我得承认，我不能容忍自欺欺人，我得强调一下，你们只是勉强摸到了门槛，最终是成为一群黑猩猩还是我的同类，现在还不好说。但能摸到门槛，你们已经足够感到自豪了。"

"这人，怕不是个疯子吧？"姜斌微微皱眉，看了看戴梓萌。

"天才在左，疯子在右。"戴梓萌看着赵跃，说。

"我非常不喜欢这个说法，天才就是天才，他可能堕落成疯子，但疯子永远是疯子，一辈子也不可能成为天才。"赵跃傲慢地道，"我和李茂云的差别就在于此，我是天才，他是疯子，我可以构想出一个惊世骇俗的想法，去推动世界的进步，而他，却只会想用这种东西去杀人。"

"但现在杀人的是你。"孙林鄙夷地说道。

"你是想说，杀人的手法，其实来源于李茂云，对吗？"雷鸣平静地说，"而你，把他的构思变成了现实。"

"不。"赵跃摇头，"我说过，他才是那个疯子，他策划了整个杀人的计划，并且付诸了实施。"

"可我就不明白了，你口口声声说他才是凶手，为什么死的人是他？他自己杀了自己？这对他有什么好处？"孙林不屑，"脱罪有很多手法，你选了最难解释的一种。"

"并不难解释，我只不过是提前知道了他的计划，然后，把他本来要给我喝的东西提前给他喝了。"赵跃保持着笑容，"还是让我从头说吧，不要打断我，好吗？"

那是一个让赵跃失眠了的夜晚，始终犹如一架精密仪器般活着的他，在那个夜晚意外地失眠了。

那晚的夜色很好，月光皎洁，有微风吹进了窗子，带来外面阵阵的花香，和实验室里那些时常让他反胃的古怪味道不同，花香沁人心脾，让他感到心旷神怡。

他不记得自己有多久没有这样感受过实验室外的世界了，无论喧嚣静谧，繁华萧败，清香肮脏，似乎都与他没有丝毫的关系，他的生活只有实验室，宿舍，两点一线，再无其他。他不知道这样的生活有什么意义，他只知道，去做成这个项目，就能久违地从父母的脸上看到一点笑容。

只有那个时候，他才觉得他像是一个人，他的家庭也是有温度的。所以他不在意在很多时候，把自己活成一台精密的机器。

就在几个小时之前，他和李茂云合作的项目取得了关键性的突破进展，在他的预计中，这个项目的完成度已经达到了85.6%，是的，他习惯于精确。就连导师都为他们感到高兴，导师预计，这个项目的完成，不，只是这个想法，这个计划，都会在化学界引起一股海啸般的震动，而赵跃和李茂云，会因为这个项目，免试成为他的关门弟子。

其实，就算成为他们的导师，他有时候都会觉得高攀了，但是那样的诱惑又有几个人能拒绝？至少，他不能。

研究生，那是赵跃新征程的开始，却绝对不会是结束，他的未来在哪里，什么时候才会停下脚步，他并不清楚。

从有记忆的那一天起，他的生活就是不断地前行，学会一个又一个知识，可这知识到底有什么用，他却完全不知道。

他也想像个普通人那样生活，却没人给他那样的机会。

他的父母不知道，他的老师不知道，这短暂的休息，那对花香的体味和感受才是他最想要的。

"他必须死。"沉浸在自己世界中的赵跃突然听到了一声呓语，他一惊，转头看向了对面铺位的李茂云，就见李茂云正翻了个身，继续说道，"这个项目是我的，我凭什么和他平分？这项目会让我功成名就，摆脱糟糕的生活。"

"那你准备怎么杀我？"不知道为什么，赵跃笑了一下，忽然问了这么一句，他没打算李茂云会回答他，毕竟，他还沉睡在睡梦中。

可李茂云却说话了。

"氰化物。"他说。

"氰化物？"赵跃随口说道，"你上哪去弄那东西？"

"从实验室里拿。"

"会被发现的。"

"不会。"李茂云丝毫没有意识到，自己正在把计划告知他一心想要杀害的人，"明天开始，实验会进入到一个新的阶段，我只要精确地控制每次原料的损耗，截留下来一部分，就足够了。"

"那怎么可能？"

"我可以做到的。"李茂云的声音里充满了自信。

"那么，我也可以做到吧。"赵跃没再和李茂云说话，他只是低下头，看着自己的双手，低声道。

在起初，赵跃以为，这只是李茂云在压力下的一种在梦境中的释放。然而，在第二天的实验结束前，鬼使神差地，赵跃看了一眼李茂云的物资申领单和使用反馈单，乍一看上去，似乎并没有什么异常，损耗完全在合理的范围内，可在那一瞬间，赵跃却感到一盆混合着冰块的凉水朝他兜头浇下。

李茂云是真的想要杀了他。别说李茂云，就是赵跃来做这个实验，原料的损耗也不可能达到这么高。

要报警吗？

仅凭几句梦话，警察会相信他吗？

告诉老师？

原料的损耗确有异常，可就连他都能看出，尽管原料的损耗高于以往，可依然还在允许的误差范围内。老师只会把他当成是一个疯子吧。

纠结和犹豫只是在短暂的时间里发生的事情，而战斗更是在瞬间就分出了胜负。赵跃呼出了一股滚烫的热气，脸上重又浮现了那抹一成不变的笑容。

那是一个他以前想都没有想过的决定，他不知道自己为什么要这么做，他只是觉得，这看起来似乎是一个很好玩的游戏，和一个试图要杀了自己的人斗智斗勇，他从没有过如此刺激的经历。

接下来的每一天，查看李茂云的物资申领单和使用反馈单，然后在第二天做到和自己前一天的损耗下降分毫不差，成了他生活中不可或缺的游戏。

"你们应该已经拿到了物资申领单和使用反馈单，相信你们也已经发现了异常。如果你们仔细看过，应该就能发现，我的物资损耗变化一直比他晚一天，因为我只是在应对他的变化。"赵跃平静地说。

"但最终，杀人的毒物并不是来源于实验室。"孙林说。

"是的。"赵跃点头，"我当时不知道他最终为什么放弃了那个计划，大概是觉得，这样的毒物来源实在太容易查到了吧。有一天，我例行查看反馈单的时候，发现原料的损耗平缓下来，再也没有降低过，我以为是已经到了他所能控制的极限，或者，他已经攒够了材料，准备动手了。我先下手为强，把我搜集来的原料投放到了饮水机里。"

"可惜了，你失败了，李茂云并没有喝那里面的水。"孙林冷笑，"还留下了你杀人的证据。"

"是啊，我失败了。"赵跃的脸上看不出任何沮丧的情绪，"我万万没想到，他搜集了那些原料，然后，他竟然把它们卖了，换回了一台仪器。"

"就是这个吗？"孙林指了指面前的那台仪器。

"对。"赵跃点头，"这是一台用来浓缩和萃取的仪器，我也有一台，一模一样，它的功能很简单，就是凝练和萃取，唯一高端的地方就是私人化的定制，要启动这台仪器，需用到拥有者的指纹。起初我也很疑惑，在我们那个项目里，用到这种仪器的时候很少，偶尔要用到，我那台仪器就足够了。其实就是我那台仪器，我也一直觉得华而不实，是我那个什么都不懂的老爸本着只买贵的不买对的的原则弄回来的。"

"李茂云买了这样一台华而不实的东西，到底想要干什么呢？"赵跃摇头，"我想了很久，才终于想明白。"

"他用自己的仪器加工了苦杏仁，然后把残留有氰化物的仪器和你的对换，它们一模一样，一时间，你也不会发现问题，上面就会留下你的指纹。如果有一天，你按照他的计划中毒身亡，在他的刻意引导下，警方一定会发现作案工具，然后，这个案子就会成为是你自己误食了氰化物中毒。"雷鸣说。

"没错。"赵跃赞许地看着雷鸣，"尤其，那一次的杏仁露是由我采购的，他只需要找个机会，把萃取出来的氰化物投放到我的那份里就可以了。"

众人默然，良久，戴梓萌才轻轻叹了口气："他比你聪明，他考虑的更远，甚至我们没有想到的他都想到了，唯独没想到先下手的人会是你，所以，你赢了他的命，他为自己准备的洗脱罪名的后手也成了你颈上的枷锁。"

"我都知道了他想要做什么，又怎么可能一点防备都不做？"赵跃笑道，"他根本就不知道，他每次萃取提炼的时候，我就在电脑前看着呢。他留在仪器上的残留物不多，但是杀人也足够了。他还在寻找机会的时候，我都已经完成投放了，而他最终为我准备的毒物，也成了我的战利品。"

"竟然是这样的一个结果。"姜斌突然说，语气里竟带着一丝萧瑟，"可惜，这并不能算是防卫过当，依然是故意杀人，结果不会有任何的改变。"

"至少，我们找到了切实的证据，不会在以后，有人意识到原本的证据站不住脚的时候，说我们这个案子里有两个'无辜'的死者。"林菲说，看了一眼赵跃，"你们本可以一起功成名就的。"

听林菲这样说，赵跃脸上的笑容没变，却摇了摇头："他不想，而我，无所谓。我只知道，我不动手，他就会动手，我们的身份差距注定了他不可能和我同舟共济。"

"身份的差距？"林菲皱眉。

"是的，身份的差距。"赵跃点头，"李茂云来自一个偏远的山村，他一生努力的目标就是飞黄腾达，这项科研成果会让他一飞冲天，任何和他抢成果的事情，他都不会允许发生。恶意这种东西，既然已经产生，就不会消散，只会不断蔓延。我想活着。"

"所以你选择杀人？"戴梓萌摇头，"再错的事情，人们都能为自己找到借口。"

"当然，我们靠此苟活，不是吗？"赵跃微笑。

"你说的这些，我们都会去核实的。"姜斌说，"在那之前，还有一个问题，你既然知道他用那台仪器萃取了那些氰化物，上面留有你的痕迹，为什么你不做清理？警方发现的话，这就是铁证了，不是吗？"

"因为，我想知道，他到底是怎么做到的啊。"赵跃说，"10斤的苦杏仁精华最终浓缩到一枚苦杏仁里，至少到目前为止，我还想不出是怎么做到的，就算亲眼看到了，也完全无法复原。"

"那枚苦杏仁呢？你从李茂云手里拿到的那枚。为什么留着它，准备自杀，还是准备杀人？"林菲问。

"我说过了啊，我只是想知道他是怎么做到的。"

"或者说，你以后有机会的话，投毒更方便了，就像你对待那只麻雀一样。"姜斌冷哼道。

"不。"赵跃却严肃地摇了摇头，"这个东西决不能被其他人知道，它会成为可怕的凶器。我想通了，所以，我毁了它。"

"你如果真能这么大义凛然，李茂云又怎么会死呢。"姜斌撇了撇嘴，一脸的不屑。

"人是会成长的，成长的过程漫长而复杂，也会不断学习。"赵跃的脸上没有任何的悔意，笑容一如他们初见时一般，平静，自信，只是看向林菲等人时，多了一些敬重和赞赏，"那么，一切就到此结束了，送我回去吧。"

赵跃向守在门边的武警点头示意，武警走进讯问室，解开了赵跃身上的束缚，他站起身，舒展了一下身体，便向外走去，步履轻松。

"有意思吗？"戴梓萌忽然莫名其妙地问了一句，让姜斌等人感到疑惑不解。

赵跃却停下了脚步，若有所思，片刻，他笑了一下，摇了摇头："我也不知道。如果你从小就学习成绩优异，做什么事情总是能很轻松地就达到目标，于是父母只要求你学习一定要好，然后除了学习，你什么都不会，你就会发现，生活其实挺没意思的。我这一辈子，就有两件事让我觉得，我是在活着。第一件事就是和茂云一起做那个实验，那是我从未经历过的挑战；第二件事，就是你们，这种对抗，蛮刺激的。当然，是在手法这件事上。我可没兴趣把工具藏起来让你们去找。"

"那不对啊。"姜斌不解，"最难的地方不应该是始作俑者到底是谁吗？你要是不说，我们还真很难知道，李茂云才是最先想要杀人的那个。"

"那只是你们的逻辑。"赵跃笑道，不再说话，跟着武警走出了讯问室。

"他什么意思？"姜斌求助似地看向了戴梓萌。

"对于他们来说，他们关注的只是自己的领域。"戴梓萌难得叹息道，"苦杏仁浓缩提炼氰化物，而且浓缩到了一颗杏仁里，这一点，他大概觉得，除了他和李茂云谁也想不到，而想到的人就有了和他们平起平坐的资格。"

"呸，和他平起平坐，他配吗？"看着赵跃的背影，姜斌啐了口唾沫，"菲姐，可以了吧？这案子，我建议，起诉书里一定要要求死刑立即执行。"

9. 无法伏诛的真凶

然而，这个案子并没有如姜斌预料的那般就此结束。

在公安机关正式将本案移交检察院进行诉前审查的第二天，林菲在自己的办公室里见到了一个老人。

他穿着一身老旧的衣服，古铜色的脸上沟壑纵横，他的身边还跟着一个小女孩儿，同样穿着一身老旧的衣服，眼睛里写满了不安。

他们是李茂云的家人，来询问案件的进展的。

在告诉老人已经依照程序向法院提起了公诉后，林菲顺口问了一句李茂云是否有说梦话的习惯，却得到了一个令人惊讶的答复，李茂云从来没有说过梦话。

难道，真的只是那段时间压力过大才导致了他的异常？在戴梓萌的知识体系里，这样的事情有可能发生。但仅仅是可能，并不能打消林菲内心的忧虑。

一条令人意外的线索就在此时出现了。

本已经离开了检察院的老人却在检察院的门口被人拦下，那是一个中年妇女，看上去苦口婆心地劝解着什么，老人却只是领着孩子低头赶路，对中年妇女不理不睬。

林菲和戴梓萌决定去看看，走到近前才发现，那名中年妇女正在劝老人送他年仅 13 岁的孩子重返课堂。

"幺妹才 13，她还小，又那么聪明，一年的时间，并不会落下太多功课的。"中年妇女道。

老人突然站定，长叹了一口气："李老师，我们家，没钱供这孩子啊。"

林菲和戴梓萌对视了一眼，"怎么回事？"

仔细打听之下，林菲才知道，李茂云的这个妹妹一年前辍学在家，而辍学的原因，是因为贫穷。李茂云的父亲蹲在地上，一根接一根地抽着烟，满脸的懊丧和愧疚。他懊恼于不能给自己的孩子提供一个接受教育的条件，愧疚于他的孩子长大后，必然和他一样，一辈又一辈地接受贫穷的命运。

本不该如此。可就在一年前，李茂云的开销骤然剧增，李父不得已只能让妹妹辍学，对于原因，李茂云却从未提及。

看着李茂云的小妹妹意犹未尽地舔舐着手上黏着的一点肯德基炸鸡腿的油腥，戴梓萌悄然落泪。林菲却在想另外一件事，一切实验的开销有学校提供的科研经费支撑，甚至还有一些补助，足以支撑李茂云的日常生活，究竟是什么，让李茂云的开销骤然激增？

姜斌认为，这与本案无关，可林菲却坚持，这也许是促使李茂云策划了那个近乎完美的凶杀案的出发点。

对于在校学生来说，能花钱的地方就那么几个，最重要的一点便是恋爱，然而李茂云从未恋爱。

孙林接到林菲的请求后，调查了李茂云的银行流水，找到了一名医生，李茂云生前的最后几个月，他时常找这名医生开具一些奇怪的药品，那些是用来治疗癌症的药物。

然而法医的尸检并未发现李茂云的脏器有癌变迹象。

"那是一个并不确认的诊断。"孙林顺着这条线索找到了给李茂云做检查的医生，这名医生对李茂云还有印象，李茂云的化验报告有多处疑点，让他怀疑，李茂云可能患上了癌症，但仍需做进一步的检验排查。可李茂云只出现了那一次，此后，他再没找过这名医生。

"林检察官，我想知道李茂云的家属要求民事赔偿了吗？"林菲刚挂断孙林的电话，肇源就走进了她的办公室，开口就问道。

"没有。"姜斌摇头，"好像那老头根本不懂这个。"

"赵跃的父亲希望给家属一定的赔偿，这个，你们能不能帮我传达一下？"肇源试探着问。

"为了活命吧？"姜斌笑道，"我会转达，至于人家是不是接受，那我可不敢保证。"

"或许，这才是真相？"林菲突然说。

"什么真相？"肇源不解。

"菲姐的意思是，"戴梓萌略一思索，就微微一笑，说道，"在李茂云误以为自己身患不治之症后，死意就已经萌发，他并没有继续去核实，一来，他的家庭条件不允许，二来，常年和有毒物品打交道，让他以为，误诊的可能性极低。他只是希望，在自己死去之后，能给家里留下点什么，能让父母的生活好一些，能让妹妹有一个上大学的机会。赵跃，一个有钱的富二代，恰好是他的室友，项目上的合伙人，成了他的目标。就算不是他，李茂云也会去找另外一个人。"

"我不同意，既然如此，那他直接喝桶里的水就好了啊。"姜斌反驳。

"他并不知道那桶水里有氰化物。"雷鸣说，"或者说，他并不知道赵跃会对他动手，恐怕，他也没有想到，那个日子会来得那么快，他原本是想找一个更合适的日子，自己给自己投毒，用一个体面的方式离开这个世界，而不是坠楼。"

"等等，我怎么听不太明白你们在说什么？"肇源更加迷茫了。

"你很快就会知道的。"戴梓萌神秘地笑了一下。

鉴于赵跃后期有自首情节，赵家有补偿的意愿，林菲决定在开庭前，将两家人约到一起，主持他们之间的调解工作。

事实上，这并不困难，她几乎没怎么说话，两家人就达成了意向。

"老哥，是我对不起你，我没教育好我们家那小子啊！"赵跃的父亲不等林菲说话，就起身向李茂云的父亲深深地鞠了一躬。

"使不得，使不得！"李父慌忙摆手，"林检察官都跟我说了，不怪你们，不怪你们，是我们家大小子没想好事！"

"不管怎么说，你儿子是因为我儿子才死的，以后，你就是我的老哥哥，我儿子就是你亲儿子，将来，让他给你养老送终，你闺女，就是我亲生闺女，她上学，工作，将来成家，老哥哥你什么都别说，我全包了。家里还有什么人？你全接过来，你们一家的事，就是我的事！"

赵父掷地有声地道。

因为这个特殊的情况，让赵跃的量刑有了可操作的空间，然而姜斌对此实在难以理解。

"杀人偿命，欠债还钱，你菲姐在这里面还折腾个什么劲？"看着两家人握手言欢，姜斌耸了耸肩。

"菲姐说，那是一个天才，是一个可能改变学术界格局的人，他活着，比他死去的价值更大。"戴梓萌如是说。

10. 真相的代价

朝阳重回大地的时候，人们又迎来了新的一天。

冰冷和肃穆依然是检察院办公楼永恒不变的主题。对于有些人来说，这一天是新生，对于有些人来说，这一天是结束。

林菲在警容镜前仔细整理着制服，她照例将那枚斑驳的检徽佩戴在了自己的检徽之上。今天是个特别的日子，刘雨的死刑将在这一天执行。

她稳步走进了 S 市公安医院死刑行刑室，对刘雨的身份进行了核实。

　　此时的刘雨再没有了之前的沉默，他奋力挣扎着，想要挣脱执行人员的钳制。他满脸泪痕，不停地嘶吼。

　　"我不想死，求求你们，我想活着，我认罪，是我杀了人，求求你们，不要杀我！"

　　"是律师不让我说的，我想认罪啊，我想活着啊。"

　　他喊得声嘶力竭，喊得声音嘶哑，喊得青筋暴起，喊得双眼突出，然而，一切都已经无法挽回。

　　他被捆缚到了行刑床上，兀自扭动着，就连铁床都发出了阵阵吱呀声。

　　林菲看不下去了，但她强迫自己站在那里没有动，直到肩头传来一只有力的手："你出去吧，这里有我。"

　　声音一如既往的锈哑，可林菲却从中听出了一丝温暖。

　　她点了点头，转身离开。

　　她曾不止一次监督了一些人的死刑执行，她以为自己可以平静地去面对，可真的面对死囚走上刑场的时候，那些冰冷的文字变成一个活生生的人，转瞬就要失去生命的时候，她却发现，自己依然没有勇气去面对。

　　原来，自己真的掌握着一个人的生死，原来，只要一份公诉书，就真的能要了一个人命，一个前一天还活蹦乱跳的人，眨眼间，就成了一句再也无法说话的尸体。

　　这一刻，她突然觉得，肩上的担子竟是前所未有的沉重，让她整个人都有些直不起腰。

　　原来，这就是我的工作啊。

　　她转身进了隔壁的准备室，这里，安静地坐着另外一个人，田成，命运就是这样巧合，田成和刘成的死刑行刑与刘雨在同一天，同一个地点进行。

　　此时的田成一身轻松，脸上带着笑容，身上换了一身整洁的西服。

　　但他的眼神里却透露着一丝兴奋，和一丝紧张。

　　"害怕？"林菲在他的对面坐下，问道。

　　田成摇了摇头，笑了一下，笑容竟有些腼腆："有点紧张。"

　　面对一个即将走上刑场的人，林菲也不知该如何安慰，气氛一时间有些尴尬，还是田成率先再次开口了。

　　"林检，说实话，我现在就像第一次和我老婆约会时候，有点小小的期待，又有点害怕，让她失望。"他笑道，"你说，她要是等不及了，在那边有了别的家庭，我该怎么办？"

　　"不会。"林菲毫不犹豫地否定道，"她会一直等着你的。"

"真的？"田成开心得像个孩子，"那我得好好捯饬捯饬，不能让她丢脸啊。"

他说着，真的开始小心地梳理着头发，又一点一点理平了衣服上的褶皱，"林检，有镜子吗？借我用一下行吗？"

林菲默默地掏出了一面小镜子，举到了田成的面前，田成就对着那面小小的镜子整理着自己，他的脸上始终带着一丝甜蜜的笑意。

"对不起。"林菲突然说了一句。

"该说对不起的，是我。"田成道，"给大家添麻烦了，那些家属，"田成犹豫了一下，"真希望能当面向他们道歉。对了，我留了一份遗书，等我死了，希望政府能把我那套房子拍卖，钱就都赔偿给那些家属吧，另外，我签了器官捐赠，你可让他们快点。"

林菲点了点头："我会的。还有什么心愿未了吗？"

田成想了想，摇了摇头："剩下这点时间，就留给我自己吧。"

"好。"林菲应道，默默地退了出去，在退到门边的时候，林菲突然转身，向田成深深地鞠了一躬。

对不起。她一遍又一遍地在心里默默重复着。

如果自己能够守约出现在田芳的面前，她就不会死。如果自己在临时改变行程的时候能够和田芳通一个电话，就能发现她的异常，她就不会死。

如果……

这世界上，没有那么多的如果，所以，她只能默默地说一句对不起。

下午 14 点 30 分，田成执行注射死刑，死时田成依旧笑着，仿佛真的和田芳手拉着手走向了新生。

同一时刻，执行室外，林菲靠墙而坐，泣不成声。

"菲姐！"戴梓萌来到林菲的身边，蹲下，掏出一张纸巾递给她，"刘雨的死刑执行也完毕了。"

林菲擦了擦眼睛，站起身："回去吧。"

戴梓萌点了点头，两人一起走出了大楼，姜斌和雷鸣已经等在外面了。

公安医院门前此时并不平静，已经聚集了一大群人，他们手里托着一支支蜡烛，围绕着正中间刘雨那张黑白照片。

夏铭就站在这些人的最前面，接受着记者的采访。

"很遗憾，就在刚刚，刘雨被执行了死刑，夏律师，您对此怎么看？"记者将话筒对准了夏铭。

"就像你说的，很遗憾，我最终还是没能阻止这场悲剧的发生。"夏铭脸色悲戚，"但我不会放弃，我会申诉，直到推翻他们今天这个结论。"

"刘雨去了，这是一个让人无法接受的结果，现在，刘雪也被采取了强制措施，但我依然相信法律，我相信，有一天，法律会给他们应得的公正。我坚信，他们是无罪的！"夏铭掷地有声地道，随后从公文包里掏出了一本书，"这是我和刘雪合著的书，这本书里，我们详细记录了这个案子从发生到现在的全部过程，这个书名就是我和刘雪将会坚持做下去的事，《余生，我为你上诉至死》，我已经取得了刘雪的授权，这本书的所有收入都会用于为刘雨申诉这件事！"

看着夏铭，林菲苦笑着摇头："真的，本来，他不用死的。"

"这我知道，我就是不明白，"姜斌罕见地叹了口气，"你说他这个律师，能不明白这些事吗？"

"他明白，他比任何人都要明白。"一声冷哼突然传了过来，"这件事之前，有几个人知道这个律师？现在人都死了，可你们接到投诉了吗？倒是他赚足了眼球，捞够了钱。我打赌，5年之内，至少每年的忌日，这件事都会再被提出来消费一番。"

"呀，肇律师！"姜斌回头，就看到肇源正站在他们的身后，脸上竟是写满了忧国忧民，"你怎么在这？"

他惊讶地问道。

"路过。"肇源摊了摊手。

"诶，别说啊，你说的那个，也有道理啊，不过，我听着怎么有一种后背发凉的感觉？"姜斌说着，配合地打了个冷战，"他这是故意把刘雨作死的吧，这样人也配当律师？"

"配不配的，谁知道呢，反正，他没违法，你们也拿他没辙。"肇源说着，摆了摆手。

"话说回来，你也是律师吧？"姜斌追问，"你们这内部也不怎么团结嘛。"

"我是有原则的。"肇源头也不回地道。

一年的工作终于暂时告一段落，市检察院公诉处也难得地迎来了一段短暂的空闲，姜斌从抽屉里翻出一本书，小心翼翼地翻开。这本书不知已有多久没有被翻动过，随着姜斌的翻动，上面的灰尘簌簌掉落。

戴梓萌扫了一眼，发现是一本检察官实务教程。

"现在看这个，是不是晚了点？"她忍不住问。

"活到老，学到老，只要肯学习，什么时候看都不晚。"姜斌笑道，扬了扬手里的书，"再说，我不能一辈子当个小书记员吧，得准备考试了。"

"考试日子不都过了吗？"戴梓萌更加不解。

"是吗？"姜斌一惊，赶忙看了眼台历，这才猛地一拍额头，"靠，忘了。"

"明年的，也行吧？"向来不苟言笑的雷鸣竟然调笑了一句。

"雷检，麻烦你跟我来一下。"林菲突然推门走了进来，她神情严肃，手上拿着一份陈旧的档案袋。

雷鸣看到那份档案袋，愣了一下，他拉开抽屉，从里面拿出了一个信封，这才一言不发地起身，跟在林菲的身后，走进了旁边的会议室。

调入检察院到这一天刚好一年半的时间，雷鸣，一个曾经叱咤风云的刑警，如今已经渐渐适应了检察官的工作，甚至有时候，雷鸣也觉得，这份工作比他当刑警的时候还要刺激，还要考验人性。

然而在这一刻，他却有些慌乱，拿着信封的手都在微微颤抖着。

他的目光始终追随着林菲的手，看着她把那本卷宗放到了会议桌上，雷鸣的目光也落在了卷宗的封面上，"贩卖毒品罪""'毒蝎'贩毒集团"，瞬间，他的目光变得无比锐利，尽管早有准备，他依然无法控制地颤抖了起来，脸上的神情无比复杂，尖锐中竟带着一丝哀求。

"这案子，不是已经结了吗？"他暗哑，干涩地问道。

"确实已经结了。"林菲道，"不过只是一部分，你认为'毒蝎'，已经被彻底打掉了吗？你觉得，王洋的死，只是那么简单吗？"

"谁暴露了他的身份？你们为什么会掉进那个陷阱？卷宗里，为什么缺了最重要的部分？"

"我不懂你在说什么。"雷鸣沉下了脸。

林菲却已经打开了卷宗，抽出了一张纸，"在王洋的尸检报告里，我并没有看到 DNA 鉴定，一具面貌模糊的尸体，确认尸源的方式却是简单的靠与尸体在一起的身份证件和几份证人证词，如果我是那个案子的承办检察官，我不会认可。"

雷鸣神情复杂地看着林菲，"如果你坚持，那么……"他突然将手边的信封向前一推，"我退出！"

"你就不想知道真相吗？"林菲问。

"并不是所有的事情都要知道真相，在黑暗中越走越深，得到的真相也就越来越黑暗。"

林礼祯的办公室里，林礼祯沉着脸，看着林菲："你只需要做好你本职内的工作就够了。"

"对过往沉积案件的复查，也是我的工作吧？"林菲不动声色。

"如果你真的认为这个案子有问题，你可以走正规程序向上反映，你现在的做法是在严重扰乱我们的正常工作秩序。"

"我没有耽误工作啊。"林菲依然平静。

"行了，总之，这件事，你没必要，在最高检有正式命令之前，我也不允许你再有任何乱七八糟的举动。"林礼祯死死地盯着林菲，"我已经对不起你妈妈了，我不能允许你再有任何的意外！"

"我当年出事的时候，可没见你出面说过什么。"林菲冷笑。

林礼祯怔了一下，一瞬间仿佛浑身都失去了力气，他瘫坐在椅子里，无力地道，"当年……"

"都过去了，不是吗？我已经不再想这件事了。"林菲却打断了他的话。

"你……"林礼祯想要再说点什么，却终归没有再说下去，只是目光中多了一丝苦涩，"我知道你不肯原谅我，但是，我有我的苦衷。"眼见林菲的脸上多了一丝不耐烦，林礼祯苦笑了一下，连忙说道，"好，说工作，我们只是上下级的关系。我考虑过了，上边有新政策，要求我们派驻驻所检察官，就是安排你们到公安局那边工作，院里研究，认为你的工作方式……"

"可以。"不等林礼祯说完，林菲就道。

这倒让林礼祯愣了一下，紧接着，他就听林菲继续道："让他们跟我一起走。"

许浩那间阴暗的小出租屋里，阴冷，潮湿随时侵袭着待在这里的人。

许浩却浑不在意，他坐在书桌前，认真地翻看着雷鸣给他的那些档案，已经是最后一本了，在之前的十几本卷宗里，他并没有找到任何自己想要的东西，但他并没有放弃，依然无比认真，一个字一个字地阅读着，不时停下来，皱眉思索片刻。

最后这一本档案很薄，许浩看得很慢，但最终还是到了最后一页。

他长叹了一口气，合上了卷宗，点上了一支烟，靠进了椅子里，"难道，真的是我想错了？"

他自言自语道，又缓慢地摇了摇头，拿起卷宗，放进了纸箱，手触到纸箱底部的时候，他愣了一下，随即，他迅速把纸箱里所有的卷宗都拿了出来，终于看到，在纸箱侧面靠近底部的地方，还有一张略显陈旧带着些褶皱的纸片。

那只是一张碎纸，边缘布满锯齿，许浩却如获至宝，小心翼翼地拿起了那枚纸片，放到了眼前，那其实是一张泛黄的羊皮纸，上面画着无法辨认的线条，在纸片的中央，写着一个编号3。

许浩匆忙走到书桌边，拉开一个抽屉，那里放着一个黑皮笔记本，他翻开，里面同样夹着一张泛黄的羊皮纸，编号2。

他小心地把两张羊皮纸放到了一起，呼吸急促，手指都在微微颤抖，两张羊皮纸上，几根断裂的线条完美地连接到了一起。

这是一张地图里，两张相邻的碎片，地图上没有标注任何文字，但当两张地图拼到一起的时候，还是能够明显看出，这是S市地图的一部分，地图上两条红线各自从2号和3号碎片的一点出发，指向了未知的一个共同地点。

许浩的嘴角露出了一抹冰冷的笑容。

图书在版编目(CIP)数据

生死裁决. 追寻 / 张海生著 .— 上海 ： 上海社会
科学院出版社，2020
ISBN 978-7-5520-3100-3

I. ①生… Ⅱ. ①张… Ⅲ. ①长篇小说—中国—当代
Ⅳ. ①I247.5

中国版本图书馆CIP数据核字（2020）第077951号

生死裁决·追寻

著　　者：张海生
责任编辑：周　萌　温　欣
封面设计：璞茜设计
出版发行：上海社会科学院出版社
　　　　　上海顺昌路 622 号　邮编 200025
　　　　　电话总机 021-63315947　销售热线 021-53063735
　　　　　http://www.sassp.cn　E-mail: sassp@sassp.cn
排　　版：南京展望文化发展有限公司
印　　刷：上海新文印刷厂
开　　本：710 毫米 × 1010 毫米　1/16
印　　张：26
字　　数：458 千字
版　　次：2020 年 6 月第 1 版　2020 年 6 月第 1 次印刷

ISBN 978-7-5520-3100-3 / I·393　　　　　　定价：65.00 元